女たちのニューヨーク

エリザベス・ギルバート

那波かおり 訳

City of Girls

早川書房

女たちのニューヨーク

CITY OF GIRLS
by
Elizabeth Gilbert

Translated by
Kaori Nawa
First published 2021 in Japan by
Hayakawa Publishing, Inc.
This book is published in Japan by
direct arrangement with
The Wylie Agency (UK) Ltd.

装画／安藤巨樹
装幀／早川書房デザイン室

わたしの目であり、耳であり、愛する友であるマーガレット・コーディに捧ぐ

おもな登場人物

ヴィヴィアン・モリス：この物語の語り手
アンジェラ：ヴィヴィアンが手紙で語りかける人物

◉ニューヨークシティの人々

ペグ・ビューエル：ヴィヴィアンの叔母。リリー座の経営者
オリーヴ・トンプソン：ペグの秘書。リリー座の支配人
シーリア・レイ：リリー座のショーガール
グラディス：リリー座のショーガール。ダンス・キャプテン
ジェニー：リリー座のショーガール
ベンジャミン・ウィルソン：リリー座の作詞家・作曲家・ピアノ奏者
ドナルド・ハーバート：リリー座の脚本家。元弁護士
ローランド：リリー座のダンサー
エドナ・パーカー・ワトソン：イギリスの舞台女優。ペグの古い友人
アーサー・ワトソン：エドナの夫。俳優
アントニー・ロッチェラ：新進気鋭の俳優
マージョリー・ローツキー：古着小間物店の娘
ウォルター・ウィンチェル：ゴシップ・コラムニスト
ビリー・ビューエル：ペグの別居中の夫。脚本家

◉故郷クリントンの人々

モリスのお祖母さま：ヴィヴィアンの祖母。裁縫の達人
ダグラス・モリス：ヴィヴィアンの父。ヘマタイト鉱山を所有する企業家
ルイーズ・モリス：ヴィヴィアンの母。馬術愛好家
ウォルター・モリス：ヴィヴィアンの兄。優秀万能なプリンストン大生
ジム・ラーセン：ダグラスが経営する会社の社員

愚かなことをするなら、
尽きせぬ熱情をもってせよ

――コレット

ニューヨーク市　二〇一〇年四月

数日前、彼の娘から一通の手紙が届いた。

アンジェラ……それが彼女の名前。

長い歳月のあいだ、わたしはなにかにつけてアンジェラのことを考えた。でも、今回を含めて、まだ三度しか実際にやりとりしたことがない。

最初は、わたしが彼女のウェディングドレスを仕立てた、一九七一年。

二度目は、彼女のほうから父親の死を知らせてきたとき。一九七七年だった。

そして今回の手紙は、母親が亡くなったという知らせだった。彼女は、この訃報にわたしがどう反応すると思っていたのだろう。ショックを受けると思ったかもしれない。だとしても、そこに悪意はないはずだ。アンジェラは、そういう人じゃない。彼女は善良なる人。そしていっぷう変わった人。

むしろわたしは、彼女の母親がこんなにも長く生きたことに驚いた。もうとっくに逝ったと思っていた。人の寿命はわからない。（けれど、船底のフジツボのごとく現世にしがみついているわたしが、他人の長寿に驚く理由はない。おのれの命と財産をかかえこみ、ニューヨークの街をよろよろと歩く老女は、わたしのほかにもごまんといるだろう。）

けれども、なによりわたしの胸を衝いたのは、最後にしるされた問いかけだった。

アンジェラはこう書いていた。「ヴィヴィアン。母が亡くなったいまなら、あなたは心おきなくわたしに語れるのではないでしょうか。あなたが、わたしの父にとって、どういう人だったのかということを」

なんと、まあ、なんと……。

彼女の父親にとって、わたしがどういう人だったのか？

その問いに答えられるのは彼しかいなかった。そして彼が娘にそれを語ることなく死んでいったのなら、わたしにそれを語る資格はない。

わたしからアンジェラに語れることがあるとしたら、それは、わたしにとって彼がどういう人だったのか、ということだけ。

1

一九四〇年の夏、わたしの両親は、十九歳の不出来な娘を、ニューヨークシティで劇場を営むペグ叔母さんのもとに送り出した。

その少し前に、わたしはヴァッサー女子大を放校になった。一年生のあいだ授業に出席しなかったせいで全科目の試験に落第点をとった――というのが放校の理由だった。その成績ほどにはばかじゃなかったつもりだが、勉強しないことが言い訳になるはずもない。授業に出なかった膨大な時間を、わたしはいったいなにに使っていたのだろう？　はっきりと憶えているわけではないが、どうせわたしのことだから、自分の見てくれをどうするかで頭がいっぱいだったのだと思う。（その年、〝返し巻き〟の習得に血道をあげていたことは憶えている。自分にはとっては避けて通れない一大事だったが、前髪に大きなロールをつくる流行のヘアスタイルが、ヴァッサー女子大にふさわしいものであったはずがない。）

わたしは最後まで、ヴァッサー女子大に自分の居場所を見いだせなかった。いくらでも見いだされるべき場所があったはずなのに……。キャンパスにはさまざまなタイプの女学生がいて、さまざまなグループがあった。でもだれひとり、どのグループひとつ、わたしの興味を掻き立てなかった。当時のヴァッサー女子大には、革命を夢見る娘たちもいて、地味な黒ズボンをはき、世界情勢の混迷について語り合っていた。でもわたしは世界情勢の混迷に興味をもてなかった。（いまでもそうだ。ただし、黒ズボンが——あんなにポケットにものを詰めこまなければ——とてもシックな装いだということには当時から気づいていた。）一方、ガリ勉の道を突き進み、医者や弁護士を目指す娘たちもいた。そういう仕事に就く女性がそう多くなかった時代だ。わたしは彼女らに興味をもつべきだったが、そうしなかった。（そもそも、彼女らひとりひとりの見分けがつかなかった。みんながみんな、お古のセーターでこしらえたみたいな、型崩れしたウールのスカートをはいていて、見るだけで気持ちが萎えた。）

　いや、華やかで魅力的なものが皆無だったわけじゃない。愛くるしい目、美しい顔、自慢の長い髪をもつ、イタリアン・グレーハウンドなみに由緒正しき良家のお嬢さまたちがいた。なぜかみんな中世史を好み、芸術愛好家だった。わたしは彼女らにも近づかなかった。キャンパスにいる女学生はだれだろうと、わたしよりも世知に長けていると感じていたせいかもしれない。（若さゆえの思いこみではなく、いまでも、あの人たちは当時のわたしよりずっと賢かったと思っている。）

　正直に言って、わたしには大学がなにをするところなのかわかっていなかった。なにを目的にそこに行くのか、だれも教えてくれなかった。それは、目的を説明するまでもない、最初から決まっていることだった。幼いころから、あなたはヴァッサー女子大に行くのだと言われつづけたが、だれもその理由を語らなかった。いったい、なんのために行くの？　そこを出たらどうなるの？　どうしてわたし、こんなキャベツみたいに小さな寮の部屋に、社会改革を熱烈に夢見る娘といっしょに住んでいるんだろう？

　勉強することにはもう飽きていた。ヴァッサー女子大の前の数年間は、ニューヨーク州トロイ市にある女子校、エマ・ウィラード校で過ごした。優秀なる教師陣は全員女性で、しかも名門七女子大学（セヴン・シスターズ）出身者――もう充分じゃない？　わたしは十二歳のときから寄宿学校で学びつづけ、もうやりきったと感じていた。本が読めると証明するのに、本をあと何冊読まなきゃならないんだろう？　カール大帝がどんな人かはもう知っている。だからわたしのことは放っておいて。とまあ、そんな気分でいた。

　ヴァッサー大での気の滅入る一年目が始まってすぐ、わたしは大学のあるポキプシーの街に、深夜まで安いビールとジャズの生演奏が楽しめる一軒のバーを見つけた。そして、その店に通いつめるために――鍵の壊れたトイレの窓だとか隠した自転車だとかを使って――寮から脱出する方法を考えついた。当然ながら、わたしは寮監の宿敵になった。翌朝のラテン語の動詞変化はまるで頭にはいらなかった。なぜって二日酔いだったから。

　ほかにも、学業に支障をきたす問題があった。

たとえば、煙草の吸い過ぎとか。

　要するに、わたしにはやることがありすぎた。

　そのせいで、ヴァッサー大のお利口なる一年生女子、三百六十二名中三百六十一位という成績をおさめた。それを知った父は、恐れおののくように言った――「いやはや、まだ下がいたとは……その子はいったいなにをやっていたんだ？」。（かわいそうに、その子はポリオを患っていたとあとになってわかる。）そんなわけで、ヴァッサー大はわたしを実家に送り帰し、親切にも、もう戻ってこなくていいと言ってくれた。

母はわたしに手をこまねいていた。親密な母子関係をつくるにはまたとないチャンスだったかもしれないが、わたしたち母子がこれをきっかけに歩み寄ることはなかった。母は乗馬にのめりこんでおり、わたしが馬でも馬に夢中な人でもないから、話がつづかなかった。そこへもって、娘の不祥事にひどく恥をかかされ、わたしの顔を見るのさえいやになっているようだった。娘とは対照的に、母はヴァッサー女子大で輝かしい成績をおさめている。（一九一五年期生、歴史とフランス語専攻。）母の誉(ほま)れの――そして毎年の惜しみない寄附金の――おかげで、わたしはあの神聖なる学府に入学を許されたのだ。そして、このざま……。実家の廊下ですれちがうとき、母はエリート外交官のようにわたしにうなずいた。丁重に、冷ややかに。

父もまたわたしを扱いかねていたが、ヘマタイト鉱山の経営に忙しく、娘の問題には首を突っこまなかった。娘の失態よりもはるかに大きな心配事があったのだ。父は実業家で、海の向こうの戦争については孤立主義（国家が互いに干渉しないことを重んじる考え方）の立場をとっていた。そして、ヨーロッパに拡がる戦火が、彼の事業に暗雲を招いていた。おそらくそれだけで父の頭はいっぱいだったはずだ。

兄のウォルターはといえば、プリンストン大学でりっぱにやっており、妹のことはなにも考えていなかった。ただ、妹の無責任な行動をくさすだけだった。ウォルターは、彼の生涯において、無責任なことはいっさいしなかった。寄宿学校時代は寮仲間の尊敬を一身に集め、ついたあだ名が――けっしてわたしの捏造(ねつぞう)ではないと誓っておく――大使(アンバサダー)。大学進学に際して工学部を選んだのは、世界じゅうの人々を助けるインフラをつくりたいからだった。（ここでもうひとつ、わたしの恥を告白しておくと、わたしには〝インフラ〟という言葉の意味がわかっていなかった。）ウォルターとわたしは二歳しか年齢(とし)が離れていない。にもかかわらず、兄とはほとんどいっしょに遊ばなかった。兄は七歳にして、子どもじみたものすべてを捨てた。その子どもじみたもののひとつがわたしだった。自分が兄の人生からはじき出されたことは、よくわかっていた。

そしてわたしの友人たちも、人生の駒を前に進めていた。大学に、仕事に、結婚に――要するに、わたしには興味もなく理解もできない、おとなの世界に。そんなわけで、わたしをかまったり楽しませたりしてくれる人はまわりにいなかった。毎日が退屈で気怠かった。その退屈さは、すきっ腹の痛みに似ていた。六月前半の二週間、わたしはガレージの壁に向かって、ひたすらテニスの壁打ちをつづけた。〈茶色の小瓶〉を口笛で吹きながら、何度でも、何度でも……。とうとう、よほどげんなりしたのか、両親はニューヨークシティに住む叔母のもとへ娘を送り出すことを決めた。この件について、いったいだれが両親を責められるだろう？

両親はニューヨークの街が娘を共産主義者か麻薬中毒者に変えてしまうのではないかと危ぶんだはずだ。それでも、テニスボールが壁に打ちつけられる音をえんえんと聞かされるよりはましだった。

アンジェラ……こうしてわたしは、この街にやってきた。そう、すべてはここから始まった。

両親はわたしを列車でニューヨークシティに送り出した。それはなんと素晴らしい列車だったことか。ユーティカからニューヨークシティまで直行するエンパイアステート急行――ぴかぴかのクロームメッキをほどこされた、不良娘配達便。わたしは両親に礼儀正しく別れの挨拶をして、旅荷を赤帽にあずけた。なんだかいっぱしのおとなになったような気がした。列車に乗りこむと、ずっと食堂車に居すわって、麦芽乳を飲み、糖蜜浸けの梨を食べ、紙巻き煙草を吹かし、雑誌のページをめくった。自分が家を追い出されたことはわかっていたが、それでも……そう、**かっこつけていなきゃ！**

アンジェラ……あのころの列車はいまよりずっと上等だった。

でも昔がどんなによかったかをくどくど語るのは、せいいっぱい控えると約束しましょう。わたしも若いころは、老人たちのそんな話を聞いてうんざりした。**（どうだっていいじゃない！　あなたの黄金時代なんて、だれも知っちゃいないのよ！　つまらない話はやめて！）**それにはっきり言って、一九四〇年代のほとんどは、いまよりもよくなかった。デオドラント製品もエアコンもろくなものじゃなかったから、暑い季節はだれでもすごく臭った。そのうえ、ヒトラーがいた。でも、列車だけは、疑いようもなく、あのころのほうがよかった。いつから、列車のなかで麦芽乳も煙草も楽しめなくなったのだろう？

その日わたしが着ていたのは、レーヨンのこざっぱりしたワンピースだった。青地にヒバリの柄(がら)で、襟ぐりには黄色のレースがついていた。スカート部分はほどよく細くて、腰には大きなポケット。いまもありありと目に浮かぶ。わたしは、人がなにを着ていたか、自分がなにを縫ったかをけっして忘れない。しかも、そのワンピースはとてもよい出来だった。ふくらはぎに当たって揺れる裾が、ちょっとそそる感じで……。肩パッドを縫いつけているときには、どうか、これを着た自分が女優のジョーン・クロフォードみたいに見えますように、と祈った。でもまあ、そこまでの効果はなかった。釣り鐘形の地味なクローシェ帽をかぶり、母から借りた青い地味なハンドバッグ（中身はほぼ化粧品と煙草）を持ったわたしは、銀幕の妖婦どころではなく、ありのままの――つまり親戚を訪ねていく十九歳の小娘にしか見えなかったはずだ。

十九歳の小娘がニューヨークへ向かう旅荷は、大きなスーツケースが二個。ひとつにはきちんとたたまれた服が、もうひとつにはいずれ服になる生地と縁飾り用のレースやテープ、裁縫道具がはいっていた。さらにもうひとつ、一個の頑丈な木箱があった。中身はミシンだ。運ぶのにも手こずる、重くて扱いにくい野獣（ビースト）。でもそれなしには生きていけない頭のイカれた美しい魂の双子（ソウル・ツイン）。

そう、わたしたちは、その後も長くいっしょに生きていくことになる。


そのミシンについて、それがわたしの人生にもたらしたすべてについて、わたしはモリスのお祖母（ばあ）さまに感謝しなければならない。だからここでちょっとだけ、彼女のことを話したい。

アンジェラ……あなたは〝祖母〟という言葉から、どんな人物を想像する？　白髪の小柄なかわいらしい老婦人？　だとしたら、それはわたしの祖母とはちがう。モリスのお祖母さまは背が高くて、情熱家で、歳を重ねた女ならではの艶（つや）のある人だった。白髪を赤褐色に染め、香水の香りとゴシップに包まれて人生を歩んだ。身にまとうものはサーカスのショーのように華やかだった。

世界のだれよりも鮮やかな女。そう、あらゆる意味において彼女は〝鮮やか〟だった。いつもくしゃくしゃのビロードのガウンを着ていたけれど、何色とも言いあらわしがたい色だった。祖母は世間の人のように、ピンクやバーガンディやブルーといった味気ない呼び方はせず、〝薔薇（ばら）の灰色〟〝山羊革色（やぎがわ）〟〝デッラ・ロッビア（十五世紀イタリアの、美しい青の釉を特徴とする陶彫芸術で知られた一族）〟と呼んだ。耳にはいつも――昔は堅気（かたぎ）の女の装身具とは見なされなかった――ピアス。彼女のビロード張りの宝石箱には、首飾り、耳飾り、腕飾りの安物と高価な物がもつれ合ってはいっていた。午後に郊外まで車を飛ばすときには、ドライブ専用の一式を身につけた。祖母の帽子はどれも特別につば広で、劇場ではいつも特別席が用意された。子猫と遊ぶこと、通信販売で化粧品を買うこと、タブロイド紙が書きたてる殺人事件の記事に戦慄することが大好きだった。恋愛詩をしたためていたとも聞いている。だがなにより、祖母は演劇を愛していた。街にやってくるどんな芝居もショーも見逃さなかった。映画も大好きで、わたしをよくお供にしたのは、わたしたちの趣味が完全に一致していたからだ。（祖母とわたしが魅了されるのは、優美なドレスをまとった純真なる娘が、まがまがしい帽子をかぶった悪漢にさらわれ、誇り高き男前に助け出されるという物語だった。）

言うまでもなく、わたしは祖母を愛していた。

でも、ほかの家族はちがった。祖母はわたし以外のすべての人を困らせた。とくに分別の塊（かたまり）のような義理の娘、つまりわたしの母親を。モリスのお祖母さまと会うとき、母の眉間からしわが消えることはなかった。母は陰で祖母のことを「**素敵な永遠の青春ちゃん**」と揶揄（やゆ）して呼んだ。当然ながら、母が恋愛詩を書いたという話は聞いたことがない。

でも、わたしに裁縫を教えてくれたのは、そんな祖母だった。

モリスのお祖母さまは、〝針仕事の達人〟だった。（彼女も彼女の祖母から裁縫を教わった。その人はウェールズからアメリカに渡り、たった一代で、お屋敷の召使いから裕福な女資産家になった。針仕事に秀でていることが出世に大いに役立ったそうだ。）そして祖母もまた、わたしに〝針仕事の達人〟になることを求めた。飴菓子を食べながら映画を観たり、恐ろしい人買い事件の三面記事を読んだりしていないとき、わたしたちはなにかを縫っていた。このときばかりはふたりとも大真面目で、祖母はためらうことなく幼いわたしに完璧を求めた。まず自分で十針縫い、つぎの十針をわたしに託す。もしわたしの縫い目が祖母と同じように精緻（せいち）でなければ、糸をほどいて、もう一度やり直しになった。レースや薄物のような扱いにくい素材もつぎつぎに課題として与えられるため、そのうちどんなに手ごわい生地にもひるまなくなった。そして縫成！　調整！　仕上げ！　十二歳になるころには、身につける人の好みどおりに（鯨骨も使って）コルセットを仕立てられるまでになった。もっとも、一九一〇年からこのかた、鯨骨のコルセットを必要とする人など、モリスのお祖母さま以外にはいなかったけれど。

祖母はミシンの扱いにも厳しかったが、わたしは祖母を恐れなかった。ちくりと批判されても、こたえなかった。服に夢中のあまり縫わずにはいられなかったし、祖母がわたしの素質を伸ばしたくて厳しくしているのだと、よくわかっていた。

めずらしく祖母から褒められると、わたしの指はいっそう奮起して、器用さを増した。

十三歳のとき、祖母がわたし専用のミシンを買ってくれた。やがてニューヨークシティ行きの列車にわたしと乗りこむことになるあのミシンだ。つややかな光沢を放つ黒い〈シンガー〉社製二〇一型。恐ろしくパワフルだった。（革だって縫えた。もしかしたら、スポーツカーのシートだって縫えたかもしれない。）生涯でこのミシンほど素晴らしい贈り物をもらったことがない。わたしは寄宿学校にもミシンを持ちこんだ。恵まれた育ちの娘ばかりのコミュニティのなかで、ミシンはわたしに特別な力を授けてくれた。だれもが自分に似合う服を着たいのに、そうできる技術をもつとはかぎらなかったのだ。わたしならなんでも縫えるという噂——でも、嘘じゃない——が広まると、エマ・ウィラード校の女生徒がつぎつぎにわたしの部屋のドアをノックした。ウエストを調整して。ほつれを直して。お姉さまからのおさがりのフォーマルドレスを今年風にして。わたしは射撃手のようにミシンに覆いかぶさって、寄宿学校の数年間を過ごした。そのかいあって、みんなの人気者になれた。寄宿学校で重要なのはそれだけ。いいえ、どこにいたとしても。

祖母がわたしに裁縫を教えたのは、おそらく、わたしの体型が人とちがったせいもあるだろう。幼いころから同じ歳の子より背が高く、瘠せていた。思春期が来ても、背が伸びるばかりで、胸はぺったんこ、腰のくびれもない。腕や脚は小枝のよう。店で売っている服のなかに、わたしの体型に合うものはなかった。だから自分で服をつくるしかなかった。モリスのお祖母さまは――彼女の魂に祝福あれ――わたしが竹馬に乗った人に見えないように、長身を生かす装い方を教えてくれた。

こんなふうに言うと、自分の容姿を卑下しているように思われてしまうかもしれない。でも、そんなつもりはない。ただ自分の外見をありのままに伝えているだけだ。わたしは背高のっぽ、それだけだ。だから、これから語ろうとするのは、みにくいアヒルの子が都会でほんとうは美しい自分に気づきました、というお話とはちがう。心配しないで、そんな話にはならないから。

アンジェラ……わたしはいつもきれいだったの。

いいえ、ただきれいなだけじゃないことを、自分でもよくわかっていた。

エンパイアステート急行の食堂車で麦芽乳を飲み、糖蜜浸けの梨を食べているとき、見栄えのよい男が、わたしのほうを見つめてきた。それだって、わたしがきれいな娘だった証拠だと言える。

しばらくすると、彼はわたしに近づき、あなたの煙草に火を付けさせてもらえないかと尋ねた。わたしがうなずくと、彼はテーブルについて、わたしを口説きはじめた。注目されるのはゾクゾクするけれど、どう返せばいいのかわからなかったから、答えるかわりに、考えこむようなそぶりで窓の景色を眺めていた。ドラマチックに、思い悩むように、眉をわずかにひそめて。でもたぶん、近視で難儀しているようにしか見えなかっただろう。

いや、自分で思っている以上に、かっこわるい場面だったかもしれない。でもすぐにわたしは、窓ガラスに映りこむ自分の顔に夢中になった。（くどくて申し訳ないけれど、鏡に映る自分にうっとりするのも、若くてきれいな娘にはありがちなこと。）結局、わたしは自分の眉の形ほどにも、見知らぬハンサムな男に興味をもてなかった。眉をどう整えるかだけでも一大事なのに、たまたまその夏は、『風と共に去りぬ』のヴィヴィアン・リーみたいに片眉だけ吊りあげる練習に余念がなかった。それがどんなに集中力を要することか、わかってもらえるだろうか。自分の顔に見入っているうちに、時間が飛ぶように過ぎていく。

やっと自分の顔から目を逸（そ）らしたときには、列車がグランドセントラル駅にはいろうとしていた。新たな人生の始まりだった。男はとっくにいなくなっていた。

でもがっかりしないで、アンジェラ。ハンサムな男たちがわんさかあらわれるのは、まさにここからなのだから。

ああ、そうだ！　モリスのお祖母さまがどうなったかを話しておきましょう。彼女は、わたしが列車でニューヨークに向かうことになる一年前に、この世を去った。一九三九年八月。ヴァッサー大に入学する数週間前だった。体の衰弱は前からだったので、彼女の死に驚きはしなかった。でも、祖母（わたしの親友、わたしの師、わたしの庇護者（ひごしゃ））の喪失は、わたしの心の芯を打ち砕いた。アンジェラ……あなたはもう気づいていた？　祖母の死が、わたしが大学のしょっぱなから荒れたのと関係があるということに。もしかしたら、ほんとうのわたしは、あそこまでひどくなかったかもしれない。たぶん、わたしは……**悲しかっただけ**。

こうしてあなたに語るまでは、気づいていなかった。
なんとまあ。
長い歳月がたたないと、理解できないこともあるものね。

2

　ニューヨークには無事に到着したが、わたしはまだ殻をつけたひよこも同然だった。ペグ叔母さんがグランドセントラル駅に迎えにきてくれる――それだけを、朝、ユーティカ駅で列車に乗るときに両親から聞かされた。でも、詳しいことはわからない。ペグ叔母さんをどこで待てばいいのか。会えなかったら、どこに電話すればいいのか。電話番号もわからなかった。訪ねていこうにも、住所がわからない。ただ、〝グランドセントラル駅でペグ叔母さんと会う〟ことになっていただけ。

　そしてまあ、グランドセントラル駅のなんと巨大(グランド)なこと。まさに名前のとおり。でも人を見つけるには不向きな場所だった。目的地には到着したけれど、このままペグ叔母さんが見つからない可能性もある。わたしは、プラットフォームに積みあげた旅荷のかたわらで、長いあいだ、人であふれ返る駅を見つめていた。でも、ペグ叔母さんに似た人はいなかった。

　ペグの顔を知らないわけではなく、以前にも数回会っていた。ただし、父と叔母は親しくなかった。（これは控えめな言い方かもしれない。父は、妹のペグと、彼の母親以上に反りが合わなかった。夕食の席でペグのことが話題になると、父はフンと鼻を鳴らして言ったものだ。「そりゃ素敵だろうて。

世界をほっつき歩いて、お伽の国に暮らして、湯水のごとく金を使うんだからな！」。わたしはそのたびに思った——**ああ、なんて素敵な暮らし……。**）

わたしが幼いころは、家族で過ごすクリスマスにペグが加わる年もあった。でもそんなに多くではない。彼女はたいてい劇団の地方巡業に出ていたからだ。最も記憶に残っているのは、ニューヨークシティに仕事で出かける父にくっついていった日のことだ。わたしは十一歳だった。父が仕事をしているあいだ、ペグ叔母さんがセントラルパークのスケート場で遊んでくれた。そのあとはサンタクロースのいるところへ。（わたしはもうサンタクロースを信じていなかったし、叔母さんもそれはわかっていた。それでも、サンタクロースに会うと思うと胸が高鳴った。）ふたりで北欧料理の店へ行き、セルフサービス方式の昼食を食べた。わたしの人生のなかで、とびきり楽しかった一日のひとつ。父はニューヨークという街をからきし信用していなかったから、一泊もせずに帰った。それでもあれは輝かしき一日。ペグ叔母さんは素晴らしい人だとわたしは思った。わたしを子どもではなく、一人前の人間として扱ってくれた。それが、子どもに見られたくない十一歳の子どもの心にどんなに訴えたことか。

最後にペグ叔母さんに会ったのは、モリスのお祖母さまの、つまりペグの母親のお葬式の日だった。ペグは一日だけ、故郷のクリントンに戻ってきた。式のあいだ、彼女はわたしの隣にすわり、握力の強い大きな手で、わたしの手を握りつづけていた。その行為はわたしを慰め、同時に驚かせた。（びっくりするかもしれないけれど、わたしの家族はこういうとき、手を握ったりなどしない。）葬儀のあと、ペグはものすごい力でわたしを抱きしめた。わたしの目からナイアガラの滝のように涙が噴き出し、彼女の腕のなかで壊れそうになった。ラベンダーの石鹸と、煙草と、ジンの匂いがした。わたしは哀れな小さなコアラのようにペグにしがみついた。でも、葬儀のあと、彼女はすぐに町を出ていった。制作を担当するショーがニューヨークの街で待っていたからだ。わたしは、ペグの腕のなかで粉々に砕けてしまいそうになった自分を心のどこかで恥じた。もちろん、彼女が慰めようとしてくれたことはわかっていたけれど。

結局、わたしは彼女のことをろくに知らなかったのだ。

そして、これから語ることが、十九歳のわたしがニューヨークに着いた時点で、ペグ叔母さんについて知っていたすべてだ。

わたしが知っていること。ペグは、マンハッタンのミッドタウンに、リリー座という名の一軒の劇場をもっている。

知っていること。もともと演劇の仕事をするつもりではなかったが、巡りめぐっていまに至った。

知っていること。興味深いことに、ペグは赤十字の看護師になる訓練を受け、第一次大戦中はフランスに駐留した。

知っていること。フランスにいるどこかの時点で、自分には傷病兵の看護より、彼らを楽しませるショーを制作するほうが向いていると気づいた。そう、ペグには、野戦病院や兵営で上演する派手で盛りだくさんな娯楽ショーを、安く早くつくりあげる才覚があった。戦争は忌まわしきものだが、あらゆる人になにかを学ばせる。この戦争がペグ叔母さんに教えたのは、ショーの制作だった。

知っていること。戦争が終わると、ペグはかなり長くロンドンにとどまり、当地の劇場で仕事をした。ウェストエンドで歌や踊りが満載のショーをつくって暮らしているとき、将来の夫となるビリー

・ビューエルと知り合った。ビリーは、男前で気っ風のよい元米軍将校で、戦争のあと、ペグと同じように演劇の道に進もうとロンドンにとどまっていた。そして彼もペグと同じく〝いいとこ〟の出身だった。モリスのお祖母さまは、ビューエル家のことを〝胸が悪くなるほどの金持ち〟とよく言った。富の信奉者である祖母に〝胸が悪くなるほど〟と言わせるなんて、いったいどれほどすごい金持ちなんだろう？　ある日、それを尋ねてみた。祖母はひと言で答えた——説明はこれで充分だといわんばかりに。「だって、ニューポート（米国ロードアイランド州の港湾都市。海岸沿いに大富豪の豪邸や別荘が建ち並ぶことで知られる）よ」。ニューポートの生まれだったとしても、ビリー・ビューエルには、ペグと同様、自分の出身階級の高尚な趣味を遠ざけたがるところがあり、一流カフェに集う人たちの洗練と慎みより、演劇人の見栄と心意気を好んだ。おまけに遊び人でもあった。〝ビリーはお愉しみが大好き〟というのは、〝飲んだくれて、博打して、女の尻を追いかける〟を、モリスのお祖母さまなりに上品にまとめた表現だった。

ペグとビリーは結婚し、ビューエル夫妻となってアメリカに戻り、いっしょに旅まわりの劇団をつくった。ふたりは一九二〇年代の大半を旅に明け暮れた。小さな一座を率いて、この国をくまなく巡った。ビリーが芝居の脚本を書き、主役を演じた。ペグは制作兼監督。ふたりには大それた野心などなかった。ただ楽しくやりたい、世間一般のおとなの責任から逃れていたいだけ。ところが、成功しないためにあらゆる努力を尽くしたにもかかわらず、はからずも成功のほうが彼らを追いかけ、つかまえてしまった。

大恐慌に国じゅうが震撼した一九三〇年、ペグとビリーは大ヒットを飛ばした。ビリーが脚本を書いた、おもしろおかしい『愉しきかな情事』が大衆の心をつかんだのだ。『愉しきかな情事』はミュージカル仕立ての笑劇で、英国貴族の女相続人がアメリカ人のプレイボーイ（まさに、ビリーそのもの）と恋に落ちるという筋書きだった。それまでふたりでつくってきた舞台となんら変わるところのない、たわいもない作品だ。しかしそれが大当たりをとった。全米の楽しみに飢えていた労働者たちが、ポケットの小銭をはたいて『愉しきかな情事』を観にいき、この単純で脳天気な芝居を、金のなる木にした。芝居の人気には勢いがつき、行った先々の地方紙に絶賛された。一九三一年には、とうとうニューヨークに進出。ビリーとペグの芝居は、ブロードウェイの著名な劇場で、一年間のロングランになった。

一九三二年に、MGM社が『愉しきかな情事』を映画化した。ビリーは映画の脚本を書いたが、出演はしなかった。（映画版の主役は、ウィリアム・パウエルが演じた。以来ビリーは、役者よりも作家の人生のほうが楽だと確信したようだ。作家なら時間を自由に使えるし、ファンに追いかけられないし、監督の言いなりにならずにすむ。）『愉しきかな情事』が成功すると、儲かる続篇映画（『愉しきかな離婚』、『愉しきかな赤ちゃん』、『愉しきかなサファリ』……）がつぎつぎに生まれた。ハリウッドは数年間、腸詰め製造機から繰り出されるソーセージさながらに続篇をつくりつづけた。〝愉しきかな〟シリーズはビリーとペグにひと財産をもたらした。だがそれがふたりの結婚には危険信号を灯(とも)す。ハリウッドと恋に落ちたビリーはそこから戻らなくなった。ペグは旅の一座をたたみ、〝愉しきかな〟シリーズで儲けた金のうち、彼女の取り分の半分を投じて、ニューヨークの街に建つ、古くて大きなおんぼろ劇場を手に入れた。それがリリー座だ。

こういったことが、一九三五年あたりに起きた。

ビリーとペグは正式には離婚していない。ふたりのあいだに、憎しみやわだかまりはないようだ。それでも一九三五年以降、ふたりは結婚しているとは言いがたい状態にあった。住まいも仕事も共にせず、ペグの主張によって経済的な関係も断たれた。つまり、ニューポートの一族から生じる輝かしき富は、もはや叔母の手の届かないところにあるということだ。（なぜペグがビリーの財産に背を向けたのかを理解できないモリスのお祖母さまは、あからさまな失望をにじませて彼女の娘についてこう言った――「ペグはお金にまったく無頓着なの、あいにくながら」。）祖母はあれこれ推測をめぐらした。ペグとビリーが法的な離婚手続きをとらないのは、そんなことにかかずらうには、ふたりとも「自由人すぎる」からだろうか。それとも、ふたりはまだ愛し合っているのだろうか。彼らならずとも、夫婦が大陸の端と端に隔てられているときにこそ、至高の愛が育つのではないだろうか。（「冗談ではなく」と、祖母は切り出した。「多くの結婚はそのほうがうまくいくものなのよ」）

わたしにはっきりと言えるのは、ビリー叔父さんとはわたしの子ども時代から縁がなかったということ。なぜなら最初のころはいつも巡業の旅に出ていたし、その後はカリフォルニアにいついたから。縁がないどころか、ビリー叔父さんには会ったことすらなかった。わたしにとって、ビリー・ビューエルは、記事と写真によって紡がれる神話だった。その物語と写真のなんときらびやかだったこと！モリスのお祖母さまとわたしは、映画雑誌に載ったビリーの写真を眺めたり、ウォルター・ウィンチェルやルエラ・パーソンズがビリーについて書いたゴシップ・コラムを読んだりした。ビリーが、ジャネット・マクドナルドとジーン・レイモンドの結婚式に出席したのを知ったときには、大はしゃぎしたものだ。《ヴァラエティ》誌に掲載されたその結婚披露宴の写真には、ローズピンクのウェディングドレスを着た美貌のジャネット・マクドナルドのすぐ背後に、ビリーが写っていた。ビリーは、ジンジャー・ロジャースと当時の彼女の夫、リュー・エアーズと話していた。祖母は写真のビリーを指差して言った。「ほら、ここにいるわ。あいかわらず快進撃をつづけているようね。ごらんなさい、ジンジャー・ロジャースの彼に向けた満面の笑み！　あたくしがリュー・エアーズなら、ぜったいに奥方から目を離さないわ」

わたしは、祖母の宝石付きの拡大鏡を借りて写真を見つめた。タキシードを着た、金髪で端正な顔だちの男が、片手をジンジャー・ロジャースの腕に添えている。そしてほんとうに、彼女の顔には喜びの笑いがはじけていた。ビリーは、まわりにいる本物の映画スターたちよりも映画スター然としていた。

その人物がペグ叔母さんと結婚していることにわたしは驚いた。

ペグは素敵な人だけれど、容姿は十人並みだ。

いったい彼は、ペグのなかになにを見つけたのだろう？

グランドセントラル駅にペグは姿を見せなかった。

ずいぶん時間がたち、こんなに待ったのだから列車を降りたプラットフォームでペグと会うのは無理だと結論した。わたしは荷物を赤帽に託し、グランドセントラル駅の雑踏をさまよった。人の流れのなかで叔母の姿をさがした。ニューヨークの街にたったひとり、なんの計画も付き添いもなく放り出されたのだから、ひどく不安だったろうと思うかもしれないが、そんなことはなかった。わたしは、なんとかなるだろうと思っていた。（おそらく、恵まれて育った人間の特質だ。そこそこに育ちのよい若い娘は、このままだれも自分を助けてくれないだろうとは考えないものなのだ。）

とうとう歩くのをやめて、駅のメインロビー近くの目立つベンチに腰かけ、そこで救出を待つことにした。

するとほら、やっぱり——わたしをさがしている人が近づいてきた。

わたしを助けにきたのは、銀髪のショートカットに灰色の地味なスーツを着た女性で、雪山で遭難者を見つけたセントバーナード犬のように救助への熱意に燃えていた。

〝地味な〟という言葉だけでは、彼女の着ていたスーツを説明しきれない。ダブルボタンの上着は、コンクリートなみにかっちりとした仕立て。女にはバストもウエストもヒップもないと世界を欺くためにつくられた服だ。この味気なさ。英国製だろうか。足もとは頑丈そうなローヒールのオックスフォード・シューズ、頭には古風な緑色のフェルト帽。どちらも、慈善活動に熱心な婦人が好んで身につけそうだ。寄宿学校にもよく似た女生徒がいた。健康増進のため夕食時にオバルチンを飲み、塩水でうがいするタイプだ。

頭のてっぺんから爪先まで地味な装いだったが、わざとそうしているのではないかと思える節もあった。

そのお堅いご婦人は使命感をみなぎらせ、眉間にしわを寄せ、写真をおさめたやけに大きな銀の額縁をかかえて近づいてきた。手もとの写真をじっと見つめ、視線をあげてわたしを見る。

「ヴィヴィアン・モリスで間違いない？」彼女が訊いた。そのきびきびした口調からすると、英国製は着ているダブルのスーツだけではないようだ。

わたしは、そうですと答えた。

「大きくなったわね」と、彼女。

おやおや、わたし、この人を知ってた？　小さなころに会ってるとか？

わたしの困惑を見てとり、彼女は額縁に入った写真をわたしに見せた。それはなんと、四年ほど前の家族写真だった。母が「一度くらいは記録しておかないと」と言い出し、家族そろって写真館で撮ったものだ。一介の写真屋に撮られる不名誉に耐えている両親。分別くさげに母の肩に手を添えた兄のウォルター。四年前のわたしは、四年分だけ若くてひょろりとして、子どもじみたセーラー服を着ている。

「わたしはオリーヴ・トンプソン」女性は日頃からなにかを宣言するのに慣れていそうな声音で言った。「あなたの叔母さまの秘書よ。劇場で緊急事態が起きて、彼女は来られなくなった。ぼや騒ぎが起きたの。だから、わたしが頼まれて、あなたを迎えにきた。お待たせして悪かったわ。数時間前に着いたのに、あなたを見つけるために、この写真しかないから、こんなに時間がかかってしまった」

わたしは笑いだしそうになった。いまも思い出すだけで笑えてくる。こんなに超然とした女性が、大きな銀製の――お金持ちの屋敷の壁からくすねてきたような――額縁入りの写真を手にグランドセントラル駅を歩きまわり、人の顔を見つめては四年前に撮られた少女の顔と見くらべていたなんて……おかしくてたまらなかった。どうして、わたしは彼女を見過ごしてしまったのだろう？

もちろん、オリーヴ・トンプソンはおかしいなんてみじんも思っていなかった。

彼女がいつもこんな調子だということを、わたしはすぐに知ることになる。

「さあ、荷物をまとめて。リリー座にはタクシーで行きましょう。夜のショーが始まっている。急いで。つべこべ言うのはなし」

わたしはつべこべ言わず、母ガモを追う小ガモのように彼女のあとに従った。

心のなかで、**ぼや騒ぎってなんなの？**　と呟(つぶや)いたが、あえて尋ねる勇気はなかった。

人生で初めてひとりでニューヨークシティに乗りこむなんて、アンジェラ……これってかなりの大事件なのよ。

ニューヨーク生まれのあなたには、それがどんなに心ときめくことかわからないでしょうね。あなたはたぶん、素晴らしきわれらが街を空気のように受け入れている。もしかしたら、わたしには想像もつかないほど親密に、この街を愛しているのかもしれない。いずれにしても、ニューヨークシティに生まれ育ったことは疑う余地なく幸運だった。でもあなたに、この街に乗りこんでいくことはできない。気の毒に思うわ。あれほどまでに心揺さぶられる人生の経験を逃しているなんて。

一九四〇年のニューヨークシティ！

あんなニューヨークはまたとないだろう。一九四〇年以前のニューヨークを、一九四〇年以降のニューヨークを貶(おとし)めるつもりはない。それぞれに意義はある。けれどもこの街は、初めてたどり着く若者たちのまっさらな目のなかで、つねに生まれ変わっていく。だから、あの街は、あの土地は――わたしの目のなかに立ちあらわれた一九四〇年のニューヨークは、未来にもまたとない。それはガラスのペーパーウェイトに封じこめられた蘭の花のように、わたしの記憶のなかで永遠に咲きつづけ、完璧なニューヨークでありつづける。

あなたにはあなたにとっての完璧なニューヨークがある。だれの心にもそれがある。でもあのときのニューヨークは、永遠に、わたしだけのものだ。

グランドセントラル駅からリリー座までは、タクシーで行くのにそれほど長い距離ではない。ただ街を東から西に進むだけだが、その途中でマンハッタンの中心街を通り抜けた。新参者にはニューヨークの神髄に触れられる最高の道すじだ。わたしはニューヨークにいるだけで心が沸き立ち、あらゆるものを見たくてたまらなかった。それでも最初は社交のマナーどおりに、オリーヴと会話しようと努めた。だがオリーヴは、会話で間をもたせる必要を感じないタイプのようで、彼女のそっけない返事に、わたしがさらに質問を重ねることになった——彼女にしてみれば進んで答えたくないような質問を。

「いつから叔母の秘書を?」と、わたし。

「モーゼがおむつをしていたときから」

わたしはその意味をしばらく黙って考える。「劇場ではどんな仕事を?」

「落ちるものを受けとめる仕事。落ちて砕ける前にね」

またも沈黙。わたしはこの件についても考えこむ。

そしてまた質問する。「今夜は、劇場でどんな演目を?」

「ミュージカル。『母との暮らし』っていう」

「あ、聞いたことあるわ！」

「いいえ、そんなはずはない。それは『父との暮らし』。去年、ブロードウェイにかかっていた芝居。うちのは『母との暮らし』、ミュージカルよ」

それって、法的にだいじょうぶなんだろうか。ブロードウェイの大ヒット作のタイトルを、ひと文字変えるだけでいただくなんて。（この質問に答えておくと、少なくとも一九四〇年のリリー座ならだいじょうぶ。）

わたしは尋ねる。「でも、チケットをうっかり買っちゃう人がいるのでは？『父との暮らし』と間違えて」

オリーヴはにべもなく言った。「いるわよ。たいした不運じゃないわ」

ばかでうるさい小娘だと思われないように、わたしは口をつぐんだ。あとはタクシーの窓から外を眺めていた。車窓に流れ過ぎる街の景色だけで、素晴らしいエンターテインメントだった。四方八方の輝きに目を奪われた。マンハッタンのミッドタウン、心地よい夏の宵。これ以上素敵なものはない。雨あがりで、夜空に広がる紫色に胸がときめいた。目の端をかすめる摩天楼の光、ネオンサイン、濡れて輝く路面。歩道には大勢の人がいた。走る人、飛び出す人、ゆうゆうと歩く人、よろめく人……。タイムズスクエアでは、白熱した溶岩のように光の山脈から最新ニュースや広告が噴き出していた。つぎつぎにあらわれ、わたしの目を奪うアーケード、タクシー・ダンスホール（女性がチケット制でダンスの相手をする遊興施設）、映画館、カフェ、劇場……。

タクシーが角を曲がり、四十一丁目に入った。八番街と九番街に挟まれたそのあたりは、当時もいまもきれいな街並みとは言いにくい。あのころは、大きなビルのほとんどが四十丁目か四十二丁目に面していたので、四十一丁目には複雑に入り組む非常階段が剝き出しになったビルの背面が並んでいた。その冴えない街並みのまんなかにあるのがリリー座、わたしの叔母の劇場だ。『母との暮らし』の看板が煌々と照らし出されていた。

あのときの光景が心の眼に浮かぶ。リリー座は大きなひとつの塊だった。いまならアール・ヌーヴォー様式だとわかるが、当時はただ、なんて使いこまれた頑丈そうな建物なんだろうと思った。そして、ああ、あのロビー。それはあらゆる手を尽くして、そこを訪れる者に、あなたはいま重要な場所にたどり着いたのだと伝えていた。すべてが重厚で濃密——贅沢な木工も、彫刻をほどこされた天井も、暗赤色のタイルも、古めかしい〈ティファニー〉の照明も。あらゆる壁に絵が描かれ、煙草のヤニが染みついていた。ある壁画のなかでは、胸をあらわにしたニンフたちがサテュロス（ギリシア神話の半人半獣の精霊）の一団とじゃれ合っていた。ニンフのひとりは、気をつけないと、すぐにも妊娠しそうな情況にいる。べつの壁画では、みごとなふくらはぎをもつ筋骨隆々の男たちが、海の怪獣と闘っていた。しかしそれは戦闘というよりエロティックな戯れのようだ。（男たちはこの闘いが永遠につづけばいいと思っているのだろう。）またべつの壁画には、木々を搔き分けるドリュアス（ギリシア神話の木の精霊）と、川で水浴びする乙女たちの姿があった。乙女たちは水しぶきをあげながら、うっとりとした表情で互いの裸体に水を掛け合っている。そして、ロビーの柱という柱に葡萄と藤の蔓（そして、もちろん、百合）が細かく彫りこまれ、蔓が天井まで這いあがっていた。すべてが売春宿のよう……。なんて素敵。

「このままショーに案内するわ」オリーヴが腕時計をちらりと見て言った。「あらもう、ほとんど終わり」

彼女は、劇場ホールにつづく大きな扉をあけた。残念ながら、オリーヴ・トンプソンが彼女自身の仕事場にはいっていくようすに、ときめきはみじんも感じられなかった。でも、わたしは眩暈（めまい）がしそうだった。ホールのなかは驚くべきものだった。まるで金色に輝く巨大な年代物（ヴィンテージ）の宝石箱。あらゆる情報が一気になだれこんできた。舞台のたわみ、客席からの見えにくさ、重そうな深紅の緞帳（どんちょう）、狭いオーケストラ・ピット、過剰なまでに金メッキがほどこされた天井、そして、〝もし、いまあれが落ちてきたら……?〟と考えずにはいられない、威圧的なシャンデリアの輝き。

なにもかもが御大層で崩れかけていた。ふとモリスのお祖母（ばあ）さまを思い出したのは、彼女がこんな古い装飾過多の劇場を好んでいたからだけでなく、彼女自身がこの劇場に似ていたからだった。古風で、大げさで、尊大で、時代遅れのビロードの服を完璧に着こなしているところが。

わたしとオリーヴはホールの後ろ壁に背をあずけて立った。空席はまだたくさんあった。舞台の演者より観客の数が少ないようにさえ思えた。それに気づいたのはわたしだけではなかった。オリーヴがすばやく観客を数え、ポケットからメモ帳を取り出して数字を書きこみ、ため息をついた。

だが舞台の上はといえば、くらくらするほどの派手な展開になっていた。そう、ショーの終わりにちがいない。いろんなことが同時に起きていた。舞台の後方で十数人のコーラスライン——女も男もいる——が耳まで裂けそうな笑顔で、埃（ほこり）っぽい天井に脚を振りあげていた。舞台中央では、美貌の青年と元気いっぱいの娘が力のかぎりタップダンスを踊り、声を張りあげて歌っていた——ああ、愛しい人よ、これからはすべてがうまくいく、なぜならふたりは恋をしてるから！ 舞台の下手（しもて）からショーガールの一団が、モラルがぎりぎり許す衣裳と振り付けで登場した。でも彼女らがこのショーの物語——それがどんなものだとしても——に果たす役割ははっきりしなかった。彼女らの仕事は、両腕を広げてゆっくり回転しながら、あらゆる角度から豊満な肢体をさらして観客を愉（たの）しませることだった。一方、舞台の上手（かみて）では、放浪者（ホーボー）のようないでたちの軽業師が、ボーリングのピンを宙に放り投げていた。

フィナーレだとしても、この場面は恐ろしく長くつづいた。楽団が音量をあげ、コーラスラインが足で床を打ち鳴らし、息を弾ませた幸福な恋人たちは未来に恐ろしい運命が待ち受けているかもしれないなどとはつゆ疑わず、ショーガールたちは媚態（びたい）を見せつけ、軽業師は汗をしたたらせてジャグリングをつづけていた。そうしてやっと、すべての楽器が最大音量を響かせ、スポットライトがぐるぐると回転し、出演者たちがななめ上方に腕を振りあげてぴたりと止めた。終わった。

拍手と喝采。

轟（とどろ）いたとは言えない。雷ではなく、小雨ぐらいの拍手。

オリーヴは手を叩かなかった。わたしは礼儀として拍手したが、その音がホールの後方にさびしく響いた。出演者たちが舞台を去るときには、拍手はなかばやんでいた。けっしていいことではないだろう。観客がそそくさとわたしたちの横を通り過ぎて、ホールから出ていく。一日を終えて家路につく労働者みたいに――いや、みたいにじゃなくて、ほんとうにそうなのだ。

「あの人たち、これが気に入ってるの？」わたしはオリーヴに尋ねた。

「あの人たちって？」

「観客のこと」

「観客？」オリーヴが目をぱちくりさせた。観客がショーをどう思っているかなど考えてみたこともなかったというように。彼女は少し考えてから言った。「言っておくけど、ヴィヴィアン。お客は胸を高鳴らせてリリー座に足を運ぶわけではないし、感動に胸をふくらませて帰るわけでもないわ」

その口ぶりからすれば、彼女はこれで是しと考えているか、少なくともこれを受け入れていた。

「来て。あなたの叔母さまが舞台裏にいるから」

こうして、わたしたちは舞台裏に向かった。芝居が終わるといつも舞台の袖から聞こえてくる、あのせわしなくて浮き立った大騒ぎのなかへ――。だれもが動き、声を張りあげていた。煙草を吸う人、衣裳を脱ぐ人。お互いの煙草に火を付け合うダンサーたち。頭飾りをはずすショーガールたち。つなぎ姿の男たちが小道具を移動させているが、汗ひとつかいていない。熟した果実がはじけるように、あちこちから笑い声があがる。とくにおもしろいことがなくても、とりあえず笑ってみせるのがショービジネスの流儀だ。

ペグ叔母さんもそのなかにいた。長身でがっしりとした体つき、片手にクリップボードを持っていた。灰色まじりの栗色の髪を無造作に短く切った髪型は、どこかエレノア・ルーズベルト（第三十二代米大統領フランクリン・ルーズベルト夫人。婦人運動家、文筆家）を思わせた。でもペグのほうがあごの形がいい。その装いは、サーモンピンクの綾織りの長いスカートに、男物らしき青のオックスフォード・シャツ。足もとは青の長靴下にベージュのモカシン。ひどい組み合わせだと思うだろうが、まさにそのとおり。ひどかった。当時も野暮だったし、いまも野暮だ。地球の終わりの日まで野暮であることに変わりはない。サーモンピンクの綾織りのスカートに青のオックスフォード・シャツと長靴下とモカシンが似合う人など、いったいどこにいるだろう？

ペグ叔母さんの野暮ったさは、彼女が話しかけている女性ふたりによって、いっそう際だっていた。ふたりとも舞台に立っていた、度肝を抜かれるほど美しいショーガールだった。舞台化粧が彼女らに別世界の人のような魅力を与えていた。頭のてっぺんで巻いてまとめた髪がつややかに光っている。衣裳の上にはピンクの絹の化粧着。こんなに色気にあふれた女性を間近で見るのは人生で初めてだった。ショーガールのひとりは、ほとんどプラチナに近い金髪(ブロンド)で、女優のジーン・ハーローさえ嫉妬の歯ぎしりをしそうなほど美しい肢体の持ち主だった。もうひとりは、官能的な濃色(ブルネット)の髪。彼女の並外れた美しさには、ホールの後方にいたときから気づいていた。(でもなんの自慢にもならない。彼女の美しさには火星人だって気づく……たとえ火星から見ていたとしても。)

「ヴィヴィ!」ペグが声をあげた。彼女の笑顔を見たとたん、わたしの世界に光が灯(とも)った。「よく来たわね、大事な子(キドウ)!」

大事な子!

大事な子(キドウ)などとだれからも呼ばれたことがなく、叔母さんの胸に飛びこんで泣きたくなった。よく来たと言われたことにも勇気づけられた。まるでよいことをしたみたい! 実際にわたしがしたことといったら、大学を追われ、両親の家から放り出され、グランドセントラル駅で迷子になったくらいのもの。でも、ペグ叔母さんが会えたことを喜んでくれて、ほっとした。歓迎されている。それどころか、求められてさえいるみたい。

「オリーヴと会えたのね。われらが動物園の園長に」ペグが言った。「こちらはグラディス。うちのダンス・キャプテンよ」

プラチナの髪の娘がにやりとし、噛んでいたガムをパチンとはじけさせて言った。「よろしく」

「――そして、こちらがシーリア・レイ。ショーガールのひとり」

シーリアがたおやかな腕を伸ばし、低い声で言った。「お会いできて光栄よ」

ニューヨーカーならではの独特のアクセントがあり、ハスキーで深く響く声は格別だった。シーリアは、マフィアの親玉みたいな声をもつショーガールだ。

「食事はすんだ？」ペグがわたしに訊いた。「お腹ぺこぺこじゃない？」

「いいえ」と、わたし。「ぺこぺこじゃないけど、夕食はまだ」

「じゃ、出かけましょ。お酒も飲んで、積もる話をしましょうよ」

そこにオリーヴが割ってはいった。「ヴィヴィアンの荷物はまだ上に運ばれてもいないのよ。スーツケースがロビーにある。長い一日だったから、旅荷をほどいて、さっぱりしたほうがいい。それに出演者に駄目出ししなければ」

「荷物なら男の子たちが運んでくれるわよ」と、ペグ。「ヴィヴィは、いまだってさっぱりしてるし、駄目出しなんて必要ないわ」

「いいえ、駄目出しはいつも必要」

「明日には、ちゃんと直ってるわよ」ペグの曖昧な答えに、オリーヴは納得していなかった。「いまは仕事の話をしたくない。食事の時間をつぶしちゃうわ。喉がからっからなの。ねえ、出かけちゃ、だめ？」

ペグがオリーヴの許しを求めるような口調になった。

「今夜はだめ」オリーヴがきっぱりと言う。「長すぎる一日だった。若いお嬢さんを休ませてあげなければ。バーナデットが用意してくれたミートローフがあったでしょ。わたしがサンドイッチをつくる」

ペグはしょんぼりしたが、一分とかからず立ち直った。

「じゃあ、二階に行きましょ。ヴィヴィ、来て！　行くわよ！」

おいおいわかってくるのだが、ペグが「行くわよ！」と言ったら、その声が聞こえる範囲にいるすべての人が招待されているのだった。彼女はいつも多くの人に囲まれていたが、まったく人のえり好みをしなかった。

だからその夜、叔母たちの暮らすリリー座の階上の集まりには、彼女と秘書のオリーヴのほかに、ショーガールのグラディスとシーリア、さらには帰ろうとしていたところをペグに引きとめられた風変わりな青年も加わった。その青年はショーに出演するダンサーのひとりだったが、そばで見ると十四歳ぐらいにしか見えず、もっと食べ物が必要であるように思われた。

「ローランド、上でいっしょに食べましょ」ペグが言った。

彼はためらいを見せた。「ううん、だいじょうぶ、ペグ」

「心配しないで。食べ物はどっさりある。バーナデットが大きなミートローフをこしらえてくれたから、みんなの分があるわ」

オリーヴがなにか言いたげだったが、ペグが制した。「ねえ、オリーヴ。うるさいのはごめんよ。あたしの分をローランドと分け合うわ。彼はもっと体重を増やしたほうがいいし、あたしは減らしたほうがいい。どっちにも好都合。どのみち、いまはまだ支払えてるもの。あと何人か養うことぐらいできるわよ」

わたしたちは劇場の奥に向かった。そこにはリリー座の上階に通じる広めの階段があった。階段を昇りながら、わたしの目はふたりのショーガール、シーリアとグラディスに釘付けになった。こんなに美しい人たちには会ったことがない。寄宿学校時代には演劇少女がいたが、このふたりとはぜんぜんちがった。エマ・ウィラード校の演劇少女たちは、髪をめったに洗わず、細身の黒ズボンをはき、どんなときも王女メディアになりきろうとしていた。およそ近づきたくないタイプだった。でも、シーリアとグラディスは、まるで別種の生き物だ。わたしはふたりの粋な魅力に、アクセントに、化粧に、絹の薄物といっしょにスウィングする腰にうっとりした。ローランドの身のこなしも彼女らと同じだった。彼もまた優美にスウィングする生き物なのだ。そしてみんな、なんて早口なんだろう！彼らの口からこぼれる、ゴシップのかけらのなんて魅力的なこと。色とりどりの紙吹雪のようだ。

「彼女はあの顔でなんとかやってるだけよ」グラディスがここにはいないだれかのことを言った。

「顔だけじゃないでしょ！」と、ローランド。「あの脚！」

「ふふん、でも顔と脚だけじゃあね！」と、グラディス。

「もっても来年までね、おそらくは」と、シーリア。

「あの恋人、なんの役にも立ちゃしないんだから」

「あのクズ野郎め！」

「でもまだあいつ、シャンパンにありつくつもりよ」

「彼女、がつんと言ってやりゃいいんだよ！」

「あの男だったら、屁とも思わない！」

「映画館の案内係でいつまで暮らしていけるのかしら」

「でも彼女、ごついダイヤモンド見せびらかしてた」

「あの娘も割り切って考えればいいのに」

「〝卵とバター男〟を見つけなきゃだめね」

この人たち、なにを話してるの？　この会話から垣間見える人生って、いったいなに？　話題にされてるかわいそうな娘はだれ？　どうやって彼女は映画館の案内係から先に進むつもりなの？　〝割り切った考え〟をもたなきゃ、先には進めないの？　彼女はダイヤモンドをだれからもらったの？　シャンパンの代金はだれが払ってるの？　ああ、気になってしょうがない！　ぜんぶ知りたい！　だいたい、〝卵とバター男〟ってなんなんだろう？

当時は〝卵とバター男〟が、田舎紳士のパトロンのことだなんて知るはずもなかった。わたしは、この話の結末を知りたくてうずうずした。でもこの物語には筋書きがなく、ただ名前のない登場人物、ドキリとする行為の断片、迫りくる危機の予感があるだけだった。興奮で胸が高鳴った。あなただって、そうなったはず――十九年の人生で一度たりとも真剣に考えたことのない、わたしのような軽はずみな娘だったとしたら。

わたしたちは、ほの暗い階段の上にたどり着いた。ペグがドアを開き、わたしたちをなかに通した。

「ねぐらへようこそ」ペグが言った。

ペグ叔母さんが〝ねぐら〟と呼ぶのは、リリー座の上の三階と四階のことだった。要するに、人が居住するところ。建物の二階は――あとでわかったが――事務所になっていた。一階はもちろん劇場で、それについてはすでに説明したとおり。そして三階と四階は、まさしく〝ねぐら〟だった。

ペグにインテリアを調(ととの)える才能がないことは、見てすぐにわかった。彼女の趣味（それを趣味と呼ぶのにも抵抗がある）は、重くて時代遅れな骨董(こっとう)と、不揃いな椅子のコレクション、収納場所の見つからない品々が生み出す渾沌の渦からできていた。壁にはわたしの実家にあったのと同じような、暗くて陰鬱な絵がかかっていた。たぶん同じ親族から相続したのだろう。どれも色褪せていて、馬と気むずかしげなクエーカー教徒の老人が描かれていた。同じように見慣れた銀器や陶磁器がいたるところにあった。燭台やティーセットなどには高価そうに見えるものもあったが、真偽のほどはわからない。どれも使用されたり愛用されたりしているようには見えなかった。（ただし、あちこちに置かれた灰皿は明らかに使用され、愛用されていた。）この場所をあばら屋とは呼べない。汚れてはいない。ただ手をかけられていないだけ。食事の間――というか、以前の住人が食事の間に使っていたはずの部屋――をちらりと見たが、卓球台が部屋のどまんなかに置かれている。もっと奇妙なのは、その卓球台の上にシャンデリアが低く吊され、どう考えてもそこで卓球ができないことだった。

わたしたちはかなり大きな居間に落ちついた。大きいばかりにさまざまな家具が詰めこまれ、グランドピアノがぞんざいに壁に押しつけられていた。

「さあ、飲む人はだれ？」ペグがバー・コーナーに近づきながら言った。「マティーニはどう？　だれ？　全員？」

「はいっ！」という声がいっせいにあがった。全員から！

いや、ほぼ全員から。オリーヴは飲み物を断り、マティーニをそそぐペグに顔をしかめた。ここで供されるカクテルの経費を一セント単位まで計算しているように見えた。おそらくほんとうにそうしていたのだろう。

叔母は、長年の飲み仲間を相手にするように、さりげなくマティーニを渡してくれた。うれしかった。おとなになった気分だった。WASP（ホワイト、アングロサクソン系、プロテスタントであるアメリカのエリート層）である両親は当然ながら飲酒したが、わたしとはけっして飲もうとしなかった。だからいつも隠れて飲んでいたけれど、これからはそうする必要もなさそうだ。

乾杯！

「あなたの部屋に案内するわ」オリーヴが言った。

ペグの秘書はわたしをつれて迷路のような廊下を進み、両開きのドアの前まで来ると、それをあけた。「あなたの叔父さま、ビリーの住まいよ。ペグがここを使ってほしいそうよ、さしあたりは」

びっくりした。「ビリー叔父さんの住まいがあったの？」

オリーヴがため息を洩らした。「あなたの叔母さまの夫への揺るぎない愛の証ね。ふらりと立ち寄っても泊まれるところを用意しておくなんて」

わたしの聞き違いでなければ、オリーヴは〝揺るぎない愛〟を、〝がんこな湿疹〟と言うときと同じように口にした。

それにしても、ペグ叔母さんには感謝しかなかった。ビリーの住居は素晴らしかったから。ほかの部屋のように雑然としていない。まったくちがう。ここにはスタイルがあった。こぢんまりとした居間に暖炉があり、美しい黒塗りの机が置かれ、タイプライターがのっていた。寝室には四十一丁目に臨む窓と、クローム金具と濃色の木材を組み合わせたみごとなダブルベッド。床には染みひとつない白いラグ。白いラグの上に立つのは初めてだった。寝室からつづくほどよい大きさの化粧部屋には、クロームメッキで縁取られた大きな鏡が壁にかかり、つややかな光沢を放つ衣裳だんすがあったが、なかはからっぽだった。化粧部屋の端に小ぶりの洗面台。非の打ちどころのない空間だった。

「あいにく、専用の浴室がなくてね」とオリーヴが話しだしたとき、つなぎを着た男たちがわたしのスーツケースとミシンを化粧部屋に運び入れた。「廊下を挟んで反対側にある浴室を、シーリアといっしょに使ってもらうわ。彼女もここの住人よ、さしあたりは。そしてハーバート氏とベンジャミン氏が、フロアの反対側に部屋をもっている。彼らはべつの浴室を使っているわ」

ハーバート氏とベンジャミン氏がどういう人かは知らなかったが、そのうちにわかるだろう。

「ねえ、オリーヴ。ビリー叔父さんはここを必要としていないの？」

「どうやら、そのようね」

「ほんとうに？　叔父さんが必要になったら、わたしが出ていけばいいのよね。こんな素敵な部屋、わたしには畏れ多くて……」

いや、それは嘘だった。わたしはここに住みたくてたまらず、心のなかではすでに自分のものだと宣言していた。わたしはこの場所で、いっぱしのおとなになるのだと心に誓った。

「あなたの叔父さまは、もう四年もニューヨークに戻っていないのよ、ヴィヴィアン」オリーヴがわたしをじっと見た。他人の思考がニュース映画のように読みとれるのではないかと思わせる、不穏な眼差しで。「だいじょうぶ。あなたがここで安心して眠れることを保証してあげる」

ああ、なんという幸せ！　わたしは心のなかで快哉を叫んだ。

最小限のものだけ荷物から取り出し、顔を洗って、鼻に白粉をはたき、髪をとかし、雑然とした大きな居間に——新奇なものとおしゃべりがあふれるペグ叔母さんの世界に戻った。

オリーヴがキッチンから小さなミートローフにしなびたレタスを添えたひと皿を運んできた。先刻から彼女が察していたとおり、これでは部屋にいる全員にゆきわたらない。でも彼女はふたたびキッチンに行って、冷製肉の盛り合わせとパンを持ってきた。そのつぎは、どうにか掻き集めたと思われる半身のローストチキンと、ピクルス、冷えた紙箱入りの中華料理をいくつか。だれかが窓をあけて、小さな扇風機を回したが、夏のむっとする暑さは少しもましにならなかった。

「さあ、子どもたち、お食べなさい」ペグが言った。「好きなだけとって」

グラディスとローランドが勢いよくミートローフに飛びつき、わたしは中華料理の炒め物に手を出した。シーリアはなにも食べずカウチに静かにすわっていたが、こんなにも悠然とマティーニを飲んで煙草を吹かす人を、わたしは見たことがなかった。

「夜のショーの始まりはどうだった？」オリーヴが訊いた。「わたしは終わりしか見ていない」

「そうね、『リア王』には及ばないわね、あとわずかなところでね」ペグが答える。

オリーヴがぐっと眉根を寄せた。「なに？　なにがあったの？」

「まったくなんにも」と、ペグ。「ただのお粗末なショーよ。でも案ずることなかれ。いつもの、お粗末なショーだから。それでだれかが傷つくわけじゃなし。お客はみんな自分の足で歩いて帰っていったわ。来週からはべつのショーをやるんだもの、なにも問題ないわ」

「売り上げは？　夕方のショーはどうだった？」

「そういうことはいちいち訊かないの」とペグ。

「いくらはいったの、ペグ？」

「答えを知りたくなければ訊かないことね、オリーヴ」

「でも知っておく必要があるのよ。今夜のような頭数じゃ、やっていけない」

「ああ、あなたが頭数って言うのすごく好き！　数えたところ、夕方のショーのほうは四十七人」

「ペグ！　それじゃ足りない！」

「嘆くなかれ、オリーヴ。夏は客足が鈍るものじゃない？　これでせいいっぱいよ。もっと頭数を増やしたいなら、芝居じゃなくて野球をやるしかない。あるいは空調設備に投資するか。来週から始まる南洋ものに気持ちを切り替えましょ。明日の午前中に、ダンサーたちに稽古してもらう。火曜日までに仕上げなくちゃ」

「明日の午前中はだめ」オリーヴが言った。「子どもダンス教室にステージを貸しているから」

「さすがね、あなたはやりくり上手。じゃあ、明日の午後に」

「午後もだめ。水泳教室に貸したから」

「水泳？　ねえ、オリーヴ、ステージを水浸しにされちゃうわよ」

「ありえない。水にはいらないで教える水泳教室だから」

「つまり、演劇的概念として水泳を教えるわけ？」

「そういうことかも。ただの基礎クラスよ。市がお金を出している」

「オリーヴ、これじゃあどう？　あなたが子どもダンス教室にも水なし水泳教室にもステージを貸してないとき、グラディスに南洋ものの稽古を始めてもらう、それでいい？」

「では、月曜日の午後」オリーヴが言った。

「月曜日の午後ですってよ、グラディス！」ペグが、ショーガールのほうを向いた。「聞いた？　月曜の午後に全員集められる？」

「どっちみち午前中の稽古は好きじゃないわ」と、グラディスが言うが、訊かれたことにちゃんと答えていない。

「むずかしいことじゃないわよ、グラディス」と、ペグ。「ちゃちなショーなんだし、あなたの好きにやって」

「南洋もの、やりたあい！」ローランドが言った。

「みんな、南洋が舞台のショーに出たがるのね」と、ペグ。「この子たちは、異国情緒あふれる舞台が大好きなのよ、ヴィヴィ。とくに衣裳がね。今年だけで、インドのショーに中国娘のお話にスペインの踊り子物語。去年は、エスキモーの恋愛ものをやってみたけど、いまひとつだった。衣裳が舞台に映えなくて――まあ、控えめな言い方をするとね。ほら、毛皮だし重いし、歌もあんまりだった。〝ナイス（すてき）〟と〝氷（アイス）〟の韻（いん）ばっかりで、しまいには頭が痛くなってね」

「あんたなら、南洋ショーのフラガールをやれるわよ、ローランド！」グラディスがそう言って、高らかに笑った。

「もちろん、かわいくやれるわ！」ローランドがしなをつくって言った。

「うん、あんたならやれる」と、グラディス。「小柄だもの。そのうち、どこかへ飛んでいっちゃいそうだね。ステージではいつも、あんたの隣に立たないように気をつけてるわ。あたしがでかい牛みたいに見えちゃうから」

「それは最近、あなたが太ったからじゃない？」オリーヴがグラディスをじろりと見た。「食事制限しないと、衣裳が着られなくなるわよ」

「なにを食べようが、体型には関係ないんですって！」グラディスが言い返し、ミートローフの新たなひと切れに手を出した。「雑誌に書いてあったわ。肝心なのはコーヒーを何杯飲むかだって」

「あなたはお酒の飲み過ぎよ」ローランドが大きな声で言った。「ほどほどにしておけないんだから！」

「たしかに、ほどほどにするのは無理ね！」グラディスがうなずく。「それがあたし。わかってるでしょ。ひとつ教えてあげるけど、お酒をほどほどにしたら、派手な色恋も楽しめなくなるわよ！」

　グラディスは、もうひとりのショーガールのほうを向いて言った。「ねえ、シーリア。口紅貸して」シーリアは黙って絹の化粧着のポケットから口紅を取り出し、グラディスに渡した。グラディスは、わたしが見たこともない鮮烈な赤の口紅を自分の唇に塗ると、ローランドにキスをして、両頬に真っ赤な跡を残した。

「ほら、ローランド。これであんたがこの部屋でいちばんかわいい子！」

　ローランドはからかわれても気にしていないように見えた。彼の肌はまるで磁器人形（ビスクドール）で、眉毛を抜いて整えているのが美容に関して目利（き）きのわたしにはわかった。驚いたことに、彼は男性を装おうともしていなかった。しゃべるときには若い娘のように両手をひらひらさせる。頬についた紅をぬぐおうともしない。つまり、女の子に見られたがってるってこと？（わたしの無知を許して、アンジェラ。ゲイについてろくに知らなかった。レズビアンについてなら、ヴァッサー女子大にいたのだから、まるきり知らないわけじゃなかったけれど。）

　ペグがわたしを見て訊いた。「さて、ヴィヴィアン・ルイーズ・モリス！　あなたは、ニューヨークにいるあいだに、どんなことをしたい？」

　どんなことをしたい？　もちろん、いまみたいなことをしたい！　ショーガールといっしょにマティーニを飲んで、ブロードウェイの仕事（ビジネス）の話を聞いて、女の子みたいな男の子からゴシップを仕入れること！　〝派手な色恋〟についてもっと知ること！

でも、そんなことは口に出せず、そつなく答えるつもりで言った。「あちこちを見てまわりたい。いろんなことを吸収したいわ！」

　みんなの目がわたしに集まっていた。もしかすると、まだなにか待ってる？　まだなにか足りない？　「ええと、ニューヨークの道がわからないのが、まず問題なんだけど……」。言うそばから、自分がばかみたいに思えた。

　わたしのばか娘ぶりを見かねたペグ叔母さんが、テーブルから紙ナプキンを一枚取って、そこにマンハッタンのかんたんな地図を描いてくれた。あの地図をとっておくのだったわ、アンジェラ。あれを超える魅惑的なこの街の地図をわたしは知らない。先が曲がった大きなニンジンみたいなひとつの島。そのまんなかに黒く塗りつぶされた四角形のセントラルパーク。ゆるい波線で描かれたハドソン川とイースト川。島の下方の＄マークはウォール街で、島の上方の♪はハーレム。そして、島のちょうどまんなかに輝く☆は――そう、ビンゴ！　わたしたちのいるところ、タイムズスクエア、世界のどまんなか！

「ほら、これでわかる」と、ペグが言った。「これでもう道に迷わないわよ、大事な子（キドゥ）。街にある標識をよく見ること。ぜんぶ数字がしるされているから、かんたんでしょ。いいこと、マンハッタンはひとつの島なの。みんな、それを忘れてる。同じ方向にずっと歩けば、そのうち川にぶつかる。川にぶつかったら、引き返して、べつ方向に進めばいいだけ。すぐに覚えるわよ。あなたより鈍い人だって、この街の地理がわかってるんだから」

「グラディスだってわかってるわ」ローランドが言う。

「あのねえ、あたしはここの生まれなの」と、グラディス。

「ありがとう！」わたしは紙ナプキンの地図をポケットにしまって言った。「もし劇場で仕事の手が必要なら、喜んでお手伝いするわ」

「手伝いたいの？」ペグはわたしの申し出に面食らっていた。どうやら、わたしにはなにも期待していなかったようだ。両親はいったいどんなふうにわたしのことを伝えていたのだろう？「じゃ、オリーヴを手伝ってはどう？　あなたさえよければ。そうね、事務仕事っていうか……」

オリーヴがこの提案に顔を引きつらせた。わたしも自分の顔がそうなっていないか心配した。彼女はわたしを使いたくないだろうが、わたしだって彼女に使われたくはない。

「券売所でもいいわね」と、ペグがつづける。「芝居のチケットを売る仕事よ。音楽はできないんでしょ？　べつに驚かないわよ。うちの一族に音楽の才能がある人はひとりもいない」

「裁縫ならできるわ」

声が小さかったにちがいない。わたしの発言はだれにも拾われることなく消え去った。

オリーヴが言った。「ペグ、ヴィヴィアンをキャサリン・ギブス・スクールに入学させてはどう？あそこならタイプを学べるわ」

ペグとグラディスとシーリアが、いっせいにうめき声をあげた。

「オリーヴは、若い娘とみると、キャサリン・ギブスに放りこんで、タイプを習わせたがるんだよ」グラディスが説明してくれた。彼女は、タイピストの勉強が戦争捕虜収容所での岩の掘削作業と同類であるかのように、ぶるぶるっと震えてみせた。

「キャサリン・ギブスは職業婦人を大勢送り出している」オリーヴが言った。「これからの若い女性は社会に出て雇用される存在になるべきね」

「あたし、タイプは打てないけど、雇用されてるわ」グラディスが言う。「雇用されてるじゃない、ね、あなたに！」

オリーヴが言った。「ショーガールを職業婦人とは呼べないわね、グラディス。ショーガールは、そうね、そのときどきの仕事に就いているだけ。職業とはべつものよ。安定した働き口とは言いがたい。秘書ならいつでも職を見つけられるけど」

「ただのショーガールじゃないわ」グラディスがむっとして返した。「あたしはダンス・キャプテン。だから、いつだって仕事が見つかる。お金が尽きたら、結婚すればいいのよ」

「タイプを覚えちゃだめよ、大事な子」ペグがわたしに言う。「たとえ覚えても、タイプが打てるなんて人に教えちゃだめ。タイプを打てるとわかれば、永遠にそればっかりやらされる。速記もだめ。身の破滅よ。女がいったん速記帳を手にしたら、そのまま二度と手から離れなくなると思いなさい」

そのとき突然、この部屋にあがってきてから初めて、部屋の向こう端にいた美しい生き物が口を開いた。「裁縫ができるって言ったわね？」

またも、彼女のハスキーな声にどきりとした。そのうえ彼女の眼差しがわたしに注がれている。ちょっと威嚇的な感じがする目つき。〝くすぶる〟という言葉をそう何度も使いたくないのだが、シーリアについて語るときに、この言葉を使わないわけにはいかない。シーリアには、いつも彼女のなかで小さな火がくすぶっているような印象があった。くすぶるような眼差しに見つめられるのは、落ちつかなかった。だから、うなずいたあとは安全なペグのほうに目を逸らした。「ええ、裁縫ならできるわ。モリスのお祖母さまから教えてもらったから」

「どんなものを縫うの？」シーリアが訊いた。

「そうね、このワンピースとか」

グラディスが甲高い声をあげた。「ええっ、そのワンピース、自分でつくったの?」

グラディスとローランドがわたしにさっと近づいた。わたしの服がお手製だと知ったときにいつも女の子たちがするように。ふたりは、二匹の美しい小猿のように、わたしのワンピースのあちこちを指でつまんで調べはじめた。

「あんたがこれを……ほんとに?」と、グラディス。

「この縁飾りも?」と、ローランド。

わたしは〝こんなのかんたんよ!〟と答えたかった。一見すると複雑そうだが、このワンピースは自分のつくるもののなかでは間違いなくかんたんな部類だった。それでも自慢たらしく聞こえるのはいやだったので、「自分の着るものはぜんぶ自分でつくるの」と返した。

部屋の向こう端から、シーリアがまた言った。「衣裳もつくれる?」

「つくれる気がする。どんな衣裳かにもよるけど、だいじょうぶだと思うわ」

美しいショーガールは、今度はすっと立ちあがって尋ねた。「こんなのをつくってもらえる?」彼女が化粧着を床に落とすと、その下の衣裳があらわになった。

(こんなふうに書くと、色気たっぷりのしぐさだと思われそうだが、シーリアの脱ぎっぷりはふつうの女とはまるでちがった。ほんとうにストンと、着ているものをただ落とすのだ。)

彼女の肢体は驚嘆に値したが、衣裳はごく基本的な形だった。きらびやかなツーピース——まあ水着のようなもので、近くで見るより五十フィート(約十五メートル)離れて見た方が映えるようにデザインされている。体に密着したハイウエストのショーツはきらめくスパンコールで覆われ、ブラジャーはビーズと羽根で飾られていた。似合ってはいたが、彼女なら病院の患者着だって似合うだろう。もっとシーリアを引き立てる衣裳がつくれるはずだと思った。まずこれは肩のストラップがぜんぜんだめ。

「つくれるわ」と答えた。「ビーズ刺繡（ししゅう）がちょっと手間で、時間がかかる。でもあとは楽々よ」そのとき、夜空をかすめる彗星（すいせい）の光の尾のように、わたしのなかにいい考えがひらめいた。「そうだわ、衣裳監督がいるなら、わたしを使ってもらえない？　その人の助手になるから！」

部屋じゅうから笑い声があがった。

「衣裳監督！」グラディスが言った。「ここがパラマウント映画かなんかだと思ってるの？　イーディス・ヘッド（一九二〇年代から長く映画界で活躍した衣裳デザイナー）が地下室に隠れてるとか？」

「ショーガールは自前で衣裳を用意するのよ」ペグが説明してくれた。「うちの衣裳庫に使えるものがなければ――まあ、ないんだけどね――私物でやってもらうことになってる。彼女らの負担になるけど、いつもそんなふうにやってきたわ。シーリア、それはどこで手に入れたの？」

「買い取ったのよ。〈エルモロッコ〉のイヴリンを憶えてる？　彼女が結婚してテキサスに移ることになったから、トランクひとつ分の衣裳を安く譲ってもらった。ついてたわ」

「たしかに、ついてたわね」ローランドが鼻を鳴らした。「あいつから変な病気を感染（うつ）されなくて」

「よしなよ、ローランド」グラディスが言った。「イヴリンはいい娘（こ）だよ。彼女がカウボーイと結婚したから妬いてるんじゃないの？」

「ヴィヴィアン、もしあなたが衣裳づくりでこの子たちを助けてくれるなら、みんな間違いなく感謝するわよ」ペグが言った。

「南洋ショーの衣裳もつくってくれる？」グラディスがわたしに尋ねた。「ハワイのフラガールみたいなやつ、できる?」

コック長に粥をつくれと指示するようなものだった。

「もちろん。あしたにだってつくれるわ」

「あたしにもフラガールの衣裳つくってくれる?」ローランドが尋ねる。

「予算がないわ」オリーヴが釘を刺した。「新しい衣裳についてまだ話し合ってもいない」

「よしてよ、オリーヴ」ペグがため息をついた。「あなたたって牧師の妻みたい。この子たちを楽しませてあげましょうよ」

わたしは、縫い物の話が始まってからずっと、シーリアに見つめられているのが気になってしかたなかった。彼女に見つめられるのは、怖いけれどゾクゾクした。

「あなた気づいてる?」わたしをひとしきり見つめたあとに、シーリアが言った。「あなたは、きれいよ」

正直に言うと、多くの人はもう少し早くそれに気づいてくれる。でもシーリアのような美貌の女性なら、わたしになんの関心も示さなかったとしても、不思議ではなかった。

「教えてあげるけど」と、今夜初めて笑みを浮かべて彼女はつづけた。「あなたは、ちょっと、わたしに似てる」

アンジェラ……はっきり言って、それは、ない。

シーリア・レイは女神、わたしはただの小娘。でも、彼女の言いたいことが、ぼんやりとだが、わかるような気がした。わたしたちはどちらも長身のブルネット、象牙色の肌、茶色の瞳、そして両目のあいだが広い。双子は到底無理だし、姉妹とも言いがたいけれど、いとこと言ったら通るかもしれない。体型はといえば、似たところまるでなし。シーリアが桃なら、わたしは一本のまっすぐな枝。それでも、似ていると言われて、わたしは舞いあがった。ただ、いまでも、シーリア・レイがわたしに目をつけたのは、わたしたちがほんのちょっとだけ似ていたからだと信じている。それが彼女の関心を引いた。自己愛の強い彼女にとって、わたしを見ることは、（とてもぼんやりと、とても遠くにある）鏡を見つめるようなものだったにちがいない。シーリアは、自分が愛せない鏡をけっして見ようとはしなかった。

「お揃いの服を着て、いっしょに街に出かけたいわね」シーリアが低い声で言った。ブロンクス訛りのちょっと音を伸ばすところが、猫が喉を鳴らしているように聞こえた。「素敵なトラブルを巻き起こせるかも」

それについてどう返せばいいのかとまどった。わたしはうぶなエマ・ウィラード校の女生徒よろしく、ただぽかんと口をあけてすわっていた。

わたしの法的庇護者のペグ叔母さんは、姪っ子を不良の道に誘いかねないシーリアの発言を耳にしたはずだが、「あら、おもしろそうね」と言っただけだった。

ペグはふたたびバー・コーナーに近づき、マティーニをまとめてつくろうとしたが、オリーヴがそれをやめさせた。リリー座の強面秘書は立ちあがり、両手をパンと打って宣言した。「おしまい！ペグをこれ以上夜更かしさせると、明日に響くわ」

「なによ、オリーヴ。一発くらわせてやりたい！」ペグが言った。

「さあ寝室へ、ペグ」動じることなく、腰に両手をあてがってオリーヴが返した。「さあ早く」

部屋にいた人たちが、おやすみなさいを言い合って、出て行った。

わたしは自分の部屋（自分の部屋！）に戻って、もう少しだけ旅荷を解こうとした。でも心が喜びに高ぶりすぎて、作業に身がはいらなかった。

服を衣裳だんすに吊しているとき、ペグがようすを見るために立ち寄った。

「ここの居心地はどう？」彼女は、ビリーの整然とした部屋のなかを見まわして尋ねた。

「すごく気に入ったわ。素敵よ」

「そう。ビリーも喜ぶわ」

「ペグ、ひとつだけ尋ねていい？」

「どうぞ」

「火事はどうなったの？」

「どの火事？」

「オリーヴが言ってたわ。きょう、劇場でぼや騒ぎがあったって」

「ああ、あれ！　建物の裏手で古い大道具から火が出たの。消防署に友人がいたから、なんとかうまくおさめられた。いやはや、あれってきょうだったっけ？　すっかり忘れてた」ペグはそう言って、目をこすった。「いいこと、大事な子（キドゥ）、リリー座の暮らしはぼや騒ぎの連続。あなたもそのうちわかるわ。さあ、もう寝なさい。オリーヴ警察に踏みこまれない前に」

わたしはベッドにはいった。ニューヨークの街で眠るのも、男性のベッドで眠るのも人生初めてだった（でもこれが最後にはならなかった）。

散らかった居間をだれが片づけるのだろうと、ふと考えた。たぶん、オリーヴなのだろう。

4

ニューヨークに移り住んで二週間で、わたしの人生は劇的に変わった。話しだしたらきりがないけれど、その変化のなかには、わたし自身の処女喪失も含まれている。アンジェラ……これはとびきりおかしな顛末だから、あとで話しましょう。だからいましばらく、そこに至るまでの話に付き合ってほしい。

なぜなら、リリー座がそれまでわたしが生きてきた世界とはまるきりちがっていたことを、まず伝えておきたいから。リリー座は、そこに生きる人々の粋と気っ風と享楽と大騒ぎが生みだす漫画映画だった。言い換えるなら、子どもみたいなおとなたちの世界。家と学校に押しつけられてきた秩序と規則から、わたしは一気に解き放たれた。リリー座では（忍耐強いオリーヴはべつとして）だれひとり世間体のよい生活のリズムを守ろうとしなかった。お酒と大騒ぎはいつものこと。食事の時間もばらばら。みんな、昼まで眠っていた。そのうえ、仕事をいつ始め、いつ終わるかも決まっていなかった。計画は一瞬にして変更され、大勢の客が訪れ、正式な紹介もなければ、立ち去るときの挨拶もなかった。仕事の割り振りはつねに漠然としていた。

すぐに気づいて眩暈がするほど驚いたのは、ここにはわたしの行動を監視する人がいないということだった。わたしのことを報告する人がいない。なにかを期待されてもいない。みずから望めば衣裳の制作を手伝えるが、正式な仕事として依頼されるわけでもない。門限なし。夜間の点呼もなし。寮監はいないし、母親もいない。

わたしは自由だった。

ペグ叔母さんがわたしの保護責任者ということになってはいた。彼女は実際にわが一族のひとりで、親代わりにわたしの面倒を見る役目を引き受けてくれた。しかし彼女は過保護ではなかった。いや、これは控えめな言い方だ。ペグ叔母さんは、わたしが初めて出会った自由人だった。そんなとんでもないことを！　と思ったとしても、自分の人生なら自分で決めるべきだ、というのが彼女の考え方だった。

ペグの世界は渾沌のなかにあっても、なぜかうまくいった。無秩序のきわみであろうと、リリー座はどうにか一日二回のショー――〝夕方のショー〟（五時開演、おもな客は女性や子ども）と〝夜のショー〟（八時開演、おとな向けに演出が少しきわどくなり、男性客が多い）を上演した。日曜と水曜には昼間のマチネがある。土曜の昼には、近隣の子どもたちを集めての無料マジックショー。オリーヴは昼間の劇場を地域の催しのためにいつでも貸すつもりだったが、水なし水泳教室程度ではお金がたまるはずもなかった。

リリー座は、隣人たちでもっていた。あの時代に隣人といったら、まさしく隣人だった。その内訳は、おもにアイルランド系とイタリア系移民、あとはカトリック系の東欧諸国からの移民で、かなりの数のユダヤ人が占めていた。リリー座を囲む低家賃の四階建て集合住宅には、新しくやってきた移民がぎゅう詰めで暮らしていた。ひと部屋に十数人というのもざらだったから、まさに〝ぎゅう詰め〟だ。そんな事情もあって、ペグはショーの台詞を努めて平易にし、英語を学びはじめたばかりの人たちにも理解できるようにしていた。平易な台詞は、役者として本格的な訓練を積んでいない出演者たちにも覚えやすかった。

　リリー座のショーは、観光客や批評家や、いわゆる演劇愛好家を引きつけなかった。労働者階級の娯楽を労働者階級の人々に提供するショー、つまりそういうことだ。大層なことをやっているといううぬぼれに走らないように、ペグはつねにみんなを戒めた。（ペグいわく、「へっぽこシェイクスピアよりイカした脚見せショーを！」。）ブロードウェイ演劇では当たり前になった慣習を――たとえば郊外での試し興行や初演日の華やかなパーティーを、リリー座は採用しなかった。ブロードウェイの多くの劇場とちがって、八月に劇場を閉めなかった。（お客に夏季休暇がないのだから、わたしたちにもないのは当然。）月曜日の休演もなし。来る日も来る日も娯楽を提供しつづける〝年中無休劇場〟だった。地元のお金の行き先としては、商店街や違法賭博とともに映画館が最大のライバルなので、ショーのチケット代を映画料金と同じくらいにしておけば、そこそこに客がはいった。

　リリー座は、ストリッパーが主役のいわゆる艶笑劇（バーレスク）の劇場ではないが、ショーガールとダンサーはバーレスク出身者が多かった（それゆえの猥雑さに祝福あれ）。寄席演芸（ボードビル）とも言いきれなかった。なぜなら歴史的に見て、当時すでにボードビルはほぼ廃（すた）れていた。しかしリリー座のショーは、その雑然とした構成と喜劇性からすれば、ボードビルにかなり近かった。むろん演劇だと言い張るには無理がある。より厳密に言うなら、レヴューだろう。物語の筋書きは、恋人どうしを再会させてダンサーたちが脚を見せるための方便にすぎなかった。（リリー座には三種類の背景幕しかなかったので、芝居の筋書きにも縛りがあった。あらゆる出来事が、十九世紀の街角か、上流階級の優雅な客間か、大きな外洋船の上で起こるのだ。）

ペグは数週間ごとに演目を換えたが、どれも似たり寄ったりで、すぐに記憶から抜け落ちていった。（ええと、ほら、『怒りふつふつ』——街の不良が恋に落ちるこの芝居のことを、あなたは知るよしもない！　リリー座で二週間上演されると、つぎの演目にさっさと換えられた。つぎは『あの船を追え！』で、言うまでもなく、舞台は外洋船の上。）

「マンネリから抜け出そうと思えばできる」と、かつてペグがわたしに言った。「でもね、マンネリが効くのよ」

マンネリをもう少し詳しく言うなら——。

喜びを（せめて慰みを）、ほんの束の間（四十五分以内！）の、恋物語を軸としたショーによって観客に与えること。その恋物語の主役は、歌えてタップダンスが踊れて好感のもてる若いカップルであること。だがふたりは、嫉妬にかられた悪者——おおむね銀行家でときにギャング（やることは同じだが、衣裳がちがう）——によって一度は仲を裂かれてしまう。そこに胸の谷間もあらわなケバい女があらわれ、好青年を誘惑する。しかし、彼は恋人ひとすじ。さらには、娘に横恋慕し、恋人から引き離そうとする色男まで登場する。お笑い担当は、焼いたコルク栓の炭で無精ひげを描いた、酔っぱらいの放浪者だ。一回のショーで少なくとも一回は、恋人たちがうっとりとバラードを歌う。歌詞には月と夢心地の韻がよく使われる。そして大団円はお決まりのラインダンス。

拍手喝采。幕がおりる。〝夜のショー〟はこの繰り返しだった。

演劇批評家にとって最良の仕事はリリー座の存在に気づかないことで、おそらくそれがだれにとってもよいことだった。

けなしているように思われるかもしれないが、けっしてそんなつもりはない。リリー座のショーを愛していた。もう一度、あの朽ちかけた劇場のホール後方からあれを観られるなら、なんだって差し出すだろう。わたしにとって、あの単純で熱狂的なレヴューを超えるものはない。それらはわたしを幸せな気分にしてくれた。舞台でなにが起きているかを苦もなくわからせて、観る人に幸せな気分をもたらすようにできていた。ペグはこのやり方を、第一次世界大戦のさなかに、手足をなくしたり毒ガスで喉を焼かれたりした兵士たちを観客とし、陽気な歌と踊りの寸劇をつくりつづけることで会得した――「人はときどき、目の前のことから気を逸らしたくなるものなの」。

わたしたちの仕事は、人々に気を逸らすためのなにかを差し出すことだった。


ショーの出演者について言うなら、ダンサーはつねに八人――四人の青年と四人の娘――を必要とした。さらに観客の期待に応えるための、ショーガールが四人。人々はショーガールを見るためにリリー座へやってくる。〝ダンサー〟と〝ショーガール〟のちがいはなにかと問われたら、まずは身長と答えよう。ショーガールは最低でも五フィート十インチ（約一七八センチ）は必要。もちろんヒールも頭飾りもなしで。ショーガールには、標準のダンサーよりも圧倒的な見栄えが要求される。とまどわせてしまうかもしれないが、ショーガールがダンサーになることもある（たとえばグラディスは一座のダンス・キャプテンを兼ねていた）。しかし、ダンサーがショーガールをつとめることはない。それには身長と見栄えが足りないからだ。まずまずの容姿と魅力をもつ中背のダンサーが、いくら舞台化粧を凝らし巧妙に詰め物をしようが、二十世紀なかばのニューヨークにあらわれたアマゾネスみたいなショーガールの圧倒的な存在感を放つことはできない。

リリー座は成功の梯子（はしご）を昇る途中の多くの若者をつかまえた。リリー座から巣立ち、〈ラジオシティ・ミュージックホール〉や〈ダイヤモンド・ホースシュー〉までのぼりつめた娘もいた。ポスターや雑誌の見出しに名前が躍る者もいた。しかしどちらかと言えば、リリー座は、梯子を昇る者より降りる者を雇うほうが多かった。（もう若くないラジオシティ・ロケッツの元メンバーが、『あの船を追え！』のような、ちゃちで安っぽいショーのラインダンスのオーディションを受ける姿ほど勇気をもらえるものはない。）

一方、リリー座には、つましい観客を相手に同じような演目を繰り返す、何人かのレギュラーもいた。グラディスは一座の要（かなめ）で、リリー座名物〝ボグルボグル〟というダンスをつくった。客に大受けするので、〝ボグルボグル〟はどんな演目にもはいっていた。どうしてあれを愛さずにいられるだろう？　娘たちがいっせいにステージに飛び出し、びっくり（ボグル）したように両手を振りあげ、思いっきり全身を揺する。ただそれだけ。

客たちが「ボグルボグル！」と叫べば、それに応えてすぐにまた踊った。近所の子どもたちが歩道を〝ボグルボグル〟で歩いて学校に通う姿を見たこともあった。

あれは、リリー座の文化的遺産だったと言わせてほしい。

ペグのささやかな一座が、経済的に成り立っていたかどうかについては、正直なところ、よくわからない。（ひょっとしたら、あのおなじみのジョーク、〝ショービジネスで小さな財を築きたければ、大きな財より始めよ〟そのものだったのかもしれない。）ショーのチケットが完売することはなく、お代は雀の涙だった。劇場の建物は素晴らしいが、やたらと餌代のかかる巨象でもあった。ひどい水洩れときしみ。電気配線はエジソンとほぼ同年齢で、配管設備はもはやオカルト的だった。塗料はあちこち剝がれ、屋根は雨天には向かない晴天仕様だった。どこもかしこもそんな感じ。ペグ叔母さんは、この崩壊寸前の劇場に大金を注ぎこんだ。それは大甘の女相続人がヤク中の恋人に金を渡しつづけるようなもので、要するに、きりがなく、先がなく、益がない。

オリーヴの仕事は、この金の流出を止めることにあった。これもまた、きりがなく、先がなく、希望がなかった。（だれかがお湯を使いすぎると、彼女は叫んだ。「ここはフランスのホテルじゃないんだから！」。その声がいまも耳の底に残る。）

オリーヴはいつも疲労をにじませていた。無理もない。ペグと出会ってこの一座を旗揚げした一九一七年以来ずっと、彼女は一座でただひとりの責任感あるおとなだった。〝モーゼがおむつをしていたときから〟ペグの秘書をやっていると言ったのは、あながち冗談ではなかったのだ。彼女はペグと同じく赤十字の看護師だったが、当然、訓練はイギリスで受けていた。ふたりの女はフランスの戦場で知り合い、戦争が終わると、オリーヴは看護師をやめて、新しい友といっしょに芝居の世界に飛びこんだ。それ以来、わたしの叔母の信頼篤き忍従の秘書という役をずっと演じてきたというわけだ。

オリーヴはリリー座のなかを歩きまわり、指示や命令や訂正をきびきびと発した。わがままな羊たちのまとめ役をまかされた牧羊犬みたいに、いつも張りつめた、どこか哀れを誘う表情をしていた。そしてとにかく、規則にうるさかった。劇場内でものを食べてはならない（「観客よりネズミの数が多くなるのはまっぴら！」）、稽古の遅刻厳禁、〝お客のお客〟を泊めてはならない、領収書なき経費は認めない、つねに優先させるべきは税金の支払い……。

ペグは秘書のつくる規則を尊重したが、対応には曖昧（あいまい）なところもあった。信仰の道からはずれても教会法には基本的に敬意を払う人のように、彼女はオリーヴの規則を尊重した。要するに、尊重こそしたが、従わなかった。

そして、残りの者はみな、ペグの先例に倣（なら）い、つまりだれもオリーヴの規則に従わず、ときどき従うふりだけした。

そんなわけで、オリーヴはつねに疲弊していたし、わたしたちは子どものままでいることができたのだ。

ペグとオリーヴはリリー座の建物の四階の、共有スペースを挟んだそれぞれの部屋に暮らしていた。四階にはふたりの部屋のほかにもいくつか部屋があったが、わたしが移り住んだときには使われていなかった。（ここを建てた最初の所有者が愛人たちのためにこしらえた部屋らしい。ペグは「流れ者と行商人を急場しのぎに泊める部屋」だとわたしに説明した。）

でも、なんであろうがおもしろい出来事は、わたしの部屋のある三階で起こった。三階にはグランドピアノがあり、その上はおおかた、飲みさしのグラスと灰皿でいっぱいになっていた。（ペグはときどきピアノの横を通りながらだれかの置いたグラスを手にとり、くいっと飲みほした。彼女に言わせれば「取り分の回収」だそうだ。）三階は、みんなが食べて飲み、煙草を吸い、喧嘩し、働き、暮らす場所であり、リリー座の実質的なオフィスでもあった。

ハーバート氏と呼ばれる男性も三階に住んでいた。ハーバート氏のことは、〝うちの脚本家〟として紹介された。ショーの基本的な筋書きをつくり、ジョークやギャグもひねり出し、舞台主任でもある。さらに、リリー座の広報担当であるとも聞いていた。

「広報担当って、具体的にどんな仕事？」あるとき彼に尋ねた。

「わたしが知りたいものだね」という答えが返ってきた。

さらに興味深いのは、ハーバート氏が弁護士資格を剝奪された元弁護士で、ペグの古い友人だということだった。依頼人から大金を横領したらしいのだが、ペグは彼の罪を責めてもしかたがないと言った。その罪を犯したとき、彼は禁酒を破っていたからだ。「飲んでるときにやったことは責められない」というのがペグの哲学だった。（ペグは「わたしたちはみんな、弱さをかかえている」とも言い、失敗した人、落伍した人に二度目、三度目、四度目のチャンスを与えた。）ふさわしい役者が見つからないときには、ハーバート氏が酔っぱらいの放浪者を演じたが、彼の放浪者には観客の胸を打つ本物の哀愁が漂っていた。

しかしそれでも、ハーバート氏はおもしろい人だった。陰気で辛口なところもあったが、それも含めておもしろかった。朝起きて朝食を食べにいくと、いつもハーバート氏がキッチンの食卓についていた。くたびれたスーツのズボンに、上はワイシャツ。彼専用のマグでカフェイン抜きのコーヒーを飲み、しなびたパンケーキをつついていた。ノートをにらみつけながらため息をつくのは、つぎのショーに備えて新しいジョークや台詞を考えているときだ。毎朝、わたしはとびきり快活にハーバート氏に挨拶した。日々変化する彼の鬱々とした返事を聞きたいがために。

「グッド・モーニング、ハーバートさん！」

「よき朝かどうかには議論の余地がある」と、こんなふう。

べつの朝には、「グッド・モーニング、ハーバートさん！」

「半分なら事実と認めよう」

あるいは、「グッド・モーニング、ハーバートさん！」

「同意しかねる」

あるいは、「グッド・モーニング、ハーバートさん！」

「よき朝にわたしはふさわしくない」

わたしのいちばんのお気に入りは、「グッド・モーニング、ハーバートさん！」

「はあ、きみは皮肉屋か？」


三階の住人はまだほかにもいた。ハンサムな黒人青年のベンジャミン・ウィルソンだ。リリー座の作詞家、作曲家、ピアノ奏者。口数少なく上品で、いつもぱりっとしたスーツを着ていた。たいていグランドピアノに向かい、次回のショーのための陽気な曲を繰り返すか、彼自身の楽しみにジャズを奏でていた。ときどき讃美歌も弾いたが、それはだれも聞いていないと彼が思っているときにかぎられた。

ベンジャミンの父親はハーレムのりっぱな牧師で、母親は百三十二丁目の女子高校の校長だった。言ってみれば、ハーレムの王族のようなものだ。彼は教会の仕事に就くための教育を受けてきたが、ショービジネスが彼を釣りあげ、家族は罪深い世界に染まった彼を勘当した。徐々にわかってきたのだが、同じようなことがリリー座で働く人たちにはよくあった。ペグは大勢の、家族からのはぐれ者を引き受けていた。

ダンサーのローランドの事情と似てなくもないのだが、ベンジャミンはリリー座のようなちゃちな一座で働くには才能がありすぎた。それでもペグが彼に無料の部屋と食事を与え、仕事は彼にとって荷の重いものではなかったので、結局ここにいつくことになったのだ。

わたしが引っ越してきたとき、リリー座に住んでいたあともうひとり、その人について語るのを最後にしたのは、彼女がわたしにとって最もたいせつな人だからにほかならない。

そう、シーリア。ショーガール、わたしの女神。

リリー座に寝泊まりするのは彼女のかかえた問題に〝片がつく〟までだ、とオリーヴから聞いていた。シーリアは〈リハーサルクラブ〉から追い出されたばかりで、ねぐらを必要としていた。〈リハーサルクラブ〉は西五十三丁目に建つ、低料金のまずまず快適な女性専用ホテルで、当時は多くのブロードウェイのダンサーや役者が滞在していた。だがシーリアは、男子禁制の部屋に男を泊めたことがばれて、ホテルにいられなくなった。だから、ペグがリリー座のひと部屋を、仮の宿として提供したというわけだ。

オリーヴがこの申し出に渋い顔をしたことはなんとなくわかる。もちろん、オリーヴはペグがだれかにタダでしてあげるおおかたのことに渋い顔をした。でもシーリアに提供されたのは夢のような贅沢じゃない。彼女の小さな避難所は劇場ホールの地下にあり、わたしが使うビリー叔父さんのほぼまっさらな洒落(しゃれ)た部屋とは比べものにならないほどみすぼらしかった。小さな物置くらいの部屋に簡易ベッドがひとつ。わずかな床に彼女の服が重なっていた。窓はひとつあったが、外は暑くて臭い路地。絨毯(じゅうたん)も、洗面台も、鏡も、衣裳だんすもない。わたしが寝ていたような大きな美しいベッドは望むべくもない。

このすべてが、シーリアがわたしの部屋に転がりこんできた理由になるだろう。それはいきなりだった。事前の話し合いもなく、予期せぬときに起きた。ニューヨークに来て二日目、真夜中と夜明けのあいだのどこかで、シーリアがわたしの寝室にはいってきた。わたしは肩をどんと突かれて目覚め、酔っぱらいの呟きを聞いた。

「どいてよ」

言われるままに、どいた。わたしがベッドの反対側に体を返すと同時に、彼女がマットレスにどさっと倒れこみ、枕を乗っ取り、上掛けをその美しい肢体に巻きつけ、一瞬にして眠りに落ちた。

うわあ、すごい！

いやもうあまりにすごいので、眠れなくなった。動きもしなかった。枕をなくし、壁に押しつけられて窮屈だったせいもある。でもそんなことよりもっと重要な問題があった。ええと、めかしこんだ酔っぱらいのショーガールがベッドに転がりこんできたとき、いったいどんなふうに相手すればいいの？　わからない……。わたしは黙って横たわったまま、シーリアの深い寝息に耳を傾けた。彼女の髪から漂う煙草と香水の香りを嗅ぎながら、朝が来たら、この気まずさをどう乗りきればいいんだろうと考えた。

翌朝七時、シーリアが目覚めた。寝室に射しこむ日光をもはや無視できなくなっていた。彼女は気怠げにあくびし、大きく伸びをして、ますますベッドを占領した。化粧はしっかり残り、前夜出かけたときの大胆なドレスもそのままだった。その姿は気絶するほど美しかった。天国のナイトクラブの床にあいた穴から落ちてきた天使みたいに。

「おはよ、ヴィヴィ」彼女が日光に目をしばたたきながら言った。「ベッドを分けてくれてありがとう。あの簡易ベッドは拷問よ。二度とあそこで寝たくない」

彼女が名前を覚えてくれるなんて夢にも思っていなかったので、親しげに〝ヴィヴィ〟と愛称で呼ばれて、わたしは有頂天になった。

「いいわよ」と言った。「いつでもここで寝て」

「ほんとに？」とシーリア。「やった。きょうじゅうに荷物を運ぶわ」

とまあ、これが、わたしがルームメートをもつに至ったいきさつだ。（わたしはそれでよかった。むしろ彼女に選ばれたことが誇らしかった。）この奇妙なゾクゾクする時間をできるだけ引き延ばそうと、会話の糸口をさがした。「ねえ、きのうの夜、どこ行ってたの？」

シーリアはなぜそれを知りたがるのかという顔をした。

「〈エルモロッコ〉だけど？　ジョン・ロックフェラー・ジュニアに会ったわ」

「ええっ？」

「あいつ最低よ。わたしと踊りたがって。わたしには連れがいるのに」

「だれと出かけたの？」

「名前言っても知らない人。わたしを家に呼んでママに会わせたりしない男がふたり」

「どんな男？」

シーリアはふたたびベッドに身をあずけると、煙草に火を付け、昨夜の一部始終を語りだした。ギャング気取りのユダヤ人青年たちと出かけたら、本物のユダヤ人ギャングに出くわし、〝気取り〟のほうが逃げだし、結局、ほかの男とブルックリンまで行って、リムジンで送られて帰ってきた、と。どんな小さなエピソードにも心を奪われた。わたしたちはそれから一時間ほどベッドにいた。わたしは、ニューヨークのショーガール、シーリア・レイが——あの忘れがたいハスキーな声で——ひと夜の出来事を語りつづけるのに聴き入った。
泉の水にありついたように、わたしはそのすべてを飲みほした。

翌日にはもうシーリアの所持品がわたしの部屋に移された。チューブ入りの舞台用ドーランや、容器にまで中身がべたべたついたコールドクリーム。〈エリザベスアーデン〉の幾多の小瓶が、ビリー叔父さんの瀟洒（しょうしゃ）な机の上で、〈ヘレナルビンスタイン〉のコンパクトの群と場所を奪い合っていた。床にはすでにブラや網タイツ、ガーター、ガードルの山が築かれている。（下着や化粧着の多さ！シーリア・レイはネグリジェの繁殖法を知っているにちがいなかった。）彼女の使った汗まみれの脇パッドが、小さなネズミのようにベッドの下にひそんでいた。わたしは床に落ちた彼女の毛抜きを踏んで、ちくりと嚙みつかれた。

シーリアは傍若無人（ぼうじゃくぶじん）だった。口紅をわたしのタオルでぬぐい、わたしのセーターを勝手に着た。わたしの枕にマスカラが黒い染みを残し、わたしのシーツがケーキ型ファンデーションでオレンジ色に染められた。彼女が灰皿にしないものはなかった——たとえそれが、わたしが身を沈めているバスタブだったとしても。

信じがたい話だろうけれど、それでもわたしは気にしなかった。むしろ彼女に出ていかれたくなかった。もしヴァッサー女子大でこんなおもしろいルームメートに出会っていたら、わたしはそのまま大学に残っていたかもしれない。わたしにとってシーリア・レイは完璧だった。ニューヨークの洗練と謎が結びついた輝く化合物だった。彼女のそばにいられるなら、わたしはどんな汚れにも散らかしにもきっと耐えられる……。

わたしたちふたりの共同生活はうまくいった。わたしは彼女の粋な魅力を求めていたし、彼女はわたしの洗面台を求めていたからだ。


この件に関して、ペグ叔母さんには確認しなかった。ショーガールがわたしの使うビリー叔父さんの部屋に移ってきたことも、リリー座に住みつづけるつもりでいるらしいことも、だいじょうぶだろうかとは一度も尋ねなかった。いま思い返すと、かなり無作法だ。家主のペグに承認を求めるのが最低限の礼儀だったと思う。でもわたしは、礼節を知るには自分にかまけすぎていた。もちろん、シーリアも同じだ。だから、わたしたちは突き進み、他人の考えなどおかまいなしに、自分たちのやりたいようにやった。

それに、シーリアが部屋を汚してもいちいち気にせずにすんだのは、ペグ叔母さんが雇っているバーナデットがなんとかしてくれるとわかっていたからだ。バーナデットは、週六日リリー座に通って、みんなの散らかしたあとを片づけてくれる無口で有能なメイドで、キッチンと浴室を掃除し、床にワックスをかけ、住人の夕食までつくった（わたしたちは食べたり、食べなかったり、ときに予告もなく十人もの客を招いた）。彼女は食料を手配し、毎日のように配管工に電話し、おそらくは感謝もされない何万もの小さな家事をこなしていた。そこへさらに、わたしとシーリア・レイの散らかしを片づけるという仕事が加わったのだ。とても公平とは思えない。

わたしは、オリーヴが客人にこんなふうに言うのを聞いたことがあった。「バーナデットはアイルランド人よ。でも、気性の荒いアイルランド人ではないから、雇っているの」

あの時代の人は、このたぐいのことを平気で口にしたものよ、アンジェラ。

そして残念ながら、バーナデットの話はこれでおしまい。

わたしは彼女のことをたいして憶えていない。メイドには関心がなかった。メイドという存在に慣れきって、彼女らが見えていなかった。世話されるのが当たり前。なぜなのか。なぜわたしはそこまで傲慢で未熟だったのか。

わたしが裕福な生まれだったからだ。

アンジェラ……この件にはまだ触れていなかったから、いまここで片づけてしまいましょう。そう、わたしは裕福な家で、甘やかされて育った子どもだった。子どものころに大恐慌が起きたけれど、うちの一家に深刻な脅威を与えることはなかった。ドルの価値が下落しても、三人のメイド、ふたりの料理人、乳母に庭師にフルタイムの運転手が、ふたりのメイド、ひとりの料理人、パートタイムの運転手になった程度ですんだ。控えめな言い方になるけど、パンの配給の列に並ばなくてもよかった。

そして学費の高い寄宿学校にいたために、出会うのは自分と近い境遇の子どもばかりだった。わたしは、だれもが居間に〈ゼニス〉製の大きなラジオがある家で育ったと思っていた。だれもが小馬(ポニー)をもっているのだと、だれもが共和党を支持しているのだと思っていた。女はヴァッサー女子大に行くかスミス女子大に行くか、道はふたつにひとつだと思っていた。(母はヴァッサー女子大出身、ペグ叔母さんはスミス女子大に一年いて中退し、赤十字社の活動に参加した。わたしにはヴァッサーとスミスのちがいがわからなかったが、母の話しぶりからすれば歴然としているらしかった。)

そしてわたしは、どこの家にもメイドがいるものだと思っていた。それまでの人生ではいつも、バーナデットのようなだれかが世話をしてくれた。テーブルに汚れた皿を残して席を立っても、だれかが片づけた。ベッドは毎日きれいに調えられ、湿ったタオルは魔法のように乾いたタオルに置き換えられた。床に放り出した靴が、わたしの見ていないときにきちんと揃えられた。こういったことすべての背後に偉大なる宇宙の力が、そう、重力のように常在しながら目には見えず、重力のようにわたしにとっては退屈な力が働いて、わたしの生活に秩序をもたらし、わたしの下着を清潔に保っていた。

ここまで話せば、もうあなたは驚かないだろうけど、リリー座に住むようになってからも、わたしはいっさい家事をしなかった——ペグが寛大にも与えてくれた部屋のなかでさえ。手伝うべきだと思いつくこともなく、いくらそれが望みだったとしても、ショーガールをまるでペットみたいに自分の部屋に住まわせてはいけないことにも考えが及ばなかった。

なぜだれもわたしを咎めようとしなかったのか。

アンジェラ……あなたもわたしと同年代の人にときどきは出会うだろうけれど、その人たちの多くは大恐慌時代の苦難のなかで育っている。（もちろん、あなたのお父さんもそのひとり。）でも、だれしも口にするのは、まわりがみんな貧乏だったから、自分の家の貧しさが特別なものだとは思わなかった、ということ。

こんな言葉を何度も聞くことでしょう。「自分が貧乏だって気づいていなかったんだ！」

わたしは逆よ、アンジェラ。わたしは自分が金持ちだということに気づいていなかった。

5

一週間とたたないうちに、シーリアとわたしのささやかな日課ができた。毎夜ショーが終わると、シーリアはイヴニングドレス（べつの社会ならランジェリーに等しいもの）を身につけ、享楽を求めて夜の街に出かけていった。わたしはペグ叔母さんと夕食をとったり、ラジオを聴いたり、縫い物をしたり。ときには映画館に行くこともあったし、さっさと寝てしまうこともあった。そうしながら、もっとわくわくすることがあればいいのにと思っていた。

そして毎日、真夜中の罪深い時間に肩をどんと突かれ、あのおなじみの「どいて」と命令する声を聞いた。わたしが場所をあけると、シーリアがベッドに倒れこみ、わたしのベッドを、枕を、上掛けを奪い、気絶するように寝入った。そうでない夜は酔っぱらいのおしゃべりがつづき、そのうち話の途中ですとんと眠りに落ちた。夜中に目覚めると、彼女が眠りのなかでわたしの手を握りしめていることもあった。

朝が来ても、わたしたちはベッドにぐずぐずととどまり、彼女がいっしょに出かけた男たちについて話すのにわたしが耳を傾けた。彼女をハーレムに踊りにつれていく男。深夜映画に誘う男。パラマウントシアターでドラムを叩くジーン・クルーパを見せるために最前列の席をとる男。歌手のモーリス・シュヴァリエに紹介する男。ロブスター・テルミドールとベイクド・アラスカをご馳走してくれる男。（シーリアは、ロブスター・テルミドールとベイクド・アラスカを食べるためなら、なんだってする気だったし、実際になんだってした。）彼女はそんな男たちが彼女にとってなんの意味もないみたいに話したが、それはほんとうに彼らがなんの意味もないからだった。会計がすんでしまえば、男たちの名前もさっさと忘れてしまった。彼女は、わたしのハンドローションやストッキングを使うように、男たちを利用した——気まぐれに、ぞんざいに。

「女だって自分から仕掛けていかなくちゃ」と、彼女はよく言った。

彼女がそれまでどんな人生を過ごしてきたかは、彼女の口から直接聞いた。

シーリア・レイは、ブロンクスに生まれ、マリア・テレサ・ベネヴェンティと名づけられた。シーリアという名前からは想像もつかないだろうが、彼女はイタリア系だ。少なくとも父親はイタリア人で、つややかなブルネットと美しい茶色の瞳は父から、象牙色の肌と背の高さはポーランド人の母から受け継いだ。

高校には一年間だけ通った。十四歳のとき、友人の父親との不倫が発覚し、学校を中退する。（四十歳の男と十四歳の少女の性的関係を〝不倫〟と呼ぶのは正しくないが、シーリア自身がその言葉を使った。）彼女は〝不倫〟がばれて家から追い出され、このときすでに妊娠していた。妊娠させた当の男は中絶費用を払うことで事を収め、そのあとは妻と家族のもとへ戻った。こうしてマリア・テレサ・ベネヴェンティは、ひとりきりで世間を泳ぎわたっていくしかなくなった。

しばらくはパン工場で働いたが、そこの経営者は仕事を与えるのと引き換えにたびたび〝手こき〟

を要求した。〝手こき〟とはなにかと尋ねると、手を使ってイカせてやることだと教えてくれた。（ねえ、アンジェラ。昔はもっと純朴な時代だったとだれかが言うたびに、わたしはこれを思い出す。中絶したばかりの身よりのない十四歳のマリア・テレサ・ベネヴェンティが、仕事と安全なねぐらを得るために、パン工場の経営者の自慰を手伝わされたことを。**そういう時代だったのよ、昔はよかったと言うみなさん！**）

その後マリア・テレサ・ベネヴェンティは、変態男に雇われてパンを焼くより、タクシー・ダンスホールで男と踊るほうが金を稼げると知った。名前をシーリア・レイに変え、ダンスホールの仲間たちが暮らす部屋に転がりこんだ。こうして彼女のキャリアが始まった。自分のゴージャスな容姿を前面に押し出し、ひとりきりで世間を渡る人生が。最初は七番街にある〈ハネムーン・レーン・ダンスランド〉のタクシー・ダンサーになった。ダンスの相手をしながら、男たちに体をまさぐらせ、男たちの汗にまみれ、ときには淋しい男たちを腕のなかで泣かせた。それで週に五十ドル、副収入として男たちからの〝贈り物〟を得た。

十六歳のとき、〈ミス・ニューヨーク〉美人コンテストに挑んだが、最終選考で、水着姿で鉄琴を演奏する娘に負けた。広告写真のモデルになり、ドッグフードから抗真菌クリームまでありとあらゆるものを宣伝した。美術モデルにもなり、美術学校や画家の前で何時間も裸体でポーズをとりつづけた。十代のうちにサックス奏者と結婚した。〈ロシアン・ティールーム〉のクローク係として短期間働いたときに知り合った男だ。サックス奏者との結婚がうまくいかないのは世の常。シーリアも例外ではなく、あっという間に離婚した。

離婚するとすぐに、映画女優をめざして女友だちといっしょにカリフォルニアに移り住んだ。どうにかスクリーンテストを受けられるようになったが、台詞のある役はまわってこなかった。（「殺人現場の死体を演じて、一日で二十五ドル稼いだわ」と彼女は誇らしげに言ったが、聞いたことのない映画だった。）シーリアは数年でハリウッドを見かぎった。「あの街にはわたしよりいい体をしたブロンクス訛りのない女がごまんといる」ことに気づいたからだった。

　ふたたび古巣に戻ると、〈ストーククラブ〉のショーガールの仕事に就いた。ペグ叔母さんのダンス・キャプテンをつとめるグラディスとそこで知り合い、そこからリリー座に引き抜かれる。一九四〇年にわたしがリリー座にたどり着くまでに、シーリアはリリー座でほぼ二年を過ごしていた。彼女の人生で同じ職場に居ついた最長記録だ。リリー座はぱっとしない劇場だし、〈ストーククラブ〉にはまるで及ばない。シーリアもそれはわかっていたが、リリー座の仕事は楽で、なおかつ定収入になり、経営者が女だから毎日脂ぎったボスのしつこい手や指をかわしながら仕事する必要がなかった。しかも夜の十時で終わる。つまり、リリー座の舞台で踊ったあと、街に出かけて夜明けまで踊れるということだ――〈ストーククラブ〉でも頻繁に、仕事ではなく、楽しみとして。

　そういった彼女の人生経験が、自分はまだ十九歳だと思っていたわたしをどれほど打ちのめしたか、わかってもらえるだろうか。

　わたしにはうれしい驚きだったが、わたしとシーリアは友だちになった。

　シーリアがわたしを好きになったのは、わたしが彼女の小間使いになったから――というのは、ある程度は真実だ。最初から気づいていたけれど、それでよかった。（わかる人にはわかるはずだが、若い女どうしの友情は、どちらかが小間使いの役割をつとめることで成立する。）シーリアはわたしに、ふくらはぎが痛むときに揉んだり、髪をブラッシングしたりするような、そこそこに献身的な奉仕を求めた。こんなふうに言うこともあった。「ああもう、ヴィヴィ、煙草が切れちゃった！」もちろん、わたしがひと箱の煙草を買いに走ることを承知のうえで。（「恩に着るわ、ヴィヴィ」と言って煙草をポケットにおさめるが、彼女が代金を払うことはなかった。）

そして、そう、彼女はうぬぼれ屋だった。彼女の堂に入ったうぬぼれと比べれば、わたしのうぬぼれなど霞んで見えた。シーリア・レイほど鏡に没入できる人をわたしは知らない。彼女なら自分の美しさに気が狂いそうなほど酔いしれて、鏡の前に何年でも立ちつづけることができた。大げさに言っているわけではない。シーリアが二重あご予防のマッサージは首を上から下にか、下から上にか、それを検討しながら、二時間のあいだ鏡の自分を見つめていたことは誓ってほんとうだ。

でも、彼女には子どもみたいにかわいらしいところもあった。起き抜けのシーリアはとくに愛らしかった。遊び疲れて二日酔いで目を覚ますと、子どもみたいにすり寄り、たわいもない話をしたがった。彼女自身の人生の夢を、やたら大きくてぼんやりした夢を話してくれた。彼女の野望は、その計画性のなさゆえに、わたしにはぴんとこなかった。心は名声へ、富へと一気に駆けあがるが、そこに向かうための具体的な地図がない。いまの容姿を保ち、世界がいつか自分に報いることを信じつづけるだけ。

それを計画とは呼べない。でも、公平に見るなら、わたしの行き当たりばったりの人生に比べれば、彼女のほうがよほどましだったと言える。

わたしは浮かれていた。

どうやらリリー座の衣裳監督になれたみたいだったから。でもそれは、わたしがそう自称するのをだれも止めず、ほかにやりたい人がいなかったからだった。

衣裳に関する仕事はたくさんあった。ショーガールとダンサーたちはつねに新しい衣裳を必要としていて、毎回リリー座の衣裳庫（悲惨なほど湿気と蜘蛛(くも)の巣だらけで、リリー座の建物より古いぼろぼろの衣裳まで詰めこんだ場所）から選び出してすむという話でもなかったのだ。女たちはいつもお金がないので、わたしは安価に臨機応変に衣裳を仕上げるように工夫した。衣料センターで安い服を買うか、あるいは（さらに安くあげるために）オーチャード通りに並ぶ古着屋に行くか、いっそ古着屋で売れ残りを見つけだし、仕立て直すか。そのうち自分には、ぼろの古着からとんでもなく豪華な衣裳を生みだす才能があることに気づいた。

お気に入りの衣料品店は、八番街と四十二丁目の角にある〈ローツキー古着小間物店〉だった。ローツキー家は東欧出身のユダヤ人一家で、フランスのレース工房で数年間働いたのちにアメリカに渡り、ロウアー・イーストサイドに落ちついた。最初は手押し車に古着を積んで売り歩き、その後はヘルズキッチンに移って古着の買い取りと販売を始めた。一九四〇年当時は、ミッドタウンの三階建ての建物を買い取って店舗とし、手広く古着商売をやっていた。そこはまさしく宝の山だった。演劇、ダンス、オペラなどの衣裳の中古品もあれば、古いウェディングドレスや、ときにはアッパー・イーストサイドの遺品セールから出たとおぼしき高級婦人服(オートクチュール)の目をみはるような逸品も交じっていた。ローツキーの店は、わたしにとってなくてはならない店になった。

ここで鮮やかな紫色のエドワード朝時代のドレスをシーリアのために仕入れたことがある。とんでもなく野暮ったいドレスだったので、最初にそれを見たシーリアは後ずさった。けれど両袖を取り除き、背中をV字形にカットし、襟ぐりも深くし、幅広の黒いサテンの飾り帯をウエストに付けると、老いさらばえた獣のようだった古着が、わが友を百万長者の愛人に見せるイヴニングドレスに生まれ変わった。シーリアがこのドレスで登場したら、そこにいる女たち全員が嫉妬のうめきを洩らすだろう。そして、これにかかった費用はたったの二ドル！

　わたしがシーリアのためにつくったドレスを見て、ほかの娘たちも自分だけの特別なドレスをつくってほしいと言いだした。こうして寄宿学校のときと同じように、わたしはわが信頼篤きミシン、シンガー二〇一型のおかげで、すぐに人気者への扉を開いた。リリー座の女たちは直しが必要なあれこれ――ジッパーのないドレスやらドレスのないジッパーやら――をわたしに見せて、直せるかどうかを尋ねた。（グラディスがこう言ったことがある。「新しい衣裳一式揃えて、ヴィヴィ！　あたしぜったいこんなのじゃいや！」）

　こんなふうに書くと、わたしがお伽ばなしのなかの継母と義姉にこき使われる――ダンスを踊る美しい女たちのために裁縫ばかりしていた――哀れな娘に見えてくるだろうか？　いいえ、わたしが毎日ショーガールに囲まれて過ごせることに、どんなに感謝していたかわかってほしい。彼女らよりもわたしのほうが得しているとすら思っていた。ショーガールたちの噂話に耳を傾けることは、まさにわたしが憧れてきた勉強だった。だれかがわたしの裁縫の腕を必要とすると、女たちはすぐに頼もしきシンガー二〇一型とわたしのまわりに集まった。そこが女たちの集会所になるのに時間はかからなかった。（わたしの部屋が、地下にある古くてかび臭い楽屋より快適で、キッチンに近かったせいもあるけれど。）

　リリー座へ来て二週間になろうというころ、その日も何人かの娘たちが、わたしの部屋で煙草を吸いながら縫い物を見守っていた。わたしは、ジェニーというショーガールのために、外出用の肩掛けを縫っていた。ブルックリン育ちのジェニーは、陽気ですきっ歯の愛らしい、だれからも好かれる娘だった。彼女には夜にデートの約束があって、寒くなったときにはおる上着がないのが不満だった。そこで、わたしがそれをつくることになった。わたしにはお茶の子さいさいの仕事で、ジェニーから永遠の好意を引き出せるはずだった。

よく言う〝なんでもない一日〟。でもこの日初めて、わたしがまだ処女だということに注目が集まった。

午後のおしゃべりでセックスが話題になっていた。服のこと、お金のこと、どの店で食事したか、どうやって映画女優になるか、どうやって映画スターと結婚するか、親知らずを抜くべきかどうか（マレーネ・ディートリッヒが印象的な頬の陰影をつくるために親知らずを抜いたという噂がまことしやかに流れていた）について話していないときは、おおよそセックスの話になるものだった。

ダンス・キャプテンのグラディスが――シーリアの隣で彼女の汚れた洗濯物といっしょに床にすわっていて――ふいに、恋人がいるのかとわたしに訊いた。実際には、「あんたには、いい仲の男がいるの？」と。

注目すべきは、そう、これがショーガールたちからわたしの人生について発せられた最初の質問だったこと。（言うまでもなく、自分が夢中になる相手から夢中になられることはまずないものなのだ。）わたしは、彼女たちに楽しんでもらえる話のもちあわせがないことを残念に思った。

「いいえ、恋人はいないわ」

「でも、あんたかわいいから」と、グラディスが言った。「田舎にはいるんでしょ。男たちがほっとかないよね！」

わたしは、ずっと女子校だったから男子と知り合う機会がなかったと説明した。

「でも、すませてはいるのよね？」と、ジェニーが遠まわしに訊いた。「つまり、一線を越えたことは……」

「ないわ」

「一度も？　最後までいったことがない？」グラディスが驚きに目をぱちくりさせた。「はずみでやったことも？」

「はずみでやったこともないわ」そう答えながら、人はどうやったらはずみでセックスできるのだろうと考えた。

（心配しないで、アンジェラ。いまならわたしにもわかる。慣れてしまえば、はずみでセックスするのはとてもかんたん。わたしはこれまでの人生で何度もはずみでセックスした。でも、当時はまだそこまでさばけていなかった。）

「教会に通ってるの？」ジェニーが訊いた。十九歳でいまだ処女なのはそれしか説明がつかないというように。「要するに、守ってるわけね？」

「いいえ！　守ってるわけじゃないわ。チャンスがなかっただけ」

いまや全員が困惑していた。通りを横断する方法がわからないと言った人のように、わたしは全員からまじまじと見つめられた。

「でも、ふざけたことならあるでしょう」とシーリア。

「さわりっこは？」とジェニー。「ほら、あるんでしょ！」

「少しなら」とわたしは答えた。

正直な答えだった。当時のわたしの性的体験は乏しいものだった。エマ・ウィラード校のダンスパーティーには、将来の結婚相手にふさわしい男子たちがバスで大量に送りこまれてきた。わたしはそんな男子のひとり、ホッチキス校の生徒と踊り、踊りながら彼に胸をまさぐらせた。（そうしなければ存在のわからない胸だったせいもあるだろうけど、見つけられるかどうかは彼のほうの問題だった。）いや、胸をまさぐらせたという言い方は寛大すぎるかもしれない。より正確に言うなら、彼のほうから積極的に手を出し、胸をいじり、わたしがそれを止めなかった。失礼な態度をとりたくなかったし、新しい経験に興味をもった。もっとつづいてもよかったのに、ダンスが終わり、それ以上のことはなにも起こらず、彼はまたバスに乗ってホッチキス校に戻っていった。

ポキプシーの街のバーでは、男にキスされた。ヴァッサー女子大の寮監の目を盗んで抜け出し、自転車を漕いで街まで行ったときのことだ。その男とはジャズの話をしていた。（つまり、彼がジャズについて語り、わたしがそれを拝聴していたということだ。当時、男とジャズの話をするとはそういうことだった。）すると彼が突然、なんと！　わたしを壁に押しつけ、硬くなった下半身をこすりつけてきた。キスをされつづけ、しまいには欲望で太腿が震えはじめた。だが彼の手が両脚のつけねに触れたとたん、わたしはひるみ、男の拘束から逃れた。夜のキャンパスまで引き返すあいだ、男が追いかけてくるんじゃないかという期待と恐れに心も自転車もぐらぐら揺れた。

もっと先を知りたい、いや、知りたくない。

若い娘の人生にはよくある話だ。

わたしの性の履歴書に、ほかになにがあったろうか。子ども時代にいちばん仲がよかったベティーと、幼いながらも自分たちが〝恋人どうしのキス〟と思い描くものを練習してみた。そのあとは妊婦に見えるようにシャツのお腹に枕を詰めて、〝赤ちゃんができる〟練習もした。それが生物学的な原因と結果だと、そのころは信じていた。

十四歳になっても初潮が来なかったので、心配した母にかかりつけの産婦人科医に連れていかれ、診察された。その男性医師は――母の見ている前で――わたしの性器のあたりを少しつついたあと、もっとレバーを食べるようにと言った。そこに関わっただれにとっても性的興奮を覚えるような出来事ではなかった。

十歳から十八歳までのあいだには、兄のウォルターの友人二十人くらいに恋をした。人気者でハンサムな兄をもつことの利点は、彼の周囲にも人気者でハンサムな友人が集まることにある。でも彼らはウォルターに心酔しすぎていた。みんなのリーダー、あらゆるチームのキャプテン、町でいちばん尊敬を集める青年の歓心をだれよりも買いたくて必死すぎた。

まあ、からきし無知だったわけではなく、ときどきは自分で自分の体に触れて、しびれるような感覚と罪悪感を味わった。でもそれがセックスと同じでないこともわかっていた。(自分を満足させるだけの試みは、言うなれば〝水なし水泳教室〟のようなものだ。)ヴァッサー女子大で衛生学という必修セミナーがあり、それを通して人間の基本的な性機能についても学んだ。なんでも教えて、なんにも教えない講習だった。(講師は、卵巣と睾丸の図解を見せたあと、ライソール消毒液による膣洗浄は避妊法として現代的でも安全でもありません、と不安をあおる警告を添えた。それによって頭に焼きついた光景に心を掻き乱された。いまだに掻き乱される。)

「じゃ、いつ一線を越えるの?」ジェニーが尋ねた。「どんどん老けちゃうわよ!」

「困ったことが起きるかもね」とグラディス。「あんたがこれと思う男と出会って、心から好きになったとするじゃない。そのときあんたは、処女だっていう悪い知らせを彼に伝えなきゃならない」

「まあ、多くの男は気にしないものだけど」とシーリア。

「そう、責任を負いたくないからね」とグラディス。「好きな相手と初体験なんていやじゃない？」

「うん。うまくいかなかったら困る」とジェニー。

「なにがうまくいかないの？」わたしは訊いた。

「なにもかもよ！」とグラディス。「自分がなにしてるかわかんなくなっちゃう。お人形みたいに動けなくなるわ。それで痛かったとして、好きな男の腕のなかでぴいぴい泣きたくないでしょ！」

いやはや、それまでセックスについて聞かされてきたことと正反対だった。学校時代の友だちもわたしも、男は処女であることを望むものだと教えられてきた。いつか好きな、いや、心から愛する人があらわれるまで、乙女の花を散らさないように守るべきだと。理想の筋書き——だれしも心に育んできた憧れ——は、生涯を通じてセックスする人はただひとり、その人は夫であるべき、その人とはエマ・ウィラード校のプロムで出会うべき……。

でも、間違っていた！ここにいる世知に長けた女たちの考えはそうじゃない。わたしはふいに自分の年齢に不安を覚えた。なんてこと、わたしはもう十九歳！いったいこれまでなにをしてきたんだろう？ニューヨークに来てもう二週間になろうとしている。なにを待っているのだろう？

「それってむずかしいこと？」と、わたしは尋ねた。「その、初体験だけど」

「ううん、むずかしくないよ、ヴィヴィ。心配しないで」グラディスが言った。「あれ以上かんたんなことないわ。あんたはなにもしなくていいの。男にまかせていれば。だけど、まずはあんたが踏み出さなきゃ」

「うん。まずは踏み出さなきゃ」ジェニーがきっぱりと言った。

シーリアだけが心配そうな顔でわたしを見つめていた。

「あなたは処女のままでいたいのよね、ヴィヴィ？」人を落ちつかなくさせるあの眼差しを向けながら、シーリアが尋ねた。それは、わたしにとっては、こう尋ねられたも同然だった――〝この世慣れたおとなの女たちに哀れまれようが、あなたは無知な子どものままでいたいわけね？〟。しかしいまにして思えば、シーリアの問いかけは、彼女のやさしさから出たものだった。わたしが無理に押し切られていないか、見きわめたかったのだと思う。

でもわたしは突然、処女でいることに嫌気がさした。もう一日だって待ちたくなかった。

「いいえ」とわたしは答えた。「踏み出したい」

「喜んでお手伝いするわ」とジェニー。

「月のものは来てない？」とグラディス。

「いいえ」とわたし。

「じゃあ、すぐに始めていいわね。だれか知り合いで……」グラディスが考えこんだ。

「いい人でなきゃね」とジェニー。「気遣いができて」

「本物の紳士で」とグラディス。

「おつむのゆるいやつはごめん」とジェニー。

「この子を手荒く扱うやつもだめ」とグラディス。

シーリアが言った。「そうだ、思いついた」

こうして、計画が形をなしていった。

ハロルド・ケロッグ博士は、グラマシー公園に近い瀟洒なタウンハウスに住んでいた。土曜日で、奥さんは外出中だった。（ケロッグ夫人は、毎土曜日、ダンベリー行きの列車に乗って田舎に住む母親に会いにいく。）そのせいで、わたしが〝乙女の花を散らす〟ための対面は、土曜の午前十時というおよそロマンティックとは言えない時刻になった。

ケロッグ博士は妻ともども土地の名士で、わたしの両親の知り合いだとしてもおかしくない人物だった。それもあってシーリアは、わたしと同じ階層出身のケロッグ博士がふさわしいと考えたのだった。ケロッグ家にはコロンビア大学で医学を学ぶふたりの息子がいた。ケロッグ博士は歴史ある社交場〈メトロポリタンクラブ〉の会員で、余暇にはバードウォッチングと切手蒐集とショーガールとのセックスを楽しんでいた。

しかし彼はこと不義の密会には用心深かった。世間に知られた名士が、奥さんのいない土曜日の午前に、帆船の船首についた女神像のような、やたら目立つ女と街で会うわけにはいかない（見つかること必至）。そこで彼はショーガールたちを建物の通用口から招き入れ、シャンパンでもてなし、自宅の客用寝室で秘密のお愉しみにふけった。そのあとは、女たちの手間と時間に対価を支払って家から送り出す。これを昼食時間までに終わらせた。午後の診察が待っているからだ。

リリー座のショーガールたちはみんなケロッグ博士を知っていて、持ち回りで彼の相手をしていた。だれがいつにするかは、土曜の朝の二日酔いが軽いかどうか、あるいはすっからかんになっていてその週を乗り切るために小遣い稼ぎが必要かどうかで決められた。

このお金のやりとりの話になったとき、わたしはびっくりして聞き返した。「つまり、ケロッグ博士がセックスしてお金を払うってこと?」

グラディスはなにを言い出すのかという目でわたしを見た。「そうよ、なんだと思ってたの、ヴィヴィ? あたしたちがお金を払ってどうするの!」

アンジェラ……まあ聞いてほしい。女が金銭と引き替えに性的な接待をすることを、どんな言葉で呼ぶかはわたしも知っている。ひとつではなくいろんな呼び方があることも。けれど一九四〇年のニューヨークでわたしが知り合ったショーガールたちは——たとえ性行為の見返りとして男にお金を求めたとしても——自分たちをそういう名では呼んでいなかった。娼婦じゃない、だってショーガールなんだから、というわけ。彼女らはショーガールという呼び名に誇りをもっていた。ショーガールになるために努力してきたのだから、それが彼女らにとって唯一の称号だった。でも実態はこういうことと——。ショーガールではたいして金を稼げず、でもなんとかこの世界でやっていくしかない(舞台用の靴だって高い!)。そこで彼女らは、小遣い稼ぎのための互助システムをつくりあげた。そしてケロッグ博士もそのシステムの一部だったのだ。

いま考えても、ケロッグ博士が若い娘たちを娼婦と見なしていたかどうかはわからない。〝ガールフレンド〟と呼んでいたような気がする。ガールフレンド……妄想がはいっているとしても、憧れをこめた呼び名。たぶんそのほうが彼としては気が楽だったのだろう。

言い換えれば、セックスがお金と交換されていた証拠がすべて揃っているにもかかわらず(セックスがお金と交換されていたことは間違いない)、だれも売春に関わっているとは考えていなかった。

関係者全員にとって都合のよい——そう、それぞれの能力に、それぞれの必要性に見合った互助システムがつくられていた。

アンジェラ、はっきりさせられてよかったわ。

ここではどんな誤解もあってはならないから。


「あのね、ヴィヴィ。先に言っておくけど、彼は退屈よ」ジェニーが言った。「退屈しても、セックスがいつもこうだとは考えないで」

「でも、彼は医者なわけだし」と、シーリア。「われらがヴィヴィのために、ちゃんとやってくれるわ。今回はそこがだいじなの」

（**われらがヴィヴィ！** こんなにも心とろける言葉があったろうか。わたしは、**みんなのヴィヴィなのだ！**）

土曜日の朝になり、わたしたち四人は三番街と十八丁目角の、高架下にある安っぽいダイナーに席をとり、十時になるのを待った。わたしはほかの三人に案内されて、すでにケロッグ博士のタウンハウスと、わたしが利用する通用口の確認をすませていた。通用口はダイナーから角を曲がってすぐだった。コーヒーを飲み、パンケーキを食べながら、三人の女たちが最後の手引きをしてくれた。わたしは緊張でドキドキした。一日の早い時刻でしかも週末だったので、三人は眠そうで絶好調ではなかったけれど、だれもがこの出来事を見逃したくないと思っていたようだ。

「彼なら安全具を使ってくれるわ、ヴィヴィ」グラディスが言った。「いつもそうだから。心配いらない」

「安全具だと、いい感じしないけど」と、ジェニー。「でもあなたには必要ね」

わたしは〝安全具〟という言葉を初めて聞いたが、話の流れからたぶんコンドームのようなものだろうと想像した。コンドームについてはヴァッサー女子大の衛生学の講習で知った。（講習のときに、実際にさわってもいた。解剖用のぐったりしたカエルみたいなコンドームを女子から女子へ手渡ししていった。）それ以外のものだとしても、いずれわかるだろうと、あえて尋ねなかった。

「そのうちペッサリーをあげるわ、ヴィヴィ」と、グラディスが言った。「あたしたちはみんなペッサリーを使ってる」

（それもなにかわからなかったが、衛生学の講師が〝ダイアフラム〟と呼んでいたものだとあとでわかった。）

「あたしにはもうペッサリーがないの！」ジェニーが言った。「うちのお祖母（ばあ）ちゃんに見つかっちゃったのよ！　なにに使うものなのって訊くから、宝石をきれいにする道具だって答えたら、返してくれなくて」

「うへえ、宝石をきれいにする？」グラディスが甲高い声をあげた。

「もう、グラディス。そう言うしかなかったのよ！」

「どうやってあれで宝石をきれいにできるわけ？」グラディスはなおも尋ねた。

「わかんない！　うちのお祖母ちゃんに訊いて。いまも使ってるらしいから！」

「じゃ、あんたは、いまなにを使ってるの？」とグラディス。「予防のために」

「だから、ええと、いまはなにも。……だって、あたしのペッサリーはお祖母ちゃんの宝石箱で」

「ジェニー！」シーリアとグラディスが同時に声をあげた。

「わかってる。でも気をつけてるから」

「だめ、ぜったいに！」グラディスが言う。「あんたが気をつけるわけない！　ヴィヴィアン、ジェニーみたいなおばかになっちゃだめだよ。こういうことはちゃんと考えなくちゃ！」

シーリアが手提げバッグに手を入れ、茶色い紙の包みを取り出し、わたしに差し出した。包みを開くと、ループ織りの小さな白いハンドタオルがあらわれた。きちんとたたまれた新品。値札までついていた。

「あなたにあげる」と、シーリアが言った。「タオルよ。出血したら使うといいわ」

「ありがとう、シーリア」

シーリアは肩をすくめて目を逸らした。彼女の頬が赤らんでいることにびっくりした。「血が出る場合もあるわ。あなた、自分で始末したいでしょ」

「だよね、ケロッグ夫人の上等なタオルは使いたくない」とグラディス。

「だよね、ケロッグ夫人のものには指一本触れちゃだめ！」とジェニー。

「だんな以外はね！」グラディスが甲高いきしんだ声で言い、みんなで声をあげて笑った。

「あら！　十時を過ぎたわ、ヴィヴィ」シーリアが言った。「もう行ったほうがいい」

わたしは立ちあがろうとして、いきなり眩暈に襲われ、ダイナーのブース席にどんっと尻もちをついた。まるで二本の脚が消えてしまったみたい。神経が高ぶっているとは思っていなかったのに、わたしの体はどうやらべつの意見をもっていた。

「だいじょうぶ、ヴィヴィ？」シーリアが尋ねる。「あなた、ほんとにこれやりたい？」

「やりたい」わたしは言った。「ほんとうに、これをやりたい」

「あたしから言えるのは――」とグラディスが言った。「大げさに考えすぎないこと。あたしはいつもそう」

たぶんそれが賢い。わたしは、母が馬に跳び乗る前にそうしろと教えてくれたように、数回の深呼吸をしてから立ちあがり、ダイナーの出口を向いた。

「じゃ、みなさん、あとで！」わたしは明るく、非現実的ともいえる快活さで言った。

「あたしたち、ここで待ってるから！」と、グラディス。

「すぐすんじゃうわよ！」ジェニーが言った。

6

ケロッグ博士は、彼のタウンハウスの裏手にある通用口の内側でわたしを待っていた。ノックしかけたところでドアがすっと開き、すぐになかへ通された。

「ようこそようこそ」彼はそう言いながらあたりをうかがい、近所の目がないことを確かめた。「さあ、ドアを閉めるよ」

中肉中背、顔だちは良くも悪くもなく、髪も人目を引く色ではなかった。彼と同じ社会的階層の中年紳士が選びそうなスーツを着ていた。（彼の容姿をわたしがすっかり忘れているように感じられるとしたら、それは、ほんとうに、わたしが彼の容姿をすっかり忘れているからだ。ケロッグ博士は、たとえ目の前に立って顔を見つめていても、どんな顔だったか忘れてしまうようなタイプの人だった。）

「ヴィヴィアンだね」彼は握手を求めてきた。「きょうは来てくれてありがとう。まずは上にあがって落ちつこう」

いかにも医者らしい話しぶりが、故郷クリントンの小児科医を思い出させた。ここへは耳の感染症を診てもらいにきたのだとしても、おかしくなかった。そう思うと、励まされるようなひどくばかばかしいような、なんとも言えない気分になり、喉もとまで込みあげる変な笑いを抑えつけた。

わたしたちは家のなかを歩いた。きちんとして上品だけれど印象に残らない家。おそらくここから数ブロック内に、同じような家が百軒ほどもあるのだろう。思い出せるのは、レースのドイリーの掛かった絹地張りのカウチだけ。わたしはあのレース編みのモチーフをつないだドイリーが前々から大嫌いだった。博士はまっすぐ客用寝室にわたしを案内した。小さなテーブルにシャンパンのグラスが置かれていた。いまが午前十時でないことを装うかのように、カーテンは閉じられている。彼が部屋のドアを閉めた。

「ベッドでくつろいでくれ、ヴィヴィアン」博士はそう言って、シャンパンのフルートグラスをわたしに手渡した。

わたしは取り澄ましてベッドの端に腰掛けた。彼が手を洗い聴診器を手に近づいてくるのをなかば期待した。だが彼は部屋の隅から木製の椅子を引き寄せ、わたしの真正面にすわった。膝に両肘をついて身を前に乗り出し、なにかを診断するような姿勢をとった。

「さてと、ヴィヴィアン。友人のグラディスから、きみは処女だと聞いているが」

「そのとおりです、博士」わたしは言った。

「博士なんて呼ばなくていい。ぼくたちは友だちなんだから。ハロルドと呼んでくれ」

「あら、ありがとう、ハロルド」わたしは言った。

アンジェラ……このときからだった。わたしはなんだか愉快になってきた。それまでの神経の高ぶりが収まり、突然、喜劇の主人公になったような気分がやってきた。「あら、ありがとう、ハロルド」と言った自分の声の調子が、小さな客用寝室のおぞましいミントグリーンの化繊のベッドカバー（ケロッグ博士の顔は忘れても、あの胸クソ悪いベッドカバーのことは忘れられない）の上にすわっていることが、不条理のきわみのように思えた。博士はスーツ、わたしはキンポウゲのような黄色のワンピース。わたしが処女であることを事前に疑っていたとしても、博士はこのワンピースを見た瞬間から納得したことだろう。

ぜんぶ、ばかみたいだった。彼がショーガールたちと親しく、わたしとも親しくなろうとしていることも。

「さてと、グラディスから聞いているのは、きみの望みは要するに処女であることを――」彼はあからさまではない微妙な言葉をさがしていた。「取り除きたい？」

「そのとおりよ、ハロルド。わたしは処女を削除したいの」

（いま思い出してもこれはたしかだが、わたしは人生で初めて、なにかおもしろいことを言ってやろうと意識して、この言葉を口にした。そして、それを真顔で言えたことに大いに満足した。**削除したい！　実に素晴らしい。**）

ケロッグ博士はうんうんとうなずいた。よき医者かもしれないが、ユーモアのセンスはない。

「着ているものを脱いではどうだろう」博士は言った。「ぼくも脱ごう。まずはそこからだ」

上から下まで脱いでしまったほうがいいんだろうか。これが診療所なら〝下ばき〟は脱がない。そう、母はいつもこの呼び名を使った。（**なぜこんなときに母のことを思い出すの？**）でも、とまた考えた。ふつうは診療所に行ってセックスするなんてありえない。わたしはぜんぶ脱ぐことを素早く決断した。おしとやかな間抜けに見られたくなかった。わたしは素っ裸になって、吐き気を催すような化繊のベッドカバーの上に横たわった。両腕はぴたりと脇に、脚もまっすぐに伸ばし、ほら、どう？という感じで。

ケロッグ博士は服を脱いで、パンツと肌着のシャツになった。公平ではない気がした。なぜわたしがぜんぶ脱いだのに、博士は下着を残しているんだろう？

「さてと、きみがほんのちょっと場所をあけてくれるなら、ぼくもそこに……」と、彼は言った。「そうしよう……それでいい……では、きみの姿をよく見せてもらおうか」

彼はわたしの隣に横たわり、ベッドに片肘をついて頭を支え、わたしを見つめた。そうされるのは、いやな気分ではなかった。わたしはうぬぼれた若い娘で、心のどこかで、見つめられるのは当然だと思っていた。ただどう見えるか心配なのはおもに胸のこと、いや、その胸がないことだった。でもケロッグ博士は――きっといろんな種類の胸を知っているのだろうが――気にしていなかった。それどころか、目の前に差し出されたすべてを喜んでいるように見えた。

「処女の胸！」彼は感嘆の声をあげた。「まだ一度も男に触れられたことのない胸！」

（**いや、そうでもないけど**、と心で呟（つぶや）いた。まあ、おとなの男に触れられたことがないのはたしかかもしれない。）

「手が冷たくて申し訳ないが、ヴィヴィアン、そろそろ、さわらせてほしい」

彼はとても丁重に、わたしの胸に触れた。最初は左の胸、つぎに右の胸。また左。また右。言ったとおりに手は冷たかったが、そのうち温かくなった。わたしは少しうろたえて、目を閉じた。でもすぐに、**ふうん、これはおもしろい**、と思った。**いよいよこれからだ！**

どこかの時点で、快感を覚えた。と同時に、なにひとつ見落としたくないという気持ちが芽ばえ、両目をあけた。自分の体が侵されていくところさえ見つめていたかった。（ああ、若さゆえの、この自己愛！）わたしは自分の体を見おろし、細いウエストと腰のくびれにうっとりした。シーリアから借りた剃刀で脚のむだ毛は剃ってあった。薄明かりのなかで、太腿はすべすべとして美しかった。男の手に包まれたわたしの胸も、思いのほか美しかった。

男の手！　男の手がわたしの裸の胸の上にある！　**どうよ、見て。**

彼の顔にもちらりと目をやり、そこに見えたものに満足した。紅潮した頬、かすかに眉を寄せた一心不乱な表情。彼が鼻で大きく呼吸しているのを、わたしはよい兆候と受けとめた。彼をちゃんと欲情させている。それに、撫でられるのはとても気持ちよかったし、彼の手がわたしの胸に及ぼした効果にも満足した。肌が薔薇色に染まり、心地よく熱を帯びていた。

「きみの胸を口に含むからね」彼が言った。「これはふつうのことだから」

しゃべらなければいいのに、と思った。まるで手順を説明されているみたい。何年ものあいだセックスについていろいろ考えてきたけれど、往診に行くような口調で話す恋人を妄想したことは一度もなかった。

彼が覆いかぶさってきて、言ったとおりに、わたしの胸を口に含んだ。悪くなかった——そのあいだ彼は黙ってくれるから。いやそれだけではなく、これまでにない快感に包まれ、わたしはまた目をつぶった。じっと静かにしていたかった。彼がこの得も言われぬ快感を与えつづけてくれることを願った。だが、快感は唐突に終わった。彼がまた口を開いたからだ。

「ゆっくりと少しずつ進めていくことにしようじゃないか、ヴィヴィアン」

ああ、勘弁して。まるでわたしのなかに直腸体温計を入れかねない口ぶりだった。子ども時代に一度だけ直腸体温計を入れられたことがある。でも、こんなときに思い出させないで。

「それともきみは、早くすませてしまいたいのかな、ヴィヴィアン？」

「え……？」

「そうだな、きみは不安になっているかもしれない——初めて男と寝ることに。だから、行為がすみやかに終わることを望んでいるのではないかな？　それとも、少しだけ時間をかけて、ぼくからなにか教わってみたいかい？　たとえば、ケロッグ夫人が愉しんでいるようなことを」

ああ、神様。わたしが最も望まないのは、ケロッグ夫人が愉しんでいるようなことを教えられることです！　でも、どう伝えればいいのかわからず、黙って彼を見つめ返した。

「ぼくには午後から診療がある」彼は実務的に言った。わたしの沈黙に苛立っていたのかもしれない。「しかし、もしきみが興味あるならだが、ちょっとした創意ある戯れに時間をかけることはできる。でもそれは、いまここで決めなければね」

いったいどう答えればいいのか。〝創意ある戯れ〟がなんだか知らないが、彼にしてほしいことが、どうしてわたしにわかるというのだろう？　わたしは目をぱちくりさせて彼を見つめた。

「かわいいアヒルの子がおびえている」彼が打って変わってやさしい口調になった。

このパトロンぶった男を殺してやりたい気持ちが、ちょっとだけ湧いた。

「おびえてないわ」と答えた。嘘じゃなかった。おびえているのではなく、とまどっているだけ。わたしが望んだのは、きょうここで、これまでの自分を壊されることだった。なのに、なぜこんなにのろのろと事を進めるのだろう？　なぜいちいち交渉し、話し合わなければならないのだろう？

「だいじょうぶだよ、ぼくのかわいいアヒルちゃん。こういうことは前にも経験ずみだから。きみはとてもはにかみ屋さんなんだろう？　ぼくにまかせてくれ」

彼は手を下にすべらせ、わたしの陰毛に触れた。そして陰部を手で包んだ。手のひらを平らにして――馬に角砂糖をやるとき嚙みつかれないように手のひらをしっかり開いておくやり方で。彼の手のひらが、わたしの小さな丘をこすりはじめた。悪い気分じゃなかった。いや、ぜんぜん悪い気分じゃなかった。ふたたび目を閉じた。驚いたことに、かすかな、でも魔法のような快感が生まれていた。

「ケロッグ夫人は、こうするのが好きなんだ」彼がそう言ったとたん、またもケロッグ夫人と彼女の気色悪いドイリーがよみがえり、快感の波を押し返した。「彼女が好きなのは、こうやってくるくるしながら……ほら、くるくるしながらここを……」

いまや問題ははっきりした。この止まらないおしゃべりが悪い。

どうすればケロッグ博士のおしゃべりを止められるかについて考えた。彼の家で、静かにしてくださいとは言いにくい――ましてや、わたしの処女膜を貫通させるひと仕事を前にした人に対しては。わたしは育ちのよい若い娘で、権威ある男性にはある種の敬意をもって接するように躾けられていた。〝黙ってくださいませんか？〟と言いだすのはきわめて自分らしくないことだった。

ふいに、キスを求めれば彼を黙らせられるとひらめいた。きっとうまくいく。間違いなく、彼の口をふさぐのだから。だけど、それには彼とキスしなければならないし、彼とキスしたいとはあまり思えない。どっちがよりいやなのか、決めるのはむずかしい。キスして黙らせるほうか。キスしないで、煩わしいおしゃべりをずっと聞かされるほうか？

「きみのかわいい子猫ちゃんは、かわいがられるのが好きかい？」彼が手のひらをわたしのあそこにさらに押しつけながら言った。「子猫ちゃんは、喉をごろごろ鳴らしているかな？」

「ハロルド」と、わたしは言った。「キスしてくださる？」

もしかしたら、わたしはケロッグ博士に公平ではないかもしれない。

彼はそれなりに善人で、わたしがおびえないように気をつかってくれた。彼がわたしを傷つけたくなかったことは信じている。もしかしたら〝ヒポクラテスの誓い〟をこの状況に当てはめたのかもしれない。**ひとつ、傷つけることなかれ**……とか？

いや、彼はそれほど善人ではなかったかもしれない。あれから二度と会っていないから、確かめようもないけれど……。でもとにかく、彼を英雄のようにここに書くのはやめよう！　彼はわたしを助けようとしたわけではなかった。おそらく、妻が母親を訪ねているあいだに、自宅の客用寝室で、おずおずとした魅力的な若い処女の花を摘むというスリルを楽しもうとしていただけなのだ。

彼はこの状況でも問題なく勃起していた。彼がわたしから離れて〝安全具〟を装着しようとしたので、それに気づいた。いよいよ勃起したペニスを見ることになる。人生で初めての、貴重な瞬間……。でもそんなにしっかりと見えたわけではなかった。ペニスにコンドームがかぶせられ、片手で隠されていたから。そして、彼がすぐにわたしの上になったから、見ている時間がなかった。

「ヴィヴィアン」と彼は言った。「決めたよ。挿入を一気に早くすませるほうがきみにとっていい。こういう場合、少しずつ入れるのはよくないというのがぼくの考えだ。このまま動かないで。いまからきみのなかにはいる」

彼はそう言って、実際そのとおりにした。

そう、まさしく、言ったとおりになった。

心配していたほど痛くはなかった。これは良い知らせだ。悪い知らせは、期待したほどの快感がなかったこと。性交になれば、胸にキスされたりあそこをこすられたりしたときの快感が増幅するのではないかと期待していた。でもそうではなかった。それどころか、ここまでに味わったささやかな快楽すらも、彼がわたしのなかにはいるのと同時に消えてしまった。そして、きわめて強引できわめて煩わしいなにかが取って代わった。彼がわたしのなかにいるのは、悪いとも良いとも決めかねる、まぎれもない現実だった。なぜか生理のときの腹痛を思い出し、とてつもなく奇妙な感じにとらわれた。

彼がうめき、わたしを突き、食いしばった歯のあいだから絞り出すように言った。「ケロッグ夫人が好むのは、こうしてぼくが——」

ケロッグ夫人がどんな性交を好むかは耳に入れずにすんだ。彼がしゃべりはじめたとき、わたしのほうからすかさずもう一度唇を重ねたからだ。キスすれば彼を黙らせることができたし、されるがままだったわたしにやるべき仕事ができた。それまでの人生でそんなにキスした経験はなかったが、だいたいこんなものだろうと想像してやった。まさに現場で学ぶしかない技術だったが、わたしは最善を尽くした。彼がわたしを突きつづけるあいだ唇を重ねているのはひと苦労だったが、わたしはみごとな集中力を発揮した。彼の声を二度と聞きたくなかったからだ。

だが最後の瞬間、彼はもうひと声あげた。

ケロッグ博士は、わたしから顔を引きあげて、「最高！」と叫んだ。それから体を弓なりにそらし、激しく震えた。それで終わりだった。

その後彼は体を起こし、べつの部屋に行った。たぶん、洗いにいったのだろう。戻ってくると、わたしの隣にしばらく横たわった。それからわたしを抱きしめて言った。「かわいいアヒルちゃん。かわいいアヒルちゃん。きみはなんてよい子のアヒルちゃんなんだろう。泣かないで、かわいいアヒルちゃん」

わたしは泣いていなかった。泣きそうですらなかったが、ケロッグ博士は気づいていなかった。彼はすぐに体を起こして、わたしに尋ねた――シーツを敷くのを忘れてしまったので、ベッドカバーに血がついていないか確かめてもいいだろうか、と。

「ケロッグ夫人が血の染みを見つけるようなことがあっては困るからね」彼は言った。「うっかりしていたよ。いつもならもっと慎重なのだが、先を読めなかった。ぼくらしくもないな」

「あら」わたしは、やるべきことができたことに安堵し、ハンドバッグに手を伸ばした。「わたし、タオルをもってきたわ!」

しかし、染みはどこにもなかった。まったくどこにも。(子ども時代にさんざん馬に乗ったせいで、おそらく処女膜はすでに破れていたのだろう。母に感謝!)ありがたいことに、たいした痛みもなかった。

「さてと、ヴィヴィアン」と言い、彼は注意事項を述べた。「感染症を避けるために、二日間は風呂にはいらないことだ。体を清潔に保つのはいいが、洗い流すだけで――そう、お湯に浸かってはいけない。不快な分泌物や症状があらわれた場合は、グラディスかシーリアに言って、酢で洗浄する方法を教えてもらいなさい。でもきみはとても健康な娘さんだから、まずめったなことは起こらないだろう。きょうのきみは実にりっぱだった。ぼくはきみを誇りに思う」

飴(あめ)でももらえるのかもしれないと、ちょっと期待した。

ケロッグ博士は服を着ると、その日の天気が快晴であることについて話した。それから、きみはグラマシー公園の牡丹が先月開花したことに気づいていただろうか、と尋ねた。いいえ、とわたしは答えた。前の月はニューヨークの街に住んでさえいなかったんです。そうか、では、来年の牡丹はぜったいに見逃さないようにしなさい。開花期がとても短くて、すぐに散ってしまうからね。（もしかすると、わたし自身の〝散った花〟に重ねてなにか言いたかったのかもしれない。いや、ケロッグ博士にそのような詩情や哀惜があったと思うのはよそう。きっと彼はほんとうに、牡丹が好きだったのだ。）

「きみを見送らせてくれ、かわいいアヒルちゃん」彼は階段を降り、ドイリーだらけの居間を抜けて、通用口に向かった。キッチンを通りすぎるとき、テーブルから封筒を取りあげ、わたしに手渡した。

「わたしから感謝のしるしだ」

お金だとわかったが、もらう気にはなれなかった。

「いいえ、そんな……いただけないわ、ハロルド」

「いやいや、それはいけない」

「無理よ。そんなのありえない」

「ああ、でもぜひ」

「ああ、でもそんなわけには」

わたしが拒んだのは、誓って言うが、娼婦に見られたくなかったからではない。（どうかわたしをそんなお高くとまったやつだと思わないで！）それはむしろ、自分に染みついた礼儀作法ゆえだった。わたしには両親から毎週仕送りがあり、それを水曜ごとにペグ叔母さんから手渡されていたので、ケロッグ博士のお金を必要としていなかった。加えて、わたしの内なる清教徒の声が、おまえはこの金を受け取るに値しない、と言っていた。セックスについてよく知っているわけではないが、わたしがこの男性を大いに愉しませたとは考えにくい。ベッドにあお向けになって両腕をまっすぐに脇に伸ばした娘が、しゃべりだすたびに口をぶつけてくる以外に動こうとしない娘が、ベッドの上で男を愉しませたと言えるだろうか。もしセックスに対してお金が支払われるなら、わたしはその対価に値するなにかをするべきなのだ。

「ヴィヴィアン。これを受け取ってくれたまえ」彼が言った。

「ハロルド、やめて」

「ヴィヴィアン、いいか、こんなことでぼくを困らせないでくれ」彼はわずかに顔をしかめ、封筒をわたしにぐいっと突きつけた。ハロルド・ケロッグ博士の手に初めて危険を、そして興奮を覚えた瞬間だった。

「わかりました」わたしはお金を受け取った。

(潔癖なる清教徒のご先祖さまはどう思っただろう。セックスしてお金をもらい、そそくさと出ていこうとするわたしを!)

「きみは美しい娘さんだ」彼は言った。「心配しなくていい。これから時間をかけて、きみの胸は大きくなる」

「ありがとう、ハロルド」

「一日コップ一杯のバターミルクを飲めば、いい結果が出るだろう」

「ありがとう、やってみるわ」一日コップ一杯のバターミルクなど飲む気はないのに、そう答えた。

ドアから出ていこうとして、ふいに知りたくなって尋ねた。「ハロルド、ひとつ訊いてもいい？ あなたはなんのお医者さま？」

たぶん産婦人科医か小児科医だろうと思っていたが、そのときは小児科医のほうに予想が傾いていた。自分の頭のなかの賭けに答えがほしくなったのだ。

「ぼくは獣医だよ、お嬢さん」彼は言った。「さてと、グラディスとシーリアに心からよろしくと伝えてくれ。それから、来年の春は牡丹を見逃さないように」

わたしは大笑いしながら、通りを飛ぶように進んだ。

角のダイナーに引き返すと、わたしを待っていたショーガールたちが口を開くより早く、金切り声をあげた。「獣医？ 獣医ですって？ わたし、獣医さんに送りこまれたの？」

「どうだった？」グラディスが尋ねた。「痛かった？」

「あの人、獣医なの？ 医者だって言ったわよね！」

「ドクター・ケロッグは、医者（ドクター）よ！ 名前どおりでしょ」ジェニーが言った。

「避妊手術に送りこまれた雌犬みたいな気分よ」

わたしはシーリアの隣にすわった。彼女の温かい体にどんっとぶつかったとき、なぜかほっとした。自身の体が勝手に浮かれ騒ぎ、頭からつま先まで震えていた。たが（ヽ）が（ヽ）はずれておかしくなりそうだった。自分の人生が爆発を起こしたみたい。興奮と覚醒に、嫌悪と困惑と虚栄に押しつぶされそうだった。ひどく混乱しているのに、夢を見ているような気分だ。行為そのものより、余波のほうがわたしを翻弄した。自分のやったことが信じられない（ヽヽ）。今朝のあれほどの大胆さ（見知らぬ男とセックス！）が他人の経験のように思えたし、一方で、かつてなく自分が自分であることを実感した。

そして同じテーブルのショーガールたちを見まわしたとき、深い感謝が込みあげ、泣きそうになった。彼女らがここにいるのが奇跡に思えた。わたしの友だち！　かけがえのない親友！　たった二週間前に出会った親友。ジェニーなんて、二週間どころか二日前に知り会ったばかり！　みんなを心から愛してる。みんな、わたしを待っていてくれた。わたしのことを心配して！

「で、どうだったの？」と、グラディスが訊いた。

「よかった。よかったわ」

わたしの前には、朝の十時前に半分だけ食べたパンケーキが冷えてそのまま残っていた。荒々しい飢えを感じて、わたしはそれに飛びついた。両手が震えていた。ああ、神様、わたしはこんなに飢餓を感じたことはありません。わたしの飢えは底なしだった。わたしはさらに上から糖蜜をかけ、びしょびしょになったパンケーキを口に押しこんだ。

「あの人、奥さんの話が止まらなかったわ」咀嚼する合間に言った。

「ほんとそうよね！　あれは最悪！」ジェニーが言った。

「うんざりするよね」と、グラディス。「でも、しみったれじゃないわ。それが大事なところ」

「で、痛くなかったの？」シーリアが訊いた。

「それがね、痛くなかった。タオルもいらなかった！」

「運がいい」と、シーリア。「あなた、すごく運がいいわ」

「楽しかったとは言えない」と、わたし。「でも、楽しくなかったとも言えない。とにかく終わってうれしいわ。もっとひどい処女の失い方もあるだろうし」

「だいたいは、もっとひどいもんよ」ジェニーが言った。「あたし、ぜんぶ試してるから」

「よくやったね、ヴィヴィ」グラディスが言った。「きょうからあんたは女よ」

グラディスが乾杯するようにコーヒーカップをあげたので、わたしは水のグラスをカチンと寄せた。ダンス・キャプテンのグラディスから乾杯の祝福を受けたこの瞬間のような、非の打ちどころのない入会儀式をわたしはほかに知らない。

「彼、いくらくれた？」と、ジェニーが訊いた。

「あっ！　すっかり忘れてた！」

わたしはハンドバッグに手を入れ、封筒を取り出した。

「あなたがあけて」わたしはそう言って、震える両手でそれをシーリアに差し出した。彼女はその場で封を破き、慣れた手つきで札束を数えて、「五十ドル！」と宣言した。

「五十ドル！」ジェニーが甲高い声をあげた。「いつもは二十ドルなのに！」

「さあ、なにに使うのがいいかな」グラディスが言った。

「みんなでなにか特別なことをしなきゃ」ジェニーが言った。女たちがこのお金はわたしのものではなく、みんなのものだと考えていることがわかり、ほっとした。そうしてくれるなら、後ろめたさを分かち合えるし、仲間としての絆も強くなる。

「コニーアイランドに行きたいな」シーリアが言った。

「時間がないよ」グラディスが言う。「四時までにはリリー座に戻らなきゃ」

「時間ならあるわよ」と、シーリア。「さっと行っちゃえばいいのよ。ホットドッグを食べて、海を見て、寄り道せずに帰ってくる。タクシーを使えばいいわ。お金ならあるでしょう？」

そんなわけで、わたしたちはコニーアイランドに向かった。タクシーの窓を全開にして、煙草を吹かし、笑い声をあげ、噂話をしながら。その夏いちばんの暑い日だった。空は恐ろしいほどまぶしかった。わたしは後ろの座席のシーリアとグラディスのあいだに体を押しこみ、ジェニーは前の座席で、美女の一団を乗せて大喜びの運転手とおしゃべりしていた。

「なんとまあ別嬪揃いなんだ」と運転手が言うと、「ちょっと、なれなれしくしないでよ」とジェニーが返した。でも彼女がこのやりとりを楽しんでいるのがわかった。

「ケロッグ夫人に対して罪悪感をもったことある?」その日の自分の行為にかすかな良心の疼きを感じて、わたしはグラディスに尋ねた。「つまり、彼女の夫と寝ることに関してだけど。申し訳なく思うべきなのかな」

「あのね、いい子にならないで!」グラディスが言った。「考えはじめるときりがないから」

残念ながら、わたしたちの道徳的な煩悶はその程度のものだった。話題はそれで打ち切りだった。

「つぎはべつの人がいいわ」わたしは言った。「ほかのだれかを見つけられると思う?」

「お茶の子さいさい」シーリアが言った。

コニーアイランドは、すべてがまぶしく、けばけばしく、楽しかった。遊歩道には騒がしい家族や若いカップルがあふれていた。やみくもにはしゃぐ子どもたちは、わたしの心の騒乱を映し出しているかのようだった。わたしたちは見世物小屋の看板を眺めたあと、波打ち際まで走り、海水に足を浸した。リンゴ飴とレモンアイスを食べた。大道芸の怪力男といっしょに写真を撮った。ぬいぐるみと、映画のポストカードと、土産物の手鏡を買った。わたしはシーリアに貝殻の飾りの付いたかわいい籐のハンドバッグを、ほかのふたりにはサングラスを買った。ミッドタウンまでの帰りのタクシー代もケロッグ博士からもらったお金で払ったが、まだ九ドル残っていた。

「ステーキ・ディナーを食べるといいわ！」と、ジェニーが言った。

わたしたちがリリー座に帰りついたのは、〝夕方のショー〟にぎりぎりの時間だった。オリーヴが、開演に間に合わないいんじゃないかと心配し、頭に血をのぼらせて待っていた。彼女は時間を守れない全員を並べてお説教しようとしたが、ショーガールたちはろくに聞きもせずに楽屋に飛びこみ、一瞬にして——とわたしには思えた——スパンコールと駝鳥の大きな羽根と粋な魅惑のオーラをまとってあらわれた。

ペグ叔母さんも当然そこにいて、ほかに気をとられながらも、「きょうは楽しかった？」とわたしに訊いた。

「ええ、すごく！」

「よかった。楽しまなきゃね、若いんだから」

シーリアが舞台に出ていく前に、わたしの手をぎゅっと握ってくれた。わたしは彼女の腕をつかんで、その美しい体に身を寄せた。

「シーリア！」声を落として言った。「きょう処女を捨てたなんて、まだ信じられない！」

「ぜったい後悔しないから」彼女が言った。

それで、どうだったと思う？

彼女の言ったとおりだった。

7

こうしてそれは始まった。

いったん始めてしまうと、セックスのことが頭から離れなくなった。ニューヨークのあらゆることがセックスに関わっているように感じられた。わたしには取り返さなければならないたくさんの時間があった。これまでの数年間、退屈し、倦(う)み疲れて、時間を浪費して生きてきた。もう、退屈するのはまっぴら——たとえ一時間だって！

学ぶべきことがたくさんあった。男たちについて、セックスについて、ニューヨークについて、人生について、シーリアから彼女が知っているすべてを教わりたかった。彼女は喜んで教えてくれた。そのときからわたしは、彼女の小間使いでは（少なくともたんなる小間使いでは）なくなった。わたしは彼女の共犯者になった。もう街で浮かれ騒いで真夜中に酔って帰ってくるシーリアを迎えることはなかった。わたしたちはふたりで街に出て浮かれ騒ぎ、真夜中に酔って帰った。

その夏、わたしたちは片っ端からトラブルを掘り起こしていった。トラブルを見つけるのになんの苦労もなかった。美しい娘がさがすなら、この街でトラブルはたやすく見つかる。でももし、美しい娘が二人組だとしたら、街角ごとでトラブルのほうから飛びかかってくるだろう。それこそ、わたしたちが望んでいたことだった。シーリアとわたしは、楽しくやるためならなんでもやった。わたしたちの欲は底なしだった。男たちだけでなく、食事やカクテル、奔放なダンスや生演奏の音楽に熱狂した。ますます煙草をくゆらし、のけぞって大笑いしたくなる、お楽しみの数々に。

ほかのダンサーやショーガールといっしょに夜の街に繰り出すこともあったが、シーリアとわたしのスピードには、だれもついていけなかった。わたしたちは、ひとりが停滞しそうになると、もうひとりがさらにペースをあげた。つぎになにをするのか、お互いを見張っているんじゃないかと思うことさえあった。新たなスリルがほしいだけで、つぎになにをするかなんて、ほとんど考えていなかった。退屈への恐れだけに突き動かされていた。一日が百時間もあって、ぜんぶ使いきらなければ、倦怠に呑みこまれて死んでしまいそうだった。

その夏わたしたちがやっていたのは、突きつめれば、ほっつきまわり、はしゃぎまわることだった。そうすることにかけて、わたしたちは疲れを知らなかった。それはもう、いまのわたしの想像力をはるかに超えている。

ねえ、アンジェラ……あの一九四〇年の夏を思い出すとき、シーリア・レイとわたしは、ニューヨークのネオンサインと影のなかをひたすらなにかを求めて突き進んでいく、黒いインクのような欲望の点として浮かんでくる。それをもっと細かなところまで思い起こそうとすると、記憶の底から、暑さで汗ばんだ長い一日がよみがえる。ショーが終わると、シーリアとわたしは細身の薄いドレスに着替え、夜の街に飛び出した。とびきり素敵なこと、生きのいいやつを見逃すまいと、せっかちな街に全力で飛びこんだ。**どうして、わたしたち抜きで始めてしまうわけ？**

たいていの夜は〈トゥーツショアズ〉、〈エルモロッコ〉、〈ストーククラブ〉あたりから始まった。でも真夜中過ぎにどこにたどり着いているかは神のみぞ知る。ミッドタウンに飽きれば、A列車に乗ってハーレムまで出かけ、ジャズクラブでカウント・ベイシーを聴いたり、〈レッドルースター〉で飲んだりした。リッツカールトン・ホテルでイェール大学の男子学生に囲まれて悪ふざけをしたり、〈ウェブスター・ホール〉でダウンタウンの社会主義者たちと踊ったりした。わたしたちのルールは――ダンスは膝が崩れるまで踊ること、膝が崩れてもまだ少しだけ長く踊りつづけること。

シーリアとわたしは、すさまじいスピードで動いた。街そのものに引きずられているような、音楽と照明と騒乱がつくる荒々しい都会の川を流されていくような気がした。ときには、街を引きずっているような気にさえなった。どこへ行っても、わたしたちのあとにつづく人たちがいたから。目くるめく夜のさなかに、シーリアの知り合いの男たちに出会うことも、見ず知らずの男たちをどこかで拾うこともあった。どちらもいっぺんに起こることもあった。ならんだ三人のハンサムにキスすることも、ひとりのハンサムと三度キスすることも、なにをしたか思い出せないこともあった。

男たちはいともかんたんに見つかった。

それは、シーリアが店に入っていくときから始まっていた。あんなやり方をわたしはほかに知らない。彼女自身より先に、彼女がまとう魅惑の輝きが店に射しこんだ。まるで機関銃で武装している敵陣に兵士が手榴弾を投げこむようなものだった。彼女の美しい実体が店のなかを進むときには、すでに男たちは皆殺しになっていた。ただ姿をあらわすだけで、彼女は磁石のようにその場の性的なエネルギーを引き寄せた。いかにも物憂(ものう)そうに歩きながら――だれかの恋人の、夫の目をことごとく釘付けにして――なんの苦もなく征服を終わらせた。

男たちは、お菓子の紙箱を前にした子どものようにシーリアを見つめた。早く箱をあけて、おまけのおもちゃを掘り出したくてたまらないという目で。

ところがシーリアは、まるで壁板でも見るように男たちを見る。

それがますます男たちを狂わせ、夢中にさせた。

「笑顔を見せてくれよ、ベイビー」ダンスフロアの向こうから勇気ある男が呼びかける。

「ヨットを買ってくれたらね」彼女は小さく呟くと、つんとそっぽを向いた。

わたしはいつも彼女のそばにいたし、あのころは彼女とそこそこ似ていた（薄暗い照明のなか、同じくらいの身長、よく似た肌色。でもそれだけじゃなくて彼女みたいな細身のドレスを着て、髪型もまね、胸にはこっそり詰め物をしていた）。だから、ふたりでいると、威力が倍増した。

自慢したいわけじゃないの、アンジェラ。でも、わたしたちは向かうところ敵なしだった。

いいえ、これは自慢ね。この老いた女に、過去の栄光を少しだけ語らせてほしい。わたしたちは、驚くべき二人組だった。そばを通り過ぎるだけで、テーブルにつく男たちの首がむち打ちになった。

「なにか飲むものを」シーリアがバーでだれにともなく呟くと、たちまち五人の男がカクテルのグラスを差し出した――三人がシーリアに、ふたりがわたしに。十分後、飲み物はぜんぶなくなった。

あのころのエネルギーは、いったいどこから出ていたのだろう？

ああ、もちろん、それは若さそのものから出ていた。わたしたちはエネルギーを生み出すタービンだった。ただし朝はからきしだめで、二日酔いは手加減してくれなかった。それでも昼のうちに仮眠をとれば――稽古やショーの合間に、舞台裏の古いカーテンの山に倒れこんで十分間でも仮眠すれば

――ショーの拍手が鳴りやむとすぐ街に飛び出していけた。

十九歳なら、こんなふうに生きられる（シーリアの場合は十九歳のふりをして）。

「ああいう娘たちには、いずれトラブルが降りかかるのよ」ある夜、千鳥足で歩いているとき、通りすがりの年配女性からそう言われた。おっしゃるとおり。でも彼女にはわからなかっただろうけれど、わたしたちはトラブルを求めていた。

わたしたちの若さが求めていた！

若さゆえの無鉄砲で目もくらむような熱望！　それが否応なく、わたしたちを崖っぷちまで連れだし、企み（たくら）の袋小路に追いこんだのだ。

一九四〇年の夏、わたしはセックスがうまくなったとは言えないが、ずいぶん慣れたとは言える。でもまあ、そのとおり、上達はしなかった。

セックスが〝上達する〟とは、女にとっては、どのようにその行為を愉（たの）しみ、そこに参加し、最後の頂（いただき）までのぼりつめるかを知ることだ。それには時間と忍耐と、気遣いのできる恋人が必要とされる。当時のわたしは、まだそこまでの性の深みを知るには至らず、セックスは相当なスピードで遂行される野蛮な数のゲームに過ぎなかった。（シーリアとわたしは、ひとつの場所に長居するのを嫌った。男についても同じ。ぐずぐずしていると、街の向こうで起きているかもしれない、もっと素敵ななにかを見逃すのではないかといつも不安だった。）

ひと夏のあいだに、刺激への渇望とセックスへの興味はわたしを貪欲にしただけでなく、ある種のことに感化されやすくした。いま振り返ってみてわかる。なんであろうと、性的な、あるいは不道徳ななにかをほのめかすものに対して敏感になった。ミッドタウンの裏道の暗がりに浮かぶネオンサインに、レキシントン・ホテルの〈ハワイアンルーム〉で出されるココナツのカクテルに、リングサイドの観戦チケットを手渡されることに、名もないナイトクラブの楽屋に誘われることに。楽器を演奏できる人に、場慣れしたダンスを踊れる人に。だれかの車に乗ることにも、バーでハイボールのグラスをふたつ持って近づいてくる男にも。そういう男は決まってこう言う。**飲み物を頼みすぎてしまったんだ。手伝ってくれるかな？**

あら、いいわよ。喜んでお手伝いさせていただくわ。

そういう手伝いなら、わたしはとてもうまくやってのけた。

言い訳に聞こえるかもしれないが、シーリアとわたしは、ひと夏で出会ったすべての男たちと寝たわけではない。

とはいえ、出会ったおおよその男とは関係をもった。

わたしとシーリアにとって、問題は〝だれとセックスするか〟ではなく、むしろ〝どこでセックスするか〟だった。

答えは——場所があればどこでも。

たとえば、高級ホテルのスイートルームでセックスした。この街に出張中のビジネスマンの支払いだった。あるいは、イーストサイドの小さなナイトクラブの（夜間は終業する）厨房で。深夜になぜか乗ることになったフェリーボートの上で——川面(かわも)の光がぜんぶぼやけて流れすぎていった。タクシーのなかでも。（気まずいと思うだろうけど、あれはほんとうに気まずい。しかしやり遂げた。）映画館で、リリー座の地下にある楽屋で。〈ダイヤモンド・ホースシュー〉や、〈マディソン・スクエア・ガーデン〉の地下の楽屋で。足もとのネズミにおびえながら、ブライアント公園で。ミッドタウンのタクシーのたまり場に近い、うだるように暑い路地の暗がりで。パック・ビルディングの屋上で。ウォール街のオフィスでしたときには、おそらく夜警だけがわたしたちの声を聞いていた。

酔っぱらって、目を回して、また飲んで、思慮も分別も放り投げ——シーリアとわたしは電流のようにニューヨークの街を移動した。歩くのではなく、ロケットのように飛んだ。なにかを目指すわけではなく、ただ鮮烈なものを見逃したくなくて。なにも見逃さなかったようで、なにもかも見逃していた。わたしたちは、ヘヴィー級王座にあったジョー・ルイスがスパーリングするのを見たし、ビリー・ホリデイが歌うのを聴いた。でも細かなことはなにも憶えていない。目の前で起きる奇蹟に注意を払うには、自分の物語にかまけすぎていた。（たとえば、ビリー・ホリデイを見た夜、わたしは生理中で、お気に入りの青年をほかの娘にとられておかんむりだった。それしかビリー・ホリデイの舞台について憶えていないのだ。）

シーリアとわたしはしたたかに飲んで、したたかに飲んだ若い男の群れに飛びこんだ。みんなでぶつかり合って、たぶんこうなるだろうとだれもが想像するとおりになった。バーで知り合った男たちとべつのバーに行き、べつの男たちといちゃついた。わたしたちがもとで喧嘩が始まり、だれかが敗退した。シーリアは残った者たちのなかから、つぎのバーにわたしたちを連れて行くだれかを選んだ。そしてつぎのバーでも同じことが繰り返された。わたしたちは、男ばかりのパーティーからつぎの男ばかりのパーティーへ、ひとりの男の腕からまたべつの男の腕へと移った。食事するあいだに、デートの相手を交換することもあった。

「この人、あなたにあげる」ある夜シーリアがすでに飽きはじめていた男を前にして言った。「わたしは化粧室に行くから、彼とうまくやって」

「でも、あなたのお相手でしょ！」わたしは言ったが、男は言われるがままにわたしに手を伸ばしてきた。「それに、あなたはわたしの友だちなのよ！」

「まあ、ヴィヴィ」シーリアは好意と哀れみのこもった目でわたしを見つめて言った。「だいじょうぶ。わたしの男をとったくらいで、友だちを失うことにはならないから」

夏のあいだ、家族にほとんど連絡しなかった。自分がしていることを家族に知られることだけは、なんとしても避けたかった。

母は実家の出来事を手短に知らせる手紙を毎週の仕送りに添えていた。たとえば、父がゴルフで肩を傷めたとか、兄が国家に奉仕するために来期でプリンストン大学をやめて海軍に入隊したいと言い出して困っているとか。母自身については、どこそこのテニス大会でだれそれを打ち負かしたとか。返信として、わたしも毎週、同じように代わり映えのしない役に立たない近況を、両親宛に葉書で書き送った。わたしは元気です。劇場でがんばって働いています。ニューヨークシティは素敵です。仕送りをありがとうございます。ときどき、あたりさわりのない詳細を書き入れた――「先日、ペグ叔母さんとニッカーボッカー・ホテルでおいしいランチを食べました」とか。

当然ながら、ショーガールの友人シーリアといっしょに医者を訪ねて、違法ではあるけれど自分に合うペッサリーを手に入れたという話は両親に伝えなかった。（違法というのは、当時は未婚女性が医師から避妊具を入手することが禁じられていたから。でも、もつべきものはつての多い友だち。シーリアのかかりつけの、口数の少ないロシア人の女性医師は、よけいなことをなにも訊かず、眉ひとつ動かさず、わたしに合うペッサリーを調達してくれた。）

もちろん、淋病の恐怖におびえたことも両親には伝えなかった。（結局それは軽い炎症にすぎないとわかったが、完治するまで痛くて不安な一週間を過ごした。）妊娠の不安におびえたことも伝えなかった。（それも月のものが訪れて解決した——神に感謝を。）そして、ケヴィン・〝リブジー〟・オサリヴァンという青年と、わりと定期的に寝るようになったことも。彼はヘルズキッチンの街角でナンバー賭博の元締めをしていた。（当然ながら、ほかにも何人かいちゃつく相手はいて、みな同じように危ない人たちだったが、〝リブジー〟ほど素敵な名前の男はほかにいなかった。）

両親に伝えなかったことはほかにもある。淋病にはぜったいに罹りたくないから、財布にいつもコンドームを忍ばせるようになったこと。女はいくら気をつけてもまだ足りない。そして、そのコンドームは、男友だちが好意で定期的に確保してくれていた。（当時のニューヨークでは、コンドームの購入は男にしか許されていなかった！）

あれもこれも両親に知らせるわけにはいかなかった。

だから、ニッカーボッカー・ホテルの魚料理は素晴らしい、と書いた。

これは間違いなく、ほんとうのことだから。

そんな合間にも、シーリアとわたしは勢いをつけて——来る夜も来る夜も——大小さまざまなトラブルに首を突っこんだ。飲むほどに頭のたががはずれ、気がゆるくなった。時刻も、重ねたカクテルの数も、デートの相手の名前も、記憶から溶け出した。ジンフィズをあおりすぎて歩き方を忘れた。

ご機嫌にしあがると、わたしたちは身の安全に気を配ることを忘れ、ほかの人たちに――しばしば見知らぬ人たちに――迷惑をかけた。（「女に生き方を教えるのは、あんたの役目じゃないわ！」ある晩、シーリアが素敵な紳士にわめいたことを憶えている。彼は親切にも、わたしとシーリアをリリー座まで安全に送りとどけようとしてくれただけだったのに。）

シーリアとわたしが行くところには、つねに危険の火種がくすぶっていた。なにかが起きるかもしれないと覚悟していたし、なにかが起きてもおかしくなかった。そして実際に起きることもあった。つまり、シーリアの魅力は男たちを彼女のしもべにしたが、いつまでも同じ状態がつづくとはかぎらなかった。男たちはときに豹変した。シーリアはいつも男たちを前に並べて、なにかを命じ、意のままに奉仕させた。かしずく彼らはみんな気のいい男たちだった。ただし、気のいいままでありつづける男と、そうでない男がいた。男の欲望や怒りは、ある一線を越えると、引き返すことができなくなった。その一線を越えてしまうと、シーリアの男たちへの影響力が、彼らを獰猛にするほうに働いた。みんなで楽しみ、じゃれ合い、ふざけ合い、大笑いしていたはずなのに、部屋に満ちるエネルギーが唐突に変化する瞬間が訪れた。セックスだけではなく暴力の兆しがあたりに充満する。

いったんそうなると、止められない。

待ち受けるのは、壊し、奪うことだけだ。

初めてそれが起きたとき、シーリアはおそらく以前の経験からすぐに気づいて、わたしを部屋から追い出そうとした。わたしたちは、ビルトモア・ホテルのプレジデンシャル・スイートにいて、ウォルドルフ＝アストリア・ホテルのダンスホールで出会った三人の男たちにかしずかれていた。男たちは大量の小銭をもっていたから、たぶん怪しい仕事に就いていたのだろう。（察するに、ゆすり屋ではなかったか。）始めのうち、彼らはひたすらシーリアのご機嫌をとっていた。とても丁重で、シーリアが自分たちに関心を示してくれたことに感謝し、美しい娘とその友だちをかいがいしく楽しませようとした。**シャンパンの新しいボトルはいかがですか？　ルームサービスで蟹料理を注文しましょうか？　ビルトモア・ホテルのプレジデンシャル・スイートはお気に召しましたか？　ラジオはつけますか、消しますか？**

わたしはこんな遊びは初めてだったし、悪そうな男たちがへりくだってみせるのがおもしろかった。彼らが、わたしたちの魅力にかしずいていることが、へりくだっていることがおかしくて、吹き出しそうだった。**ああ、男を支配するのは、なんてかんたん！**

しかし突然——プレジデンシャル・スイートへ移ってほどなく——なにかが変わった。シーリアがカウチに腰掛けたふたりの男のあいだに、いきなり押しこまれた。彼らはもうかしずいても、へりくだってもいなかった。部屋の空気が変わり、ぞくりとした。これまでの彼らではなかった。顔つきがちがう。いやな感じだ。カウチにすわっていないもうひとりが、わたしのほうをちらりと見た。彼はもう冗談を言う気もないようだ。この変化をなにかにたとえるなら——楽しいピクニックのさなかに、いきなり竜巻がやってきたようなものだ。気圧がさがり、空が暗くなり、鳥の声がやむ。そして竜巻がこちらにまっすぐ近づいてくる。

「ヴィヴィ」そのとき、シーリアが言った。「下で煙草買ってきて」

「いま？」わたしは尋ねた。

「早く」と、彼女。「戻ってこないで」

わたしは部屋のドアに向かって走った。三人目の男がわたしに手を伸ばすより早く、恥ずかしいことだが、わたしはドアを閉めた。友をひとり部屋に残して。彼女が出るように言ったから、わたしは部屋を出た。でも……胸が悪くなった。あの男たちがなにをするつもりか知らないが、シーリアは彼らのなかにひとり残された。彼女がわたしを追いはらったのは、そこで起きることをわたしに見せたくなかったから、あるいは、わたしを彼女と同じ目に遭わせたくなかったから。どちらにしても、彼女からあんなふうに追い出された自分は子どもみたいだと感じた。あの男たちが恐ろしくて、シーリアの身に起きることが恐ろしくて……なのに、まるで自分が取り残されたみたいに感じた。それがたまらなくいやだった。わたしは一時間以上ホテルのロビーを行ったり来たりした。ホテルの支配人に知らせたほうがいいのだろうか。でも、いったいなにを伝えればいいのだろう……？

やがてシーリアがロビーにひとりで下りてきた。先刻エレベーターで上がるときに恭しくエスコートした男たちは付き添っていなかった。彼女はロビーにわたしを見つけると、近づいてきて言った。

「あーあ、とんだお粗末な夜の終わり方ね」

「だいじょうぶ？」

「ええ、絶好調」彼女はそう言うと、ドレスのあちこちを引っ張った。「ちゃんとして見える？」

シーリアはあいかわらず美しかった。左目に黒い痣があることを除いては。

「ええ、みんなの夢の恋人そのものよ」わたしは言った。

彼女はわたしを腫れた目で見つめて言った。「騒ぎ立てないでね、ヴィヴィ。グラディスが治してくれるわ。彼女、黒痣を見えないように隠すのが得意だから。タクシー呼べる？　タクシーがここまで来てくれたら、それで帰るわ」

わたしは彼女のためにタクシーを見つけてきた。そのあとは言葉を交わすことなく家路についた。

あの夜の事件はシーリアの心にトラウマを残したのだろうか。

あなたはきっと残したと思うでしょう。

でもね、アンジェラ……自分の恥を承知で言うけれど、わたしにはわからない。あの件について、一度も彼女と話さなかったから。その後、友が心に傷を負ったしるしを見つけることはなかった。でもたぶん、わたしは彼女の心の傷をさがそうとしていなかった。なにをさがせばいいのかもわかっていなかった。口にしないことで、ひどい出来事が（黒い痣のように）消えてしまうことを望んでいたのだと思う。あるいは、シーリアは暴力を振るわれることに慣れているのだと思った。彼女の苦労多き育ちゆえに。（ああ、神様。たぶんほんとうにそうなのです。）

あの夜のタクシーのなかで、わたしから尋ねられることはたくさんあった。（「ほんとうにだいじょうぶなの？」で始まる数々の質問……。）でも、わたしは尋ねなかった。わたしを助けてくれたことにお礼も言わなかった。自分が助けられる必要のある存在であったことにうろたえた。彼女が、わたしのことを自分より無垢で傷つきやすいと見なしていたことにうろたえた。あの夜まで、わたしとシーリア・レイは同じだと、ふたりは世慣れた強い女で、ふたりでニューヨークの街を征服して大いに楽しむことができるのだと、自分に都合よく考えていた。でも明らかに間違っていた。わたしは娯楽として危険にちょっと手を染めてみただけ。シーリアは危険を知っていた。わたしの知らないことを、世の中の裏側を知っていた。そして、わたしがそれを知ることになるのを望まなかった。

ねえ、アンジェラ、いまになって気づく。当時は、そんな暴力が当たり前にあった。シーリアだけでなく、ほんとうは、わたしも気づけたはずだった。（グラディスはなぜ黒痣を隠すことが得意になったの？　わたしはそれについて考えてみなかった。）わたしたち女がどんな態度をとっていたか、いまならわかる。**そうよね、男ってそんなもの！**　裏の事情について公の場で語れるようになるずっと以前のことだった。それはわかってほしい。わたしたちはそういう裏の話を個人的な会話のなかでさえ避けようとした。だから、あの夜シーリアが経験したことについて、わたしは彼女になにも言わなかったし、彼女もなにも言おうとしなかった。わたしたちはそれを過去に葬り去ろうとした。

翌日の夜も、信じられないだろうけれど、わたしたちはまたなにかを求めて街に出た。ただ、ひとつだけ変わったことがある。わたしは、なにがあろうとシーリアを残して立ち去らないと心に決めた。部屋から追い出されるようなことを、二度と自分に許してはならないと。シーリアがすることをわたしもしよう。シーリアに起きることが、わたしにも起きるように。

なぜって、わたしはもう子どもじゃないんだから、と自分に言い聞かせた――そう、すべての子どもがそうするように。

8

戦争が近づいていた。

いや、戦争はすでに始まっていたし、情勢はかなり深刻だった。戦争は遠いヨーロッパで起きていたのだが、アメリカ国内では参戦するか否かで激論になった。

わたしがそれに関わらなかったことは言うまでもないが、いたるところで議論が交わされた。もっと早く戦争が近づいていることに気づくべきだったと思うかもしれない。でも、戦争の話題はほんとうに、わたしの意識にはいってこなかった。いちじるしく観察力を欠いていたと言われれば、そのとおりかもしれない。一九四〇年の夏に、世界が全面戦争の危機に瀕しているという事実を無視するのは、けっしてたやすいことではない。でも、わたしにはそれができた。（自己弁護のために言っておくと、わたしの仲間たちも同様だった。シーリアやグラディスやジェニーが、アメリカの軍備や〝両洋艦隊〟の重要性について議論していたという記憶はない。）控えめに言っても、わたしは政治に関心のある人間ではなかった。たとえば、ルーズベルト内閣の個々の閣僚の名前を知らなかった。でもクラーク・ゲーブルの二番目の妻のフルネームなら言えた。テキサス社交界の花形であり、何度かの離婚歴をもつその人の名は、リア・フランクリン・プレンティス・ルーカス・ランガム・ゲーブル。わたしは、この舌を嚙みそうな名前を、きっと人生最後の日まで憶えているだろう。

一九四〇年五月にドイツがオランダとベルギーに侵攻したが、それはわたしがヴァッサー女子大で、試験にことごとく落第点をとっていたころと重なっている。わたしは戦争どころではなかった。（この大騒ぎも、フランス軍がドイツ軍を押し返すことで、夏の終わりには収束するだろうと、父が言ったのを憶えている。父は新聞をよく読む人だから、きっとそうなのだろうと思っていた。）

わたしがニューヨークに移り住むころ――一九四〇年六月なかば――に、ドイツ軍はパリに進撃した。（父の予測は大ハズレ。）しかし、その件について深く知ろうとするには、わたしの毎日には刺激が多すぎた。独仏国境のマジノ線でなにが起きているかより、ハーレムやグリニッジ・ヴィレッジでなにが起きているかのほうが、はるかに気になった。八月にはドイツ空軍がイギリス本土に爆撃を開始したが、わたしは淋病と妊娠の不安に苛まれているさなかで、そのニュースをほとんど記憶に刻まなかった。

〝歴史の鼓動を聴け〟とはよく言われるが、わたしの耳にその鼓動はほとんど聞こえていなかった。耳のそばで太鼓が激しく打ち鳴らされているときでさえ。

わたしがもっと賢くて注意深かったなら、アメリカがいずれ新たな大戦に引きずりこまれていくことに気づいていたかもしれない。兄のウォルターが海軍への入隊を希望しているという知らせに、もっと注意を払い、兄の決意が彼の将来に、わたしたち一家に投げる影を案じたかもしれない。アメリカが避けようもなく戦争に突入すれば、毎夜ニューヨークの街をいっしょに遊びまわる愉快な若者たちが、まさに前線に送り出されることに気づいたかもしれない。あのころのわたしがいまのわたしが知ることを――つまり、あの美しい青年たちの多くが近い将来にヨーロッパの戦場や南太平洋の地獄で死ぬことを知っていたなら、わたしは彼らのもっと多くとセックスしていただろう。

ふざけたことを言うように聞こえるかもしれないけれど、本気でそう思う。

あの若い青年たちと、もっとたくさん、いろんなことがしたかった。（そんな時間があったかどうかはわからない。でも、どんなに過密なスケジュールだろうと、最後までひとりもこぼれないように、わたしは時間を絞り出したと思う――彼らの多くがほどなく、破壊され、焼かれ、傷を負い、命を散らすのだ。）

アンジェラ……わたしに未来が予見できていたら、と思わずにはいられない。

わたしは心からそう思う。

けれども、ちゃんと注意を払っている人たちもいた。オリーヴは、母国イギリスからの知らせを見守っていた。とても心配していたけれど、彼女はなにかにつけて心配する人であるため、あまり印象に残らなかった。オリーヴは毎朝、インゲン豆と卵の朝食を食べながら、得られる情報をすみずみまで読み通した。彼女が読んでいたのは、《ニューヨーク・タイムズ》《バロンズ》と、《ヘラルド・トリビューン》（これは共和党寄りだけど）の三紙。手にはいればイギリスの新聞も読んだ。ペグ叔母さんでさえ（野球の勝敗の動向を知るために《ニューヨーク・ポスト》紙しか読まなかったのに）、心配をつのらせて報道を注視するようになっていた。彼女はすでにひとつの世界大戦を見ていたし、もう二度と見たくないと思っていた。ヨーロッパに対する忠誠は、ペグの心に深く根をおろしていた。

ペグとオリーヴはその夏のあいだに、アメリカは戦争に関わらなくてはならないという考えをますます強くしていった。だれかがイギリスを助け、フランスを救わなければならない！　ペグとオリーヴは、行動を起こすために連邦議会の支持を得ようと努める大統領を全面的に支持していた。

ペグ叔母さんは——生まれ落ちた社会的階層からのはぐれ者として——ルーズベルトを熱烈に支持していた。初めてそれを知ったときは、びっくりしたものだ。父はルーズベルトが大嫌いな、断固たる孤立主義者——つまり他国の戦争に介入しないという伝統的な方針を訴えるリンドバーグの信奉者——で、保守的な頑固親父だった。たぶん親類縁者はみんな、ルーズベルトが大嫌いだったはずだ。でもニューヨークシティでは、人々はさまざまな考えをもっていた。

「ナチスにはもう我慢の限界！」ある朝、朝食を食べながら新聞を読んでいたペグが叫んだ。怒りにまかせて、こぶしをテーブルにドンと打ちつける。「もうたくさん！　止めなければ！　なにをぐずぐずしてるの？」

わたしはペグがこんなに怒るところを見たことがなかったので、この朝のことが記憶に刻まれた。彼女の反応が、自分のことしか考えないわたしの頭にも突き刺さったのだ。**うわあ、ペグ叔母さんがこんなに怒るんだから、これはほんとうに悪いことにちがいない！**

とはいえ、ナチスに対して自分がなにをすればいいのか、なにを求められているのかはわからなかった。

それどころか、わたしはあの戦争を——遠い土地の忌まわしい戦争を、自分の目の前になにかの結果をもたらすものとして意識していなかった。そう、一九四〇年の九月までは。

エドナとアーサー・ワトソン夫妻が、リリー座に転がりこんでくるまでは。

9

アンジェラ……あなたはエドナ・パーカー・ワトソンという名前を聞いたことがないでしょうね。

彼女の舞台俳優としての華々しい活躍を知るには、あなたは生まれてくるのが少し遅かった。それに、彼女の知名度はニューヨークよりもロンドンのほうが高かった。

わたしはたまたま、エドナと初めて会う前に彼女の名前を知っていた。でもそれは、彼女が英国のハンサムな映画俳優、アーサー・ワトソンの結婚相手だったから。少し前に観た『真昼の門』という、英国のお涙頂戴の戦争映画で、アーサーは主役を演じていた。いくつかの雑誌にワトソン夫妻の写真が出ていたから、エドナにも見覚えがあった。彼女の夫を通してしか彼女を知らなかったことを、いまは少し申し訳なく思う。エドナは、俳優としても人間としても、はるかに夫よりまさっていた。でも、世の中ってこんなものだわ。浅はかな世界では美しい顔がものを言う。

もしエドナが映画に出ていたら、状況は変わっていたかもしれない。一世を風靡（ふうび）し、いまでもその名を残していたかもしれない。そう、ベティ・デイヴィスやヴィヴィアン・リーのように。エドナは彼女らにけっして引けをとらなかったが、カメラの前で演技するのを拒んだ。機会に恵まれなかったからではない。ハリウッドは何度となく彼女の家のドアを叩いたけれど、そういった大物プロデューサーを追い返しつづける彼女の忍耐力が尽きることはなかった。彼女はラジオ劇も引き受けなかった。録音されると、人の声から生き生きとした聖なるなにかが奪われてしまうと信じていた。

エドナ・パーカー・ワトソンは生粋(きっすい)の舞台俳優だった。舞台俳優の問題は、ひとたび舞台から離れると存在を忘れられてしまうことだ。舞台での彼女の演技を見たことがなければ、彼女の実力と魅力を理解することはできないだろう。

エドナは、劇作家ジョージ・バーナード・ショーのお気に入りだった。それを言えば、彼女のすごさをわかってもらえるだろうか。彼の代表作『聖女ジョウン』における主人公の演技においてエドナの右に出る女優はいない、とショー本人が言ったという話も知られている。彼はエドナについてこう書いた。「鎧(よろい)のかぶとからのぞく聡明な顔――彼女の勇姿を見て、そのあとにつづき戦いに飛びこまずにいられる兵士がいるだろうか」

いいえ、これでもまだ彼女のほんとうのすごさは伝わらない。

だから、大作家バーナード・ショーには申し訳ないけれど、わたし自身の言葉でせいいっぱい、エドナという人を描き出してみたい。

わたしがエドナとアーサー・ワトソンに出会ったのは、一九四〇年九月の第三週だった。

あのころリリー座には入れ替わり立ち替わり大勢の客人が訪れており、ワトソン夫妻の訪問もきちんと計画されていたわけではなかった。それは本質的にカオスと緊急性が生み出したものであり、そのカオスはわがリリー座の日常的なカオスをはるかに超えていた。

エドナはペグの古い友人だった。ふたりは第一次大戦中のフランスで知り合い、すぐに親しくなったが、会えなくなって数年が過ぎていた。そして一九四〇年の晩夏、エドナがアルフレッド・ラントと共演する新しい芝居の準備のために、夫を同伴してニューヨークシティを訪れた。だが、制作費の資金繰りが失敗し、役者がまだ一行も台詞を覚えないうちに、上演計画は立ち消えになってしまった。ところが、ワトソン夫妻が帰国しようとすると、イギリス本土へのドイツ空軍による爆撃が始まり、攻撃開始から数週間で、ロンドンにある夫妻のタウンハウスが破壊された。こっぱみじんに。すべてがなくなった。

「ぜんぶ壊されて、残骸はマッチ棒みたいですって」とは、ペグ叔母さんの解説だ。

こうして、エドナとアーサー・ワトソン夫妻は、ニューヨークに足止めになり、シェリーネザーランド・ホテルに逗留（とうりゅう）した。避難所として悪い場所ではないが、夫妻ともに仕事のない状態でそこに暮らしつづける余裕はない。ふたりの役者は仕事もなく、帰る家もなく、そもそも敵軍に包囲された母国に安全に帰りつける保証もなく、アメリカに封じこめられてしまった。

ペグは演劇関係者の噂から夫妻の窮状を知って、当然ながら、リリー座に住んではどうかとワトソン夫妻にもちかけた。ペグは、いたいだけいてくれていいと約束し、収入が必要なら――こんなところでよければ――ショーに出てほしいと言い添えた。

ワトソン夫妻にどうして断る理由があるだろう？　ほかに行くところなど、どこにもない。

こうして、夫妻がリリー座に越してくることになった。あの戦争が初めてわたしの日常に姿をあらわした出来事だった。

ワトソン夫妻がリリー座に到着したのは、さわやかな秋の午後だった。わたしとペグがたまたま劇場の前で立ち話をしているとき、夫妻の乗った車がそこに停まった。わたしは、ローツキーの店で買い物をして帰ってきたところで、ダンサーたちの〝バレエ衣裳〟を修繕するのに必要な芯地を詰めた紙袋を持っていた。（リリー座では『踊り明かせ、ジャッキー！』という、街の不良が美しきバレリーナによって犯罪人生から救われるというむずかしいショーを上演中で、わたしは、うちのたくましいダンサーたちを一流バレエ団の踊り子に見せるという無理な仕事をまかされていた。せいいっぱい努力して衣裳を仕立てたのだが、ダンサーたちはつぎつぎに薄物のチュチュを破いた。たぶん、〝ボグルボグル〟のやりすぎで。だから、その日は一気に修繕しようと考えていた。）

ワトソン夫妻には大量の荷物があったため、その到着はちょっとした騒ぎになった。夫妻を乗せたタクシーの後ろに、トランクや荷物を積みこんだ二台の車がついていた。わたしは歩道に立っていたので、エドナ・パーカー・ワトソンが、まるでリムジンから降りるように、タクシーから降り立つところを見た。細くて小柄で、胸もお尻も小さいが、ここまでスタイリッシュに服を着こなす女性をわたしは知らなかった。孔雀の羽根のように鮮やかな青い色をした綾織りのジャケットは、ダブルの合わせで金ボタンが縦二列に並び、高い襟には金モールの縁どりがあった。ボトムは男仕立てで、裾に少し広がりをもたせた濃い灰色のズボン、つややかな黒のウィングチップ・シューズ。その靴は一見男物のようだが、小さくてエレガントで女らしいヒールがついている。そして、鼈甲のサングラス。ショートカットの黒髪には、つやつやしたウェーブがかかっている。化粧は、完璧な色味の赤い口紅だけで、あとはすっぴん。シンプルな黒のヴェレー帽が絶妙な角度で頭にのっていた。世界で最もシックな小隊に所属する少女将校みたいだった。この日から、わたしのファッションに対する感覚がらりと変わった。

本物のエドナを初めて見るまで、わたしにとって粋（いき）な魅惑の頂点は、ニューヨークのショーガールと、彼女らがまとうスパンコールのきらめきだった。けれども唐突に、夏のあいだ夢中になったすべてのものが（すべての人が）、飾り立てすぎていて、けばけばしいものに思えてきた。この小柄な女性のかっちりした小ぶりのジャケット、完璧な男仕立てのズボン、男物のようで男物ではない靴の装いに比べると。

わたしは初めて本物の粋に触れた。誇張ではなく、その日以来わたしの人生は、エドナ・パーカー・ワトソンのスタイルを真似ることに捧げられるようになった。

ペグがエドナに駆け寄り、両腕に抱きしめた。

「エドナ！」ペグは声を張りあげ、親友に言った。「つましき浜辺に、ドルリーレーン劇場の名花が流れついたわ」

「ああ、ペグ！」エドナも声を張りあげた。「あなた、ぜんぜん変わってないわ！」ペグの腕をほどき、後ろにさがってリリー座を見あげる。「これがぜんぶあなたのものなの、ペグ？　建物ぜんぶ？」

「そう、まるごとぜんぶよ――あいにくなことに」と、ペグが言う。「買い取ってくれる？」

「あら、わたし、一文無しよ。でもそうでなけりゃ、ぜったいに買うわ！　とても素敵。もう、あなたときたら、いまや興行主（インプラサリオ）なのね。演劇界の大立者（マグネイト）よ。この正面の感じ、昔のハックニーエンパイア劇場を思い出させるわ。あなたがこれを買わずにいられなかった理由がわかる」

「ええ。もちろん、買わずにいられなかった」とペグが返す。「さもないと、富と安楽に溺れて老後を過ごすことになってしまうから。だれにとってもそれはよくないことでしょ。それはそうと、あたしのシケた芝居小屋の話はともかく、エドナ、あなたのおうちに起きたことを思うと気が滅入る。そして、哀れなるイングランドに起きていることにも！」

「ああ、ペグ！」そう言って、エドナは手のひらで叔母の頬にそっと触れた。「ひどいものだわ。でも、アーサーもわたしも生きているし、ありがたくも、あなたが雨露をしのぐ屋根を与えてくれた。人が思うよりずっと恵まれている」

「ところで、アーサーはどこ？」ペグが尋ねた。「彼に会うのが待ち遠しい」

でもこのとき、わたしはすでに彼を見つけていた。

アーサー・ワトソンは、暗色の髪にいかついあごをもつ、いかにも映画スターらしいハンサムな男だった。わたしが見つけたときはちょうど、タクシー運転手に笑いかけながら、過剰な熱意をこめて握手した手を上下に振っていた。均整のとれた肩、がっしりした体つき。スクリーンで見るよりずっと長身だ。映画男優としては異例の高さかもしれない。口の端に、まるで小道具のように、煙草が挟まれていた。わたしがこれまで間近で見たなかで、いちばんの美男子だ。でも、彼の美しさにはどこか人工的なところがあった。カールのかかった前髪がいなせな感じで片目にかかっているが、もしそこにつくりこんだ感じがなければ、もっと魅力的に見えていただろう。（いなせであるためには、わざとらしさは禁物ね、アンジェラ。）彼はいかにも俳優のようだった、としか言いようがない。彼は、いかにもタクシー運転手と握手するハンサムでたくましい男を演じるために雇われた俳優のようだった。

アーサーは、運動選手のような大股の足どりでわたしたちに近づくと、かわいそうなタクシー運転手にしたのと同じくらい強引にペグの手を握って、振り動かした。

「ビューエル夫人」と、彼はペグに呼びかけた。「よくぞぼくたちに宿を提供してくださいました！」

「アーサー、それなら喜んで」ペグが答える。「あなたのお連れ合いがとにかく大好きだから」

「ぼくも大好きですよ！」アーサーは勢いづいてエドナを抱き寄せ、ぎゅっと抱きしめた。痛くはないかと心配したが、エドナはうれしそうに笑うだけだった。

「こちらは、あたしの姪っ子のヴィヴィアン」ペグが言った。「この夏のあいだ、ずっとここに住みこんで、芝居一座の切り盛りを猛勉強してきたわ」

「あなたの姪っ子！」エドナは、あたかもわたしについて楽しい話をさんざん聞かされてきたかのように反応し、わたしの両頬にキスをした。クチナシの香りがふわりと漂った。「まあ、ヴィヴィアン、あなたときたら、なんてきれいなの！　どうか女優志望ではないと、演劇で身を滅ぼすつもりなどないと言って。もちろん、そうするに値するほど、あなたはきれいだけど」

ショービジネスの世界にいながら、エドナのほほえみはあまりにも温かく、本物だった。彼女は心を尽くしてお世辞を言ってくれたのだと思うが、わたしは一瞬にして心を射抜かれた。

「いいえ」と、わたしは言った。「わたしは女優志望ではありません。でも、リリー座で叔母と暮らすのが大好きなの」

「ええ、そうでしょうとも。ペグは素晴らしい人だから」

そこにアーサーが割ってはいり、わたしの手を握りつぶすように握手した。「きみに会えてすごくうれしいよ、ヴィヴィアン。で、いつから女優になったって？」

　これには心を射抜かれなかった。

「いえ、わたしは女優ではなくて――」と言いはじめたとき、エドナが片手をわたしの腕に添え、まるで親友どうしのように耳もとでささやいた。「だいじょうぶよ、ヴィヴィアン。アーサーはときどき注意力が散漫なの。でも最後にはうまくいくのよ」

「さあ、うちのベランダで飲みましょ！」ペグが言った。「でもあいにく、ベランダのあるうちを買い忘れたわ。だから、劇場の上にある散らかった居間で飲むことにしましょう。ベランダで飲んでるふりをするのはお手のものよね！」

「素敵なペグ」エドナが言った。「あなたに会えなくてどんなにさびしかったか！」

　マティーニのグラスをのせたトレイが何周かするころには、エドナ・パーカー・ワトソンをずっと昔から知っているような気持ちになっていた。

　彼女は、これまで会ったなかで最も魅力的な、いるだけでその場を明るくする存在だった。晴れやかな小さな顔ときらきらした灰色の瞳が、妖精（エルフ）の女王を思わせた。なにからなにまで、彼女は見かけの印象どおりではない。肌は蒼（あお）白いけれど、虚弱そうにも繊細そうにも見えない。小さな肩とほっそりした体つきは、とても優美だけれど、か弱くはない。小柄で色白な外見を裏切るように、笑い声は快活で、歩き方は弾むように力強い。

　そう、瘦（や）せてはいるけれど溌剌（はつらつ）とした女性とも言えるだろう。

エドナの美しさがどこから来るのか、はっきり言うのはむずかしかった。なぜなら、彼女の容姿は完璧とは言えない。わたしがひと夏いっしょに遊んだ女たちとはちがう。エドナはかなり丸顔で、当時もてはやされた高い頬骨がつくる陰影もなかった。若いわけでもない。少なくとも五十歳は超えていた。でも彼女はそれを隠そうとしていなかった。遠目には年齢不詳だった（あとから知ったことだが、四十代のときにジュリエット役をなんなくこなしたそうだ）。それでも近づいてみれば、目の周囲に細かいしわがあり、あごの輪郭が少しゆるんでいるのがわかる。シックなショートヘアにも銀色のすじが交じっている。でも、精神は若々しい。五十歳の女性と言われてもまるで説得力がない。もしかしたら、彼女にとっては年齢などどうでもよく、歳をとることに少しも不安を感じていないのかもしれない。多くの老いた女優にとっての苦しみは、自然のままに老いるのを拒むところからくるのだろう。しかし、自然はエドナに仕打ちを与えようと思っていないし、彼女のほうも自然に逆らおうとは思っていないようだった。

そして、彼女の温かさはきっと生まれもっての才能だ。彼女は、目に映るあらゆるものに喜びを見いだした。そしてだれもが、そんな彼女のそばにいたいと願った。ふだんは厳しい顔つきのオリーヴでさえ、エドナを見ると、くつろいだ喜びの表情に変わった。エドナとオリーヴは親友どうしのように抱き合ったが、ふたりはほんとうに親友どうしだったのだ。その夜知ったことだが、ペグとオリーヴがエドナと会ったのは、フランスの戦場だった。エドナは当時、傷病兵のために娯楽ショーを上演するイギリスの巡業一座に参加していた。そのショーの制作を手伝ったのが、ペグとオリーヴだった。

「この地球のどこかに」とエドナが言った。「野戦救急車に乗った三人の写真があるはずよ。あの写真をもう一度見られるなら、なんだって差し出すわ。みんな、とても若かった！　あの実用一点張りの制服を憶えている？　ウエストラインなどまったくなくて」

「あの写真、憶えているわ」とオリーヴ。「わたしたち泥だらけだった」

「いつも泥だらけだったわ、オリーヴ」とエドナ。「戦場ですもの。あの寒さと湿気、忘れないわ。煉瓦（れんが）の粉とラードを練って舞台をこしらえたわね。わたしは傷病兵の前で演技することになって、すごく緊張していた。みんなひどい傷を負っていたから。ペグ、あなた、わたしになんと言ったか憶えている？　わたしはこう尋ねたの、〝手足を失ったかわいそうな青年たちの前で、どうやって歌って踊ったらいいの？〟」

「申し訳ないけど、エドナ。あたしは人生で自分の言ったことはすべて忘れるたちなの」

「では、思い出させてあげましょう。〝大きな声で歌いなさい、エドナ。ダンスは思いっきりね。彼らの目をまっすぐに見て〟。あなたはわたしにそう言った。〝あなたの哀れみであの勇敢な青年たちを貶（おとし）めてはいけない〟。だから言われたとおりにした。大きな声で歌い、思いっきり踊った、もちろん彼らの目を見つめて。わたしの哀れみで勇敢な青年たちを貶めないようにした。ああ、それでも神様、つらい体験だったわ」

「あなたは必死に働いていた」オリーヴがうなずきながら言う。

「必死に働いていたのは、あなたたち看護師よ、オリーヴ」とエドナ。「たくさんの看護師が赤痢（せきり）やしもやけに苦しんでいた。でも、あなたは言ったわね――〝少なくとも、わたしたちは、刀剣の傷で感染症を起こしていません。みなさん、顔をあげて！〟。あなたたちこそ英雄だった。ことにあなたよ、オリーヴ。あなたは、どんな緊急時にも動じなかった。忘れていないわよ」

褒（ほ）め言葉を聞いて、オリーヴの顔がいつになく明るくなった。そこにあるのはまぎれもなく幸福の表情だった。

「エドナはシェイクスピア劇もちょっぴり演じてみせたのよ」ペグがわたしに言った。「あたしにはいい考えだとは思えなかった。シェイクスピアは彼らを涙が出るほど退屈させるだろうって思ったの。でも結局、すごく気に入ってくれた」

「彼らが気に入ってくれたのは、もう何カ月もイギリス人のかわいい娘を見てなかったからよ」エドナが言う。「ひとりの男が叫んだのを憶えているわ。〝売春宿に行くよりいいぞ！〟って。オフィーリアの場面を演じたあとだった。いまでも思うけど、あれはわたしが受け取った最高の批評ね。ペグ、あなたもあのときショーに出ていたわね。わたしの相手役としてハムレットを演じてくれた。ぴったりしたタイツが似合っていた」

「ハムレットを演じたわけじゃない。台詞を読んでただけ」とペグ。「あたしには演技なんてできないわ、エドナ。それに『ハムレット』は好きじゃない。だいたい、家に帰ってガスオーブンに頭を突っこみたくならない『ハムレット』って見たことある？　あたしはない」

「あら、わたしたちの『ハムレット』は、すごくよかったわよ」エドナが言った。

「簡略版だからでしょ」ペグが言う。「シェイクスピア作品はそうあるべき」

「あなたはとても陽気なハムレットになってみせたけれど」とエドナ。「あれは、歴史上最も人を元気づけるハムレットだったはずよ」

「でも、ハムレットが人を元気づけるなんてありえないよ！」アーサー・ワトソンが困惑したようすで口を挟んだ。

一瞬、部屋が静まり、気まずい空気が流れた。わたしはほどなく、これはアーサー・ワトソンがしゃべるとしばしば起きる現象だと知ることになる。彼は最高潮に盛りあがった会話に、ただ口を開くだけで、寒い沈黙をもたらすことができた。

夫の突拍子もない発言にどう対応するのかと、わたしたち全員がエドナを意識した。だが、彼女は愛情のこもった笑みを夫に向けて言った。「そのとおりよ、アーサー。一般には元気よく演じられることのないハムレットという役に、ペグは持ち前の陽気さをもちこんだの。おかげで全体のストーリーが明るくなったわ」

「へえ！」とアーサー。「それは彼女の手柄だね！　でも、ミスター・シェイクスピアがどう考えるかはわからないな」

ペグは話題を変えて、この場を丸くおさめようとした。「ミスター・シェイクスピアは墓のなかで身もだえするんじゃないかしら、エドナ。あなたのような人と、あたしみたいなずぶの素人が同じ舞台に立ったと知ったら」そう言ってから、ペグはわたしのほうを見た。「いい？　大事な子（キドゥ）。エドナはね、この年代の最も優れた女優のひとりよ」

エドナが笑う。「いやだわ、ペグ、わたしの歳のことはそっとしておいて！」

「彼女が言ってるのはね、エドナ」と、ここでまたアーサーが口を挟んだ。「あなたの世代のなかで、あなたが最もすぐれた女優のひとりだってことだよ。あなたの年齢のことじゃなくて」

「解説をありがとう、ダーリン」エドナの返事に皮肉やあてこすりは感じられなかった。「ペグ、あなたのやさしさにも感謝を」

ペグが話をつづけた。「エドナは、最高のシェイクスピア女優よ、ヴィヴィアン。揺りかごにいるときからその才能を発揮した。たとえていうなら、ソネットを後ろから前に暗唱することだってできた。最初の句から覚える前にね」

アーサーがぶつぶつ言った。「出だしから覚えるほうがかんたんだろうけどね」

「ありがとう、ペグ」エドナはアーサーを無視して言った。「あなたは、いつもわたしによくしてくれたわ」

「あなたがたがここにいるあいだ、退屈しないようななにかを見つけたい」ペグが決意を示すように腿を打って言った。「あたしたちのショーに出てもらえたらうれしいけど。くだらなくて、あなたにはふさわしくないわね」

「わたしにふさわしくないものなんてないわよ、ペグ。膝まで泥に浸かって、オフィーリアを演じたこともあった」

「ああ、でも、エドナ。あたしたちのショーをまだ見てないでしょ！　きっと泥のなかのほうがましだったって思うわ。それにたいして払えない——あなたに値するような出演料は」

「イギリスよりはましじゃないかしら。帰国できるならだけど」

「あなたなら、この街のもっと評判のいい劇場に出演できるはずよ」と、ペグが言う。「ニューヨークにはたくさんあるらしいわよ、聞くところによると。もちろん、あたしは足を踏み入れたこともないけど」

「そうね。でも、シーズンに間に合わないわ」エドナが言った。「九月なかばにもなれば、すべての作品の配役が決まっているでしょうね。それにね、わたし、この街ではそれほど名を知られていない。リン・フォンテインとエセル・バリモアが生きているかぎり、ニューヨークで主役はとれないわ。でもわたし、ここにいるあいだ働きたいの——アーサーもそう思っているはずよ。ペグ、知っているでしょうけれど、わたしはけっこう融通がきくの。若い女もまだ演じられるわ、ステージの奥に立って適切に照明してもらえるならね。ユダヤ人でも、ロマ人でも、フランス人でも、いざとなれば、少年でも。そうよ、必要とあれば、アーサーとふたり、ロビーでピーナッツを売ってもいいわ。灰皿の掃除もするわ。生活費を稼ぎたいのよ」

「待って、エドナ」と、アーサーが真顔で宣言した。「灰皿の掃除だけはかんべんだな」

その日、エドナはリリー座の『踊り明かせ、ジャッキー！』を、夕方と夜のどちらの回も観た。田舎から出てきた十二歳の少女が初めて芝居を観たとしても、ここまで喜べないだろうというほどに彼女は喜んだ。

「ああ、なんて楽しい！」舞台の演者がお辞儀をして去ると、彼女はわたしのほうを見て声を張りあげた。「ねえ、ヴィヴィアン。こういう劇場がわたしの原点なの。両親ともに役者で、まさにこんな作品といっしょに育ったわ。舞台の袖で生まれて、五分後には舞台の上よ」

エドナは楽屋に行って役者やダンサーたちを称えたいと言った。彼らのなかには彼女を知っている者もいたが、大半は知らなかった。大半の者にとって彼女は自分たちを褒めてくれる良き人にすぎなかったが、それで充分だった。出演者たちは石鹼の泡のように彼女にくっつき、惜しみない賛辞に浸った。

わたしはシーリアを隅に呼んで言った。「あの人、エドナ・パーカー・ワトソンよ」

「ふうん」シーリアの反応は鈍かった。

「イギリスの有名な女優よ。アーサー・ワトソンと結婚してる」

「アーサー・ワトソン――『真昼の門』の？」

「そう！　夫婦でここに滞在することになったの。ロンドンの家が爆撃で壊されたんですって」

「でも、アーサー・ワトソンて若いわよ」シーリアはエドナのほうに目をやった。「なんで彼女と結婚したの？」

「わからないけど……でも、彼女はすごく素敵よ」

「そう」シーリアはそうは思っていないようだった。「今夜、どこ行く？」

シーリアと出会って初めて、外出したいという気持ちにならなかった。この夜だけでも、エドナといっしょに過ごしたかった。

「あなたに彼女を紹介したい」わたしは言った。「彼女は有名だし、わたし、彼女の着こなしが大好きなの」

こうして、わたしはシーリアをエドナのところに連れていき、意気揚々と紹介した。

ショーガールと対面する女性の反応は予測しにくいところがある。衣裳をまとったショーガールは、ほかのすべての女性を圧倒する存在感を放っている。女としてよほどの自信がないと、ショーガールの目もくらむようなきらめきを前に萎縮したり、不快になったり、あるいは、自分が消えてしまうように感じたりするだろう。

けれどもエドナには、小さな体でも堂々とショーガールと渡り合うだけの自信が備わっていた。

「あなた、素晴らしいわ！」紹介がすむと、エドナはシーリアに大きな声で語りかけた。「その背の高さ、顔だち。〈フォリー・ベルジェール〉の最前列で踊れるわね」

「それ、パリにあるのよ」わたしはシーリアに言った。でもありがたいことに、彼女は賛辞を浴びるほうに気が向いていて、わたしの偉そうな態度には気づかなかった。

「出身はどちら、シーリア？」エドナが小首をかしげると、興味津々というスポットライトとなってわが友に降りそそぐ効果をあげた。

「ここよ。わたしはニューヨークシティの出身なの」とシーリア。

（そうとわかるアクセントなどあるはずもないかのように言った。）

「今夜のあなたを見ていて気づいたの。あなたほどの背丈があって、あそこまで踊れる人は少ないわ。バレエを習っていた？　あなたの身のこなしは、ちゃんとした基礎訓練を積んでいる人のものよ」

「いいえ」と答えるシーリアの顔が喜びに輝いていた。

「演技もするの？　カメラのほうからあなたを大好きになるわよ。すでに映画スターのようだもの」

「演技は少しだけ」シーリアはそう言ったあとで、（B級映画の死体役しか経験がないにしてはかなり図々しく）付け加えた。「わたし、映画界ではそんなに名前を知られてるほうじゃないから」

「すぐに有名になるわよ、この世界に公正があるならね。だから、このままがんばって。あなたは、あなたのいるべき場所にいる。あなたの顔が時代の顔になるわよ」

人から好意を引き出すためにお世辞を言うのはむずかしいことではない。むずかしいのは、相手のつぼにはまるお世辞を言うことだ。だれもがシーリアに会うと彼女の美しさを褒めるが、訓練を受けたバレリーナのようだと言った人はひとりもいなかった。彼女の顔が時代の顔になると言った人もいなかった。

「ねえ、いま気づいたのだけど」と、エドナが言った。「夢中になるあまり、まだ荷物を解いていなかったわ。おふたりのお嬢さんに、お手伝いをお願いしてもいいかしら」

「いいわよ！」シーリアがまるで十三歳の少女のように張り切って答えた。

そして驚いたことに、その瞬間、わたしの女神はエドナの小間使いになっていたのだ。

四階のエドナとその夫が使うことになった部屋に行くと、居間に山と積まれたトランクや小荷物や帽子箱が雪崩を起こしていた。

「あらまあ」とエドナ。「これはひと仕事になりそうね。お手を煩わせて恐縮だけど、さっそく始めましょうか」

わたしは早く彼女の服を手にとってみたくてうずうずしていた。素晴らしいに決まっていると思っていたし、実際にそのとおりだった。エドナのトランクをあけるのは、ファッションの天才から手ほどきを受けるようなものだ。わたしはすぐに、彼女のワードローブに行き当たりばったりで選ばれたものはなにひとつないと気づいた。それらはあるひとつのスタイルにもとづいていた。〝小公女とフランスのサロンの女主人の融合〟とでも言ったらいいだろうか。

まずは確信をもって揃えられた大量のジャケット――どうやらこれが、彼女の美学の基本単位だった。ジャケットには、細身のもの、軽快なもの、ミリタリー調のものなど、さまざまなバリエーションがあった。ペルシャ子羊の毛皮で縁どられたものや、サテンが細部にあしらわれたものもある。正統な乗馬用ジャケットも、もっと遊び心のあるものも。そういったすべてのジャケットに、それぞれ異なるデザインの金ボタンがあしらわれ、宝石のような色調の裏地がついていた。

「どれも特別あつらえの服よ」服のラベルをさがしていたわたしに気づいて、エドナが言った。「ロンドンでインド人の仕立屋さんにお願いするの。長年の付き合いだから、わたしの好みをよくわかってくれる。彼はわたしの服をつくるのにちっとも飽きないし、わたしもそれを買うことにちっとも飽きないというわけ」

そして、たくさんのズボン。丈の長いゆったりしたものも、細身でくるぶしの上ぐらいの丈のものもあった。（「こういうのはダンスに打ち込んでいたときに、着るようになったの」と、エドナは丈の短いズボンについて説明した。「パリのダンサーたちはみんな、こういうズボンをはいていたわ。それがもうすごくシックなの。わたしは彼女らのことを〝ほっそり足首軍団〟と呼んでいたものよ」）

それらのズボンは、わたしには神の啓示も同然だった。エドナのみごとな着こなしを見るまで、女性がズボンをはくことに対して半信半疑でいた。女性のズボン姿が粋で女らしいことを確信させてくれたのは、わたしにとってはガルボでもヘップバーンでもなく、エドナだった。エドナを知って、粋と女らしさを同時に醸(かも)し出せるのは、ズボンをおいてほかにないと考えるようになった。

「日常着としてもズボンが好きよ」と、エドナは言った。「わたしは小柄だけれど、歩幅が大きい。それでも無理なく動きまわれるようにしたいの。何年か前、ある新聞記者が、わたしには〝心をくすぐる少年のような雰囲気〟があると書いてくれた。わたしにとっては、男性から言われた最高の褒め言葉よ。それ以上の褒め言葉って、なにかあるかしら」

シーリアは腑(ふ)に落ちないという顔をしていたが、わたしにはエドナの言うことがよくわかったし、その考え方が大好きになった。

そしてつぎに取りかかったのは、何十着ものブラウスを詰めたトランクだった。多くのブラウスに古風なレースの胸飾りかフリルが付いていた。こういった細部へのこだわりが、スーツを着ても女らしく見せるこつだと気づかされた。想像しうるかぎり最も淡い色調のピンクのデシンで仕立てられた高襟で袖なしのブラウスは、触れただけで胸がきゅんとするほどの憧れを誘った。つぎに手にとったのは、象牙色の繊細なシルクのブラウスで、襟もとに小粒の真珠ボタンがあしらわれ、肩を隠す程度の小さな袖がついていた。

「なんて完璧なブラウス！」わたしは思わず口にした。

「気づいてくれてありがとう、ヴィヴィアン。あなたは目利きね。そのブラウスは、ココ・シャネルのものよ。彼女から直にもらったの――ココがただでだれかにものをあげるなんて想像できる？　きっと魔が差したのね。その日なにか悪いものを食べて」

シーリアとわたしはいっしょにうめき声をあげた。「ココ・シャネルを知ってるの？」

「だれもココを知らないわ。彼女がけっしてそれを許さなかったから。でも、わたしと彼女は知り合いだったとは言える。彼女に会ったのは数年前、パリで舞台に立ち、オテル・デュ・ケ・ヴォルテールに滞在していたときよ。フランス語を覚えたのもそのころだわ。女優にとっては学んでおくべき言語よ、舌と唇の使い方を教えてくれるから」

彼女の口からは、わたしが聞いたことのない洗練された言葉がつぎつぎに出てきた。

「彼女ってどんな感じ？」

「ココがどんな感じか？」エドナは、的確な言葉をさがすように黙して目を閉じた。ふたたび目を開くと、にっこりして言った。「ココ・シャネルは才能の塊（かたまり）。野心家で、狡猾（こうかつ）で、感じが悪くて、働き者。まったくとらえどころのない人だわ。ムッソリーニやヒトラーより世界を制覇する可能性がある。というのは冗談だとしても、彼女はあまりにも人間的な人なの。ココがあなたのことを友人と呼びはじめたら、用心しなければ。でも、こうして語るよりはるかに興味深い人なのよ。さて、お嬢さんたち、この帽子はどう？」

エドナはひとつの箱からホンブルグ帽を取り出した。男性がかぶる帽子のようだが、よく見るとぜんぜんちがう。やわらかな素材で、色はプラム、一本の赤い羽根飾りが付いていた。彼女はそれをわたしたちの前でかぶってみせ、晴れやかに笑った。

「すごく似合ってる」とわたし。「でも、いまみんながかぶってる帽子とはちがうわね」

「ありがとう」とエドナ。「いま流行の帽子には我慢がならないの。帽子は美しいシルエットを楽しむものよ。頭の上を飾り立てるためにあるわけではないわ。ホンブルグ帽は、自分に合わせて仕立てれば、つねに完璧なシルエットをつくってくれる。間違って選んだ帽子は落ちつかないし、気持ちが沈むわ。間違った帽子がなんとたくさん巷にあふれていることか。ああ、でも、帽子職人だって、食べていかなくてはならないわけだし……」

「わたしはこれが好き」シーリアが、黄色の絹の長いスカーフを取り出し、それを自分の頭に巻きつけて言った。

「さすがね、シーリア！」エドナが言った。「若い女性で頭にスカーフを巻くのが似合う人は少ないわ。あなたは運がいい！　そんなふうにスカーフを巻くと、わたしは死んだ聖人みたいになっちゃうの。それ、気に入った？　だったら、あなたにあげるわ」

「わあ、ありがとう！」シーリアはそう言うと、部屋のなかを意気揚々と歩いて鏡をさがした。

「なぜそのスカーフを買ったのか思い出せないわ。黄色いスカーフが流行った年に買ったのかしら。これはいい教訓になるわね！　ことファッションに関して、人がなんと言おうと、流行を追う必要なんかないわ。強いられているように感じちゃだめ。流行を取り入れすぎた恰好は、神経がピリピリした人のように見せてしまう。パリはあれでよいとしても、わたしたちは、パリを喜ばせるためにパリをまねるなかれ、じゃない？」

パリを喜ばせるためにパリをまねるなかれ！

わたしは生きているかぎり、この言葉を忘れないだろう。それは、英国宰相チャーチルのどんな勇ましい名言よりも胸に響いた。

シーリアとわたしは、最も楽しみな品々——入浴用品と化粧品を詰めたトランクの荷解きに取りかかった。なにを手にとってもうっとりした。カーネーションの香りのするバスオイル、ラベンダーの消毒液、抽斗（ひきだし）や衣裳だんすをスパイスの芳香で満たす匂い玉。そして、説明書きにフランス製とある、洒落（しゃれ）たガラス小瓶に入った化粧品の数々。わたしたちはこの作業に夢中になった。自分でも恥ずかしくなるほどの過剰な入れこみだったが、エドナは、わたしたちがきゃあきゃあ騒いでいるようすを心から楽しんでいるように見えた。いや、わたしたちと同じくらい楽しんでいた。彼女はわたしたちのことが心から好きなのかもしれないという考えが頭をよぎり、奇妙な高ぶりを覚えた。そのことは当時不思議に思ったし、いまも不思議に思う。年配の女性というのは、きれいな若い娘との交流をかならずしも楽しめないのではないだろうか。だがエドナはちがった。

「お嬢さんたち」と、エドナは言った。「あなたたちがはしゃいでいるのを何時間でも見ていられそうよ！」

そう、まさしく、わたしたちははしゃいでいた。わたしはこんなワードローブを見たことがなかった。エドナの荷物のなかには手袋だけを詰めた小型スーツケースさえあって、手袋は一対ごとに愛情深く絹の布で包まれていた。

「安っぽい粗悪な手袋を買ってはだめよ」エドナがわたしたちに教えてくれた。「それはお金を節約することにはならないわ。手袋を買うときに、これをタクシーの座席に置き忘れて永遠に失うことになったらどうしようと考えてみることがある？　そう考えないような手袋を買ってはだめ。これを失ったら心が折れるだろうと思うような美しい手袋だけを買いなさい」

そうこうするうちに、エドナの夫が部屋にはいってきたが、このめくるめくワードローブに比べたら（どんなにハンサムだろうと）とるにたらないものだった。エドナは彼の頬にキスして、また部屋の外に追いやろうとした。「いまは男子禁制よ、アーサー。このお嬢さんたちとの用がすむまで、飲み直してきてちょうだい。そのあとで、あなたとあなたの哀れなダッフルバッグのために場所をあけてあげるわ」

アーサーは少しむくれたものの、妻に言われたとおりにした。

彼が出ていくと、シーリアが言った。「ねえ、彼って美形よね！」

わたしはエドナが気を悪くするのではないかと思ったが、彼女は声をあげて笑った。「たしかに美形ね。あなたの言うとおりよ。率直に言って、彼みたいに美しい人には会ったことがなかった。結婚して十年近くになるけど、まだ彼のことを見飽きないわ」

「だけど、彼、若いわよね」

わたしは失礼なシーリアを蹴ってやってもよかった。でもエドナは、またも気にしていないようだった。「ええ、シーリア。彼は若い。いえ、わたしよりうんと若い。言わせていただくなら、これはわたしの人生における大いなる達成のひとつね」

「心配にならない？」シーリアがさらに踏みこんで尋ねた。「若くて美しい女がおいしいお料理のお皿のようにつぎつぎに彼の前にあらわれることが」

「あら、気にしないわ。お皿って割れるものだもの」

「ははん！」そう言ったシーリアの顔に畏敬の念のようなものが浮かんだ。

「あなたが女として成功を手に入れたと思ったときには」と、エドナが説明する。「自分よりもうんと歳の若いハンサムな男と結婚するのも楽しいかもしれないわ。自分が一生懸命やってきたことへのご褒美だと思って。初めてアーサーに会ったとき、彼はただの男の子――わたしが出ていたイプセンの芝居の大道具係だったわ。『民衆の敵』という作品よ。わたしはストックマン夫人の役……そうね、退屈な役だった。でもその公演のあいだ、アーサーの姿を見ると、いつも元気づけられた。それ以来、彼からずっと元気をもらっているの。わたしは彼が大好きなのよ、お嬢さんたち。もちろん、彼はわたしにとって三番目の夫。だれだってアーサーを見て初婚の相手だとは思わないでしょうね。最初の夫は、役人だった。なんと言えばいいかしら、愛を交わすときも役人らしい人だった。二番目の夫は舞台演出家。同じ過ちは二度と繰り返すまいと思ったものよ。だから、いまのアーサーがいるの。とてもハンサムで、とても居心地がいい。人生の最後まで、彼はわたしの宝物だわ。彼が大好きだからこそ、わたしは彼の姓を名前に加えた。わたしの名はすでに知られていたから、演劇仲間からはやめたほうがいいと忠告されたのだけど……。前のふたりの夫の姓を名のることはなかったわ。でも、エドナ・パーカー・ワトソンには素敵な響きがあると思わない？　ところで、あなたはどうなの、シーリア？　人生に夫がいたことは？」

わたしは言ってみたくなった。彼女は、それはたくさんの夫をものにしたのよ、エドナ。でも、彼女自身の夫はこれまでにひとりだけ。

「あるわ」シーリアが答えた。「結婚したのは一度だけ。サックス吹きとね」

「まあ。そう聞くと、たいていはこう思うでしょうね――つづかなかったのね？」

「当たり」シーリアは、人さし指で首もとに線を引いた。愛が死んだという意味なのだろう。

「あなたはどう、ヴィヴィアン？　結婚は？　それとも婚約者が？」

「いいえ」とわたし。

「特別な人はいないの？」

「ええと、特別な……人はだれも」わたしの〝特別な〟という言い方に、エドナが吹き出した。

「ははあ。でも、だれかいると見たわ」

「彼女には、そのだれかが何人もいるのよ」シーリアにそう言われて、わたしはからずも笑ってしまった。

「やるわね、ヴィヴィアン！」エドナが、わたしを品定めするようにつらつらと見た。「あなたにますます興味が湧いてきたわ！」


その夜遅く――すでに深夜を過ぎていたはずだ――ペグがわたしたちのようすを見に部屋にやってきた。寝酒を片手にふかふかの椅子に腰をおろし、シーリアとわたしがエドナのトランクの中身を片づけていくのを最後まで楽しげに見守った。

「なによ、エドナ」ペグが言った。「あなた、こんなにたくさん服をもってるわけ？」

「あら、これはほんの一部よ、ペグ。うちのワードローブを見せてあげたい」エドナはそう言って、はっと口をつぐんだ。「あらやだ、ペグ。故国でなにもかも失ったことを忘れていたわ。あれも戦時供出というのかしらね。ゲーリング氏（当時のドイツ空軍総司令官で、ヒトラーの側近のひとり、ヘルマン・ゲーリング）には、三十年以上費やしたわたしの衣類コレクションを破壊する必要があったようね。〝アーリア人種〟にとって安全な世界をつくるというナチスの計画の一環としてね。それで彼になんの得があるのかわからないけれど、残念ながら、それはもう起きてしまったこと」

　わたしが驚いたのは、家を爆撃で壊されたことへのエドナの反応の軽さだった。ペグも同じことを感じたらしい。「正直に言うとね、エドナ、あなたがもっとショックを受けているかと思ってた」

「まあ、ペグ。わたしのことをよく知っているでしょ！　わたしが新しい環境に慣れるのがどんなに得意かを忘れてしまったの？　わたしのような継ぎはぎだらけの人生を送っていると、過ぎたる感傷はお荷物になるだけなの」

　ペグはにやりとすると、わたしのほうを見て「ですって」と言い、心中の感嘆をあらわすように首を振った。

　シーリアがちょうどそのとき、長袖で高襟の付いた優雅な黒いデシンのイヴニングドレスを取り出した。裾は床に届く長さで、わざと中心を外したところに小さな真珠があしらわれていた。

「これ、すごく素敵」シーリアが言った。

「そう……あなたはそう思う？」エドナがそう言ってドレスを受け取り、自分の体にあてがった。

「わたしとこのドレスの相性はいまひとつね。黒という色はすごくお洒落にも、すごく野暮ったくもなる。それもラインしだいで。わたしは一度だけこのドレスを着たけど、ギリシャの未亡人になった気分だったわ。それでもこのドレスをとっておくのは、この真珠の細工が好きだからよ」

　わたしはそろそろとドレスに近づいて言った。「ちょっといいですか？」

エドナから手渡されたドレスをカウチの上に広げ、あちこちに触れてみた。よくなるかもしれないという感触が伝わってきた。

「問題は色じゃないわ」わたしは思うところを口にした。「問題は袖。袖の素材が、身頃と比べて重すぎる……そんな感じしません？　このドレスなら、シフォンの袖がいい、それかいっそ袖なしが。そのほうが小柄なあなたにも似合うと思う」

エドナがドレスをつらつらと眺めたあと、驚いたようにわたしを見つめた。「あなたの言うとおりだわ、ヴィヴィアン」

「このドレス、直しましょうか？　わたしを信頼してもらえるならだけど」

「われらがヴィヴィアンは凄腕の裁縫師よ」シーリアが誇らしげに言った。

「ほんとよ」とペグ。「ヴィヴィアンはここの住人たちの服飾専門教授なの」

「ショーの衣裳もつくるのよ」とシーリア。「あなたが今夜のショーで見たバレエのチュチュもみんな彼女がつくったの」

「あなたが？」エドナが言った。こちらが想像する以上に彼女は驚いていた。（アンジェラ、あなたの飼い猫がチュチュを縫ったとでもいうようにね。）「あなたはきれいなだけじゃなくて、こんな才能もあるの？　すごいわ！　天は二物を与えずと言われるのに！」

わたしは肩をすくめた。「わたしにわかるのは、自分にはこのドレスが直せるということだけ。丈を詰めて、くるぶしのなかほどくらいにすると、あなたにもっと似合うと思うんです」

「なるほど、あなたはわたしより服に詳しいようね」エドナが言った。「わたしはこの哀れな古いドレスを処分しようとさえ考えていたのですもの。なのに、ひと晩じゅうあなた相手に、ファッションとスタイルについてろくでもない講釈をたれるところだった。わたしが、あなたの話に耳を傾けるべきだったわ。さあ、いまから話して。あなたはどこで服飾について学んだの？」

エドナ・パーカー・ワトソンのようなひとかどの女性にとって、十九歳の小娘が語る祖母の話に何時間も聴き入るのが楽しいなんて、わたしにはいまだに信じられない。でも、実際にそれが起きた。エドナはわたしの話に寛容に耐えてくれた。いや、耐えたどころか一心に耳を傾けてくれたのだ。

わたしの話のどこかで、シーリアがふらりと部屋を出ていき、そのあとは夜明け前まで、つまりいつもの時間にいつものように酩酊してわたしたちのベッドに倒れこむまで、彼女の姿を見ることはなかった。ペグのほうも、ドアを強くノックする音がしてオリーヴが顔をのぞかせ、就寝時間を過ぎていると告げたのを潮時に部屋を出ていった。

そんなわけで最後はわたしとエドナだけになり、リリー座の新しい彼女の部屋のカウチに身を丸め、夜明け近くまで話しこんだ。わたしのなかの育ちのよい娘は彼女の時間を独占してはいけないと言ったが、彼女から注目される喜びには抗えなかった。エドナはわたしの祖母について逐一知りたがり、祖母の軽佻で突拍子もないふるまいに関するエピソードをおもしろがった。（「なんて人かしら！　芝居に登場させたいわ！」）わたしが話題を自分のことから逸らそうとするたびに、エドナがまたわたしを話題にのせた。彼女はわたしの裁縫への愛に心から好奇心をいだき、注文があれば鯨骨でコルセットがつくれると話すと驚嘆してくれた。

「あなたは衣裳デザイナーになるために生まれてきた人よ」と、彼女は言った。「ドレスをつくることと舞台衣裳をつくることのちがいはね、ドレスは縫うものだけど、舞台衣裳は組み立てるものなの。

縫える人はたくさんいるけれど、組み立てられる人はそう多くない。舞台衣裳も小道具なのよ、ヴィヴィ。舞台上の家具と同じように、頑丈であることを求められる。舞台ではなにが起こるかわからないから、衣裳だってあらゆる事態に備えていなければならないの」

祖母がわたしの着ている服のどんな小さな瑕も見逃さず、すぐに直すように求めたことをエドナに話した。わたしが「だれも気づかないわ！」と口答えするたびに、モリスのお祖母さまはこう言ったものだ――「それは間違っているわ、ヴィヴィアン。みんな気づいているけれど、なにに気づいているかわからないだけなの。そう、みんな、なにかがおかしいって気づくのよ。だから、そうさせないようになさい」。

「そのとおりね！」とエドナ。「わたしが舞台衣裳に神経を遣うのも、まさに同じ理由からよ。せっかちな監督から〝だれも気づかないよ！〟って言われるのが嫌いなの。ええ、口論になったこともある！　そんな監督にはこう言うわ――〝あなたはわたしを二時間スポットライトのなかに立たせて三百人の観客の目にさらすつもりなのよね。それなら、だれだって不具合に気づくはずよ。観客はわたしの髪の、顔色の、声の不具合に気づく。かならず衣裳の不具合にも気づく〟。観客が服飾に精通した人だからじゃないのよ、ヴィヴィアン。観客は劇場の座席についたときから、なにもすることがない。舞台の瑕を見つけること以外にはね」

その夏のあいだ、わたしは世慣れたショーガールたちに囲まれて、自分はおとなの会話に加わっていると思っていた。でもそれは、ほんとうのおとなの会話ではなかった。エドナとは、技能と専門知識と美学についての会話ができた。エドナに会うまで（もちろん、モリスのお祖母さまを除いて）、婦人服の仕立てにわたしより詳しい人はいなかった。わたしよりこだわりをもち、仕立ての技術を理解し、それに敬意を払う人もいなかった。

わたしは服飾と舞台衣裳について、このままエドナと永遠に話していられたらと願った。しかしついにアーサー・ワトソンがやってきて、どうか自分をベッドに寝かせてくれるように、そして妻を返してくれるようにと言い、おしゃべりの時間は終わった。

翌朝、わたしは二カ月ぶりに、二日酔い知らずの目覚めを迎えた。

10

翌週にはもう、ペグ叔母さんはエドナを主役に据えたショーの準備にとりかかっていた。ペグは親友に仕事を与えようと決意していたし、その仕事はリリー座のいつもの演目より優れたものである必要があった。大物女優を『踊り明かせ、ジャッキー！』に出演させるわけにはいかないからだ。

ただし、オリーヴはこれをいい考えだとは見なさなかった。エドナのことは大好きだが、ビジネスという観点から見るなら、リリー座でまともな（あるいは、なかばまともな）ショーを上演するのは意味がないと彼女は考えていた。慣例を破ることになるからだ。

「ねえ、ペグ。わたしたちはごく少数のお客を相手にしている」オリーヴは言った。「つましいけれど、わたしたちに忠実な人たちをね。だから、わたしたちも彼らに忠実であるべきだわ。たったひとつの演目で――たったひとりの役者のために――彼らをないがしろにするようなことをしてはいけない。去った客は戻らない。わたしたちの仕事は、隣人たちを喜ばせること。隣人たちはイプセンの芝居を求めていない」

「あたしもイプセンを求めてない」ペグが言った。「でも、エドナにぼんやりと毎日を過ごしてほしくないの。ちっぽけな冴えないショーに出演させるのもいや」

「うちのショーがどんなに冴えなかろうが、それで電気代を払っているのよ、ペグ。それもやっとのことで。なにかを変えるような賭けに出るのはやめて」

「喜劇にできるわ」ペグが言った。「うちのお客が好むように。でも、エドナにふさわしい洗練されたものにしなければ」

ペグがハーバート氏のほうを振り向いた。彼はいつものようにぶかぶかズボンとワイシャツ姿で、悲しげに虚空を見つめながら朝食のテーブルについていた。

「ハーバートさん、愉快で洗練された芝居を書ける？」とペグが尋ねる。

「無理だ」ハーバート氏は顔もあげずに答えた。

「じゃあ、いまはなにを書いてるの？　つぎに舞台にかけるのはなんだっけ」

「『女たちの街(シティ・オブ・ガールズ)』だね。先月きみに話したと思うが……」

「ははあ、もぐり酒場の」とペグ。「思い出したわ。フラッパーとかギャングとか、そんな感じの話よね。それで、どんなテーマだった？」

ハーバート氏は傷ついたような、うろたえたような顔になった。「どんなテーマ？」と尋ね返したが、いま初めてリリー座のショーにテーマが必要であるべきかどうかを考えているみたいだった。

「気にしないで」とペグ。「エドナが演じられそうな役はある？」

ハーバート氏はまたも傷ついたような、うろたえたような顔になった。

「どうしたらそうできるかね。清純な娘と青年がいて、悪役がいる。年配の女性はいない」

「娘に母親がいるというのは？」

「ペグ、彼女は孤児だ」とハーバート氏。「それは変えられない」

彼の言い分には一理あった。清純な娘はつねに孤児でなくてはならない。でないと、物語が意味をなさないし、観客も納得しない。清純な娘が孤児でないとわかったら、客席から靴や煉瓦が飛んでくるだろう。

「そのショーのもぐり酒場の主人はだれなの？」

「もぐり酒場に主人はいない」

「そう？　いてもいいんじゃない？　もぐり酒場の女主人はどう？」

ひたいをこするハーバート氏は困りきっていた。まるでシスティーナ礼拝堂の天井画を描きなおしてくれと頼まれたみたいに。

「そんなことをすれば、あらゆる面で支障をきたす」彼は言った。

オリーヴが割ってはいった。「エドナ・パーカー・ワトソンがもぐり酒場の女主人だなんて、だれも信じないわよ、ペグ。ニューヨークのもぐり酒場の女主人が、イギリス人であるわけがない」

ペグががっくりとうなだれた。「いまいましい！　オリーヴ、あなたが正しい。いつも正しいことを言うのはあなたの悪い癖よ。お願いだからやめて」彼女はしばらく黙って考えこんでいたが、突然口を開いた。「ああ、ちくしょうめ。ビリーがここにいてくれたら。ビリーならエドナにぴったりの芝居が書けるのにさ」

その発言にわたしははっとした。

ペグから荒い言葉を聞くのが初めてだったということもある。でも、別居中の夫の名前を聞くのも初めてだった。そしてビリー・ビューエルの名を聞いただけで、全神経が張りつめたのはわたしだけではなかったようだ。オリーヴもハーバート氏も、まるでバケツの氷を背中に流しこまれたみたいな顔をした。

「ああ、ペグ、やめて」オリーヴが言った。「ビリーに連絡しないで。分別をもって」

「きみが望むならだれだろうと脚本に書き加えよう」ハーバート氏も突然協力的になった。「だれが必要か言ってくれたら、そのとおりに書く。そうとも、もぐり酒場に女主人がいてもいい。その女主人がイギリス人でも」

「ビリーはエドナが好きだった」ペグの口調はほとんどひとり言になっていた。「それに、彼はエドナの芝居を観てきたわけだし、彼女をどう使えばいいかわかってる」

「わたしたちの仕事にビリーを引き入れないで、ペグ」オリーヴが警告した。

「ビリーに電話してみよう。アイディアを出してもらうだけよ。あの人、アイディアの宝庫だから」

「西海岸は午前五時だよ」ハーバート氏が言った。「電話しちゃいけない！」

わたしは三人のやりとりから目が離せなくなった。部屋の不安は最高潮に達していた。ただちょっとビリーの名前が出ただけで……。

「じゃあ、午後に電話する」ペグが言った。「それだって起きてるかどうか怪しいものだけど」

「ああ、ペグ、やめて」オリーヴの声に絶望がにじんでいた。

「アイディアを出してもらうだけよ、オリーヴ」ペグが言った。「電話だけだから、だいじょうぶ。ビリーが必要なの。ほら、あの人はアイディアの宝庫だから」

その夜ショーが終わったあと、ペグはわたしたちを四十六丁目の〈ディンティ・ムーアズ〉へ食事に連れ出した。とても誇らしげに、午後にビリーと電話で話して彼から得たアイディアを披露したがっていた。

その席には、わたしとワトソン夫妻、ハーバート氏がいた。それとピアノ弾きで音楽担当のベンジャミン（リリー座以外で彼と会うのは初めてだった）、シーリアもいた。シーリアとわたしは、たいていいつもいっしょにいた。

ペグが言った。「さあ、みなさん聞いて。ビリーがぜんぶ考えてくれたわ。結論から言うと、『女たちの街』をやることに決めた。舞台は禁酒法時代。そしてもちろん、喜劇よ。エドナ——あなたにはもぐり酒場の女主人を演じてもらう。ただし、設定に筋を通してなおかつ話をおもしろくするために、ビリーはあなたを英国貴族にしようと考えた。そうすれば、あなたの持ち前の上品さを舞台で生かせるから。そう、あなたの役は、資産家だけど、わけあって酒の密造に手を染める女性よ。ビリーが言うには、夫を亡くしたあと株価の暴落で全財産を失ったことにしてはどうかって。そしてジンの密造に手を出し、瀟洒な自宅で賭場を始める。それでなんとかしのいでいくってわけ。この設定なら、エドナ——あなたは、みんなに知られ愛されてる品格を守れるわけだし、同時に、ショーガールやダンサーたちとコミック・レヴューを盛りあげることもできる。うちの観客の好むところだわ。素晴らしいじゃない。もしそのナイトクラブが娼館も兼ねるなら、きっとおもしろくなるだろうってビリーは考えてる」

オリーヴが眉をひそめた。「舞台が娼館というのは歓迎できない」

「わたしは賛成！」エドナが嬉々として言った。「ぜんぶ気に入ったわ！　わたしは娼館のマダムで、もぐり酒場の経営者なのね。ああ、なんて愉快！　久しぶりに喜劇を演じるのが、どんなに慰めになるか、わかってもらえるかしら。最近の四作品の役は、恋人を殺す落ちぶれた女か、落ちぶれた女に夫を殺される辛抱強い妻のどちらかだったわ。シリアスな演劇は、神経がすり減るものよ」

ペグがにやりとした。「人からなんと言われようが、ビリーは天才」

オリーヴは、ビリーについてまだなにか言いたいことがあるようだったが、それを呑みこんだ。

ペグはピアノ弾きのほうを向いた。「ベンジャミン、ショーのためにとびきり素敵な曲をつくって。エドナの美しいアルトを生かす曲をね。エドナの声がリリー座に響くのを聴きたいわ。いつもの湿っぽいバラードより軽快な歌を彼女のために書いて。コール・ポーターの曲からちょっと拝借するのもいいんじゃない？　ときどきやってるように。きっとよくなるわよ。このショーをスウィングさせたいのよ」

「コール・ポーターの曲からちょっと拝借したことなんかないよ」ベンジャミンが言った。「ぼくは、だれの曲からもメロディーを盗んだりしない」

「そう？　あたしはいつもそうかと思ってた。コール・ポーターの音楽にすごく似てるんだもの」

「どう受けとめていいのかわからないよ」ベンジャミンが言った。

ペグは肩をすくめた。「コール・ポーターがあなたから盗んだのかもね、ベンジャミン。とにかくあたしが言いたいのは、すごいやつを書いてねってこと。エドナが大喝采を浴びるようなやつをね」

ペグはシーリアのほうに向き直った。「シーリア、あなたは清純な娘の役よ」

ハーバート氏がすかさずなにか言おうとしたが、ペグはもどかしげにそれを手で制した。

「まあみなさん、聞いて。今回は、清純な娘のタイプを変えるつもり。孤児で白いドレスでお目々ぱっちりのかわいこちゃんにはしない。あたしが思い描いてるのは、歩いてもしゃべっても蠱惑的な娘

――まさにあなたそのものでしょ、シーリア。ただちょっと世慣れてなくて、セクシーだけど無垢な印象もあわせもった娘なの」

「金の心をもった娼婦ね」シーリアが言った。彼女は見かけより頭の回転が速い。

「そのとおり」とペグ。

エドナがシーリアの腕にそっと触れて言った。「あなたの役を〝汚れた白鳩(娼婦の婉曲的な言い方)〟と呼びましょう」

「そうね、それならできるわ」シーリアがポークチョップのお替わりに手を伸ばして言った。「ハーバートさん、わたしの台詞は多くなりそう？」

「わからないね！」ハーバート氏がますます浮かない顔になって言った。「どう書けばいいのかもわからない、その……汚れた白鳩を」

「なんなら紹介するわよ」ドラマのような人生を地でいくシーリアが言った。

ペグがエドナに向き直った。「ねえ、エドナ。あなたがこの街にいると伝えたら、ビリーはなんて言ったと思う？　〝ああ、ニューヨークに嫉妬する〟ですって」

「ほんと？」

「ほんと。女好きはあいかわらずね。こうも言ったわ。〝気をつけてくれ、エドナの舞台はいつも同じじゃない。ある夜は最高かと思うと、またある夜は完璧だ〟」

エドナが満面の笑みになった。「彼のニクいところね。ビリーほど女に自分は魅力的だと思わせてくれる男はいないわ――ただそれが長続きしないだけで。ところでペグ、訊いておかなければならないことがあるの。アーサーの役はある？」

「もちろんよ」と、ペグが返した。その瞬間、わたしにはアーサーの役が用意されていなかったことがわかった。それどころか、ペグはアーサーの存在すらすっかり忘れていたにちがいない。しかし無邪気で男前のアーサーはちゃんとその場にいて、ボールを目の前に出されたラブラドール・レトリバーみたいに自分の役が発表されるのをいまかいまかと待っていた。

「もちろん、アーサーの役は考えてあるわ」ペグが言った。「演じてもらいたいのは……」ほんの一瞬、ペグは言いよどんだ。（彼女を知らなければ、気づかないほどの一瞬だった。）「警察官よ。ええ、アーサー、あなたが演じる警官は、もぐり酒場をつぶそうとするんだけど、エドナの役に恋してしまうの。アメリカ式のアクセントはなんとかなる？」

「どんなアクセントだってなんとかなるよ」アーサーはむっとして返したが、わたしはすぐに、彼にはアメリカ式アクセントは無理だろうと確信した。

「警察官！」エドナが両手を打ち合わせた。「そして、わたしに恋をするのね。なんて楽しいの！」

「警察官の役のことはなにも聞いていないが」ハーバート氏が言った。

「あらやだ、ハーバートさん」とペグ。「警察官はいつも脚本に登場するものでしょ」

「どの脚本かね？」

「さしずめ、あなたが明日、夜明けとともに書きはじめる脚本よ」

ハーバート氏は神経痛を患う人のように顔をしかめた。

「ぼくの歌もあるかな？」アーサーが尋ねる。

「え……」とペグ。またしても沈黙を挟んで、「ええ、あるわ。ねえ、ベンジャミン、あなたアーサーの曲も書いてくれるわね？　話したと思ったけど。ほら、警察官の歌」

ベンジャミンはペグの視線を受けとめ、ひとつまみの皮肉をまぶして復唱した。「警察官の歌」

「それよ、ベンジャミン。もう話し合ったわよね」

「では、警察官の歌はガーシュインの曲から盗んでみようかな」

だがペグはすでにわたしのほうを向いていて、彼のあてこすりには気づかなかった。

「そう、衣裳のこと！」ペグが明るく言い放つのとほぼ同時に、オリーヴが釘を刺した。「衣裳にかける予算などないわよ」

ペグがうなだれた。「あーあ。それを忘れてた」

「だいじょうぶ」とわたし。「ローツキーの店で揃えるから。フラッパーの衣裳は布地もそんなにいらないし」

「素晴らしいわ、ヴィヴィアン」と、ペグ。「あなたならうまくやれる」

「厳しい予算のなかでもね」とオリーヴがまた釘を刺す。

「厳しい予算のなかでも」わたしはうなずいた。「必要なら、わたしの仕送りから出してもいいわ」


会話がつづくうちに、ハーバート氏を除く全員の気分が盛りあがり、ショーについて意見を出し合った。途中でわたしはトイレに立ったが、用をすませて出てきたとき、若い男とぶつかりそうになった。幅広のネクタイをしたハンサムな青年だったが、狼が獲物を狙うような眼差しからすると、わたしを通路で待っていたのだろう。

「なあ、きみの友だち、すげえ美人だな」彼が首をねじって示した先にはシーリアがいた。「きみも美人だけど」

「よくそう言われるわ」わたしは彼をじっと見返して言った。

「おれの家に来ないか?」彼はいきなり、なんの前置きもなく言った。「車に友だちがいるんだ」

わたしはつらつらと彼を観察した。見るからに危ない商売に首を突っこんでいるタイプだ。企みを秘めた狼。まともな娘が付き合うような相手じゃない。

「もしかしたらね」と、わたしは言った。嘘ではなかった。「同僚と打ち合わせをすませたら」

「同僚?」彼は小ばかにしたように、奇妙な取り合わせの人々で活気づいたテーブル席のほうを見た。心臓が止まりそうなほど美しいショーガールと、白髪でワイシャツ姿のくたびれた男性、長身で野暮ったい中年女性、背が低くて古風な中年女性、スタイリッシュに服を着こなしたお金持ち風の女性、彫りの深いとびきりのハンサム、そして完璧な仕立てのピンストライプのスーツを着こなしたエレガントな黒人青年。「いったいなんの仕事なんだい?」

「わたしたちは演劇関係者よ」と、わたしは答えた。

きっぱりと、それ以外の答えなどありえないという気持ちで。


翌日はいつものように早朝に目覚めた。一九四〇年の夏の典型的な二日酔いの朝。髪は汗と煙草の臭いにまみれ、シーリアと手足をからめ合っていた。(どんな言い訳をしたところで呆れられるだけだろうが、結局あのあと、わたしたちは狼とその友だちと遊びに出かけ、くたびれはてて帰ってきた。ブルックリンの運河から釣りあげられた魚みたいな気分だった。)

キッチンに行くと、ハーバート氏がひたいをテーブルにつけ、両手を膝の上に揃えていた。新しい意気消沈のポーズなのかもしれない。

「グッドモーニング、ハーバートさん」

「よき朝かどうかについてはいつでも検証してみせよう」彼はひたいをテーブルにつけたまま答えた。

「気分はいかが？」わたしは尋ねた。

「最高だ。晴れ晴れとして、喜びにあふれている。わたしはこの宮殿の王様だ」

それでも彼は顔をあげなかった。

「脚本は順調に進んでる？」

「人にはやさしく、ヴィヴィアン。質問はやめてくれ」


翌朝も、ハーバート氏は同じ姿勢をとっていた。それからの数日間、朝はずっと。動脈瘤を患わずに、どうしてそんなに長い時間、ひたいをテーブルにつけていられるのかわからなかった。彼の気分と同様、彼の頭も——わたしの見るかぎり——あがることはなかった。そのあいだ、彼のノートは手をつけられず、かたわらに置かれていた。

「彼、だいじょうぶ？」わたしはペグに尋ねた。

「脚本を書くのは楽な仕事じゃないのよ、ヴィヴィアン」ペグは言った。「問題はね、あたしが彼によいものを書いてと言ったこと。以前は言ったこともなかったのに。それが彼の調子を狂わせた。でもね、あたしはこう考える。戦争中、英国軍の工兵たちがいつも言ってたわ——〝できると信じてやるしかない、できるかどうかではなく〟。そう、〝できると信じてやるしかない〟。芝居も同じよ、ヴィヴィアン。そう、戦争みたいなもの！　あたしは能力を超える仕事を頼むこともある。いえ、老いて丸くなる前はつねにそうしてた。だからつまり、そう、あたしはハーバートさんを信じてる」

わたしは信じていなかった。

ある深夜、シーリアとわたしがいつものように酔って帰ると、居間の床に転がった人間の体につまずいた。シーリアが悲鳴をあげ、わたしが明かりをつけた。ハーバート氏が絨毯（じゅうたん）のまんなかであお向けになっていた。両手を胸の上で組んで、天井を見つめている。一瞬、死んでいるのかと思ったが、彼はまばたきした。

「ハーバートさん！」わたしは叫んだ。「なにしてるの？」

「預言を聞いている」彼は身じろぎもせずに答えた。

「なんの預言を？」

「破滅だ」

「ええと、おやすみなさい」わたしは明かりを消した。

「素晴らしい……」シーリアとわたしが自分たちの部屋に転がりこんだとき、彼の呟（つぶや）きがまた聞こえた。「はい、かならずそうします」


ハーバート氏が苦しんでいるあいだ、ほかの人たちは脚本なしで芝居づくりに取りかかった。

ペグとベンジャミンは曲づくりを始め、午後はいつもグランドピアノの前にすわって、旋律を奏でながら歌詞のアイディアを出し合った。

「エドナの役は、アラバスター夫人と名づけたいわ」ペグが言った。「雪花石膏（アラバスター）には堂々とした響きがあるし、韻（いん）も踏みやすい」

「左官（プラスター）、鋳物師（キャスター）、親方（マスター）、くそったれ（バスタード）、アラバスター」とベンジャミン。「なかなかいいね」

「オリーヴは〝くそったれ〟を許さないでしょうね。でも、気にしないで。アラバスター夫人が全財産を失ったときの最初の歌は、彼女がいかに風変わりな人物かをあらわすように、歌詞に言葉をいっぱい詰めこむのよ。韻を踏むのも長い言葉を使って。工事監督（タスクマスター）、宴会司会者（トーストマスター）、ホソバグミの木（オーリアスター）」

「コーラス隊が彼女に関する問いかけを繰り返すのもいいな」ベンジャミンが提案する。「たとえば――だれが彼女に尋ねた（アスクト・ハー）？　だれが彼女に渡した（パスト・ハー）？　だれが捕らえた（グラスプト・ハー）？」

「災厄（ディザスター）が！　それが彼女を襲った（アタックト・ハー）！」

「大恐慌（ディプレッション）。それが彼女を打ちのめした（スマックト・ハー）――ああ、哀れなるアラバスター」

「それが彼女をけむに巻いた（ガスト・ハー）、とどめを刺した（スマッシュト・ハー）。彼女はいまや牧師（パスター）のように貧乏」

「待ってくれ、ペグ」ベンジャミンがピアノを弾く手を止めた。「ぼくの父は牧師だけど、貧乏じゃない」

「ピアノから指を離したら、ギャラを払わないわよ、ベンジャミン。演奏をつづけて。うまくいきそうだったじゃない」

「あなたはいまだってぜんぜん払ってない」彼は膝の上で両手を重ねた。「この三週間、ギャラの支払いが滞っている！　聞けば、だれにも払ってないそうじゃないか」

「ほんとに？」ペグが尋ねる。「それで、どうやって暮らしてるの？」

「祈りによって。そして、あなたの夕食の残りもので」

「ごめんなさい、大事な子（キドウ）！　オリーヴに話しておく。でも、いますぐは無理。さあ、もう一度最初から。あれを加えたいわね。ほら、あたしがここに入ってきたとき、あなたが弾いてたメロディー。あれ、よかったわ。憶えてる？　日曜日よ、ラジオでニューヨーク・ジャイアンツの試合を実況して

「たとき」

「ペグ、なんのことだかさっぱり」

「いいから弾いて、ベンジャミン。演奏を止めないで。そうしてれば見つかるものよ。あとはシーリアが歌う曲ね。〈いつかいい娘になるわ〉という曲。そんな感じのをつくれそう？」

「ああ、ギャラを支払ってくれるなら、いくらでもつくれるよ」

わたしはといえば、出演者の衣裳をつくっていた。おもにエドナの衣裳を。

エドナは、わたしのスケッチを見て、一九二〇年代のドレスのウエストのくびれのなさに難色を示した。

「このスタイルは、若くてきれいだったころでさえ似合わなかったのだから」と彼女は言った。「老いて衰えたいま、それが似合うとは思えない。だから、ちょっとだけウエストを絞って。それが当時の流行でないことは知っているけれど、なんとかごまかして。いまのわたしのウエストは理想より太いの。なんとかしてね」

「いまだってぜんぜん太くないと思うけど」わたしは言った。嘘ではない。

「いいえ、太いのよ。でも心配しないで。ショーの前の一週間でなんとかするから。いつものように重湯とトーストと下剤で。それで細くなるわ。でもいまは、当て布かなにかをあてがっておいてね。そして最後の段階でウエストラインを絞ってもらう。ダンスが多くなるようなら、縫い方を工夫してもらうわ。スポットライトを浴びているときに、いきなり破れたりしないように。ありがたくも、わたしの脚はいまもイケてるから、隠そうとする必要はないわよ。ええと、ほかには……そう！　わたしの肩幅は見た目よりせまい。首はうんと短いから、気をつけて。とくに大きな帽子をわたしにかぶせようとするときはね。もしもわたしをずんぐりした小さなフレンチ・ブルドッグのように見せたら、ヴィヴィアン、あなたをけっして許さないから」

自分の体型の変化を知り抜いているエドナを、わたしは心から尊敬した。多くの女性はなにが自分を引き立て、なにがそうでないかをわかっていない。でもエドナはそれを厳密にとらえていた。彼女のために服を縫うことは舞台衣裳を学ぶ徒弟になるようなものだった。

「舞台のためにデザインしなさい、ヴィヴィアン」と、彼女は指導した。「細部よりも全体を見るのよ。最も近い観客でさえ、わたしから十歩以上離れていることを忘れないで。大きな枠で考えなければ。目立つ色、明確なライン。舞台衣裳は風景画であって、肖像画ではないの。わたしは華やかなドレスを求めるけれど、でもいいこと、ショーの主役になるようなドレスを求めてはいない。わたしを輝かせすぎてはだめ。わかるわね？」

わたしにはわかった。ああ、こういう会話がどんなに好きだったことか。とにかくエドナといっしょにいたかった。正直に言うと、彼女にのぼせあがっていた。わたしの献身的な憧れの対象は、シーリアからエドナに代わりつつあった。シーリアはなおも刺激的だったし、いっしょに街に出かけてもいたけれど、わたしはもう彼女をそれほど必要としていなかった。エドナのもつ粋と洗練の深みは、シーリアから与えられたどんなものよりわたしの胸を焦がした。

エドナは〝わたしの言語を話す〟人だった、と言いたいところだが、わたし自身がファッションについて彼女ほど流暢（りゅうちょう）に話せたわけではないから、この言い方は適切ではない。むしろ、こう言ったほうが真実に近いだろう。エドナ・パーカー・ワトソンは、わたしが習熟したい言語――素晴らしい服飾を語る言語において、わたしが初めて出会ったネイティヴ・スピーカーだった。

数日後、エドナを誘って〈ローツキー古着小間物店〉を訪れた。この喧噪と色彩と素材があふれ返る巨大市場のような空間に、洗練された趣味をもつ人を連れていくことに、いささか緊張した。（はっきり言って、店の臭いだけでも、高級店での買い物に慣れた人が逃げ出すには充分だ。）でもエドナはローツキーの店に興奮した——服と素材をほんとうに理解する人ならつねにそうであるように。そして、いつものように「なんのご入り用？」とわたしたちを出迎えた、若きマージョリー・ローツキーにも大いに喜んだ。

マージョリーは経営者夫妻の娘で、わたしはそれまでの数ヵ月間この店に通って知り合いになった。この明るくて元気な十四歳の丸顔の少女は、いつも風変わりな恰好をしていた。たとえばこの日も、初めて見る突飛ないでたちで、大きなバックルが付いた靴（感謝祭に子どもが描く、ピルグリム・ファーザーズがはいているような靴）をはき、金色の錦織のマントの長い裾を引きずっていた。頭にはフランス料理店のシェフの帽子、その帽子に大きな偽物のルビーのブローチが付いていた。そのすべての下に学校の制服。いつものことながら奇天烈な恰好だったが、マージョリー・ローツキーはけっして軽く見てはいけない逸材だった。英語が得意でないローツキー夫妻に代わって、彼女はよちよち歩きのころから客の相手をしてきた。幼いながらも古着商売に精通し、ロシア語、フランス語、イディッシュ語、英語という四つの言語を駆使して注文をとり、ときには脅しをかけることさえできた。要するに変な子どもなのだが、マージョリーの助言はわたしにとって不可欠になっていた。

「わたしたちは一九二〇年代のドレスを必要としているのよ、マージョリー」わたしは言った。「ほんとうに上等なものがほしいの。お金持ちのご婦人が着るような」

「では、上の階から始めては？　〝コレクション〟からさがしてみてはどうでしょう？」

〝コレクション〟と気取って呼んでいるのは店の三階にある小さな一角で、この店では最も良質で最も高価な品々が集められていた。

「〝コレクション〟から見つくろうような予算はないのよ」わたしは言った。

「つまり、お金持ちのご婦人のドレスを、貧しいご婦人の値段で手に入れたいと？」

エドナが笑いながら言った。「あなた、わたしたちの要求を完璧に理解してくれたようね」

「そのとおりよ、マージョリー」とわたし。「わたしたちは掘り出し物を見つけにきたの」

「では、あちらから始めましょう」マージョリーが店の裏手を指差した。「数日前に届いた品物が荷下ろし場にある。ママはまだ中身を調べてない。あなたがた、とても幸運ね」


ローツキーの店の大型箱は気弱な人向けではなかった。クリーニング工場で使う大型箱がずらりと並び、そのなかにローツキー一家がポンド単位で買いつけて売りさばく、ありとあらゆる繊維製品が詰まっていた。労働者の着古したつなぎから、悲劇的な染みの付いた下着、椅子の張り地の端布(はぎれ)、パラシュートの素材、黄ばんだ絹のブラウス、フランス製のレースのナプキン、古びた重いカーテン、曾祖父世代のものとおぼしき貴重な洗礼式用のサテンの長衣まで。箱の中身を掘り返すのは汗まみれになるきつい労働、信心を試される行為だった。このゴミ箱のなかには発見されるべき宝が眠っていると信じなければならないし、確信をもってそれをさがさなければならない。

驚いたことに、エドナはすぐにこの作業に飛びこんだ。なんとなく以前にも同じような経験があるのではないかと思わせた。わたしたちふたりは箱から箱へ、まだ正体がわからないものを無言でさがしつづけた。

一時間ほどして、突然、エドナが「やったわ！」と叫んだ。彼女のほうを見ると、なにかを勝ち誇ったように頭上で振っていた。勝ち誇ってみせたのも当然だった。彼女が見つけたのは、一九二〇年代の深紅（しんく）のシルクシフォンにビロードの縁どりが付いたローブ・ド・スタイル（直線的な細身の身頃と低いウエストラインから広がるスカートを組み合わせたデザイン）のイヴニングドレスで、ガラスビーズと金糸で刺繍（ししゅう）がほどこされていた。

「うわあ、すごい！」わたしも声をあげた。「アラバスター夫人にぴったり！」

「まさしく」とエドナ。「そして、これをごらんあれ」彼女がドレスの後ろ襟を返すとラベルがあらわれた。〈ランバン、パリ〉。「どこかのお金持ち（トレ・リーシュ）が二十年前のフランスでこのドレスを買ったのね。でも見たところ、ほとんど着ていない。素敵だわ。どんなに舞台で映えることでしょう！」

疾風（はやて）のようにマージョリー・ローツキーがあらわれた。

「おや、いいものが？」彼女が訊いた。

「ちょっと、喧嘩はなしよ、マージョリー」わたしは冗談半分で警告したが、心の半分で、彼女がドレスを引ったくって、〝コレクション〟で売るのではないかと危惧しはじめた。「ルールどおりにいきましょうよ。エドナが、この箱のなかからこのドレスを見つけたの。公明正大にお願いね」

マージョリーが肩をすくめた。「恋と戦争は手段を選ばず」彼女はそう言った。「とはいえ、これは決めたとおりにいきましょう。よいドレスです。ママがレジにいたら、ぼろのなかに隠してください。あなたたちに黙ってこのドレスを渡したとママが知ったら、あたし、殺される。ええと、これを隠す袋とぼろをもってきましょう」

「ああ、マージョリー、ありがとう」わたしは言った。「あなた、最高よ」

「あなたとあたし、いつも共犯者」彼女はそう言うと、にやりと笑った。「ご内密に。あたしを守ると思って」

マージョリーが離れていくと、エドナが感嘆したようにその後ろ姿を見送った。「あの子、たしかに、〝恋と戦争は手段を選ばず〟って言ったわよね？」

「あなたはきっとローッキーの店が好きになるって、わたしの言ったとおりでしょ？」

「ええもう、大好き！　そして、このドレスもたまらなく好き。あなたはなにを見つけたの？」

わたしは、目を射るように鮮やかな赤紫色の薄物のネグリジェを差し出した。エドナはそれを手にとり、自分の体にあてがって、どぎまぎした。

「ああ、だめよ、これは。こんなものをわたしに着させちゃだめよ。わたしより観客が気分を悪くするわ」

「ちがうの、エドナ。これはシーリアの衣裳よ。誘惑する場面で着てもらうわ」

「ああ、そうなの、そうよね。それならわかるわ」エドナはさらに注意深くネグリジェを調べて、首を振った。「素晴らしいわ、ヴィヴィアン。あの娘がこの小さな布きれを付けて舞台をのし歩いたら、芝居は間違いなくヒットするでしょう。男たちが何マイルも列をつくるわ。ああ、すぐに重湯ダイエットを始めなければ。でないと、このわたしのちっちゃな体に、だれも注目してくれなくなってしまう！」

11

一九四〇年十月七日、わたしは二十歳の誕生日を迎えた。

ニューヨークシティでの最初のバースデーを、たぶんあなたが想像するとおりの方法で祝った。そう、ショーガールたちと街に繰り出し、プレイボーイの集団に飛びこみ、カクテルを何杯も他人のおごりで飲んだ。そして楽しいどんちゃん騒ぎを終えたら、あとは日が昇る前に、汚水のなかを上流に向かって懸命に泳ぐ魚のように、家に帰りつく。

そうしておそらくは八分間ほども眠って目覚めたとき、部屋にどことなく奇妙な感じを覚えた。なにかがおかしい。もちろん二日酔いだったが――というか、厳密に言うならまだ酔っていたけれど――なにかがいつもとちがうことはわかった。わたしは手を伸ばし、シーリアがいるか確かめた。なじんだ彼女の体に片手が触れた。だいじょうぶ、いつもと同じ。

ただし、煙の匂いがすることを除いては。

パイプ煙草の煙。

さっと半身を起こしたが、わたしの頭はすぐにこの決断を後悔した。わたしは枕に頭を戻して、ゆっくりと数回息をついた。それからさっきの急襲を自分の頭にあやまり、今度は慎重に、そろりそろりと身を起こした。

早朝の薄暗い光のなかで目を凝らすと、部屋の向こう端に椅子にすわる人影が見えた。男の人影。パイプ煙草をくゆらせながら、わたしたちのほうを見つめている。

シーリアがだれかをここに連れこんだの？　それとも、わたし？

パニックに襲われた。わたしは、元は良家の子女でも、いまはシーリアと遊び呆けている。しかしそれでも、ペグにはつねに敬意を払って（いや、オリーヴが怖くて）、リリー座の上の階に男たちを招き入れはしなかった。これはいったいどうしたことか？

「ぼくの喜びを想像してくれ」見知らぬ男が言った。パイプにまた火を付けながら言う。「帰宅してみたら、ぼくのベッドに女の子がふたり！　ふたりともとびきりの美女だ。まるで冷蔵庫に入れたミルクがシャンパンに変わったみたいなものだな。正確に言うなら、二本のシャンパンに」

わたしの頭はまだ働いていなかった。

だが突然、働きはじめたようだ。

「ビリー叔父さん？」わたしは尋ねた。

「ほお、きみはぼくの姪っ子か？」男はそう言うと、声をあげて笑いだした。「残念！　ぼくたちの未来がかなり制限されたな。きみの名前は？」

「ヴィヴィアン・モリスよ」

「ははん」と、男は言った。「わかったぞ。きみはぼくの姪に間違いない。がっかりだ。きみに手を出しては、自分に申し訳が立たない。これでも歳をとって道徳心を身につけたほうでね。まさか、そっちの美女もぼくの姪か？　そうでないことを願うよ。彼女はだれかの姪っ子って感じじゃない」

「シーリアよ」わたしはシーリアの美しい寝姿を示して言った。「わたしの友だち」

「きわめて特別な友だちのようだね」ビリーがおもしろそうに言った。「この就寝スタイルからすると。きみは進んでるな、ヴィヴィアン！　ぼくはそういうのを認める。心配するな。きみの両親には黙っていよう。彼らがそれを知ったら、無理にこじつけてでもぼくを責めるに決まってるからな」

「あの、ごめんなさい、その……」わたしは言葉に詰まった。

いったいどう終わらせようとしたのだろう。**ごめんなさい……あなたの部屋を奪って。ごめんなさい……あなたのベッドを占領して。ごめんなさい……あなたの暖炉で濡れたストッキングを乾かして。ごめんなさい……あなたの白いラグを化粧品でオレンジ色に汚して。**

「あ、いやだいじょうぶ、ここはぼくのうちじゃない。リリー座はペグの赤ん坊であって、ぼくのじゃない。ぼくはいつも〈ラケット＆テニス・クラブ〉に宿をとる。法外な会費をとるが、会費を滞納したことはまだなくてね。ここより静かだし、いちいちオリーヴにお伺いを立てる必要もなし」

「でも、ここはあなたの住まいだわ」

「名目上は。きみのやさしきペグ叔母さんのご厚意によって。今朝ここに立ち寄ったのは、ぼくのタイプライターを取りにきただけだ。えっと、ここには見あたらないようだが……」

「リネン戸棚に入れたわ、外の廊下の」

「きみのしわざか？　そうか、わが家と思ってくつろいでくれ」

「ごめんなさい――」言葉の途中でビリーにさえぎられた。

「いや、冗談だ。ここはきみの住まいだ。どのみち、ぼくはそれほどニューヨークに来るわけじゃない。この気候が嫌いなんだよ。すぐに喉を痛める。そのうえこの街は、お気に入りの白い靴をだいなしにする地獄の地だ」

わたしのなかには質問があふれ返っていた。でも、渇いて不快な口とまだジンにずぶずぶに浸った頭では、どれひとつ形にならなかった。**ビリー叔父さんはここでなにをしてるの？　だれがここに入れたの？　なぜこんな時間にタキシードを着てるの？　ところで、わたし、なに着てる？　ああ、スリップしか着てないみたい。それもわたしのじゃなくて、シーリアのスリップ。じゃ、シーリアはなにを着てるの？　わたしの服はどこ？**

「さてと、楽しかったよ」ビリーが言った。「ぼくのベッドの天使たちについて、ささやかな妄想を堪能した。しかし、きみの保護者の立場にいるとわかったからには、ここを出てコーヒーを見つけるとしよう。きみもコーヒーがいるようだな、お嬢さん。せっかくだから言っておこう。ぼくは、きみが毎晩酔っぱらって美女たちとベッドに転がりこむ人生を送りつづけることを、心から望む。これ以上の時間の使い方はないだろう。きみの叔父でいることを誇りに思うよ。仲良くやっていこう」

彼はドアのほうに向かおうとして尋ねた。「ペグは何時に起きる？」

「いつもは七時ぐらいに」わたしは言った。

「東部時間か」ビリーが腕時計を見ながら言った。「彼女に会うのが待ちきれない」

「でも、どうやってここへ？」わたしはぼそりと訊いた。

わたしが訊いたのは、どうやってこの建物に﹅﹅はいったのかということだった（考えてみれば、ばかな質問だ。なぜならペグが彼女の夫に——たとえ元夫だろうと、住まいまで用意した人に——鍵をもたせないはずがないからだ）。でも、彼はもっと広い意味にとらえた。

「鉄道だよ。ロサンゼルスからニューヨークまでの長旅は、金があるなら、快適な特急列車にかぎる。シカゴからは〈20世紀特急〉だった。道中ずっと、ドリス・デイと同じ車輌で、ジンラミー（ふたり用のカードゲームの一種）をやって遊んだよ。ドリスはよき道連れだった。たいした娘だ。聖女のような評判から想像するより、実際に会ったほうがずっと楽しい。ニューヨークにはきのうの夜に到着して、わがクラブへ直行し、爪の手入れと散髪をした。そのあとは、昔なじみのかっぱらいとぐうたらとろくでなしに会いにいった。そして、ここへ来たというわけだ。タイプライターを持ち出し、家族に挨拶するためにね。さて、きみはなにかはおったほうがいいな、お嬢さん。それからぼくが朝食を掻き集めるのを手伝ってくれ。つぎに起きることを、きみは見逃したくないだろう？」

それからなんとか自分を目覚めさせ、立ちあがってキッチンまで行くと、そこにはおよそ見たこともない組み合わせのふたりがいた。

ハーバート氏が、いつもの冴えないぶかぶかズボンにワイシャツ姿でテーブルの端にすわっていた。落ちこんだ顔で、白髪は乱れ、テーブルにはカフェイン抜きコーヒーを入れたマグカップ。そしてテーブルのもう一方の端には、わがビリー叔父さん。すらりとした長身で、タキシードとカリフォルニア仕立ての黄金の日焼けがいかにも精悍な印象を与えている。すわっていると言うより、むしろくつろいでおり、スコッチのハイボールを楽しみながら贅沢に浸る喜びを発散させていた。どこかエロール・フリンに似ている。ただし活劇映画で剣を振りまわしたがらないエロール・フリンだ。

要するに、かたやこれからトロッコに乗って炭鉱にはいっていく男、かたやこれからロザリンド・ラッセルとデートに出かける男のようだった。

「グッド・モーニング、ハーバートさん」わたしはいつものように挨拶した。

「それが事実だとしたらびっくりだ」と、ハーバート氏。

「コーヒーが見つからないし、カフェイン抜きのコーヒーはまっぴらだった」ビリーが言った。「だからスコッチにした。窮余の策だよ、嵐のなかの避難所だ。ヴィヴィアン、きみも迎え酒がいるんじゃないか？　それは頭痛をかかえた顔だ」

「コーヒーを飲めばだいじょうぶ」と答えたが、はたしてそうなのかどうか自信がない。

「ペグから聞いたが、きみが脚本を書いてるそうだな」ビリーがハーバート氏に話しかけた。「ぜひ読ませていただきたい」

「読ませるほどできていない」ハーバート氏は前に置いたノートを悲しげにちらりと見た。

「ちょっと失礼していいかな？」ビリーはそう尋ねながら、ノートに手を伸ばしていた。

「いや、それは……いやいい」ハーバート氏は言った。戦いが始まってさえいないのに敗北を認めるように。

ビリーはゆっくりとノートをめくった。耐えがたい沈黙。ハーバート氏は床をじっと見おろしている。

「これはジョークを書き並べてるだけに見えるが」ビリーが言った。「いや、ジョークでもないな、ジョークのオチか。小鳥の落描きがたくさん」

ハーバート氏が肩をすくめて降伏した。「それらをふくらますよい考えがあるなら、教えてほしいものだね」

「小鳥さんたちの絵は悪くない」ビリーがノートをおろした。

ビリーにからかわれて、いつも以上に苦しそうなハーバート氏を見ていると、わたしは彼を守りたい気持ちになった。「ハーバートさん、ビリー・ビューエルに会ったことは？　彼はペグの結婚相手よ」

ビリーが笑いだした。「いや、お嬢さん、心配はいらない。ドナルドとぼくは旧知の仲だ。それどころか、彼はぼくの弁護士だ――いや、弁護士だった、彼がまだ弁護士だったころは。それに、ぼくはドナルドのご子息の洗礼親だ。これも、だった、と言うべきかな。ドナルドは、ぼくが予告もなくあらわれたことにピリピリしてるだけだ。ここの経営幹部がいったいどんな反応を示すのかと」

ドナルド！　わたしはハーバート氏にファーストネームがあるなんて、これまで考えてみたこともなかった。

〝経営幹部〟の話が出たまさにそのとき、オリーヴがあらわれた。彼女はキッチンに二歩足を踏み入れ、そこにビリー・ビューエルの姿を認めると、口をあんぐりあけ、また口を閉じ、きびすを返して出ていった。

彼女が去ったあと、全員がしばらく沈黙した。入ってきたかと思ったら出ていった、まさに一瞬の出来事だった。

「オリーヴがああなるのはしかたない」とうとう、ビリーが口を開いた。「だれかに会ってわくわくすることに、彼女は慣れてないんだ」

ハーバート氏がテーブルにひたいを押しつけ、「うーむむむぅ」とうめいた。

「ドナルド、ぼくとオリーヴのことは心配しないでくれ。だいじょうぶ。オリーヴとぼくはお互いを尊敬している。それはぼくたちがお互いを嫌っているという事実を補って余りある。いや、ぼくが彼女を尊敬している。少なくとも、その点はお互い了解ずみだ。一方的な尊敬とはいえ、ぼくたちは長きにわたって素晴らしい関係を築いてきた」

ビリーはパイプを取り出し、親指の爪でマッチをすって火を付け、わたしのほうを振り向いた。

「きみの両親は元気か、ヴィヴィアン？」ビリーが訊いた。「きみの母君とちょびひげ氏は。ぼくはふたりが好きだ。いや、きみの母君が好きだ。忘れがたい女性だよ。彼女は他人を褒めないように気をつけているみたいだが、それでもぼくには好意を寄せていると信じている。彼女にぼくのことを好きかなんて訊かないでくれよ。礼節として否定せざるをえないだろうからな。きみの父親に関して言えば、ぼくは好意をいだいたことがない。堅苦しい男だ。彼のことを〝助祭さま〟と呼んでいたものさ——もちろん、礼節を保ち陰口にとどめておいたがね。で、おふたりは元気なのか？」

「ええ、変わりないわ」

「まだ結婚してる？」

わたしはうなずいたものの、その質問にびっくりした。自分の両親が結婚していない状態なんて考えたこともなかったのだ。

「浮気もしないのか？　きみの両親は」

「両親が？　浮気を？　ありえないわ！」

「浮気ぐらいでは、もはやたいした刺激にもならないのかな」

「そんな……」

「カリフォルニアに行ったことはあるかい、ヴィヴィアン？」

「いいえ」

「行ったほうがいい。きっと好きになる。最高のオレンジジュースが飲める。気候も申し分ない。ぼくたちのような東海岸の人間は健康になるぞ。カリフォルニアの人間は、ぼくたちが洗練されていると思っている。まあ、あの土地で風雅なものといったら太陽と月くらいだからな。きみが寄宿学校出身で、ニューイングランドにたどり着いたメイフラワー号の乗客の子孫だと言ってみろ。なんなら、プランタジネット王朝の末裔だと言ってもいい。きみのような上流階級のアクセントでそれを話したら、たちまち名誉市民にしてくれるぞ。テニスかゴルフをお上品にやってみせるだけで、金持ち男をつかまえられる——ただし、飲んだくれにはご注意だが」

二十歳の誕生日のお祝いの翌朝に、このすさまじい早口のおしゃべりをペグが起きてくる七時まで聞かされることになるのだ。わたしは、ただ目を開いて彼を見つめるだけでせいいっぱいだった。

それにしても、わたし、上流階級のアクセントなの……？

「リリー座にいて、きみはなにがおもしろいんだ、ヴィヴィアン？」彼が訊いた。「ここで役に立つことがあるのか？」

「わたし、服が縫えるの。舞台衣裳をつくってるわ」

「賢明だ。それができれば、演劇界で食いっぱぐれはない。歳とは関係なくできる。女優にはなりたくないんだな、きみは。あのベッドにいた美しい友だちは？ 彼女は女優かい？」

「シーリアのこと？ 彼女はショーガールよ」

「きつい仕事だ。ショーガールのことを考えると、ぼくは胸が痛む。若さと美貌……花の命は短い。たとえ、そこできみがいちばん美しい娘だったとしても、きみのあとにはつねに十人の若い娘がいる。もっと若く、もっとぴちぴちの娘が。古くなった実は蔓からぶらさがり、見つけられるのを待ちながら朽ちていくのみ。しかしきみの友だちは、めいっぱい爪痕を残しそうだ。つぎつぎに男たちを破壊して進む、そう、ロマンティックな死の大行進だ。彼女のことを歌にする男も、彼女によって死を選ぶ男もいるだろう。しかしそれも長くはつづかない。もし彼女が幸運なら、じじいの金持ちと結婚する——これはとくにうらやむような運命ではない。しかしもし彼女がとびきり幸運なら、じじいの金持ちはある晴れた日の午後、ゴルフコースで死んで、彼女に全財産を遺す——彼女にそれを使って楽しくやるだけの若さがまだあるうちに。美しい娘たちも、若さのはかなさを知っている。すべてがかりそめだと感じとっている。きみの友だちが若くて美しいうちに、楽しい時を過ごすことをぼくは望む。彼女は楽しくやってるのかな？」

「ええ、そう思うわ」

シーリア以上に楽しくやれる人がいるとは思えない。

「けっこう。きみも楽しくやってくれ。遊びすぎて若さを無駄にするなかれと言うおとなもいるが、間違いだ。若さはかけがえのない宝。そして、かけがえのない宝を尊重する唯一の方法は、それを無駄にすることだよ。きみの若さを正しく使いたまえ、ヴィヴィアン。そう、若さを無駄にせよ」

そのとき、ペグ叔母さんがキッチンにはいってきた。格子柄のフランネルのバスローブをはおり、髪があっちこっちに跳ねていた。

「ペグ！」ビリーが叫んで、ぴょんと立ちあがった。彼の顔が喜びで輝き、あの冷笑的な態度が一瞬にして消え去った。

「失礼ながら、あなたのお名前を失念しました」ペグが言った。

だがつぎの瞬間にはにっこりと笑い、ビリーと抱擁した。ロマンティックとは言えないけれど、固い抱擁だった。愛の抱擁にはちがいない。少なくとも、とても強い感情をともなう抱擁だ。体を離すと、お互いの腕に手をかけたまま、ふたりは見つめ合った。そんなふうにふたりで立っているとき、わたしはそこにまったく予期しなかったものを見た。初めて、ペグが美しく見えたのだ。以前はまったくそれに気づかなかった。ビリーを見つめる彼女の顔が輝き、顔つきそのものが変わっていた。（たんに容姿端麗なビリーの輝きが彼女を照らしているからではない。）ビリーのそばにいると、ペグはまったくべつの女性のようだった。そこには、戦時に看護師としてフランスに向かった勇敢な若い娘の面影が見えた。彼女が十年間を費やした旅まわりの一座の冒険が見えた。一気に十歳も若返ったような感じがしただけでなく、街いちばんの楽しい娘のように見えてきた。

「どうしてもきみを訪ねたくてね、ハニー」ビリーが言った。

「さっきオリーヴが知らせてくれたわ。先に教えてくれてもよかったのに」

「きみを煩わせたくないし、来るなと言われたくなかった。だから、自分で決めてしまうのがいちばんだと思ったのさ。いまは秘書がいて、なんでも面倒見てくれる。旅の段取りをしてくれたのも彼女だ。ジャン＝マリーという名でね、頭がよくて、有能で、献身的だ。きみもきっと好きになるだろう。彼女は、オリーヴの女性版みたいなものだ」

ペグがさっとビリーから離れた。「やめて、ビリー。変わらないわね」

「なんだよ、怒らないでくれ！　からかっただけさ。ぼくが堪え性のないことはきみも知ってるだろう？　ちょっと緊張してるんだよ、ペグ！　ここから追い出されやしないかと心配してるのさ」

ハーバート氏がテーブルから立ちあがって言った。「わたしは、どこかほかへ行くとしよう」そしてどこかへ去った。

ペグがハーバート氏のいた席につき、冷めたカフェイン抜きコーヒーをひと口飲んで顔をしかめたので、わたしはペグのためにコーヒーを淹れようと立ちあがった。この微妙な空気のなかで、キッチンにいていいものかどうかわからなかった。だが、ペグから声がかかった。「おはよう、ヴィヴィアン。誕生日のお祝いは楽しめた？」

「ええ、ちょっとやりすぎたくらい」わたしは言った。

「ビリー叔父さんと挨拶はすんだのね？」

「ええ、いままで話してたわ」

「いい？　彼の言うことを真に受けてはだめよ、気をつけて」

「ペグ」とビリーが言った。「きみには花がある」

ペグは短く切った髪に指を入れて、にっこりした。大きな笑顔が、顔にいくすじもの深いしわをつくる。「あたしのような女には、最高の褒め言葉よ」

「きみのような女はいないよ。それは検証済みだ。ぜったい、いない」

「ビリー、もうやめて」とペグ。

「いや、やめない」

「ところでビリー、あなた、この街になにしにきたの？　仕事かなにか？」

「いや、仕事じゃない。いまは休暇中だ。きみからエドナがここにいると、彼女のためにすごいショーをつくるんだと聞いて、矢も楯もたまらず旅がしたくなった。一九一九年以来エドナに会ってないんだ。ああ、彼女に会いたい。心から尊敬してる。そしてきみは、よりによってドナルド・ハーバートに脚本を書かせると言った。これはもう古巣に戻って、きみを助けるしかないと思ったよ」

「ありがとう。恐ろしく親切ね。でもね、ビリー。助けが必要なときは、ちゃんと知らせるわ。あなたは連絡リストの十四番目か十五番目くらいだけど」

ビリーがにやりとした。「まだリストにはいってるわけだ！」

ペグが煙草に火を付けて、それをわたしに手渡し、自分のために新しい一本に火を付けた。「ハリウッドではどんな仕事をしてるの？」

「つまらない仕事ばかりだ。ぼくの書いた脚本に、これ見よがしに〝不採用〟のスタンプを捺しやがる。うんざりだ。それでも映画会社からの支払いはたんまり。おかげで、ぼくとぼくのささやかな欲求を満たす暮らしができる」

ペグが吹き出した。「あなたのささやかな欲求。つとに知られる、あなたのささやかな欲求。そうね、ビリー。あなたは出家した。ほとんど修行僧みたいなもんでしょ」

「きみも知ってのとおり、ぼくの趣味はつつましいものだよ」

「朝食のテーブルに、爵位を授かりにいくときみたいな盛装であらわれる男が？　マリブビーチに家をもつ男が？　今度の家にはプールが何個あるの？」

「一個もない。ジョーン・フォンテインの家を彼女から借りてるだけだ」

「あなたに家を貸して、ジョーンにはなんの得があるの？」

「ぼくと厚情を温めること」

「やれやれ、ビリー。彼女は人妻。ブライアンの妻よ。ブライアンはあなたの友だちでしょ」

「ぼくは人妻が大好きなんだよ、ペグ。きみも知ってのとおり。理想を言わせてもらうなら、幸福な結婚生活を送っている人妻がいい。幸福な結婚生活を送る人妻ほど、信頼できる友はいない。心配しないでくれ、ペグ。ジョーンとはただの友人だ。ブライアン・エイハーンは、ぼくなど恐れる必要はないのさ」

わたしはふたりのやりとりを目で追うのをやめられなくなった。ペグとビリーに視線を行き来させながら、ふたりを愛し合う男女として思い描こうとしてみた。肉体関係があるようには見えないが、ふたりの会話は明るく鮮やかな炎のように揺らめいていた。からかい、旧知の仲ゆえの牽制（けんせい）、お互いへの気遣い。親密であることは隠しようもないが、この親密な関係はいったいなんなのだろう？　恋人？　友だち？　きょうだい？　ライバル？　わからない……。わたしはそれを突き止めるのをあきらめ、ふたりのあいだに走る稲妻の閃光を見守った。

「この街にいるあいだ、きみと過ごしたいんだ、ペグ」と彼が言った。「久しぶりじゃないか」

「いったいだれ？」ペグが尋ねた。

「だれってだれが？」

「あなたを捨てた女よ。だからあなたは突然、あたしのことが恋しく懐かしくなった。さあ、白状しなさい。つい最近、あなたのもとから去った女はだれなの？」

「なめられたもんだな。きみは、ぼくのことをわかった気でいるようだが」

ペグは彼を見つめるだけで、なにも言わない。ただ、待っている。

「きみがどうしても知りたいのなら」と、ビリー。「彼女の名は、カミラ」

「ダンサーね、あたしの大胆な予測では」

「は！　大ハズレ！　スイマーだ。マーメイド・ショーの出演者だ。ぼくたちは数週間、かなり本気で燃えた。だが、彼女はべつの人生の道に進むことを決めた。もはや道を引き返す気はない」

ペグが笑いだす。「数週間、かなり本気で燃えた。よく言うわよ」

「この街にいるあいだに、いっしょに出かけようじゃないか、ペグ。きみとぼくだけで。街に出て、ジャズ・ミュージシャンの才能をぼくたちのために浪費させよう。昔好きだったバーに行こう、朝の八時までやっているバーに。きみといっしょじゃないとおもしろくないんだ。きのうの夜は〈エルモロッコ〉に行ったが、がっかりだった。以前とまったく同じ顔ぶれが、まったく同じつまらない会話をしてた」

ペグがにんまりした。「あなた、ハリウッドに住んでお幸せね。おそらく、あちらの会話は、もっと変化に富んで興味をそそるものなのよね！ でもとにかく、だめ、だめ、だめ。ビリー、あなたとは出かけない。もうそんな耐久力はないの。そういう飲み方はあたしの体によくないのよ」

「ほんとう？ きみとオリーヴは、いっしょに飲まないのか？」

「ご冗談を。でも尋ねられたから教えてあげるけど、ないわ。ここではそうなってるの。あたしが酔っぱらおうとすると、オリーヴがそうさせまいとする。まあ、あたしにとってはありがたい計らいね。それでオリーヴになんの得があるかはわからないけど、彼女があたしの番犬になってくれて、ものすごく感謝してる」

「いいか、ペグ。せめてショーを手伝わせてくれ。きみには、このノートにあるのが脚本からどんなに遠いものか、わかってるはずだ」ビリーは手入れがゆきとどいた爪の先で、ハーバート氏の哀れなノートをつついた。「そして、どんなにドナルドががんばったところで、脚本までたどり着けないこともわかってる。それを彼から絞り出そうとしても無理だ。だからそれをぼくのタイプライターと青鉛筆にまかせてくれ。ぼくにはできる。きみもそれをわかってる。すごい芝居をつくろうじゃないか。エドナに、彼女の才能にふさわしい作品を提供しよう」

「しっ、静かに」ペグが両手で顔を覆って言った。

「なあ、ペグ。思いきってやってみよう」

「黙ってて」とペグ。「いま、一生懸命考えてるところなの」

ビリーは口を閉ざし、ペグの答えを待った。

「ギャラが支払えない」ようやく顔をあげてビリーを見あげ、ペグが言った。

「ぼくは金に困ってない。それが、ぼくの才能でね」

「あなたは、ここでつくるどんなものにも権利をもてない。オリーヴがそれを許さないだろうから」

「ぜんぶきみのものだよ、ペグ。きみが大金をつかめばいい。きみのためにショーの脚本が書けるなら——そのショーが、ぼくが考えるようないいものになるなら——ぼくはそれでいい。もちろん、きみは大儲けする。きみの相続人が一生働かなくてもいいくらいの大金をつかむ」

「一筆書いてもらうわよ、ここで稼ぐつもりはないって。オリーヴならきっと、そうしろって言い張るから。そして、ショーはあたしたちの予算でつくる。あなたのお金じゃなくてね。あたしは、あなたの財産と二度と関わりたくない。ろくなことにならないから。いいわね、いま言ったことがルール。でないと、オリーヴはあなたがここに出入りするのを許さないわ」

「ここはきみの劇場じゃないのか、ペグ？」

「権利上は、あたしの劇場よ。でも、あたしは、オリーヴがいないとなにもできないの。ビリー、あなたならわかるでしょ。あたしには彼女が必要不可欠なの」

「必要不可欠だが煩わしい」

「ええ。でも、あなたは数ある選択肢のうちのひとつにすぎないわ。あたしにはオリーヴが必要だけど、あなたのことは必要としていない。あなたとオリーヴのちがいは、つねにそこだった」

「ちぇっ、オリーヴめ！　なんたるしぶとさ！　きみが彼女のなかになにを見てるか知らないが、きみがちょっと求めるだけで、彼女はきみを助けるためにすっとんでくる。それが彼女の魅力にちがいない。ぼくはきみに対してそんな忠誠を示したことがない、たぶんな。頑固一徹――それがオリーヴだ。そして、彼女はぼくを信用していない」

「そのとおり。どこからどう見ても真実だわ」

「なあ、ペグ。正直なところ、なぜ彼女がぼくを信用しないのかわからない。ぼくは、とても、とても、とても信用に値する人間だ」

「〝とても〟が増えるほどに、あなたを信用できなくなるわ、ビリー。わかってる？」

ビリーが声をあげて笑った。「認めよう。だがな、ペグ。ぼくが右手でテニスをやりながら左手で脚本が書けることを、きみは知っている。ついでに、アシカの曲芸みたいにボールを鼻の上で弾ませることもできる」

「あなたのお酒を一滴もこぼすことなくね」

「きみのお酒を一滴もこぼすことなく、だよ」ビリーが訂正し、手もとのグラスを持ちあげた。「これはきみのバーからいただいた」

「この時間は、あなたのほうが冴えてるわ」

「エドナに会いたいな。もう起きてるかな？」

「遅くまで起きてこないわ。寝かせておいてあげて。祖国が戦争中で、家もなにもかも失ったばかりなの。彼女には休息が必要よ」

「では、もう一度出直そう。クラブに戻って、シャワーを浴びて、少し休んだらまた戻ってくるよ。それから始めよう。そうだ、言うのを忘れてた。ぼくの部屋を使ってくれて感謝するよ。きみの姪っ子と彼女のガールフレンドがぼくのベッドを横取りして、ぼくがまだ一度も使ったことのない部屋に、下着を脱ぎ散らかしている。まるで香水工場が爆発したみたいな匂いだ」

「ごめんなさい……」わたしが口を開いたとたん、ペグとビリーが真顔で手を振って制した。つまり、まったく問題なし、ということ。お互いに集中しているペグとビリーにとって、わたしのことはどうでもよさそうだった。わたしは、この場にいられて幸運だった。そして、ここにいつづけるためには口を閉ざしていたほうがよさそうだった。

「ところで、彼女の夫はどうだい？」ビリーがペグに訊いた。

「エドナの夫？　愚かで才能がないことを除けば、なんの欠点もないわ。言っておくけど、驚くほどの男前よ」

「知ってるよ。あれを演技と呼べるならだが、彼が演技する映画を観た。『真昼の門』だ。牛なみにうつろな目をしていたが、飛行士のスカーフは抜群に似合ってたな。人としてはどうなんだ？　彼女に忠実なのか？」

「それ以外の話は聞いたことがない」

「ふうむ、ほんとうに？」と、ビリー。

ペグがにんまりする。「まったく驚きじゃない？　ビリー、あなたに想像できる？　妻ひとすじの夫！　でも、ほんとうにそのとおりなの。だから、彼女はもっとはめをはずしたってだいじょうぶ」

「おそらく、いずれは」ビリーが言った。

「問題は、エドナが夫は名優だと思ってることね」

「なんでまた、なにを根拠にいったい……。いや、肝心なことから片づけよう——われわれは、彼をショーに出演させる必要があるのか？」

ペグが今度は悲しげに笑った。「あなたが〝われわれ〟という言葉を使うことに、一抹（いちまつ）の不安を覚えるわ」

「なぜ？　ぼくはうれしくてたまらないけどな」ビリーがにやりと笑った。

「さほどうれしくもなくなったころ、あなたはここからいなくなるんでしょ？」ペグが言った。「ねえ、ビリー。あなたはこの企画に本気で参加するつもり？　それとも飽きたら、さっさとロサンゼルス行きの列車に乗るの？」

「きみがぼくを必要としてくれるなら、ぼくはこの企画に参加する。行儀よくやる。仮釈放中の人間みたいにふるまう」

「あなたは仮釈放中そのものよ。さて、結論を言うと、われわれはアーサー・ワトソンを芝居に出さなくちゃならないわ。彼の使い方を考えて。あまり賢くはないけどハンサムな男だから、あまり賢くはないけどハンサムな男の役にしましょう。これもかつて、あなたが教えてくれたルールのひとつ。そう、手持ちの駒でやるしかないってこと。あなたはいつも言ってたわ。〝太った女と脚立しかないなら、『太った女と脚立』という芝居を書けばいいんだ〟って」

「きみがそんなことを憶えていてくれたとはね！」ビリーが言った。「それに、自分で言うのもなんだが、『太った女と脚立』は芝居のタイトルとして悪くない」

「自分で自分を褒めるのも、いつものあなた」

ビリーが片手を伸ばし、ペグの手に重ねた。ペグはそのままにさせた。

「ペグ……」彼が言った。その言葉には——その言い方には——数十年間の愛の重みが感じられた。

「ビリー……」彼女が言った。その言葉には——その言い方には——数十年間の愛の重みが感じられた。と同時に、数十年の憤りも。

「オリーヴは、ぼくがここにいることに気を悪くしているんじゃないか？」ビリーが訊いた。

ペグが手を引っこめた。

「ビリー、気遣うふりはやめて。あなたを愛してる。でも、気遣うふりをするあなたは嫌い」

「では、言っておこう」彼が言った。「ぼくはみんなが思っている以上に、ずっと気遣いができる人間だとね」

12

到着から一週間で、ビリー・ビューエルは『女たちの街（シティ・オブ・ガールズ）』を書きあげた。

一週間というのは、一本の脚本を仕上げるのにきわめて短い時間だそうだ。ビリーはほとんど休みなく仕事に取り組んだ。キッチンのテーブルでパイプ煙草をくゆらせながら、タイプライターをカタカタと打ちつづけた。ビリー・ビューエルにどんな悪評があろうが、彼には原稿を特急で仕上げる腕がある。しかも、創作するあいだまったく苦しむようすがない。作品への信頼が揺らぐこともないようだ。髪を掻きむしることもない。考えるために手を止めることもほとんどない――もしくは、そのように見える。上質な革ズボンにまっ白なカシミアのセーター、ロンドンの〈ヘンリー・マックスウエル〉であつらえた瑕（きず）ひとつない淡褐色の靴という取り合わせで黙々とタイプライターを打ちつづける姿は、見えない神の口述筆記をしているかのようだった。

「彼には怪物級の才能があるのよ」とペグがわたしに言った。その午後、わたしたちは居間でスケッチを見ながら衣裳のデザインを考えていた。キッチンからビリーがタイプライターを打つ音が聞こえていた。「彼がやると、なにもかもたやすく見えてしまう。しかも、いかにもたやすくやってみせるだけじゃなくて、湯水のごとくアイディアがあふれてくる。でも厄介なのは、ビリーが働く気になるのは、彼のロールスロイスに新しいエンジンが必要か、イタリアへの休暇旅行から帰って銀行の預金残高が数ドルだと気づいたときぐらいだってこと。怪物級の才能に恵まれながら、怪物級の怠惰も身の内に飼っている。それもおそらくは、優雅と倦怠に染まった階級の生まれと育ちゆえに」

「じゃあなぜ、彼はいまあんなに熱心に働いてるの？」

「なんとも言えないけど……」とペグ。「彼がエドナを愛してるから。あたしを愛してるから。あたしのなにかを必要としてるからかもしれないわ。カリフォルニアの暮らしに飽きたのか、あるいはたださみしかったのか。あたしは彼の動機を詮索(せんさく)するつもりはない。彼が仕事をしてくれることがうれしいわ。でもね、肝心なのは、未来の彼を当てにしないこと。ここで言う未来というのは、明日とか、一時間後のことよ。彼がいつ興味を失ってとんずらするかは知れたものじゃない。ビリーは当てにされるのが嫌いなのよ。彼と距離をおきたかったら、あなたがものすごく必要なの、と訴えるだけでいい。彼はまっすぐにドアに向かい、それから四年は姿を見せないから」

仕上がった脚本は、ビリーが最後の言葉を打ちこんだ時点で、すでに完璧だった。彼は手直しを加えなかった。その脚本には台詞とト書きだけでなく、ベンジャミンに作曲を依頼する曲の歌詞まで含まれていた。

よくできた脚本だった。わたしが素人目から思ったことにすぎないが、それでもビリーの書いた芝居が、陽気で快活で笑えてテンポがいいことは理解できた。なぜ〈20世紀フォックス〉が彼に給料を払いつづけているのか、なぜルエラ・パーソンズが彼女の映画コラムに「ビリー・ビューエルの触れたものはすべて大当たりをとる。ヨーロッパでさえも！」と書いたのか納得できた。

ビリー版『女たちの街』の大筋は、最初の構想どおり、裕福な未亡人であるエレノラ・アラバスターが、一九二九年の株価大暴落で全財産を失い、生活の糧を得るために屋敷をカジノと娼館に変えることから始まっている。

しかしビリーはここに、興味深い新たな登場人物を書き加えた。アラバスター夫人の娘で、お高くとまったヴィクトリア（ショーの始まりに、〈ママはもぐり酒場の女主人〉を歌って観客の笑いをとる）。さらに、彼女のいとこでイギリスからやってきた、金ほしさに女を誘惑する一文無しの貴族。アーサー・ワトソンが演じるこの貴族は、ヴィクトリアに結婚を承諾させて、夫人の屋敷を手に入れようと企んでいる。（「アーサー・ワトソンにアメリカ人の警官をやらせるなんて無理だよ」と、ビリーはペグに説明した。「だれも信じないさ。彼は英国産のおばかでなくちゃ。彼だって、この役のほうが気に入るはずだ。上等なスーツを着られるし、尊大にふるまえる」）

芝居のなかの恋物語のヒーローは、街の貧しい地区の出身で、向こうっ気の強い若者だ。名前はラッキー・ボビー。彼はアラバスター夫人の車を修理したのが縁で、彼女の違法カジノを手伝うようになり、ふたりで大金をせしめる。一方、ヒロインは美貌のショーガール、名前をデイジーという。デイジーはみごとな肢体の持ち主だが、夢は結婚して一ダースの子を産み育てること。（ストリップショーの振り付けで歌われる〈赤ちゃんの靴下を編ませて〉が彼女を象徴する曲になる。）この役を演じるのは、もちろん、シーリア・レイだ。

芝居の最後で、ショーガールのデイジーは、ラッキー・ボビーと結ばれる。その後ふたりは、結婚して一ダースの子をもうけるために、ヨンカーズへと向かう。アラバスター夫人の鼻持ちならない娘は、街いちばんの強面ギャングと恋に落ちて、銀行強盗を繰り返す。（彼女の聴かせどころは〈最後のダイヤモンドまでいただき〉だ。）イギリスからやってきた怪しいいとこは、屋敷を相続できずに、故国へ追い返される。そして、アラバスター夫人は、この街の市長と恋に落ちる。芝居全体を通じて彼女のもぐり酒場をつぶそうとする、法と秩序を体現するような市長が、最後は彼女と結婚し、市長の座から退いて、もぐり酒場のバーテンとなるのだ。（ふたりで歌う最後のデュエット〈今夜からふたりで〉に、出演者全員が加わって大団円となる。）

そのほかにも小さな役が新たに生まれた。ひたすらおもしろい飲んだくれの男。彼は働くのがいやで目が見えないふりをしているが、ポーカーの名手であり、掏摸でもある。（ビリーが「脚本が書けないのなら、ドナルド、せめて芝居をやってくれ！」と言って、この役をハーバート氏にあてがった。）ショーガールの母親で、老いてなおスポットライトを浴びたい酒場の女もいる（〈わたしを女カサノヴァとお呼び〉を歌う）。さらに、屋敷を借金のかたに差し押さえようとする銀行家もいる。そして大勢のダンサー兼歌い手——もしビリーの意見が通るなら、いつもの男女四人ずつより多い数——が、このショーをより大きく、より勢いのある作品にするために必要とされた。

ペグはこの脚本が気に入った。

「わたしには芝居は書けないけど、傑作かどうかはわかる。これはまさしく傑作よ」

エドナもこの脚本が気に入った。ビリーは上流階級の貴婦人をただ戯画化するのではなく、アラバスター夫人を本物の機知と知性とアイロニーを備えた女性として描いていた。エドナの台詞が芝居のなかで最もおもしろおかしく、彼女の出番は全篇にまたがっていた。

「ビリー！」脚本を初めて読み通したあと、エドナは声を張りあげた。「うれしいけれど、あなたはわたしを酷使しすぎよ！　ほかのだれかにもっと台詞をまかせられないの？」

「どうしてぼくがきみを一瞬でも舞台の袖へやると思うんだ？」ビリーは彼女に言った。「エドナ・パーカー・ワトソンと仕事する機会に恵まれたら、ぼくはエドナ・パーカー・ワトソンと仕事していることを世界に知らしめたいね」

「あらまあ」と、エドナ。「でもわたし、喜劇は久しぶりよ、ビリー。錆びついてないかしら」

「喜劇を演じる秘訣は」と、ビリーが言う。「おもしろおかしく演じようとしないことだよ。滑稽にやろうと考えないほうが滑稽になる。きみたち英国人がよくやるように、努力なんか知りませんという風情でやるんだ。台詞の半分ぐらいは気合いがはいらないほうがいい。そのほうが芝居が生きる。喜劇はつねに気合いがはいらないのが最高なんだ」

　エドナとビリーのやりとりを観察するのはおもしろかった。そこには本物の友情があるように見えた。冗談やからかいだけでなく、お互いへの敬意にもとづいた友情が。ふたりはお互いの才能を高く評価し、いっしょにいると心から楽しそうだった。ふたりが久しぶりの再会をはたした日の夜、ビリーはエドナに言った。「最後にきみと会って以来、とるにたらないことが山のようにあった。さあ、飲もう。話すほどのことはなにひとつないが」

　エドナはこう答えた。「わたしには、話したくないことなど、なにひとつないのよ、ビリー。話したくない人も、ひとりたりともいないわ！」

　ビリーはエドナを前にして、わたしにこう言った。「かなり昔の話だが、ぼくがエドナとロンドンで知り合ったころ、実に多くの男が、エドナに心を引き裂かれるという光栄に浴した。ぼくがそうならなかったのは、たまたまペグと恋に落ちていたからでしかない。それにしても、全盛期のエドナは、つぎつぎに男をなぎ倒していったな。見ものだったよ。富豪、芸術家、将軍、政治家……彼女は片っ端から刈りとっていった」

「いいえ、そんなことないわ」エドナは否定したが、顔に浮かぶ笑みが、**ええ、そのとおりよ**、と言っていた。

「ぼくは、きみが男の心を引き裂くのを観察するのが好きだったよ、エドナ」ビリーが言った。「鮮やかな手際だった。きみに骨抜きにされると男は立ち直れない。そこに新たな女があらわれ、へたばった男を拾って、意のままにする。これぞ慈善行為だ。なあ、ヴィヴィアン。彼女はかわいらしいお人形のように見えるが、見くびってはいけない。敬うべき人だ。スタイリッシュな装いの下には、鉄の背骨が隠されている。気をつけたまえ」

「わたしを買いかぶりすぎよ、ビリー」と、エドナ。しかしこれもさっきと同じく、彼女の笑みが、**そうね、まさしくそのとおりよ**、と伝えていた。

数週間後、わたしの部屋で、エドナの衣裳の試着と仮縫いをした。ショーの最後の場面で着る衣裳で、エドナから観客をあっと言わせるような素晴らしいものにしてほしいと求められていた。「衣裳に合わせて自分を高めなければならない衣裳をつくって」エドナが直接わたしにそう言ったのだ。自慢を許してほしいが、わたしはみごとにやってのけた。

それは、コマドリの卵のような青い色の絹地を二層に重ねたイヴニングドレスで、透明なラインストーンをちりばめたネットに覆われていた。(わたしは、ローツキーの店でひと巻きの絹地を見つけ、自分の貯金のほぼ全額で買い取った。）ドレスは動くたびにきらきら光った。けっしてけばけばしい輝きではなく、水面に反射する光のようだ。絹地がエドナの体にぴったりと沿うように、かといって沿いすぎないように注意した（結局のところ、彼女は五十代なのだから）。踊りやすいように、右の裾脇に深いスリットを入れた。このドレスを着たエドナは、夜の街に降臨した妖精（エルフ）の女王のようだった。

エドナはこの衣裳をとても気に入り、あらゆる輝きときらめきを確認するように、鏡の前で体を返してみせた。

「ねえ、ヴィヴィアン。あなたがどんな技法を使ったのかはわからないけれど、このドレスは確実にわたしの背を高く見せてくれる。それに、この青い色はとても爽やかで若々しいわ。実は恐れていたの、あなたに黒いドレスを着せられて、死に化粧をほどこされそうな姿になってしまうんじゃないかって。ああ、このドレスを着たわたしを早くビリーに見せたくてたまらない。あの人ほど女性のファッションに理解の深い男性には出会ったことがないわ。彼もきっと、わたしと同じくらい、このドレスに興奮するはずよ。ヴィヴィアン、あなたの叔父さまについて、ひとつよいことを教えてあげましょう。ビリー・ビューエルは女好きを公言し、なおかつ、心から女を愛する稀有（けう）な男性よ」

「シーリアは、彼をプレイボーイだと言ってるわ」わたしは言った。

「もちろん、彼はプレイボーイよ。とびきりのハンサムで、プレイボーイでない男がいるかしら。でも、ビリーは特別なの。あなたもわかっているでしょうけれど、巷（ちまた）にはプレイボーイがあふれている。けれども彼らはふつう、女を落として満足すると、あとは女との親交を楽しもうとはしない。求める女をすべて征服できる男は、女をだれひとりたいせつにしないのではなくて？　そういう男には近づかないことね。でもビリーはほんとうに女といっしょにいるのが好きで、それは征服したかどうかに関係ないの。わたしと彼はいつも素晴らしい時間をいっしょに過ごすわ。彼にとっては、まるでわたしを誘惑しているかのように、わたしとファッションについて話すのが楽しいの。そして彼は、女にとって最高においしい台詞を書いてくれる。男にはなかなかできないことよ。多くの男性脚本家が舞台のためにつくりあげるのは誘惑する女か、泣く女か、夫に忠実な女だけ。恐ろしくつまらないわ」

「オリーヴは、彼は信用ならない人だと言ってたけど」

「誤解しているわ。ビリーのことは信じていい。彼があのとおりの人間であることは、まぎれもない事実。オリーヴは、ありのままの彼が好きではないだけなのよ」

「ありのままの彼って?」

エドナは押し黙り、しばらく考えこんだあと、「自由な人」ときっぱり答えた。「ありのままに生きている人には、一生のうちに、そう多く会えるものではないのよ、ヴィヴィアン。彼は自分の好きなように生きている。それを見ると、わたしは元気になれる。オリーヴは、自分を縛る生き方を選んだ人。ありがたいことだわ。彼女がいないと、ここはなにひとつ機能しないでしょうから。でも、そういう人だからこそ、彼女は自由な人間を警戒するのよ。わたし自身は、自由な人のそばにいることが楽しい。わくわくするわ。そして、ビリーの魅力をもうひとつ言うなら、それは彼がすごくハンサムだってことね。ヴィヴィアン、もう察しているでしょうけど、わたしは美しい男が大好きなの。ビリーと同じ部屋にいるだけでうれしくなる。でも、ハンサムな男の魔法には注意しなければ! もしビリーが本気で口説きにかかったら、女はひとたまりもないわ」

ビリーがエドナを〝本気で口説きにかかった〟ことはあるのだろうか、と考えずにはいられなかった。でも正面切って尋ねる勇気はなく、べつの質問に代えた。「では、ペグとビリーは……？」

質問をどう締めくくればいいのか迷っているうちに、エドナがわたしの質問の意図を汲みとった。「ふたりの関係の本質はなんなのかということね？」彼女はほほえんでつづけた。「わたしに言えることがあるとすれば、ふたりがお互いに愛し合っているということね。ふたりはずっと愛し合ってきた。知性もユーモアも似た者どうしだわ。若いころは、もっとお互いに火花を散らし合っていた。初めて首を突っこんだら、きっと怖いと思ったはずよ。どう割ってはいればいいのかわからない。でもビリーはペグを尊敬している。つねにそうだったわ。とはいえ、ただひとりの女に忠誠を守るのは、ビリーのような男にはきわめて狭き門だったはずよ。でも彼の心はつねにペグのものだった。そして、ふたりはともに働くことに喜びを見いだすのよ――あなたにもじきにわかると思うけれど。ただひとつ問題は、ビリーがその片手をカオスに突っこんでいること。わたしには、ペグがいまもカオスを求めているとは思えないの。近頃の彼女は、楽しみよりも忠誠をほしがっている」

「でも、ふたりはいまも結婚しているのでしょう？」わたしは尋ねた。

わたしの質問の意味は、もちろん、ふたりはいまもいっしょに寝ているのか……。

「それは、だれの目から見た結婚？」エドナは尋ね返して、腕を組み、小首をかしげてわたしを見つめた。わたしが答えられずにいると、彼女はまたほほえんで言った。「そうねえ、言葉にしにくいことがいろいろあるのよ。あなたも歳を重ねるにつれて、この世はそんなことばかりだとわかるようになるわ。がっかりさせたくないけど、いまから知っておいてほしい。ほとんどの結婚は、天国でも地獄でもなく、ふたつのあいだの茫漠とした狭間なの。それでも愛はたいせつなものだし、ビリーとペグのあいだには本物の愛があるわ。さてと、このドレスの飾り帯をちょっと直してもらえる？　わたしが両腕をあげても、あばらに当たらないように。そうしていただけるなら、あなたに死ぬほど感謝するわ」

エドナの名声がこの芝居に箔をつけるのだから、芝居全体の質をエドナというスターに見合うように向上させなければならない、とビリーは主張した。(「リリー座は血統書を手にいれたようなものだ」と、彼はこの状況を説明した。「そう、これはまったく新しいドッグショーなんだ」)つまり、『女たちの街』のすべてが、いつものスタッフがつくり慣れているものをはるかに超えなければならない、というわけだ。

いつもの芝居の質を考えれば、それはけっしてかんたんなことではなかった。『踊り明かせ、ジャッキー!』を数夜にわたって観たビリーは、出演者たちの技量をこきおろした。

「あれはゴミだ」と、彼はペグに言った。

「わたしのご機嫌をとらないで」とペグが返した。「ベッドに誘われてるんじゃないかって考えそうだから」

「あれは、純度百パーセントのゴミだ。きみもわかってるだろう?」

「はっきり言っていいのよ、ビリー。お世辞はやめて」

「ショーガールはいまのままでけっこう。見た目以外はなにも求められないんだから」ビリーが言った。「だから、あのまま残そう。しかし役者は最悪だ。今回は新しい人材が必要だな。ダンサーたちはそれなりに魅力的だ。いかにも育ちの悪そうな感じで、ぼくの好みだが、いかんせん足さばきが重い。壊滅的だ。派手めで小さな顔はいいとしても、いまのダンサーは舞台の奥で踊らせよう。そして本物のダンサーを連れてきて、舞台前面に据えるんだ――少なくとも六人。いまのところ舞台の前面で踊らせて見ていられるのは、あの妖精のローランドだけだな。彼は素晴らしい。しかし全員に彼と同等の力量がないとだめだ」

ビリーはローランドのダンスを認めたどころか、その強烈な個性にいたく感銘を受け、彼のためにソロで歌う曲をつくろうとした。題して〈もしも海軍にはいったら〉。表向きは人生の冒険を求めて海軍を志願する青年の歌だが、それとなく、ローランドから醸し出されるゲイ・テイストも取り入れようという考えだった。「コール・ポーターの〈ユー・アー・ザ・トップ〉みたいにしたいんだよ。そう、二重の意味をほのめかすような歌に」

しかしオリーヴは、ただちにこの提案を却下した。

「いいじゃないの、オリーヴ」と、ペグが頼みこんだ。「やりましょうよ。おもしろいわ。女子どもの観客はどのみち意味に気づかないわよ。そもそも、これじたいがきわどいお話なんだもの。今度のショーぐらい、弾けてみてもいいんじゃない?」

「公共の場で弾けないで」というのが、オリーヴの一貫した考えだった。こうして、ローランドがソロで歌うという提案は却下された。

オリーヴは、おそらく、この件のすべてに不満をもっていた。

彼女は、ビリーの興奮に巻きこまれない、リリー座で唯一の人間だった。彼が到着した日からむっつりとしたまま、その機嫌が晴れることはなかった。正直なところ、わたしはオリーヴの気むずかしさに辟易しはじめた。お金の使い方にいちいち文句をつけ、性的な題材を厳しく検閲し、自分の習慣をかたくなに守り、ビリーの冴えたアイディアを片っぱしからはねつけ、なにかにつけて口やかましく、楽しみや熱中をぜんぶ抑えつけようとする。彼女のそういうところにうんざりした。

たとえば、いつものダンサーに加えてさらに六人のダンサーを雇うというビリーの提案についても、ペグは大賛成だったが、オリーヴは「無益な空騒ぎね」と切り捨てた。

ビリーが、新たな六人のダンサーが加わればショーがより壮大な印象になるだろうと反論すると、オリーヴはこう言った。「六人のダンサーを足すような予算はないし、そんなことをしてもショーが目に見えて変わるわけじゃない。通し稽古のギャラだけで週四十ドル。それを六人分？　そんな資金をどこから調達しろと？」

「金を使わずして、金は稼げない。そういうもんだよ、オリーヴ」ビリーが言った。「なんなら、ぼくが貸してもいい」

「まったく乗れない」オリーヴが言った。「あなたの言うことは信用ならない。一九三三年のカンザスシティでなにが起きたか憶えている？」

「いいや、一九三三年のカンザスシティでなにが起きたか憶えてない」とビリー。

「もちろん、憶えてないわよね」ペグが横から口を挟んだ。「なにが起きたかっていうと、あなたが荷物をまとめて出ていった──あたしとオリーヴを残してね。あたしたちは、街の大きな音楽堂を借りて、歌とダンスの大きなショーを企画してた。あなたがあたしに制作を依頼し、あなたが数十人の地元の歌手や役者やダンサーを雇った。そのすべてにあたしの名義を使い、あなたは消えた。フランスのサントロペでおこなわれるバックギャモンの競技会に出るためにね。出演者への支払いを済ませたら、一座の預金は空っぽ。あなたもあなたのお金も、三カ月間、行方知れずのままだったわ」

「やれやれ、ペグ。ぼくは悪いことをしたみたいだな」

「怒ってないわよ、もちろん」ペグが皮肉の笑みを浮かべる。「あなたがどんなにバックギャモンが好きか知ってるから。でも、オリーヴは実にいいところを突いてくれたわ。リリー座はかろうじて黒字を保ってるのよ。この作品のために、いちかばちかの勝負に出るわけにはいかない」

「納得できないな」と、ビリー。「きみたちふたりがいちかばちかの勝負に出てくれるなら、ぼくはそれを助けられる。たくさんの人が見たくなるような芝居をつくることで。たくさんの人がショーを見たくなれば、金がはいってくる。いまさら演劇ビジネスの仕組みをきみたちに説明するまでもないと思うがね。なあ、ペグ。ぼくに背を向けるなよ。きみたちを救いにきた助っ人に、矢を放つのはやめろ」

「リリー座は、助けを必要としていない」オリーヴが言った。

「いやいや、助けが必要だよ、オリーヴ！」と、ビリー。「この劇場をよく見ろよ。あらゆるものに修繕と刷新が必要だ。なんと、ここはまだガス灯を使ってる。そして毎晩、客席の四分の三は空席だ。いいかい、大当たりをとる作品が必要なんだ。ぼくにつくらせてくれよ。エドナがいるいまがチャンスだ。ぼやぼやしてる場合じゃないぞ。ぼくは批評家を手配できる。そして批評家に見せるなら、エドナと比べてほかがガタガタじゃだめなんだ。頼むよ、ペグ。怖じ気づかないでくれ。この作品では、きみはいつものようにあくせく働かなくていい。ぼくが演出を助ける——昔のようにね。当たって砕けろだ。小銭稼ぎのショーをつくりつづけて破産までじわじわ進むか、それとも、ここで賭けに出るか。でかいことをしようじゃないか。財布に一ドルしかなくても、かつてのきみは挑戦を恐れなかった。やろうぜ、もう一度」

ペグの心が揺れているのがわかった。「ねえ、オリーヴ。あと四人だけならダンサーを雇えるんじゃない？」

「彼に好き放題やらせていいの、ペグ？」オリーヴが言った。「わたしたちにそんな余裕はないわ。ダンサー二人だって無理。帳簿を見れば歴然よ」

「きみは金のことを心配しすぎだ、オリーヴ」とビリー。「いつもそうだった。この世でいちばん大事なのは金じゃない」

「ロードアイランド州ニューポート生まれのウィリアム・アッカーマン・ビューエル三世は、かく語りき」ペグが言った。

「そういう言い方はやめろよ、ペグ。とにかく、きみも知ってのとおり、ぼくは金に興味がない」

「そう、あなたは興味がない」オリーヴが言う。「裕福な家庭に生まれ損なったわたしたちとはちがって、あなたは金に興味がない。いまいましいのは、あなたがペグにもそれを求めることよ。そのせいで、過去に何度も厄介事に巻きこまれた。もう二度といや」

「ぼくたちにはたっぷり金があったじゃないか」とビリー。「金の亡者（もうじゃ）になった資本家みたいになるなよ、オリーヴ」

ペグがぷっと吹き出し、芝居じみたささやき声でわたしに言った。「あなたのビリー叔父さまは、社会主義者気取りね、大事（キド）な子。自由恋愛を好む傾向はべつとして、彼が社会主義の原理を理解しているとは思えない」

「きみはどう思う、ヴィヴィアン？」わたしがこの部屋にいることに初めて気づいたように、ビリーが訊いた。いきなり会話に引っ張りこまれて、わたしはまごついた。両親の口論に耳を澄ましていた子どものころを思い出した。ただし、今回は親が三人いるようなものだ。格別に居心地が悪かった。この数カ月間、ペグとオリーヴのお金に関する論争を幾度となく聞いてきたけれど、そこにビリーが加わると、議論はいっそう白熱した。ペグとオリーヴの仲裁さえ手に余るのに、ビリーは新たに加わった予測もつかない危険な万能カードだ。どんな子どもも、言い争うふたりのおとなが家にいれば、微妙な調停のやり方を身につける。でもそれが三人だったら？　ここはわたしの出る幕じゃない。

「それぞれが強い主張をもってるみたいね」と、わたしは言った。

まずい答えだったにちがいなく、三人がわたしにいらっとするのがわかった。

結局、費用をビリーが支払い、新たに四人のダンサーを追加することで話がついた。だれもが大喜びはできない結論だった。だがわたしの父なら、ビジネスにおける交渉の成功例として評価したかもしれない。（「全員がまずい契約を結んだかのように感じて交渉のテーブルから立ち去るべきなのだ」と、かつて父がおもしろくなさそうな顔で教えてくれた。「それなら、だれもだまされていないし、だれもひとり勝ちしていないという安心感が得られるからな」）

13

　ビリー・ビューエルがわたしたちの小さな世界にあらわれて、変わったことがほかにもあった。彼がリリー座に来たときから、みんながますます酒を飲みはじめた。

　全員の酒量がとんでもなく増えた。

　アンジェラ……ここまで読んできたあなたは、どうしてこれ以上飲めるのか不思議に思うかもしれない。でも、酒はそういうもの。その気になれば、もっと飲める。要は自制心の問題だから。

　以前との大きなちがいは、ペグ叔母さんがわたしたちと最後まで飲むようになったことだった。かつては数杯のマティーニを飲んだら――オリーヴの厳しいスケジュール管理によって――そこそこの時間に就寝した。でもそのペグが、ショーが終わったあとにビリーと出かけて泥酔するようになった。それも毎晩。シーリアとわたしは、ふたりと何杯か飲んだあと、もっと大騒ぎとトラブルを求めてべつの場所に移動することが多かった。

　最初は、いかさない服を着た中年の叔母と街をうろつくことに気後れを感じた。でもそんな気後れはすぐに消えた。ペグがナイトクラブで――とくに数杯引っかけたあとは――どんなに楽しい存在かを知ったからだ。彼女はエンターテインメント業界の人を実によく知っていたし、彼女はみんなから知られていた。ペグを知らなければ、ビリーを知っていて、この何年かの空白を埋めるように情報を交換し合った。つぎつぎに酒がテーブルに運ばれてきた。たいてい、その店の経営者もやってきて、同じ席についてハリウッドやブロードウェイの噂話に花を咲かせた。

わたしにはいまだにビリーとペグが不釣り合いに見えた。ビリーは白いディナージャケットにオールバックの髪。ペグは、地味なB・アルトマン（二十世紀初頭から一九九〇年までミッドタウンにあった巨大デパート）のドレスに化粧っけのない顔。でもふたりには人を惹（ひ）きつける魅力があり、行く先々でまわりに人が集まった。

そしてふたりとも金遣いが荒かった。ビリーはいつも、フィレ肉のステーキとシャンパンを注文し（うっかり料理が出てくる前に店を出ることはあったが、シャンパンだけはぜったい残さなかった）、店にいる人々を自分たちの席に招いた。ビリーはペグが制作するショーの話をのべつ幕なしにしゃべった。それがきっと大当たりをとるだろうと。（ビリーの説明によると、意図的な売りこみ作戦だった。彼は『女たちの街（シティ・オブ・ガールズ）』がまもなく上演されること、それが傑作であるという噂を広めようとした。「ナイトクラブで、ぼく以上に噂を早く広める能力をもった広報担当には、いまだ出会ったことがないね」）

なにからなにまで楽しかった。ただひとつだけ問題があった。ペグは節度を守って早く帰宅しようとするのだが、ビリーが夜遅くなるのもかまわず引き留めようとすることだ。ある夜、アルゴンキン・ホテルで飲んでいるとき、ビリーが「もう一杯どう？」とペグに尋ねた。一瞬苦しげな表情がペグの顔をかすめるのにわたしは気づいた。

「飲むべきじゃないわね」ペグが言った。「体によくないわ、ビリー。ちょっと考えさせて。ちゃんと分別を取り戻せるように」

「飲むべきかどうか尋ねてないよ、ペグ。もう一杯飲みたいかどうか尋ねたんだ」

「そりゃもちろん、飲みたいわ。いつも、もう一杯を求めてる。でもお願い、弱いカクテルにして」

「要点をまとめると、弱いカクテルを同時に三杯注文すればいいってこと？」

「弱いのを一杯ずつよ、ビリー。このごろはそうやって生きてるの」

「きみの健康に乾杯」彼はそう言ってグラスを掲げたあと、片手を振ってウェイターの注意を引いた。

「あの男がひっきりなしに酒を運んできてくれるかぎり、ぼくは、弱いカクテルだろうが、ひと晩飲み明かしてみせるよ」

シーリアとわたしが、ビリーとペグを振り切って自分たちの冒険に出かけた夜のことだった。いつものように夜明け前の灰色の時刻によろめきながら帰宅すると、驚いたことに居間の照明がすべて灯っていた。わたしたちはそこに思いがけないものを発見した。カウチにペグが――服は着たまま――ながながと寝そべり、意識を失って、いびきをかいていた。片腕が顔にかかり、片方の靴がそばに脱ぎ捨てられている。白いディナージャケットを着たビリーが、彼女の隣の椅子で居眠りをしていた。テーブルの上が空瓶で埋まり、灰皿に吸い殻が山をつくっていた。

わたしたちが居間にはいると、ビリーが目を覚ました。「やあ、お嬢さんたち」ろれつが回らず、目は赤いチェリーのようだった。

「ごめんなさい」わたしも怪しいろれつで言った。「おじゃましたわ」

「おじゃまじゃない」ビリーがぼんやりとカウチのほうに手を振った。「ペグが酔っぱらってる。ぼくひとりでは階段をあげられなかった。お嬢さんたち、手伝ってもらえるかな？」

こうして、三人の酔っぱらいが集まり、もっとすごい酔っぱらいが階段を昇ってベッドまで行きつくのに手を貸すことになった。けっして小柄ではないペグを運ぶのは、素面のときより力もなく知恵も回らないわたしたちにとって、たやすい仕事ではなかった。わたしたちは、丸めた絨毯のようにペグを引きずり、大きな音をたてて階段を昇り、ようやく四階の入口扉までたどり着いた。途中でひと息入れるたびに、大笑いしていたような気がする。ペグにとっては痛くて不快な移動だったろう――もちろん、意識があったとしたらの話だが。

わたしたちが入口扉を開くと、そこにオリーヴがいた。酔っぱらって罪悪感を感じているときには最も見たくない顔だった。

ひと目見て、オリーヴは事態を理解した。もちろん見ればすぐにわかることだ。

わたしは、彼女が怒りを爆発させるのではないかと思った。だがそうはならず、彼女は膝をついて、床に寝ているペグの頭をかかえた。ビリーを見あげたオリーヴの顔は、深い悲しみに打たれていた。

「オリーヴ」と、ビリーが言った。「見てのとおりだ。きみなら手当てできるよな」

「だれかタオルを濡らして持ってきて」彼女が低い声で言った。「冷たいタオルを」

「わたし、やり方がわからない」シーリアが壁に背をあずけ、ずるずるとしゃがみこんだ。

わたしは浴室に駆けこんだものの、やることなすことに手間取った。照明のスイッチをさがすことに、タオルを見つけることに、なんとか蛇口をひねって、熱い湯から冷たい水に切り替えることに、自分が濡れないようにタオルを濡らすことに（これにはみごとに失敗した）……わたしはやっと浴室を出て、ペグのもとに引き返した。

わたしが戻ったときには、エドナ・パーカー・ワトソンも加わっていた（愛らしい赤のパジャマの上下と金色の化粧着の取り合わせには、思わず目をとめずにいられなかった）。エドナはオリーヴを手伝って、意識のないペグを部屋まで運んでいこうとしていた。それを見て——残念ながら——ふたりは以前にもこうしたことがあるのだろうと察しがついた。

エドナはわたしから受け取った濡れタオルを、ペグのひたいに押しあてた。「ねえ、お願いよ。ペグ、目を覚まして」

ビリーは少し後ろにさがった場所にいた。体がぐらぐら揺れて、ひどく顔色が悪かった。初めて彼の顔が年齢相応に見えた。

「彼女は楽しみたかっただけなんだよ」彼は小さな声で言った。

オリーヴが立ちあがって言った。今度も抑えた低い声だった。「あなたはいつもこうだわ。彼女に手綱が必要なときに拍車をかける」

ビリーは一瞬、あやまろうとしているように見えた。だがそうはせず、酔っぱらいが昔からさんざんやってきた間違いを犯した。ひらきなおったのだ。「ははん、カッとなるなよ。彼女ならだいじょうぶさ。家に帰って、もう何杯か飲みたいって言ったんだよ」

「あなたとはちがうのよ」オリーヴが言った。わたしの見間違いでなければ、彼女の目から涙があふれた。「十杯飲んだら歯止めが利かなくなる。ぜったいに我慢できないのよ、この人は」

エドナがやんわりと言った。「あなたは引きあげたほうがよさそうね、ビリー。お嬢さん、あなたたちもよ」

翌日、ペグは午後遅くまでベッドで安静にしていた。でもそれを除けば、リリー座の業務はいつもと同じようにつづいた。だれも前夜に起きたことについて話さなかった。

そして翌日の夜、ペグとビリーは街に繰り出し、またしてもアルゴンキン・ホテルで飲み明かし、そこにいる人々に酒をおごりまくった。

14

ビリーは、このショーのためにオーディションをおこなうという思いきった行動に出た。いつものリリー座より質の高い出演者をつのるためで、業界紙を始めさまざまな媒体で公募するという本物のオーディションになった。

これはまったく新しい展開だった。リリー座はここまで本格的なオーディションをおこなったことはなく、出演者はいつも口づてで集められていた。ペグとオリーヴとグラディスは近隣の役者やダンサーをよく知っていて、いちいち演技を見るまでもなく決めることができた。しかしビリーは、ペグたちがヘルズキッチン界隈で見つけるよりも、もっと質の高い出演者を求めていた。

オーディションの日は、応募してきたダンサー、歌手、役者たちがリリー座に列をなした。ビリーとペグとオリーヴとエドナが候補者たちを審査するあいだ、わたしはそばにすわってそれを見ていた。見ているだけで、不安を掻き立てられた。舞台にあがる人々はだれもがなにかを激しく――強く、あからさまに――求めており、それがわたしを落ちつかなくさせた。

だがそのくせ、すぐに飽きてしまった。

（アンジェラ……なにごとも時間がたてば退屈になるものだわ。たとえそれが、剝き出しの傷つきやすさをもった胸に迫る演技だったとしても。みんなが同じ歌を歌い、同じダンス・ステップを踏み、同じ台詞を言うのが何時間もつづけば、なおさらのこと。）

最初はダンサーの審査から始まった。リリー座の新しいコーラスラインにはいろうとする美しい娘たちが、つぎつぎに舞台にあらわれた。人数の多さと個性の多様さに、見ているだけでくらくらした。鳶色の巻き毛、みごとなブロンド、背が高い、背が低い……。大きなヒップを揺らし、荒い息をつき、鼻を鳴らし、ドラゴンのように激しく踊る娘。踊りで生計を立てるには歳をとりすぎているけれど、夢と希望をあきらめきれない女性。前髪を鋭く切り揃えた娘は、気合いがはいりすぎてダンスというよりもはやマーチにしか見えない。だれもが懸命に踊っていた。タップダンスと未来への明るい予感で熱く高ぶり、息を弾ませて。フットライトに浮かびあがる塵の雲を蹴りあげて。ダンサーたちの野心は目に見えるばかりか、音としても伝わってきた。

ビリーはオリーヴをオーディションに関わらせようといささかの努力はした。しかし無駄だった。オリーヴはわたしたちを罰するように、進行に見向きもせず、それどころか、《ヘラルド・トリビューン》紙の社説を読んでいた。

「なあ、オリーヴ。あのちっちゃな小鳥さん、魅力的だとは思わないか？」とてもかわいらしい娘がとてもかわいらしく歌い終えたあとで、ビリーが尋ねた。

「いいえ」オリーヴは新聞から目もあげずに答えた。

「いいとも、だいじょうぶだ、オリーヴ」と、ビリー。「きみとぼくの女の趣味がいつもいっしょだったら、退屈だからな」

「わたしは、あの娘が好きよ」エドナが、小柄で漆黒の髪の美女を指差して言った。その娘は、まるでバスタオルを振りまわすように脚を軽々と頭上に振りあげていた。「彼女がほかの娘とちがうのは、人を楽しませるのに必死な感じがしないところね」

「よい選択だ、エドナ」ビリーが言った。「ぼくも好きだ。でも、彼女が二十年前のきみにそっくりだって気づいているかい?」

「あらまあ、そうなの? 彼女はわたしがいつも惹かれるタイプだわ。やれやれ、なんというぬぼれた老いぼれかしら」

「いやいや、ぼくも昔はああいうタイプが好きだったし、いまも好きだ」ビリーが言った。「あの娘を採用しよう。コーラスガールたちの背が高くならないように気をつけなければ。いま選んだあの娘に身長を合わせよう。小柄なかわいいブルネットを揃えたい。エドナが小さく見えないように」

「ありがとう」エドナが言った。「だれだって、自分が小さく見られるのは大嫌いよ」

男性の主役——アラバスター夫人にギャンブルを教え、最後はショーガールと結ばれる世事に通じた青年、ラッキー・ボビーのオーディションにはいると、わたしは俄然、舞台への興味を取り戻した。ハンサムな青年たちがつぎつぎにあらわれ、ビリーとベンジャミンがこの役のためにつくった歌を歌いはじめたからだ。(曲は〈心地よい夏の日々に〉〈賽子を振るのが好きな奴〉〈もしかわいいあの娘が退屈なら〉〈彼はもうちょっと転がしたい〉など。)

どの青年も素晴らしいと思ったが、それは——ご承知のとおり——わたしが男性の鑑定において目利きではないというだけ。ビリーは、候補者をつぎつぎに落としていった。こちらは背が低い(「鋤弁してくれ。シーリアとキスしなきゃならん役だぞ。オリーヴは脚立を用意する予算はないと言うだろう」)、こちらはあまりにアメリカ人だ(「トウモロコシで育った中西部の人間を、ニューヨークの物騒な地域で育った若者だと信じこませるには無理がある」)、こちらは男らしさに欠ける(「このショーには女の子のような青年がいるんだからもう充分だ」)、こちらは生真面目すぎる(「日曜学校が舞台じゃないんだからな」)。

そして、この日の終わり近くに、舞台の袖から長身でほっそりした黒髪の若者が登場した。光沢のあるスーツの袖と裾から、手首と足首がほんの少し余分に飛び出していた。両手をポケットに突っこみ、フェルトの中折れ帽を後ろにずらしてかぶっている。ガムを噛んでいて、スポットライトが当たってもそれを隠そうとせず、大金の隠し場所を知っている男のようににやにや笑っていた。

ベンジャミンのピアノの演奏が始まったが、若者は片手をあげてそれを止めた。

「ちょっといいか」彼はわたしたちを見つめて言った。「ここのボスはだれ?」

若者の声を聞いて、ビリーがわずかに背筋を伸ばした。これぞ生粋の〝ニューヤァク〟育ち。尖っていて、生意気で、軽やかに楽しんでいるような話し方だった。

「ボスはこちら」ビリーがペグを手で示して言った。

「いいえ、こちらよ」ペグがオリーヴのほうを示した。

オリーヴは新聞を読みつづけていた。

「だれに印象づければいいかを知りたいだけさ」若者はオリーヴをつらつらと見ながら言った。「だけど、そのおかただとしたら、とっとと家に帰ったほうがよさそうだな。だろ?」

ビリーが声をあげて笑った。「きみが気に入った。歌えるなら、仕事を与えよう」

「ははん、歌えるよ。心配するな。ダンスも踊れる。ただし、おれに歌わせる気も踊らせる気もない連中の前で、歌うのも踊るのもごめんだね。時間の無駄だ。おれの言いたいこと、わかるだろ？」

「では、言い方を変えよう」と、ビリーが言った。「きみに決まりだ、以上」

これにはさすがにオリーヴも新聞からさっと顔をあげた。

「台本も読ませてないわ」ペグが言った。「演技できるかどうかもわからない」

「ぼくを信じてくれ」ビリーが言った。「彼は完璧だ。ビンビン来る」

「おめでとう」若者がビリーに向かって言った。「あなたの選択は間違ってない。ご婦人がた、おれはあなたがたを失望させませんよ」

アンジェラ……そう、これがアントニーだった。

わたしは、アントニー・ロッチェラに恋をした。それを認めるのにぐずぐずしているつもりはなかった。アントニーもわたしに恋をした――少なくとも、しばらくのあいだは、彼なりのやり方で。わたしの場合、恋に落ちるまで数時間もかかっていない。まさに効率性の見本ともいうべき展開だった。(若い時代にはこういうことがかんたんに起きる。いや、一瞬にして始まる情熱的な恋は、若者にとってめずらしいことではない。むしろ驚くのは、それがこのときまでわたしに起こらなかったことだ。)

こんなにも早く恋に落ちるのは、もちろん、相手のすべてを知らないからこそだ。恋に落ちるには、相手の魅力をひとつ見つけるだけでいい。この取り柄さえあれば思いはつづくと信じて、全力で心を傾けること。わたしにとってアントニーの魅力は、ふてぶてしさだった。もちろん、そこに目をつけたのは、わたしだけじゃない。結局のところ、生意気さゆえに、彼は役を得た。一方、わたしは彼に恋をした。

ニューヨークに来てからの数カ月間で、わたしは大勢のふてぶてしい若者と出会った（そうよ、アンジェラ。ニューヨークはそんな若者を繁殖させている街）。でも、アントニーのふてぶてしさには、独特のひねりが利いていた。彼は心底どうでもいいと思っているように見えた。わたしがそれまでに出会った生意気な若者たちは、無関心そうなふりをしたがるけれど、セックスだけにかぎらず、つねになにかを求めているのが透けて見えた。でもアントニーには、なにかに飢えたり、なにかを渇望したりするようすが見えなかった。アントニーはなにが起きようがかまわなかった。勝とうが負けようが、どうでもいい。ある場所で求めるものが得られなければ、彼はポケットに両手を突っこんで、平然と立ち去る。またべつの場所で試してみればいいと思っているからだ。どんな人生を差し出されても、彼はそれを取ることも捨てることもできる。差し出されたものがわたしだとしても、彼はそれを取ることも捨てることもできた。そう、もうおわかりのように、わたしにはそんな選択肢がなかった――彼にのめりこむこと以外には。

アントニーは、八番街と九番街に挟まれた西四十九丁目の、エレベーターのない建物の四階に住んでいた。ナイトクラブ〈ラテンクォーター〉のレストランの料理長をしている兄のロレンツォとふたり暮らしをしており、アントニーも俳優の仕事がないときには、ここでウェイターとして働いていた。両親もかつては同じ部屋に住んでいたが、ふたりとも死んでしまった――この事実を、喪失や悲哀の感情をまじえず、彼はわたしに語った。（両親もまた、彼には取ることも捨てることもできるなにかだったのか。）

アントニーは、ヘルズキッチンで生まれ育った。まさに四十九丁目の申し子だ。この通りがスティックボール（ゴム製のボールを、野球のバット代わりの棒で打って得点を競う路上のゲーム）の遊び場になり、数ブロック先の聖十字架教会で歌を学んだ。彼と出会ってからの数カ月間で、わたしはこの通りに親しんだ。そしてもっと親しんだのが、アントニーの住むアパートメントだった。あの部屋のことを思い出すと、なつかしさに胸がうずく。わたしが初めて絶頂を知ったのは、あのアパートの彼の兄ロレンツォの寝室のベッドだった。（アントニーには自分のベッドがなく、彼は居間のカウチで寝ていた。だが、ロレンツォが仕事に出ているとき、わたしたちはそのベッドを勝手に使った。ありがたいことに、ロレンツォの勤務時間は長く、わたしたちの時間は——弟のアントニーからわたしが悦楽を与えられる時間はたっぷりとあった。）

　わたしは前に、セックスを〝上達〟させるためには、女には時間と忍耐と気遣いのできる恋人が必要だと言った。アントニーに恋をして、わたしはようやく、この三つの必要なものに手が届くところまで来た。

　アントニーとわたしは出会ったその日の夜に、ロレンツォのベッドにたどり着いた。オーディションが終わると、彼はリリー座の二階で契約書にサインし、ビリーから脚本の写しを受け取った。すべてがすむと、アントニーは出ていった。しかしその数分後、ペグがわたしに、彼を追いかけて衣裳の打ち合わせをするようにと言った。わたしは即座に了解した。あんなに飛ぶようにリリー座の階段を駆けおりたことはない。

　歩道を歩いていたアントニーに追いつくと、わたしは彼の腕をつかみ、息を弾ませながらショーの衣裳係だと名のった。

実際のところ、彼と話し合う必要はあまりなかった。オーディションのときに着ていたスーツが衣裳として完璧だったからだ。あの芝居には少し現代的すぎるが、適切なサスペンダーと幅の広い派手なネクタイを足すことでなんとかなるだろう。ほどよく安っぽく、ほどよくキュートで、ラッキー・ボビーにぴったりだ。それを伝えるのがほんとうの目的ではなかったが、わたしは、あなたの素敵なスーツが安っぽくてキュートでそのまま衣裳として完璧だとアントニーに伝えた。

「きみはおれのことを、安っぽくてキュートだと言いたいのか？」彼がおもしろそうに目を細めた。

濃い茶色で生き生きとした、人生を楽しんで生きてきたのだろうと思わせる、とても感じのよい目だった。近くで見ると、彼は舞台に立っていたときより年上に見えた。手脚の長い少年ではなく、ほっそりとした青年。十九歳というよりは、二十九歳。瘠(や)せた体型と軽やかな足どりが、彼を実際の歳よりもうんと若く見せているのだろう。

「そうかも」と、わたしは答えた。「でも、安っぽくてキュートなのは悪いことじゃないわ」

「きみは、高くつきそうだ」彼はそう言うと、わたしを値踏みするようにじっくりと見つめた。

「でも、キュート？」わたしは訊いた。

「すごく」

わたしたちはしばらく見つめ合った。沈黙を通して伝わるものがたくさんあった。沈黙がそのまま会話だったとも言える。恋の戯れの最も純粋な形、言葉を必要としない会話。眼差(まなざ)しだけの問いがふたりのあいだを行き交い、つねに同じ答えが返された。

もしかしたら。

わたしたちは、かなり長いあいだ見つめ合った。無言の問いを投げかけ、黙したまま答えを返した。

もしかしたら、もしかしたら、もしかしたら、もしかしたら……。沈黙があまりに長くつづいたので落ちつかない気分になったが、わたしはかたくなに、口を開くことも目を逸らすこともなかった。とうとう彼が笑いだし、つられてわたしも笑った。

「きみの名前は?」

「ヴィヴィアン・モリス」

「今夜あいているなら、おれといっしょに過ごさないか? ヴィヴィアン・モリス」

「もしかしたら」と答えた。

「イエス?」

わたしは肩をすくめた。

彼は首をかしげて、なおもほほえみながら、のぞきこむようにわたしを見つめた。「イエス?」ふたたび訊いた。

「イエス」わたしは決心した。もしかしたら、の終わり。

でも、彼はまたしても尋ねた。「イエス?」

「イエス!」聞き取れなかったのかもしれないと思い、同じ答えを返した。

「イエス?」ところが彼はさらにもう一度尋ねた。ここでわたしは、彼がなにかべつのことを尋ねているのだと気づいた。今夜食事したり映画を観たりしようという話ではないのだ。彼は、わたしがほんとうに今夜あいているかどうかを尋ねている。

わたしはそれまでとはちがう声音で答えた。「イエス」

三十分後、わたしはアントニーの兄のベッドにいた。

わたしが慣れている、それまでのような性的体験にならないだろうということは、すぐに察しがついた。まず第一に、わたしも彼も酔っていない。わたしたちはナイトクラブのクロークルームに立っているわけでも、タクシーの後部座席でお互いをまさぐっているわけでもなかった。アントニー・ロッチェラは急がなかった。手を動かしながら話しつづけたが、ケロッグ博士のようなげんなりする話し方ではなかった。彼からふざけた質問をたくさんされるのがうれしかった。彼はわたしが「イエス」と答えるのを何度でも訊きたかったのだと思う。わたしは喜んでその願いをかなえた。

「きみはどんなに自分がきれいかわかってる？」部屋のドアに鍵をかけながら、彼は訊いた。

「イエス」

「ベッドに来て、おれの隣にすわってくれる？」

「イエス」

「きみがきれいだから、おれがキスせずにいられないってわかる？」

「イエス」

そのキスのなんと甘美だったことか。片手がわたしの頰に触れ、長い指が頭蓋を包む。そうやってわたしを動けないようにして、彼はわたしの唇と口を味わった。セックスのなかでもこんな〝キスの部〟がわたしは好きなのだが、たいていは期待するより短く終わった。でもアントニーは急がなかった。自分と同じくらいキスから悦楽を引き出せる人に、わたしは初めて出会った。

キスにたっぷりと――ほんとうにたっぷりと――時間をかけたあと、彼は体を離して言った。「さて、これからおれたちがすることだけど、いいかい、ヴィヴィアン・モリス。おれはベッドにすわってる。きみは明かりの下に行って、服を脱いでくれ」

「イエス」とわたしは言った。（いったん言い始めてしまうと、言いつづけるのはなんてかんたんなことだろう！）

　わたしは部屋のまんなかに行き、指示されたとおり裸電球の下に立った。ワンピースを脱いで、すとんと下に落とし、そこから一歩踏み出すと、緊張をごまかすために両手を振りあげてポーズをとった。**ジャジャーン！**　けれどもアントニーは、わたしがワンピースを脱いだときから、ずっと笑いっぱなしだった。わたしは突然、恥ずかしくなった。自分がどんなに痩せてどんなに胸が小さいかをいやでも思い出す。わたしの表情を認めて、彼の笑いが少しおさまった。「いや、ちがうんだ。きみをばかにして笑ってるんじゃない。きみがすごく好きだから笑ってる。なんてやることが手早いんだ。キュートだ」

　彼が立ちあがり、床から服を拾いあげた。

「もう一度着てくれる？」

「ごめんなさい」わたしは言った。「だいじょうぶ。気にしてないから」わけがわからなかったが、**ああ、自分はしくじったんだ、もうおしまいなんだ、**と頭のなかで考えた。

「いや、そうじゃなくて。もう一度、おれのためにこれを身につけてくれ。そして、おれのためにもう一度脱いでほしい。でも今度はゆっくりとだよ、いい？　早業（はやわざ）はなしで」

「あなた、頭が変よ」

「もう一度、きみが脱ぐところを見たいんだよ。なあ、頼むよ。おれはこのときが来るのを生涯待ちつづけてた。あっという間に終わらせないでくれ」

「嘘よ。生涯待ちつづけてたなんて！」

彼はにやりとした。「だな、きみが正しい。待ちつづけてたわけじゃない。だけど、これが好きなのはほんとうだ。いましかない。もう一回やってくれないか？　今度はうんとゆっくりと」

彼はまたベッドに腰をおろした。わたしはワンピースに袖を通すと、ベッドに近づき、彼に後ろのボタンを留めさせた。彼はゆっくりと丁寧にそれをやった。もちろん、自分の手が届かないわけじゃない。すぐまた自分の手でボタンをはずすことになる。でも、彼に仕事を与えたかった。正直に言えば、若い男に背中のボタンを留めさせていると考えるだけで、味わったことのない親密でエロティックな感覚にとらわれた——ただし、すぐにそれを上まわるものが訪れるのだが。

ボタンがすべて留まると、わたしはふたたび部屋のまんなかに戻った。髪に指を入れてふわりとさせた。わたしたちはふたりとも、ばかみたいに笑っていた。

「さあ、もう一度やってくれ」彼が言った。「おれのために、すごくゆっくりと。おれがここにいないみたいに」

こんなふうに見つめられるのは初めてだった。過去数カ月間、多くの男たちの手がわたしの体のいたるところをまさぐった。でも、こんなふうに目で鑑定されたことはほとんどなかった。羞恥心を覚えているかのように、わたしは彼に背を向けた。いや、少しだけ恥ずかしかった。自分の裸を——まだ服を着ているのに！——こんなに強く意識したのは初めてだった。わたしは背中に手を伸ばし、ボタンをはずしていった。ワンピースの身頃が肩からするりと落ち、腰に引っかかったが、そのままにした。ブラジャーのホックをはずして肩からすべらせ、そばの椅子に置いた。それからただその場に立って、裸の背中を彼に見せた。彼の視線を感じた。背骨に電流が走るような感じがした。わたしは彼がなにか言うのを待って、そこに長いこと立っていた。でも彼はなにも言わなかった。彼の顔が見られない、背後のベッドで彼がなにをしているのかわからないことにゾクゾクした。いまでも、あのときの部屋の空気を感じとれる。ひんやりとして、清々しい、秋の空気だ。

わたしはゆっくりと振り返ったが、視線は床に落としたままだった。ワンピースが腰にゆるく引っかかり、胸もとはあらわになっていた。彼はまだ黙っていた。わたしは目を閉じ、自分の裸が見つめられ査定されるのを許した。背骨に流れていた電流がいまは体の前面をめぐっている。頭がくらくらした。もう動くことも話すこともできなそうだった。

「これだよ」彼がとうとう口を開いた。「おれが話してたのはこれだよ。こっちに来て、隣にすわってくれ」

彼はわたしをベッドまで招き寄せ、わたしの目もとにかかった髪を後ろに撫でつけた。これから胸か唇を攻めてくるだろう、と期待した。でも、彼がそうする気配はなかった。彼が性急にならないことが、かえってわたしの欲望をそそった。彼はもう一度キスすることはなく、ただほほえんでいた。

「なあ、ヴィヴィアン・モリス。すごくいいことを思いついたんだけど、聞きたいか?」

「イエス」

「そうか。これからやることなんだが、まず、きみがこのベッドに横たわる。そして、着ているものをおれがぜんぶ脱がせる。そうしたら、きみはそのかわいい目を閉じるんだ。さて、それからおれがなにをするかわかるかい?」

「ノー」

「やってみてのお楽しみだな」

あの時代の女性にとってオーラルセックスがどんなに過激な行為だったかを、アンジェラ、あなたの世代に伝えるのはむずかしいかもしれない。もちろん、フェラチオのほうなら知っていた。そう、BJ。（〝ブロウジョブ〟をわたしたちはそう呼んでいた。何度かやってみたけれど、好きになれなかったし、それについて理解できているとも思えなかった。）だけど、女の性器に男が口をつける……？　そんなことは考えつきもしなかった。ありえないことだった。

いいえ、言い直そう。もちろん、クンニリングスは当時もあったにちがいない。あらゆる世代が、自分たちが初めてセックスを発見したかのように考えたがるものだ。けれど一九四〇年当時にも、ニューヨークシティのいたるところで——ことにグリニッジ・ヴィレッジにおいて——わたしよりはるかに進んだ人たちが、クンニリングスを経験していたのだと思う。でも、わたしは聞いたこともなかった。ひと夏でありとあらゆる性的な経験をしたつもりだったが、それはなかった。わたしの性器は男たちの手で包まれ、こすられ、突かれ、いじられた（まったく、男というのはつつきまわすことになんて熱心なんだろう）というのに、こればかりは未経験だった。

彼の口が躊躇なくわたしの両脚の付け根に近づいたとき、わたしはその目的地と意図に気づき、思わず「あっ！」と声をあげて、ベッドから起きあがろうとした。が、彼の長い腕が伸びてきて、胸を押さえられ、ベッドに戻された。そのあいだも彼はその行為をやめようとはしなかった。

「あっ！」わたしはまた声をあげた。

いきなり快感が訪れた。初めて生じる感覚に、ひゅっと息を吸いこんだ。それからの十分間、自分がどうやって呼吸していたのかわからない。見ることも聞くこともできなくなっていた。頭のなかのどこかの回路が――おそらくそれ以来完全には修理できなくなったなにかが――ショートしたのかもしれない。わたしの全存在が驚いていた。喉が獣のような声を発した。こらえようもなく、いや、こらえようとさえしていなかった。両脚ががくがくと震えた。両手で顔を覆い、指の痕がつくのではないかと思うほど自分の頭に爪を立てていた。

そしてさらに大きな快感が来た。

もうじっとしているのは不可能だった。

わたしは列車に撥ねられたような悲鳴をあげた。ふたたび彼の長い手が伸びてきて、わたしの口をふさいだ。わたしは戦場で負傷した兵士が弾丸を噛んで耐えるように、彼の手に歯を立てた。

こうして快感は頂に達した。死んでしまうかと思った。

すべてが終わったとき、わたしはあえぎながら泣きながら声をあげて笑った。震えが止まらなかった。だが、アントニー・ロッチェラは、あのふてぶてしい笑いを浮かべているだけだった。

「これだよ、ベイビー」と、呼びかける瘠せた男を、わたしはすでに心の底から愛していた。「そう、つまりこれのことさ」

こんな経験をしたあと、女が以前と同じでいられるだろうか？

あの忘れがたい最初の夜がさらに特別だったのは、ふたりがセックスをしなかった――性器の挿入をともなう性交をしなかったことだ。彼がわたしに与えた強烈な経験のお返しに、わたしが彼になにかをすることもなかった。彼がわたしになにかを要求することもなかった。わたしが飛行機から落ちてきたようにそこに横たわったまま動けなくなっていたとしても、彼は少しも気にしなかったことだろう。

繰り返しになるが、それがアントニー・ロッチェラの魅力だった。拍子抜けするほど性急さを欠いていた。それを受け取ることも、そこから立ち去ることもできる。わたしには、アントニー・ロッチェラの大いなる自信の源が、なんとなくわかってきた。いまなら、あの貧乏な若者が、まるでニューヨークの街を支配しているかのごとく闊歩(かっぽ)していた理由がわかる。見返りを求めることなく、あんなことが女にできる男が、どうして自分をすごいやつだと高く評価せずにいられるだろうか。

彼はわたしをしばらく抱きしめたあと、快楽にあられもなく声をあげたことを少しからかった。それから冷蔵庫に向かい、それぞれに一本ずつのビールを持ってきた。

「きみはなにか飲んだほうがいいな、ヴィヴィアン・モリス」。彼の言うとおりだった。

その夜、彼は服を脱ぐことすらなかった。

そう、わたしを前後不覚にするまで奪いつくしておきながら、彼は安っぽくてキュートなスーツを脱ぐことすらなかったのだ！

もちろん、わたしは翌日の夜もそこに戻り、彼の舌と唇が生み出す魔法に身をよじった。つぎの夜も……。あいかわらず彼は服を着たままだったし、わたしにお返しを求めなかった。三日目の夜、わたしはとうとう尋ねた。「だけど、あなたはどうなの？　あなたは求めないの？　その……」

彼はにやりとした。「いずれはそこに行き着くさ、ベイビー。心配はいらない」

彼の言うとおりだった。わたしたちは、たしかに、そこに行き着いた——ただし、彼はわたしが渇望するまで待っていたのだ。

アンジェラ……あなたになら話せる。そう、彼はわたしが乞い求めるのを待っていた。でも、乞い求めることは、わたしにとってそうかんたんなことではなかった。わたしはセックスをせがむ方法を知らなかった。育ちのよい若い娘が、心から求めるけれど口には出しにくい男性の器官を求めるためには、いったいどんな言葉を使えばいいのだろう？

よろしかったらぜひ……？

ご迷惑でなければ……？

こういうやりとりをするために必要な言葉をもっていなかった。ニューヨークシティに来てから淫らで不品行なことをさんざんしてきたつもりだったが、わたしは芯の部分ではよき娘であり、よき娘はみずから求めるのははしたないと考えていた。わたしがそれまでの数カ月間にしてきたことは、つねに先を急ぐ男たちの手によって、淫らで不品行な行為が自分の体になされるのを許すことだった。でも今回はちがう。わたしはアントニーを求めていたし、彼はわたしが求めるものをすぐに与えようとはしなかった。それがさらにわたしの欲望を煽った。

「あなたはどう考えるの？　わたしたちは、いずれ……」わたしが口ごもると、彼は行為を止めて、片肘をベッドに突き、にやりと笑って言った。「それで？」

「もし、あなたが求めるなら……」

「なにを求めるだって？　言ってくれよ」

わたしはなにも言わない（言えないからだ）。すると彼はさらに大きく笑って言う。「悪いな、ベイビー。聞こえない。もっとはっきり言わなくちゃ」

それでも、わたしには言えなかった——少なくとも、彼からその言い方を教えられるまでは。「き

「きみが覚える必要のある言葉がいくつかあるな」ある夜、ベッドで戯れているとき、彼が言った。「きみがそれを言うまで、おれたちは先に進めない」

こうして、彼はわたしが聞いたことのない、いくつかの淫らで汚い言葉をわたしに教えた。頬が染まり、体がほてった。彼はその言葉をわたしに復唱させ、わたしがうろたえるのを見て楽しんだ。そして、またもいつものやり方に戻り、わたしの体を切望で焦がした。こうして欲望が頂点に達し、わたしが息も絶えだえになったとき、彼は行為を止めて、枕辺の明かりをつけた。

「いよいよだな、ヴィヴィアン・モリス」彼は言った。「おれの目を見つめて言ってくれよ。なにがしたいか。おれになにをしてほしいか。そう、おれが教えたばかりの言葉を使って。それがつぎに進むためのただひとつの方法なんだ」

そして——神様、お許しを——わたしはそれを口にした。彼の目を見つめながら、場末の娼婦のように乞い求めた。

まさしく陥落だった。

わたしはアントニーにのぼせあがった。シーリアと街に出かけて安っぽい手軽なお楽しみのために新しいだれかを見つけたいとは思わなくなった。彼と過ごすことのほかに、わたしはなにも求めなくなった。できるだけ長く、彼の兄ロレンツォのベッドで過ごしたかった。つまり、アントニーがあらわれたとたん、わたしはかなりぞんざいにシーリアを放り出したことになる。

シーリアが、さびしく思ったかどうかはわからない。彼女はそんなそぶりを見せなかったし、これ見よがしにわたしに愛想を尽かすこともなかった。自分の生活を同じようにつづけ、わたしと顔を合わせれば（それはいつもの時刻にいつものベッドへ、酔っぱらった彼女が倒れこむときだったが）親しげに口をきいた。いま思えば、わたしはシーリアに対して忠実な友ではなかった。それどころか、わたしは二度、彼女を裏切った。最初はエドナのために、つぎはアントニーのために。でもおそらく、若者というのは、愛情も忠誠も気まぐれに変わるという点では、飼い慣らせない動物のようなものなのかもしれない。シーリアもまた気まぐれだった。しかしいまだからこそ気づくのは、二十歳の自分はつねに夢中になれるだれかを必要としていて、相手がだれであるかは、さほど重要ではなかったということだ。自分よりカリスマ性のある人ならだれでもよかった。（そして、わたしよりカリスマ性のある人はニューヨークにあふれ返っていた。）わたしは人間として未熟で、とても不安定だったので、つねにほかの人間との親密な結びつきにすがり、ほかのだれかの魅力に自分自身をつなぎとめようとした。そして明らかに、一度にひとりの人間にしか夢中になれなかった。

そのだれかが、今度はアントニーになったのだ。

恋をすると、わたしの目には紗がかかり、耳には砂が詰まった。彼に溺れて、わたしは使いものにならなくなった。かろうじて劇場の仕事はこなしたが、心の底では、どうでもよくなっていた。わたしがリリー座に出入りする唯一の理由は、アントニーが毎日そこに来て、数時間のあいだ芝居の稽古をするからだった。わたしは彼に会うために劇場に行った。わたしの望みは、彼の惑星になって彼の軌道をまわることだった。ひとりではなにもできない子どものように、彼の稽古が終わるのを待った。彼をさがして楽屋に出たり入ったりした。彼がコールドタンを挟んだライ麦パンのサンドイッチを欲しがれば、買いに走った。聞いてくれる人には、だれにでも吹聴した――わたしには恋人がいると、ふたりの仲は永遠につづくと。

いつの時代にもいた多くの愚かな娘と同じように、わたしは恋と欲望の病に感染していた。そのうえわたしは、アントニー・ロッチェラがその病をつくりあげたのだとさえ考えていた。

ある日、エドナとこの件について話をした。ショーのための新しい帽子の仮縫いをしているときだった。

エドナが言った。「気が散っているようね。リボンが前に話し合った色とちがうわ」

「そう？」

彼女は頭にかぶった帽子の鮮紅色のリボンに指でそっと触れた。「あなたには、これがエメラルドグリーンに見える？」

「ちがうみたい……」とわたし。

「あの青年のせいね」エドナが言った。「彼があなたの注意をぜんぶ奪っている」

思わず口もとがゆるみ、わたしはにやりとした。「たしかに」

エドナはほほえんだ——ただし寛容さを示すために。「ねえ、ヴィヴィアン。あなたは知っておくべきね。あの青年といっしょにいるときのあなたが、まるで盛りのついた小さな犬のように見えているということを」

その瞬間、彼女の率直さに報復するかのように、わたしの手がすべって、持っていたピンがエドナのうなじを突いた。「ごめんなさい！」と叫んだが、自分がなにについてあやまっているのか——エドナをピンで突いてしまったことなのか、自分が盛りのついた小さな犬のように見えることなのか——自分でもよくわからなかった。

エドナは落ちついたようすで、うなじに小さく膨らんだ血をハンカチーフでぬぐった。「気にしないで。こういうことは初めてではないわ。たぶん、自業自得ね。でも、わたしは考古学上の遺跡になれるほど長く生きていて、人生についても多少はわかっているつもりだから、わたしが言うことに耳を傾けてほしいの。あなたがアントニーに恋したことを祝福しないわけではない。若い人が初めて恋に落ちるのを見るのはうれしいものよ。あなたのように恋人を追いかける姿は、とても愛おしいわ」

「ええ、彼はわたしの夢なの、エドナ」わたしは言った。「生きている夢なの」

「もちろん、そうよね。そういうものだわ。ただし、助言しておきましょう。あの痛快な若者をベッドに誘いなさい。そして、あなたが有名になったら、彼のことを回顧録のなかにお書きなさい。ただし、してはいけないことがある」

わたしは、エドナが〝結婚してはいけない〟、もしくは〝妊娠してはいけない〟と言うのだろうと思った。

だがそうではなかった。彼女が心配したのはべつのことだった。

「ショーを転覆させないで」彼女は言った。

「え……？」

「いいこと、ヴィヴィアン。作品が仕上がりつつあるいま、わたしたちは分別とプロ意識を保ちつづけることでお互いを支えあっている。一見すると、わたしたちは楽しげに仕事をこなしているように見えるかもしれない。実際、そのとおりよ。でもね、多くのものがかかっているの。あなたの叔母さまは、すべてをこの芝居に注ぎこんでいる。心も、魂も、財産も。だれだって彼女を崖っぷちまで追いつめるようなことをしたくない。ここにはよき演劇人たちの連帯があるわ、ヴィヴィアン。わたしたちはショーを壊さないように、お互いの人生を壊さないように努力している」

わたしには彼女がなにを話しているのかわからなかった。顔にそう書いてあったにちがいない。エドナはさらに言った。

「わたしが言いたいのは、こういうことよ、ヴィヴィアン。あなたがアントニーと恋に落ちるつもりなら、落ちればいいわ。あなたのそのささやかな快挙を、だれが責められるというの？　でも、どうか公演が終わるまでは付き合いつづけて。彼はよい役者よ。平均以上だし、この作品に必要だわ。どんな混乱もあってほしくない。もしあなたがたのどちらかがもう一方の心を打ち砕くようなことがあったら、わたしたちは、素晴らしい主演男優ばかりか、優秀な衣裳担当者まで失うことになる。わたしにはあなたたちふたりとも必要よ。だから、平常心を保ってほしい。そう、あなたの叔母さまのためでもあるわ」

わたしはそれでもまだぼんやりしていたにちがいなく、エドナが言葉をついだ。「もっとはっきり言いましょうか、ヴィヴィアン。わたしの最悪の前夫——舞台演出家だった前夫が、わたしによくこう言ったわ。〝きみの好きなように生きろ。ただし、それで舞台を台無しにするな〟」

15

『女たちの街（シティ・オブ・ガールズ）』の初演日は一九四〇年十一月二十九日と決まり、そこに向けて通し稽古（げいこ）が始まった。感謝祭からの一週間という公演の日取りは、休日の人出をあてにしてのものだった。

通し稽古はほぼ順調に進んだ。音楽は胸を打つものだったし、自分で言うのもなんだが、衣裳も最高だった。芝居について言うなら、最高の仕上がりは、もちろん、アントニー・ロッチェラだ——少なくともわたしの見たところでは。わたしの恋人は、歌も演技もダンスも素晴らしかった。（ビリーがペグにこう言うのを耳に挟んだ。「きみはいつも天使のごとく踊る娘たちを見つけてくる。男についてもそうだ。だが、男のごとく踊る男を見つけるのはむずかしい。あの小僧は完璧だよ。まさにぼくが期待したとおりだ」）

しかもアントニーは、天性のコメディアンだった。財産を失った老婦人を焚（た）きつけてその屋敷でもぐり酒場と娼館（しょうかん）を経営させる、頭の切れる不良をみごとに演じた。また、シーリアとの場面は夢のようだった。ふたりは舞台映えのする美しいカップルで、とくにアントニーが歌いながらシーリアとタンゴを踊るシーンは圧巻だった。それは〈ヨンカーズの小さなうち〉という歌で、アントニーは〝その小さなうち〟をきみに見せたいと、シーリアに歌いかける。でもアントニーがそれを歌うと、〝小さなうち〟が、女性の感じやすい秘所のように聞こえてくる。シーリアも絶妙な演技でそれに応えた。ここが芝居のなかで最もセクシーな魅力をたたえた場面であることは、女性ならだれでも納得するだろう――いや、少なくともわたしの見たところでは。

わたし以外の人たちは、当然ながら、この芝居で最高の仕上がりは、エドナ・パーカー・ワトソンの演技だと言った。その意見は正しかったといまなら全面的に賛成する。恋にのぼせて霞がかかった頭でも、彼女のすごさはわかった。わたしはそれまでに多くの芝居を観ていたが、本物の女優の演技を初めて見た気がした。それまで見てきた女優は、四つか五つの異なる表情――悲しみ、恐れ、怒り、愛、幸福――のどれかを、幕がおりるまで使いまわすお人形だった。一方エドナは、人間の感情のあらゆる陰影を表現した。自然で、温かくて、堂々としていた。ひとつの場面を九通りに演じ分けることを一時間のうちにやってのけ、どれもが完璧に思われた。

エドナは、寛容な女優でもあった。彼女が舞台にいるだけで、そこにいる全員の演技がよく見えたし、あらゆる人から最高の演技を引き出した。稽古のときは一歩さがってほかの役者を輝かせ、彼らが演技するのをほほえみながら見守った。大女優がいつもこうとはかぎらない。でもエドナは、つねにほかの役者のことを考えていた。シーリアが付け睫毛をしてきた日があった。エドナは彼女を脇に呼び、付け睫毛は眼窩に影を落とすのでやめたほうがいいと忠告した。「死体のような人相になってしまうわ。そんなのはいやよね」

嫉妬深いスターならこんな指摘はしない。だがエドナは嫉妬しなかった。通し稽古を重ねるほどに、彼女の演じるアラバスター夫人は、脚本よりもはるかに深みをもつ人物へと変わった。アラバスター夫人は〝知る女〟へ——金持ちであることの愚かさを、財産を失うことになる愚かさを、自分の屋敷でカジノを営む愚かさを知る女へと変貌した。それでいて彼女は、人生というゲームに果敢に挑み、また人生というゲームが彼女を翻弄するのを許す女でもあった。皮肉屋だが冷酷ではなく、その結果として、情味を失うことなく人生の苦難を乗り越えていく人になった。

エドナが、アラバスター夫人のロマンティックなソロ——〈恋に落ちるかも〉という素朴なバラード——を歌いはじめると、おごそかな沈黙がその場に訪れた。この歌を何度聴いたかは問題ではなかった。わたしたちはいつも仕事の手を止めて聴き入った。エドナは特別な美声の持ち主ではない（高音になると、ときどき少しかすれることもあった）。しかし、彼女の歌声には、居ずまいを正して耳を傾けずにはいられない切実さがあった。

〈恋に落ちるかも〉は、老いた女性が、自分のなかの分別に逆らって、もう一度恋に身を投げようとする決意を歌っている。歌詞を書いたビリーは、悲しい歌にするつもりはなかったようだ。むしろ、軽やかで楽しげなものを目指していたのだと思う。**ほら見て！　なんてかわいいわたし！　老いても恋はできる！**　といった感じに。しかしエドナは、曲のテンポを落とし、一部をマイナー調にするようにベンジャミンに依頼した。それによってすべてが変わった。エドナが曲の最後の部分を——「わたしは取り柄もないただの女／だけどなんのためにここに？／わたし、恋に落ちるかも」と歌うと、アラバスター夫人がすでに恋に落ちていること、これが人生最後の恋だと覚悟していることがひしひしと伝わってきた。自分を抑えきれないためにこの先傷つくことになるかもしれないという不安も、それと同時に彼女がいだく希望も感じとれた。

通し稽古でエドナがこの歌を歌って、わたしたちがそれに聴き入り最後に拍手を送らなかったことは一度もない。

「彼女は本物よ、大事な子」ペグがある日、舞台の袖でわたしに言った。「エドナはまぎれもない本物だわ。どんなに歳を重ねても、彼女の素晴らしい才能を目の当たりにできたことを忘れないで」

残念ながら、問題のある役者はアーサー・ワトソンだった。

エドナの夫は、なにもできなかった。演技ができず、それ以前に台詞が覚えられず、歌も歌えなかった。（「もうこれ以上彼の歌を聞かされるのはごめんだ」とビリーが断言した。）彼のダンスは——それをダンスと呼べるならだが——ダンスに生じるあらゆる欠点をかかえていた。アーサーが舞台の上を歩くと、いつもだれかが突き飛ばされそうになった。かつては大道具係だったそうだが、どうして彼が自分の腕をノコギリで切り落とさずにすんだのかわからない。ただ彼のために言っておくと、衣裳のモーニングとシルクハットと燕尾のコートを身につけた姿は、素晴らしく男前だった。しかし褒められるのはそこだけなのだ。

アーサーが役をこなせないとわかってくると、ビリーは彼の台詞をできるかぎり削って、彼にも言えるような一文にした。（たとえば、アーサーが登場して最初に言う「わたくしは、あなたの亡き夫君のそのまたいいいとこ、バーチェスター・ヘドリー・ウェントワース、第五代アディントン伯爵です」という台詞は、「わたくしはイングランドから来たあなたのいとこです」に書き替えられた。）ビリーは、アーサーにソロで歌うのをやめさせた。またアーサーがエドナと踊るつもりだった、アラバスター夫人を誘惑するダンスもやめた。

「あのダンスじゃ、ふたりが赤の他人みたいに見える」そのダンスをやめるとまだ決めきれなかったとき、ビリーがペグに言った。「あれでどうやってふたりは夫婦でいられるんだろう?」

エドナは夫を助けようとしたが、アーサーは指示されたことが呑みこめず、妻の助言にぶつぶつと文句を返した。

「きみの言うことはぜんぜんわからないよ。これからもわかりっこない」エドナが舞台の上手(かみて)と下手(しもて)について繰り返し説明していたとき、アーサーは、たぶん自分では気づかず、エドナにきつい言葉を返した。

周囲を最も苛立(いらだ)たせたのは、アーサーがオーケストラ・ピットの楽師たちの演奏に合わせて口笛を吹くことだった。舞台に立って演技するときでさえそうなのだ。だれも止められなかった。

ある午後、ビリーがとうとう叫んだ。「アーサー! きみの役の男には、音楽が聞こえないんだ! それは始まりのテーマだ!」

「聞こえるに決まってるじゃないか!」アーサーが言い返した。「楽師たちが、ここにいるんだから!」

そこでビリーはくどくどと、演劇には物語世界に属する音(舞台の人物にも聞こえる)と物語に属さない音(観客だけに聞こえる)があることを説明した。

「英語で話してくれ!」アーサーが憤然と返した。

そこでビリーはこう言った。「いいか、アーサー。きみがジョン・ウェインの西部劇を観ているとしよう。ジョン・ウェインが馬に乗って、メサ(米国西部に見られる岩石層の台地)を進んでいく。すると、彼が突然、テーマ曲に合わせて口笛を吹きはじめる――。きみはそれを見て変だとは思わないか?」

「敵の攻撃を受けていないときに口笛を吹いて、どこが悪い?」アーサーはビリーの説明を鼻であしらった。

(そのあと、わたしはアーサーがダンサーのひとりに「メサってなんだい?」と尋ねるのを聞いた。)

わたしはこんなことが起きるたびに、エドナとアーサー・ワトソンを観察し、この妻はどうしてこの夫に耐えているのだろうかと、ありったけの想像をめぐらした。

わたしに思いつける唯一の説明は、エドナが心の底から美しいものを愛しているから、だった。アーサーは、まぎれもなく美しかった。(彼はギリシア神話のアポロンのように美しい。どんなぼんくらだろうと、アポロンはアポロンだ。)そう考えると納得できることが多かった。わたしは装いが整っていないエドナを見たことがなかった。昼も夜も、彼女は完璧だった。(朝食のテーブルでも夜の寝室でも髪をきちんと整えている女性になるには、多大な労力と集中力が求められる。しかし、エドナは何時間でも身づくろいに費やした。)

彼女の化粧品は美しい。彼女が小銭を入れる絹製の巾着袋は美しい。彼女が舞台で台詞を言う姿、歌う姿は美しい。手袋のたたみ方も美しい。彼女は美の目利きであり、あらゆる方法で美をふりまく人でもあった。

実際、エドナがわたしやシーリアをそばにおきたがる理由も、彼女がわたしたちを美しいと認めていたからではないかと思う。彼女は、年上の女性の多くのように、わたしたちと競い合うことはなかった。むしろわたしたちといることで気分が高揚し、活力が湧いてくるようだった。ある日、エドナをまんなかにしてわたしたち三人で街の通りを歩いていたときのことだ。突然、彼女が両側にいるわたしたちに腕をからめ、わたしたちを見あげてほほえみながら言った。「背の高い若いお嬢さんを両脇にして街を歩いているとね、自分が輝くルビーに挟まれた完璧な真珠のように思えてくるのよ」

初演まで一週間というときになって、一座の全員が調子を崩した。みんなが同じ風邪にかかり、コーラスラインのおよそ半分のダンサーが、同じ固形マスカラを使って結膜炎になった。（残り半分はケジラミにたかられた。わたしが再三注意したにもかかわらず、下半身に着ける衣裳を共有したからだ。）ペグは出演者たちの休養のために一日休みをとろうと提案したが、ビリーが反対した。彼はショーの冒頭十分間が〝もたつく〟と考え、もっときびきびした流れを求めていた。

「観客の心をつかむのに、たっぷり時間があるなどと思うな」ビリーがある午後、出演者たちに言った。全員が冒頭の一曲に四苦八苦していた。「すぐに観客の心をつかめ。第一幕でもたついたら、第二幕の出来がよかろうがどうにもならない。第一幕でいやになった人たちが、第二幕で戻ってくることはないんだ」

「みんな疲れてるのよ、ビリー」ペグが言った。

ほんとうに、みんなが疲れていた。出演者の多くが、新しい大きなショーの稽古をしながら、リリー座のいつもの一日二回のショーをやりこなしていた。

「そうだ、喜劇はきつい」ビリーが言った。「軽やかに演じつづけるのは重労働だ。ここで全員をだらけさせるわけにはいかない」

ビリーはその日、冒頭の曲を三回繰り返させた。どの回も微妙にちがい、微妙に悪くなった。コーラスラインは果敢にやり通したが、何人かのダンサーの顔には出演を引き受けたことへの後悔が見てとれた。

劇場の建物は日増しに汚れていった。キャンプ用の折りたたみ椅子と、煙草の煙と、冷めたコーヒーを底に残した紙コップがいたるところにあった。メイドのバーナデットの奮闘むなしく、つねにごみが散らかっていた。神経を逆なでする雑音と臭気。みんなが不機嫌で、喧嘩腰になった。ここにはもうどんな粋(いき)も色香もなかった。美しいダンサーたちですら、頭や首にいろいろ巻きつけた恰好がむさくるしかった。顔には疲労の色が濃く、風邪のせいで頬や唇が荒れていた。

通し稽古最終週のある雨の午後、ビリーが外に飛び出し、みんなの昼食用のサンドイッチを調達し、ずぶ濡れで戻ってきた。彼の両腕がじっとり濡れた紙袋を大量に抱えていた。

「ああやれやれ、だからニューヨークは嫌いなんだ」ジャケットから冷たい水滴をぬぐいながらビリーが言った。

「ただの興味から訊くのだけど」と、エドナが言った。「もしハリウッドにいたら、いまごろなにをしていたの？」

「きょうは……火曜日？」ビリーが尋ねた。それから腕時計に目をやり、ため息をついて言った。

「いまの時間なら、ドロレス・デル・リオとテニスをしていたな」

「それはいいな。ときに、おれの煙草はある？」アントニーがビリーに尋ねた。

追いかけるように、アーサー・ワトソンがサンドイッチのパンを一枚めくって言った。「あれ、マスタードは塗ってないの？」この瞬間、わたしはビリーがふたりを殴り殺すのではないかと思った。

ペグは昼間から酒を飲むようになった。見るからに酔っぱらうことはなかったが、携帯用スキットルからちびりちびりと飲んでいた。飲酒に無頓着だったわたしでさえ、ペグが心配になった。彼女が上の階のベッドまで行き着けず、居間の酒瓶が転がるかたわらで意識を失っているのを見つける回数が、週に数回くらいまで増えた。

さらにまずいことに、ペグのお酒は彼女を鎮静させることはなく、むしろ神経を高ぶらせるほうに働いた。あるとき、通し稽古のさなかに舞台の袖でわたしとアントニーがいちゃついているのを見つけて、ペグは初めてわたしにきつい言葉を放った。

「**くそったれ**ヴィヴィアン、うちの主役から十分間でも唇を離してることはできないわけ？」

（正直に答えるなら、いいえ、できません、と言うしかないが、こんなに厳しい叱責はペグらしくなく、わたしは傷ついた。）

数日後、チケットに関する揉め事が起こった。

ペグとビリーは、リリー座の新しい料金に合わせて、チケットを新しく印刷したいと考えていた。サイズを大きくし、鮮やかな色を使って、『女たちの街』の文字も入れるようにして。一方、オリーヴは従来の（入場料としか書かれていない）チケットを使い、料金も据えおくべきだと考えていた。だがペグはゆずらなかった。「エドナ・パーカー・ワトソンの舞台を観るのに、あたしのちゃちな女の子ショーと同じ料金じゃおかしいわ」

オリーヴも引きさがらなかった。「うちのお客は、四ドルを払ってオーケストラの演奏を聴きにいくような人たちとはちがうのよ。それに、新しくチケットを印刷する予算もない」

「四ドルのチケットを買う余裕がないなら、三ドルのバルコニー席を買えばいいじゃない」

「うちのお客は、その余裕すらないわ」

「じゃあもう、うちのお客ではないのかもね、オリーヴ。あたしたちは今回から、新しい客層を獲得することになるのかも」

「リリー座は、お金持ちを相手にしているわけじゃない」オリーヴが言った。「わたしたちのお客は労働者よ。いちいち言わなければ、あなたにはわからない？」

「あら、近所の労働者たちだって質の高いショーを観たいかもしれないでしょ、オリーヴ。一生に一度くらいはね。それに彼らだって、趣味の悪い貧乏人みたいに扱われるのはいやかもしれないわ。これなら特別に高い料金を払ってでも観る価値があるって考えるかもしれないでしょ？」

　ふたりは数日間言い争っていたが、それが頂点に達したのは、オリーヴが稽古中に飛びこんできたある午後だった。ペグが振り付けについてダンサーたちに話している最中に、オリーヴが言った。

「印刷所に行ってきたわ。あなたが希望するチケット五千枚の印刷、見積もりでは二百五十ドルかかるそうよ。そんなの払えるわけがない」

　ペグがさっとオリーヴのほうを向いて叫んだ。「くそったれオリーヴ。口を開けば金の話ばっかり。いったいいくら払わなきゃならないわけ？　**くされまんこ（ファッキング）みたいな口にふたをするには**」

　劇場全体がしんとなった。だれもが立ったまま凍りついた。

　アンジェラ……あなたならわかってくれるかもしれない。〝ファック〟という言葉が、当時のわたしたちの社会でどんなに強い衝撃を与えるものだったかを。おとなも子どもも朝食前に十回はこの言葉を口にするようになる以前、〝ファック〟はきわめて強烈な言葉だった。堅気（かたぎ）のおとなの女性からその言葉が出てくるなんて、あってはならないことだった。シーリアも使わなかった。ビリーでさえ使わなかった。（わたしは一度使った。でも、それはとても私的な場所、アントニーの兄のベッドで、アントニーが性交する前にわたしにそれを言わせたからだ。わたしは恥ずかしさで頬を熱くしながら、それを口にした。）

人前で、大声で言うような言葉ではない。

わたしはその言葉が叫ばれるのを初めて聞いた。

ペグ叔母さんはいったいどこで覚えたのだろうという問いが頭をかすめた。想像でしかないのだが、塹壕（ざんごう）戦の最前線で負傷した兵士を看護すれば、ありとあらゆる言葉を聞くことになるのだろう。

オリーヴは印刷所の見積書を片手に持ったまま、平手打ちにされたような顔で立っていた。いつも堂々としている人だけに、痛々しいものがあった。彼女がもう一方の手を口にあてがうと、目にみるみる涙が膨れあがった。

つぎの瞬間、ペグの顔に深い後悔が広がった。

「オリーヴ、ごめん、ごめんなさい！　本気じゃなかった。あたし、最低だわ」

ペグは彼女の秘書に歩み寄ろうとした。しかしオリーヴはかぶりを振って、舞台裏に走り去った。

ペグがあとを追い、残されたわたしたちは驚いて顔を見合わせた。空気そのものが死んだように固まった。

最初に声をあげたのがエドナだったことは、驚くには値しないかもしれない。

「わたしから提案するわ、ビリー」エドナの声は決然としていた。「ダンスの曲を最初からもう一度やってみるように頼んでみてはいかが？　ルビーなら、立ち位置をわかっているはずよ」

名指しされた小柄なダンサーが黙ってうなずいた。

「最初から？」ビリーが疑わしそうに尋ねた。こんなにうろたえているビリーを見るのは初めてだった。

「おっしゃるとおり」と、エドナがいつもの丁寧な口調で答える。「最初からがいいわね。それから、ビリー、自分の役と仕事に集中しつづけるようにみなさんに呼びかけてもらえるとうれしいわ。軽やかな調子を保つようつねに心がけていきましょう。全員が疲れているのはわかっているけど、わたしたちにはできるはずよ。友よ、あなたたちも知っているように、喜劇をつくるのはたいへんなの」

チケット事件のそれ以後のなりゆきは、わたしの記憶から抜け落ちてしまった。でもひとつだけ、ありありと憶えていることがある。

その夜、わたしはいつものようにアントニーのアパートメントに行った。そしていつものように悦楽にふけって時を過ごすはずだったが、彼の兄のロレンツォが予告なく仕事から早く帰ってきたので、またリリー座に戻るしかなくなった。放り出された気分で、不満がたまっていた。いや、アントニーがわたしをひとりで帰らせたことに怒っていた。でも、それがアントニーなのだ。彼には多くの優れた資質があったが、紳士としては落第だった。

いいえ、言い直そう。彼の優れた資質はたぶんたったひとつしかなかった。

いずれにしても、リリー座に戻ったときのわたしは鬱憤（うっぷん）がたまり、心が乱れていた。おまけに、ブラウスを裏返しに着ていることに気づいた。三階まで階段を昇ると、ベンジャミンが弾くピアノの音が流れてきた。〈スターダスト〉が物哀しげに——わたしが聴き慣れているテンポよりゆっくりと、甘やかな音色で奏でられていた。当時でさえ古くさいと見なされていたけれど、〈スターダスト〉はいつもわたしのお気に入りだった。演奏の邪魔をしないように、わたしは居間のドアをそっとあけた。グランドピアノの上に置かれた小さなランプがひとつ灯っているだけで、ベンジャミンは鍵盤を撫でるようなやさしい指使いで音を出していた。

薄暗い居間のまんなかに、ペグとオリーヴがいた。ふたりは寄りそって踊っていた。とてもゆったりとしたダンスだった。体を揺らしながらつづく抱擁と言ってもいい。オリーヴの顔がペグの胸に押し当てられ、ペグの頰がオリーヴの頭の上にのっていた。ふたりとも目を閉じて、お互いが必要とするものに静かにしがみつくように、お互いの体を抱き寄せていた。ふたりがいかなる世界にいたとしても――いかなる時代に、いかなる記憶のなかに、固く抱擁を交わしながらともに紡ぎだすいかなる物語のなかにいたとしても――そこはまぎれもなく、ふたりだけの世界だった。ふたりはいっしょに、ここではないどこかにいた。

わたしはふたりを見つめつづけた。動くことも、自分が見ているものを理解することもできなかった。でも同時に、自分が見ているものを理解しないわけにはいかないという気持ちもあった。

しばらくすると、ベンジャミンがドアのほうに目をやり、わたしを見た。どうしてわたしがいることに彼が気づいたのかわからない。演奏が止まることはなく、表情も変わらなかったが、彼の視線はたしかにわたしをとらえていた。わたしも彼を見つめつづけた――おそらくは、なんらかの説明を、あるいはなんらかの指示を求めて。でもなにも与えられなかった。わたしは、ベンジャミンの眼差しによって、ドアロに留められていた。彼の目が、〝この部屋に足を踏み入れてはならない〟と言っていた。

動くのが怖かった。動くことで音をたて、わたしの存在をペグとオリーヴに気づかれてしまうかもしれなかった。ふたりをとまどわせたくなかったし、自分も気まずい思いをしたくなかった。それでも曲が終わりそうになると、ここから離れるという選択肢しかなくなった。そうしなければ見つかってしまうだろう。

わたしは後ろに退いた。ベンジャミンは曲の最後を奏でながら、そのまばたきしない目で、わたしが立ち去るのを最後まで見とどけようとした。わたしはドアをそうっと閉めた。そしてドアの向こうから、曲のいちばん最後の、憂いに満ちた音が響いた。

それからの二時間を、タイムズスクエアの終夜営業のダイナーで過ごした。いつになったら安心して家に戻れるのかわからなかった。ほかに行くところも知らなかった。アントニーのアパートメントには戻れず、ベンジャミンの眼差しの力に、はいるなという警告——**いまはだめだ、ヴィヴィアン**——に縛られつづけていた。

この街でこんな時間に、ひとりで外に出たことはなかった。思っていた以上にひとりでいるのが怖かった。シーリアやアントニーやペグという案内役がいなければ、なにをしたらいいのかわからない。わたしはほんとうのニューヨーカーではないのだと思った。わたしはいまだ、ただの旅行者だ。ひとりきりで街を相手にできなければ、ほんとうのニューヨーカーになったとは言えない。

だから、見つけられるかぎりいちばん明るい場所に身を寄せた。ここでは疲れた年配のウェイトレスが、話しかけもせず、文句も言わず、わたしのカップにお替わりのコーヒーを注いでくれた。水兵と連れの娘が向かいのボックス席で口論していた。どちらも酔っていて、ミリアムというだれかをめぐる喧嘩らしかった。娘はミリアムを疑い、水兵はミリアムをかばっていた。どちらもゆずらなかった。どちらを信じればいいのか、わたしの気持ちは水兵の言い分と娘の言い分のあいだを行ったり来たりした。水兵が恋人に不実であったかどうかを裁定する前に、ミリアムがどんな人かを知らねばならないような気にさえなった。

ペグとオリーヴはレズビアンなの？　ふいに、心の底の疑問が浮かびあがった。

いや、そんなはずはない。ペグは結婚している。そしてオリーヴは……オリーヴは。過去のことは知らないが、いま恋人の影はない。彼女は虫を寄せつけない防虫剤みたいな人だ。でも、どう説明すればいいのだろう？　ふたりの中年女性が、ベンジャミンの奏でる世界でいちばん哀切なラブソングに合わせて、暗がりでダンスを踊っていたことを、ほかにどう説明すればいいのだろう？

ふたりが昼に言い争ったことは知っている。でも秘書と口論したあとで、あんなふうにダンスで和解するものだろうか？　わたしはビジネスの世界に詳しくないが、あの抱擁が仕事上のものではないことぐらいはわかる。ふたりの友だちのあいだに起きることでもないように思われた。わたしは毎晩ひとつのベッドを女性――それもニューヨークで最も美しい女のひとり――と分け合っているが、あんなふうには抱き合わない。

もしふたりがレズビアンなら……いつからなんだろう？　大戦中からずっとオリーヴはペグのもとで働いてきた。彼女はビリーより先にペグと出会った。すると今夜のことは新しい展開なのか、それとも前からずっとつづいていたことなのか。だれか知っているだろうか。エドナはどうだろう？　わたしの家族は？　ビリーは？

ベンジャミンは間違いなく知っている。あの場にわたしがあらわれたことが、彼を動揺させた。彼はふたりのために――ふたりが踊れるように、たびたびピアノを弾いていたのだろうか。あの劇場の閉じられたドアの向こうでなにが起きているのだろう？　これが、ビリーとペグとオリーヴのあいだで絶えず起きる、口論と緊張のほんとうの原因なのだろうか。繰り返される口論はお金と飲酒と規範に関することではなくて、性愛の争いだったのだろうか。（わたしの記憶は、あのオーディションの日に引き戻された。ビリーがオリーヴに言ったあの言葉、「きみとぼくの女の趣味がいつもいっしょだったら、退屈だからな」に。）あのオリーヴ・トンプソンが――堅苦しい毛織物のスーツを着た、道徳家で、いつも不機嫌そうに唇を引き結んでいるあの人が、ビリー・ビューエルのライバル？

いったい、だれがビリー・ビューエルのような人のライバルになれるだろう？

エドナがペグについて言っていたことも思い出した――「近頃の彼女は、楽しみよりも忠誠をほしがっている」。

そう、オリーヴは忠実だ。きっとそうだ。そしてもし、楽しみを必要としないのであれば、忠誠に行き着くのは正しい、おそらくは。

でもいったいそれがどういうことなのか、わたしには説明がつかなかった。

午前二時半に、歩いてリリー座に戻った。

居間のドアをそっとあけたが、だれもいなかった。明かりもすべて消えていた。まるでなにも起こらなかったかのようだ。それでいながら、わたしにはまだ部屋のまんなかで踊るふたりの女性の幻が見えた。

ベッドにもぐりこんだが数時間は眠れなかった。そのうちシーリアの酔っぱらった体が、慣れ親しんだ温もりが、マットレスのわたしの隣にどさりと倒れこんだ。

「ねえ、シーリア」横に来た彼女に呼びかけた。「訊きたいことがあるんだけど」

「眠ってる」彼女は面倒くさそうに言った。

わたしがつつき、揺さぶると、彼女はうめいて寝返りを打った。わたしはさっきより声を大きくして尋ねた。「ねえ、シーリア。大事なことなの。目を覚まして。教えてほしいの。わたしのペグ叔母さんはレズビアンなの？」

「犬はワンと吠えますか？」シーリアはそう答えると、つぎの瞬間には眠りに落ちた。

16

ブルックス・アトキンソンによる『女たちの街(シティ・オブ・ガールズ)』の劇評、《ニューヨーク・タイムズ》紙、一九四〇年十一月三十日――

　芝居の物語が真実味を欠いたとしても、けっしてその芝居が魅力を欠いていることにはならない。脚本は軽快で切れがよく、出演者はほぼおしなべて秀逸である。……しかし『女たちの街』の最大の楽しみは、エドナ・パーカー・ワトソンの妙技を心ゆくまで味わえる貴重な機会にある。この誉(ほま)れ高き英国女優は、悲劇女優としての輝かしい経歴からは想像もつかなかったコメディの才を発揮してみせる。ワトソン夫人が道化芝居のなかで役を演じ、評価を待つ場に立ちあえるとはなんという僥倖(ぎょうこう)か。豊かな滑稽(こっけい)味と繊細さを併せもつ表現をもって、彼女はこの風刺に富んだ愉快な作品を軽やかにさらっていく。

初演の夜は戦々恐々で、みんながピリピリしていた。

ビリーはこの日の観客として、古い友人や噂好き、コラムニスト、元恋人、彼が名前や評判で知っている評論家、批評家、記者たちを招こうとした（とにかくビリーは顔が広かった）。ペグとオリーヴはともに、その計画に反対した。

「準備できるかどうかわからない」ペグは、まるで夫からいきなり夕食に上司を招待すると告げられて、あわてふためく妻のように反応した。

「そりゃ準備したほうがいい」ビリーが言った。「初演は一週間後だ」

「批評家には来てほしくない」オリーヴが言った。「批評家は好きじゃないわ。あの人たち、すごく辛辣になるから」

「オリーヴ、きみはぼくたちの芝居を信じてないのか？」ビリーが訊いた。「きみも、ぼくたちの芝居が好きだろう？」

「いいえ、好きじゃない」とオリーヴ。「一部をのぞいて」

「訊かずにはいられないな。後悔するような気もするが……その一部とは？」

オリーヴは真剣な顔で考えた。「幕開きの部分はいくぶん楽しめる」

ビリーがやれやれと天を仰いだ。「オリーヴ、きみは生きる試練の壁だ」そのあとはペグのほうを振り向いて言った。「危険を冒さなきゃ、ハニー。噂を広めなきゃだめなんだ。初日の観客のなかに重要人物は自分だけ、なんてことにしたくない」

「せめて一週間ほしいわ。問題点を解決するまで」ペグが言った。

「同じだよ、ペグ。ショーが大当たりなら、開幕一週間で大当たりとわかる。問題点があろうとなかろうと。だったら、ぼくたちが投じたすべての金と時間が無駄になるかどうかを、一週間ではっきりさせようじゃないか。観客のなかにイカした大物が必要なんだ。でないと、うまくいかない。彼らにこの芝居を好きになってもらわなければ。そして友人たちに、これを観にいけって言ってもらわなければ。それで、やっと始まりだ。オリーヴが宣伝費を使わせないなら、とことん大げさに騒ぎ立てるしかない。チケットが完売するようになれば、オリーヴも人殺しを見るような目でぼくを見なくなるだろう。だが、チケットを完売させるには、この芝居のことを世間に知らせなければならない」

「社交の友人を仕事の場に招くなんて無作法だと思う」オリーヴが言った。「おまけにただで宣伝してもらおうなんて」

「じゃあオリーヴ、きみはここでショーをやってることをどうやって世間に伝えるつもりだ？　まさかぼくに通りの角で、サンドイッチマンをやれって言うんじゃないよな？」

オリーヴは、その案もまんざら悪くないという顔をした。

「〝打ち切り近し〟と看板に書かないかぎり、やってるって思うでしょ」とペグは言ったが、すぐに打ち切りになるのではと本気で心配しているようだった。

「なあ、ペグ」とビリーが言った。「きみの自信はどこへ行った？　これは当たる。きみもわかってるはずだ。このショーは上出来だ。きみも勘でわかってる、ぼくと同じように」

それでもペグはまだ心配そうだった。「あなたは何年ものあいだ、わたしなら勘でわかるだろうって言いつづけた。でもね、わたしの勘がとらえていたのは、自分の財布をなくすかもしれないっていう予感だけ」

「きみの財布をうんと膨らませてあげよう」ビリーが言った。「まあ見ててくれ」

ヘイウッド・ブルーン、《ニューヨーク・ポスト》紙エドナ・パーカー・ワトソンは、長きにわたって英国演劇界に輝く宝石だった。しかし『女たちの街』を観る者は、なぜもっと早くわが国で輝いてくれなかったのかと思うことだろう。たんなる古美術鑑賞となるかもしれなかった観劇は、ワトソン夫人のたぐいまれなる知性とウィットによって、長く記憶に刻まれる一夜に変貌した。運が尽きて一族の屋敷を救うために売春宿の女主人にならざるをえなかった社交界の大物夫人がみごとに表現されている。……ベンジャミン・ウィルソンの音楽には喜びがあふれ、ダンサーたちが華やかに舞台を盛りあげる。……新人のアントニー・ロッチェラが粋(いき)な都会のロメオを好演し、シーリア・レイの肉感的魅力がこのショー全体をおとなっぽく味付けている。

初日の前の数日間で、ビリーは湯水のごとく――いつにも増して湯水のごとく――金を使った。ノルウェー式マッサージの施術師を二名、ダンサーと出演者のために雇い入れた。（ペグはその料金に目を剝(む)いたが、ビリーは言った。「ハリウッドではいつものことだ。動きの激しいスターならとくに。まあ結果を見てくれ、みんな落ちつくから」）医者がやってきて、全員にビタミン注射を打った。また彼は、メイドのバーナデットにすべてのいとこ――ついでにその子どもたち――を集めさせ、彼らを雇って掃除にあたらせた、劇場は見ちがえるようにきれいになった。建物の外壁の汚れは、雇われた近所の男たちがホースの水で洗い流した。大きな看板がまばゆく輝くように、看板を囲む電球をひとつひとつ点検した。舞台照明のカラーフィルターも、すべて新しいものに取り替えられた。

衣裳をつけた最後の通し稽古に向けて、ビリーは〈トゥーツショアズ〉にケータリング――キャビアと燻製(くんせい)魚のひと口サイズのサンドイッチのセット――を依頼した。写真家を雇い、本番の衣裳をつけた出演者の宣伝用写真を撮影させた。劇場ロビーを蘭の花で埋めつくした。おそらくその費用は、わたしの大学の半期授業料を上まわるものではなかったか（そしておそらく、こちらのほうが有効な投資だろう）。エドナとシーリアには、フェイシャリスト、ネイリスト、メークアップアーティストがついた。

初演当日は、近所の子どもと失業中の男たちを集め、一回につき五十セント（少なくとも子どもにとってはかなり割のいい賃金）で雇い、なにか途方もなく素敵なことが始まろうとしていると印象づけるように、劇場の外をうろうろさせた。声の大きな子どもには「売り切れ！　売り切れ！」と叫ばせた。

初演日の夕方、ビリーは縁起担ぎだと言って、エドナ、ペグ、オリーヴの三人に贈り物をした。エドナには〈カルティエ〉の、まさに彼女好みの金の繊細なブレスレット。ペグには、〈マーククロス〉の洗練された革財布。（「ペグ、すぐにこれが必要になる。チケット売り場に人が押し寄せて、きみの古い財布ははち切れるだろうからな」と彼は片目をつぶって言った。）そしてオリーヴには、リボンをかけた箱が恭しく贈呈された。包みを解くと、なかからジンの酒瓶があらわれた。「隠し酒にしてくれ」ビリーは言った。「この芝居に食傷しているきみの麻酔剤として」

ドワイト・ミラー、《ニューヨーク・ワールド＝テレグラム》紙

芝居好きなら、リリー座の客席がすり切れてへこんでいることなど無視していただきたい。天井から剝がれ落ち、舞台でダンサーが踊るたびに髪に降りつもるかけらも、出来のよくない舞台装置も、揺れる照明も無視していただきたい。そう、古い劇場の不便と難点などすべて無視して

九番街に駆けつけ、『女たちの街』のエドナ・パーカー・ワトソンをとくとご覧あれ！

いよいよ観客が劇場にはいると、ショーの関係者全員が——出演者はみな本番同様に衣裳をつけ、舞台化粧もすませて——舞台裏に集合した。大入りの客席からは華やかなさざめきが聞こえてきた。

「円くなってくれ」と、ビリーが言った。「いよいよ、この時がきた」

神経の張りつめた役者やダンサーたちがビリーを中心にゆるい円をつくった。わたしは、このうえなく誇らしい気持ちでアントニーの隣に立ち、彼の手を握った。アントニーはわたしに長いキスをすると、わたしの手を離し、体を軽く揺すりながらボクサーのように宙に何度もこぶしを突き出した。

ビリーがポケットからスキットルを取り出し、ぐいっとひと口飲んでペグに回した。ペグも同じように飲んだ。

「さて、ぼくはスピーチ向きじゃない」と、ビリーが話しはじめた。「言葉をつむぐのに慣れていないし、注目の的になるのを楽しめないからな」出演者たちが笑った。「でも、これだけは言わせてくれ。このかぎられた短い期間と少ない予算で、きみたちがつくりあげた芝居は、どんな劇場の作品にも引けをとらない。いまのブロードウェイと比べても、おそらくロンドンと比べても、この芝居を超える作品はない」

「いま、ロンドンで芝居はひとつも上演されていないわ」エドナがさらりと訂正した。「『爆弾よさらば』を除いてはね」

みんながまた笑った。

「ありがとう、エドナ」と、ビリー。「おかげで、きみについて話すことを思い出したよ。みんな、聞いてほしい。舞台の上で気が動転したら、エドナを見るんだ。いまから、彼女がこの一座という船の船長だ。こんなに信頼できる船長はいない。彼女は舞台の上でだれにもまして冷静沈着だ。きみたちはそんな彼女と同じ舞台に立てる。どんなものも彼女を揺るがすことはない。だから、彼女の安定に倣(なら)ってくれ。彼女の落ちつきぶりを見て、気を落ちつけろ。覚えておいてくれ——不快な気分にさせられることを除けば、観客は役者がなにをしようが許す。もし台詞を忘れてしまったら、なんでもいいからしゃべるんだ。エドナがうまく引き取ってくれるだろう。彼女を信頼しろ。ずっとこの仕事に就(つ)いてきた人だ。スペインが無敵艦隊を英国に送りこんでいた時代から。そうだよな、エドナ？」

「それより前だったかもよ」彼女はにっこり笑って返した。

年代物(ヴィンテージ)の〈ランバン〉の赤いドレスをまとったエドナは、まばゆく輝いて見えた。ローツキーの店の大型箱から掘り出したあのドレスだ。それをわたしが彼女に合うように丁寧に調整した。彼女の役にぴったりの衣裳に仕上がったことが誇らしかった。エドナの舞台化粧も申し分なかった。（それは当然だ。）いつもの彼女のままなのに、さらに生き生きと堂々として見えた。おかっぱに切りそろえたつややかな黒髪と赤いドレスの組み合わせは、瑕(きず)ひとつなく、なめらかな光沢を放つ、きわめて高価な中国の漆器(しっき)を思わせた。

「信頼する制作者にスピーチを引き渡す前に、もうひとつだけ」と、ビリーが言った。「覚えておいてくれ。今夜の観客は、きみたちを憎みたいからここに来たのではない。きみたちを愛したいからここに来たのだ。ぼくとペグは、ありとあらゆる観客を前にして何千回ものショーを数年間つづけたことがある。だから、観客がなにを望んでいるかがわかる。彼らは恋をしたがっている。かつて旅芸人だった男からきみたちへの助言だ——きみが観客を先に愛せば、観客はきみに恋をするしかなくなるだろう。さあ、舞台に出ていって、彼らを心の底から愛せ」

　彼はいったん口をつぐむと、涙をぬぐい、また話しはじめた。

「ぼくはあの大戦のさなかに神を信じるのをやめた。あのときぼくが見たものをきみたちが見たら、やっぱりこうなるだろう。だがときどき、ぼくは昔の自分に戻る。たいてい酔っ払っているか感情が高ぶったときに。いまがそうだ。いささか酔って高ぶっている。だから、すまないが、付き合ってくれ。頭(こうべ)をたれて、神に祈ろう」

　わたしはすぐには信じられなかったが、ビリーは真剣だった。

　わたしたちは頭をたれた。アントニーがわたしの手をとった。どんなささやかなことでも、彼の注意を引くことにゾクゾクした。そして、わたしのもう一方の手を、だれかが握った。その慣れ親しんだ感触からシーリアだとわかった。

　これほど幸福を感じた瞬間はなかった。

「どんなお方かは存じあげないが、親愛なる神よ」ビリーが言った。「つつましき役者たちを輝かせたまえ。みすぼらしき古き劇場を輝かせたまえ。客席の人々を輝かせ、彼らにわたしたちを愛させたまえ。わたしたちの役立たずな、ささやかな試みを輝かせたまえ。今夜、ここでおこなうことが、世界の残酷な企(たくら)みの前ではとるに足らないものだとしても、わたしたちはやるつもりです。どうか価値あるものにしてください。あなたがどなたであろうと、あなたの御名(みな)において、わたしたちがあなたを信じると信じないとにかかわらず、いや、わたしたちのほとんどは信じていないけれども、それでも、アーメン」

「アーメン」全員が唱和した。

ビリーはスキットルからまたぐいっと飲んだ。「ペグ、なにか付け加えたいことは？」

ペグ叔母さんはにやりと笑った。その瞬間、彼女が二十歳の娘のように見えた。

「さあ、子どもたち、いってらっしゃい」と、彼女は言った。「思う存分蹴散らしてきて」

ウォルター・ウィンチェル、《ニューヨーク・デイリーミラー》紙

　エドナ・パーカー・ワトソンがどのような舞台に立とうとも、彼女がそこにいるかぎり、私は気にしない！　芸を極めたつもりの他の多くの女優より、彼女ははるかにできる。王族のようでいながら、ハムを運んでくる女にもなれる。……『女たちの街』は、くだらなさを極めつくした大傑作である。これが揶揄（やゆ）に聞こえるだろうか。いえいえ、みなさん、そうではない。この暗い世相にこそ、私たちはくだらないものをもっとたくさん求めているのではないか。……シーリア・レイについては、だれが彼女を何年も隠してきたのか知らないが、そいつにまずはブーイングだ！　彼女は光で色を変える石のように魅惑的な女だ。恋人や夫とふたりきりにさせたくないと思わせるタイプだが、これこそスターの資質の試金石ではないか。……そしてご婦人方、ご安心を。このショーにはあなたがたを楽しませるものがある。私は客席の全女性がアントニー・ロッチェラにため息をつくのを聞いた。彼は映画界に進んだほうがいい。……ドナルド・ハーバートは、盲目の掏摸（すり）を演じて客席を沸かせたが、この役は近頃の政治家たちを私に思い起こさせる！……さて、アーサー・ワトソンについてだが、彼は妻よりはるかに若い。だが、妻は夫よりはるかに優秀だ。きっと、これが夫婦円満の秘訣だろう！　だがそれにしても、アーサーは舞台をおりても、スポットライトを浴びているときのようにこわばった顔のままなのか。だとしたら、彼

のかわいい奥方のなんと気の毒なことか！

エドナがショーで最初の笑いをとった。

第一幕第一場――アラバスター夫人が裕福なご婦人たちとお茶会の席についているときだった。たわいもない噂話がつづくなか、彼女がなにげなく、夫が昨夜車に撥(は)ねられたと口にする。ご婦人たちは息を呑み、そのうちのひとりが尋ねる。「重篤(クリティカル)ですの？」

「いつものことです」アラバスター夫人が答える。

長い間があく。ご婦人たちは眉を吊りあげ困惑して彼女を見る。アラバスター夫人は、小指を立ててティーカップを掻き混ぜる。そしてふいに目をあげ、純真無垢(むく)な表情で言う。「あらあら、口やかましい(クリティカル)ほうかと。すみません、夫の容態のことでしたのね？　死にました」

ここでどっと笑いが起こった。

舞台裏で、ビリーがわが叔母の手をつかんで言った。「やったな、ペグ」

トマス・レッシグ、《モーニング・テレグラフ》紙

シーリア・レイ嬢は、超強力バッテリーのような肉感的魅力をもって、客席にすわる紳士たちをしびれさせることだろう。しかし賢明なる観客は、エドナ・パーカー・ワトソンにご注目いただきたい。このスターがついにアメリカに来たことを告げる記念すべき日、彼女は『女たちの街』への出演をもってそれを宣言した。世界に誇るべき快挙である。

第一幕ではその後、ラッキー・ボビーがアラバスター夫人に、彼女の貴重品を質入れして、もぐり酒場の資金に充てようともちかける。

「この時計はお売りできません！」夫人がそう叫んで、美しい金鎖が付いた懐中時計をさっと持ちあげてみせる。「主人のために買ったものですから！」

「お上手です、その調子」わたしの恋人が称賛のうなずきを送る。

エドナとアントニーの小気味よい台詞が、バドミントンの羽根のように、フットライトのあいだを行き交った。ふたりは一回のショットも落とさなかった。

「でも父の教えがありますわ。嘘をつくな、だますな、盗むな！」アラバスター夫人が言う。

「おれも同じですよ！」ラッキー・ボビーが片手を胸におく。「親父から教わりました。この世でなんぼ掻き集めるかが男の誉れ。儲けが薄いときには、男きょうだいから金を巻きあげ、女きょうだいを娼館に売り飛ばせってね」

「ただし質の高い娼館にかぎりますわ」アラバスター夫人が言う。

「あなたとおれは、どうやら似たものどうしだ」ラッキー・ボビーがそう言って、ふたりのデュエット〈われらすれっからしでろくでなしのやり方〉が始まる。〝ろくでなし〟という言葉を歌詞に用いるために、オリーヴを説得するのにどんなに苦労したことか！

ここがショーのなかでわたしのお気に入りだった。アントニーが曲の間奏でタップダンスをソロで踊る。彼が踊ると、炎が燃えあがるように舞台が輝いた。床板を砕かんばかりに力強いステップを踏みながら、したたかな笑みを浮かべるところが、いまも瞼に浮かぶ。観客が——ニューヨークの粒よりの演劇愛好家たちが——まるで流れ者の集団のように、彼のダンスに合わせて足を踏みならした。

わたしは心臓が破裂するかと思った。**あの人たちは彼を愛している。**ふいに、彼の成功を喜ぶ気持ちの底に、かすかな不安が芽ばえた。**アントニーはスターになる。**そして、わたしから遠いところへ行ってしまうだろう……。

でも曲が終わると、アントニーは舞台裏に駆け戻ってきて、汗まみれの衣裳のままわたしに抱きつき、わたしの体を壁に押しつけ、彼の力と栄光のすべてを注ぎこむようにキスをしてくれた。わたしは不安を忘れた——それが一時的だとしても。

「おれは最高だ」彼はうめくように言った。「客の反応を見たか？　おれは最高だ。おれはとびきり最高だ！」

「そうよ！　あなたはとびきり最高よ！」わたしは言った。それが、二十歳の娘が身も世もなく恋に落ちたとき、恋人に言う言葉だったから。

（アントニーとわたしの公平のために言うと、あのときの彼はほんとうに素晴らしかった。）

それからシーリアのきわどいダンスが始まる。ブロンクス訛(なま)りのかすれた声で、赤ちゃんがほしいと歌う。網を投げるように彼女は観客の心をつかんだ。愛らしくて色気もあった。それはかんたんにできることじゃない。ダンスが終わると、観客はまるで艶笑劇(バーレスク)を観ている酔っぱらいのように歓声をあげた。彼女に魅了されたのは男だけでなく、歓声には女の声も混じっていた。

そして幕間の休憩時間になり、劇場は心地よいざわめきに満たされた。男たちはロビーで煙草に火を付け、女たちは化粧室に押し寄せる。ビリーがわたしに、人々に混じって反応の感触をつかんでくるようにと言った。「自分で行きたいところだが、あいにく顔を知られてるからな。お愛想の感想じゃなくて、ほんとうの反応が知りたい」

「なにをさがせばいいの?」わたしは訊いた。

「彼らが芝居について話してれば、良い反応。車をどこに停めたかについて話してれば、悪い反応だ。でもまずは、自信のしるしをさがせ。観劇によって幸福な気分になれば、観客は自信に満ちているように見える。まるで自分がその芝居をつくったかのように。なんとも自分勝手な連中だよ。さあ、出ていって、彼らの自信のほどをぼくに教えてくれ」

わたしは人混みを縫って進みながら、幸福の度合いを、楽しげな表情をさぐった。みんながお金持ちで、食べるのに困らず、人生に深く満足しているように見えた。彼らは芝居について途切れることなく話していた。シーリアの容姿について、エドナの魅力について、ダンサーについて、歌について。お互いにジョークを飛ばし何度も笑い合っていた。

「あんなにたくさんの人が自信に満ちたようすでいるのを見たことないわ」わたしはビリーに報告した。

「そうか」彼は言った。「そうだろうとも」

二幕目を控えた出演者を前に、彼はふたたびスピーチした。今度は短いスピーチを。

「いま大事なのは、観客にきみたちを強く印象づけることだ。二幕の途中でそれを怠ると、彼らはきみたちを愛するのを忘れてしまうだろう。また最初からやり直さなきゃならん。フィナーレはただいいものじゃなく、すさまじくいいものを目指せ。いまの調子で走り抜けろ」

第二幕第一場——法と秩序を体現するような市長が、アラバスター夫人の屋敷にやってくる。彼女が経営するという違法の賭場(カジノ)と娼館の正体をあばくのが来訪の目的だ。市長は変装してやってくるのだが、ラッキー・ボビーが気づいて、仲間に警告する。ショーガールたちはただちにスパンコールのレオタードの上にメイドの制服を着こみ、ディーラーたちは執事に化ける。ギャンブル客は庭園見学に屋敷を訪れたふりをし、賭博台はレースのテーブルクロスで覆われる。ハーバート氏演じる盲目の掏摸は、市長のコートを丁重に受け取り、さっそく財布を盗む。アラバスター夫人は市長をサンルームの一角に誘い、お茶を勧めながら、賭博用のチップをドレスの胸もとに隠す。

「みごとな屋敷にお住まいですね、アラバスター夫人」市長は違法行為の証拠を見つけようとして、あちこちに目を凝(こ)らす。「実に素晴らしい。あなたのご先祖はメイフラワー号でこちらにいらっしゃったのですか?」

「いえいえ、ちがいます」エドナは格調高いアクセントで答える——いとも優雅にポーカーのカードを扇子に使いながら。「うちは自前の船でまいりましたのよ」

ショーも終盤になり、エドナが胸を打つバラード〈恋に落ちるかも〉を歌いはじめると、客席はまるで人がいないかのように静まりかえった。だが憂いに満ちた最後の音を彼女が歌いきったとき、観客は席から立ちあがって盛大な拍手喝采を送った。この歌のあと、エドナは観客によって四回も舞台に呼び戻され、お辞儀をした。そうしないとショーをつづけられなかった。〝舞台を中断させる人(ショー・ストッパー)〟という言葉は聞いたことがあったけれど、それが実際にどういうものかを、わたしは初めて知った。エドナ・パーカー・ワトソンは、まぎれもなくショーを一時的に中断させた。

そしてショーの最後を飾る一曲、〈今夜からふたりで〉に全員が加わると、わたしはアーサー・ワトソンに苛立(いらだ)ち、気を散らされた。彼はほかの出演者のダンスステップに懸命についていこうとするが、ぜんぜんなっていなかった。幸いにも、観客は彼のひどいダンスをさほど気にしていないように見えた。彼の調子っぱずれな歌声も音楽に掻き消されていた。観客はコーラスに合わせて手を叩き歌っていた。〝罪なベイビー、ジン浸りのベイビー／さあ、おいでおいで！〟と。リリー座が、そこにいる全員が純粋な喜びを分かち合い、きらきらと輝いていた。

そしてついに幕が閉じた。

その後はカーテンコールが何回もつづいた。お辞儀、またお辞儀。舞台に投げられるたくさんの花束。そしてとうとう客席に照明が灯ると、観客たちはコートや荷物をまとめて立ちあがり、ホールから煙のようにあとかたもなく消えた。

出演者とスタッフ全員が疲れきった顔で、ぞろぞろと空っぽの舞台に出てきて、しばらくはそこに、自分たちが舞いあげた埃がいまは静かに漂う空間に立ちつくした。自分たちが成し遂げたことが、まだ信じられなくて、言葉もなく――。

ニコルズ・T・フリント、《ニューヨーク・デイリーニューズ》紙

脚本と演出のウィリアム・ビューエルは、かくも軽佻な役をエドナ・パーカー・ワトソンに振るという狡猾な手段を取った。ワトソン夫人は潔い人柄と快活な精神をもってそれに応え、砂糖衣でくるんだ熟練の演技を見せている。彼女から放たれる輝きは、同じ舞台に立つ演者の技量まで引きあげる。これ以上質の高い娯楽作品は望めまい――たとえ、このような暗い時代ではなかったとしても。この芝居を観にいき、日々の憂さを忘れようではないか。ワトソン夫人の存在は、われわれがロンドンからニューヨークへ、もっと多くの役者を呼び入れるべきだということを、改めて考えさせる。もちろん、呼び入れたら二度と手放してはならないということも！

初演を終えたその夜、わたしたちは〈サーディーズ〉に集まって、劇評が出るのを待ちながら杯を重ねた。言うまでもなく、リリー座の面々に〈サーディーズ〉で劇評を待つような習慣はなかった。そもそも、批評が新聞に掲載されることもなかったのだ。でも今回はいつもとはちがう。

「アトキンソンとウィンチェルがどう出るかだな」ビリーがわたしたちに言った。「このふたりが、最高かもしくは最低の評を書けば、かならず芝居は当たる」

「かまわないよ、ベイビー。今夜をもって、アトキンソンのほうがきみを知った。間違いなく、やつはきみから目が離せなかったはずさ」

「有名人なの？」シーリアが言った。

「新聞記者だよ。金はないが、影響力はある」

「有名人なの？　お金持ち？」

このとき、意外な光景が目に留まった。オリーヴがマティーニのグラスをふたつ持ってビリーに近づいてきた。彼女が差し出したグラスをビリーは驚いて受け取ったが、オリーヴが自分のグラスを彼に掲げてみせると、彼はさらに驚いた。

「あなた、よくやったわ、このショーで」彼女は言った。「たいへんよくやったわ」

ビリーが声をあげて笑いだした。「〝たいへんよくやった〟！　うれしいよ、きみがそう言ってくれて。演出家としてもらった最高の賛辞だ！」

エドナが出演者のなかで最後に店に到着した。公演後の楽屋口には彼女にサインを求める称賛者たちが殺到した。劇場の上の階にあがればかわせたかもしれないが、彼女は楽屋口に姿をあらわし、集まった人々を大いに満足させた。そのあとようやく自分の部屋に上がり、風呂に入って着替えをしたにちがいない。店にあらわれた彼女は、見るからにさっぱりして、わたしがそれまで見たなかで最も高価そうな青のスーツをまとっていた。片方の肩にはさりげなく狐の毛皮のストールをかけ、ひどいダンスでフィナーレを壊しそうになった美しくも愚かな夫に腕をからめている。そのアーサー・ワトソンは、自分こそ今夜のスターだと言わんばかりにご満悦だった。

「エドナ・パーカー・ワトソンに盛大な拍手を！」ビリーが叫び、全員が拍手喝采で出迎えた。

「気をつけて、ビリー」エドナが言った。「まだ高評は出ていないのよ。アーサー、わたしのためにとびきり冷えたカクテルを持ってきてくれる？」

アーサーがバーカウンターをさがしにいったが、彼がちゃんと戻ってこられるかどうか心配だった。

「あなたのおかげでショーは大成功よ、エドナ」ペグが言った。

「あなたたちのおかげよ、愛しい人たち」エドナはビリーとペグを見つめて言った。「ふたりで天才的手腕を見せてくれた。行くあてのない戦争難民に仕事をくれて、感謝するわ」

「ああもう、酔っぱらってしまいたい気分」ペグが言った。「劇評を待つのに耐えられない。なぜそんなに冷静でいられるの、エドナ？」

「あら、わたしが酔っていないってどうしてわかるの？」

「今夜は酒量を控えるべきなんだけど」と、ペグ。「だめね。飲まなきゃやってられない。ヴィヴィアン、アーサーを追いかけて、グラスの数を三倍に増やしてって頼んで」

彼に計算ができれば、とわたしは心で呟いて席を立った。

バーカウンターに向かい、バーテンダーに手をあげて注意を引こうとしたとき、横から男の声がした。「一杯おごらせていただけませんか、お嬢さん？」わたしは、男に気をもたせるときに使う笑みを浮かべて振り向いた。が、そこに立っていたのは、兄のウォルターだった。

わかるまで、一瞬の間があった。ニューヨークでリリー座の人たちといっしょのときに兄と出くわすなんて予想外だった。そのうえ、兄とは顔だちがそっくりなので、振り向いた瞬間、鏡にぶつかったような錯覚にとらわれた。

いったいぜんたい、ウォルターはここでなにをしてるの？

「おれに会うのが、うれしそうじゃないな」兄はさぐるように笑った。わたしは、うれしいのかうれしくないのかもわからなかった。面食らっていた。まずいことが起きている、のはかろうじてわかった。わたしの不道徳なおこないが両親に伝わって、兄がわたしを連れ戻しにきたのかもしれない。わたしは思わずウォルターの肩越しに両親の姿をさがした。両親もここにいるなら、楽しい時間はこれにて終了だ。

「びくびくするなよ、ヴィー」兄が言った。「おれだけさ」まるでわたしの心を読んだように兄が言った。それでもまだ安心できなかった。「おまえのやってる芝居を見にきたんだよ。気に入った。みごとな出来だ」

「でもなんだってニューヨークにいるの、ウォルター？」突然、自分のドレスの胸もとがあきすぎていて、首にキスマークが残っていたのを思い出した。

「大学をやめたんだよ、ヴィー」

「プリンストンをやめた？」

「ああ」

「パパは知ってるの？」

「知ってる」

わけがわからなかった。わたしは家族のなかの不良だったが、ウォルターはちがう。そのウォルターが、プリンストン大を中退？　兄がはめをはずしたらどうなるんだろう、と考えた。ウォルターが優等生の人生をかなぐり捨てて、ニューヨークでわたしと飲んで騒いで、〈ストーククラブ〉で踊りまくる？　もしかしたら、わたしが彼を悪の道にそそのかしたのか……。

「おれ、海軍に入るんだ」ウォルターが言った。

ああ、そういうことか。よく考えればわかりそうなことだった。

「海軍の士官候補生訓練学校が三週間後に始まる。おれはニューヨークで訓練を受けることになった。ここより川の上流、アッパー・ウエストサイドだ。海軍が廃船になった戦艦をハドソン川に係留して、そこを学校に使ってる。いまは将校が不足していて、大学二年までの学歴があれば入学資格が得られるんだ。訓練期間はたったの三カ月。入学はクリスマスのあと。卒業した時点で少尉だ。春には戦艦に乗りこんで、どこかの任地に向かうことになる」

「パパは、プリンストンをやめたことに、なにも言わなかった？」わたしは訊いた。

自分の声がやけに堅苦しく聞こえた。出会ったときの気まずさが尾を引いていた。それでも、兄とは毎週〈サーディーズ〉でしゃべっているように、すべてが当たり前であるように話そうと努めた。

「親父は、海軍をチューインガムと同じくらい嫌ってる」ウォルターが言った。「でも、これは親父が選ぶことじゃない。成人である以上、おれに選択権がある。ペグに電話してニューヨークに行くと伝えたら、訓練前の数週間なら自分のところに泊まればいいと言ってくれた。ちょっとばかしニューヨーク見物をしてみるつもりだ」

ウォルターがリリー座に泊まる？　この堕落したわたしたちといっしょに？

「でも、兄さんが海軍を志願しなくてもよかったんじゃない？」わたしは愚かにも尋ねた。

（正直に言うとね、アンジェラ、水兵になるのは、ほかに出世の道のない労働者階級の息子たちだと――いつか、父がそう言うのを聞いたことがあった。）

「海の向こうで戦争が起きてるんだよ、ヴィー」ウォルターが言った。「遅かれ早かれ、アメリカも参戦するだろう」

「でも、兄さんが志願しなくてもよかったのに」

兄は困惑と失望の入り交じった顔でわたしを見つめた。「おれの国のことだぜ、ヴィー。志願するのは当然だ」

突然、店の反対側の壁ぎわで歓声が沸いた。新聞売りが新聞の早版を腕いっぱいにかかえて店にはいってきたのだった。

激賞がぞくぞくと届きはじめていた。


アンジェラ、わたしの手もとには、いちばんのお気に入りの記事がある。一九四〇年、十一月三十日付けの《ザ・サン》紙に掲載されたキット・ヤードリーの執筆による記事。

エドナ・パーカー・ワトソンの衣裳を楽しむだけでも、『女たちの街』を観る価値はある。衣裳はどれもこれも素晴らしい。

17

ショーは大当たりした。

一週間とかからず、ショーを観にくるように頼む必要はなくなり、むしろ来た人が劇場にはいりきれなくなった。クリスマスまでにペグとビリーは投資した金をすべて回収し、あとは収入が増えるばかりになった――少なくとも、ビリーはそう言った。

ショーの成功によってペグとオリーヴとビリーの緊張関係がやわらいだかというと、そうなってもよさそうなものなのに、そうはならなかった。絶賛の嵐とチケットの完売にもかかわらず、オリーヴはなおもお金のことを心配しつづけた（彼女からの祝福は、初日公演の翌日で終わった）。

オリーヴは彼女の不安を、成功はつねに儚いものだということを、毎日こんこんと語りつづけた。『女たちの街』が稼いでくれるうちはよくても、それが終わったら、リリー座はどうなるのか。わたしたちは近隣の客を失った。リリー座をささやかな娯楽として長年通いつづけてくれた労働者階級の人々は、高額のチケットと洒落たコメディについていけず遠ざかってしまった。元の芝居に戻ったとき、はたして彼らも戻ってくれるのだろうか。遅かれ早かれ、リリー座のショーはまた元のかたちに戻ることになるのに――。つまり、ビリーはずっとニューヨークにとどまらないだろうし、新しいヒット作をこれ以上リリー座のために書くと約束することもないだろう、と彼女は考えていた。それにもっとよい劇団が新しい作品のためにエドナを引き抜こうとしたらどうなるのか、とオリーヴは言った。いつかはその日が来るだろう。そうなれば『女たちの街』はおしまい。エドナほどの名女優が、このみすぼらしい劇場にとどまりつづけるなどと期待してはいけない。エドナが去ったあと、彼女に匹敵する力量をもつほかの女優を雇い入れるような余裕もない。いまの劇場の収入は、ひとえに才能あるひとりの女優に頼っており、ビジネスのやり方としてきわめて不安定である――。

オリーヴはつぎからつぎへと語りつづけた。来る日も来る日も、陰々滅々と。疲れを知らないカサンドラ（ギリシア神話に登場する未来を予言するトロイの王女）のように。わたしたちが勝利に酔いしれているうちに、破滅が刻々と近づいているのだ、と。

「勘弁してくれ、オリーヴ」と、ビリーが言った。「きみは、この幸運を一分間だって楽しもうとしないし、まわりの人間が楽しもうとするのさえ邪魔をする」

でもわたしは、オリーヴがひとつだけ正しいことを言っているような気がした。ショーの成功がつづいているのは、すべてエドナのおかげという点だ。彼女はつねに特別な存在だった。毎晩ショーを観ているわたしには、エドナがアラバスター夫人の役を更新しつづけているのがわかった。なかには、役のキャラクターをつかむと、それを変えない役者もいる。そういう役者は、舞台の上で同じ表現、同じ反応を繰り返す。しかし、エドナのアラバスター夫人はいつ見ても新鮮だった。台詞を言うというより、毎回つくりあげているみたいだった。彼女がつねに台詞で遊び、調子や声音を変えるので、共演者は気を抜けず、そのおかげで舞台がより生き生きとした。

そして、ニューヨークは彼女の才能に正しく報いた。

エドナはもとより永遠の女優だったが、『女たちの街』の大当たりは彼女をスターに押しあげた。アンジェラ……〝スター〟という肩書きは、決定的であるのに、どこかつかみどころがない。その肩書きを歌手や役者に授けられるのは一般大衆だけ。批評家がだれかをスターにすることはないし、興行収入がスターをつくるわけでもない。優秀なだけでもいけない。だれかをスターにするのは、大衆がこぞってその人を愛すると決めたとき。ショーのあと、ひと目見たいと、楽屋口に何時間も人々が列をなす――それがスターの証（あかし）。抜群の歌唱力をもつジュディ・ガーランドが〈恋に落ちるかも〉をレコーディングして売り出しても、『女たちの街』を観た人がみんな、やっぱり舞台のほうがいいと言う――それこそがスター。ウォルター・ウィンチェルに、彼のコラムで毎週ゴシップを書かれるようになったら、そのときからスター。

彼女がスターになったときから、毎晩のショーのあと、〈サーディーズ〉に専用席が確保されるようになった。〈ヘレナルビンスタイン〉が、アイシャドウの新製品に彼女にちなんだ名をつけた――〝エドナのアラバスター〟。《ウーマンズデイ》誌が、エドナ・パーカー・ワトソンがどこで帽子を買うかをコラム記事にした。エドナのもとにファンレターが殺到した。なかにはこんな手紙もあった。「夫の破産によって舞台への道を断たれたわたしを、あなたの弟子にしてくださるようにお願い申しあげます。あなたとわたしの演技法がたいへん似ていることに、あなたはきっと驚かれることでしょう」

そして、なんとキャサリン・ヘプバーン本人から信じがたい（彼女らしくもない）手紙が届いた。

「最愛なるエドナ。あなたの舞台を観て、気がおかしくなりそうでした。だから四回も観るしかなくて、そのあげくに川に飛びこんでやろうかと思ったわ。だって、わたしはぜったい、あなたみたいにうまくできないのだから！」

　わたしがそういった手紙の内容を知っているのは、エドナから筆跡の美しさを見こまれて、わたしが手紙を読み、返事の代筆をまかされたからだった。わたしにはたやすいことだった。もう衣裳をつくらなくてもよかったから。リリー座が『女たちの街』を上演しつづけるかぎり、衣裳の修繕と管理のほかにわたしの出番はない。だからショーの成功からあとは、エドナの秘書のような仕事もするようになった。

　さまざまな誘いや要請を断る仕事。ファッション誌《ヴォーグ》の撮影に備える仕事。《タイム》誌の記者が「ヒット作のつくり方」という記事を書くためにリリー座に来たとき、劇場内を案内する仕事。恐ろしく辛辣な批評を書くことで知られるアレクサンダー・ウールコットが《ニューヨーカー》誌にエドナの人物評を書くことになったときも、わたしが案内役をつとめた。わたしたちは、彼が誌面でエドナを血祭りにあげるのではないかと心配した。（「アレクは、ひと咬みじゃないわよ、容赦なく平らげるの」とペグが言った。）だが、蓋をあければそうでもなかった。アレクサンダー・ウールコットがエドナについて書いたのは――。

> エドナ・パーカー・ワトソンは、つねに向上することを夢見て生きてきた女の顔をしている。いまや彼女の夢は充分叶ったかに見える。そのひたいに不安や悲しみのつくるしわはなく、その瞳は新たなよき知らせへの期待に輝いている。……この女優がもっているのは、たんなる真摯な

感情の表出を超えたなにかである。彼女は自在に使いこなせる無尽蔵の人間カタログをもっている。シェイクスピアやバーナード・ショーの作品を演じるだけでは飽き足らず、彼女はその才能を新たな出演作品『女たちの街』に惜しみなく注ぎこんだ。この眩暈(めまい)がするほど愉快で勢いあるショーが、現在ニューヨークでロングランになっている。……アラバスター夫人に扮する彼女を見るのは、コメディが芸術に変貌するのを見とどけることである。……楽屋口でファンが息を弾ませながらワトソン夫人に、ついにニューヨークで活動を始めたことに感謝の意を伝えた。すると、彼女は「あらまあ、そんなに引き合いがあるわけでもないのに」と答えた。それもブロードウェイの諸氏が賢明であるなら、早晩に解決する問題であろう。

アントニーも、『女たちの街』のおかげで、少しだけスターになった。ラジオドラマに役を得た。それなら、リリー座の公演に支障をきたさない午後の時間に録音することができた。また、〈マイルズ煙草会社〉の宣伝モデルに起用された（〝煙草を吸えるときに、なぜ汗を流す？〟）。アントニーは人生で初めて大金を稼ぐようになったが、生活環境を改善させようとはしなかった。

わたしは、アントニーに彼専用の住まいを手に入れるように強く勧めた。なぜ前途有望な若いスターが、料理油とタマネギの臭いのする、じめじめした古い共同住宅の一室を兄と分け合わなければならないのか。もっといいアパートメントを借りるようにと、アントニーに迫った。エレベーターとドアマン付きで、うまくいけば裏庭もあって、もちろんヘルズキッチンではない場所で……。しかし彼は動かなかった。どうしてアントニーが、階段で昇るしかない四階の汚い部屋から出ていくのを拒んだのかはわからない。いまにして思えば、アントニーは、わたしが彼を結婚相手としてふさわしい男に仕立てたがっている、と疑っていたのではないか。
まさしく、それがわたしの目指していることだった。

問題は、わたしの兄がアントニーと知り合ってから始まった。言うまでもなく、兄はわたしたちの関係をよく思わなかった。

わたしがアントニー・ロッチェラと付き合っていることを、兄のウォルターから隠す方法があればよかったのに！　しかし、わたしたちの欲情の表現はかなりあからさまだったし、それを見逃すほど鈍感な兄ではなかった。リリー座で寝起きするようになったウォルターにとって、わたしの生活ぶりを知るのはたやすかった。兄はすべてを見ることになった——演劇界の人々の飲みっぷりも、繰り返される恋の戯れも、騒がしい掛け合いも、はめの外し方も。わたしはウォルターがそこに引きずりこまれるのを期待した（実際、ショーガールたちが男前の兄を何度も誘っていたようだ）。でもお楽しみの餌に食いつくには兄は堅物すぎた。もちろんカクテル一、二杯は付き合うのだが、いっしょに騒ごうとはしない。そうする代わりに、兄はわたしたちを観察していたのだと思う。

ウォルターの嫌悪感を掻き立てないように、もっと体の接触を減らすようにとアントニーに頼むこともできたはずだ。でもアントニーは、だれかの都合に合わせて自分の行動を控えるような性格ではなかった。だからわたしの恋人は、以前と同じようにわたしを抱き寄せたり、キスしたり、お尻をぽんと叩いたりした——ウォルターがそばにいようとおかまいなしで。

ウォルターはそれを観察し、検討し、わたしの恋人に関する最終判決を下した。要するに、「アントニーは、結婚相手としてふさわしい男ではないようだな、ヴィー」。

こうして、〝結婚相手としてふさわしい〟という重たい言葉がわたしの頭から離れなくなった。以前は、アントニーと結婚することなど考えず、だれかと結婚したいのかどうかさえはっきりしなかった。ところが突然、ウォルターの非難が頭に取り憑き、恋人が結婚相手にふさわしいと見なされないことが重大問題になった。わたしは、この言葉によって侮辱されたように感じた。だから一矢報いたかったのかもしれない。わたしはこの問題を引き受け、自力で解決しようと考えた。

いいでしょう、わたしの恋人に、少しばかり感じよくなってもらおう。

そう心に決めると、わたしはアントニーがどうすれば社会的地位を引きあげられるかについて助言しはじめた──あいにくながら、さりげなくとは言えないやり方で。カウチで眠らなければ、もっとおとなとしての自覚が生まれるのではないか？　髪をオイルで少し整えるだけで、もっと魅力的になるのではないか？　ガムを嚙みつづけるのをやめれば、もっと洗練されるのではないか？　訛りのない上品なしゃべり方を身につけてはどうだろう？　たとえば、兄のウォルターが、ショービジネスのほかになにか目指したい職業はあるのかと尋ねたとき、アントニーはにやりと笑って答えた──「べつに」。もっとましな答え方はなかったものだろうか？

アントニーは、わたしがなにをしているかを正確につかみ、それを嫌っていた。彼はぼんくらではなかった。自分を〝堅気〟の人間に仕立てあげて兄のご機嫌をとろうとしている、そんなものに乗る気はない、とわたしを非難した。彼がウォルターに親しむことはなかった。

兄がリリー座に滞在した数週間で、兄とわたしの恋人との緊張関係は、ハンマーで叩き割れそうなほど硬直した。それは階級の問題であり、教育の問題であり、性的侵犯の問題であり、兄対恋人の問題でもあった。ただ一部には、自由で闘争的な若い男どうし特有の問題があったと思う。ニューヨークの小さな部屋には、どちらの自尊心も男の沽券も収まりきらなかったのだ。

ある夜とうとう、ふたりの対立が頂点に達した。ショーの関係者で連れだって〈サーディーズ〉に飲みにいったときだった。アントニーが有無を言わさずわたしをバーカウンターに引っ張っていこうとした（もちろん、そうされるのがわたしの喜びだった）。それをウォルターが見咎め、険悪な眼差しを送った。はっと気づけば、ふたりの若者はすでに胸と胸を突き合わせていた。

「あんたの妹から手を引けってか？」アントニーがさらに胸を突き出し、兄の空間に侵入した。「じゃあ、力ずくでやってみたらどうだ？」

アントニーがにやにや笑いながら、脅しの刃を突きつけるように、ウォルターを見すえた。それは恋人のなかに初めて見る、ヘルズキッチンのストリート・ファイターの顔だった。こんなに彼がなにかに関心を示すところを見るのも初めてだった。関心の先にあるのは、わたしではない。わたしの兄の顔をこぶしでぶちのめす快感だった。

ウォルターは、まばたきもせずにアントニーを見返し、低い声で言った。「おれを殴りたいなら殴れ。言葉だけですませるんじゃなくな、坊や」

アントニーが、兄を品定めしているのがわかった。フットボールで鍛えた肩やレスリングがつくった太い首に気づいて、考えなおしたようだ。アントニーは視線をはずし、一歩しりぞき、投げやりな笑い声をあげて言った。「ここで殴り合いは無理だな。やめた、やめた」

アントニーは、いつもの無関心さを取り戻し、その場から立ち去った。

彼の選択は正しかった。兄のウォルターは、エリートで、道徳家で、きわめつきの保守主義者などいろんな顔をもっていたが、弱虫や臆病者ではなかった。

兄はきっとわたしの恋人を舗道に叩きつけていただろう。

それはだれが見ても明らかだった。

翌日、ウォルターは「話がある」と言って、わたしを〈ザ・コロニー〉に昼食に連れ出した。なにについての（むしろ、だれについての）話なのかはわかりきっていた。恐れていたとおりになった。

「お願い、アントニーのことは、パパとママには言わないで」わたしはテーブルにつくなりウォルターに言った。この問題を自分から切り出したくなかったが、ウォルターのことはよくわかっていたので、必死のお願いから始めるのが最善の策だと考えた。いちばん恐れていたのは、兄がわたしの不品行を両親に伝え、すぐに両親が飛んできて、わたしの翼を切り落とすことだった。

ウォルターが答えるまでに、しばらくの間があった。

「ヴィー、この件に関しておれは公正でありたい」兄が言った。

もちろん、そうだろう。ウォルターはつねに公正を望んでいる。

わたしはつぎの言葉を待った。兄といるときによく感じる――校長先生に呼び出された子どもみたいな気持ちになって。ああ、どうか兄がわたしの味方でありますように！　だがこれまで、兄が味方だったためしがなかった。子どものときから、兄はわたしのために秘密を守ることも、わたしと共謀しておとなに対抗することもなかった。彼はつねに両親の側についた。仲間ではなく父親のようにふるまい、わたしも彼をそのように扱った。

やっと兄が口を開いた。「いつまでも、そんなふうに遊んでるわけにはいかないぞ」

「うん、わかってる」わたしは言った。心のなかでは、こんなふうにいつまでも遊んでいたいと思いながら。

「ここを出れば、現実の世界があるんだぞ、ヴィー。いずれは風船とおもちゃを捨てて、おとなにならなければ」

「ええ、間違いなく」と、同意する。

「おまえはきちんと育てられた。それを信じるしかない。時期が来れば、おまえのなかの躾が効きはじめるだろう。いまはボヘミアン気取りでも、いずれは落ちついて、ふさわしい相手と結婚する」

「もちろんよ」まさにそれが自分の計画だと言わんばかりにうなずいた。

「おまえの分別を信じられなきゃ、おれはおまえをいますぐ、故郷のクリントンに送り返す」

「当然よ！」わたしは声を張りあげて、完全に同意した。「わたし、自分の分別を信じられなきゃ、自分をいますぐ、故郷のクリントンに送り返すわ」

意味が通らないことを口走ったが、それでも兄は気を鎮めたようだった。わたしは兄をよく知っていたので、ここを切り抜けるには完全に同調するしかないと考えていた。

「おれがデラウェアに行ったときみたいなもんだな」彼はまた長く沈黙したあと、少し調子をやわらげて言った。

わたしは、はたと考えこんだ。デラウェア？　そういえば、昨年の夏、兄はデラウェア州で数週間過ごした。電気工学について学ぶために発電所で働いたのだっけ……。

「そうよね！」わたしは言った。「そう、デラウェア！」デラウェアがどう関係するのかわからないが、この映画のサントラみたいな肯定的な返事で話が進むことを願った。

「デラウェアで、おれはかなり粗野な連中とも付き合った。おまえにもわかるだろう？　人はときに、自分とは育ちのちがう人間と親しく交わりたいと思うことがある。視野が広がる。人間として成長できるかもしれないからだ」

　ふん、えらそうに。

　でも、兄は満足げにほほえんでいた。

　わたしもほほえんだ。社会的階層の低い人々とあえて親しく交わることで、自分の視野を広げ、人間として成長しようと努める人に見えるように。表情をひとつに保つのはむずかしかったが、最善を尽くした。

「いまのおまえは、ただはしゃいでいるだけだ」自分の診断を確信するように、兄はきっぱりと言った。「もう子どもから卒業しろ」

「そのとおりね、ウォルター。いまのわたしは、ただはしゃいでいるだけ。わかってるから、わたしのことは心配しなくていいわ」

　兄の顔が曇った。わたしは彼を否定するという戦術的なミスを犯してしまったのだ。

「いやいや、おれがおまえのことを心配するのは当然だぞ、ヴィー。あと数日で、士官候補生訓練学校が始まる。アップタウンに係留された戦艦に移る。もうこれからは、おまえに目を光らせることができない」

　ハレルヤ！　と心で叫びながら、神妙にうなずいた。

「おれは、おまえの人生が向かおうとしている先が気に入らない。だから、きょう話がしたかった。まったく気に入らない」

「よくわかるわ！」わたしは、全面的肯定という最初の戦術に戻った。

「アントニーに本気でのめりこんでるわけじゃないだろうな」

「ぜんぜん」わたしは嘘をついた。

「やつとは一線を越えていないだろうな」

自分の顔が赤らむのを感じた。慎み深さからではなく、罪悪感ゆえに。でも、それが功を奏したようだ。遠まわしにとはいえ、兄からセックスの問題に踏みこまれてうろたえる、純真な妹に見えたにちがいない。

ウォルターも顔を赤らめた。「すまない、こんなことを訊いて」うぶな妹をかばうように、兄は言った。「だが、知っておく必要があった」

「わかるわ」とわたし。「でも、わたしはけっして……ああいう人とは……いえ、どんな人ともよ、ウォルター」

「わかった。おまえがそう言うなら信じよう。親父とお袋にはなにも言わないでおく」彼はそう言った。（わたしはこの日初めて、安堵のため息をついた。）「だがな、これだけは約束してほしい」

「なんでも言って」

「あいつのことで厄介なことが生じたら、おれに連絡してくれ」

「わかった」と、わたし。「でも、厄介なことにならないようにする。約束するわ」

ふいに、ウォルターが年老いて見えた。二十二歳にして戦争に征くと決めるのは、かんたんなことではなかったろう。兄は家族としての義務も、愛国者としての義務も同時に果たそうとしていた。

「ヴィー、おまえとアントニーの仲はすぐに終わる。賢くなると約束してくれ。おまえは、賢い子どもだった。やんちゃなことはなにもしなかった。おまえはとても頭のいい子だった」

ちくりと胸が痛んだ。兄が最良のわたしをなんとか見つけようとして、そこまで深く記憶を掘り起こさなければならなかったことに。

18

アンジェラ……わたしはこの話のつづきを語りたくない。

語りたくなくてぐずぐずと時間稼ぎをしていたような気もする。

先を思うと、胸が痛い。

あともう少し、時間をおいてみようか……。

いいえ、やっぱりけりをつけてしまいましょう。


一九四一年、三月末になっていた。

長い冬だった。その月の初めにニューヨークは猛烈な雪嵐に見舞われ、街がふたたび雪のなかから掘り起こされるまでに数週間を要した。みんなが寒さで体調を崩した。リリー座はすきま風のはいる古い建物で、驚くだろうけれど、楽屋は着替えをするより毛皮の保管庫向きになっていた。

みんながしもやけや、風邪からくる口唇ヘルペスを患った。娘たちは、春が来て体の線を見せつける薄物のワンピースが着られる日を待ちわびた。コートと厚い靴下と襟巻きをミイラのように着こむのにうんざりしていた。ダンサーのなかには、ドレスの下に長ズロースをはいて出かけ、ナイトクラブの化粧室でこっそり脱ぐ娘たちもいた。もちろん、遊び終えたら、もう一度長ズロースをはいて、凍てつく夜気のなかに勇気をふるって出ていくことになる。絹のドレスの裾から長ズロースが飛び出す姿には、もはや粋（いき）な色香はこれっぽっちもない。わたしは冬のあいだ、自分の春物をせっせと縫いつづけた。ワードローブに暖かな季節の服があふれたら、冬も終わりを告げるのではないかと、理屈の通らない空（むな）しい期待をこめて。

月の終わりになってようやく気候が変わり、寒さの魔法が解けた。

そしてニューヨークにこのまま夏が訪れるのではないかと錯覚させる、明るい喜びに満ちた春の一日が訪れた。この街の暮らしが長くないわたしは、錯覚の罠にやすやすとはまり（ニューヨークの三月を信じるなかれ！）、暖かな陽光に胸を躍らせた。

その日は月曜日で、リリー座の休演日だった。午前中に配達された郵便のなかに、エドナ宛ての招待状があった。〝英米婦人保護同盟〟と名のる団体が、その晩、ウォルドルフ＝アストリア・ホテルで、募金集めのパーティーをすると告げていた。集めた募金は、ヨーロッパの大戦にアメリカが参戦するように働きかける、ロビー活動に充（あ）てられるということだった。

主催団体の代表者が、遅いご招待になって恐縮だが、ワトソン夫人にご出席いただけないものだろうか、と書いていた。名声高きワトソン夫人の出席によって、この募金パーティーに栄誉を与えていただきたい、そしてもしよければ、若き共演スターのアントニー・ロッチェラ氏とともにお越しいただき、『女たちの街（シティ・オブ・ガールズ）』からあの有名なおふたりのデュエットを歌って、集会に出席するご婦人方を楽しませていただけないものだろうか――。

わたしは、エドナに来る招待状のほとんどを、彼女に見せることなく断っていた。劇場の厳しい上演スケジュールをこなすために社交のたぐいはほとんど不可能だったし、いまや彼女の許容範囲を超えて世の中がエドナにさまざまなことを求めていた。そこでこの招待も断ろうと決めかけた。が、もしやという思いがよぎった。この催しがアメリカの参戦キャンペーンのひとつだということを、エドナは気にかけるのではないだろうか？　彼女は夜な夜なオリーヴと、アメリカの参戦について話しこんでいた。依頼の内容――歌とダンスと食事――も穏当なものに思われた。そこで結局、招待状をエドナに見せることにした。

エドナはその場で出席を決めた。厳しい冬のあいだ長くどこへも行けずに気が変になりそうだったから、外出するチャンスは大歓迎よ、と彼女は言った。それにもちろん、哀れな祖国イギリスの役に立ちたいわ！　エドナはわたしに向かって、アントニーに電話して、今夜彼女をその募金集会にエスコートできるか、また歌を歌えるかどうかを訊いてほしいと言った。そこで電話してみると、（たいへんではなく）いささか驚いたのだが、アントニーは承諾した。（アントニーはわたしに輪を掛けて政治に関心がなかったが、エドナを心から敬愛していた。それについてまだ触れていなかったことを許してほしい。エドナ・パーカー・ワトソンを敬愛する人をいちいちあげていったら、話が長くなってしまう。要するに、みんな、みんな、なのだから。）

「了解、ベイビー。おれがエドナを連れていく」アントニーは言った。「楽しめそうだな」

アントニーが今晩のエスコート役を引き受けたことをエドナに知らせると、彼女は「それはありがとう」と答えた。「みんなでヒトラーをやっつけてやりましょう。長居はしないわ。いつもの就寝時間に間に合うように帰るつもりよ」

それでおしまいになればよかったのだ。

たんなる社交上の取り決めにすぎなかった。ふたりの人気エンターテイナーが、最終的にはなんの意味もない政治的な集まり――ヨーロッパの戦争に勝つためになにもできない裕福で善意にあふれたマンハッタンの女性たちが主催する募金パーティー――に無邪気に出席を決めた、それだけのことだった。

でも、それでおしまいにはならなかった。夕方になり、わたしがエドナの着替えを手伝っていると、彼女の夫のアーサーが部屋にはいってきた。アーサーは、みごとに着飾った妻を見て、どこへ行くのかと尋ねた。エドナは、ウォルドルフ＝アストリア・ホテルに行って、小さな募金パーティーで歌を披露するのだと答えた。アーサーはむすっとして、今夜は映画に行きたいと言ったはずだと愚痴った。（「一週間のうちひと晩しか休めないっていうのに、なんだよ！」）エドナはあやまった。（「でもね、これはイギリスのためを思ってなのよ、ダーリン！」）これもちょっとした夫婦喧嘩でおしまいになるはずだった。

ところが一時間後、アントニーがエドナを迎えにあらわれると、アーサーはこの若者がタキシード姿（たしかに、めかしこみすぎにも思えた）で立っているのを見て、また怒りはじめた。

「こいつ、ここでなにしてるんだ？」アーサーは、あからさまな疑いの目で、アントニーをにらみつけた。

「わたしをその集会にエスコートするために来てくれたのよ、ダーリン」エドナが言った。

「なんでこいつがきみをエスコートするんだ？」

「招待を受けたからよ、ダーリン」

「デートに行くとは言わなかったよな」

「デートではないわ、ダーリン。ただの出演よ。ご婦人たちが、わたしとアントニーのデュエットを聴きたがっているの」

「じゃあ、なぜぼくがいっしょに行って、きみとデュエットしないんだ？」

「ダーリン、だって、わたしとあなたがデュエットする曲はないでしょ」

ここでアントニーが声をあげて笑うという失敗を犯した。アーサーがさっと振り返り、アントニーに向き直った。「おまえは、人の妻を連れてホテルに行くのが、そんなにおかしいのか？」

いつものように、アントニーは噛んでいたガムをぱちんと弾(はじ)けさせて答えた。「まあ、ちょっとはおかしいかな」

アーサーがアントニーに飛びかかりそうになったが、すかさずエドナが割ってはいり、美しくマニキュアがほどこされた小さな手を夫の広い胸においた。「アーサー、ダーリン。落ちついて。これは仕事なの。それだけよ」

「仕事だって？　報酬は？」

「ダーリン。これは募金(ベネフィット)が目的なの。だれも報酬なんてもらわないわ」

「ぼくにはなんの得(ベネフィット)もないぞ！」

ここでまたしてもアントニーが——実に彼らしく——声をあげて笑った。

わたしは尋ねた。「ねえ、エドナ。わたしとアントニーは部屋の外に出たほうがいい？」

「いいや、ベイビー。おれはここにいるほうが快適だ」アントニーが言った。

「いいのよ、ここにいて」と、エドナもわたしたちふたりに言った。「心配いらないわ」。それから彼女はまた夫のほうを向いた。これまで彼に見せていた辛抱強い愛情のこもった表情が、氷のように冷たくなっていた。「アーサー、わたしはこの催しに出かけるし、アントニーにはエスコートをお願いするわ。そしてわたしは彼とデュエットを歌う。イギリスを守ろうと募金を呼びかける、罪のない年配のご婦人たちのためにね。では、また戻ってきてから会いましょう」

「もう我慢できない！」アーサーが叫んだ。「これじゃあニューヨークの新聞はぜんぶ、ぼくがきみの夫だってことを忘れてしまう。いや、きみまで忘れてしまったのか？　なあ、行かないでくれ。ぼくは許さないぞ」

「とんだざまだな」アントニーが火に油を注ぐようなことを言った。

「おまえこそ、とんだざまだ」アーサーが言い返した。「おまえは、タキシードを着ると、まるでウェイターだ！」

アントニーが肩をすくめた。「ああ、ときにはウェイターもやるさ。だが少なくとも、おれは自分の服を買うのに女を必要としない」

「すぐに出ていけ！」アーサーがアントニーに怒鳴った。

「いやだね。こちらのご婦人がおれを招いた。彼女が決めたことだ」

「ぼくの妻は、ぼくがいなければどこへも出かけない」アーサーが声を張りあげた。でも、これは筋が通らない。わたしは数カ月にわたって、エドナが彼をともなわずに出かけるのを見てきた。

「保護者気取りで彼女を縛るな」とアントニー。

「アントニー、お願い」わたしは進み出て、彼の腕に手を添えた。「外に出ましょう。わたしたちが口を出すことじゃないわ」

「おまえもだ。おまえも、おれを縛ろうと思うなよ、ねえちゃん！」アントニーはわたしの手を払いのけ、険悪な目でにらみつけた。

わたしはまるで蹴られたように後ずさった。彼からこんなにきつい言葉を浴びたのは初めてだった。

エドナがわたしたちを順番に見つめていった。

「あなたたちは、みんな子どもね」彼女はおだやかに言った。それからもう一連の真珠のネックレスを首もとに足し、帽子と手袋とハンドバッグを手にとった。「アーサー、十時にまた会いましょう」

「だめだ、ぜったいに行っちゃだめだ！」アーサーがわめいた。「ここで待ってなんかやるもんか。あとであわてるなよ！」

エドナはそれを無視した。

「ヴィヴィアン、着替えを手伝ってくれてありがとう」彼女は言った。「あなたも夜を楽しんでね。さあ、アントニー、来て」

こうしてエドナはわたしの恋人と出ていき、わたしは彼女の夫とふたりきりで部屋に残された。どちらもわなわなと震えて怖じ気づいていた。


正直な気持ちを言うなら、もしアントニーがあれほどきつい言葉をわたしに浴びせなければ、すべてを心から追いはらっていたはずだ。エドナと彼女の子どもじみた嫉妬深い夫のあいだに起きた、無意味な口喧嘩として片づけていたはずだ。事実をありのままに、つまり自分とは関係のないことと見なし、おそらくはすぐに部屋を出て、ペグとビリーといっしょに飲みに出かけていたはずだ。

しかしアントニーの反応がわたしを打ちのめし、凍りつかせた。あんなにひどい扱いを受けるようなことを、わたしがなにかした？　**おれを縛ろうと思うなよ、ねえちゃん！**　いったいどういうこと？　（新しいアパートメントに移るようにとは言いつづけた。いまとはちがう服装と話し方を求めた。汚い言葉を慎むように言った。ヘアスタイルをもっと控えめにできないものか、いつもガムを噛むのをやめてはどうかと言った。彼がダンサーといちゃついていると、口喧嘩になった。それは認めよう。でもいったいどうして？　わたしは彼の自由を奪ったわけじゃない！）

「あの女のせいでぼくは破滅する」アーサーが言った。エドナとアントニーが出ていってしばらくたっていた。「あの女は男を破滅させる」

「え……どういうこと？」気づくとわたしは尋ね返していた。

「あの脂ぎった雑種犬を、しっかり見張っておくんだな。やつを好きならな。彼女は若い男が大好物なんだよ。ご馳走にされないように気をつけるんだな」

また繰り返しになるけれど、アントニーの暴言がなければ、わたしはアーサー・ワトソンなんかの言うことに耳を傾けなかったはずだ。世の習いとして、つまりだれだって、アーサー・ワトソンの言うことに、いちいち耳を貸したりしなかった。なのに、どうしてああなってしまったのか……。

「え、彼女がまさか……」言い出したものの、どう終わらせればいいかもわからなかった。

「は、彼女は食べる気まんまんさ」アーサーが言った。「きみだってわかってるくせに。彼女はいつもその気だ。なあ、ほんとはわかってるんじゃないのか。それが彼女なんだよ。気づいてるんだろう？　ねんねじゃあるまいし」

黒い雲が目の前を通り過ぎていくようだった。

エドナと……**アントニーが**？

眩暈（めまい）がして、背後にあった椅子に手を伸ばし、体を支えた。

「ぼくは出かける」アーサーが宣言した。「シーリアはどこ？」

この質問の意味がわからなかった。シーリアとなんの関係があるの？

「シーリアはどこ……？」わたしは繰り返した。

「きみの部屋にいる？」

「たぶん」

「じゃあ、彼女を誘って出かけよう。こんなとこ、さっさと出ていこう。来いよ、ヴィヴィアン。支度してくれ」

そして、わたしはどうしたか――。

この愚か者の言うとおりにした。

なぜ、愚か者の言うとおりにしたのか。

アンジェラ……それは、わたしがばかな子どもだったから。いい歳をして。わたしにはいったん立ち止まって考えることができなかった。

こうして、わたしは偽りの美しい春の宵、シーリア・レイとアーサー・ワトソンといっしょに街に出ていくことになった。いや、シーリアとアーサーだけではないと、あとからわかった。わたしたちに合流したのは、シーリアの新しい、まさかの友人――ブレンダ・フレイザーと〝沈没（シップレック）〟ケリーだった。

アンジェラ、あなたはおそらくブレンダ・フレイザーや沈没ケリーという名を聞いたことがないでしょう。それも当然。ほんの短いあいだだけ、彼らは世に知られたカップルだった。一九四一年当時、若くして有名になったふたりは、必要以上に大きな注目を浴びていた。ブレンダは裕福な家に生まれ、社交界にデビューした令嬢。沈没ケリーはフットボールのスター選手。タブロイド紙の記者たちがどこまでもふたりを追いかけた。ウォルター・ウィンチェルのゴシップコラムにも、ブレンダが社交界の有名人としてよく登場した。

なぜこんな超有名人がわたしの友だちシーリア・レイと知り合ったのか、不思議に思うかもしれない。わたしもそうだった。でも、その夜しばらくすると、すべてがわかった。ニューヨークで最も有名なカップルは『女たちの街』を観にきて、すっかり気に入ったのだ。そしてシーリアを、ふたりのかわいいアクセサリーとして取りこんだ。幌(ほろ)付きオープンカーやダイヤモンドの首飾りを思いつきひとつで買うときのように。彼らはもうずいぶんいっしょに遊びまわっていたようだ。わたしがそれに気づかなかったのは、アントニーのことで頭がいっぱいだったから。シーリアはわたしが彼女に関心を示さなくなったから、新しい友だちをつくった。それだけだった。

もちろん、わたしは嫉妬しなかった。

いや、あなたが想像するほどには、嫉妬しなかった。

わたしたちはその夜、沈没ケリーの所有する、いかにも高そうなクリーム色の特別あつらえの幌付きパッカードに乗りこんだ。沈没ケリーがハンドルを握り、ブレンダが助手席に、あとの三人はシーリアをまんなかに後部座席にすわった。

わたしはブレンダ・フレイザーがすぐに嫌いになった。世界一の金持ち娘と噂されている彼女に、わたしがどんなに魅了され、威圧されたか想像してみてほしい。世界一の金持ち娘は、いったいどんな服を着ているのだろう？　それを見きわめたくて、わたしの視線は彼女に釘付けになった。嫌っているくせに、彼女の虜になっていた。

ブレンダの髪は、とても美しい黒髪だった。ミンクの毛皮のコートをまとい、座薬ぐらいの大きさのダイヤモンドの婚約指輪をはめていた。たくさんの死んだミンクの下には、たっぷりの黒のタフタとリボンのドレス。これから舞踏会に行くか、あるいは舞踏会からの帰りに見えた。白粉をふんだんにはたいた白い顔と、鮮やかな赤い口紅。長い髪を大きくうねらせて流したヘアスタイル、ヴェール付きの小さな黒い三角帽子（エドナが〝毛髪の大きな山の頂上に危なっかしく載った鳥の巣〟といつも軽蔑していた帽子）をかぶっていた。彼女の服の趣味はいただけないが、お金持ちに見えることだけは間違いない。口数は多くないけれど、話すと厳格なフィニッシング・スクール特有のアクセントが出た。それがわたしをいらいらさせた。彼女は、髪型が乱れるのを気にして、車の幌をおろすことを沈没ケリーに許さなかった。少しも楽しそうではなかった。

わたしは、沈没ケリーも好きになれなかった。そのあだ名が好きではなかったし、赤らんでたるんだあごも、騒々しいからかいも好きになれなかった。人の背中をばんばんと叩くタイプの男。わたしは背中をばんばん叩く人を好きになれない。

ブレンダと沈没ケリーがシーリアとアーサーをよく知っているらしいことも、ほんとうにいやだった。つまりそれは、シーリアとアーサーが——まるで恋人のように——いっしょにいるのを、彼らが知っているということだから。それには車に乗ってすぐに気づいた。沈没ケリーが運転席から振り返って、大声でわめいた。「またハーレムのあの店に行くか？」

「今夜はハーレムに行きたくない」と、シーリアが返した。「寒すぎるわ」

「ほらな。三月のことを言ったことわざがあるだろ！」アーサーが言った。「三月はライオンのようにやってきて、ランプのように去る」

ばか……。心のなかで、それを言うなら〝小羊（ラム）〟でしょ、と呟（つぶや）いた。

アーサーが上機嫌でシーリアの肩に腕をまわすのにいやでも気づいた。

どうしてそんなにしっかりと、シーリアに腕をまわすの？

いったいどうなってるの？

「〝ザ・ストリート〟に行きましょうよ」と、ブレンダが言った。「寒いんですもの。幌をおろしてハーレムまで行くなんて願いさげよ」

彼女の言う〝ザ・ストリート〟が五十二丁目だということは、だれでも知っていた。スウィングするストリート。ジャズクラブがひしめく通り。

「〈ジミーライアンズ〉か〈フェイマスドア〉か。それとも〈スポットライト〉？」沈没ケリーがジャズクラブの名をあげた。

「〈スポットライト〉がいい」と、シーリア。「ルイ・プリマのバンドが出演してるから」

それで決まりだった。わたしたちは途方もなく高価な車で、わずか十一ブロック先を目指した。それでも、ミッドタウンにいた人々がそれを目撃し、ブレンダ・フレイザーと沈没ケリーが幌付きパッカードで五十二丁目に向かったという噂を広めるだけの時間は充分にあった。目当てのクラブの前に車を停めてわたしたちが歩道に降り立つと、カメラマンがいっせいに寄ってきて写真を撮った。

（それについては、楽しんだことを認めるしかない。）

わたしはあっという間に酔った。あのころのウェイターたちは、シーリアやわたしのような娘にはすぐにカクテルを運んできてくれた。それがブレンダ・フレイザーともなれば、どれほどスピードが増したかはわかってもらえるだろう。

夕食を食べていなかったし、アントニーとの衝突で感情的になっていた。（わたしにとってそれは未曾有の大災害で、心はほぼ壊滅状態だった。）アルコールが頭に駆けのぼった。音楽はどんどん大きく激しく盛りあがった。ルイ・プリマがテーブルに挨拶に来るころには泥酔していた。ルイ・プリマと対面していることにさえ関心がもてなくなっていた。

「あなたとアーサー、どうなってるの？」わたしはシーリアに尋ねた。

「とくになにも」彼女が言った。

「男女の仲なの？」

シーリアは肩をすくめた。

「ちゃんと答えて、シーリア！」

シーリアが心のなかで答えを選んでいるのがわかった。彼女は、真実を言うほうを選んだ。

「だれにも言わない？　当たり。あいつはクズよ、でも、当たり」

「だけどシーリア、彼は結婚してる。エドナと結婚してるのよ！」わたしの声は少し大きすぎた。何人かが――それがだれだろうと知ったことではなかったが――振り返った。

「外に出て、風に当たろうよ。ふたりだけで」シーリアが言った。

わたしたちは外に出て、凍える三月の風のなかに立った。わたしはコートを着ていなかった。結局、暖かな春の日ではなかったのだ。わたしは気候にだまされていた。すべてにだまされていた。

「でも、エドナはどうなるの？」わたしは訊いた。

「どうなるって？」

「エドナはアーサーを愛してるわ」

「ていうか、若い男を愛してるんでしょ。いつも若い男をはべらせておきたいのよ。芝居のたびに新しい男をつくるんだって、アーサーが言ってたわよ」

若い男。アントニーのような若い男……。

わたしの顔を見て、シーリアは言った。「まあ考えてもみてよ！　ふたりの結婚が本物だって思う？　エドナが恋の現役じゃないって思う？　彼女みたいな大スターで、お金を自由に使える女が？　彼女みたいな人気者が？　家にいておいしいご馳走が届けられるのをただ待ってると思う？　わたしはそうは思わないな。彼女は、かわいい夫を宝くじで当てたわけじゃない。アーサーだって、家で妻の帰りをただ待ってるわけじゃない。あの夫婦は同類なの、欧州人なのよ、ヴィヴィ。あっちではね、だれだってああなのよ」

「あっち？」わたしは尋ねた。

「ヨーロッパ」シーリアは手をひらひらさせて、遠く隔たった、こことはルールの異なる広大な土地を漠然と示してみせた。

わたしはショックに打ちのめされた。この数カ月間、アントニーが小柄なかわいいダンサーたちとじゃれ合うのを見ては小さな嫉妬に苦しんだ。でも、エドナを疑ったことは一度たりともなかった。

エドナ・パーカー・ワトソンはわたしの友人——いいえ、それ以上の存在。おまけに、**老年だ**。その彼女が、どうしてわたしのアントニーと？　どうしてアントニーが彼女と？　いまのいま、わたしの恋人になにが起ころうとしているんだろう？　心が痛みと不安でねじれ、吐き気を催した。なぜ、エドナについて、わたしはこんなに見当外れだったのか？　アントニーについてもそうだ。みじんも疑っていなかった。そして、自分の友だちがアーサー・ワトソンと寝ていることに、どうして気づかなかったのか？　どうしてシーリアはもっと早く、それをわたしに言ってくれなかったのか？

突然、ペグとオリーヴの姿が、〈スターダスト〉の調べに合わせて居間で踊っていたあの夜の光景がよみがえった。自分があのときどんなにショックを受けたかも。なぜ、わたしは知らなかったのだろう？　いつになったら周囲の人々に、彼らの欲望に、彼らの後ろ暗い秘密に、驚かずにすむようになるのだろう？

エドナはわたしを子どもだと言った。

ほんとうに自分を子どもだと感じた。

「ああ、ヴィヴィ。ばかな女になっちゃだめ」シーリアがわたしの顔を見て言った。彼女の長い腕がわたしを引き寄せ、抱きしめた。このまま彼女の胸に倒れこめば、堰を切って酔っぱらいの感傷的な涙がとめどなく噴き出してくるだろう。まさにそうなろうとしたとき、聞き覚えのある煩わしい声がした。

「きみたち、化粧室かと思ったよ」アーサー・ワトソンだった。「こんな美女ふたりを連れて街に出るからには、ぼくはきみたちから目を離すわけにはいかないよ、そうだろう？」

わたしは、はっとしてシーリアの抱擁から身を引こうとした。が、アーサーは言った。「いや、ヴィヴィアン、いいよ、そのままつづけて。ぼくはここにいるんだからさ」彼は両腕を開いて、わたしたちふたりを抱き寄せた。こうして、わたしとシーリアの抱擁が彼の腕のなかにおさまった。わたしもシーリアも長身だったが、アーサーはスポーツ選手なみに大柄だったので、両腕でたやすくわたしたちを捕らえることができた。シーリアが笑いだし、アーサーも笑った。「これでいい」彼はわたしの髪に唇を寄せてささやいた。「ほら、いい感じになったろう?」

たしかに、ある部分ではよくなった。

かなり、よくなった。

なにより、ふたりの腕には温もりがあった。コートもなく五十二丁目の凍える風に吹きさらされて、わたしは冷えきっていた。冷気が手や足もとをチクチクと突いた。(それとも――ああ、みじめなわたし――体の血という血が、傷つき壊れた心に流れこんでしまっていたのか。)でも、いまは暖かい。少なくとも、体の一部は。わたしの脇腹はアーサーのたくましい体に押しつけられ、体の前面はシーリアの豊かな胸にぴったりと接していた。顔は親しんだ匂いのする彼女の首に重なっていた。ふいにそこに動く気配があり、彼女が頭をもちあげてアーサーとキスを始めたのに気づいた。

それに気づいたとき――たんなる礼儀のために――わたしはふたりから離れるために、ほんの少し努力を払おうとした。でも、ほんとうに、ほんの少しの努力でしかなかった。そこは居心地がよかったし、ふたりも心地よかった。

「今夜のヴィヴィは、悲しい子猫ちゃんなの」かなり長い情熱的なキスを終えてから、シーリアがわたしの耳もとでアーサーにささやいた。

「だれが悲しい子猫ちゃんだって?」アーサーが言った。「この子かな?」

そして彼は、わたしに唇を重ねた——わたしとシーリアの体を抱き寄せたまま。

自分が微妙な境界線上にいるのを感じた。

シーリアの恋人たちとキスしたことなら以前にもあった。でも、彼女とわたしの顔がこれほど間近に迫っているときではなかった。それにいまの相手はたまたまそこに居合わせた恋人ではなく、アーサー・ワトソンだ。わたしが嫌悪している男。そして彼の妻を、わたしは心から敬愛している。でもその妻は、いまわたしの恋人と体を重ねているかもしれない。アントニーがあの巧みな舌と唇を使って、いつもわたしにしていることをエドナに……

耐えきれなかった。

喉の奥から嗚咽（おえつ）が込みあげ、わたしはアーサーから唇を離して、息を整えた。するとつぎの瞬間、シーリアの唇がわたしの唇に重なった。

「やあ、わかってきたね」アーサーが言った。

この街に来てから数カ月にわたる官能の冒険のなかでも、女性とキスしたことは一度もなかったし、考えたこともなかった。ここまでのなりゆきからすれば、人生の不測の事態や変化にわたしが驚くことを止められないのはもうわかっているだろう。でも、シーリアとのキスは、驚きを超えた衝撃だった。その衝撃もおさまらないうちに、キスは濃厚さを増した。

シーリアとのキスは恐ろしいほどに贅沢だった。それが最初の印象だ。あまりにもシーリアで、あまりにもやわらかで、その唇も、その熱も、あまりにも潤沢だった。彼女のすべてがふんわりとした枕のように、わたしを沈めた。途方もなくやわらかな口と、豊満な胸のあいだに、なじみのある花のような香りのなかに。そのすべてにわたしは包まれた。男とするキスとはぜんぜんちがった。稀（まれ）に見るやわらかなキスができるアントニーのキスともちがった。男の最もやさしいキスでさえ、シーリアの唇に触れる経験と比べたらがさつになる。ビロードの流砂のようなキスのなかに捕らえられ、抜け出せなくなりそうだった。いや、だれが抜け出すことを望むだろうか。

夢のような千年間が過ぎていくあいだ、わたしは街灯の下に立って彼女のキスを受け、彼女にキスを返した。お互いの目を見つめ……ああ、きれいな、よく似た目……お互いの唇を重ね……ああ、愛らしい、よく似た唇……シーリア・レイとわたしの、お互いの完璧なナルシシズムはとうとう頂点までのぼりつめた。

突然、アーサーの声がわたしたちの恍惚を破った。

「さて、お嬢さんたち。邪魔して悪いが、そろそろここから離れて、ぼくの知ってる素敵なホテルに行かないか？」

彼は三連勝を決めた選手のようににやにやしていた。たぶん、ほんとうにそうだったのだろう。

アンジェラ……結局のところ、期待したほどではなかったわ。

それが多くの女性のファンタジーであることは知っている。瀟洒なホテルの大きなベッド、あなたとお愉しみを分け合うためにいるハンサムな男と美しい女。でもすぐに、三人でセックスするのは、純粋に物理的な問題として、煩わしくもむずかしいことだと知った。どこに注意を向けたらいいのかよくわからなかった。扱わなければならない手脚が多すぎる！ **あ、失礼、あなたがそこにいたとは**――こんなことがたくさんある。なにかよいことに没入しようとすると、もうひとりが邪魔をする。いつ終わるかもよくわからない。悦楽を堪能したとだれかが思っても、べつのだれかはまだ堪能できずにいる。だからまた引き返し、巻きこまれる。

とはいえ、三人のうちの男性がアーサー・ワトソンでなければ、もっと満足できたのかもしれない。彼は、性交というスポーツにおいてはたしかに経験豊富で精力的だったが、彼の日常と同じように、ベッドにおいてもどこか奇異なところがあった。そうなる理由は同じで、彼はつねに自分を見つめているか、自分のことを考えていた。そこにいらいらさせられた。彼は自分の肉体に関する深く鋭い審美眼をもっていて、自分の筋肉とその美しさが最大限に注目されるような絵画に自分自身を仕立てようとしていた。まるでわたしたちのために、あるいは自分を賛美するために、ポーズをとりつづけているみたいだった。（そのばかばかしさたるや！　ベッドにシーリア・レイや二十歳のわたしのような娘といっしょにいながら、自分の肉体にしか興味がないなんて！　なんて愚かな男！）

シーリアについて言うなら、わたしは彼女をどうすればいいのかわからなかった。彼女はわたしの手に余る歓喜の火山、欲望がつくる秘密の迷宮、あるいはジグザグの稲妻だった。ベッドにはわたしの知らない彼女がいた。一年近くシーリアと寄り添って眠ってきたが、そこはまったく異なる種類のベッドだった。そこにいたのは、まったく異なるシーリア……。シーリアはわたしが訪ねたことのない国、話せない言語だった。その見知らぬ女性のなかに、わたしは自分の友人を見つけられなかった。彼女の目はずっと閉じていて、体は動くのをやめなかった——熱情と怒りが生み出す性の夢魔に突き動かされているみたいに。

そのさなかに、白熱するまさに中心にいるときでさえ、わたしはかつて感じたこともない深い喪失感と孤独を感じていた。

アンジェラ……本音を言えば、ホテルの部屋のドアにたどり着いたときから、ほとんど引き返したくなっていた。そう、ほとんど。でもそのとき、わたしは数カ月前に自分と交わした約束を思い出した。シーリアが関わる危険なことから逃げたりしないという自分への約束を。

彼女が無謀なことをするときには、わたしもそうするつもりだった。

でもその約束は、数カ月間で色褪せ、わたしを困惑させるものになっていた（その数カ月間であまりに大きな変化があった。どうして友人の冒険についていくことがいつまでも重要でありつづけるだろう?）。にもかかわらず、わたしは自分の誓いにこだわった。誓いを手放さなかった。皮肉でもなんでもなく、それは未熟な自尊心の表明だった。

おそらく、ほかの動機もあった。

アントニーがわたしの手を払いのけ、おれを縛ろうと思うな、と言ったことが心にこびりついていた。わたしを蔑むように、**ねえちゃん**と呼んだことも。

シーリアがエドナとアーサーの結婚について話したことも、耳の底で繰り返されていた。〝あの夫婦は同類なの、欧州人なのよ、ヴィヴィ。あっちではね、だれだってああなのよ〟――彼らは〝欧州人〟なのだと、そう言ったときのシーリアは、彼女が初めて出会う愚かで哀れな生き物を見るような目で、わたしを見つめていた。

そして、わたしを〝子どもね〟と言ったエドナの声も聞こえた。

だれが子どもでいたいなんて思うだろう?

だから、足を踏み出した。ベッドのあっちの端からこっちの端へ、犬が地面を掘り返すみたいに動きまわり――欧州人になろうとして、子どもから抜け出そうとして――自分に必要ななにかを確認するために、神話から抜け出したようなアーサーとシーリアのみごとな肉体を鼻先でさぐり、前脚で掻いた。

そうしながら、頭の片隅の酔ってはいない、悲しみや欲望や愚かさに侵されてはいない部分で、この決断は苦しみしかもたらさないだろうと予感していた。

ほんとうに、そのとおりだった。

19

その後に起こったことを、早く話してしまいたい。

三人の行為がついに終わると、アーサーとシーリアとわたしは、気を失うように眠りに落ちた。しばらくして（時間の感覚をなくしていた）わたしは起きあがり、服を着た。眠っているふたりをホテルの部屋に残し、十一ブロック先のリリー座まで走った。残酷な三月の風に温もりを奪われまいと、薄着で震える体を空しく抱きしめながら。

リリー座の三階のドアをあけて、なかに駆けこんだときは深夜を過ぎていた。

すぐに、なにかおかしいと気づいた。

明かりが煌々と灯っていた。

そこに人がいて、全員がわたしを見つめていた。

オリーヴとペグとビリーが、煙草とパイプの煙の雲に包まれて居間にいた。さらにもうひとり、見覚えのない男性もいた。

「帰ってきた！」オリーヴがさっと立ちあがって言った。「あなたを待っていたわ」

「もうどうでもいいわよ」ペグが言った。「手遅れなんだから」（なんのことかわからなかった。でも、その言葉をそれほど気にしなかった。舌のもつれからペグが酔っているのがわかり、たいして意味はないだろうと考えた。むしろ、オリーヴがなぜわたしの帰りを待っていたのか、見知らぬ男性がだれなのかが気になった。）

「こんばんは」と言った。（ほかになにを言えばいいのか。だからとりあえず挨拶した。）

「緊急の用件よ、ヴィヴィアン」オリーヴが言った。

オリーヴの平静さから、わたしはなにか恐ろしい事態が起きたのだと察した。彼女がいきり立つのはとるにたらない用件だけだ。彼女がここまで落ちつきはらうのは、よほど深刻な事態にちがいない。

だれかが死んだ？

わたしの両親のどちらか？　兄？　アントニー？

わたしは、脚をがくがく震わせ、まだセックスの匂いを漂わせながら、自分の世界の底が抜けるのを待った――そう、それがつぎに起きたことだった。ただし、わたしの予想をはるかに裏切るようなやり方で。

「こちらは、スタン・ワインバーグ」オリーヴが見知らぬ男性を紹介した。「ペグの古い友人」

よい子のわたしは、握手をしようとその紳士のほうに向かった。が、ワインバーグ氏はわたしが近づくのに気づくと頬を紅潮させ、目を逸らした。彼のわたしに対する明らかな不快感に気づき、わたしは足を止めた。

「スタンは、《デイリーミラー》紙の夜勤編集者よ」オリーヴが、またも不安を煽るたんたんとした口調で言った。「彼は数時間前、悪い知らせをもってここを訪れた。ウォルター・ウィンチェルが明日の午後、彼のコラムに暴露記事を書くことを、スタンは好意から知らせてくれた」

オリーヴは、わたしをまっすぐに見つめていた。あたかもその眼差しがなにもかも物語っているように。

「暴露記事って、なんの？」わたしは訊いた。

「今夜起こったこと。あなたとアーサーとシーリアのあいだで」

「でも……」わたしは少し言葉に詰まり、また言い直した。「でも、なにが起きたの？」

アンジェラ……誓って言うけれど、白を切ろうとしたわけじゃない。自分自身ですら見知らぬ他人となって、見知らぬ物語の場面に投げこまれたような気がした。ここで語られている人たちはだれ……？　アーサーとヴィヴィアンとシーリア？　その人たちがわたしとどう関係あるの？

「ヴィヴィアン、写真を撮られたのよ」

わたしは酔いから一気に醒めた。

あわてふためきながら、わたしは考えた。**あのホテルの部屋にカメラマンが⁈**

だがつぎの瞬間、シーリアとアーサーと路上でキスをしたことを思い出した。五十二丁目の路上で、明るい街灯の下で――。その夜の早い時刻、〈スポットライト〉の前には、ブレンダ・フレイザーと沈没ケリーを待ちかまえる、タブロイド紙のカメラマンたちがいた。おそらく彼らが、まだそのあたりにたむろしていたのだろう。

わたしたちは、さぞやよい見世物になっていたにちがいない。

ワインバーグ氏の膝の上に、大きなマニラ紙の書類挟みが置かれているのに気づいた。おそらく、そのなかに写真があるのだろう。ああ、なんてこと……。

「どうしたらこれが公表されるのを止められるか、わたしたち、ずっと考えていたのよ、ヴィヴィアン」オリーヴが言った。

「止めることはできない」ビリーが初めて口を開いた。舌のもつれからして、おそらく彼も酔っていた。「エドナは有名人で、アーサー・ワトソンは彼女の夫。これは、まごうかたなきゴシップ・ニュースだ。つまり、こうだよ！　ある男が、すなわち本物のスターと結婚した半人前スターが、ナイトクラブの外で、ふたりのショーガールとキスをした。そしてつぎにこの男は、すなわち本物のスターと結婚した半人前のスターは、ホテルの部屋に妻ではない女と、しかもふたりの女とチェックインした。どうだい。こんなおいしいネタをもみ消せるわけがない。ウィンチェルはこの手の堕落が大好物なんだ。いまいましいウィンチェル、卑劣な蛇め！　やつには我慢がならない。ボードビルの世界にいるころから、あいつが大嫌いだった。あいつだけは、ぜったい自分たちのショーを観にこさせなかった。ああ、かわいそうなエドナ」

エドナ……。その名前の響きが腸までズシンと沈んだ。

「エドナは、知ってるの？」わたしは訊いた。

「ええ、ヴィヴィアン」オリーヴが言った。「エドナは知っている。スタンが写真を持ってここに着いたとき、彼女もいたからいまはベッドにいるわ」

わたしは嘔吐しそうになった。」

「彼も知っているわ、ヴィヴィアン。彼は、今夜は家に帰った」

みんなが知っているのだ。どっちも向いても、救いの希望はなかった。オリーヴがつづけて言った。

「でも、アントニーやエドナのことは、いまのあなたが心配することじゃない——わたしから言わせてもらえば。あなたには、向き合わなければならないはるかに大きな問題がある。スタンが教えてくれたの、あなたが特定されたと」

「特定された？」

「身元を特定された。つまり、だれであるかを知られてしまった、新聞社にね。ナイトクラブのだれかが、あなたと認めたらしいわ。つまりこれは、あなたの名前が――フルネームが――ウィンチェルのコラムに載ってしまうということ。今夜、わたしはそれをなんとか止めたいと考えつづけている」

すがるような思いで、わたしはペグを見た。なにかを必死に求めていたが、言葉にはできなかった。おそらくは慰めを、あるいは助言を、叔母に期待したのかもしれない。でも、ペグは目を閉じてカウチにもたれかかっていた。そばにいって彼女を揺さぶり、わたしを見て、わたしを助けてと懇願したかった。

「止めるのなんて無理」ペグがあいかわらず怪しいろれつで言った。

スタン・ワインバーグが同意するように厳粛にうなずいた。両手におろした視線をあげることもなかった。彼の手はありふれたマニラ紙の書類挟みをしっかりとつかんでいた。その姿は、悲しみに泣き崩れる家族に囲まれても、威厳を守り、平静を保とうとする斎場の管理人を思わせた。

「わたしたちは、ウィンチェルがアーサーの情事について書くのを止めることはできない。それは無理」と、オリーヴ。「そしてもちろん、ウィンチェルはエドナのこともゴシップにするでしょう。彼女はスターだから。でも、ペグ……。ヴィヴィアンはあなたの姪よ。彼女の名前がこんなスキャンダル沙汰で新聞に載るのを、放っておくわけにはいかないわ。彼女の名前は、記事にとってかならずしも必要ではない。でも掲載されれば、彼女の人生が台無しになるかもしれない。ねえ、ビリー。映画会社に電話して、だれかにこの件に介入――」

「映画会社にそれをさせるのは無理だ。きみにはもう十回も言った」とビリー。「まず第一に、これはニューヨークのゴシップだ。ハリウッドのゴシップじゃない。この街に映画界のその種の影響力は効かない。たとえ効くのだとしても、ぼくにその切り札は使えない。だれに電話しろと？〈20世紀フォックス〉のダリル・ザナック本人に？この時間に彼を叩き起こして、こう言うのか？〝やあ、ダリル。ぼくの妻の姪っ子を厄介事から救い出してくれないかな？〟ぼく自身が将来、ザナックに頼み事をしなきゃならないかもしれないのに。無理だな。使えるコネはない。なあ、オリーヴ。世話焼き係を引き受けるのはやめろ。なるようになれだ。数週間はつらいだろうが、それもやがては過ぎ去る。そういうものだ。みんな生き延びるだろう。どうせ新聞の小さな埋め草じゃないか。なにをそんなに気にする？」

「わたし、なんとかする。約束する」わたしはばかなことを口走った。

「無理だな」と、ビリー。「きみは黙っているべきじゃないかな。たったひと晩で、たいした損害を与えてくれたもんだよ、お嬢さん」

「ねえ、ペグ」オリーヴが、カウチに近づき、叔母を揺り起こして言った。「**考えて**。あなたならいい考えを思いつくにちがいない。あなたなら顔が広い」

しかし、ペグの答えは前と同じだった。「止めるのなんて無理」

わたしはどうにか椅子に近づき、そこにすわった。とんでもないことをしてしまった。明日にはそのゴシップ記事が紙面に載るだろう。それを止めることはできない。わたしの家族が知ることになる。わたしの兄も。いっしょに成長した人たち、同じ学校に通った人たちも知ることになる。ニューヨークの街じゅうの人々がそれを知ることになるだろう。

オリーヴが言ったように、わたしの人生は台無し。

これまでの人生で慎重を心がけていたとは言えない。それは認める。でも、自分の人生を台無しにしたいなどとは思っていなかった。この一年、わたしがどんなに向こう見ずだったとしても、いつかは身を改めて、もう一度まっとうな生活を目指すのだと、ぼんやりとだけれど考えていた（それが、兄の言った、〝おまえのなかの躾（しつけ）が効きはじめる〟ということなのか）。でも、このスキャンダルによって、スキャンダルが注目されることによって、わたしのまっとうな暮らしへの希望は永遠に断たれてしまうだろう。

そしてエドナのこと。**エドナはすでに知っている**。また吐き気が込みあげた。

「エドナはどう受けとったの？」どうしようもなく震えてしまう声で、思いきって尋ねた。

オリーヴは哀れむような目でわたしを見たが、なにも答えなかった。

「エドナがどう受けとったか？　それをきみが知りたいのか？」ビリーが言った。彼に哀れみはなかった。「彼女は不屈の人だが、その心はふつう以上に繊細にできている。ああ、今回の件ではかなりやられているよ、ヴィヴィアン。ふしだらな女が亭主をつまみ食いしたというなら、彼女はうまくかわしていただろう。だが、相手がふたり？　そのうちのひとりがきみ？　どう思う、ヴィヴィアン？彼女はどう感じると思う？」

わたしは両手で顔を覆った。

生まれてこなければよかった、という考えしか浮かばなかった。

「あなたは、今回の件に関して、恐ろしく独善的ね、ビリー」オリーヴがいさめるような低い声で言った。「自分の過去を棚にあげて」

「くそっ、ウィンチェルが大嫌いだ」オリーヴの発言を無視して、ビリーは言った。「やつもぼくが大嫌いだ。やつは、保険金が転がりこむなら、ぼくに火を付けるのも厭(いと)わないだろう」

「とにかく映画会社に電話して、ビリー」オリーヴがもう一度懇願した。「会社にこの件に関する調停を頼んで。なにかできるはずよ」

「いいや、オリーヴ。映画会社にはなにもできない。ここまで火急の件ではとくに。いまは一九四一年、十年前とは話がちがう。だれもそんな力をもってない。ウィンチェルの権力は映画会社の社長をもしのぐ。きみとぼくがクリスマスまで闘ったところで、答えは同じだな。ぼくは助けられない。映画会社も助けられない」

「止めるのなんて無理」またペグが言い、ため息をついた。深く沈んだため息だった。

わたしは目をつぶった。椅子の上で体がぐらぐら揺れている。自己嫌悪とアルコールのせいで吐きそうだった。

何分かが過ぎたような気がしたが、酔うといつもそうであるように、どれくらいなのかはっきりしなかった。

目をあげると、オリーヴがコートと帽子を身につけ、鞄(かばん)を持って居間に戻ってきたところだった。彼女が席をはずしたことさえ気づいていなかった。スタン・ワインバーグは、恐ろしい知らせを汚臭のように残して立ち去っていた。ペグはあいかわらずカウチに沈みこみ、ときどき意味をなさないことをぶつぶつと言った。

「ヴィヴィアン」と、オリーヴが言った。「あなたには、もっと清楚な服に着替えてもらわなければならない。さあ、急いで。クリントンから出てきたときに着ていた、あのおとなしそうなワンピースがいい。外は寒いから、コートと帽子も忘れないで。これから出かけるのよ。いつ戻ってこられるかはわからない」

「これから出かける？」この恐ろしい夜に、まだつづきがあるのだろうか。

「〈ストーククラブ〉に行くわ。ウォルター・ウィンチェルを見つけて、わたしが直談判する」

ビリーが笑いだした。「オリーヴが〈ストーククラブ〉に！　偉大なるウィンチェルさまに謁見を求めて！　こりゃおもしろい！　きみが〈ストーク（コウノトリ）クラブ〉の名を知っていたとは驚きだよ、オリーヴ！　きみなら助産院と勘違いしてもおかしくなかった！」

オリーヴは、ビリーのからかいを無視して言った。「ペグにこれ以上飲ませないで。頼んだわよ、ビリー。この大事に立ち向かうには、彼女にできるだけ早く素面に戻ってもらわなければ」

「飲めるわけないさ」ビリーは妻のほうを手で示した。「これだぜ！」

「ヴィヴィアン、急いで」オリーヴが言った。「支度をして。いい――あなたはしとやかな娘――そういう服装にして。髪もまとめて。化粧は落として。できるだけ清楚に。それから石鹼をたっぷり使って手を洗って。女郎屋の匂いをさせているようでは困るから」

アンジェラ……いまでは多くの人がウォルター・ウィンチェルの名を知らないという事実に気づくとき、わたしは愕然とする。彼はかつて、アメリカのメディアで最も影響力をもつ人物のひとりだった。それはつまり、彼が世界で最も影響力をもつ人物のひとりだということだった。彼は裕福な著名人についてコラムを書いていたけれど、彼自身がそれらの人に劣らず（多くの場合はそれ以上に）裕福な著名人だった。彼は読者に愛され、彼のコラムの餌食にされる人々から恐れられた。意のままに人の名声を築きあげ、そして壊した――子どもが砂の城で遊ぶように。フランクリン・ルーズベルトを大統領に再選させたのは、ウィンチェルだという説もあった。ヨーロッパの大戦にアメリカが参戦し、ヒトラーを打ち負かすべきだと熱心に主張するウィンチェルが、彼の読者や信奉者にルーズベルトへの投票を熱心に呼びかけたとき、何百万人という人々がそれに従ったからだ。

ウィンチェルはゴシップを大衆に売りさばき、勢いある書き手として長くその名を知られてきた。祖母とわたしは、彼のゴシップコラムをよくいっしょに読んだものだ。わたしたちは彼のコラムを隅々まで味わった。ウィンチェルは、あらゆる人のあらゆることを知っていた。情報をつかむ触手をあらゆる場所に伸ばしていた。

一九四一年当時、〈ストーククラブ〉は、実質的にウィンチェルのオフィスだった。それは周知の事実で、わたしもシーリアと街に出かけたとき、その店でウィンチェルの姿を幾度となく見かけた。彼は、彼専用の〝五十番席〟を玉座とし、毎晩十一時から午前五時まで、彼にとっての裏の仕事をした。そこへは彼の臣民が、ある者は頼みごとのために、ある者はゴシップコラムという怪物に捧げ物をするために、彼の帝国のすみずみから集まってきた。

ウィンチェルもショーガールをそばにはべらすのが好きだったので（まあだれでもそうだが）、シーリアもときどき彼のテーブル席につくことがあった。彼は、シーリアという名前も知っていた。わたしは、彼とシーリアがダンスを踊るのを見たことがある。（ビリーがなんと言おうが、わたしの見るかぎり、彼はよい踊り手だった。）ただ〈ストーククラブ〉で多くの夜を過ごしたが、わたしは進んでウィンチェルのテーブルに行こうとは思わなかった。まず、わたしはショーガールでも女優でも資産家令嬢でもなく、彼にとって興味の対象ではなかった。さらに、わたしは彼がたまらなく怖かった。ただわけもわからず、彼を恐れていた。

　その理由がようやくわかるときが来たのだ。


　オリーヴとわたしは、タクシーのなかで言葉を交わさなかった。わたしは恐れと恥で消耗しきって会話どころではなかったし、オリーヴはふだんから、気楽におしゃべりするタイプではなかった。でもこれだけは言っておきたいが、彼女がわたしに対して見下した態度をとっていたわけではない。彼女はがみがみとわたしに説教しなかった――そうするだけの理由が彼女にはあったのに。そうしなかったのは、その夜の彼女の態度がビジネスに徹していたからだと思う。彼女は遂行すべき使命をもち、目の前の仕事だけに集中していた。もしあのときのわたしに、内省するだけの知恵があったなら、わたしのためにペグでもビリーでもなく、ほかならぬオリーヴが危険を冒してくれたことに驚き、心を打たれていただろう。でも、彼女が示してくれた温情について考えるには、わたしは取り乱しすぎていた。破滅の予感に震えることしかできなかった。

　タクシーから降りるときにオリーヴが、ようやく口を開いた。「ウィンチェルにはひと言もしゃべらないで。ひと言も。きれいに、静かにしていて。それがあなたのただひとつの仕事だから。さあ、行くわよ」

　わたしたちが〈ストーククラブ〉の入口に近づくと、ふたりのドアマンが行く手を阻んだ。顔見知りのジェームズとニックだった。彼らもわたしを知っていたが、その夜はすぐにはわたしだとは気づかなかった。彼らの知っているわたしは、ショーガールとつるんでいる派手めの小粋な娘だ。だがその夜の装いはそれとはほど遠く、およそ〈ストークラブ〉に踊りにいく恰好ではなかった。わたしはイヴニングドレスも毛皮も、シーリアから借りる宝石も身につけていなかった。それとは正反対の、オリーヴの言いつけどおりのおとなしい服装だった。幸いにもわたしには、彼女の指示に従えるだけの、服飾に関する良識があった。いまから十カ月近く前、列車でニューヨークに来たときに着ていたシンプルなワンピースに、学生時代のコートをはおった。化粧はすべて落とした。おそらく十五歳くらいに見えたことだろう。

さらにその夜は、ドアマンたちがいつも見なれていた同伴者とは――控えめな言い方をすれば――異なるタイプの女性といっしょだった。華やかなショーガールのシーリアに腕を絡ませるかわりに、わたしはミス・オリーヴ・トンプソン――スチール縁の眼鏡、古い茶色のオーバーコート――にともなわれていた。彼女は学校図書館の司書、あるいは司書の母親のようだった。明らかに〈ストーククラブ〉という店の雰囲気を盛りあげるような客ではないため、ニックとジェームズは両手をあげて、オリーヴを止めた。

「ウィンチェル氏に会いにきたのよ。通してちょうだい」オリーヴがきびきびと言った。「急を要することなの」

「マダム、申し訳ありませんが、今夜は満席で、お客さまにはご入店いただけません」

もちろん、ドアマンは嘘をついていた。シーリアとわたしが――もちろん華やかなドレス姿で――はいろうとしたら、蝶番が壊れるような勢いでドアをあけていただろう。

「シャーマン・ビリングズリー氏は、今夜はこちらにいらっしゃらないの？」オリーヴはひるむことなく尋ねた。

ドアマンふたりが視線を交わした。この地味な図書館司書がどうして店の経営者を知っているのだろうという顔で。

彼らのためらいを見逃さず、オリーヴはさらに言った。

「ビリングズリー氏に、リリー座の支配人がウィンチェル氏と急な用件で会うために来たと伝えて。わたしは親友のペグ・ビューエルの代理人だと。時間があまりないの。この写真が公表されてしまうかどうかの瀬戸際だから」

オリーヴは、地味な格子柄（こうしがら）の小型鞄からわたしの人生を破滅させる元凶を――写真を収めたマニラ紙の書類挟みを取り出し、ドアマンに渡した。大胆な戦法だったが、非常時には非常手段が必要とされる。ニックが書類挟みを受け取り、それを開き、写真を見て小さくヒューと口笛を吹いた。写真から視線をあげ、わたしを見つめ、また写真を見おろす。ようやくわたしだと気づいたようだ。

彼は片眉をあげて、淫ら（みだ）な笑いを浮かべた。「しばらく見かけないと思ったら、ヴィヴィアン、理由はこれか。忙しかったんだな、え？」

わたしは屈辱に身を焦がした。と同時に、**これは始まりに過ぎない**、と理解した。

「わたしの姪に対する口のきき方に気をつけて」オリーヴが銀行の金庫にも穴をあける鋼（はがね）のような声で言った。

わたしの姪？

いつからわたしはオリーヴの姪になったんだろう？

ニックが怖じ気づいてあやまったが、オリーヴは手を緩めなかった。「お若い方、わたしたちをビリングズリー氏に会わせてくださる？　彼は、自分の家族同然と見なす人々に対するあなたの無礼を喜ばないでしょうけどね。それともじかに、ウィンチェル氏のテーブルまで通してくださる？　あなたはどちらでも選べる。でも、わたしがここから立ち去ることはない。わたしからの提案は、ただちに、まっすぐにウィンチェル氏のテーブルまで案内することよ。なぜなら、わたしが今夜最後に行き着くのがそこだから——どれだけ時間がかかろうとね。わたしを阻むことによって、だれが仕事を失おうと関係ないわ」

若い男たちがお堅い中年女性の叱責にいつも恐れをなすのは不思議だが、彼らは実際にそういう女性を恐れる。（母親、修道女、日曜学校の先生にそっくりだから？　小さなころに叱られたり叩かれたりしたトラウマが根深く残っているにちがいない。）

ジェームズとニックは目配せを交わすと、いま一度オリーヴを見つめ、結論をくだした。すなわち、このタフな中年女性の望むものならなんでも与えようと。

わたしたちはそのままウィンチェル氏のテーブルに通された。

オリーヴはこの大物と向かい合わせにすわったが、わたしには立っているように合図した。彼女のずんぐりした小さな体で、危険きわまりないメディア界の大物とわたしとのあいだに防壁をつくるように。あるいは、わたしがよけいな口を挟んで彼女の戦術を邪魔しないように、距離をあけておきたかったのかもしれない。

彼女はウィンチェルの灰皿を脇へ押しやり、書類挟みをテーブルに置いた。「これについて話し合うために来たわ」

ウィンチェルが書類挟みを開き、写真を扇のように自分の前に広げた。わたしは初めて、問題の写真を見た。細部までは見えなかったが、写っているものは一目瞭然だった。絡み合うふたりの女とひとりの男。なにが起きているかは、細部まで見えなくともわかった。

ウィンチェルが肩をすくめた。「もう見た。わたしがこれを買ったんだ。助けられないな」

「承知しているわ」と、オリーヴが言った。「明日の午後、これについて、あなたの記事が出るということは」

「で、きみはいったいだれなんだ？」

「オリーヴ・トンプソン。リリー座の支配人よ」

ウィンチェルの胸算用が透けて見えるようだった。彼は胸のうちで計算機を取り出し、すばやく計算し、またしまった。「『女たちの街（シティ・オブ・ガールズ）』をやっている、朽（く）ちかけた芝居小屋か」彼はそう言いながら、まだ吸いかけの煙草があるのに、新たな一本に火を付けた。

「そうよ」オリーヴが言った。（〝朽ちかけた芝居小屋〟については異議を唱えなかった。まあ、実際そのとおりで、議論の余地はない。）

「あれは、よいショーだ。わたしは記事でべた褒（ほ）めした」

彼はそれについて謝辞を求めているように見えたが、オリーヴは、ここに来たのが彼にひざまずいて温情を求めることだとしても、ただで謝辞を与えるような女性ではなかった。

「きみの背中の後ろに隠れているウサギちゃんは？」彼が尋ねた。

「わたしの姪よ」

物語がすでに確定しているようだった。

「おねむの時間ではないのかな？」ウィンチェルが、またわたしをちらっと見た。

ここまで彼に近づいたことはなく、この状況がたまらなくいやだった。

ウィンチェルは上背のある鷹のような男だった。年齢は四十代なかばだろうか。赤ん坊のようなピンクのなめらかな肌と、神経質そうなあご。ネイビーブルーのスーツ（しっかりとプレスされている）にスカイブルーのオックスフォード・シャツ。足もとは茶のウィングチップ・シューズ。頭には洒落（しゃれ）た灰色の中折れ帽。彼は裕福な権力者であり、いかにも裕福な権力者らしい恰好をしていた。落ちつきなく手を動かしていたが、わたしをとらえた目は恐ろしいまでに動かなかった。それは捕食者の眼差（まなざ）しだった。男前の顔だちと言えたかもしれないが、彼に腸（はらわた）をえぐられそうな恐れがなければの話だ。

だがしばらくすると、ウィンチェルはわたしから視線を逸（そ）らした。わたしは彼の興味を引き留めることはなかった。彼はすばやくわたしを観察し、分析し——女、若い、社交界に縁故なし、重要度は低い——彼の要求を満たすために必要ではないものとして捨て去った。

オリーヴは、目の前にある写真を指でコツコツと叩いた。「この男性は、わたしたちの劇場がかかえるスターの夫よ」

「知っているとも。アーサー・ワトソンだ。才能なし。頭におがくずが詰まっている。見てくれのよさに助けられ、芝居より女を追いかけるほうがうまい。妻にこの写真を見られたら、こっぴどくお仕置きされるだろう」

「彼女はもう見たわ」オリーヴが言った。

ウィンチェルは苛立（いらだ）ちを隠そうとしなかった。「なぜ見ることができたか、知りたいもんだな。写真はわたしの所有物だ。きみがこれを街じゅうに見せて、どうする気だ？　写真展のチケットでも売るつもりか？」

オリーヴはそれには答えなかったが、厳しい眼差しでなおもウィンチェルをにらみつけていた。

ウェイターが飲み物の注文を取りにきた。

「けっこうよ。わたしたちは禁酒しているので」オリーヴが答えた。（もしだれかがわたしの息の匂いが嗅げるほど近くまで来たら、この主張は完全にくつがえされてしまう。）

「記事をもみ消してほしいなら、あきらめたほうがいい」ウィンチェルが言った。「これはニュースだ。そしてわたしの仕事は、ニュースを売ることだ。真実であるか人々の関心を引くか、どちらであっても、わたしは公表せざるをえない。そして、このネタは真実であり、しかも人々の関心を引く。なんとエドナ・パーカー・ワトソンの夫が、女ふたりとあんな淫らなことを？　さて、きみはわたしにどうしてほしい？　有名人がショーガールふたり相手に、通りのどまんなかでお愉しみの真っ最中なら、おとなしく目を伏せて自分の靴でも見ていろと？　周知のことだが、わたしは夫婦間の問題を記事にするのを好まない。だがもし、人々がかくも軽々しく、かくも軽率な行為に走るとしたら、きみはわたしになにを望む？」

オリーヴはあいかわらず氷のような目で彼をにらんでいた。「あなたが礼儀をわきまえてくれることを望む」

「きみはなかなかの大物だな。わたしをちっとも恐れていないだろう？　きみのことがだんだんわかってきたよ。ビリーとペグのもとで働いているのか？」

「ええ、そう」

「あのちんけな芝居小屋がいまだ営業できているとは驚きだ。この年月、どうやって客を確保してきた？　まさか金を払って来てもらうとか？　金で釣るのか？」

「力ずくよ」オリーヴが言った。「力ずくで引きずりこむのよ、素晴らしいエンターテインメントを提供することでね。そうすれば、彼らはその見返りにチケットを買ってくれる」

ウィンチェルが声をあげて笑い、指でテーブルをコツコツと叩きながら首をかしげた。「きみが気に入った。尊大なウジ虫野郎ビリー・ビューエルのもとで働いているのは感心しないが、きみが気に入った。きみには度胸がある。どうだ、わたしの秘書にならないか？」

「あなたにはすでに優秀な秘書がいる。ミス・ローズ・ビッグマン。彼女のことは友人だと思っているわ。でも、あなたがわたしを雇うことを彼女が歓迎するとは思えない」

ウィンチェルがふたたび笑い声をあげた。「きみは、わたしよりも世間について多くを知っているようだな！」そう言って笑うのをやめたが、彼の目だけは最初から片時も笑っていなかった。「いいか、わたしからきみにしてやれることはなにもない。きみのところのスターには気の毒だが、記事をボツにするつもりはない」

「記事をボツにしろとは頼んでいない」

「じゃあ、なにが望みだ？　わたしはきみには新しい職を与えようとした。酒も勧めた」

「この娘の名前を新聞に載せないで」オリーヴは写真を指差した。指の先には、わたしがいた。数時間前（数世紀も前のようだ）に撮られた、うっとりと首をのけぞらせたわたしが……。

「なぜ、名前を載せるべきではないと？」

「彼女には罪がないから」

「これはまたおかしなことを言う」ウィンチェルがもう一度冷ややかな笑い声をあげた。

「哀れな娘の名を明かしたところで、記事にはなんの得もないわ」オリーヴが言った。「この騒動に関わるほかのふたりは公人よ。俳優とショーガール。すでに名を売っている。世間の詮索を受けるのも、ショービジネスの世界に入ったときに彼らが引き受けたこと。あなたの記事によって傷を負ったとしても、いずれそれを乗り越えていく。有名であるというのはそういうことだから。でも、この若い娘は」と、また写真のなかの恍惚としたわたしを指差し、「まだ学生も同然で、良家の出身。受ける痛手は大きい。あなたが名前をさらしたら、彼女の将来は台無しになる」

「ちょっと待て。彼女が、この子なのか？」ウィンチェルがわたしを指差した。群集のなかからひとり選ばれて、処刑を宣告されたような気がした。

「そう」と、オリーヴ。「わたしの姪よ。堅気の娘でまだ若い。ヴァッサー女子大に通っているわ」

（オリーヴはまたはったりを使った。でもヴァッサー大にかつて通っていたことは事実なので、まるきり嘘というわけでもない。）

ウィンチェルはまだわたしを見つめていた。「ではなぜ大学にいない？」

おっしゃるとおり、とわたしは思った。大学にいたら、こんなことにはならなかったのに……。いまにも脚がくずおれ、肺がつぶれてしまいそうだった。口を閉じていられることを、こんなにありがたく思ったことはなかった。名のある大学で文学を学ぶちゃんとした娘に、酔っていない娘に見えるようにせいいっぱい努力した。酔っていないと言い張るには、無理があったかもしれないが。

「彼女はニューヨークの街にしばらく滞在しているだけなの」オリーヴが言った。「小さな町の出身で、故郷には良識ある家族もいる。最近は怪しげな付き合いに興味をもつようになっていたけど、それはよき娘にも起きること。彼女は過ちを犯した、ただそれだけ」

「そして、きみは彼女の将来をつぶしたくないというわけか」

「ええ、そう。それをあなたにお願いしているの。あなたにとって避けられないことなら、記事を書けばいい。写真を載せてもいい。ただし、世間知らずな若い娘の名前だけは伏せてほしい」

ウィンチェルはまた写真をぱらぱらとめくり、写真のなかのわたしを指差した。わたしはシーリアの顔に唇を寄せ、片腕を蛇のようにアーサー・ワトソンの首に絡めていた。

「なるほど、世間知らずな娘か」ウィンチェルが言った。

「たぶらかされたのよ」オリーヴが言った。「そして過ちを犯した。よき娘にも起きることだわ」

「わたしの妻や娘がミンクのコートに身を包んでいられるのは、なぜだと思うね？　世間知らずな娘の失敗だからというだけでゴシップを書くのをやめたら、わたしの家族はどうなる？」

「わたしはあなたのお嬢さんの名前が好きよ」なんの考えもなく、わたしは口走っていた。

自分の声に驚いた。なにか話そうと思っていたわけではなかった。言葉が口を突いて出てきたのだ。わたしの発言はウィンチェルとオリーヴを驚かせた。オリーヴがさっと振り返り、わたしをにらみつけた。ウィンチェルはとまどったように体を引いた。

「なんだって？」彼が言った。

「あなたの話を聞く場ではないわ、ヴィヴィアン」オリーヴが言った。

「まあお静かに」ウィンチェルがオリーヴに言った。「で、お嬢さん、なんと言った？」

「あなたのお嬢さんの名前が好きだと言ったの」同じことを繰り返したが、彼は目を逸らしてくれなかった。「ウォルダという名が」

「ほう、どうしてウォルダのことを知っている？」彼が訊いた。

もしわたしが身のほどをわきまえていたなら、あるいは、もっとおもしろい話をでっちあげることができていたなら、答えはまったくちがっていたはずだ。しかし、おびえながらわたしにどうにか答えられたのは、ありのままの真実だった。

「わたしはずっとその名前が好きだったの。わたしの兄の名前は、あなたと同じウォルターだった。それは、わたしの祖母の父の名前がウォルターだったから。祖母が、一族に受け継がれていくことを願って、わたしの兄にこの名前をつけた。ずいぶん昔に、祖母があなたのラジオ番組を聴くようになったのも、あなたの名前が好きだったからよ。祖母はあなたのコラムもぜんぶ読んでいた。《グラフィック（一九二四年にウォルター・ウィンチェルが創刊したタブロイド紙《ニューヨーク・イヴニング・グラフィック》）》のコラムをよくいっしょに読んだわ。ウォルターは祖母のお気に入りの名前だった。だから、あなたが子どもたちにウォルターとウォルダという名をつけたと知ったときは、ご機嫌だった。わたしにヴィヴィアンという名前をつけるように両親に勧めたのも祖母だった。ヴィヴィアン（Vivian）のVは、ウォルター（Walter）のWの半分で、ウォルターという名と相性がよいからって。でも、あなたがお嬢さんにウォルダという名をつけたと知ってからは、わたしの名前もウォルダにすればよかったと言っていた。ウォルダは賢そうな名前で験（げん）がよいからって、祖母はそう言ってたわ。〈ラッキーストライク・ダンスアワー〉もよく聴いていた。祖母はいつもあなたの名前が好きだった。わたしはいつも思ってたわ、自分の名前がウォルダだったらよかったのに。そのほうが祖母は喜んでくれただろうから……」

わたしはふいに失速し、それ以上言葉が出てこなくなった。ああ、いったいなにをしゃべっているんだろう？

「この子に長い話を始めさせたのは、いったいだれだ？」ウィンチェルはわたしのほうを向いて、とぼけてみせた。

「彼女にかまわないで」オリーヴが言った。「気が高ぶっているのよ」

「わたしには、きみのこともかまう必要はないんだ」彼はオリーヴに言い、冷ややかな関心をまたわたしに向けた。「どうやらきみとは以前にも会っているようだな。きみはこのクラブに通っていた。シーリア・レイといっしょだった、そうだな？」

わたしは、抗うこともできず、うなずいた。オリーヴが肩を落とすのがわかった。

「やっぱりな。今夜はしおらしく木綿の靴下の女の子風だが、いつものきみを思い出した。このクラブで男たちとあらゆる種類の戯れにふけっていた。だから、きみがいま自分を淑女のごとく見せようとしているのを、かなり愉快に思う。いいかな、ふたりとも。きみたちの苦境は理解できる。きみたちがなにをしようとしているかもわかる。そうだ、わたしを説き伏せようとしている。そしてわたしは、説き伏せられることが大嫌いなんだ」彼はオリーヴのほうを見て言った。「わたしにわからないのは、なぜきみがこの娘を救うために全力を尽くしているかだな。このクラブにいる全員が、彼女は汚れなき乙女などではないと証言するだろう。おまけに、きみの姪でもない。だいたい、生まれた国もちがうだろう。きみの話し方からわかる」

「彼女はわたしの姪よ」オリーヴが言い張った。

「お嬢ちゃん、きみはこのご婦人の姪っ子かな？」ウィンチェルがわたしに直接訊いた。

彼に嘘をつくのは恐ろしかった。でも同じくらい真実を言うのも恐ろしかった。わたしに考えつける解決策は泣くことだけだった。「ごめんなさい！」そう言うと、涙が噴き出してきた。

「やめてくれ！　きみたちふたりのせいで頭痛がする」ウィンチェルが言った。だが、彼はわたしにハンカチーフを差し出して言った。「すわりなさい。これではまるでわたしが悪人のようだ。わたしのそばで泣いていいのは、わたしが振ったショーガールと新人女優だけだ」

ウィンチェルは二本の煙草に火を付け、一本をわたしに渡し、「禁煙しているのでなければ」と、冷ややかに笑った。

わたしはありがたく煙草を受け取り、震えながら浅く何度か煙を吸いこんだ。

「きみはいくつだ？」

「二十歳」

「分別をもっていい年頃だ。だが、皆がそうできるとはかぎらない。さて、きみは、わたしの記事を《グラフィック》紙で読んでいたと言う。それにしては若すぎないか？」

わたしはうなずいた。「あなたは、祖母のお気に入りだったの。小さなころは、祖母があなたのコラムを読んでくれたわ」

「お気に入り？　わたしのどこがよかったのかな？　つまり名前のほかに——名前がよかったことは、きみの思い出語りでよくわかった」

むずかしい問いではなかった。わたしは祖母の趣味をよく知っていた。「祖母はあなたの俗語の使い方が好きだった。あなたの売る喧嘩が好きだった。あなたの批評が好きだとも言ってたわ。あなたはショーをほんとうによく観ているし、ショーが心から好きなんだって。多くの批評家はそうじゃないって」

「彼女が、きみのお祖母(ばあ)さまがそれをぜんぶ言ったのか？　彼女に幸あれ。で、その卓見の持ち主はいまどこに?」

「亡くなったわ」わたしはそう言いながら、また泣きそうになった。

「惜しいことを。忠実なる読者を失ったことが残念だ。では、きみの兄さんはどうしている? わたしの名からとったそうだが、ウォルターのその後は?」

どうしてウォルター・ウィンチェルが兄の名前を彼からとったと勘違いしたのかはわからない。でも、それについて議論するつもりはなかった。

「兄のウォルターは海軍にいて、将校になるための訓練を受けてるわ」

「みずから海軍に志願したのか?」

「ええ。プリンストン大学をやめて」

「まさにいま求められていることだ」ウィンチェルが言った。「多くの青年がそうしている。義務として背負わされる前に、みずからの意思でヒトラーに戦いを挑もうとする勇敢な青年が増えている。男前の青年か?」

「ええ、はい」

「そうだろう。その名前であるかぎりは」

ウェイターがまた注文を取りにきた。わたしはいつものようにダブルのジンフィズを頼みそうになるのを、すんでのところで止めた。ウェイターの名前はルーイで、わたしは彼とキスしたことがあったが、彼がわたしだとは気づかなかったことに安堵した。

「さてと、いいかな」ウィンチェルが言った。「早く出ていってもらいたい。きみたちにいられては、このテーブルがなんとも安っぽく見える。そもそも、なんでその恰好ではいってこられたのかもわからない」

「ヴィヴィアンの名前を明日の新聞に載せないと確約しないかぎり、出ていかないわ」オリーヴが言った。彼女は話の詰め方をよく心得ていた。

「やれやれ、きみはこの五十番席にきて、わたしに要求を伝えられるような立場にはないと思うがな」ウィンチェルが言った。「きみにはなんの借りもない。それを忘れるな」

そして、彼はわたしのほうを見た。「きみには、もうトラブルに巻きこまれないように、おとなしくしていろと言いたい。だが、どうせまた繰り返すだろう。今回の件は、きみのろくでもないおこないが見つかったまで。どうせほかにも、いろいろやってきたはずだ。いままで見つからなかったのは、ただの幸運だった。今夜、その幸運が尽きたというわけだな。有名スターの能なし亭主とあばずれ女ともつれ合っていた――およそ良識ある家庭の娘がやることではない。わたしの人を見る目がたしかなら、きみは将来もっと愚かなことをしでかすだろう。だから、わたしから言えるのはこれだけだ。自分をよき娘だと言い張りたいのなら、シーリア・レイのような危ない女とうろつきまわるのはやめろ。自分の場所で闘う方法を知るべきだ。こちらのご婦人にはほとほとうんざりだが、それでも彼女は不屈の精神をもって、きみを助けようとしている。なぜそこまできみをたいせつに扱うのか、きみがそれに値するのか、わたしにはわからない。だがな、お嬢さん、これからは自分自身で闘うんだな。さあ、ふたりとも、出ていってもらおうか。わたしの夜を台無しにしないでくれ。きみたちがいると、たいせつな人たちが怖がって遠ざかる。それでは仕事にならないのでね」

20

翌日はできるかぎり自分の部屋にこもって過ごした。シーリアが戻ったらこの件について話をするつもりで待ちつづけたが、彼女は姿をあらわさなかった。一睡もできず、神経が騒がしい悪夢のように高ぶっていた。頭にくっついた何千個ものドアベルが、いっせいに鳴り響いているみたいだった。朝食や昼食のためにキッチンにおりていってだれかに——わけてもエドナに——出くわすのが恐ろしかった。

午後になると、リリー座をこっそり抜け出し、ウィンチェルのコラムの載った新聞を買いにいった。わたしは売店のすぐかたわらで、三月の風に抗いながら新聞を開いた。

アーサーとシーリアとわたしが抱き合っている写真があった。わたしはぼんやりとした横顔として写っているが、はっきり識別できるわけではない。（薄暗い照明のもとでは、ブルネットはみな同じに見える。）けれど、アーサーとシーリアは一目瞭然だった。記事にとっては彼らが重要だからなのだろう。

わたしはごくりと唾を呑んでから、記事を読みはじめた。

ウォルター・ウィンチェル、《ニューヨーク・デイリーミラー》紙、一九四一年三月二五日午後

ここにあるのは、紳士らしからぬご乱交に及んだ〝ミスター・エドナ・パーカー・ワトソン〟の姿である。いかがなものだろう。この貪欲なるイギリス人は、ひとりでは飽き足らず、ふたりのアメリカ人ショーガールをまとめて抱き寄せてほっかほかに暖まっている。……ご覧のとおり、アーサー・ワトソンは、〈スポットライト〉前の路上で、『女たちの街（シティ・オブ・ガールズ）』の共演スター、シーリア・レイと、もうひとりの〝レスボス島民〟を相手に、濃厚なキスを交わすところをカメラに押さえられた。……おいおい、祖国の同胞がヒトラーに決死の闘いを挑んでいるさなか、この男のやることといったらそれなのか？……昨夜の路上での三人の乱痴気ぶりたるや！……この堕天使たちが、その後どんなお愉（たの）しみにふけって一夜を過ごしたかは、カメラに代わって、ご想像あれ。考える頭があるなら、おわかりのはずだ。これがショービジネス界における結婚のまったく新しい形なのか！……もしかしたら、アーサー・ワトソンは妻からこっぴどくお仕置きされて、夜の街に飛び出したのかもしれない。……ワトソン夫妻にとってはさんざんな一夜！　ふたりのベッドにとどまっていればよかったものを！……だがここに起きたことは、まごうかたなき事実なのである！

〝レスボス島民〟……。
レズビアンを匂わせる呼び名を使い、名は伏せられていた。
わたしはオリーヴに救われたのだ。

夕方の六時ごろ、部屋のドアをノックする音がした。ペグだった。ひどい顔色で、わたしと同じようにげっそりしていた。

彼女は衣類の散らばったわたしのベッドに腰をおろした。

「こんちくしょう」その言葉がすべてを言いあらわしていた。

わたしたちはしばらくのあいだ無言ですわっていた。

「まったく、大事な子、とんだことをしてくれたわね」ペグがついに口を開いた。

「ごめんなさい、ペグ」

「やめて。あたしはあなたに偉そうな顔をするつもりはないから。ただね、今回の件で、あたしたちにトラブルが降りかかったことはたしかよ。それも、あらゆる種類のトラブルがね。明け方からオリーヴといっしょに、この破壊の惨状をなんとか立て直そうとしてきたわ」

「ほんとうに、ごめんなさい」わたしはふたたび言った。

「だからやめてったら。あなたが謝罪しなければならないのは、べつの人たちよ。あたしにあやまっても無駄。でも、話しておくことがいくつかある。まず、シーリアを馘にした」

馘……！　これまでリリー座でだれかが馘になった話など聞いたことがなかった。

「だけど、彼女はどこへ行くの？」わたしは訊いた。

「どこかへ行くでしょうね。彼女は取り返しのつかないことをした。だからお払い箱にするしかないの。彼女には、今夜のショーのあいだに、この部屋へ荷物を取りにくるように言ったわ。そのあいだ、あなたはここにいないで。これ以上こじれるのはごめんだから」

シーリアが出ていく——わたしには彼女に別れを言うことすらできない！　だけど、彼女はどこへ行くんだろう？　彼女が一文無しであることはよく知っている。家もない。家族もいない。彼女の暮らしは荒れていくばかりだろう。

「しかたなかった」ペグが言った。「あの娘を二度とエドナと同じステージにあげることはできない。こんな騒動のあとに、もしシーリアを追放しなかったら、残りの出演者から突きあげをくらうわ。みんなすごく怒ってる。そんな危険を冒すわけにはいかないのよ。だから、シーリアの代役をグラディスに頼んだ。シーリアと同じにはできないけど、グラディスならやりこなしてくれる。あたしはアーサーも馘にしたいけど、エドナがそれを受け入れないから無理ね。いつかは彼女自身が夫に馘を言い渡すとしても、それは彼女が決めること。あの男はクズ——でも、馘にはできない。エドナがあいつを愛してるんだから」

「エドナは今夜、舞台に立つの？」わたしは半信半疑で尋ねた。

「もちろんよ。降板する理由がないでしょ。彼女自身、なにも悪いことはしていない」

わたしは、はっと身を引いた。正直に言って、エドナが今夜も芝居をすることに驚いた。彼女は姿を消すのではないかと思っていた。どこかの療養所に身を潜めるか、そうでなくとも、泣いてドアをあけずに立てこもるとか……。ショーの上演そのものが中止になってもおかしくないと思っていた。

「彼女にとって楽しい夜にはならないでしょうね」ペグが言った。「もちろん、だれもがウィンチェルのコラムを読んでるわ。噂がどんどん広まる。彼女の苦しむところを見たい血に飢えた観客が集まってくる。でも、彼女はベテランだから、立ち向かえる。吹っ切ってやったほうがいい。そう直感してるはずよ。なにがあってもショーはつづけなければならない。そういうことね。エドナが強靭な精神の持ち主で、あたしたちは運がよかったわよ。もし彼女が毅然としてなければ、あたしと親友でなければ、おそらく降板していたでしょう。そうなったら、あたしたちはどうなってたかしらね。幸いにも彼女は苦境の切り抜け方を知っている。そして彼女ならきっと乗り切っていく」

ペグは煙草に火を付けてつづけた。「きょう、あなたの恋人、アントニーとも話したわ。彼はショーから抜けたいと言った。もう楽しくないからって。どういう意味かはともかく、あたしたちが彼を苦しめてるんですって。とくにあなたがね。あたしは、降板を思いとどまるように彼を説得したけど、出演料を上げるしかなかったわ。彼は続投の条件として、あなたが今後いっさい彼に近づかないことを出してきた。なぜなら、あなたが彼を汚したからだと。いっさいの関係を断ちたいそうよ。あなたとは口をきくのもいやだと――。彼が言ったことをそのまま伝えているのよ、ヴィヴィ。これでぜんぶだと思うわ。アントニーが今夜、芝居ができるかどうか心配だけど、それもまもなくわかるわね。それから、オリーヴも今朝、彼を引きとめようと彼とじっくり話し合ってくれた。あなたが彼と縁を切ると決めてくれたら、それがいちばんいい。これからは、アントニーなどいないかのようにふるまってほしい」

わたしは吐きそうだった。シーリアはいなくなり、アントニーはわたしとは二度と口をききたくないと言っている。そして、わたしのせいで、エドナは今夜、彼女の苦しむさまを見にくる観客の前に出ていかなくてはならない。

ペグが言った。「ずばり訊くんだけど、アーサー・ワトソンとはいつからできてたの？」

「いいえ、そんな関係じゃない。きのうの夜だけ。一度きり」

叔母は、真偽を確かめるように、わたしをじっと見た。が、最後は肩をすくめてこの問題をやりすごした。わたしを信じたのかどうかはわからない。もしかしたら、どっちだろうがたいしたことではないと結論したのかもしれない。わたしには自己弁護する気力もなかった。そう、いずれにせよ、たいしたことではないのだ。

「なぜ、あんなことをしたの？」ペグの口調には非難というより困惑がにじんでいた。わたしが答えられずにいると、彼女は言った。「ま, いいわ。そういうことをする人の動機はだいたい同じ」

「エドナが、アントニーをたぶらかして……浮気してるんだと思ったの」わたしは消え入るような声で言った。

「ああ、それはありえない。エドナを知ってるから、ぜったいないと誓える。彼女はそんなことは一度もしなかったし、これからもしないわ。でもね、たとえそれが真実だったとしても、あなたがしたことの理由にはならないわよ、ヴィヴィアン」

「ごめんなさい、ペグ」わたしはまた言った。

「このネタは、この街のあらゆる新聞に拾われるでしょうね。いずれはあらゆる街の新聞に。きっと、いろんな尾ひれがつくわ。ハリウッドのタブロイド紙、いずれはロンドンのタブロイド紙にも。オリーヴは、この午後ずっと、コメントを求める記者への対応に追われてる。楽屋口にはカメラマンがうじゃうじゃ。エドナのような人には、とんだ威信の失墜だわ。あんなに誇り高き人なのに」

「ペグ……わたしはどうしたらいいか教えて……お願い」

「あなたには、なにもできない。おとなしく口を閉ざして、みんなの寛容を祈ること以外にはね。ところで、きのうの夜、あなたとオリーヴで〈ストーククラブ〉に行ったそうね」

わたしはうなずいた。

「お涙ちょうだい話にするつもりはないんだけど、ねえ、ヴィヴィ、ちゃんとわかってる？　オリーヴがあなたを破滅から救ってくれたってこと」

「わかってるわ」

「もしあなたの両親が今回の件を知ったら、なんて言うと思う？　あなたが育ったような小さな町で、なにが起こると思う？　そういった評判が立ったら、それも証拠の写真までつけて」

想像がつく。というか、さんざん想像した。

「これは公正なことじゃないわね、ヴィヴィ。だれもが大打撃を、とくにエドナがでかいパンチをくらったのに、あなたは無罪放免」

「そのとおりね、ごめんなさい」

ペグがため息をついた。「ええと、もう一度言うけど、オリーヴが土壇場であなたを救ったの。長い年月のあいだに、あたしたちは――いえ、あたしは何度となく窮地に陥って、オリーヴに助けられた。彼女はあたしが知るなかで、最も高潔な尊敬すべき女性よ。彼女に感謝を伝えてくれたわよね」

「ええ」そう答えたものの、ほんとにそうしたかどうか自信がなかった。

「きのうの夜は、あなたとオリーヴといっしょに、あたしも行きたかったわ、ヴィヴィ。でも、正体をなくしてた。近頃は、いつもああなのよ。ソーダ水みたいにジンをがぶ飲みしてしまう。家に帰り着いたことも記憶にないの。でも、これは認めるわ――あなたを救うためにウィンチェルに頼みにいくのは、あたしじゃなきゃいけなかった。そう、オリーヴじゃなくて。なんにせよ、あたしはあなたの叔母なんだから。親族としての義務だわ。ビリーも手を貸してくれたらよかったけど、あの男を当てにしちゃだめね。彼は自分の身を危険にさらしてまで人を助けるようなことはしない。彼の責任でもないしね。そう、あたしの仕事だったの。あたしはそれを怠った。大事な子（キドゥ）、ひどい気分よ。日頃から、あなたをもっと監督しておくべきだった」

「あなたのせいじゃないわ」わたしは心から言った。「ぜんぜん、あなたのせいじゃない」

「まあ、いまとなってはどうしようもない。あたしとお酒との闘いも、またひと巡りしたってわけよ。ビリーがあらわれると、いつも最後はこうなの。彼は楽しいことをかかえて紙吹雪を散らしながらやってくる。あたしは彼といっしょに、昔みたいなお祭り騒ぎのなかに逆戻り。そしてある朝目覚め、楽しい世界が忽然（こつぜん）と消えているのを知るの。あたしが正体を失っているあいだにね。そのころ、オリーヴはといえば、あらゆることを修復しようと走り回ってる。あたしは、どうしてこう学べないのかしらね」

なんと返していいかわからなかった。

「まあ元気出していきましょう、ヴィヴィ。これが世界の終わりじゃないって、よく言うわよね。こんな日にそれを信じるのはむずかしいけど、でも、ほんとに終わりじゃないわ。世の中にはもっと悪いことだってある。両脚を失う人だっている」

「わたしは馘なの？」

ペグは声をあげて笑いだした。「なにを馘になるの？　あなたは仕事に就いてもいないじゃない！」腕時計を見て立ちあがってから、つづけた。「もうひとつ伝えることがあったわ。エドナは、今夜、ショーの前にあなたと顔を合わせたくないそうよ。彼女の衣裳の着付けはグラディスが手伝ってくれる。でも、ショーのあとに会いたいと言ってるわ。あなたに楽屋に来るよう伝えてほしいって頼まれた」

「ああ、どうしよう、ペグ」また吐き気がした。

「いつかは彼女と向き合わなきゃならないわ。それならいまのほうがいい。彼女はあなたにやさしくないでしょうね。それは言っておく。彼女にはあなたに怒りをぶちまける権利があるし、あなたはそうされるだけのことをした。彼女が迎えてくれるなら、行って、心から詫(わ)びなさい。自分のしたことを認めて、罰を受けるのよ。早く打ちのめされておけば、それだけ早く人生を立て直せる。あたしが経験から学んだことよ。先輩からの教訓だと思って受けとめて」

わたしは夜のショーを、劇場ホールの客席の後ろに立って、陰から観た。いつものわたしの場所だった。

もし観客がエドナの動揺を見るためにリリー座にやってきたのだとしたら、彼らは失望しただろう。彼女は一瞬たりとも動じなかった。まぶしいスポットライトというピンで舞台に留められた蝶のように、彼女は多くの人々の眼差(まなざ)しにさらされ――心の内をさぐられ、噂をささやかれ、くすくす笑われながら、それさえも利用して自分の役をみごとに演じきった。血に飢えた人々を喜ばせるような、おびえたところはみじんも見せなかった。彼女のアラバスター夫人はおかしみをたたえていた。エドナはとても落ちついて、魅力的に見えた。いつも以上に颯爽として優雅に、ステージを動きまわった。つねに自信に満ち、楽しいショーに主演できる喜び以外のものを顔にさらけ出すことはなかった。

一方、ほかの出演者たちは、最初は見るからにピリピリしていた。だれもが立ち位置を間違えたり、台詞につかえたりしたが、エドナの堂々とした演技に導かれて、しだいにもち直していった。エドナは、その夜の舞台を安定させる重力だった。なにが彼女をあそこまで安定させているのか、わたしには知りようもなかった。

　わたしの気のせいではなく、アントニーの第一幕の演技には、隠しようもない怒りがにじんでいた。ラッキー・ボビーではなく、野獣（ビースト）ボビーになっていた。でもそれさえもエドナが本来の方向に引っ張っていった。

　わたしの友人グラディスは――シーリアの代役としてシーリアの衣裳を身につけ――その役をうまくこなし、完璧なダンスを踊った。グラディスには、シーリアの当たり役のコミカルな味は出せなかったが、充分に代役のつとめを果たし、求められたものに応えた。

　アーサーの演技は、いつもと同じようにひどかった。いつもとちがうことがあったとすれば、ひどい様相をしていたことだ。目の下にげっそりとした灰色のくまをつくり、演技しながら首の汗を何度もぬぐった。舞台の反対側にいる妻を哀れな犬のような目で見つめ、動揺を取りつくろうことさえしなかった。唯一の救いは、彼の登場シーンがすでに大幅に削られていたので、彼がすべてを台無しにする時間が少なかったことだ。

　エドナは、その夜のショーにひとつだけ、大きな変更を加えた。最後のバラードを歌うときの位置と動きをみずから変えたのだ。いつもなら天を仰いで声を張りあげるところを、舞台手前まで進み出て、観客に語りかけるように歌った。観客を見つめ、大勢のなかからひと塊（かたまり）を順々に選びだし、その人たちに直接歌いかけていった。観客と視線を合わせ、思いの丈を歌いあげた。彼女の声がこれほど豊かに挑みかかるように聞こえたことはかつてなかった。（〝今度ばかりはきっともうだめ／たぶん捨て去られるわ／でも、わたし、恋に落ちるかも〟）

　まるで観客ひとりひとりに、挑戦的に問いかけているかのようだった。彼女はこう問うていた。あなたは一度も傷ついたことがないの？　あなたは心を引き裂かれたことがないの？　恋のために危険を冒したことはないの？

　しまいには、客席のあちこちからすすり泣きが聞こえてきた。そして彼女は最後の拍手喝采を一身に浴び、一滴の涙も流すことなく立っていた。

　きょうに至るまで、わたしは人生のなかで、あれほど強い女性に出会ったことはない。

　わたしは楽屋のドアをノックした。ドアを叩いた自分の手が、まるで木の棒になったように感じられた。

「どうぞ」と、彼女の声がした。

　わたしの脳みそは真綿のようにふわふわして、耳にはなにかが詰まり、麻痺(まひ)していた。口のなかは煙草風味の挽(ひ)き割りトウモロコシの味がした。寝不足と泣きすぎで目が乾き、ヒリヒリと痛かった。二十四時間なにも口にしていなかったし、またふたたびなにかを食べることも想像できなかった。きのう〈ストーククラブ〉に着ていったワンピースをまだ着ていた。髪はまる一日整えていなかった。（鏡を見ることさえできなかった。）両脚はかろうじて胴にくっついていたが、ドアの前で歩き方を忘れたように動けなくなった。わたしは一分ほどそこに立ちつくしてから、やっとどうにか足を動かして、崖から冷たい海に身を投げるように、部屋のなかに足を踏み入れた。

　エドナは、楽屋の化粧鏡の前に、鏡を囲むまぶしいライトの後光に照らされて立っていた。腕を組み、とても落ちついたようすで。彼女はそうやってわたしを待っていたのだ。まだ舞台衣裳のままだった。それは彼女がいつも拍手喝采で〝舞台を中断させる人(ショー・ストッパー)〟になる最後の場面に着る衣裳――わたしが数ヵ月前に仕立てた、絹地にラインストーンをちりばめた華やかな青のドレスだった。

わたしは頭をたれて、彼女の前に立った。彼女より頭ひとつ分くらい背が高い自分が、彼女の足もとにうずくまるネズミのように思えた。

「なぜ、自分から話そうとしないの？」彼女が言った。

ああ、なにを言えばいいのか、なんの心の準備もなかった……。

けれど、楽屋に呼ばれたからといっても、これは招待ではなく、呼び出し命令なのだ。

わたしは口を開き、ぼろぼろの、ろくでもない、取り散らかった言葉をとめどなく吐き出した。感傷的な謝罪の言葉を繰り返す、弁解の祈禱のようなものだった。許しを乞い、更生を誓い、一方で、いじましい否定もした。（「たった一度だけなのよ、エドナ！」）そして、自分でも情けなく思うが、脈絡のない語りのどこかで、アーサー・ワトソンが妻について「彼女、若い男が大好物なんだよ」と言ったと口をすべらせた。

わたしは愚かな言葉を紡ぎ出し、エドナがさえぎりも応えもしないことによって、さらに悪あがきした。とうとう、最後の言葉のゴミを吐き出して、なにも言えなくなった。ふたたび黙りこみ、彼女にじっと見つめられながら、力なく立ちつくした。

エドナがついに口を開いたとき、その声は恐ろしいほどおだやかだった。「あなたはあなた自身を理解していないようね、ヴィヴィアン。あなたには、自分がひとかどの人間ではないということがわかっていない。あなたは美しい。でも、それはただ若さゆえ。そんな美しさはすぐに色褪せる。あなたはけっして、ひとかどの人間にはなれない。それをあなたに教えてあげるのはね、ヴィヴィアン、あなたが自分はひとかどの人間であると、自分の人生は特別に重要なものであると勘違いしているからなの。でも、あなたはひとかどの人間ではないし、あなたの人生は特別に重要なものでもない。以前わたしは、あなたがひとかどの人間になれる可能性を秘めていると思った。でも、見誤っていた。あなたの叔母さまのペグは、ひとかどの人間。オリーヴ・トンプソンも、わたしも、ひとかどの人間。でも、あなたは、そうではない。わたしの言うこと、理解できる？」

わたしはうなずいた。

「あなたはね、ヴィヴィアン、人間としてよくいるタイプなの。もっとはっきり言うなら、女としてよくいるタイプ。うんざりするほどありふれたタイプ。わたしがあなたのようなタイプに、いままで出会ったことがないとでも思う？　あなたのようなタイプは、腰をくねらせて、そこらじゅうを歩きまわっているわ。凡庸でがさつでちゃちな遊びに手を出し、凡庸でがさつでちゃちな問題を引き起こしている。あなたは、同性とは友人になれない女のタイプだわ。なぜかと言うとね、ヴィヴィアン、あなたがいつも他人のおもちゃで遊びたがるからよ。あなたのようなタイプの女は、他人に迷惑をかけたり甘えたりできるから、自分は重要な存在であると思いこむ。だけど、重要でもなければ、ひとかどでもないわ」

わたしは口を開きかけ、また脈絡のない言葉のゴミを吐き散らかしそうになった。が、エドナが手をあげて制した。「あなたのなかに残った最後の尊厳を守りたいのなら、もうしゃべらないことね」

彼女がうっすらと笑いを浮かべて——ごくわずかだがやさしさすらにじませて——その言葉を口にしたことがわたしを打ちのめした。

「ほかにも、あなたが知っておくべきことがあるわ、ヴィヴィアン。あなたのお友だち、シーリアがあなたに近づいたのは、彼女にはあなたが上品なお嬢さまに見えたからよ。でも、あなたは少しも上品ではない。そして、あなたがシーリアに近づいたのは、あなたには彼女がスターに見えたから。でも、彼女はスターではないし、これからもなれない。そう、彼女はけっしてスターにはなれない。あなたに品格が身につかないようにね。あなたたちは、うんざりするほど平凡な若い娘のペアにすぎない。若い娘のある種のタイプよ。あなたたちのような若い娘は、掃いて捨てるほどいるわ」

心が粉々に砕けていく――エドナのきゃしゃな手に握りつぶされ、心が形をとどめないほど小さなかけらになって散っていくのがわかった。

「あなたはいま、自分がなにをすべきか知りたいかしら、ヴィヴィアン？　あなたがそういうタイプから抜け出して本物の人間になるために、あなたがしなければならないことはなにかを知りたい？」

わたしはうなずいたのだと思う。

「では、教えてあげましょう。あなたにできることは、なにもない。あなたが人生で、どんなに苦労してたいせつなものをつかもうとしても、けっしてうまくいかない。あなたは何者にもなれない。ヴィヴィアン、あなたはこれっぽっちも重要な人間にはなれないわ」

エドナはやさしくほほえんだ。

「わたしの勘が正しければ」と言い、彼女は最後の言葉を締めくくった。「あなたはおそらく、これからただちに、ご両親のもとに帰ることになるでしょう。本来あなたがいるべき場所に戻るのよ、そうでしょう？」

21

それからの一時間、わたしは、近所の終夜営業のドラッグストアの片隅にある、小さな公衆電話ボックスにこもって、兄のウォルターに電話をかけつづけた。

苦しくて気がおかしくなりそうだった。

リリー座にも使える電話があったが、自分の電話をだれにも聞かれたくなかった。あまりにも恥じ入っていたので、劇場のだれにも顔を合わせられなかった。だから、外のドラッグストアに走った。

手もとには、ウォルターが訓練を受けている、アッパー・ウェストサイドにある海軍士官候補生訓練学校の兵舎の電話番号を記した紙切れがあった。緊急の場合に備えて、兄から手渡されたのだ。そう、これは緊急事態、と自分に言い聞かせた。しかし夜の十一時だったので、だれも電話に出なかった。それでもわたしはあきらめなかった。五セント貨を硬貨投入口に落とし、向こうで電話のベルが鳴る音に耳をすました。ベルが二十五回鳴ったところで、受話器をおろす。そしてまたもう一度、同じ電話番号に、同じ五セント貨を使ってかけた。そのあいだも泣きつづけ、しゃくりあげていた。

その繰り返しには催眠効果があった。電話番号をダイアルし、ベルを数え、受話器を置き、落ちてきた硬貨を拾い、その硬貨をまた投入口に入れて、ダイアルし、ベルを数え、電話を切る。泣きながら、しゃくりあげながら。

突然、受話器の向こうから声が聞こえた。怒りの声だった。「なんだあ?」だれかがわたしの耳もとで怒鳴った。「くそっ、なんなんだよ?!」

わたしは受話器を落としそうになった。いきなり現実に引き戻され、いったいなんのために電話していたのか、一瞬わからなくなった。

「ウォルター・モリスとどうしても話したいの」はっとわれに返って言った。「お願い。家族の緊急事態なの」

電話の向こうの男は、いったい何時だと思ってるんだ? という当然予想される説教といっしょに、罵り(ののし)の言葉(「罰当たりのこんちくしょう、間抜けのちびり屋のくそったれ!」)をまくしたてた。しかし、彼の怒りもわたしの絶望には勝てなかった。わたしはヒステリーを起こした親族をみごとに演じたつもりだったが、演じるまでもなく、実際にそれだった。わたしの嗚咽(おえつ)は、彼の憤激をやすやすと打ち負かした。礼儀作法について彼がわめいたところで、わたしにはなんの意味もなかった。とうとう彼も自分のルールではわたしの凶暴さを押さえこめないと気づいたにちがいなく、あきらめて兄を呼びにいった。

わたしはかなり長いあいだ、五セント貨を投入口に落としながら、小さな電話ボックスのなかに響く自分の荒い息づかいを聞きながら、兄を待ちつづけた。

そしてとうとう、ウォルターの声がした。「なにがあった、ヴィー?」

その声を聞いたとたん、わたしはまたも砕け散り、途方に暮れた幼い少女の無数のかけらになった。

そして嗚咽の合間に、ウォルターに一部始終を語った。

「ここからわたしを連れ出して」すべてを聞き終えた兄に懇願した。「わたしを家に連れ帰って」

どうやってウォルターがあんなにも早く、その日の深夜のうちに準備を整えたのか、わたしにはわからなかった。こういうことが、つまり軍隊において休暇を取るようなことがどういう仕組みで成り立つのかも、わからなかった。でもとにかく兄は、わたしの知りうるかぎり最も臨機応変な人間で、厄介事をいつもどうにか解決してみせた。だからこのときも、兄ならなんとかしてくれるだろうと思っていた。ウォルターならなんでも解決してくれるだろうと。

ウォルターが、わたしの逃亡計画の準備（休暇許可を取り、車を借りる）を進めているあいだ、わたしは荷造りをした。服と靴をスーツケースに詰め、震える手でミシンを木箱にしまった。それからペグとオリーヴに宛てて、涙の染みがついた、自傷行為のような長い手紙を書いた。それをキッチンのテーブルに置いた。手紙になにを書いたかをすべて思い出せるわけではないが、おそらくヒステリックなことをたくさん書き連ねた。いまから思えば、「お世話になりました。ばかでごめんなさい」とだけ書き置きして、立ち去ればよかった。ペグとオリーヴならそれで充分に対処できた。数々のごたごたに加えて、わたしの二十枚にも及ぶ愚かしい懺悔の手紙など読まされる必要はなかったのだ。

でもとにかく、ふたりはその手紙を受け取ることになった。

夜明け前に、ウォルターはリリー座の前に車をつけ、わたしを乗せて実家に向かった。

同乗者は兄だけではなかった。兄は車を借りることができたが、車には運転手もついてきた。ハンドルを握っているのは、ほっそりした長身の青年で、兄と同じ海軍士官候補生訓練学校の制服を着ていた。イタリア系の風貌で、強いブルックリン訛りがあった。彼は短い旅の同行者になるらしく、おんぼろフォードは彼の車にちがいなかった。

わたしはなにも気にしなかった。そのときの心が壊れた状態では、だれがそこにいようが、だれがわたしを見ようが、気にしなかった。わたしは絶望の淵にいた。リリー座のだれかが起きて、顔を合わせてしまう前に、一刻も早く、出ていきたかった。エドナとはもう同じ建物には暮らせないと思った。彼女は、彼女らしいクールなやり方で、わたしに退去を命じたのだ。わたしには、彼女の心の声が、はっきりと大きく聞こえた。だから、出ていくしかなかった。

ただちに、一刻も早く。

とにかく、リリー座から出ていければよかった。

わたしたちを乗せた車がジョージ・ワシントン橋を渡ろうとするとき、日が昇りはじめた。わたしは背後に遠ざかっていくニューヨークシティを振り返れなかった。耐えられそうになかった。自分から遠ざかっていくというのに、ニューヨークの街を自分から剝ぎとられるような気がした。自分がそれを扱うには値しない人間なので、子どもから貴重品を遠ざけるように街をもぎとられた感じがしていた。

橋を渡りきってニューヨークシティを無事に出たところで、隣にすわったウォルターからわたしへの非難が始まった。兄がこんなに怒るのを初めて見た。兄は怒りをぶちまけるような人間ではなかったが、このときばかりはぶちまけていた。まず、わたしがどれだけ家名を汚したか。つぎに、幼いころからどれだけ多くを与えられ、それを横着に浪費してきたか。両親がわたしの教育に投資した金がどれほど無駄になったか、わたしがそのような恩恵にどれほど値しない人間か。わたしのような娘は、利用され、使いつくされ、捨てられるのがおちだと、兄は言った。逮捕されず、妊娠もせず、側溝の死体となって発見されなかったのは、運がよかったからだ。いまとなっては、まともな結婚相手も見つからないだろう。おまえのしてきたことの一部でも知ったら、だれがおまえを妻に選ぶ？　ろくでもない連中と付き合ってきたせいで、おまえまでろくでもない人間になりさがった。ニューヨークでなにをしたか、それがどんな厄災を呼んだか、ぜったい両親に話してはならない。おまえを守るためじゃない（おまえは守られる価値もない）。両親を守るためだ。お袋も親父も、娘がここまで身を落としたことを知ったら、ショックから立ち直れないだろう。はっきり言っておくが、おまえを助けるのは、これが最後だ――。そう、兄はこう言った。「おれがおまえを矯正施設にぶちこまなかっただけでも、運がよかったと思うんだな」

この叱責のすべてを、兄は車を運転する若い青年を前にして言った。まるで彼が見えていないか、彼の耳が聞こえないか、あるいは、彼がとるにたらない存在であるかのように。

あるいは、わたしに愛想が尽きたので、もうだれに知られようがかまわないかのように。

ウォルターはわたしに辛辣な言葉を浴びせつづけた。運転手は一部始終を聞いていた。わたしは黙って叱責に耐えていた。つらかったことはたしかだが、正直なところ、エドナとの対峙に比べればましだった。（少なくとも、ウォルターは怒ることでわたしの存在を認めてくれた。でもエドナの徹底した冷ややかさを前にしたとき、わたしは消えてなくなりそうだった。わたしは何度同じことが起きても、エドナの氷に触れるより、ウォルターの炎に焼かれるほうを選ぶだろう。）

そのうえ、わたしの苦しみはこの時点でかなり麻痺していた。三十六時間以上眠っていなかった。一日半のうちに、わたしは酔っぱらい、はめをはずし、おびえおののき、身を落とし、放り出され、叱りつけられた。親友を失い、恋人を失い、自分の居場所を失い、楽しい仕事を失い、自尊心を失い、ニューヨークシティを失った。エドナから――愛し敬う女性から、わたしは人間として無価値で、どうあがいても無価値な人間でありつづけるだろうと宣告された。わたしは兄に助けてと泣きつくしかなかった。そして兄からろくでなしの烙印を捺された。身をさらし、切り裂かれ、捨てられた。だからウォルターがなにを言っても、上乗せされる恥辱や傷はたいしたものではなかった。

ところが、そうではなかった。結局のところ、運転手の青年にも言えることがあったのだ。

一時間ほど走ったところで、ウォルターの説教がほんのしばらくやんだときがあった（たぶん、息を整えていたのだと思う）。そのとき、ハンドルを握っている瘠せた青年が初めて口をきいた。彼は言った。「ウォルター、こんな小汚い売女が妹だなんて、きみみたいな高潔な男はほんとうにつらいだろうな」

一瞬にして、わたしに感覚が戻った。

青年の言葉が、心に刺さるだけでなく、炎となって、わたしの芯まで達した。強酸を飲みくだしたみたいだった。

その言葉が信じられなかっただけではない。それが**わたしの兄の目の前で**言われたことに驚いた。彼にはわたしの兄が見えないのだろうか。ウォルター・モリスは六フィート二インチ（約一八八センチ）。その筋肉と腕力を知っていて、こんなことを言うのだろうか。

わたしは息を詰め、ウォルターが青年に殴りかかるのを待った。そうでなくとも、せめて怒鳴りつけるのを。

でも、ウォルターはなにもしなかった。

兄は、青年の発言を放置した。なぜなら、それに同意したからだ。

車が走りつづけるあいだ、青年の残酷な言葉は、車内の閉じられた狭い空間でこだまのように跳ね返り、もっと小さな、もっと閉じられたわたしの心のなかにも響きわたった。

小汚い売女、小汚い売女、小汚い売女……

言葉はやがて、いっそう残酷な沈黙のなかに溶け出した。沈黙はわたしのまわりに泥水のように広がっていた。

わたしは目を閉じ、そのなかに自分を沈めて溺れた。

事前の知らせを受けていなかった両親は、ウォルターを見ると大喜びしたものの、すぐに、息子がなぜここにいるのか、なぜわたしといっしょなのかにとまどい、気をもんだ。しかしウォルターは多くを説明しなかった。ただ、ヴィヴィアンがホームシックにかかったので、車で州を北上し、ここまで連れてきたのだと言っただけだった。困惑する両親の前で、わたしたちはふつうをよそおうことすらしなかった。

「でも、あなたはいつまでいられるの、ウォルター？」母はそれを知りたがった。

「夕食は食べていけないな」兄はそう答えた。明日からの訓練を休めないので、いますぐ引き返し、ニューヨークシティに戻る必要があると説明した。

「ヴィヴィアンはいつまでいるの？」

「まかせるよ」ウォルターはそう言って、肩をすくめた。わたしになにが起ころうが、わたしがどこにいようが、どれだけいようが気にしないというように。

うちとはちがう家族なら、もっと詮索（せんさく）する質問がつづいたかもしれない。でも、わたしの生まれた家はちがった。アンジェラ……あなたはWASP（ワスプ）の家庭になじみがないだろうけれど、わが家の家族関係を維持するための唯一のルールは、〝**この件に関して今後いっさい語らず**〟だった。

わたしたちWASPは、このルールを——夕食時の気まずい一瞬から親族の自殺まで——あらゆることに適用した。

詮索しないことが、わが家の暗黙のルールだった。

だから両親は、ウォルターとわたしからこの奇妙な帰省について語るつもりはないというメッセージを受け取ると、それ以上は追及しなかった。

兄は、わたしを実家にあずけ、わたしの荷物を車からおろし、母にキスをし、父の手を握り——わたしにはなにも言わず——妹の件よりもはるかに重要な戦いに加わるために、ニューヨークシティに帰っていった。

22

その後には、暗くてよどんだ不幸せな低迷期がやってきた。

わたしのなかのエンジンが失速し、動かなくなった。わたしはぐったりしてしまい、動こうとしては失敗し、やがて自分から動くのをやめた。実家に暮らし、両親の決めたとおりの日課をこなし、両親の提案にはなんであろうと無言で従った。

両親と朝食の席につき、新聞を読み、コーヒーを飲んだ。母が昼食用のサンドイッチをつくるのを手伝った。夕食（メイドがつくる）は午後五時半。食事がすむと、夕刊を読んだり、カードゲームをしたり、ラジオを聴いたりした。

父から父の会社で働かないかと提案があり、承諾した。わたしは営業部に配属され、毎日七時間、書類を整理し、ほかの人の手がふさがっているときには電話に出た。書類の扱いもおおよそ覚えた。事務員になりすましているようなものだったが、一日の大半の時間をつぶすことができた。父はわたしの〝働き〟にわずかな給料をくれた。

父とわたしは、父の車で毎朝いっしょに出勤し、毎夕いっしょに帰宅した。道中の父の話はいつも同じだった。いかにアメリカはヨーロッパの大戦と距離をおかねばならないか、いかにフランクリン・ルーズベルトは労働組合の手先となったか、いかに共産主義者はこの国を乗っ取ろうとしているか。（ファシスト以上に恐ろしいのが共産主義者である、というのが父の持論だった。）わたしには父の声は聞こえていたが、耳を傾けていたとはとても言えない。

いつも気を散らされた。頭のなかをドカドカと歩きまわるいやなやつがいて、わたしが小汚い売女（ばいた）だと思い出させてくれた。

なにもかも、以前より小さく感じられた。女の子っぽいベッドのある子ども時代からの寝室も。家の天井のあまりにも低い垂木（たるき）も。毎朝両親が声をひそめて交わす会話の声も。日曜日の教会の駐車場に停められたまばらな車の数も。昔からよく知っている品数のかぎられた地元の食料品店も。午後二時で閉まる軽食堂も。思春期の服があふれた衣裳だんすも。子ども時代の人形も。そのすべてがわたしの心を痛ませ、憂鬱で満たした。

ラジオから流れる言葉が、うつろな幽霊のようにわたしに取り憑（つ）いた。明るい歌を聴いても哀しい歌を聴いても、同じように心が沈んだ。ラジオドラマにもほとんど集中できなかった。ときどき、ウォルター・ウィンチェルの声がして、ゴシップをまくしたて、あるいは、ヨーロッパの戦争への早期介入を訴えかけたが、そんなときは父がすぐにラジオを切った。父はこう言った。「アメリカの若者たちが海を渡ってドイツ野郎に殺しつくされるまで、こいつは口を閉ざそうとしないのか！」

八月のなかばにわが家に届いた《ライフ》誌に、ニューヨークでロングランをつづける『女たちの街（シティ・オブ・ガールズ）』についての記事があり、英国出身の有名女優、エドナ・パーカー・ワトソンの写真が添えられていた。夢のように美しかった。肖像写真のエドナは、わたしが前年に仕立てた、ウエストに細かくタックを入れ、シックな暗赤色のタフタの襟をつけた、濃い灰色のスーツを着ていた。アーサーと手に手を取ってセントラルパークを散歩する写真もあった。（記事いわく、「ワトソン夫人は、華々しい成功をおさめたあとも、妻という役をいちばん好み、結婚生活をたいせつにしている。〝多くの女優が仕事と結婚したと言いますが〟と、この洗練を極めたスターは言う。〝わたしはひとりの男性との結婚を望みます、それが許されるのなら！〟」）

記事を読みながら、自分が腐りかけた小さな手漕ぎボートになって、泥沼に沈んでいくような気持ちになった。でも、いま考えてみれば、腹が立つとしか言いようがない。アーサー・ワトソンは、彼の嘘と悪事に罰を受けることなく逃げきったのだ。シーリアはペグによって追放された。わたしはエドナによって追放された。でもアーサーは、まるで何事もなかったかのように、素敵な暮らしと素敵な妻を謳歌しつづけていた。

小汚い売女たちは放り出され、あの男は残ることを許された。

当時のわたしは、その不公正に気づかなかった。

でも、いまならそれがよくわかる。

毎週日曜の夜になると、両親はわたしをともなって、地元の社交クラブに出かけた。かつては人げさに〝ダンスホール〟と呼んでいた場所が、テーブルを壁ぎわに寄せただけの、中くらいの食堂だったと気づいた。演奏する楽団もよくはなかった。はるか南のニューヨークシティでは、その夏、セントレジス・ホテルに〈ヴィエニーズ・ルーフ〉というクラブが華々しく店開きしたと伝わってきた。もうそんなところで踊ることはないのだ、と思った。

社交クラブでダンスをしながら、わたしは以前の友人や隣人たちと話をした。わたしはせいいっぱい努力した。わたしがニューヨークシティで暮らしていたことを知っていて、それを話題にしたがる人たちもいた。(「あんなに箱を上へ上へと積みあげたみたいな街になんで暮らしたいなんて思うのかね。想像もつかないよ!」)そういう人たちと、彼らの湖畔の家やダリアの花や、手作りお菓子のレシピなどについて会話した。彼らにとって重要そうなものについて話そうとしたが、なぜそれが重要なのかがわたしには理解できなかった。楽団の演奏はえんえんとつづいた。求められればだれとでも踊ったが、だれと踊っても特別に相手を意識することはなかった。

週末に、母は馬術ショーに出かけた。誘われればわたしもついていった。野外観覧席にすわって、馬たちが円い馬場を何周も回りつづけるのを眺めた。手は冷たくなり、ブーツは泥まみれになった。どうしてだれもがこんなことに時間を使いたがるのだろうと不思議に思った。

母はウォルターから頻繁に手紙を受け取っていた。兄はそのころ、ヴァージニア州ノーフォークの航空母艦に配属されていた。食事は思いのほかよく、仲間ともうまくやっている、故郷の友人たちによろしく、と兄は書いていた。わたしについてはひと言も触れられていなかった。

その年の春も、頭が痛くなるほど結婚式がつづいた。小学校時代のクラスメートがつぎつぎに結婚し、妊娠した——この判で捺(お)したような流れ、想像できるだろうか? 子ども時代の友人と、歩道でばったり会った。ベス・ファーマーという名前で、エマ・ウィラード校でもいっしょだった。一歳になる子をベビーカーに乗せて、ふたり目の子がお腹にいた。ベスは心やさしい子で、すごく頭がよくて、よく笑い、水泳が得意だった。科学の才能もあった。ベスのことをただの主婦として語るのは、彼女の才能に対する侮辱になるだろう。でも、わたしは彼女の大きなお腹を見て、冷たい汗をかいた。

みんなが子どもだったころ、実家の裏の小川でいっしょに裸で泳いだ子たち（瘠せっぽちで、元気いっぱいで、性別も関係なかった）が、ふくよかな奥さんになって、子どもたちに囲まれ、服の胸には母乳の染みが浮いている。わたしには信じがたかった。

けれど、ベスは幸せそうだった。

でもわたしは、小汚い売女。

わたしは、エドナ・パーカー・ワトソンにひどく卑劣なことをした。わたしを助けて、やさしくしてくれた人を裏切った。これは恥のきわみだ。

気持ちが波立つ昼をやりすごし、きれぎれにしか眠れない、いっそうつらい夜を過ごした。なんでも言われたとおりにやった。だれにも迷惑をかけなかった。それでもどうやってもちこたえていけばいいのか、皆目わからなかった。


父の紹介で、ジム・ラーセンと知り合った。

ジムは真面目な尊敬すべき二十七才の青年で、父の経営する採掘会社の貨物担当として働いていた。貨物担当がどういう仕事かというと、集荷目録と送り状と発注書をまとめて管理する仕事だ。彼は貨物の発送もまかされていた。数字に強く、輸送料金や倉庫保管費や積荷追跡などの複雑な数字の処理に、得意な数学の技能を生かした。（アンジェラ……こんなふうに書いているけれど、実際にどういうことなのか、わたしにはわかっていない。ジム・ラーセンと交際するようになって、彼の仕事をだれかに説明するために暗記しただけのこと。）

ジムは貧困層の出身だったが、父は彼のことを高く評価していた。父にとって、ジムは将来有望な目的意識の高い青年――労働者階級のなかに見つけた〝わが息子〟だった。ジムが機械工から出発しながら、持ち前の堅実さと長所によって、いち早く責任ある地位を獲得したことも、父は評価していた。ゆくゆくは自分の事業全体の管理を託そうと考えていたようだ。「あの青年は、わが社の全経理担当より優秀な経理、わが社の全現場主任よりも優秀な現場主任だ」と言っていた。

あるいは、「ジム・ラーセンは、リーダーではないが、リーダーがそばにおきたいと思う信頼できる男だ」とも言った。

ジムは礼儀正しい人だったので、わたしと口をきく前に、わたしをデートに連れ出してよいかと父に尋ねた。父は同意し、ジム・ラーセンがデートに連れ出してくれるだろうと、わたしに告げた。このときはまだ、ジム・ラーセンがだれかも知らなかった。でも、ふたりの男は、わたしに相談なしに、すべてを決めていた。わたしは彼らの計画に従った。

初めてのデートでは、ジム・ラーセンに連れられて地元のカフェに行き、アイスクリーム・サンデーを食べた。彼はわたしの食べるところを注意深く観察し、わたしが満足しているかどうかを確かめた。それは彼の好ましいところだった。すべての男性にできることではない。

つぎの週末は湖までドライブして、湖畔を歩き、カモを眺めた。

そのつぎの週末は、地元の小さな祭りに出かけた。彼は、わたしが褒めた、ヒマワリの小さな絵を買ってくれた。(「きみの部屋の壁に飾るといいよ」と彼は言った。)

こんな書き方で、わたしは彼を実際以上に退屈な男に仕立てようとしているだろうか。

いいえ、そんなつもりはない。

ジムはとてもいい人だった。これだけは言っておきたい。（アンジェラ……もちろん、女が付き合っている人のことを〝彼はとてもいい人〟と語るとき、彼女はまず恋に落ちていないと言っていい。）でも、ジムは、ほんとうにいい人だった。公正を期すなら、たんなる〝いい人〟以上だった。数学に関する深い知性があり、正直で、融通がきいた。切れ者ではないけれど、賢い人だった。顔だちの整った、いかにもアメリカ人らしい容姿だった。淡いブロンドの髪、青い瞳、すこやかな体つき。ブロンドの髪と誠実さはわたしの男性の好みではなかったけれど、彼の顔でいやなところはひとつもなかった。女性ならだれでも彼をハンサムだと見なすだろう。

ああ、困った……。彼についてなんとか語ろうとしているが、ほとんど忘れてしまっている。

ジム・ラーセンについて、ほかになにか語れることがあったろうか。彼はバンジョーが弾けて、教会の聖歌隊にもはいっていた。パートタイムで国勢調査員をした。ボランティアの消防士だった。網戸からヘマタイト鉱山のトロッコ軌道まで、なんでも直すことができた。

ジムはビュイックを運転していた。ビュイックはやがて下取りに出されてキャデラックに代わるのだが、それ以前に彼は自分が稼いだお金でビュイックを買い、同居する母親のために大きめの家を購入した。ジムの母親は、薬用香油の匂いがする、さびしい寡婦で、いつも聖書を脇に挟んで持ち歩いていた。窓から近所を眺め、隣人たちが過ちや罪を犯すのを待っていた。ジムは彼女を〝お母さん〟と呼ぶようにわたしに言い、そのとおりにしたけれど、彼女といて気が休まることはひとときたりともなかった。

ジムの父親はずっと以前に亡くなり、彼は高校生のときから母親を養ってきた。ノルウェーからの移民で鍛冶屋だった父は、息子をただつくっただけでなく、まさに鍛造してみせた——生まれた子を堅実で責任感ある人間に鍛えあげたのだ。父親はまだ子どもが幼いうちに、よい仕事をした。父親亡き後、息子は十四歳で一人前のおとなになった。

ジムはわたしに好意をもっているようだった。彼はわたしを楽しい人だと思っていた。それまでの人生であまり皮肉に接したことがなかったらしく、わたしのちょっとしたジョークやからかいをおもしろがってくれた。交際して何週間かで、彼はわたしにキスするようになった。悪い感じではなかったが、それ以上は踏みこんでこなかった。わたしもそれ以上を求めず、切望のしぐさを見せなかった。ほんとうに、なにも切望しなくなっていた。自分の欲望のありかさえわからなかった。まるで自分の情熱と衝動をどこかのロッカーに——どこか遠い場所に、たぶんグランドセントラル駅あたりに——置き忘れてしまったみたいだった。わたしにはジムのすることについていくことしかできなかった。彼が望むことなら、それでよかった。

彼は気遣いの人だった。さまざまな部屋のさまざまな温度を気にして、快適かどうかをわたしに確かめた。愛情をこめてわたしを〝ヴィー〟と呼ぶようになったが、その前に愛称で呼んでいいかとわたしに尋ねた。（彼がうっかり選んだのは、いつも兄がわたしに使う愛称だったので快適ではなかったけれど、わたしはなにも言わず、そう呼ぶことを許した。）彼は、わたしの母の乗馬用の壊れた障害柵を直し、母から感謝された。父が薔薇（ばら）を移植するのも手伝った。

そのうちジムが夜にわが家を訪れ、家族のカードゲームに加わるようになった。悪い感じではなかった。彼の訪問は、ラジオを聴くことや夕刊を読むことからのよい息抜きになった。両親が、雇い人を家に招いて交流するという社交上のタブーを、娘のために破っていることに、わたしは気づいていた。でも、両親は彼を快く受け入れた。そういった夜には、心を温かくする安心感のようなものがあった。

父はジムのことをますます好きになっていった。

「あのジム・ラーセンの肩の上にあるのは、この町いちばんの頭脳だ」と父はよく言った。

母は、ジムにもっと高い社会的地位を望んでいたはずだが、どうしてそれが叶うだろう？　母自身は、自分より上でもなく下でもなく、まさに同じ目線の高さにいる――同じ年齢、同じ教育、同じ豊かさ、同じ育ちをもつ父を見つけて結婚した。娘にもそのような人生を期待していたにちがいない。だが、母はジムを受け入れた。母にとって、受容はつねに熱意の代償となるべきものだった。

ジムは情熱家ではなかったが、彼なりにロマンティックなところがあった。ある日、街をドライブしているとき、彼が言った。「きみを車に乗せて走っていると、みんなの目がぼくをうらやましがってる気がするんだ」

彼のどこからこんな言葉が出てきたのだろう？　こんな甘やかな言葉が。

ほどなく、わたしたちは婚約した。


なぜ、ジム・ラーセンの求婚を受け入れたのか、よくわからない。

いや、そう言っては嘘になる。

なぜジム・ラーセンの求婚を受け入れたのか、わたしにはわかっている。わたしが浅ましく卑しく、彼が清く高潔だったからだ。彼の姓を名のれば、自分の悪いおこないを消し去れるような気がした。

（うまくいくはずがないと思っていても、試さずにいられないこともある。）

それに、わたしはジムが好きだった。彼は、その前年にわたしが関わっただれとも似ていなかった。

わたしにニューヨークシティを思い出させなかった。〈ストーククラブ〉も、ハーレムも、グリニッジ・ヴィレッジの紫煙が渦巻くバーも思い出させなかった。ビリー・ビューエルも、シーリア・レイも、エドナ・パーカー・ワトソンも。彼はぜったいに、アントニー・ロッチェラをわたしに思い出させなかった。（ため息……。）そしてなにより重要だったのは、このわたし自身を――わたしが小汚い売女であることを思い出させなかったことだ。

ジムといっしょにいると、自分がよそおっていたいものに――いいお嬢さんになれた。父の会社で働き、語るほどの過去をもたない、よき娘に。わたしはただ、ジムについていくだけ、彼のまねをするだけ。そうすれば、自分のことを考えずにすんだ。自分を世界から締め出していられた。まさにわたしの望んだことだった。

そんなわけで、わたしは結婚に引き寄せられていった。不安定な砂利場でハンドルを取られ、車が道からすべり落ちていくように。

一九四一年の秋になった。結婚式は翌年の春に決まった。結婚に備えてジムが彼の貯金で、母親も同居できるひとまわり大きな家を買うことになっていた。彼は小さな婚約指輪を買ってくれた。きれいな指輪だったけれど、それをはめた自分の手は他人の手のようだった。

婚約が決まって、わたしたちの性的な行為はさらに先へ進んだ。ビュイックを湖畔に停めて、彼はわたしのブラウスを脱がし、わたしの胸を堪能した。デートのたびにそうなったが、わたしはこの展開がいやではなかった。わたしたちはビュイックの広い後部座席に横たわり、互いの腰をこすりつけ合った。いや、彼がわたしにこすりつけ、わたしがそれを許した。（わたしのほうから積極的にお返しをすることはなかった。そうしたいとも思わなかった。）

「ああ、ヴィー」彼は感極まるとよく言った。「きみは世界でいちばんきれいな女の子だ」

そしてある夜、こすりつける行為にいつも以上に熱がはいったとき、彼は相当な努力を払って身を引き剥がし、自分を取り戻そうとするように両手で顔をごしごしとこすった。

「ぼくたちが結婚するまで、これ以上のことはしたくないんだ」ふたたび口がきけるようになると、彼は言った。

わたしはスカートを腰の上までまくりあげ、裸の胸をひんやりとした秋の空気にさらしていた。彼の心臓の速い鼓動が伝わってきた。でも、わたしの鼓動は速くはなかった。

「きみを妻にする前に処女を奪うようなことをしたら、ぼくはきみのお父さんに顔向けできない」

わたしはヒュッと音がするほど息を吸いこんだ。隠しようのない、正直な反応だった。〝処女〟という言葉が彼の口から出てきたことにショックを受けた。考えていなかった！　汚れなき娘の役を演じてきたくせに、わたしがほんとうに汚れなき娘だと彼が信じているということまで思い至らなかった。でも、そう信じないわけがない。わたしは自分が純潔ではないと、一度だってほのめかしたことがあっただろうか？

困ったことになった。彼はいずれ知ることになる。初夜にひとつのベッドにはいってセックスしたとき、わたしにとって自分が最初の男ではないと知ることになるだろう。

「どうしたんだい、ヴィー？」彼が訊いた。「なにかまずいことでも？」

アンジェラ……あのころのわたしは、正直な人間ではなかった。どんなときも――わけても緊張する場面で――わたしの本能は真実を語るほうを選ばなかった。わたしが正直な人間になるには、長い歳月が必要だった。なぜかはわかっている。なぜなら、真実はしばしば恐ろしいものだから。真実を口にしたとたん、部屋の空気ががらりと変わる。そこはもう前と同じ部屋ではない……。

にもかかわらず、わたしは口をすべらせた。

「わたしは処女ではないの、ジム」

なぜそう言ったのか。もしかしたら、取り乱していたから。もしかしたら、うまく取りつくろう知恵がなかったから。あるいは、偽りの仮面を長くかぶりつづけることに耐えきれず、ほんとうの自分がちらりと顔をのぞかせたのかもしれない。

彼は長いあいだわたしを見つめてから尋ねた。「どういう意味？」

ああ、わたしがなにを言ったのかもわからないの？

「わたしは処女ではないの、ジム」わたしは繰り返した。まるで問題は、最初の発言を彼が聞き逃したことであるかのように。

彼は起きあがり、長いあいだ前方を見つめ、自分を立て直そうとしていた。

わたしは静かにブラウスを着た。乳房をさらしたまま会話をつづけたくなかった。

「どうして？」ついに彼が尋ねた。彼のこわばった顔に苦痛と裏切られたという気持ちがにじんでいた。「どうして、きみは処女じゃないんだ、ヴィー？」

その瞬間、わたしは泣きだした。

アンジェラ……ここで、少し話を止めて、伝えておかなければならない。

老いた女となったいま、わたしは若い女の涙に耐えられなくなった。たまらなくいらいらさせられる。とくに、きれいな若い娘の涙がいけない——最悪なのが、きれいで若くて裕福な娘の涙。人生で一度も闘ったこともなければ、働いてなにかを得たこともない娘、それゆえに、ちょっとしたことで精神が崩壊する娘の涙。きれいな若い娘がすぐに泣きだすのを見ると、思わず口をふさいでやりたくなる。

でも、すぐに精神が崩壊するのは、おそらく、すべてのきれいな若い娘が本能的にどうふるまえばいいかを選んでいるからだ——彼女らは涙の効用を知っている。タコが墨を吐いて逃げるのと同じで、涙は目くらましになる。噴き出す涙が苦しい会話を脇へ逸らし、結論に至る自然な流れを変える。なぜそんなことが起きるかというと、多くの人（ことに男性）が、きれいな若い娘が泣くのをいやがり、あわてて慰めはじめ、ほんの一瞬前に話していたことを忘れてしまうからだ。少なくとも、あふれる涙は小休止をつくり、きれいな若い娘はそれによって時間稼ぎをする。

アンジェラ、あなたに知ってほしいのは、わたしが、人生のある時点から、涙を利用するのをやめたということ。わたしは、涙の洪水をもって人生の困難に対処するのをやめた。なぜなら、そこにはなんの尊厳もないから。老いて図太いばあさんになり、わたしは作為的な涙の沼にくずおれて自分と相手を貶めるよりは、捨て身の乾いた目で過酷な真実の荒れ地に立つほうを選ぶようになった。

でも一九四一年の秋、わたしはまだそうではなかった。

だからジム・ラーセンのビュイックの後部座席で泣きに泣いた。このうえなくきれいな娘の涙を、このうえなく大量に流した。

「どうしたんだい、ヴィー？」ジムの声は、落胆に沈んでいく彼自身を裏切ってやさしかった。わたしの泣く姿を初めて見た彼の関心は、彼自身の痛手からただちにわたしを慰めるほうへと移った。

「どうして泣くの？」

彼に気づかわれたことで、わたしの嗚咽はいっそう激しくなった。

彼はなんていい人、なのに、わたしはなんてクズなんだろう！

彼はわたしを両腕に抱いて、泣かないでくれと懇願した。わたしがなにも話せず、泣きやむこともできなかったので、彼はひとりで先に進み、なぜわたしが処女でないのかというストーリーを自分のためにつくりあげた。

彼は言った。「だれかがきみに酷いことをしたんだね。そうだね、ヴィー？　ニューヨークにいたときのだれかだね？」

ああ、ジム……。ニューヨークシティで、たくさんの人がたくさんのことをわたしにした——でも、どれも特別に酷いことじゃなかったわ。

それが正直な答えだったはずだ。でも、言えなかった。ひたすら彼の腕のなかで泣きじゃくった。わたしが荒い息をつき、なにも話せずにいるあいだ、彼は自分がつくったストーリーに着々と肉付けをしていった。

「だから、きみはニューヨークから戻ってきたんだ。そうだね？」彼は、すべてが解き明かされたように言った。「だれかが、きみを犯した。そうだね？　だから、いつもきみはおとなしいんだ。ああ、ヴィー。かわいそうに、かわいそうに」

わたしの嗚咽はますます激しくなった。

「真実なら、うなずいてくれ」彼が言った。

ああ、神様。ここからどうやって切り抜ければいいのですか？

無理だ。切り抜けることなんかできない――正直にならないかぎりは。でも、正直にはなれなかった。処女ではないと認めたことによって、わたしは正直さの、自分の一年分の持ち札を使いきってしまった。もう手もとに予備のカードはなかった。それに、彼のつくりあげたストーリーは望ましいものだった。

神様、お許しください。わたしは、うなずいた。

（そう、ひどいことをした。こうして書いているいまも、なんてひどいことをしたのかと思う。でも、アンジェラ、あなたには嘘をつきたくない。あのころのわたしがどんな人間だったか、そして、なにが起こったのかを嘘偽りなくあなたに伝えたい。）

「無理して話さなくてもいいよ」彼はわたしの頭を撫で、少し遠いところを見つめて言った。

わたしは涙を流しながらうなずいた。**ええ、お願い、わたしに話させないで。**

むしろ彼は、聞かずにすんだことに安堵しているようだった。

彼は、わたしの嗚咽がおさまるまで、長いあいだわたしを抱きしめてくれた。それから、果敢にも（少し震えていたとしても）ほほえんだ。「もうこれからはだいじょうぶだよ、ヴィー。きみは安全だ。言っておくけど、ぼくは、きみを汚された娘のようにはぜったい扱わない。心配しなくていい。だれにも言わない。愛してる、ヴィー。そんなことがあったとしても、ぼくはきみと結婚する」

彼の言葉は寛大だったが、彼の顔がこう言っていた。**この最悪の事態と折り合っていく方法をなんとか見つけなくては……。**

「わたしも愛してるわ、ジム」わたしは嘘をついた。そして彼にキスをした。感謝と安堵のしるしと彼が解釈してくれるようなやり方で。

でも、長い人生のなかでこのときほど、自分を浅ましく卑劣に感じたことはなかった。

冬がやってきた。

日が短くなり、寒さが増した。父との通勤は、朝も夕も暗かった。

わたしはクリスマスに向けて、ジムのためにセーターを編みはじめた。九カ月前に実家に戻って以来、ミシンはしまいこんだままで、その木箱を見るだけで悲しくてつらかった。それでも、冬になって編み物ならできるようになった。手先が器用だったから、太い毛糸を扱うのはたやすかった。伝統的なノルウェーのセーターの編み図を郵便で取り寄せ、ひとりのときに取り組んだ。青と白の毛糸を使って、雪の結晶柄を編みこんでいくデザインだった。ジムはノルウェー人の血脈に誇りをもっていたので、彼の父親の国を思わせるこの贈り物を喜んでくれるはずだった。編むときには、祖母が昔わたしに求めた完成度を心がけ、編み目が少しでも乱れると、その段をほどいて何度でも編み直した。セーターを編むのは初めてだったが、申し分のない仕上がりは約束されていた。

ほかにはたいしてなにもしなかった。ただ言われたところへ行き、整理が必要な書類があれば（たいていはアルファベット順に）整理し、人がやっていることを自分もした。

ある日曜日、ジムとわたしはいっしょに教会へ行ってから、『ダンボ』の昼の回を観た。映画が終わって映画館を出ると、町じゅうがそのニュースで騒然としていた。日本軍が、真珠湾のアメリカ海軍艦隊に奇襲攻撃をかけたのだ。

翌日には、わたしたちは戦争のなかにいた。

ジムが入隊する必要はなかった。

彼には出征しなくてもすむ理由がいくつかあった。まず、召集がかかりやすい年齢層より上であること。つぎに、寡婦（かふ）である母親の唯一の扶養者であること。そして最後は、軍需産業には不可欠のヘマタイト採掘会社で責任ある地位に就いていることだった。彼が望むなら、どの点からも徴兵猶予を受けられるはずだった。

けれども、ジム・ラーセンには自分の代わりに他の青年を戦争に送り出すという選択肢はなかった。鍛治屋の父親は息子をそんなふうに〝鍛造〟しなかった。かくして十二月九日、ジムのほうから打ち明けられた。彼の家にふたりきりでいるときだった。彼の母親は、彼女の妹と昼食をとるためにべつの町に出かけていた。彼は真面目な話をしてもいいかとわたしに尋ねたあと、入隊することに決めたと告げた。これは自分の義務であり、国が助けを必要とするときに力にならないような良心に恥じる生き方をしたくない、と。

ジムはわたしの反対に備えていたかもしれない。でも、わたしは反対しなかった。

「わかったわ」と答えた。

「もうひとつ、話し合わなければならないことがある」ジムは深く息を吸いこんだ。「ヴィー、きみを動揺させたくないけど、よくよく考えたうえでの結論なんだ。戦争が始まったからには、ぼくたちの婚約を解消すべきだと思う」

彼は今度も、反論に身構えるように、わたしを注意深く見つめた。

「つづけて」と、わたしは言った。

「ぼくを待ってくれときみに頼むわけにはいかない。それは正しくない。戦争がどれだけ長くつづくか、ぼくがどうなるかもわからない。傷を負って帰ってくるかもしれないし、帰ってこられないかもしれない。きみはまだ若い。ぼくのために人生を棒に振ってはいけない」

ここでいくつか説明しておきたい。

まず、わたしは若くなかった。あの時代の感覚からすると、二十一歳の女はすでに薹が立っていた。（一九四一年当時、二十一歳の娘が婚約を破棄されるなんて、冗談ではすまされない話だった。）もうひとつは、その週、アメリカじゅうで多くの若いカップルが、まさにジムとわたしと同じような苦境に立たされた。日本軍による真珠湾攻撃のあと、アメリカの何百万人もの青年が戦地に送り出されることになった。だが、そのうちの多くが、出征前に結婚を急いだ。そうやって教会に駆けこむ背景には愛が、不安が、あるいは死の可能性と直面する前にセックスしたいという欲望があったにちがいない。すでにセックスしていたカップルは、妊娠への不安に煽られたのかもしれない。かぎられた短い期間にできるだけ多くの人生経験をしたいという逸る心も、結婚を急がせたにちがいない。（アンジェラ、あなたのお父さんも、戦闘に身を投じる前に、近くに住む恋人との結婚を急いだ大勢の若者のうちのひとりだった。もちろん、あなたはそれを知っているでしょうけれど。）

そしてアメリカの何百万人もの若い娘が、戦争がすべての若い男たちを奪い去ってしまう前に、愛しい人と結ばれることを切望した。なかには、戦死したとき寡婦が受け取る一万ドルの特別支払金を目当てに、ろくに知らない兵士と結婚する娘もいた。（なかには何人もの男と重婚する娘もいるという話を聞いたとき、わたしより卑劣な人間がいるのだと知ってほっとした。）

要するに、なにが言いたいかというと——この開戦という新たな状況において、多くの人々は、結婚を急いだということだ。そう、婚約をとりやめるのではなくて。その週はアメリカじゅうで、夢見心地の目をした若いカップルが、ロマンティックな同じ台詞を口にした。〝きみをいつまでも愛する！　いますぐ結婚して愛の証を立てよう！　なにがあっても、きみを永遠に愛する！〟けれど、ジムはその台詞を言わなかった。結婚のシナリオには乗らなかった。わたしも同じだ。

わたしは尋ねた。「ジム、指輪は返したほうがいい？」

わたしが幻を見たのでなければ――もちろん、幻ではなかったと信じているが――彼の顔を深い安堵が通り過ぎた。わたしにはわかった。自分の見たものが難を逃れた男の顔、ほかの男に汚された娘とあわやのところで結婚しなくてすんだ男の顔だったということに。彼は男の名誉が守られたことをあからさまに感謝した。ほんの一瞬の反応だったが、わたしは見逃さなかった。

彼はゆっくりと体を後ろに引いた。「ヴィー、きみをずっと愛しつづけるよ」

「わたしもあなたを愛しつづけるわ、ジム」わたしもきちんと返した。

そう、わたしたちはシナリオに戻った。

わたしは指輪を抜き取り、差し出された彼の手のひらに置いた。いま考えてみても、指輪を返したことは、彼のためにもわたしのためにもよかった。

わたしたちはお互いから逃れることができた。

アンジェラ……歴史は国家をかたちづくるばかりではなく、とるにたらないふたりの人生も変える。このささやかな予期せぬ展開も、第二次世界大戦が世界にもたらした多くの修正と変化のなかのひとつ。ジム・ラーセンとヴィヴィアン・モリスは、幸いにも、結婚を免れた。

婚約を破談にしてから一時間後、わたしたちは想像を絶するような、荒々しく激しく、忘れがたいセックスをしていた。

わたしが誘ったのだと思う。

ああ、はっきり認めてしまおう。間違いなく、わたしのほうから誘った。

わたしが指輪を返すと、ジムは控えめなキスと、心のこもった抱擁をわたしに与えた。それは、「きみのやさしい気持ちを傷つけたくないんだ」と言う男にふさわしい抱擁だった。でも、わたしのなかに傷ついたやさしい感情などなかった。それどころか、まるで頭のてっぺんのコルク栓を抜かれたみたいに、解放感が炸裂した。ジムがわたしから離れていく、それもなんと、彼自身の意思で！わたしはこの状況からだれにも責められることなく抜け出せる。彼だって同じだ。（でも、彼以上にわたしにとって重要だった！）重圧が取り除かれた。もうよそおわなくても、ごまかさなくてもいい。

指輪をはずし、評判を落とすことなく婚約を解消した瞬間から、わたしにはもう失うものはなかった。

「きみを傷つけたとしたら申し訳ない」彼はそう言って、また控えめにわたしにキスをした。わたしは言葉を返す代わりに、自分の舌を彼の口のなかに、喉までに達するほどに、彼の心の底を舐めとるほど深くまで挿し入れた。

ジムは善い人だった。教会に通う人、尊敬すべき人だった。しかし、彼も男だった——いったん、わたしがすべてを許す態度にスイッチを切り替えると、彼はそれに応えた。（そっと言うが、応えない男をまず知らない。）どうしてそうなったのか。たぶん彼も、わたしと同じように解放感に酔っていた。ほんの数分のうちに、わたしは彼の体を押したり引いたりしながら家のなかを移動し、最後は彼の寝室にあるパイン材の狭いベッドまでたどり着いた。そして彼の服と自分の服を、ためらいなく剝ぎ取った。

こう言っておこう——愛の行為については、ジムよりもわたしのほうが多くを知っていた。それはすぐにわかった。彼にセックスの経験があったとしても、そう多くはなかったはずだ。彼は、なじみのない土地を車でまわるように、わたしの体を調べた——ゆっくりと慎重に、標識やランドマークを不安そうにさがしながら。それではうまくいきそうになかった。そう、わたしがすぐに悟ったのは、車を運転するのはわたしの役割だということだ。わたしにはニューヨークで学んだことがあった。錆びつきかけた技能を久しぶりに使って、わたしはすぐに全指揮権を掌握した。すばやく、無言のうちに——わたしがなにをしようとしているのかを、彼に気づかせる隙さえ与えなかった。

アンジェラ……わたしは彼を騾馬のように駆り立てた。そう、考え直したり、わたしをなだめたりするわずかなチャンスも与えなかった。

彼はあえぎ、われを忘れ、一心不乱になった。わたしはできるかぎりその状態が長くつづくように努めた。そして、わたしのほうから、彼に与えた。見おろした彼の肩は、このうえなく美しかった。

ああ、なんてことを。でも、わたしはずっとセックスが恋しかった!

きっといつまでも忘れないだろう。行為のさなかに時折見おろした、ジムのいかにもアメリカ青年らしい端正な顔を。そこにある悦楽を。情熱と忘我の表情に、ふいにあらわれる当惑の眼差しを。彼はわたしを、高ぶってはいるが、焦りを含んだ困惑の目で見あげた。邪気のない青い瞳が、一瞬だけ、わたしに問いかけたような気がした。〝きみはいったいだれだ?〟

そのときおそらく、わたしの瞳はこう答えていたはずだ——〝わたしにもわからないわ。でも、そんなのどうだっていい〟。

行為を終えたとき、彼はわたしの顔を見られなかったし、話しかけることもできなかった。

信じられないくらい、わたしは気にしなかった。

ジムは翌日、基礎訓練を受けるために出発した。

三週間後、わたしには生理が訪れ、妊娠しなかったことに安堵した。避妊しないという無謀な賭けに出たが、その価値はあったと信じている。

わたしは、編みかけだったノルウェー風のセーターを完成させ、兄のウォルターにクリスマスの贈り物として送った。兄は南太平洋に派遣されていたから、厚手のウールのセーターをはたして着たかどうかはわからない。でも、律儀にお礼の手紙をくれた。それは、クリントンへのあのおぞましいドライブから初めての、兄からわたしへの直接の接触だった。歓迎すべき展開。緊張関係が少し緩んだと言ってもいいだろう。

数年後、わたしはジム・ラーセンが、命を賭けた勇敢な戦いぶりによって殊勲十字章を授かったことを知った。最終的に、彼はニューメキシコ州に落ちつき、裕福な女性と結婚し、州の上院議員になった。わたしの父は、彼はリーダーにはなれない男だと言っていたのだけれど……。

ジムに幸あれ。

わたしたちの関係は、お互いにとって善き結末を迎えた。

アンジェラ……どう？　戦争がたまさか悪い結果を残さないこともあるというわけね。

23

ジムが去ったあと、わたしには家族や近所の人々からたくさんの同情が集まった。わたしが婚約者に去られて傷心しているだろうと、だれもが思っていた。わざわざ同情を引こうとは思わなかったけれど、来るものは拒まなかった。非難されたり疑念をいだかれたりするよりずっとましだった。なにも説明しなくてすむのもありがたかった。

父はジム・ラーセンに怒り心頭だった。自分のヘマタイト鉱山を捨て、娘を捨てたのだから（間違いなく、父の怒りは前者のほうが大きい）。母は、娘が四月に結婚できなくなったことに控えめな失望を示したが、その痛手が長引くとは思えなかった。ほどなく、四月の週末にはべつの予定を入れた、と母はわたしに言った。四月は、ニューヨーク州北部で馬術ショーたけなわの季節なのだ。

わたしは、睡眠剤による眠りから覚めたような気分だった。自分にとってなにか興味をもてることを見つけるのが、ただひとつの望みだった。復学させてもらえるかどうか両親に訊いてみようかとも考えたが、やはり気持ちが乗らなかった。クリントンから出たいとは思っていた。ニューヨークシティには、みずから橋を焼いてしまった以上、戻れないことはわかっている。でも、ほかの都市ならどうだろう？　フィラデルフィアやボストンはよい街だと聞いている。もしかしたら、そういった土地のどこかに落ちつけるのではないだろうか？

引っ越しするならお金がいるとわかるくらいの思慮はあったので、わたしはついに木箱からミシンを取り出し、実家の客用寝室に置いて、そこで裁縫師の仕事を始めた。衣服の仕立てと直しができると触れてまわると、注文がどっと来た。結婚シーズンが再来し、ドレスが必要とされていた。ただし、問題があった。ひとつには生地の不足だ。上等のレースや絹地を、もはやフランスから輸入できなくなっていた。そのうえ、ウェディングドレスのような贅沢品に大金をはたくのは愛国心に欠けると見なされた。そこでわたしは、リリー座でつちかった掘り出し物を見つける技を駆使して、高価ではないものから美しいドレスを縫いあげた。

幼なじみのひとり、マデリーンという名の聡明な娘が、五月末に結婚することになっていた。彼女の家は、前年に父親が心臓発作で倒れて以来、苦労がつづいていた。平和なときでさえ上等なドレスを用意するお金がないのだから、戦時となればなおさらだ。わたしはマデリーンといっしょに彼女の家の屋根裏をあさり、そこで見つけた彼女の祖母のウェディングドレスをばらし、アンティーク・レースの長い裾を足すなどして、まったく新しいデザインの、このうえなくロマンティックなウェディングドレスを縫いあげた。根を詰める作業だった（古い絹地は脆くて、爆薬のように慎重に扱う必要があった）けれど、その甲斐はあった。

マデリーンは感謝のしるしに、わたしを花嫁付添人に指名してくれた。その結婚式に備えて、わたしは自分のために明るい黄緑色の洒落たスーツをつくった。上着の裾がふわりと広がるデザインにした。良質の絹地は、祖母から譲り受けて久しくベッドの下にしまっておいたものだった。（エドナ・

パーカー・ワトソンと出会って以来、わたしは機会があればつねにスーツを着るようにした。スーツがドレスよりも女をシックに一人前に見せることを教えてくれたのは彼女だった。そして、アクセサリーを付けすぎないことも！　エドナに言わせれば、〝アクセサリーは、選び間違ったか、体型に合わない服をごまかすために付けるもの〟だった。……ああ、そのとおり。なにかにつけてエドナのことを思い出さずにはいられなかった。）

マデリーンもわたしも、とても素敵に見えた。彼女は人気者だったので、たくさんの人が結婚式に集まった。おかげで、さまざまなタイプの新しいお客を獲得することができた。また、マデリーンのいとこのひとりとキスをした。式のあと、スイカズラに覆われたフェンスの陰でこっそりと。

自分らしさが少し戻ってきたような気がした。

ある午後、ちょっと浮ついたことがしたくなって、ずいぶん前にニューヨークシティで手に入れたサングラスをかけてみた。シーリアがそれに夢中になったというだけの理由で買ったサングラスだ。大きな黒の縁がたくさんの貝殻で派手に飾り立てられ、レンズも黒だった。それをかけたわたしは、ビーチリゾートに出現した巨大な昆虫のようだった。でも、すごく気に入っていた。

このサングラスを久しぶりに見つけて、シーリアが恋しくなった。彼女の色香にあふれた派手な容姿が恋しかった。いっしょにめかしこみ、いっしょに化粧して、いっしょにニューヨークの街を征服しにいったことが恋しかった。彼女といっしょにナイトクラブにはいっていくときの興奮が恋しかった。男たちがみな、わたしたちの登場にざわめくのが恋しかった。（ねえ、アンジェラ……わたしはいまもあの興奮を恋しがっている、七十年の歳月が過ぎたいまも！）シーリアはいったいどうしているだろうと考えた。無事に窮地を切り抜けただろうか。そうであるよう願ったけれど、最悪の事態も想像した。彼女がひもじさと闘い、体を壊し、見捨てられているのではないかと怖かった。

わたしは、ふざけたサングラスをかけたまま階下に降りた。母が足を止めて、わたしを見た。「ヴィヴィアン、いったい、それはなに？」

「これが、流行りなの」わたしは答えた。「こういうサングラスが、ニューヨークシティでは流行の最先端なのよ」

「そんなものが流行る日が来るとは、長生きも考えものね」と、母が言った。

わたしはサングラスをかけつづけた。

かけつづけることで、敵の戦線に倒れた同志に敬意をあらわしたかった。その気持ちをわかってもらえるだろうか？

六月にはいって、父に、父の会社で働くのをやめたいと切り出した。裁縫師の稼ぎが、書類を整理したり電話に出たりする事務員もどきの仕事でもらう給料と同じくらいになっていた。それに裁縫の仕事のほうが充実感があった。だが、父の心を最も動かしたのは、裁縫師の仕事は現金報酬なので、政府に税金の申告をする必要がないということだった。父は、政府を出し抜くことなら、なんでも歓迎した。そのおかげで、わたしは会社勤めから解放された。

こうして人生で初めて、貯金することを覚えた。

それでなにをするかはまだわからなかったが、とにかくお金を貯めた。

貯金することと、人生の計画を立てることは同じではない。でも、貯金することで、いつかなんらかの計画が実現するような気分が、自分のなかに高まっていった。
いつのまにか、日が長くなっていた。

七月中旬のある日、夕食のテーブルに両親とついたとき、車寄せに一台の車が停まる音がした。母と父は驚いて顔をあげた。日課を少しでも邪魔されると両親が驚くのはいつものことだった。「夕食時だぞ」と父が言うと、この短い言葉が、文明生活の避けようもない崩壊についての厳しい訓戒のように聞こえた。

わたしが玄関扉をあけた。そこにペグ叔母さんが立っていた。夏の暑気で顔をほてらせ、汗をかいていた。そして、とんでもないいでたちだった（男物の格子柄のオクスフォード・シャツにダンガリー地のぶかぶかのキュロット。ぼろぼろの麦わら帽子に七面鳥の羽根が差してあった）。生涯において、こんなにだれかに会って驚き、うれしかったことはない。

あまりの驚きとうれしさに、自分の過去の恥ずべき行為さえ消し飛んでしまった。わたしは、喜びにわれを忘れて彼女に抱きついた。

「大事な子！」叔母はにやりと笑って言った。「すごく元気そうじゃない！」

両親はペグの到着を熱烈に歓迎したわけではないが、この予期せぬ局面にせいいっぱい対応した。メイドが手早くテーブルに来客用の席を用意した。父はペグにカクテルを勧めたが、彼女は意外にも、手間でなければアイスティーにしてもらえるとありがたいと言った。

叔母はどさりと椅子に腰をおろし、わが家の上等なアイリッシュ・リネンのナプキンでひたいの汗をぬぐった。それから一同を見まわして、ほほえんだ。「さて！　ど田舎のみなさん、お変わりはありませんか？」

「きみが車をもっているとは知らなかった」父が質問に答える代わりに言った。

「あたしのじゃないの。振付師の友人から借りたのよ。彼がボーイフレンドのキャデラックでヴィンヤードまで遊びにいくって言うから、そのあいだに彼の車を貸してもらった。クライスラーよ。おんぼろだけど、悪くないわ。よかったら、ひとっ走りしてみる？」

「どうやってガソリンの配給を手に入れた？」父が、二年間会っていなかった妹に尋ねた。（ごくふつうの再会の挨拶の代わりに、父がなぜこんなことを尋ねるのか不思議に思うかもしれないが、彼なりの理由があった。ニューヨーク州では数カ月前からガソリンが配給制になり、父はそれに激怒していた。**こんな全体主義政府のもとで生きるために、懸命に働いてきたんじゃないぞ。つぎはなんだ？夜の就寝時間まで決めるつもりか？**　わたしはガソリン配給問題がすみやかに片づくことを祈っていた。）

「ちょっとばかしの賄賂で配給券をまとめてもらったり、闇市場で調達したり。都会でガソリン配給券を集めるのは、そんなにむずかしくないわ。みんな、こっちほど車に乗らないから」。それからペグは、わたしの母に思いやり深く尋ねた。「ルイーズ、元気だった？」

「まずまずよ、ペグ」母が、いぶかるというより、あからさまに疑いの眼差しを義理の妹に向けた。（わたしは母を責められなかった。どうしてペグがクリントンにいるのか、わからないのだ。クリスマスでもなければ、だれかが死んだわけでもないのに。）「あなたはどうなの？」

「あいかわらず、さんざんよ。でも、都会の喧噪を逃れてここに来るのは素敵ね。もっと頻繁に来ればよかった。今回は前もってお知らせしなくてごめんなさい。急に思いついたの。ところで、ルイーズ、あなたの馬は元気？」
「まずまずね。もちろん、戦争が始まってから馬術ショーは減ったし、馬にこの暑さは酷だわ。でもまずまず元気よ」

「どうして、ここへ来た？」父が尋ねた。

父は自分の妹を憎んでいるわけではないが、かなり激しく侮蔑していた。妹が向こう見ずにも人生を遊びつくそうとしていると考えていた（いまにして思えば、ウォルターのわたしに対する見方と似ていなくもない）。父の解釈は間違っていないと思うが、それでももう少し温かく迎えられないものかと考えるのがふつうだろう。

「あら、ダグラス。いまそれを言おうとしてたの。ここへ来たのは、ヴィヴィアンにもう一度ニューヨークへ戻る気はないか尋ねるためよ」

聞いた瞬間、わたしの心のまんなかにあった、埃まみれの古いドアがバタンと開き、千羽の白い鳩が飛び立った。わたしはあえて口を挟まなかった。口を開いた途端、この提案が霧のように消えてしまうのではないかと恐ろしかった。

「なぜ？」と父が尋ねた。

「彼女が必要だから。ブルックリン海軍工廠から仕事を請け負ったのよ。造船所で働く労働者のために、ランチ・ショーを上演する仕事をね。戦意高揚を目的に歌あり、ダンスあり、恋愛ドラマありみたいなショーよ。もちろん道徳を守ったうえでね。この海軍からの仕事と劇場とを両輪で進めていくには、人手が足りない。だから、ヴィヴィアンが助けてくれるならありがたいんだけど」

母が尋ねた。「でも、ヴィヴィアンに恋愛ドラマのなにがわかるの？」

「わかってるでしょ。あなたが思ってる以上に」

幸いにも、ペグはわたしのほうを見て言ったわけではないので、わたしの赤面したようすはだれにも見られずにすんだ。

「でも、この子はいまの暮らしに、やっと落ちついたところなのよ」母が言った。「ニューヨークでは去年、ホームシックにかかったそうだし。ニューヨークの街が向いていないのではないかしら」

「あなたが、ホームシックに？」ペグが、かすかな笑いのにじむ目で、わたしのほうを見た。「そうだったの？」

わたしの顔のほてりがさらに増した。でも、口を開くのは我慢した。

「あのね」と、ペグ。「なにも永遠にと言ってるわけじゃないの。ヴィヴィアンがまたホームシックにかかったら、クリントンに戻ればいい。でもあたし、ほんとうに困ってるの。近頃じゃ、働き手を見つけるのも難儀だわ。男たちは出征してるし、ショーガールたちだって工場で働いてる。そのほうがうちより稼ぎがいいから。だから、とにかく人手がほしいの、信頼できる人手がね」

わたしは聞き逃さなかった。ペグは〝信頼できる〟とたしかに言った。

「わたしも労働者を見つけるのに苦労している」父が言った。

「あら、ヴィヴィアンがあなたのところで働いてるの？」ペグが訊いた。

「いや。だが、働いていたこともある。また必要になるかもしれない。わたしのもとで働くことで多くを学べるはずだ」

「ははん、ヴィヴィアンが鉱山に興味を？」

「雑用係を見つけるために、わざわざ長いドライブをしてここまで来たのか。そんなものは、あの街で調達すればいいだろう。前々から理解できなかったが、きみはどうして、かんたんにすむことを、あえてややこしくしてしまうのか」

「ヴィヴィアンは、雑用係じゃない」とペグ。「素晴らしい衣裳係よ」

「いったい、なにを根拠に」

「演劇界で長年働いてきた者の勘と経験からよ、ダグラス」

「はっ、演劇界ときたか」

「わたし、行きたいわ」気づくと、わたしは声を発していた。

「なぜだ？」父がわたしに訊いた。「なぜ、あんな街に戻りたい？　人間が上に積み重なって住んでいるような街だぞ。日の光さえ射しこまない」

「だそうです。鉱山で長年暮らしてきた人が言ってます」ペグがやり返した。

正直なところ、ふたりは子どもみたいだった。父と叔母がテーブルの下で蹴り合いを始めても、わたしは驚かなかった。

でもそのときには、全員がわたしをじっと見つめて、答えを待っていた。なぜ、わたしはニューヨークに行きたいのか？　どうやってそれを説明すればいいだろう？　この提案が、少し前のジム・ラーセンからの結婚という提案と比べてどんなにちがうかを――。ふたつは咳止めシロップとシャンパンくらいちがっていた。

「もう一度、ニューヨークシティに行きたいの」わたしは自分の意見を伝えた。「なぜなら、人生の可能性を広げたいから」

わたしが、かなり堂々とその台詞を口にしたので、みんながおっという顔をした。（告白すると、

〝人生の可能性を広げたい〟というのは、少し前に聞いたラジオのメロドラマの台詞をそっくりまねただけだった。でも、なんの問題もなかった。この状況においては効果をあげたし、まさに真実だったのだから。)

「もし、行くなら」と、母が切り出した。「わたしたちは、あなたを助けませんよ。もうお小遣いをあげるわけにはいかないわ。いい歳なんだから」

「お小遣いはいらないわ。自分で稼ぐつもりよ」

〝お小遣い〟というのは二度と聞きたくない恥ずかしい言葉だった。

「だったら、仕事をさがさなければな」父が言った。

ペグが驚いた顔で父を見た。「信じられないわ、ダグラス。これまでなにを聞いてたの？　言ったばかりでしょ。このテーブルで、あなたに、ヴィヴィアンにわたしの仕事を手伝ってほしいって」

「ちゃんとした仕事をさがさなければ、と言ったんだ」父が言った。

「ちゃんとした仕事をしてもらうつもりよ。ヴィヴィアンは、アメリカ海軍の仕事に就くのよ。彼女の兄さんと同じようにね。海軍はもうひとり雇える予算を出してくれてるわ。彼女は、政府の手足となって働くのよ」

テーブルの下でペグの足を蹴りたくなった。〝政府の手足〟という言葉の組み合わせほど父にとって最悪のものはない。それくらいなら、〝かっぱらい〟として働くと言ってくれたほうがましだった。

「ニューヨークとここを行ったり来たりになってはだめよ」母が言った。

「そんなことしないわ」わたしは約束した。そう、本心から。

「わたしは、一生、芝居小屋で働くようなことを娘に望んでいない」父が言った。

ペグが呆れたように目玉をぐるりと回した。「ああ、でしょうね。きっと最悪よ」

「わたしはニューヨークを好きになれない」父が言った。「あそこは、二番手の勝者にしかなれないやつらの街だ」

「ええ、有名な話よね」ペグがやり返した。「なにかで成功した人が、マンハッタンに住んだためしがないってことは」

父にとっては、どうでもよかったのかもしれない。それ以上は主張を通そうとしなかった。心のなかでは、わたしは両親が許可するほうに向かうだろうと思っていた。なぜなら、両親はわたしをもてあましていたからだ。彼らにとって、わたしはこの家に住みつづけるべきではなかった。ここはふたりの家なのだから。わたしはもっとずっと以前に家を出るべきだった——理想としては大学進学を期に、それが無理でもせめて結婚によって。わが家の文化は、子が成長期を過ぎても家族と住みつづけるのを是しとしなかった。（両親は、成長期ですら子が家にいることを望まず、わたしを寄宿学校や夏のキャンプに送り出した。）

父としては最後には同意にもちこむとしても、もう少しペグ叔母さんを小馬鹿にしておく必要があったのだと思う。

「ニューヨークがヴィヴィアンによい影響を与えるとはとても思えない」父は言った。「自分の娘が、民主党員になるのを見るなんて、まっぴらだ」

「心配いらないわ」ペグが満足そうににっこりと笑って返した。「この問題には前々から興味があって、調べてみたの。で、わかったんだけど、民主党員に登録しておけば、アナーキスト党にははいれないんですって」

母が声をあげて笑った。

「わたしは、行くわ」と、宣言した。「もうすぐ二十二歳だもの。クリントンにいてもなんにもならない。もうこれからは、自分がどこに住むかは自分で決めたいの」

「ちょっと大げさな言い方ね、ヴィヴィアン」母が言った。「あなたは十月までは二十二歳ではないし、人生で自分のお金を支払ったことが一度もない。世の中の仕組みについても、ほとんどなにも知らないわ」

そうは言ったが、わたしには母がわたしの決断を喜んでいるのが感じとれた。母は、結局のところ、馬に乗って猛然と溝や柵に立ち向かっていく女だった。おそらく、人生の試練や障害物に直面したとき、女は跳ぶべきだという考えをもっていたのだろう。

「おまえがその発言に責任を負うなら」と、父が言った。「少なくとも、最後までやり遂げることをわたしたちは期待する。約束した以上は、それを叶(かな)えずにすますわけにはいかない」

心臓がドキドキした。

だらだらとつづくお説教は、つまり父が了解したというしるしだった。

翌朝、ペグとわたしはニューヨークシティに向けて出発した。

到着までにはものすごく時間がかかった。ペグが愛国的なガソリン節約のために、借りた車を時速三十五マイルでゆっくりと走らせつづけたからだ。

でもどんなに時間がかかろうと、かまわなかった。愛する土地に——二度と迎え入れられることはないと思っていた土地に近づきつつあるのだ。その喜びがどれだけ引き延ばされようが気にしなかった。そのドライブは、コニーアイランドのローラーコースターのようにわたしを興奮させた。それまでの一年間で、こんなにも気分が高揚したことはなかった。でも、高揚すると同時に、緊張感も高まった。ニューヨークに戻って、わたしはなにを見つけるのだろう？　だれと出会うのだろう？

「重大な選択をしたわね」車を出発させるとすぐにペグが言った。「よかったわね、大事な子（キドゥ）」

「わたしがほんとうに必要なの、ペグ？」それは両親の前では訊けなかった質問だった。

ペグが肩をすくめた。「あなたの使い途（みち）ぐらい見つけられるわよ」と言ったあとで、にやりと笑ってつづけた。「嘘よ、ヴィヴィアン。海軍工廠の仕事は、自分では咀嚼（そしゃく）しきれない大物に食らいついてしまった感じ。もっと早く迎えにきてもよかったんだけど、あなたには冷静になる時間を与えたかった。あたしの経験から言うと、大失敗のあとには休息することが大事なの。去年、あなたはニューヨークで痛い目を見た。回復には時間がかかると思ったわ」

大失敗という言葉を聞いて、胃がきゅっと縮んだ。「ペグ、それについてなんだけど……」

「いいわよ、もう言わなくて」

「ごめんなさい、自分のしたことが情けない」

「もちろん、そうでしょうね。あたしにも、自分が情けないことはたくさんある。みんなが自分を情けなく思ってる。それでいいのよ――でも、あやまることが習い性になっちゃだめ。プロテスタントである利点は、永遠に悔い改めるように期待されないことね。ヴィヴィアン、罪は罪だけど、あなたが犯した罪は一生消えない罪じゃない」

「どういうことなのか、よくわからない」

「わたしにもわかってるとは言えないわ。なにかの本で読んだのよ。とにかくわたしにわかるのは、肉欲の罪があの世で罰せられることなんかないってこと。肉欲の罰は現世でくだる、あなたも学んだようにね」

「みんなにあんな迷惑をかけなければよかったのにって思うの」

「事後に事を語るのはかんたんよ。でも、大失敗をしでかすこと以外に、二十歳の人生の使い途ってある？」

「あなたも、二十歳のときには、大失敗を？」

「もちろん。あなたほどひどくはないけど、あたしにだってあったわ」

ペグは、冗談だと言うように、にやりと笑った。もしかしたら、冗談ではなかったかもしれないが、どちらでもよかった。彼女がわたしを連れ戻しにきてくれたことに変わりはないのだから。

「ありがとう、ペグ。わたしを迎えにきてくれて」

「まあね、あなたが恋しかったのよ。あなたが好きよ、大事な子（キドゥ）。あたしは一度人を好きになったら、ずっと好きでいられる。それがあたしの人生のルール」

なんて素敵な言葉なんだろう。わたしは、しばらく、その言葉を甘露（かんろ）のように味わった。しかし、だれもがペグ叔母さんのように寛大ではないことを思い出すと、苦い味がゆっくりと広がった。

「エドナに会うと思うと、いたたまれない気持ちよ」わたしはとうとうそれを口にした。

ペグは驚いたようすだった。「なんであなたがエドナに会うの？」

「会わないわけにはいかないでしょう？　リリー座に戻るんだもの」

「大事な子（キドゥ）、エドナはもうリリー座にいないわ。彼女はいま、芝居の稽古（けいこ）の真っ最中。マンスフィールド劇場で上演する『お気に召すまま』のね。エドナとアーサーは、今年の春にリリー座から出ていった。いまはサヴォイ・ホテルに住んでるわ。知らないの？」

「じゃあ、『女たちの街』は……？」

「おやまあ。ほんとうになんにも知らないの？」

「どういうこと？」

「三月にね、『女たちの街』をモロスコ劇場に移さないかっていう打診がビリーに来たの。ビリーはその提案を受け入れ、ショーをまるごともって、出ていったというわけ」

「ショーをまるごと？」

「そのとおり」

「ショーをもっていった？　リリー座から？」

「だって、彼があの芝居の脚本を書いて、監督したのよ。だから、法的にはあれは彼のもの。とまあ、それが彼の主張だった。それについては争わなかったわ。だって、勝ち目がないもの」

「それじゃ、どうなったの、あの……」あとがつづかなかった。

あのすべては、みんなは、どうなってしまったの？　それを訊きたかった。

「そうねえ」と、ペグ。「どうなったか？　まあ、それがビリーのやり方なんだけどね、彼にとってはいい取引だった。モロスコ劇場は知ってるわよね？　千席もあるから、はいるお金も大きい。もちろん、エドナも彼といっしょに出ていった。モロスコ劇場で、いつもどおりのショーをやって、数カ月が過ぎた。そのうちエドナが飽きて、シェイクスピアに戻りたいって言い出した。そこでエドナの役を、ヘレン・ヘイズが引き継ぐことになったの。あたしが見るかぎり、うまくいかなかった。あたしはヘレンが好きよ。彼女をけなしたいわけじゃない。ヘレンはエドナのもってるものを、すべてもってるように見える。でも、エドナにはなれないの。決定的ななにかが足りないのね。それをもっている人はエドナしかいない。ガートルード・ローレンスなら、それをわかって対処したでしょう。彼女にしかないもので役づくりをしたはずよ。でも、ガートルードは、そのときニューヨークにはいなかった。そう、エドナと同じようにできる人はどこにもいない。それでも、劇場は毎夜満員の大盛況。ビリーはお札の印刷工場をもったも同然よ」

　わたしはこの話のすべてにただもう驚いて、言葉を失った。

「ぽかんとあいた口を閉じなさい、大事な子（キドウ）。鳩が豆鉄砲をくらったような顔だわ」

「でも、リリー座は……？　あなたやオリーヴはどうなるの？」

「通常営業よ。どうにかやってる。また安手の退屈な芝居をあれこれとね。近所のつましきお客を取り戻そうとしてるけど、戦時はなかなかむずかしい。かつてのお客の半分は出征してるわ。このごろは、おばあちゃんや子どもばかり。だから、海軍工廠の仕事も引き受けたのよ。収入が必要だから。まあね、オリーヴの言ったとおりになった。彼女には、ビリーが彼のおもちゃをもって立ち去ったあと、あたしたちが尻拭いをさせられるってわかってたのよ。でもねえ、あたしも、わかってたような気がする。ビリーがあらわれると、いつもああなの。彼はもちろん、うちの貴重な出演者たちも連れていったわ。グラディスを連れていったし、ジェニーも、ローランドもね」

　ペグはそれをたんたんと語った。裏切りもぶち壊しも、予想外でもなんでもない、ごくありふれた出来事であるかのように。

「ベンジャミンはどうしたの？」わたしは尋ねた。

「あいにくなことに、彼は兵隊にとられてしまった。これはビリーのせいじゃないわね。でも、ベンジャミンが兵士になるなんて、想像できる？　あの才能ある手に銃を持たせる？　もったいない。彼に代わってそれを憎むわ」

「ハーバートさんは？」

「いまもいっしょよ。ハーバートさんとオリーヴは、ぜったいあたしから離れない」

「シーリアからは音沙汰なし？」

これは質問とも呼べなかった。答えは想像がついていたからだ。

「ええ、シーリアからは音沙汰なし」と、ペグ。「でも、たぶんだいじょうぶ。あの猫ちゃんなら、まだ六つぐらいは命がありそうよ、間違いないわ。ところで、わたしがおもしろいと思うのはね」と、ペグはつづけた。シーリア・レイの運命を心配しているようには見えなかった。「ビリーが正しかったっていうことなの。まさに大成功よ！　大当たりする芝居をいっしょにつくれると言ったわ。そして、そのとおりになった。ビリーは、大当たりする芝居をいっしょにつくれると言ったわ。そして、その

的に大失敗するだろうって考えてた。でも、彼女はハズした。あれは、素晴らしいショーだった。ビリーと危険を冒したことは正しい選択だったと信じてるわ。あれがつづいているあいだは、そりゃあもう楽しかったもの」

ペグがそれを語るあいだ、わたしは彼女の横顔を見つめていた。そこに心の乱れや苦悩のしるしをさがそうとしてみたが、なにも見つからなかった。

彼女が首をめぐらしてわたしを見つめ、笑いだした。「そんなにショックを受けないでよ、ヴィヴィアン。ばかみたいに見えるわよ」

「でも、ビリーは、芝居の権利はあなたにあるって、はっきり言った！　わたし、その場にいたの

よ！　キッチンで彼がそう言うのを、この耳で聞いた。彼がリリー座にやってきた最初の朝に」

「ビリーはたくさん約束をするのよ。でもとにかく、書類にして残さなかった」

「彼があなたにそんなことをするなんて、信じられないわ」

「そうねえ、あたしはビリーがどういう人だかわかってるのに、彼を招き入れてしまう。そして、後悔もしない。それって、心躍る冒険なのよ。あなたは人生において、物事をもっと軽く受けとめることを覚えたほうがいいわね。世界は変わりつづける。受け入れるすべを学べ。約束を破る人もいる。芝居によい批評がつくこともあれば、こきおろされることもある。順調そうな結婚でも離婚に至ることはある。しばらく戦争がなくても、また戦争になる。なんにでも動揺しすぎると、愚かで不幸な人になってしまうわ。それでいいことなんてある？　さてと、ビリーの話はもう充分。あなたはこの一年、どうだったの？　真珠湾攻撃が起きたとき、なにをしてた？」

「映画館にいたわ。『ダンボ』を観てた。あなたはどこにいたの？」と、ペグに訊き返した。

「ポロ・グラウンズで、フットボールを観戦してた。ニューヨーク・ジャイアンツのシーズン最後の試合だった。前半戦の最後あたりで、突然、奇妙なアナウンスが流れたの。現役の軍関係者はただちに所属部隊に連絡するようにって。なにか悪いことが起きてるんだって思ったわ。でもそのあと、ソニー・フランクが負傷して、なんの関係もないことなんだけど、今度はそっちに気をとられてしまった。いい選手なのに……。悲劇的な一日だったわ。それで、あなたが映画をいっしょに観たのは、婚約してた人？　なんていう名前？」

「ジム・ラーセン。どうして、わたしが婚約してたと知ってるの？」

「きのうの夜、あなたが荷造りしてるとき、あなたのお母さんから聞いたのよ。すんでのところで逃れたようね。彼女はなかなか本音を明かさない人だけど、ほっとしてたみたい。あなたは彼のことをそんなに好きではなかった、というのが彼女の見解よ」

それを聞いて驚いた。母とわたしは、ジムについて親密に話したことはない。いや、どんなことについてもだ。どうして母にわかったのだろう？

「彼はいい人だった」わたしはぼそりと言った。

「その人、よくやったわ。彼の英断に感謝するのね。でもね、いい人というだけで、結婚しちゃだめよ。そもそも、かんたんに婚約するもんじゃないわ、ヴィヴィ。気をつけないと、結婚までずるずるいっちゃうわよ。なぜ、あなたはイエスと返事したの？」

「自分をもてあまして、ほかになにをすればいいかわからなかったの。さっき言ったように、彼はいい人で……」

「同じ理由で結婚する娘は多いわ。そして、また自分をもてあます。だから言うのよ。さあさ、奥さまがた、趣味を始めましょう！」

「ねえ、ペグ、なぜ結婚したの？」わたしは尋ねた。

「彼のことが好きだったからよ、ヴィヴィ。あたし、ビリーが大好きなの。だれと結婚するときも、それが唯一の理由よ――その人が好きだから、愛してるから結婚する。あたしは、いまも彼が好きよ。つい先週も、いっしょに夕食をとったわ」

「そうなの？」

「ええ、そうよ。ほら、あなたはもうビリーのことで動揺してる。まあ、多くの人がそうね。でも、さっき言ったでしょ？　あたしの人生のルールを」

わたしがすぐに答えられずにいると、彼女が思い出せてくれた。「一度人を好きになったら、ずっと好きでいられる」

「あ、そうよね」と言ったものの、自分がほんとうにそう思えるのかどうか自信がなかった。

ペグがまたわたしのほうを見て、にやりとした。「どうしたの、ヴィヴィアン？　まさかこのルールを自分にも当てはめなきゃって考えてない？」


ニューヨークシティに着いたときには日が落ちていた。

一九四二年、七月十五日。

ニューヨークの街が、暗い二本の川に挟まれたその花崗岩(かこうがん)の巣の上に、誇り高く、泰然と羽を休めていた。聳(そび)え立つ摩天楼の連なりが、夏のやわらかな大気のなかで、蛍の群れがつくる円柱のように煌(きら)めいていた。わたしたちの車は、静かで堂々とした――コンドルの翼のように大きく長い――橋を渡り、街に入った。なにもかもが密集する土地。さまざまな意味をもつ土地。世界でいちばん素敵なメトロポリス――少なくとも、わたしがいつもそう思いつづけてきた土地。

その威厳に圧倒された。

この街に、わたしのささやかな人生の根をおろそう、と思った。もう二度と、ここから立ち去るようなことはしない、と。

24

翌朝、なつかしいビリーの部屋で、久しぶりに目覚めた。ベッドにはわたしひとり。シーリアはいない。二日酔いもなし、厄介事もなし。

認めてしまうが、ひとりで使うベッドは快適だった。

しばらくのあいだ、わたしはリリー座が活気づいていく音に耳をすました。また聞くことがあるとは思わなかった音。だれかが風呂に湯を落としているにちがいなく、給水管が抗うような音をたてている。二台の電話がすでに鳴っている。ひとつは上の階で、もうひとつは下の事務所で。なんだか幸せすぎて、くらくらした。

化粧着をはおり、コーヒーを淹れるために部屋から出た。ハーバート氏が以前と同じようにキッチンのテーブルについていた。ワイシャツを着て、ノートを見つめ、カフェイン抜きのコーヒーを飲みながら、つぎのショーのためのジョークを考えている。

「グッド・モーニング、ハーバートさん！」わたしは言った。

彼は顔をあげ――驚いたことに――にこりと笑った。

「復帰したようだね、ミス・モリス」と、彼は言った。「よいことだ」

その日の正午にはペグとオリーヴといっしょにブルックリン海軍工廠にいて、早くも仕事の手ほどきを受けていた。

海軍工廠へは、ミッドタウンから地下鉄でヨーク・ストリート駅まで行き、あとは路面電車に乗り換えて行った。それから三年間、わたしはほぼ毎日、どんな天候の日も同じ経路で、海軍工廠に通いつめた。シフト制によって勤務時間を管理された、海軍工廠の何万人もの労働者といっしょに。この通勤はやがて退屈な時間になり、ときにはくじけそうになるほど疲労困憊していることもあったが、最初の日はなにもかも目新しく、心が弾んでいた。わたしは粋なライラック色のスーツを着て、洗いたての髪はふんわりしていた。（ただし、この埃と油まみれの場所には、二度とこんなお洒落をして行くことはなかった。）海軍と正式な雇用契約を結ぶために、書類を作成した（アメリカ海軍造修局勤務で、職種は技能労働者）。賃金は一時間あたり七十セントで、わたしの年齢の女性にしてみれば高給だった。軍から安全眼鏡を支給されたが、ペグの煙草から顔に飛んでくる火の粉ぐらいしか、わたしの目を危険にさらすものはなかった。

わたしにとって初めての、本物の仕事だった――クリントンの父の会社で働いたことはあったが、あれは除外して考えるべきだろう。

わたしはオリーヴとの再会に緊張して臨んだ。自分の愚行と、ウォルター・ウィンチェルの餌食にならないように彼女に助けられたことを深く恥じていて、彼女から非難されるのではないか、軽蔑されるのではないかと恐れていた。その朝、わたしは初めてオリーヴとふたりきりになった。オリーヴとペグとわたしは、ブルックリンに向かうためにリリー座の階段を降りていたのだが、ペグが魔法瓶を忘れたことに気づいて引き返したので、わたしとオリーヴはほんのしばらく、二階と三階のあいだの踊り場で待つことになった。オリーヴに謝罪し、わたしを果敢に救ってくれたことに感謝するなら、いましかないと思って切り出した。

「オリーヴ、わたしは、あなたに大きな借りを――」

「了解、ヴィヴィアン」彼女はすぐにわたしをさえぎった。「しつこく言うのはやめて」

これでおしまいだった。

わたしたちには果たすべき仕事があり、つべこべ言っている暇はなかった。

わたしたちの仕事について詳しく説明してみたい。

海軍工廠のカフェテリアで、一日に二回、ショーを上演すること、というのが海軍との契約だった。そのにぎやかなカフェテリアは、海軍工廠のなかのワラバウト湾に近い場所にあった。アンジェラ……でもまずは、この造船所がどんなに巨大で、世界一忙しい場所であるかをわかってもらわなければ……。ブルックリン海軍工廠は二百エーカーを超える広大な敷地をもち、戦時は二十四時間体制で、十万人近い労働者が働いていた。工廠内には四十カ所以上のカフェテリアがあって、わたしたちは、そのうちのひとつのカフェテリアの〝娯楽と教育〟を受けもっていた。正式には〝二四号〟という名前だったが、だれもが〈サミー〉と呼んでいた。（理由ははっきりしない。たくさんのサンドイッチ（サミーはサンドイッチの俗語）をつくるから？　あるいは、料理長の名前がサミュエルソンだったから？）〈サミー〉は、一日に何千人もの人々にランチを提供した。そう、しなびてくたびれた食物を、しなびてくたびれた労働者たちに。

この疲れきった労働者たちを食事時に楽しませるのが、わたしたちの役割だった。ただし、娯楽だけではなく、軍の宣伝活動(プロパガンダ)も担っていた。海軍はさまざまな情報や戦意高揚を、ショーを通して労働者に浸透させようとした。ヒトラーやヒロヒトへの怒りで労働者たちを焚(た)きつけておく必要があった。(はるかドイツの地でかの独裁者がわたしたちの生み出す悪夢にうなされていなかったかと思うほど、わたしたちはさまざまな寸劇で何度もヒトラーを殺した。)労働者たちが仕事の手を抜いて水兵たちを危険にさらさないよう、戦場にいる兵士の安全を願う気持ちをゆきわたらせる必要もあった。さらには、スパイはどこにでもいる――〝緩い口は艦(ふね)を沈める〟という警告も。安全教育とその更新も。これらすべてに加えて、わたしたちは軍の検閲官にも対処した。彼らはしばしば最前列にすわって、ショーが軍の方針から逸脱していないかどうかを確認した。(わたしはガーション氏という愛想のよい検閲官と仲良くなり、家族ぐるみの親交を結び、彼の息子のバル・ミツヴァー(男児が十三歳になるとおこなうユダヤ式の成人式)にも参加した。)

こういったことすべてを、一日に二回、各三十分のショーで、わたしたちのお客である労働者に伝えなければならなかった。

それを三年間つづけた。

つねに新しいおもしろい演目に刷新しなければ、お客は食べ物を投げつけてきた。(ブーイングに初めてさらされたとき、ペグは「現場に戻ってこられてうれしいわ」と満足げに言った。あれは本音だったと思う。)手に負えない、感謝もされない、疲労のたまる仕事だった。〝劇場〟の体裁について、海軍はほとんどなにも考慮してくれなかった。カフェテリアの手前に、粗末なパイン材でこしらえた小さなステージがしつらえてあったが、ステージというより、プラットフォームに近かった。カーテンも、舞台照明もなし。〝オーケストラ〟の役割を、ブルックリン住まいの小柄な老婦人、レヴィンソン夫人が調子っぱずれなアップライトピアノでぜんぶ引き受けていた。レヴィンソン夫人は(小柄な体からは想像もつかない)鍵盤に指を叩きつける力強い奏法だったので、工廠の外の通りにいてもその音が聴こえるほどだった。芝居の小道具は、野菜の木箱で代用された。厨房の奥の片隅、皿洗い場の隣が〝楽屋〟になった。役者たちについて言うなら、最良の人材とは言いがたかった。ニューヨークのショービジネス界のほとんどの人が戦争に征くか、稼ぎのいい工場勤めを始めていた。つまり、わたしたちに雇えるのは、オリーヴが歯に衣着せず言ったように〝しなびた売れ残り〟。(ペグも歯に衣着せず、「これじゃあ、ほかの劇団と見分けがつかないわね」と返した。)

それでも、わたしたちはなんとかショーを仕上げた。六十代の男が若い色男を演じ、中年の太った女性が清純な少女や、ときには少年を演じた。演者に労働者が稼ぐほどの出演料を払えなかったので、つねに役者やダンサーを、当の海軍工廠に奪われた。舞台で歌っていたかわいい娘が、翌日には〈サミー〉でランチを食べていた。バンダナで髪をまとめ、オーバーオールを着て、ポケットにはレンチを突っこんで――もちろん、そのふところには高額の給与小切手がはいっていた。いったん給与小切手の味をしめてしまうと、スポットライトのなかに引き戻すのはむずかしかった。いや、この劇場には、スポットライトさえなかったのだ。

もちろん、衣裳を調達するのがわたしの主な仕事だったが、ときには脚本も書いた。歌詞も書いた。自分の仕事をこんなにむずかしく感じたことはなかった。まず、予算がない。さらには戦時ゆえに、衣裳に必要な素材が国じゅうで不足していた。生地だけではなく、ボタンもジッパーもホック類も乏しかった。工夫を凝らして、それを乗り切った。わたしにとって最も輝かしい瞬間は、十番街と四十四丁目の角でゴミ収集トラックを待っていた、腐って詰め物が飛び出たソファから、二色使いのダマスク織りの張り地を剝がし、イタリア国王ヴィットーリオ・エマヌエーレ三世役の胴着をこしらえたときだった。（はっきり言って、その衣裳はかなり臭ったが、われらが王様は実に王様らしかった。王様を演じた役者はショーの一時間前まで、〈サミー〉の厨房で豆料理をこしらえていた漏斗胸の老人だった。）

　言うまでもなく、わたしは〈ローツキー古着小間物店〉に入り浸った。戦争前よりもずっと。高校生になったマージョリー・ローツキーは、わたしの衣裳づくりの相棒になった。いや、わたしの黒幕と言ってもよかった。ローツキーの店は、そのころには軍に生地やぼろ布を卸すようになっており、以前より選べる種類も品数もかぎられていたが、それでもこの街で最高の古着店にちがいなかった。わたしは自分の賃金のうちからささやかな額をマージョリーに渡し、これと思う素材を先に選んでおいてもらうようにした。まったくのところ、彼女なしでわたしの仕事は成り立たなかった。年齢は離れていたが、長引く戦争のあいだに、わたしたちには互いへの本物の好意が育っていった。わたしは彼女を友だちだと思うようになった――かなり風変わりな友だちにはちがいなかったが。

　マージョリーと煙草を分け合った日のことは、いまもよく憶えている。冬のさなかで、わたしは店の倉庫の荷下ろし場に立っていた。大型箱から古着をあさるのをやめて、煙草を吹かしていたのだ。

「あたしにも一本くれる？」ふいに隣で声がした。

　見おろすと、小さなマージョリー・ローツキーがいた。九十五ポンド（約四十三キロ）くらいしかなかったと思う。小さな体に、とんでもなく大きな、一九二〇年代の友愛会の男子学生がフットボール観戦のときによく着ていたアライグマの毛皮のコートをはおり、カナダ騎馬警察のつば広の帽子をかぶっていた。

「煙草はあげられない」とわたし。「だって、あなた十六歳でしょ」

「それはそうだけど」と彼女。「もう十年吸ってるわ」

わたしは、魔法に操られるように彼女の要求に屈して、一本の煙草を差し出した。

彼女は慣れたようすで、煙をひと呑みしてから言った。「この戦争、あたしにはなにもいいことないわ、ヴィヴィアン」いっぱしの倦怠感をたたえて通りを見つめる彼女のようすが、おかしくてしかたなかった。「あたし、すっごく気に入らない」

「気に入らない？」わたしは笑うのをこらえた。「では、なにかしたら？　連邦議会議員に厳しく意見する手紙を書くとか。大統領に直談判に行くとか。そう、この戦争を早く終わらせるようにって」

「おとなになるのを待ちわびてたけど、いまはおとなになる甲斐がない」彼女が言った。「戦争、戦争、戦争ばかり。そして仕事、仕事、仕事。これじゃ、みんな疲れてしまう」

「もうすぐぜんぶ終わるわよ」わたしはそう言ってみたが、確信があったわけではない。

マージョリーはまた煙草の煙を深く吸いこみ、これまでとはまったくちがう口調で言った。「あたしの親戚はみんなヨーロッパにいて、ひどい目に遭ってるわ。ヒトラーはきっと、あたしたちの同胞の最後のひとりがいなくなるまで、手を休めようとはしないでしょう。ママの妹とその子どもたちがどこにいるのかもわからない。パパが日に何度も大使館に電話して、家族をこちらに送ってくれって言ってる。わたし、パパのために通訳してばっかり。でも、うまくいきそうにない」

「ああ、マージョリー。お気の毒に……。ひどい話ね」

ほかに言うべき言葉が見つからなかった。高校生が立ち向かうには過酷すぎる状況だ。マージョリーを抱きしめたかったが、彼女は抱きしめられることを求めているようには見えなかった。

「みんなに失望してる」彼女は長い沈黙のあとに言った。

「だれに？」わたしは、彼女がナチスに、と言うのではないかと思った。

「おとなに」彼女はそう言った。「すべてのおとなに。どうしておとなは、世界を手に負えないほどむちゃくちゃにしてしまったの？」

「わたしにもわからない。でも、どうすればいいか、だれかがわかっているとも思えない」

「わかってないわね、ぜったい」彼女は、深い侮蔑をにじませて言うと、吸いきった煙草を通りに向けて放った。「でも、だからこそ成長したいの。なにをやってるかわかってない人たちに振りまわされるのはまっぴら。なんでも自分で決められるようになるのが早ければ早いほど、あたしの人生はよくなるはず」

「素晴らしい計画ね、マージョリー。わたしは一度も人生に計画を立てたことがないから、よくわからないけど。でも、あなたならぜんぶ解決できそうな気がするわ」

「一度も人生の計画を立てたことがない？」マージョリーが、ぎょっとしたようにわたしを見あげて言った。「それでよくやっていけますね」

「あらら、マージョリー。あなた、わたしの母親みたいよ」

「ええ、もしあなたが人生の計画を立てたことがないなら、だれかが、あなたの母親の代わりにならなきゃ」

わたしは思わず笑った。「わたしにお説教はやめてね、お嬢ちゃん。わたしはあなたのベビーシッターになれる歳よ」

「はっ！　あたしの両親は、あなたみたいな無責任な人に、あたしをあずけるようなことはぜったいしない」

「それについては、あなたのご両親が正しいかも」

「からかっただけ」マージョリーは言った。「あなた、わかってますか？　わたしがあなたをずっと好きだったこと」

「ほんと？　わたしをずっと好きだった？　初めて会った十四歳のときから？」

「ねえ、煙草もらっていい？」彼女が訊いた。「あとで吸う分を」

「だめよ、それは」と言いながらも、わたしは数本を彼女に渡した。「あなたにあげたこと、ご両親にないしょにしてね」

「うちの両親は、わたしのやることにいちいち首を突っこまないわ」この風変わりな小柄なティーンエイジャーは、煙草を大きな毛皮のコートの内ポケットにしまい、片目をつぶってみせた。「さて、きょうはどんな衣裳をさがしに来たの、ヴィヴィアン？　あなたの必要なもの、なんでも揃えてみせますよ」

ニューヨークは、最初にここへ来たときとは、もはやべつの土地だった。

浮かれ騒ぎは死に絶えた――〈ステージドア・キャンティーン（ブロードウェイの有志によって営まれた連合国軍の軍人をもてなす遊興施設）〉で兵士や水兵と踊るような有益で愛国的な浮かれ騒ぎだけはべつとして。街には、重苦しい空気が漂っていた。いつなんどき、攻撃と侵略があってもおかしくない。ロンドンのように、ドイツ軍に空爆されて、木っ端みじんにされないともかぎらなかった。空襲に備えた灯火管制としてタイムズスクエアの明かりが消され、劇場街は夜の底にたまった水銀のように、豊かな黒々とした光をたたえていた。だれもが軍服や制服を着ているか、そうでなくても、奉仕する準備があった。ハーバート氏は空襲に備えた自警団に志願し、市から支給されたヘルメットと赤い腕章を身につけ、夜の見回りにでかけた。(彼がドアから出ていくとき、ペグがいつも言った。「拝啓、ミスター・ヒトラー、ハーバートさんが近所の人たちを避難させるまで、爆弾を落とさないでください。敬具。ペグ・ビューエルより」)

戦時の印象として強く残っているのは、あらゆるものが粗雑になったことだ。ニューヨーク市民は、世界各地の人々をみまったような戦争被害を受けなかったが、生活の潤いがつぎつぎに消えた。バター、大きな塊肉、良質な化粧品、ヨーロッパからの流行りの服。やわらかいものが消えた。ご馳走が消えた。戦争は、あらゆるものをわたしたちに要求する飢えた巨人のようだった。わたしたちの時間や労力だけでなく、料理に使う油も、ゴム製品も、金属も、紙も、石炭も……。奪われたあとには、粗悪なものしか残らなかった。わたしは重曹で歯を磨いた。最後のナイロンストッキングを、早産の赤ん坊みたいに、たいせつに扱った。(一九四三年、ついに最後の一足がだめになると、ストッキングをはくのをあきらめ、ズボンに切り替えた。)とても忙しかったし、シャンプーが品薄になったので、わたしは髪を短く切った。エドナ・パーカー・ワトソンのような髪の艶を生かしたボブで、それから二度と髪を長く伸ばすことはなかった。

戦争中に、わたしはとうとうニューヨーカーになった。そう、街の地理をやっと把握した。銀行口座を開き、図書館のカードをつくった。お気に入りの靴修理店を見つけた(革製品の配給を受けるためにも必要だった)。かかりつけの歯医者ができた。海軍工廠で働く人と友だちになり、仕事が終わるとみんなで〈カンバーランド・ダイナー〉に行って食事した。〈食事のあとに、検閲官のガーション氏が、「みなさん、献金を」と言ってテーブルにまわす帽子に自分の稼いだお金を入れることが誇らしかった。〉バーやレストランにひとりではいって心地よく過ごす方法を覚えたのも、戦争中だった。これは多くの女性にとって妙に気後れすることなのだが、わたしはやっと習得した。〈こつは、本か新聞をもって店に入り、窓際のいちばんよい席を選ぶこと、席についたらすぐに飲み物を注文することだ。〉こつをつかんでからは、静かなレストランの窓辺の席でひとり食事することが、人生の密かな楽しみのひとつになった。

ヘルズキッチンの子どもから三ドルで自転車を買い取って、わたしの行動半径はずいぶん広がった。自由に移動できることがいかに貴重かを知った。敵の襲来に備えて、ニューヨークからいつでも脱出できるように、街じゅうを自転車で走りまわった。あちこちで用をすますにも安上がりで便利だったが、心の底では、いざとなったらドイツ空軍機より自転車で速く走れると思っていた。妄想だったとしても、それは漠然とした安心感をもたらした。

わたしは都市の探検家になり、街のあちこちを、おかしな時間にさまよった。とりわけ夜間に街を歩き、窓を見あげて知らない人たちの人生を垣間見るのが好きだった。さまざまな夕食時があり、さまざまな労働時間があった。さまざまな年齢、さまざまな民族や文化。休む人、働く人。ひとりきりの人もいれば、にぎやかになにかを祝う人たちもいる。飽くことなく、そういった光景のあいだを渡り歩いた。この人間の大きな海のなかで、自分もひとりの人間であり、小さな一点にすぎないという感覚を楽しんだ。

もっと若いころは、ニューヨークの中心にいたいと思った。でも、中心なんてどこにもないことがわかってきた。中心はあらゆるところにある——人々が人生を生き抜いているところならどこにでも。ここは、何百万もの中心をもつ街なのだ。

そう思うと、いっそう不思議な気持ちになった。

戦争中に付き合った男性はいない。

まず、多くの男が海外に出征し、出会うのがむずかしかった。遊びにいきたいという気にもならなかった。重苦しさと献身を尊ぶ新しい時代精神がニューヨークを覆っていた。そして、そのなかにいるわたしも、一九四二年から一九四五年までのあいだ、性的な欲望を封印した。休暇旅行に出かけるとき、家の上等な家具をシーツで覆うのに似ていた。（ただし、休暇どころか労働あるのみだが。）わたしはすぐに、男連れでなくても街に出ていくことに慣れた。素敵な娘なら夜は男の腕に手をかけて外出するべきだというルールを忘れた。そのルールが古くさく思えて、ますますそんな気にはならなくなった。

だけど、アンジェラ……結局は、男の数が充分ではなかったの。

男の腕の数が足りていなかった。

一九四四年初頭のある日の午後、ミッドタウンに自転車を走らせているとき、かつての恋人、アントニー・ロッチェラが建物の入口から出てくるところを見つけた。彼の顔を見てショックを受けたが、いつかは彼に出くわすことを覚悟しておくべきだった。ニューヨーカーならだれでも言うように、ここは歩道でだれに出くわしてもおかしくない街。だからこそ、ニューヨークは敵をつくると恐ろしい街なのだ。

アントニーはぜんぜん変わっていなかった。ポマードで髪を固め、ガムを嚙み、不敵な笑いを浮かべていた。軍服は着ていなかった。彼の年齢で健康な男にしてはめずらしいことだ。うまい理由を見つけて入隊を免れたにちがいない。（彼なら当然。）小柄でかわいいブロンド娘といっしょだった。彼を見るなり、わたしの心臓はアップテンポのルンバを踊りだした。ひと目見るだけで欲望を搔き立てられる男に、数年間、出会っていなかった。でもだからといって、なんの意味もない。わたしは急ブレーキをかけ、間近で彼を見つめた。心のどこかに、彼から見られたいという気持ちがあった。でも、彼はわたしを見なかった。いや、見たけれど、わたしだとは気づかなかったのかもしれない。（髪を短く切り、ズボンをはいていた。彼の知っている娘とはまったくちがっていただろう。）でももしかしたら、わたしだとわかって、無視したのかもしれないが……。

その夜、わたしは孤独に身を灼かれた。欲望にも身を灼かれた――これについて嘘はつけない。けれど、欲望には自分で片をつけた。ありがたくも、わたしは自らを慰める方法を知っていた。（すべての女性がその方法を知っているべきだと思う。）

アントニーとはそれから二度と会わなかったし、彼の名前をふたたび目にすることもなかった。ウォルター・ウィンチェルは彼が映画スターになるだろうと言ったが、その予言は当たらなかった。いや、はたしてそうだろうか。ひょっとしたら、アントニーのことだから、そうなる努力すらしなかったのかもしれない。

それから数週間後、わたしは役者のひとりから、サヴォイ・ホテルで開かれる戦争孤児を助けるための慈善パーティーに招待された。ハリー・ジェイムスと彼のオーケストラが演奏するというのに釣られ、疲労を押して出かけていった。しばらくパーティー会場にいたが、知っている人も、いっしょに踊りたいと思うような男もいなかった。そこで、帰宅して眠るという楽しみに心が傾き、会場を出ようとしたとたん、エドナ・パーカー・ワトソンと正面からぶつかった。

「失礼」と小さな声で言ったつぎの瞬間には、彼女だと気づいた。

エドナがサヴォイ・ホテルに住んでいることを忘れていた。覚えていたら、ここへは来なかっただろう。

彼女が顔をあげ、わたしたちの視線がぶつかった。彼女は薄茶色のギャバジンのスーツに濃いオレンジ色のブラウスを合わせていた。片方の肩に灰色の兎の毛のストールがさりげなくかかっていた。あいかわらず、非の打ちどころのない装いだった。

「失礼しました」彼女は、礼儀正しく笑顔で言った。

今回ばかりは、わたしだとわからないふりをするのはむずかしかった。彼女はわたしを正しく認識していた。揺るぎない落ちつきの仮面の向こうの、一瞬の心の揺らぎを見つけるくらいに、わたしはエドナの顔をよく知っていた。

それまでの四年間、もしまた彼女に会うことがあったら、なにを言おうか考えつづけてきた。でもわたしにはただ「エドナ……」と言って、彼女の腕に手を伸ばすことしかできなかった。

「あいにくですけど」と、彼女は言った。「人違いをなさっているようですわ」

そして、彼女は歩み去った。

アンジェラ……若いときには、時の流れがあらゆる傷を癒やし、すべての物事を落ちつかせると考えるものだわ。そういう誤解に人は陥りやすい。でも歳をとるほどに、わたしたちは悲しい真実を知る。そう、ときにはけっして修復できない傷もある、どれほど痛切に取り返したいと望んでも、取り返せない過ちがある。

わたしの経験から言えば、それを知ることが最も過酷な人生のレッスンだった。

ある年齢を過ぎれば、わたしたちは秘密と恥と悲しみと老いと癒えない傷をかかえて、この世を歩きまわるようになる。その苦しみで、心はさらに痛み、いびつになる。それでもどうにか、わたしたちは歩きつづけていく。

25

一九四四年も後半となり、わたしは二十四歳になった。

あいかわらず休みなく海軍工廠で働きつづけていた。一日でも休みがあったのかどうか思い出せない。戦時中に稼いだ賃金の蓄えがかなりの額になっていたが、あまりに疲れきっていて使うこともなかった。夜にペグやオリーヴとカードゲームをするような活力もほとんど残っていなかった。帰宅時の地下鉄で居眠りをして、目覚めるとハーレムだったことは一度や二度ではない。

みんなが骨の髄まで疲れきっていた。

だれもがぐっすり眠りたいのに、眠れなかった。

戦争に勝つだろうとは思っていた。ドイツや日本に大打撃を与えたという威勢のよい話はいくらでも聞こえてきた。しかし、戦争がいつ終わるのかは、だれにもわからなかった。わからないからといって、とめどなくしゃべりつづける口が止まるわけではなく、実りのない噂話や憶測が飛び交った。

この戦争は感謝祭までに終わるだろう、と言われた。

クリスマスまでには、と言われた。

しかし一九四五年にはいっても、まだ戦争はつづいていた。

カフェテリア〈サミー〉の戦意高揚ショーで、わたしたちは週に十数回はヒトラーを殺したが、ヒトラーの勢いはいっこうに止まらなかった。

心配するな、とだれもが言った。二月の終わりまでには、なんとかうまくいくだろう。

三月初旬、故郷にいる両親に、南太平洋のどこかの航空母艦に乗っている兄から一通の手紙が届いた。兄はこう書いていた——「まもなく、敵が降伏したという知らせが、祖国に届けられることを確信しています」。

これが兄からの最後の便りになった。

アンジェラ……あなたなら、航空母艦フランクリンについては知っていることでしょう。でも、恥じ入るのだけれど、わたしはその艦名を知らなかった——空母フランクリンが、一九四五年三月十九日、日本の特攻機（カミカゼ）の攻撃を受けて、ウォルターが他の八百名以上の乗員とともに死んだと知らされるまでは。ウォルターは責任感の強い人だったから、私信のなかで自分の乗った艦（ふね）の名を明かすことはなかった。もし手紙が敵の手に落ちれば、国家機密を洩（も）らしかねない。だから、わたしは兄が大型空母に乗ってアジアのどこかにいて、戦争がまもなく終わると断言していること以外はなにも知らずにいた。

ウォルターの戦死の報せを最初に受け取ったのは、母だった。その日、母は家に隣接する牧草地で馬に乗っていて、全体は黒だが一枚のドアだけ白くて不釣り合いな古い車が、スピードをあげて家に向かってくるのを見た。その車は母のそばを走り過ぎていったが、砂利道を走るにしては飛ばしすぎていた。ふつうではなかった。土地の人々なら、馬が草を食むそばの砂利道を走るときには車のスピードを落とすものだ。だが、母はその車に見覚えがあった。ウェスタンユニオン電信会社の電報係、マイク・ローマーの車だ。母は馬の動きを止めて、マイクとその妻が車から降りて家の玄関扉を叩くのを見つめた。

母とローマー夫妻とは親交がなかった。それゆえに、夫妻がモリス家の玄関扉を叩く理由はひとつしか考えられなかった。モリス家宛ての電報が届いたにちがいなく、しかもその内容が重大であるため、電報係本人が届けたほうがよいと判断したということだ。彼の妻が同行しているのは、おそらく女性として、悲しむ家族を慰める役割をつとめようと考えたからだろう。

母はそのすべてを見て、察した。

わたしはいつも思うのだが、このとき母は——恐ろしい報せから逃れるために——馬首を返して、家とは反対方向に全力で走り出したい衝動に駆られることはなかったのだろうか。しかし母はそういう人ではなかった。そうする代わりに馬から降り、手綱を引いてゆっくりと家に近づいた。あとから母に聞いた話だが、母はこのような感情的になる場面で動物の背に乗っているのは賢明ではないと考えた。わたしの目にはそのときの母の姿が浮かぶ——母が、彼女らしい誠実さで馬を扱いながら、慎重に足を運んでいくところが。玄関口でなにが待っているかは察していたが、彼女は足を速めなかった。電報が手渡されるまでは、まだ息子が生きているかのように。

ローマー夫妻には待つことができたし、実際に、夫妻は待った。

母が玄関階段に近づくころには、ローマー夫人が、あふれる涙を頬につたわせながら、母を抱擁するために両腕を開いていた。

言うまでもなく、母はその抱擁を拒んだ。

両親はウォルターの葬儀をしなかった。

まず、埋葬する遺体がなかった。電報は、ウォルター・モリス大尉は軍葬されたと伝えていた。さらには、万一にも〝敵を利する〟ことがないように、ウォルターの艦名と根拠地は友人や家族にも明かさないように要請していた――まるでニューヨーク州クリントンの隣人たちがスパイか破壊活動家であるかのように。

母は遺体のない葬儀を望まなかった。それはあまりにも悲惨だと考えた。父は怒りと悲しみに心を打ち砕かれ、喪に服して地域の人々の前に顔を出せるような状態ではなかった。父は、アメリカの参戦に強固に反対していたし、ウォルターの入隊にも最後まで抵抗した。政府がたいせつな宝物である息子を奪った。その事実に名誉を与えるような儀式を執り行うことなど、父には許せなかった。

わたしは実家で両親と一週間ほど過ごした。彼らのために自分にできることはした。しかし、わたしはほとんど口をきいてもらえなかった。わたしがクリントンにいたほうがいいかと訊いてみた。そうしてもいいと思っていたのだが、ふたりは他人を見るような目でわたしを見た。**わたしがクリントンにとどまったところで、彼らのためにいったいなにができるだろう?** むしろ、両親はわたしにいてほしくないと、悲しみに沈む自分たちを一日じゅう見つめないでほしいと思っているような気がした。わたしの存在は、両親に息子の死を思い出させるだけなのだ。

もし両親が、間違った子が連れ去られたと――より良い、より尊い子が死んで、より価値のない子が生き残ったと考えていたとしても、わたしは両親を許したい。なぜなら、わたし自身でさえ、ときどきそう考えたから。

わたしが立ち去れば、両親はふたたび沈黙のなかに崩れ落ちることができた。

おそらく言うまでもないことだろうが、彼らは二度と元の彼らには戻れなかった。


わたしもウォルターの死に衝撃を受けた。

アンジェラ……正直に言うけれど、わたしは兄が戦争で怪我を負ったり死んだりするとは考えていなかった。愚かで子どもっぽいと思われるかもしれないが、もしウォルターを知っていたなら、わたしのこの兄への信頼をわかってもらえるはずだ。兄はつねに万能で、無敵だった。人並みはずれた直感をもっていた。長年運動選手として活躍していたが、怪我をしたことは一度もなかった。仲間うちではなかば神話になっていた。その兄にどうして危害が及ぶことなどあるだろう？

わたしはウォルターの指揮下にある人たちのことも心配しなかった。ただし、兄自身は心配していた。（兄が実家に送った手紙のなかで唯一案じているのが、部下の安全と士気だった。）ウォルター・モリスの指揮下にいるなら、だれでも安全だとわたしは考えていた。兄が万事うまくやってのけるだろうと。

しかし、問題はウォルターが責任者ではなかったことだ。大尉まで出世したとはいえ、空母の指揮はとっていなかった。指揮していたのは、レスリー・ゲーレスという名の、采配（さいはい）に問題のある艦長だったという。

でも、アンジェラ、あなたはもうそれについて知っているのでしょう？

おそらく、あなたなら。

でも、残念ながら、わたしにはほんとうのところ、あなたのお父さんがどれくらいあなたに語っていたのか、わかっていない。

ペグとわたしは、ニューヨークシティで、リリー座の並びにあるメソジスト派の教会で、わたしたちの手になるウォルターの葬儀をあげた。近所のよしみでいつしかペグと友人になった教会の牧師が、遺体の有無にこだわらず、ささやかな告別式をおこなってくれた。列席者は少なかったが、わたしにはウォルターの名でなにかをおこなうことが重要で、ペグもそれを認めてくれた。

式のあいだ、ペグとオリーヴは、二本の柱のようにわたしの両脇についていた。ハーバート氏もいた。ビリーは来なかった。一年前、『女たちの街（シティ・オブ・ガールズ）』がブロードウェイでのロングランについに幕を閉じると、彼はハリウッドに戻ってしまったのだ。海軍の検閲官、ガーション氏が来てくれた。海軍工廠〈サミー〉劇場のおかかえピアニスト、レヴィンソン夫人も来てくれた。ローツキーの店からは一家全員で。（マージョリーがあたりを見まわし、「メソジスト教会にこんなにたくさんユダヤ人がいるのを見たことないです」と言って、みんなを笑わせた。ありがとう、マージョリー。）ペグの長年の友人も来た。エドナとアーサー・ワトソン夫妻は来なかった。考えてみれば当たり前のことだが、心のどこかでは、エドナが少なくともペグを慰めにくるのではないかと思っていたことを認めなければならない。

聖歌隊が〈主は雀（すずめ）を見守り給う〉を歌いだすと、涙が止まらなくなった。ウォルターの死に打ちひしがれていた。その悲しみは兄を喪（うしな）ったことより、むしろ、喪ったと言えるほど兄と深く関わり合えなかったことにあった。木洩（こも）れ日のなかにいるような甘やかな幼児期の記憶なら、ほんの少しだけあった。いっしょに小馬（ポニー）に乗ったこと……。（いや、あれはほんとうに正しい記憶なんだろうか？）わたしには、青春期をともに過ごしたはずのこの立派な人物について、やさしい思い出がなにひとつなかった。もしも両親が彼にあれほどの期待をかけなければ――うちの御曹司ではなく、ふつうの男の子として生きていくことを彼に許していたなら、兄とわたしは長い年月をかけて友だちに、もしかしたら親友になれたかもしれない。でも、それはもう叶（かな）わない。彼は逝ってしまった。

わたしはひと晩泣き明かし、翌日には仕事に戻った。

あのころは、多くの人が同じことをしていた。

わたしたちは泣いて、そして仕事に行った。

一九四五年四月十二日、フランクリン・ルーズベルトが死んだ。

またひとり家族を亡くしたような気がした。ルーズベルト以前の大統領はほとんど思い出せなかった。父がなんと言おうと、わたしは彼を愛していた。多くの人が彼を愛していた。ニューヨークシティでは、わたしたちみんなが彼を愛していた。

翌日の海軍工廠は重苦しい空気に包まれた。カフェテリア〈サミー〉の舞台に、わたしは弔旗（ちょうき）をかかげ（実のところ暗幕だったが）、役者たちにルーズベルトの過去のスピーチを朗読してもらった。ショーの終わりに、製鉄工のひとり、黒い肌に白いひげをはやしたカリブ人の男性が席から立ちあがり〈リパブリック賛歌〉を歌いはじめた。ポール・ロブスンばりの朗々（ろうろう）たる歌声がカフェテリアの壁を震わせるあいだ、ほかの全員がつぎつぎに席から黙って立ちあがり、悲しみを分かち合いながら耳を傾けた。

トルーマン大統領が、ひそやかに、すみやかに、なんの威厳もなく迎え入れられた。
わたしたちはいっそう懸命に働いた。それでもまだ戦争は終わらなかった。

一九四五年四月二十八日、兄が乗っていた航空母艦が、焼けただれて傾いた無惨な姿となって、ブルックリン海軍工廠に到着した。空母フランクリンは——最小限度の基幹要員で——地球半周分の航路を、船体を傾かせながらものろのろと自力航行し、パナマ運河を通過して、ようやく〝病院〟にたどり着いたのだ。乗組員の三分の二が、死亡するか行方不明になるか負傷していた。

空母フランクリンは、軍楽隊が死者を悼む讃美歌を奏でるなか、ドックに迎え入れられた。そこにはペグとわたしもいた。

わたしたちは傷ついた艦（ふね）に敬礼した。それがわたしには兄の柩（ひつぎ）のように見えた。空母は最大限の手を尽くして修復されるために故国にたどり着いたわけだが、その黒ずみ破壊された鋼（はがね）の塊（かたまり）を見るかぎり、わたしにはだれの手だろうが、この艦を元に戻せるとは思えなかった。

一九四五年五月七日、ついにドイツが降伏した。

しかし日本はまだもちこたえていた。それも、かなりしたたかにもちこたえていた。

その週、レヴィンソン夫人とわたしとで、海軍工廠の労働者たちを鼓舞する歌〈一丁あがり、あともうひとつ〉をつくった。

わたしたちは働きつづけた。

一九四五年六月二十日、クイーンメリー号が、ヨーロッパで戦っていたアメリカ軍人、一万四千人を乗せてニューヨーク港に到着した。ペグとわたしは、アッパー・ウェストサイドの〝ピア九〇〟まで、彼らを出迎えにいった。ペグは古い舞台装置をばらした板に「やあ、そこのあなた！　おかえり！」とペンキで書いたプラカードを持参した。

「いったい、だれにおかえりって言うの？」わたしは訊いた。

「全員よ。帰還兵の最後のひとりまで」

わたしは最初、ペグと行くことをためらった。故国に帰ってくる何千人という若者を見ることになるのだ。そこにウォルターがいないのは、悲しすぎて耐えられないような気がした。でも、ペグはいっしょに行こうと言い張った。

「きっとあなたのためにもいいわ」とペグ。「それになにより、彼らのためよ。彼らには出迎えが必要よ」

結局、行ってよかった。ほんとうによかった。

さわやかな初夏の一日だった。ニューヨークに暮らして三年以上たっていたが、この季節の、これほど完璧な青空のもとで見る街の美しさに、心を揺さぶられずにはいられなかった。街が街で暮らす人々を愛し、その幸福をひたすら願っていると感じられるような、暖かでおだやかな気候がつづいていた。

水兵や兵士たち（そして看護師たち！）が、ぞくぞくと船から降りて、喜びに沸き返る埠頭（ふとう）にあふれ出した。彼らは大きな歓声に迎えられた。その群衆の片隅にはペグとわたしもいて、熱烈に歓迎の言葉を叫んでいた。ふたりでプラカードを代わる代わる振りながら、喉が嗄（か）れるまで叫んだ。埠頭に陣取った楽団が、その年のヒットソングを演奏しつづけた。帰還兵たちが風船を宙に放っていた。でもわたしはすぐに、それが風船ではなく、空気を入れて膨らましたコンドームだと気づいた。（それに気づいたのは、わたしひとりではない。〝風船〟を拾おうとする子どもたちを必死に止める母親たちを見て、笑わずにいられなかった。）

ひょろりとした体つきに眠そうな目をしたひとりの水兵が、そばを通り過ぎようとして足を止め、わたしをじっと見つめた。

彼はにやりと笑うと、明らかに南部出身とわかるアクセントで言った。「お嬢さん、この街の名前はなんだい？」

にこりと笑って返した。「わたしたちはニューヨークシティって呼んでるわ、水兵さん」

彼は埠頭の反対側に並ぶ巨大なクレーンを指差して言った。「あの工事が終われば、いい場所になりそうだな」

そしていきなり、彼は片腕をわたしの腰に回して、覆いかぶさるようにキスをした――太平洋戦争終結の日にタイムズスクエアで撮られた、あの有名な写真〈勝利のキス〉のように。（その年には、いたるところでこんな場面があった。）でも、あの〈勝利のキス〉では、女性の反応がわからない。彼女はどう感じただろうといつも考えていたが、おそらくそれは永遠に知りようがないだろう。ただ、わたしの場合どうだったかは言える。それは長い、巧みな、情熱のこもったキスだった。

わたしは、彼のキスが気に入った。

そう、ほんとうに。わたしは彼にキスを返した。でもそのあと突然――青空が掻き曇るように――わたしは泣きだし、止まらなくなった。わたしはその男の首もとに顔をうずめて、彼を涙で濡らした。

兄のために、帰ってこられなかった若者たちのために泣いた。恋人を、青春を失った娘たちのために泣いた。このいまいましい終わりのない戦争に費やした歳月を思って泣いた。この状況にほとほとうんざりして泣いた。しそこねた多くのキスのために泣いた。たくさんキスしたかった！　でも、わたしはもう薹が立った二十四歳。いったいどうなってしまうんだろう？　空が晴れて美しいのに、こんなに日が照って、こんなになにもかも輝いているのに、なんだか公平じゃないと思って泣いた。

その水兵は、最初にわたしを抱き寄せたとき、まさかこんなことになるとは思っていなかったはずだ。それでも彼はちゃんと対応してくれた。

「ねえ、きみ」と彼は耳もとで言った。「そんなに泣くことないさ。おれたちは幸運なほうだよ」

わたしが泣きやむまで、彼は抱擁していてくれた。わたしがようやく立ち直ると、いったん腕をほどいてにっこりした。「えっと、もう一回どうかな？」

わたしたちはもう一度キスを交わした。

日本が降伏したのはそれから二カ月後のことだった。

でもわたしにとっては、桃色の紗がかかったような記憶のなかにあるあの日、あの瞬間が、長い戦争の終わりだった。

26

アンジェラ……ここからはできるだけ手短に、戦後のわたしの二十年の人生について語っていくことにしましょう。

わたしはずっとニューヨークシティにとどまった。（もちろんよね。ほかにどこに行けと言うの？）けれども、街はもう以前と同じではなく、急速に大きな変化を遂げた。一九四五年の時点で、ペグ叔母さんはわたしにこう警告した。「戦争が終わると、なにもかも変わるわよ。それをあたしは前にも見てる。覚悟しておくことね」

そう、彼女はまったく正しかった。

戦後のニューヨークは、とりわけミッドタウンは、豊かで貪欲でせっかちな、成長しつづける獣になった。褐色砂岩づくりの集合住宅や店や会社が取り壊され、新しいオフィスビルと現代的な高層住宅が取って代わった。近所のいたるところに瓦礫の山ができて、ほんとうに爆撃を受けたみたいだった。シーリア・レイと行ったかけがえのない店が数年のうちにつぎつぎ閉店し、二十階建ての企業ビルに建て替えられた。〈スポットライト〉が閉店。〈ダウンビートクラブ〉も閉店。〈ストーククラブ〉も閉店。数え切れないほど多くの劇場も閉館した。かつて煌(きら)めきを放っていた街並みが、殴られた不気味な口のように、古い歯の半分が消えて、白く輝く偽物の歯が無作為にはいっている口のようになった。

しかし最大の変化は——少なくともわたしたちの小さな界隈では——一九五〇年に起きたリリー座の閉館だった。

それもただの閉館ではなく、劇場そのものが解体された。わたしたちの美しい、いびつな、やたらと手間のかかる劇場という砦(とりで)は、その年、ポートオーソリティ・バスターミナルを建設するために、ニューヨーク市当局によって解体された。取り壊されたのはリリー座だけではなく、この界隈全体だった。不運にも世界一醜いバスターミナルの敷地に選ばれた一帯には、一軒の劇場のほかに、教会、連棟住宅(テラスハウス)、レストラン、バー、中国系移民のクリーニング店、遊技場、花屋、入れ墨店、学校などがあったが、すべて取り壊された。〈ローツキー古着小間物店〉も消えてしまった。

リリー座の目と鼻の先にあるすべてが消えたのだ。

少なくともペグに対する市の扱いはまっとうだった。立ち退(の)き料として提示されたのは五万五千ドル。近所のほとんどの人が年四千ドルで暮らしていた時代だから、まずまずの額だった。わたしは立ち退きを拒否してほしかったが、ペグは「ここで争ってもしょうがないわよ」と言った。

「ここを捨てられるなんて、信じられない！」わたしは泣きながら言った。

「あのね、あたしには自分から捨てられるものなんてなにもないの、わかってるはずよ、大事な子(キドゥ)」

ペグ叔母さんは完全に正しかった。とりわけ〝ここで争ってもしょうがない〟ことについては。ニューヨーク市はこの一帯を立ち退かせるために、公共の利益のための〝土地収用権〟を行使した。その言葉の響きどおり、あらゆる点において、容赦なく徹底的に。それについて不満を言うわたしに、ペグは言った。「世の中の変化に抗うのは、自分の身に危険が迫ったときだけよ、ヴィヴィアン。何かが終わるときは、終わらせてしまえばいいの。いずれにせよ、リリー座は栄光の時代より長く生きすぎた」

「それはちがうわ」とオリーヴが言った。「リリー座には栄光の時代なんて一度もなかった」

ふたりの言い分には、それぞれに一理あった。戦争からあと、わたしたちは青息吐息でやってきた。この建物でかろうじて生計を立てていた。ショーのお客はますます減り、いい演者たちは戦争が終わっても戻ってこなかった。（たとえば、リリー座の音楽担当だったベンジャミンは、ヨーロッパにとどまり、ナイトクラブを経営するフランス人女性とリヨンに住みついた。興行主兼バンドリーダーとして羽振りがよさそうだった。わたしたちは彼からの手紙を楽しみにしていたが、彼の音楽が恋しかった。）

さらには、近隣のお客がわたしたちから卒業していった。人々の趣味は——ヘルズキッチンでさえ——以前より洗練された。戦争が古い扉を吹き飛ばし、新しい考え方や様式が流れこんできた。リリー座のショーは、わたしがこの街に住みはじめたときでさえ、時代遅れだった。それがいまや、古い地層に埋もれた化石になった。野暮ったい、寄席演芸（ボードビル）まがいの歌と踊りのショーを、もはやだれも求めていなかった。

そういうことだ。われらが劇場にわずかな栄光があったとしても、それは一九五〇年が来る前に終わっていた。

それでもわたしは心が痛んだ。

リリー座を愛するくらいに、新しいバスターミナルを愛せたらどんなによかったろうか。

いよいよ解体の日が近づくと、ペグはそれを自分の目で見とどけたいと言い出した。「こういうことは恐れずに、見ておくほうがいいのよ、ヴィヴィアン」。そんなわけで、その運命の日、わたしもペグとオリーヴの横に立って、リリー座が取り壊されるのを目撃することになった。わたしは彼女らほど冷静ではいられなかった。自分の家と歴史が——いまの自分を生み育てた場所が、巨大な鉄球によって打ち壊されるのを見るには、強靭（きょうじん）な精神が必要だった。わたしにはそんなものはなく、ただ泣くばかりだった。

最も胸が痛んだのは、建物の外壁が打ち壊されるところではなく、内部のロビーの壁が壊されたときだった。突然、もう二度と見ることはない古い舞台に、冷ややかで残酷な冬の日が射しこんだ。白日のもとに引きずり出されたそのみすぼらしさは、だれの目にも明らかだった。

でもペグにはそれに耐える強さがあった。彼女は身じろぎひとつしなかった。なんと気丈な人だろう。鉄球がその日予定された仕事をあらかたすませると、彼女はにっこり笑って言った。「言っとくけどね、ヴィヴィアン、あたしにはなんの後悔もないの。若い娘だったころ、劇場に捧げる人生は楽しいことばかりになるだろうって心から信じてた。神様は助けてくださったわ、大事な子（キドゥ）。ほんとにそのとおりだった」

ペグとオリーヴは、市から支払われた立ち退き料で、サットンプレイスに小さな暮らしやすいアパートメントを買った。ペグには、ヴァージニア州で娘と暮らすことになったハーバート氏にささやかな退職金を支払うお金も残っていた。

　ペグとオリーヴは新しい生活を楽しんでいた。オリーヴは地元の高校で、校長の秘書として働きはじめた。秘書は彼女の天職だった。ペグも同じ学校に雇われて、演劇科の運営を助けた。ふたりはその変化を気に病むようすもなかった。新しいアパートメントの建物（なんと新築だ）にはエレベーターもあり、老いつつあるふたりは前より楽になった。入口には守衛もいたので、ペグは彼とよく野球の話をした。（「これまでの人生には、守衛と言ったら、リリー座の舞台の下にもぐりこんで寝てるホームレスしかいなかったわね！」と彼女は冗談を言った。）

　このふたりの女性はなんであろうと順応してみせた。不満を言わなかった。でもわたしにとって、一九五〇年にリリー座が幕を閉じたことは痛恨だった。同じ年、ペグとオリーヴは初めてのテレビを買って、新しい現代的なアパートメントに置いた。明らかに、劇場の黄金時代は終わった。でも、ペグはその発展と隆盛も見ているのだ。

「テレビがあれば、人はいずれ、ぜんぜん街に出なくなっちゃうわね」テレビに初めて電源を入れたときに、彼女はそう予言した。

「どうしてわかるの？」わたしは訊いた。

「だって、このあたしが、劇場よりもこっちが気に入ったんだもの」彼女は真顔でそう返した。

　わたしにとって、リリー座の終焉(しゅうえん)は、家と仕事を、そして日常をともに過ごす家族を失うことだった。もういい歳なのだから、ペグとオリーヴにくっついていくわけにもいかない。

　そんなことをしたら、とまどうばかりだろう。新しい自分の生活をつくる必要があった。でも、わたしは二十九歳の、年頃をとうに過ぎた、結婚していない、大学も出ていない女――いったいどんな人生の選択肢があるんだろう？

自分を養っていくことについては、あまり心配していなかった。貯金がそこそこあって、仕事のやり方も知っていた。ミシンと九インチの裁ちばさみ、首に巻き尺、手首に針山があるかぎり、どうにか生計を立てていけるとわかっていた。でも問題は、どんな人生を送りたいのか、ということだ。

結局、わたしはマージョリー・ローツキーに救われた。

一九五〇年の時点で、マージョリー・ローツキーとは親友の仲になっていた。

ありそうもない組み合わせだが、彼女はわたしへの協力を――すなわちローツキーの店の古着の大型箱のなかから宝物を掘り出す作業を――ずっとつづけてくれた。一方、わたしは、この少女が、カリスマ性をもった魅惑的な若い女性に成長していくのを見守った。彼女にはなにか特別なものがあった。もちろん、マージョリーは出会ったときから特別だった。しかし戦後の数年間で、彼女にはすさまじくエネルギッシュな創造性が開花していった。あいかわらず奇天烈な装いを好み、あるときはメキシコの不法者、あるときは日本のゲイシャといったふうだったが、ひとりの人間として魅力ある人になった。彼女は両親と暮らし、家業を手伝いながら、パーソンズ美術大学に通い、スケッチ画家としてもお金を稼いだ。何年かにわたって、六番街のデパート〈ボンウィットテラー〉の新聞広告のためにに、ロマンティックなイラストを描きつづけた。かと思うと、医療専門誌のために図解を描いた。忘れもしないが、観光ガイドブック『バルチモアへいらっしゃい！』のイラストレーターとして雇われていたこともあった。要するに、マージョリーはなんでもやれたし、やるかぎりは全力を尽くした。

マージョリーは、創造的でエキセントリックで働き者であるばかりか、大胆で目端が利く若い女性に成長した。ニューヨーク市当局がわたしたちの近隣の取り壊しを宣言すると、マージョリーの両親は買収に応じて、家業をたたみ、クイーンズに引っ越すことを決めた。こうしてマージョリーも突然、わたしと同じように家と仕事を失うことになった。でも彼女は、泣くこともなく、わたしにひとつのシンプルでよく考え抜かれた提案をもちかけた。すなわち、わたしたちが住まいと仕事を共有すれば、力を合わせて世間を渡っていけると言うのだ。

　彼女の思いついたこととは——これはなにもかも彼女のおかげだ——そう、ウェディングドレスの仕立て屋だった。

　彼女の提案は、具体的にはこんな感じで始まった。「だって、みんなが結婚するのよ、ヴィヴィアン。あたしたちは結婚に関わるなにかをするしかないでしょ」

　彼女はわたしを自販機レストラン〈オートマット〉に誘い、ランチを食べながら、彼女の計画を語った。一九五〇年の夏。ポートオーソリティ・バスターミナルの建設計画は待ったなしで進み、わたしたちの小さな界隈が崩れ落ちようとしていた。しかしマージョリー（その日はペルーの農婦風に、刺繍をほどこされたベストを五着重ねて着こみ、下はスカートといういでたち）は、決意と興奮できらきら輝いていた。

「みんなが結婚するのはいいとして、わたしになにをしろと言うの？」わたしは訊いた。「結婚するなって止めるとか？」

「じゃなくて、みんなを助けるの。みんなを助ければ、みんなからお金がもらえる。ほら、憶えてる？　あたしが〈ボンウィットテラー〉のウェディングドレス売り場で、ブライダル服のスケッチの仕事をしたこと。そのとき、生産が注文に追いつかないって店員が言うのを聞いたの。一週間ずっと、ドレスの種類が少ないってお客がこぼすのも聞いたわ。だれも人と同じドレスは着たくない。でも、選べるほどたくさんのドレスがないの。別の日には、もし裁縫ができたら、自分のために唯一無二のウェディングドレスを縫うのにって、女の子が言うのを聞いた」

「女の子にウェディングドレスの縫い方を教える？　それをわたしがするの？　ほとんどの女の子は、鍋つかみも縫えないわよ」

「ちがうの。あたしたちで、ウェディングドレスをつくるのよ」

「すごくたくさんの人たちがすでにウェディングドレスをつくってるわ。ひとつの産業になってるくらい」

「そうね。でも、あたしたちなら、もっと素敵なドレスをつくれるんじゃない？　あたしがデザイン画を描いて、あなたが縫う。あたしたち、素材についてはだれよりもよく知ってるでしょ。ふたりの技を使えば、古いドレスから新しいドレスを生み出せる。古いシルクやサテンが、いまの輸入物よりずっといいってこと、わかってるわよね？　それをフランスから大量に仕入れるの。いまならなんだって売ってくれるわ。欧州は困窮してる。それで、あなたがその素材を使って、〈ボンウィットテラー〉よりも素敵なウェディングドレスをつくる。あなたが古いテーブルクロスから上等なレースだけ切り取って、衣裳をつくるのを見たことあるわ。縁飾りやヴェールもつくれない？　あたしたちには、どこのだれとも同じようには見えないドレスがつくれるはず。デパートで売ってるドレスとはひと味ちがうドレスがね。あたしたちのウェディングドレスは、既製品じゃなくて、特別注文のドレス。クラシックな感じ。ね、あなた得意でしょ？」

「古着のウェディングドレスなんて、着たい人がいるかしら」とわたしは言った。

でもふいに、故郷の友人、マデリーンのために、彼女の祖母の古いシルクのウェディングドレスを解体して、新しいドレスに仕立て直したことを思い出した。あれは素晴らしいウェディングドレスだった。

わたしが話を理解しはじめたとみると、マージョリーは言った。「あたしが思い描いているのは――ブティックを開くこと。あなたにはクラシックな感じがわかってるから、その場所を上品で高級そうに見せることができるはず。素材をパリから仕入れてるって宣伝するの。みんなそういうのが好きでしょ。これはパリから届いたって言えば、みんな買ってくれるわ。あながち嘘じゃない。品物の一部はフランス製にする。もちろん、古着を詰めた樽(たる)をフランスから大量に運んでくるの。でも、そんなことだれも知らなくていい。そのなかから、あたしが宝物を見つけだす。そしてあなたが宝物からもっとすごい宝物をつくりだすっていうわけ」

「それ、お店を開こうという話？」

「ブティックよ、ヴィヴィアン。この言葉に慣れて。ユダヤ人が開くのがお店。あたしたちが開くのは、ブティック」

「でも、あなたはユダヤ人……」

「ブティックよ、ヴィヴィアン。ブティック。あたしといっしょに言ってみて。ブティック。さあ、言って」

「それをどこに開きたいの？」わたしは訊いた。

「グラマシー公園の南あたり」と彼女。「あのあたりはいずれお洒落な街になるわ。ニューヨーク市が、あの一帯のテラスハウスを解体するところを見たいものね！　そう、あたしたちが売りたいのは、お洒落な感じ。クラシックな感じ。あたしは、その店をフランス風に〈ラトリエ〉という名にしたい。実は、あのあたりに目をつけてるビルがあるの。両親が、ローツキーの店に市から支払われる立ち退き料をあたしと折半すると言ってくれた。まあ当然よね。あたしは、母の腕のなかにいる赤ん坊のころから、店のために働いてきたんだから。でも、あたしの取り分じゃ、目をつけた場所を買うだけでせいいっぱい」

わたしは彼女の頭がフル回転するのを見つめていた。正直言って、彼女の行動の速さがちょっと怖かった。

「あたしがほしいと思ってるそのビルは、十八丁目にあるの。グラマシー公園から二ブロック南」彼女はつづけて言った。「三階建てで、一階が店舗。二階と三階にアパートメントがひと部屋ずつ。小さいけど、すごく魅力的よ。あなたならそこを、パリの古めかしい通りにある小さなブティックのように調えられるはず。そういう感じを出したいの。ビルの状態はそんなに悪くない。そこを修理してくれる業者をさがすわ。あなたはいちばん上の階に住めばいい。あたしが、階段を昇るのがどんなに嫌いか知ってるでしょ？　あなたはきっと気に入ると思う。三階の部屋には天窓があるの。それもふたつもよ」

「マージョリー、わたしたちでそのビルを買いたいっていうこと？」

「いいえ、ちがう。買いたいのは、あたし。あなたが銀行にいくら貯めているかは知らないけど……気を悪くしないでね、ヴィヴィアン、あなたの貯金じゃニュージャージーにも不動産は買えないだろうし、マンハッタンなんてはなから無理だと思う。でも、あなたがこの計画に乗ってくれたら、そこから出る利益は半分ずつよ。でも、ビルを買うのはあたし。貯金をぜんぶつぎこんだっていい。この仕事に賭けてるの。その場所を賃借するつもりはない。だって、わたしは……移民（イミグラント）、で合ってる？」

「合ってる」とわたし。「あなたの家は移民の一家よ」

「でもまあ、移民であろうとなかろうと、この街で商いをしてお金を儲ける唯一の方法は、服を売ることじゃなく、不動産を所有することね。サックス一族に訊いても、ギンベル一族に訊いてもそう言うと思う（サックス一族もギンベル一族も百貨店業で財を成し、五番街の高級デパート〈サックス・フィフス・アヴェニュー〉の開業に共同出資した）。もちろん、あたしたちは服を売って儲けるわけだけど、それはあたしたちのウェディングドレスが、あなたの才能とあたしの貢献でもって、ほんとうに素敵なものになるからよ。さて、これで決まりでしょ、ヴィヴィアン。ビルを買うのはあたし。ウェディングドレスをつくるのはあなた。あたしたちでブティックを経営して、その上に住むの。それが計画よ。いっしょにやっていきましょう。いっしょに働きましょう。こうするよりほかになにかある？　お願い、やるって言って」

　わたしは彼女の提案について深く真面目に考察した――ほんの三秒ほど。そして言った。「いいわよ、やりましょう」


　アンジェラ……この決断が大失敗を招くのではないかと、あなたは案じるかもしれない。でも、そうはならなかった。どうなったかと言えば、マージョリーとわたしは、それから何十年も素敵なウェディングドレスをつくりつづけ、快適に暮らしていけるだけのお金を稼いだ。わたしたちは、家族のように支え合って生きた。そして、わたしはいまも同じビルに住みつづけている。（ええ、わたしは歳をとったけど、心配しないで。まだこのビルの階段を三階まで上がることができる。）

わたしは、マージョリーと運命を共にし、彼女のあとについてこの仕事に飛びこんだ。人生のなかで最善の選択だった。

自分の人生については自分よりも他人のほうがよい考えをもっている、というのは、ときとして真実だ。

とはいえ、そうかんたんな仕事ではなかった。

ウェディングドレスの制作は、縫うというより組み立てる作業だ。人生の記念になるようなドレスが求められ、それに応えるためには膨大な労力が必要とされる。わたしのドレスは、きれいな新品の生地からつくるわけではないので、ことさら時間がかかった。古いドレス（ある種の古いドレス、と言ったほうがいいかもしれない）から新しいドレスを生み出すのはたいへんだ。まず、古いドレスを解体し、そこからどれだけ使える部分があるかを判断しなければならない。それによって選択肢が狭められることもある。そのうえ、経年で脆くなった素材——古い時代のシルクやサテン、蜘蛛の巣のような繊細なレース——を扱うには、きわめて慎重な指先が求められる。

マージョリーが、神のみぞ知る場所から、古いウェディングドレスや洗礼式用のドレスをいっぱい掘り出してくる。わたしは、それらが詰まった袋を渡され、中身を丹念に調べ、なにが使えるかを見きわめた。素材が黄ばんだり、身頃に染みがついていたりすることもあった。（花嫁に赤ワインを勧めないで！）だから、わたしの最初の仕事は、酢を垂らした冷水に衣類を浸して洗うところから始まった。染みが抜けない場合は、その部分を取り除いて、どれくらい素材として救出できるかを検討した。裏表にして使えないか、裏地として使えないか。それはダイヤモンド研磨工の仕事にも似て、瑕を取り除くときも、できるかぎり素材の価値を損なわないように細心の注意を払う必要があった。

どうやって唯一無二のドレスをつくるかも課題だった。ウェディングドレスがドレスである以上、つまり身頃とスカートと袖の三つの要素から成り立つものである以上、ある程度ほかのドレスと似てしまうのはしかたがない。それでも、わたしはこの三つのかぎられた要素を組み合わせて何千着というウェディングドレスをつくりつづけたが、同じものはひとつとしてつくらなかった。お客となる花嫁がほかの花嫁とは同じにしたくないと言うのだから、そうするしかなかった。

このとおり、苦労の多い仕事だった――肉体的にも、創造的な面においても。助手を雇って少しは助けられたこともあったが、自分と同じ仕事ができる人はいなかった。〈ラトリエ〉のドレスが完璧でないのは我慢がならなかったので、一着一着に納得いくまで時間をかけた。それでも花嫁が結婚式の前夜に、身頃にもっと真珠がほしいとか、レースは少なくていいとか言い出せば、その変更のために夜を徹して作業した。このような手間のかかる仕事には、修行僧のような忍耐と、自分が聖なるものをつくっているという信心が必要だった。

幸いにも、わたしはたまたまその信心をもっていた。

そう、ウェディングドレスを仕立てる仕事のなかで最も苦労するのは、生地ではなく、お客さまそのものの扱いを学ぶことだった。

長年多くの花嫁に仕えるうちに、家族やお金や権力などに関する機微を細かく読み取れるようになった。しかし、わたしが最も学ばなければならなかったのは、お客の不安を理解することだった。わたしは、結婚することになった娘たちがつねに恐れをいだいていることを学んだ。彼女らは、婚約者を充分に愛していないのではないか、あるいは愛しすぎているのではないかと恐れていた。行く手に待つセックスを、あるいは来し方においてきたセックスを恐れていた。結婚式の日にしくじることを恐れていた。夫に見つめられることを恐れていた。見つめられないかもしれないことを恐れていた――ウェディングドレスが似合っていなくて、花嫁付添人のほうが美しくて。

アンジェラ……大きな視野から眺めるなら、こういったことはどれもたいしたことじゃないわ。わたしたちは、たくさんの命が奪われ、たくさんの生活が破壊された戦争の時代を生きてきた。それと比べれば、神経の高ぶった花嫁の心配事なんてたいそうなことじゃない。それでも、不安は不安。そして、不安をかかえた悩める心には緊張が生まれる。わたしは、そういった娘たちの不安と緊張を少しでもやわらげるのが、自分のつとめだと考えるようになった。長年のあいだに〈ラトリエ〉で学んだのは、なによりも、おびえた娘たちを助ける方法――彼女らの要求にかしずき、彼女らの願いに誠意を尽くす方法だった。

わたしにとって、この学びは仕事を始めてすぐにやってきた。〈ラトリエ〉を開店させた最初の週、若い女性が、《ニューヨークタイムズ》紙に掲載されたうちの広告を手にして店にはいってきた。(広告には、マージョリーの描いたイラストを使った。細身の美しい花嫁と、結婚式に招かれたふたりの女性がいて、ふたりのうちのひとりが吹き出しで言う、「なんて気品あるドレス！　あれはパリから？」。もうひとりが答える、「そんなところね！　〈ラトリエ〉であつらえたそうよ。最高のウェディングドレスをつくってくれるわ！」。)

若いお客は見るからに気が高ぶっていた。わたしは彼女にグラス一杯の水を出し、制作中のウェディングドレスをいくつか見せることにした。彼女はすぐに、メレンゲのようなドレスに、夏の入道雲のような膨らみをもたせた一着に、吸い寄せられるように近づいた。それは、広告のイラストの細身の女性が着ていたドレスにそっくりだった。憧れのドレスに触れて、若い女性の表情がやわらいだ。わたしは気が沈んだ。そのドレスは、小柄で丸みのある彼女向きではなかった。彼女が着たら、マシュマロみたいになってしまうだろう。

「試着してもいいかしら？」彼女が訊いた。

でも、試着させるわけにはいかなかった。そのドレスを着て鏡を見たら、彼女は自分の姿を見ていられないと思うだろう。そして店を去り、二度と戻ってこない。それだけならまだいい。取引をひとつ逃すだけなら、それほど気にしない。気になるのは、ドレスを試着した自分を鏡に映して彼女の心が傷つくこと——深く傷つくことだった。わたしは彼女に苦痛を与えたくなかった。

わたしはできるだけやさしく声をかけた。「お客さま、あなたはとてもきれいです。でも、そのドレスは、あなたをちょっとがっかりさせるかもしれません」

彼女は顔を伏せ、小さな肩をそびやかし、挑みかかるように言った。「なぜって、わたしが太ってるからでしょ。わかってるの。結婚式の日に自分がばかみたいに見えるだろうってことは」

彼女の言葉には、わたしの心にまっすぐ届くなにかがあった。ウェディングドレスを選びにきた心細い若い女性の傷つきやすさが、一瞬にして、人生のささやかだが残酷な苦しみをわたしに理解させてくれた。わたしは胸がいっぱいになり、もうこれ以上彼女を苦しめたくないと思った。

わたしは従来、一般の人々を相手に仕事をするより、プロのダンサーや女優のために衣裳を縫うことのほうが多かった。ごくふつうの容姿の、気後れや劣等感をかかえた人たちには慣れていなかった。わたしが服を提供してきた女性のほとんどは、（職業柄もっともなことだが）自分の容姿に情熱的な恋をしていて、見られたいという強い願望をもっていた。わたしが慣れていたのは、鏡の前で服を脱ぎ捨てて楽しく踊りだすような人たち（もちろん女だけではない）であり、自分の姿を鏡で見てひるむような女性たちではなかったのだ。

わたしは、世の中には、うぬぼれの強い娘ばかりではないということを思い出した。

あの日、ブティックに来た若い女性が教えてくれたのは、ウェディングドレスを売る稼業は、ショービジネスとはかなりちがうものになるだろうということだった。わたしの前に立つ若い小柄な女性は、華やかなショーガールではなく、結婚式の日に自分を華やかに見せたい、でもどうしたらいいかわからない、ごくふつうの女性だった。

でも、わたしなら、どうすればいいかがわかった。

彼女に必要なのは、体の線に沿う簡素なデザインのドレス。それならドレスのなかに埋もれてしまうことはないだろう。素材は、クレープ地で裏張りをしたサテンがいい。生地がまとわりつかず、ドレープがきれいに出るから。血色のよい肌色には、純白ではなく、クリーム色に近い白を。そのほうが、肌が美しく見える。頭には派手すぎない花冠。彼女の姿を隠してしまう長いヴェールはいらない。かわいらしい手と手首を見せるように、袖は七分丈で。手袋もなし！　彼女のそのときの装いを見て、ワンピースのウエストが実際のウエストより上にとってあるのがわかった。ドレスもそれに倣い、砂時計のような美しいラインをつくりだすことにしよう。彼女はとても慎み深いので——残酷なほど自意識が強くて自分の容姿に厳しいので——胸の谷間をさらすようなデザインには耐えられないはずだ。

でも、足首なら見せられるだろうし、ぜひ見せるようにしなくては……。わたしには、彼女にはどんなドレスが似合うかが、はっきりと見えていた。

「おまかせください」わたしは彼女を自分の翼の下にかくまうような気持ちで言った。「悩まないで。あなたをたいせつにお世話するわ。あなたが華やかで美しい花嫁になることを、お約束します」

そして、彼女はほんとうにそのとおりになった。

アンジェラ……わたしが〈ラトリエ〉のお客になったすべての女性を、ひとり残らず愛したということを、あなたには伝えておきたい。これは、わたしの人生における最大の驚きのひとつだった。ウェディングドレスをわたしにまかせてくれたすべての女性に対して、愛情とこの人を守りたいという気持ちをもった。わがままでヒステリックになっても、わたしは彼女らを愛した。そんなに美しくなくても、わたしは美しい人として彼女らを見た。

マージョリーとわたしがこの仕事を始めたのは、ひとつ目に、お金を稼ぎたいからだった。わたしにとってふたつ目の理由は、自分の腕だめしだった。それについてはいつも充足感を得られた。三つ目の理由は、人生でほかになにをしたらいいのか、まったくわからなかったからだ。しかし、この仕事は、思いもよらなかった大きな恩恵をわたしに授けてくれた。その恩恵とは、新たなお客が、神経過敏になった未来の花嫁が、貴重な人生をたずさえて〈ラトリエ〉にはいってくるたびに、わたしの心にやさしくて温かい感情が込みあげてくることだった。

言い換えるなら、〈ラトリエ〉が、わたしに愛を教えてくれた。

愛さずにはいられなかった。

彼女らはみんな若くて、みんなとても不安で、みんなとてもたいせつな存在だった。

27

たいそう皮肉なことに、マージョリーもわたしも結婚しなかった。

長年〈ラトリエ〉を経営し、ウェディングドレスにどっぷり浸かり、何千人もの女性の結婚式を助けてきたというのに、わたしたちは一度たりとも結婚しなかった。昔から、**花嫁の付添人ばかりしていると結婚できない**とはよく言われるが、わたしたちは花嫁の付添人にすらならず、花嫁の世話係をつとめつづけた。

ふたりとも変わり者であるというのが問題だった。結婚するには変人すぎるというのが、少なくとも、わたしたち自身による共通の見立てだった。（つぎになにか商売をするなら、それを生かして稼ごうと、ふたりで冗談を言い合ったものだ。）

マージョリーが変人であることはだれの目にも明らかだった。彼女はそういうタイプの変わり者だった。だが見た目だけでなく（もちろん、彼女の服の好みは明らかに変だった）、興味の対象も変わっていた。九十四丁目の仏教寺院で、東洋の書道だとか呼吸法だとかを習っていた。熱中癖があり、彼女がヨーグルトづくりにはまったときには、うちのビル全体に発酵臭が充満した。前衛美術を愛好し、難解な（わたしにはだが）アンデスの音楽を聴いた。タロット占いと易占いをたしなみ、ルーン文字を解読した。心理学専攻の大学院生と契約して催眠術の実験台となり、精神分析を受けた。中国人治療師のもとへ行って足の裏への施術を受けたが、それについて人にしゃべりだすと止まらなくなった。わたしは何度、あなたの足の裏についてしゃべりまくるのはやめて、と彼女に懇願したことだろう。つねに突拍子もない食餌療法に走るのは、体重を落とすためではなく、より健康になるため、あるいは意識を覚醒させるためだった。ある夏は、缶詰の桃ばかり食べつづけた。呼吸によい効果があるとなにかに書いてあったからだそうだ。そのあとは、豆もやしと小麦胚芽のサンドイッチ……。

豆もやしと小麦胚芽のサンドイッチを食べつづける奇妙な娘と結婚したがる人は、まず見つからないだろう。

そしてわたしも変わり者だった。それは認めたほうがよさそうだ。

たとえば、かなり偏屈な服の趣味をもっていた。戦争中にズボンをはくことに慣れて、その後もずっとはきつづけた。自転車で街を走りまわるのに便利ということもあったが、理由はほかにもあった。わたしは男のように見える服を着るのが好きだった。男性のスーツを着ることほど、女を粋で上品に見せる装いはないと考えていた（いまもそう考えている）。終戦直後は良質の毛織物が手にはいらなかったが、男物の品質のよい古着のスーツ――つまり、一九二〇、三〇年代の高級な英国製品――を買って、サイズを自分で調整すれば、グレタ・ガルボ風の装いができることを発見した。もちろん、グレタ・ガルボは願望にすぎないとしても。

女がそんなふうに装うのは、戦後の流行からははずれていた。一九四〇年代なら、女が男っぽいスーツを着ることはよくあった。そこには軍服のイメージもあったと思う。だが戦争が終わると、まるで報復するように、女らしい装いが返り咲いた。一九四七年、ファッション界は、クリスチャン・ディオールと彼の生み出した〝ニュールック〟に席捲（せっけん）された。細く絞ったウエストとふわりと膨らませたスカート、高く張り出した胸もと、なだらかな肩のライン。〝ニュールック〟は、戦時の物資不足がもはや過去のものであることを世界に示してみせた。美しく女らしくふんわりしたものを生み出すために、シルクもチュールもふんだんに使える時代が到来したのだ。〝ニュールック〟のドレスを一着つくるには、二十五ヤード（約二十三メートル）もの生地が必要だった。そんな服を着てタクシーから降りるのがどんなにたいへんか、想像してみてほしい。

わたしは〝ニュールック〟が苦手だった。そもそも、そういう装いの似合う、めりはりのある体つきをしていなかった。わたしの長い脚、細い胴、小さな胸には、細身のズボンとブラウスのほうが似合った。実用性の問題もあった。あんなにかさばる服装では働けなかった。わたしの仕事は、試着するお客のまわりで床に膝を突いたり、這いつくばったりすることも多く、ズボンとフラットシューズのほうが自由に動くことができた。

そんなわけで、わたしはそのときどきの流行を拒んで、自分のスタイルを貫いた――まさにエドナ・パーカー・ワトソンの教えどおりに。それは、当時としてはいささか奇異なことだった。もちろん、マージョリーほどではないとしても、かなり変わっていた。ただ、ズボンにジャケットというユニフォームは、女性を接客するのに都合がよかった。わたしのショートヘアにも心理学的な利点があった。女らしくない容姿が、若い花嫁（と彼女らの母親たち）に、わたしはあなたの脅威でもライバルでもないと伝えていた。わたしは人目を惹（ひ）く女だったから、その点は重要だった。仕事の目的のためには、人目を惹くのは好ましくなかった。たとえ試着室のなかでも、花嫁よりまさっていてはならなかった。人生で最も重要なドレスを選ぼうというときに、背後に魅惑的な女が立っているのをだれも見たくはないだろう。求められているのは、黒い服に身を包んだ物静かで丁重な仕立屋だった。だからわたしは喜んで、物静かで丁重な仕立屋になった。

わたしの変なところは、ほかにもあった。独りでいることへの特別な愛着だ。一九五〇年代ほどアメリカ人が結婚に執着した時代はなかったが、わたしはまったく結婚に興味がもてなかった。それがわたしを変わり者に、ともすれば逸脱者にした。戦争中の試練はわたしに適応力と自信を与えてくれた。マージョリーと仕事を始めたことで、自己決定の感覚を知った。結果として、わたしはそんなに多くの目的のために男を必要としなくなったのだろう。（正直に言って、必要とするのはただひとつの目的のため。）

〈ラトリエ〉の上にある快適なアパートメントで独り暮らすことが、そんなに悪くはないと気づいた。わたしは、幸せな気分をもたらす天窓がふたつある、小さな住居が好きになった。窓から裏路地の木蓮(もくれん)が見える狭苦しい寝室が、チェリーレッドに自分で塗った簡易キッチンが好きになった。そこが自分だけの居場所になると、自分だけのおかしな習慣が生まれた。キッチンの窓の外のプランターを灰皿代わりにするとか、真夜中に起き出して、明かりを全部つけてミステリーを読むとか。冷たくなったスパゲッティを朝食に食べるとか――。家ではスリッパをはいて音を立てずに歩くのを好み、靴をはいた足をカーペットに踏み入れることはなかった。果物は、ボウルに適当に入れておくのではなく、磨きあげたキッチンのカウンターの上にきっちりと整列させた。この愛すべき小さな住まいに男が引っ越してくるなんて、まるで押し入り強盗のようなものだと思った。

しかも、結婚は女にとって有利な契約ではないかもしれないと考えるようになった。自分のまわりにいる結婚から五年、十年が過ぎた女性を見ても、うらやましいとは思わなかった。恋愛感情が薄れたあと、彼女らは夫に仕えつづける人生を送っているように見えた。（幸福に仕えていても、恨みをかかえて仕えていても、仕えていることに変わりはない。）

彼女らの夫も、結婚生活をうっとりするほど幸せに感じているようには見えなかった。

わたしは、そのような人生と自分の人生を取り換えたいとは思わなかった。

はいはい、そうですとも。公正を期して言うなら、わたしに求婚した人はひとりもいなかった。そう、ジム・ラーセン以来ひとりも。

ただ、かろうじて結婚の申し込みから逃れたことはあった。一九五七年、相手はブラウン・ノラザーズ・ハリマン社で要職についている人だった。その個人資産家向けの信託銀行は、静かな威厳をたたえ、巨万の富をかかえて、ウォール街の一角に本拠地をかまえていた。言うなれば富を祀(まつ)る神殿であり、ロジャー・オルダーマンは神殿の大祭司のひとりだった。彼は水上飛行機を所有していた。（水上飛行機なんて、いったいなんに使うの？　彼はスパイなの？　どこかの島に隠した彼の私設軍隊に食糧物資を運ぶため？　想像もつかなかった。）彼が、極上の素晴らしいスーツを着ていたことも言い添えておきたい。よくプレスされた体に合ったスーツを着た端正な男は、見るだけでわたしに欲望の軽い眩暈(めまい)を起こさせた。

実際わたしは、彼のスーツ姿に目がくらみ、ロジャー・オルダーマンへの愛のかけらも心に見つけられないというのに、一年にもわたって彼と恋に落ちていると錯覚した。そしてある日、ロジャーが、ニューロシェルに住むならどんな家がいいだろう？　いずれはこのゴミ溜めのような街から出ていくことになるだろうから、と話しだしたのだ。そこで突然、わたしは目覚めた。（ニューロシェルが悪いわけではないが、わたしには、自分の両手で自分の首をへし折りたいという衝動なしには、一日たりともニューヨーク以外の土地に住めないとわかっていた。）

ほどなく、わたしのほうから穏やかに、この関係を終わらせた。

それでも関係がつづいているあいだ、わたしはロジャーとのセックスを楽しんだ。とりたてて衝撃的でも独創的でもない性行為だったけれど、それで充分だった。自分のことながら驚いていたのだが、わたしはセックスのあいだだけ――たとえ相手がどんなに見栄えのしない人であろうが――たやすく自分から肉体だけを切り離し、自由に遊ばせることができた。もちろん、ロジャーは容姿に関して魅力がない人ではなかった。いや、とてもハンサムだった。（自分でもときどき、こんなにも見た目に敏感にならなければよいのに、と思うのだが、しょうがない。これがわたしなのだ。）ロジャーはわたしの心を揺さぶらなかったが、わたしの肉体は彼との出会いに感謝した。わたしは歳を重ねるうちに、ベッドではつねに頂まで昇りつめられるようになった。ロジャー・オルダーマンだけでなく、ほかのだれとであっても。わたしの頭と心が相手にどんなに無関心だったとしても、肉体はつねに熱情と悦楽で満たされた。

そのあとは……？　わたしはつねに、その人がその人自身の家に帰ってくれることを望んだ。

おそらくこのあたりで時を少し戻し、戦争が終わってわたしの性的活動が再開したことを、その活動にかなり熱心に取り組んだことを説明しておくべきなのだろう。一九五〇年代のわたしについて、男物の服を身につけ、髪を短く切った、結婚しそうにないひとり暮らしの女という自画像を描いてみせたかもしれないが、ひとつだけはっきりさせておきたいことがある。結婚したくはなかったけれど、セックスを求めなかったわけではないということだ。

わたしはまだかなりきれいだった。（アンジェラ……ショートヘアはわたしにとてもよく似合っていた。ここまで来て、あなたに謙遜してみせてもしかたがないわ。）

戦争が終わると、わたしにはかつて以上に強く、セックスへの渇望が戻ってきた。奪われることにも喪うことにも、うんざりしていた。海軍工廠での仕事に明け暮れた三年間の粗雑な暮らし（と、それゆえの三年間の味気ない禁欲生活）を通して、わたしの体には疲労だけでなく、不満が鬱積した。わたしの体はこんなことのためにあるんじゃないと、戦争が終わって思った。楽しいこともわくわくすることもなく、働いて、眠って、また働いて……これじゃあ生きている甲斐がない。苦労するだけが人生じゃないはずだ。

こうして、世界に平和が戻り、わたしの体に欲望が戻った。歳を重ねるほど、わたしの欲望はより詳細な、より探究的な、より大胆な形をとるようになった。わたしは調べつくしたかった。男たちの千差万別な欲望に、ひとりひとりがそれをベッドで表現する方法に惹きつけられた。だれが内気でだれが大胆なのか、親密な行為を通して知ることに飽きなかった（まったく、人は見かけによらないもの）。男たちが鎧を脱ぎ捨てるときに発するあられもない声に感動した。彼らの性的ファンタジーの多様性に興味が尽きなかった。わたしに猛然と突進してきた男が、つぎの瞬間にはなよなよとした不安そうな存在に変わるようすにときめいた。

でも同時に、わたしは自分なりの行動規範をもつようになった。煎じつめればひとつ——結婚している男とは性交しないということだ。アンジェラ……あなたにはもう理由を説明するまでもないでしょう。(でも念のために言葉にするなら、その理由はエドナ・パーカー・ワトソンとの関係を壊してしまったことにある。もう二度と、自分の性行為の結果として、ほかの女性を傷つけたいとは思わなかった。)

これから離婚すると言う男性とも関係しなかった。彼らの当てにならないことときたら。離婚すると言いつづける多くの男に出会ったが、だれも離婚していない。ある晩、夕食をともにした男性が、デザートの段階になって自分は既婚者だと告白した。でも、気にする必要はない、というのが彼の主張だった。なぜなら、いまの妻は四人目だ。こういうのは、結婚のうちにははいらないだろう?

彼の言い分はわからなくもなかったが、関係をもてるかと問われれば、ノーだ。

わたしがどこで男たちを見つけていたのかと不思議に思うかもしれないが、長い人類史を通して、女が自分とセックスをしたい男を見つけるのは、けっしてむずかしいことではなかった——そう、女がその気を示すなら。

わたしはあらゆるところで男を見つけたが、多くの場合は、五番街と十丁目の角にあるグロブナー・ホテルのバーを利用した。グロブナー・ホテルは、わたしにはありがたい場所だった。古くて、落ちついていて、気取りがない——優雅だけれど、嫌味のある優雅さではなかった。そこのバーには、白いテーブルクロスをかけたテーブル席が窓の近くにいくつかあり、わたしは縫い物をする長い一日を終えた夕刻、その窓辺の席で小説を読み、マティーニを楽しんだ。

十回のうちの九回は、読書とお酒でくつろいで終わった。だが時折、男性客から一杯のお酒が届くことがあった。わたしたちのあいだになにかが起きるかどうかは、状況しだいだった。

わたしにはかなり早い段階で、その紳士と交わりたいかどうかがわかった。そうとわかれば、ぐずぐずしなかった。男を弄んだり、ぶりっ子になったりする趣味はなかった。正直なところ、会話は疲れることが多かった。アンジェラ……アメリカの終戦直後はひどい時代だった。男たちは自慢話ばかり。アメリカの男たちは戦争に勝っただけでなく、世界に勝ったような気分になっていた。どんなにそれを誇り、話したがっていたことか。わたしは、率直に誘うことで、彼らのおしゃべりをさえぎるのが得意になった。（「あなたは魅力的だわ。ふたりきりになれる場所をどこか知らない？」）美しい女からあけすけに誘われて驚き、喜ぶ男たちを見るのが好きだった。クリスマスツリーが点灯されるときのように、彼らの顔がぱっと明るくなる瞬間が大好きだった。

グロブナー・ホテルのバーテンダーはボビーという名で、とても親切にしてくれた。わたしがホテルのお客のひとりと――わずか一時間前に出会った男とバーを出てエレベーターに向かうときには、広げた新聞に目を落とし、気づかないふりをしてくれた。その洒落たユニフォームと職業的な物腰の奥に、ボビーはボヘミアンの気質を隠していた。グリニッジ・ヴィレッジの住人で、毎年夏の二週間の休暇にはキャッツキル山地に行って水彩画を描き、ヌーディスト専用の芸術村を全裸で歩きまわった。言うまでもなく、ボビーは他人の行為に審判をくだすような人ではなかった。歓迎できない男がしつこくわたしに言い寄るときには、お客を丁重に遠ざけてくれた。わたしはボビーが大好きだった。長い歳月のあいだには、彼とのあいだに情事があってもおかしくなかったが、わたしは彼を恋人としてより、自分の番犬として必要としていた。

ホテルの部屋にいっしょにはいった男について言い添えるなら、わたしたちは束の間の火遊びを楽しんだあと、二度と会うことはなかった。

聞きたくもない自分語りを男たちが始める前に、わたしはベッドから去るようにしていた。

そういった男たちのだれかと恋に落ちることはなかったのか……アンジェラ、あなたはそれをいぶかしむかもしれないけれど、答えは、いいえ。愛人をつくることはあっても、愛することはなかった。愛人たちの何人かが男友だちになり、ひと握りのたいせつな男友だちが友だちになった（これが最善のなりゆきだった）。でも、人が真実の愛と呼ぶ王国まで行き着いたことは一度もなかった。ひょっとしたら、わたしは愛の王国をさがしていなかったのかもしれない。あるいは、そこから免れることができたと言うべきなのか。真実の愛ほど暴力的に人生を根こそぎくつがえしてしまうものはない――少なくとも、わたしの見るかぎりでは。

それでも、大好きになる男たちは何人もいた。しばらくのあいだ、若い――ほんとうに若い――ハンガリー人の画家と楽しい情事をもった。彼とは、〈パーク・アヴェニュー・アーモリー〉の美術展で出会った。名前はボトン。とても無邪気な坊やだった。彼と初めて会った日の夜に、わたしは彼を自分のアパートメントに誘った。そして、まさにこれからというとき、彼はコンドームを使う必要はないとわたしに言った。なぜなら、「あなたは素敵な女性だし、病気をもっていそうにないから」。わたしはベッドの上に起きあがり、枕辺の明かりを灯(とも)し、自分の息子であってもおかしくないほど若い坊やに言った。「ボトン、わたしの言うことを聞いて。いい？　わたしはたしかに素敵な女よ。でも、あなたがけっして忘れてはならないたいせつなことを、これから教えてあげる。それはね、出会って一時間もしないうちにあなたを家に連れこんでベッドに誘う女は、ぜったい、前にも同じことをやってるってこと。だから、いつも、いつも、いつも、いつも、コンドームを使って」

丸いほっぺたと、へんてこな髪型をした、なつかしいボトン！

それから、ヒューもいた。無口で、やさしい顔だちの男やもめで、娘といっしょに、〈ラトリエ〉へウェディングドレスをあつらえにやってきた。彼があまりに愛おしく魅力的なので、仕事をすべて終えたあとに、私用の電話番号を書いたメモを彼の手にそっとすべりこませて言った。「夜をいっしょに過ごしたくなったら、いつでも電話して」

彼をとまどわせたのがわかったが、彼とそれきりになりたくなかった。

二年ほど過ぎたある土曜日の午後、電話をとると、ヒューだった！　彼は緊張のあまり口ごもりながら改めて自己紹介したが、会話をどうつづければよいのかわからなくなっているようだった。わたしは電話の向こうの彼にほほえみ、ただちに助け舟を出した。「ヒュー、あなたの声が聞けてうれしいわ。とまどわないで。わたし、〝いつでも〟って言ったわよね。いますぐ、こちらに来ない？」

男たちがわたしに恋をすることがなかったかどうか——そう、ときにはそうなることもあった。でも、わたしはそうならないように彼らを説得した。よいセックスをした男は、たやすく恋に落ちたと錯覚する。そしてアンジェラ……わたしはセックスが上手くなっていた。そう、充分な実践を積んで。（マージョリーに言ったことがある。「わたしが得意としてきたものは、セックスと裁縫だけ」。それに対して、彼女はこう返した。「あら、いいじゃない。どっちも収益率が高いんだから」）男があまりに潤んだ瞳でわたしを見つめるようになると、あなたはわたしではなく性行為に恋をしているのだと説明した。たいていは、うまくおさまった。

見知らぬ男たちとの夜の出会いが肉体的な危険を招かなかったかどうか——。それについて訊かれたら、正直に、あったと答えよう。しかし、だからやめようとは思わなかった。細心の注意を払ってはいたが、男たちを選ぶときに頼るのは自分の勘しかない。ときには間違うこともあった。それは避けようがなかった。密室のなかで、わたしの嗜好以上に、事が荒っぽく危うくなることが何度かあった。そう多くはないが、ときどき。そうなってしまったときには、経験を積んだ船乗りのように、嵐のなかを切り抜けていくしかなかった。ほかにどう説明すればいいのかわからない。ときには不愉快な夜もあったが、痛手がずっとつづくわけではなかった。危険を恐れて、思いとどまることはなかった。わたしは危険を厭わなかった。わたしにとっては、安全よりも自由のほうが重要だったから。

　そしてもうひとつ、自分の奔放な性の冒険に良心の呵責を感じることはなかったかと問われたら、正直に、なかったと答えよう。わたしのおこないは、わたしを世間とは異質の存在にしているとは思っていた。（なぜなら、ほかの多くの女性が自分と同じことをしているとはとても思えなかったからだ。）でもだからといって、自分が悪いことをしているとは思わなかった。

　自分が悪いと思っていたときもあった。戦争中の禁欲時代、わたしはまだエドナ・パーカー・ワトソンとの一件を引きずり、恥という重荷を背負っていた。〝小汚い売女〟という言葉も心に突き刺さったままだった。でも戦争が終わったとき、すべてにけりをつけることにした。それはウォルターが戦死したこと――兄が人生を楽しまずに逝ってしまったというつらい確信とも関わっている。戦争はわたしに、人生が脆く儚いものであることを教えた。せっかく生きているのに、自分の喜びや冒険を否定して、なんの意味があるだろう？

　もちろん、自分がよき娘であることの証明に、その後の人生を費やすこともできただろう。しかしそれでは、ほんとうの自分に対する不誠実な人生になっていた。わたしは、自分がよき娘ではないとしても、よき人間であると信じていた。だが、わたしの欲望も現実だった。だから、わたしは自分がほんとうに求めるものを否定するのをやめた。そして自分自身を喜ばせる方法を模索した。結婚している男に近づかないかぎり、だれかを傷つけているという感覚はもたなくてすんだ。

いずれにせよ、女は人生のどこかで、いつも恥じ入ってばかりの自分にほとほとうんざりする。そのとき初めて、自分がほんとうになりたい自分になるための自由を得る。

28

女友だちはたくさんいた。

もちろん、マージョリーはいちばんの親友だった。そして、ペグとオリーヴがわたしの家族。でも、わたしとマージョリーのまわりにも、大勢の女たちがいた。

マーティーは、ニューヨーク大学の文学博士号を目指す学生で、賢くておもしろい人だった。彼女とはラザフォード・プレイスの無料コンサートで知り合った。カレンは、ニューヨーク近代美術館の受付係。マージョリーと同じ美術学校の出身で、画家になるという目標をもっていた。ローワンは産婦人科医――わたしたちはそのことを心強くありがたく感じていた。スーザンは小学校教師で、モダンダンスに情熱を燃やしていた。カリーは近所で生花店を経営していた。アニタはお金持ちの生まれで、なにもしていなかったが、鍵を持っていないとはいれないグラマシー公園の合鍵を都合してくれた。だから、わたしたちは彼女にとても感謝していた。

さらに多くの女たちが、わたしの人生に出たり入ったりを繰り返した。ときどき、マージョリーとわたしは、女友だちを結婚によって失った。離婚して戻ってくる女友だちもいた。街を離れていく者も、戻ってくる者も。人生は潮の満ち干に似ている。女たちの友情の輪も大きくなったり、小さくなったり、また大きくなったりした。

でも、わたしたちが集まる場所はいつも同じ、十八丁目にあるわたしたちのビルの屋上だった。そこへはわたしの寝室の外についた非常階段から昇ることができた。マージョリーとわたしは、安価な折りたたみ椅子をまとめて屋上に引きあげ、天候のよい季節は、友人たちとの夕べをそこで過ごした。来る夏も来る夏も、女たちの小さなグループは、ニューヨークの、星空とも言いきれない空のもと、煙草を吹かし、安いワインを飲み、トランジスタラジオの音楽を聴きながら、人生の大小さまざまな関心事について語り合った。

熱波が訪れたある年の風のない八月、マージョリーがどうにかこうにか、スタンド式の大型扇風機を屋上まで引きあげてみせた。わたしのアパートメントのキッチンにあるコンセントから、業務用の長い延長コードを屋上まで這わせて、電源を確保した。わたしたちから見れば、マージョリーのやったことはレオナルド・ダ・ヴィンチの偉業にも匹敵した。わたしたちは人工の風に吹かれ、シャツの裾をまくりあげて胸もとを冷やし、異国の浜辺にいるかのようにふるまった。

それが、一九五〇年代の最も幸せな記憶のなかのひとコマだ。

わたしたちのブライダルブティックの建物の屋上で、わたしはひとつの真実を学んだ。女というのは、まわりに男がいないと、とくになにかになる必要もなく、それぞれの素のままの姿をさらすということを。

一九五五年、マージョリーが妊娠した。

もし妊娠することがあるなら、それはわたしのほうだとずっと思っていたのに、まさかのマージョリーが当たりを引いた。

〝被疑者〟は、マージョリーが長年不倫関係にあった、うんと年上で既婚の美術大学の教授だった。（でもマージョリーに非がないわけではない。マージョリーが「ユダヤ人みたいにふるまうのをやめるなら」妻とは別れると約束するような既婚男性のために、人生の貴重な時間を費やしてきたのだから。）

彼女から妊娠を知らされたのは、いつものように女たちがビルの屋上に集まっている夜だった。

「間違いない？」産婦人科医のローワンが訊いた。「わたしの診療所に検査に来てはどう？」

「検査はしなくてもわかる」と、マージョリー。「生理が来ないの。ずっと、ずっと、ずっと」

「どれくらい？」と、ローワン。

「もともと不順なんだけど、そうね、三カ月ぐらい？」

わたしたちは、友人から望まぬ妊娠を聞かされたときの、あの緊張感をはらんだ沈黙に陥った。これは重大な問題だ。マージョリーがまたなにか言うまで、自分から言葉を発したくないとだれもが思っていた。わたしたちは、彼女の今後の計画を知りたかった。そうすれば、計画がどんなものであろうと、彼女を支えることができる。しかし、マージョリーも一個の爆弾を投下しただけで沈黙に沈み、それ以上なにか伝えようとはしなかった。

とうとう、わたしから尋ねた。「ジョージはそれについてなんて言ってるの？」ジョージとは、もちろん、ユダヤ人の若い女とセックスするのが好きにちがいない、反ユダヤ主義者で既婚の大学教授のことだ。

「なんで、相手がジョージだって決めつけるわけ？」彼女は冗談めかして言った。

いや、ジョージに間違いない。つねにジョージ、もちろんジョージ。マージョリーは、ジョージの〝現代ヨーロッパの彫刻〟クラスに参加するうぶな美術学生だった時代から彼に首っ丈だった。

マージョリーが言った。「いいえ。彼には言ってない。言わないと思う。これで終わりにしたいから。少なくともこれで、もうジョージと寝ない最後の理由ができたわ」

ローワンが単刀直入に訊いた。「堕胎を考えてる？」

「いいえ。そうしたほうがよかったかもしれないけど、もう遅い」

彼女は新しい煙草に火を付け、ワインを飲んだ。いまの人には想像もつかないだろうけれど、これが一九五〇年代の妊娠の光景だった。

マージョリーは言った。「カナダに、未婚の母親の避難所のような施設を見つけたの。ただし、そこはふつうの産院よりもお金がかかる。個室を使えるとか、その他もろもろでね。お客はそれなりの年齢に達した、要するに、お金をもってる女性が多いそうよ。お腹を隠せなくなったら、あたし、そこに行こうと思う。まわりには休暇だと言って。まあ、休暇なんて人生で一度もとったことがないから、だれも信じないだろうけど、それがあたしにできるせいいっぱい。施設の人が、生まれた赤ちゃんはどこかのユダヤ人の家に養子に出してくれるって。まあね、カナダでユダヤ人の家庭をさがすのもたいへんだろうけど。でも、ほら、わかってるでしょうけど、あたしは宗教についてはあまり気にしない。そこがよき家庭であればいい。施設もよいところみたいだし、お金はうんとかかるとしても、なんとかなるはず。〝パリ貯金〟を使えばいいのよ」

友人が助けの手を差しのべる前に、自分ひとりで問題を解決してしまう、しかもぬかりがない——

それがマージョリーという人だった。だが、そうだとしても、わたしの胸は痛んだ。マージョリーは妊娠など望んでいなかったはずだ。彼女とわたしは、いっしょにパリに行こうと、何年もかけてお金を貯めていた。貯金が充分な額になったら、八月いっぱい店を閉めて、クイーンエリザベス号に乗ってフランスへ行こう。ふたりで夢を分かち合い、貯金もあともう少しで目標額に届こうとしていた。わたしたちは週末すらなく、ずっと働きつづけてきたのだ。それなのに、こんなことに……。

わたしはカナダの施設に行く話を聞いてすぐ、マージョリーに付き添ってカナダまで行こうと心に決めた。どれくらい長くかかるかわからないけれど、そのあいだ〈ラトリエ〉は閉めればいい。マージョリーがどこへ行こうが、わたしもいっしょに行こう。彼女が赤ちゃんを産むあいだ、そばについていよう。なんなら、〝パリ貯金〟のわたしの分で車を買ってもいい。彼女が必要とするものなら、なんでも買おう。

わたしは自分の椅子をマージョリーに寄せて、彼女の手をとった。「とても賢明な計画だわ。わたし、あなたに付き添うわ」

「とても賢明？　ほんとうに？」マージョリーが煙草をまたひと口吸って、輪になったわたしたちを眺めた。わたしたちは全員、愛情と同情といくぶん動転した表情を浮かべて彼女を見つめていた。

ところが、予想もしていなかったことが起きた。マージョリーが突然、わたしのほうを見て、にんまりと笑ったのだ。口を歪める、ちょっと気が触れてしまったのではないかと疑わせる笑い方だった。彼女は言った。「ああもう、ありていに言っちゃうけど、あたし、自分がカナダに行くなんて思えない。もう、なんなのよ、ヴィヴィアン、あたし、気が狂ってるにちがいないわ。でももう、決めた、いま決めたの。もっといい計画がある。ううん、もっといいかどうかなんてわからない。でも、べつの計画がある。あたしはそっちをとる」

「赤ちゃんを手放さないってこと？」カレンが驚きを隠さずに言った。

「ジョージはどうする？」アニタが訊いた。

マージョリーは、いつもの彼女のごとく、小さくてタフなバンタム級のボクシング選手みたいに、あごをぐっとあげた。「へたれのジョージはいらない。ヴィヴィアンとあたしで、あたしたちの子どもを育てるのよ。どう、ヴィヴィアン？」

わたしはほんの一瞬だけ考えた。わたしは友をよく知っていた。なにかを一度決めたら、彼女は揺るがない。そして、彼女ならなんとかうまく乗り切っていく。そして、わたしもきっと乗り切っていける、いつものように彼女といっしょなら。

だからわたしは、あのときと同じ言葉をマージョリー・ローツキーに返した。「いいわよ、やりましょう」

そしてまたしても、わたしの人生に大きな変化が訪れた。

そう、そういうことなの、アンジェラ。

わたしたちは子どもを育てることになった。

美しくて、気むずかしくて、繊細で、愛らしいネーサンという名のわたしたちの子どもを。

なにもかもたいへんなお産だった。

妊娠期間中は順調だったが、出産はまさしくホラー映画のようだった。帝王切開で赤ん坊を取り出すまで、実に十八時間も陣痛がつづいた。手術もマージョリーを滅多斬りにしているかのようだった。失う血があまりにも多くて、あわや命まで失いそうになった。外科用メスが赤ん坊の顔に当たり、軽傷ですんだものの、運が悪ければ片眼を失うところだった。マージョリーは感染症に罹(かか)り、四週間の入院を余儀なくされた。

病院の不注意のすべては、ネーサンがいわゆる〝婚外子〟（〝私生児(バスタード)〟に代わる一九五〇年代の丁寧で悪意ある呼称）だったことから起きたと断言できる。マージョリーが未婚の母だから、医師たちは陣痛に苦しむ彼女に特別な注意を払わなかったし、看護師たちも親切ではなかった。

マージョリーの回復期に世話をしたのは、彼女とわたしの、女友だちだった。マージョリーの家族は、看護師たちと同じ理由で彼女とその赤ん坊にあまり関わろうとしなかった。ひどいと思うかもしれないが、それが現実だった。あの時代に結婚生活という枠の外で子をもつことが――進歩的なニューヨークであっても――どんなに不当な偏見を招くかは、いまの人たちからは想像できないだろう。マージョリーのような、経営者であり自分のビルを所有するおとなの女ですら、夫をもたずに妊娠すれば、不名誉の烙印(らくいん)を捺(お)された。

だが彼女には勇気があった。それは言っておきたい。自力でやっていくしかない彼女のために、女友だちの輪が彼女と赤ん坊のネーサンの面倒を見ることになった。幸いにも、たくさんの支援があった。マージョリーの産後の入院のあいだ、わたしは病院で彼女に付き添えなかった。ネーサンを世話する必要があったからだ。赤ん坊の世話もまた、自分がなにをしたらいいのかわからなくて、ホラー映画のようだった。わたしは子ども時代から赤ん坊にはなじみがなく、自分の子をもちたいと憧れたこともなかった。子育ての願望も素養もなし。そのうえ、マージョリーの妊娠期間中に、育児について学んでおかなかったから、赤ちゃんがなにを食べるのかさえ、ほんとうに知らなかった。計画のなかで、ネーサンはマージョリーの赤ん坊であって、わたしの赤ん坊ではなかった。わたしは、三人が食べていくために、しゃかりきに働くだけでいいと考えていた。でも最初の一カ月間、ネーサンはわたしの赤ちゃんだった。最も知識のない人間の手にゆだねられたネーサンには、ごめんなさいと言うほかない。

ネーサンが育てやすい子でなかったこともたしかだ。夜泣きするし、体重不足で、哺乳瓶のミルクを飲ませるのにも苦労した。頭部皮膚炎とおむつかぶれ（マージョリー言うところの、「上と下とで大惨事」）は治る気配がなかった。〈ラトリエ〉の助手たちがせいいっぱいブティックを助けてくれたが、時は六月、結婚シーズンで、わたしもときどきは仕事しなければ経営が成り立たなかった。マージョリーが不在のあいだは、わたしが彼女の分まで仕事した。ネーサンを寝かしつけて仕事に戻ると、またネーサンが甲高い声で泣きだし、抱きあげるまで泣きつづけた。

〈ラトリエ〉のお客である未来の花嫁の母親が、ある朝、乳児に四苦八苦しているわたしを見かねて、彼女のべつの娘に双子が生まれたとき、育児を助けてくれた年配のイタリア人女性を紹介してくれた。年配の保育士は名前をパルマと言い、天使長ミカエルとその天使の軍団ぐらい素晴らしい働きをしてくれた。わたしたちはパルマを長年ネーサンの乳母として雇うことになった。彼女にはほんとうに助けられた――とりわけ、過酷だった最初の一年間は。ただし、パルマを雇うにはそれなりにお金がかかった。そう、ネーサンはなにかにつけてお金のかかる子だった。病気がちな赤ん坊は、やがて病気がちな幼児になり、そののち病気がちな少年になった。彼の人生最初の五年間は、家より病院にいる時間のほうが長かったかもしれない。子どもが罹りうる病気という病気に罹った。いつも呼吸器に問題ありと診断され、ペニシリンのお世話になった。そうすると胃に負担がかかり、食べられなくなって、それじたいもまた問題になった。

マージョリーとわたしは、請求書の支払いに追われ、いっそう働かなければならなくなった。養う口が三つになり、ひとりは病気ばかりしている。だから、前以上に働いた。

いったいどれだけたくさんのウェディングドレスをつくって売ったことか。ありがたいことに、世間にはかつてなく結婚する人々が増えていた。

わたしとマージョリーは、もはやパリ行きについては、ひと言も話さなくなった。

時が流れ、ネーサンは成長していった。でもあまり体は大きくならなかった。小さくて、なにごとも極端な子だった――あふれる愛も、やさしさも、神経質でたやすくおびえるところも。そして、いつも病気に罹っていた。

わたしたちは心から彼を愛した。彼を愛さないなんてありえなかった。ほんとうに愛しい子……。あんな心やさしい小さな人はほかにいない。争うことも、反抗することもなかった。問題はひとつ、とても虚弱であることだ。もしかしたら、わたしたちが彼をかわいがりすぎたのかもしれない。いいえ、ほぼ確実に、かわいがりすぎた。はっきり言ってしまおう。ネーサンは、ブライダルブティックの女たちの群れ（お客も従業員も女）に囲まれて育った。女たちは彼の不安や臆病さを喜んで甘やかした。（「ああ、ヴィヴィアン、あの子、クィアになっちゃうかも」鏡の前でウェディング・ヴェールを巻きつけているネーサンを見て、マージョリーが言ったことがある。ひどい言い方だと思うかもしれないが、マージョリーのために公平を期すなら、わたしもそうならない可能性を考えるほうがむずかしかった。わたしたちは、彼のまわりでいちばん男らしいのはオリーヴだと、よく冗談を言ったものだ。）

五歳の誕生日が近づくころには、この子が公立小学校でうまくやっていくのは無理だろうと考えるようになった。体重わずか二十五ポンド（約十二キロ）のきわめて臆病なネーサンにとって、ほかの生徒の存在は脅威だ。彼は草野球をしたり、木に登ったり、石を投げたり、膝小僧をすりむいたりするような男の子ではない。彼が好きなのはパズルと、絵本を読むこと。ただし、怖いものが出てくるのはいけない。（『スイスのロビンソン』は怖すぎる。『白雪姫』は怖すぎる。『かもさんおとおり』はぎりぎりだいじょうぶ。）ネーサンは、ニューヨークの公立小学校では、残酷に扱われそうなタイプの子だった。わたしたちは、彼が、粗暴な都会のいじめっ子たちにパン種のように叩かれるところを思い描いた。想像するだけでぞっとした。そこでわたしたちは、彼をフレンズ・セミナリー（マンハッタンにある、クェーカー教徒の子のために創設された十二年制の私立学校）に入学させた。心やさしきクエーカー教徒の方々が、わたしたちの骨折って稼いだお金（授業料が一年で二千ドル！）をごっそり受け取り、ネーサンに非暴力でありつづける方法を教えてくれる。これで万全だった。

ほかの生徒から、きみの父さんはどこにいるのかと訊かれたら、「戦争で死んだ」と答えなさいと教えた。ネーサンは一九五六年の生まれなので辻褄は合わないが、幼稚園児には引き算などできないから、しばらくはそれで切り抜けられるはずだった。ネーサンがもっと大きくなったら、もっといい話を思いつくことだろうと思っていた。

よく晴れた冬のある日、マージョリーとわたしは、六歳になったネーサンといっしょにグラマシー公園にいた。わたしはベンチにすわり、ドレスの身頃にビーズ刺繡をしていた。マージョリーは《ニューヨーク・レヴュー・オブ・ブックス》誌を、強い風にページをパタパタあおられながら読んでいた。その日の彼女は、紫と芥子色の複雑な格子柄のポンチョを着て、つま先がくるりとそり返った奇妙なトルコ製の靴をはいていた。頭には飛行士用の白いスカーフを巻きつけ、歯痛をかかえた中世の商人みたいだった。

ふいに、わたしたちふたりの視線がネーサンに重なった。彼は公園の小径に、チョークで慎重に棒人間を描いていた。が、つぎの瞬間、彼は何羽かの鳩に、まったく無害な鳩の群れにびくっとした。鳩たちはネーサンから少し離れた地面を忙しくつついているだけなのに。彼は描くのをやめて、恐怖で目を見開いていた。

マージョリーが声をひそめて言った。「ほら、あの子はなんだって怖がる」

「まあそうね」わたしはうなずいた。彼女の言うとおり、ネーサンは怖がり屋だ。

マージョリーが言った。「お風呂に入れるときも、あの子はいつも、あたしが溺れさせるんじゃないかっておびえてる。母親が子どもを溺れさせるなんて、どこでそんな話を仕入れてきたの？　なんで、そんな考えが彼の頭にあるの？　ねえ、ヴィヴィアン、あなた、あの子を風呂で溺れさせようとしたことある？」

「ないと思うわ。でも、ほら、わたしって怒るとなにをするか……」

彼女に笑ってほしかったが、うまくいかなかった。

「あの子がわからない」マージョリーが言った。彼女の顔が心配そうに歪んだ。「あの子は、赤い帽子まで怖がるの。今朝、それをかぶせようとしたら、わって泣かれたわ。だから青いのを出してくるしかなかった。ヴィヴィアン、あなたならわかるでしょ？　あの子があたしの人生をめちゃくちゃにしたこと」

「そんな、マージョリー。やめてよ」わたしは笑いながら言った。

「いいえ。真実よ、ヴィヴィアン。あの子がめちゃくちゃにしたの。それくらい認めさせてよ。カナダに行って、養子に出せばよかった。そうすればお金もまだあったし、あたしは自由でいられた。あの子の咳きこみを聞かずに、ぐっすり眠れた。私生児を産んだ堕落した女だと見られることもなく、こんなにくたくたになることもなかった。もしかしたら、絵を描く時間だってあった。スタイルだって維持できてた。もしかしたら、恋人もいたかもね。はっきり言って、あたし、子どもを産まなきゃよかった」

「マージョリー！　やめて！　本気じゃないでしょ」

でも、彼女はやめようとしなかった。「いいえ、本気よ、ヴィヴィアン。あの子のことは、人生で最悪の選択だった。あなたにも、それは否定できないはず。だれにも否定できないわ」

わたしはとんでもなく心配になってきた。でもそのとき、彼女が言った。「問題はね、あたしがあの子をものすごく愛してるってことなの。それに我慢ならないわ。ほら――あれ見てよ」

わたしたちの視線の先に、ネーサンがいた。見るたびに心がじんとする、虚弱で小さな男の子――彼はなるべくすべての鳩から遠ざかろうとしていた（ニューヨークの公園で、それはかんたんなことじゃない）。防寒着に身を包んだ、わたしたちのかわいいネーサン。乾いてひび割れた唇と、湿疹で赤らんだ頬。ほっそりした、やさしい顔だち。鳩たちは彼にはまったく無関心だ。それなのに、彼はパニックになって、自分を守ってくれるだれかをさがすように、あたりを見まわしている。彼は完璧だ。彼はガラス細工。脆い小さな災厄。彼のことが心から愛おしかった。

わたしはマージョリーに視線を戻した。彼女は泣いていた。けっして泣かない彼女が泣くなんて重大事だ。（泣くのはわたしの担当と決まっていた。）こんなに悲しげな、疲れきった彼女を見たことがなかった。

マージョリーが言った。「ネーサンの父親がいつか息子をよこせって言うかしらね？　もしネーサンがユダヤ人みたいにふるまうのをやめたら」

わたしは彼女の腕を小突いて言った。「やめてよね、マージョリー！」

「あたし、少し疲れてるのよ、ヴィヴィアン。でも、あの子のこと、ものすごく愛してる。ときどき、心がまっぷたつに割れるんじゃないかって思う。ずるい手じゃない？　これこそ、母親に、子のために人生を台無しにさせるやり方じゃないの？　母親にこんなに子どもを愛させるなんて」

「ひょっとしたら、そんなに悪い手段じゃないかもよ」

わたしたちはまだしばらくネーサンを見つめていた。彼は果敢にも彼の不安の種に立ち向かおうとしていた——無害で無関心で後ろにさがっていくばかりの鳩たちに。

「ああ、そうだ。わたしの息子があなたの人生まで台無しにしたってことも、忘れちゃだめね」長い沈黙のあとで、マージョリーが言った。

わたしは肩をすくめた。「ほんの少しね。でもいいの。ほかに大事なことがあるわけじゃなし」

歳月が流れた。

街は変わりつづけた。マンハッタンのミッドタウンは、しなびて陳腐で不快で邪悪な場所になった。わたしたちはタイムズスクエアに近づかなくなった。そこは野外トイレのようだったから。

一九六三年、ウォルター・ウィンチェルのコラムが新聞から消えた。
死が少しずつ、わたしたちの仲間や知り合いをついばみはじめた。
一九六四年、ビリー叔父さんがハリウッドで死んだ。ビヴァリーヒルズ・ホテルで新進女優と食事中に心臓発作を起こして。わたしたちは、まさにビリー・ビューエルが望んでいた死に方だと認めるしかなかった。（「彼はシャンパンの川を流されていったのよ」とペグが言った。）

それからわずか十カ月後、わたしの父が死んだ。残念ながら、あまり安らかな死ではなかった。地元の社交クラブから車で帰宅する途中に、凍結した道路で車をスリップさせ、木に激突した。数日間は生きていたけれど、脊椎の緊急手術後の合併症が命取りになった。

父は怒れる男として生涯を終えた。戦争のあと、所有していたヘマタイト鉱山を失い、もはや実業家ではなくなっていた。父は労働組合に猛然と戦いを挑み、最後には自分の会社をつぶした。父の戦い方は、つねにこのような焦土戦術だった。**ビジネスをコントロールできなければ、だれもコントロールすることはできない**、と思っていたのだろう。父は、自分の息子を戦死させたアメリカ政府を、自分の会社を奪った労働組合をけっして許さなかった。自分の金科玉条を、狭量で古臭い信念を、何十年もかけて最後のひとかけらまで食らいつくした現代社会を恨みながら死んだ。

わたしたちは葬儀に参列するため、みんなで車に乗ってクリントンまで行った。わたしとペグ、オリーヴ、マージョリー、ネーサン。母は、わたしの友人のマージョリーが奇妙な服を着て、奇妙な息子を連れているのを見て絶句した。母は長い年月のあいだに、ひどく不幸な女になっていて、だれが親切を示しても反応しなかった。わたしたちがそこにいることさえ、いやそうだった。

わたしたちはひと晩滞在したあと、できるだけ早く戻ることにした。

いずれにしても、ニューヨークがわが故郷だ。わたしのなかでは何年も前からそうなっていた。

さらに歳月が流れた。

アンジェラ……ある程度の歳からあと、時は、三月の霧雨のように、わたしたちの上にそっと降りかかる。それがどれだけ速く、どれだけたくさん降ったのか、気づかされるたびに愕然とする。

一九六四年のある夜、わたしはテレビで、ジャック・パーの番組を見ていた。といっても、なかば聞き流すようにして、年代物のベルギー製のウェディングドレスを、古い布地を傷めないように解体する作業をつづけていた。やがてコマーシャルの時間になり、わたしは聞き覚えのある女の声にはっとした。ハスキーで、強そうで、はすにかまえた声。煙草で嗄れた、古きニューヨークシティの女の声。頭が記憶を掘り起こすより早く、その声はわたしの腸にガツンときた。

わたしは目をあげてテレビの画面を見た。がっしりして胸の大きな栗色の髪の女が、大げさなブロンクス訛りで、彼女の家の床ワックスの問題について叫んでいた。（「うちの悪ガキどもに言い聞かせようったってだめね。ほら、見てよ、今度は床がべたべた！」）見ようによっては、別人のブルネットの女性にも見えた。しかし、その声はまぎれもなく、シーリア・レイだった！

シーリアのことは長い歳月を通して、罪悪感と興味と心配をごちゃまぜにして、幾度となく考えた。頭に浮かんでくるのは、彼女の悲惨な人生の結末ばかりだった。わたしの暗い妄想のなかで、リリー座を追われたあとのシーリアは、凶運と破滅の人生を生きていた。かつての彼女ならなんなく言いなりにしたような男のひとりから暴力を振るわれ、路上で行き倒れになって死んでいるかもしれない。あるいは、老いた娼婦になっているか……。道で酔っぱらいの、落ちぶれた（としか言いようのない）中年女とすれちがうと、もしやシーリア・レイではないかと疑った。ブルネットの髪を無理にブロンドに染めようとすると、ああいうぼろぼろのオレンジ色の髪になるのではないか。静脈の浮き出た素足にハイヒールをはいて、あそこをふらふら歩いている女は、シーリアではないのか。日の下に青痣をつくったあの女は？　ゴミ箱をあさっているあの女は？　緩んだ口もとを赤い口紅で染めたあの女は……？

しかし、わたしは間違っていた。シーリアは元気だった。前以上に元気に……なんとテレビで床用ワックスを売っていた！　しぶとく、したたかに生き延びていた！　彼女はいまもスポットライトを浴びるために闘いつづけている。

その広告はそれきり見ることがなかったし、わたしはシーリアをさがそうとしなかった。彼女の人生に立ち入りたくなかった。いまとなっては彼女と共有できるものがないことを、自覚するくらいの分別はあった。そもそも最初から、彼女とは共有できるものがなかった。あのスキャンダルがあろうとなかろうと、わたしたちの友情は儚く終わるように宿命づけられていた。うぬぼれの強い若い娘どうしは、いずれ衝突していたはずだ。わたしたちは美しさの頂点と知性の底辺で交差し、箔をつけるために、男たちを振り向かせるために、お互いを厚かましく利用した。もうすべては過ぎてしまったことだし、あれはあれで完璧だった。あのころのわたしたちにとっては、どうしても必要なものだった。わたしはのちに、もっと深くて豊かな女どうしの友情を知った。シーリアもそうであってくれたらいいと思う。

そういうわけで、わたしは彼女をさがさなかった。

でも、あの夜、テレビから彼女の快活な声が聞こえてきたときの喜びと誇りは、とても言葉では言いあらわしきれない。

わたしは心から喝采を送った。

そう、四分の一世紀が過ぎてなお、シーリア・レイはしたたかに、ショービジネスの世界で生き残っていた！

29

一九六五年の晩夏、ペグ叔母さんのもとに一通の奇妙な手紙が届いた。差出人はブルックリン海軍工廠（こうしょう）の総監で、工廠がまもなく閉鎖されることを告げていた。ニューヨーク市は変貌を遂げており、都会の一等地で造船所を維持していくのはもはや不可能だと判断した。しかし閉鎖を前に、海軍はふたたび工廠の門を開いて、第二次大戦中にここで雄々しく働いた労働者たちを称えるべく、同窓会のような式典を開きたいと考えている。終戦から二十年という節目に、祝賀の式典はたいへんふさわしいものであろう。手紙にはそのようなことが書かれていた。

工廠総監の部下たちが保管庫を調べ、古い書類のなかにペグの名前を見つけたようだ。彼女は〝個人契約の娯楽請負業者〟として登録されていた。工廠の担当者は、ニューヨーク市の納税記録からペグの所在を突き止め、手紙を書いた。こうして、ビューエル夫人には海軍工廠の同窓会となる式典のために、戦時の労働者たちの功績を称える、なにか記念になるような小さなショーを制作していただきたい、という依頼がなされた。ショーは、懐かしさを感じさせるものが望ましく、時間は二十分くらい、戦時のような歌ありダンスありの構成にしてほしいという要望も付いていた。

ペグは、この仕事を請けたくてたまらなかった。だが問題は、彼女の健康だった。ペグの大柄で長身の体は、少しずつ壊れはじめていた。長年チェーンスモーカーだったことがたたって肺気腫を患い、加えて関節炎があり、視力も衰えはじめていた。彼女の口を借りれば、「医者が言うにはね、大事な子、あたしの体はそんなに悪いところもないけど、そんなにいいところもないんですって」ということになるのだが。

高校の仕事も健康上の理由で数年前にやめて、気軽に出歩くこともなくなっていた。マージョリーとネーサンとわたしは、週に数回、ペグとオリーヴと夕食をともにした。ペグにできる活動はもはやそれがせいいっぱいだった。ほとんどの夕べ、彼女はカウチに横たわり、目を閉じて呼吸を整えていた。そのあいだ、オリーヴが新聞のスポーツ欄を読み聞かせた。だから残念ながら、ペグがブルックリン海軍工廠のために、記念のショーを制作することは不可能だった。

でも、わたしならできた。

その仕事は思っていたよりたやすかったし、はるかに楽しかった。

わたしは、あの当時、上演する寸劇を何百回となくつくることでペグを助けていた。そのやり方やこつをまだ忘れてはいなかった。オリーヴの勧める高校の演劇科の生徒たちを、役者とダンサーとして雇った。スーザン（モダンダンスに情熱を燃やすわたしの友人）が、複雑なことはできないけれど、振り付けを担当してもいいと言ってくれた。また、同じ通り沿いの教会からオルガン奏者を借りてきて、彼といっしょにかんたんな、ちょっと感傷的な歌を何曲かつくった。そしてもちろん、衣裳はわたしの担当だ。今回は簡素なもので充分だった。若者たちにダンガリーシャツとオーバーオールを着せた。赤いスカーフを女子は頭に、男子は首に巻いてもらった。するとほら、一九四〇年代の工場労働者になった。

一九六五年九月十八日、わたしたちは舞台装置一式を、いまは廃れて古びた海軍工廠に車で運び、ショーの準備をした。よく晴れた風の強い日だった。湾の沖合から吹きつける突風が人々の帽子を飛ばしていた。それでも、そこそこの数の観衆が集まり、お祭りが始まるときのような期待に満ちた雰囲気が生まれた。軍楽隊が昔の曲を演奏し、ボランティアの女性たちがクッキーや軽食を配った。海軍のお偉方が何人か登壇し、自分たちはいかにしてあの戦争に勝ったか、いかにして最後の日が来るまですべての戦争に勝ちつづけていくかについて演説した。それから、第二次大戦中に女性として初めて溶接工に採用されたという女性が、そんな功績のある女性のわりにはおとなしい声で、緊張をにじませながら短いスピーチをした。そのあとは、膝小僧にすり傷のある女の子が、来年の夏には着られなくなりそうな、いまも丈が足りなくて少し寒そうなワンピース姿で、国歌を歌いあげた。

そして、いよいよ、わたしたちのささやかなショーの時間になった。

海軍工廠の総監から、自己紹介と自分たちの寸劇の説明をするように頼まれていた。わたしは人前で話すのが苦手だったが、頭のねじが飛んでしまうこともなく、どうにか乗りきった。観衆を前に名前を名のり、この海軍工廠で戦時にどんな仕事に就いていたかを語った。カフェテリア〈サミー〉の食事がみすぼらしかったことについて冗談を言うと、当時を知る人々から笑いが起こった。そのあと、観衆のなかにいる退役兵の戦時の働きに、ブルックリンの労働者たちの苦労に感謝を捧げた。兄が海軍将校だったが、戦争末期に命を落としたことも語った。(感情に負けて話せなくなるのではないかと心配していたが、どうにかなった。）そして最後に、これから当時を再現するようなプロパガンダ用寸劇をお見せするが、かつてここで働く人々を昼食時に鼓舞したように、いまここにいる人々が元気になれるようなものであるよう願っている、と言い添えた。

わたしが書いたショーは、ブルックリンで戦艦をつくる海軍工廠のふつうの一日をなぞっていた。オーバーオールを着た高校生たちが労働者を演じ、世界を安全にする民主主義のために働ける喜びを歌とダンスで表現した。台詞のところどころに、その昔海軍工廠で働いた人ならピンとくるような隠語を散らした。

「さあ、海軍大将の車のお通りだよ！」若い女優のひとりが荷車を押しながら叫んだ。

「文句言うんじゃないの！」労働時間の長さと労働環境の悪さを愚痴る人を、べつの女優が叱った。作業の管理主任は、かつての労働者たちの受けを狙って、ゴールドブリッカー氏と名づけた（〝ゴールドブリッカー〟は、仕事をさぼる人をあらわす昔の海軍工廠の隠語だ）。

テネシー・ウィリアムズには遠く及ばずとも、観客は気に入ってくれたようだ。高校の演劇科の生徒たちも出演を楽しんでいた。でもいちばん胸を打たれたのは、十歳になったわたしのかわいいネーサンが、彼の母親と最前列にすわって、不思議そうに、おもしろそうに、まるでサーカスに来たかのようにショーをずっと観ていてくれたことだ。

ショーの最後の曲〈コーヒーを飲む間もない！〉は、海軍工廠では時間を守ることがどんなにたいせつだったかを歌にした。「コーヒーあっても、ミルクなし！　配給コーヒー、シルクなみ！」という耳に残るフレーズを繰り返した。（コール・ポーターばりの、この気の利いた歌詞をひとりで書いたことは、ちょっと自慢したい。）

そしてヒトラーを殺して、ショーは終わり。みんなで、めでたしめでたしとなる。

一日借りたスクールバスに演劇科の生徒たちと舞台装置を積みこんでいるとき、制服のパトロール警官がわたしのほうに近づいてきた。

「ちょっとお話させてもらえますか？」警官が訊いた。

「もちろん」わたしは言った。「バスはちょっと停めてるだけで、すぐに出しますから」

「このバスから少し離れていただけますか？」

警官が真剣な顔で言うので、わたしは不安になった。なにかまずいことをした？　舞台を設営してはいけなかったとか？　ぜんぶ許可をとっていたはずなのに……。

わたしは警官のあとについてパトカーまで行った。彼はパトカーのドアを背に、わたしをまじまじと見つめた。

「さっき、あなたが話すのを聞いていました」彼は言った。「あなたはヴィヴィアン・モリスと名のられたように聞こえましたが、合っていますか？」そのアクセントからは彼が生粋のブルックリン育ちであることがうかがえた。まさにこの地で生まれた人なのだ。

「ええ、合ってます」

「お兄さんが第二次大戦で戦死なさった？」

「そのとおりです」

警官は帽子を持ちあげて、片手で髪を掻きあげた。

その手が震えていた。もしかしたら彼は退役兵なのかもしれない。そう考えてもおかしくない年の頃だった。退役兵のなかには、こんなふうに手の震える人がときどきいる。わたしはさらに彼をよく観察した。背が高くて、およそ四十代なかば。痛々しいほど瘠せている。オリーヴ色の肌と褐色の瞳。目の下に濃いくまがあり、目の上には長年の心配事で刻まれたようなしわがあった。ふと、彼の首の右側に火傷の痕があるのに気づいた。ねじれた畝のような何本もの傷痕。皮膚がそこだけ赤やピンクや黄みがかっていた。そう、間違いなく退役兵だ。これから戦争の話を聞かされるのだろうか……それも、かなりきついやつを。

しかし、彼がつぎに発した言葉がわたしにショックを与えた。

「あなたのお兄さんは、ウォルター・モリスですね？」

今度はわたしが震えだし、膝がくずれそうになった。わたしは、スピーチするとき、ウォルターの名前は出さなかったはずだ。

わたしがなにか言うより早く、警官が言った。「ぼくはウォルター・モリスを知っていました。空母フランクリンで、彼の部下だったので」

わたしは口に手をあてがい、込みあげてくる嗚咽を抑えこんだ。

「ウォルターを、知っていた？」言葉が喉につかえてうまく出てこなかった。「あなたは、そこにいたの？」

彼にはわたしがなにを尋ねているかがわかったはずだ。わたしが尋ねたのは——あなたは一九四五年三月十九日に、そこにいたの？　ということだ。特攻機の爆弾と機体の破片が飛行甲板を突き破り、燃料タンクを爆発させ、搭載機の誘爆を引き起こし、艦そのものを爆弾に変えてしまった、その場にいたの？　ウォルターが八百名以上の乗員とともに海に沈められた、そのときにいたの？

彼は何度もうなずいた。頭を振る動きが痙攣のようだった。

そう、彼はそこにいた。

わたしは、彼の首にある火傷の痕をふたたび見ないように自分に言い聞かせた。

ああ、だめだ。ちらりと見ないではいられなかった。

わたしは目を逸らした。目のやり場がなかった。

わたしの気まずさを感じとり、警官の神経がいっそう張りつめたようだった。ほとんどパニックを起こしているような顔だった。明らかに取り乱している。わたしを動揺させることにおびえているのか、自分の悪夢がよみがえることにおびえているのか――おそらく、どちらもなのだろう。わたしは自分が落ちつかなければと思い、深呼吸した。このかわいそうな人を楽にしてあげなければ……。結局のところ、わたしなどとは比べものにならない苦しみを味わってきたのだろうから。

「話してくださって、ありがとう」と言った。声が少しだけ落ちつきを取り戻した。「取り乱して、ごめんなさい。久しぶりに兄の名前を聞いてショックを受けたの。でも、お会いできて光栄です」

わたしは片手を彼の腕に添え、かすかに指に力をこめて感謝を伝えた。彼が、まるで攻撃されたかのようにビクッとした。わたしは手を引いた。刺激しないようにゆっくりと。彼は、母が世話をしていたある種の馬を思い起こさせた――跳ねる馬、そわそわする馬、臆病な馬、不安が強い馬、母でなければうまく付き合えなかった馬たちを。わたしは直感的に彼から小さく一歩さがり、両腕を脇に寄せ、わたしが脅威ではないことを彼に示そうとした。

わたしはべつの手も試してみた。

「あなたのお名前を知りたいわ」前より声を落とし、少し軽い調子も加えて尋ねた。

「フランク・グレコ」

彼は握手の手を伸ばしてこなかった。だから、わたしも控えた。

「わたしの兄をどれくらい知ってたの、フランク？」

彼はまたうなずいた。今度も痙攣のように頭が揺れた。「ぼくらは、飛行甲板付きの将校でした。ウォルターが師団長で。ぼくらはいっしょに九十日間の特別訓練をへて、最初はべつべつの場所に着任した。でも、戦争の終わり近くに同じ空母に乗りこむことになった。そのころには、彼のほうが出世していたが」

「ああ、なるほど」

彼がなぜそういう話をするのかはわからなかったが、話を止めたくなかった。兄のことを知っていた人が目の前に立っている。わたしは知りうるかぎりのことを知っておきたかった。

「フランク、あなたはここで育ったの？」彼のアクセントから答えはわかっていたが、できるだけ彼の気持ちを楽にしようと、かんたんな質問を最初にした。

彼はまた落ちつきなくうなずいた。「サウス・ブルックリンです」

「兄とは親友だったの？」

彼が苦しげな顔になった。

「モリスさん、あなたに話さなければならないことがあります」パトロール警官はもう一度帽子を持ちあげて、震える指で髪を後ろに梳いた。「ぼくを憶えていないのですね？」

「なぜ、わたしがあなたを知ってるの？」

「ぼくはすでにあなたを知っているし、あなたもぼくを知っているんです。どうか立ち去らないで」

「どうして、わたしが立ち去るなどと？」
「ぼくはあなたに一九四一年に会っているんです」彼は言った。「ぼくは、あなたを実家まで車で連れていった男です」

深い眠りから覚めたドラゴンのように、過去が咆吼（ほうこう）をあげてわたしに襲いかかってきた。その熱と力に眩暈（めまい）がした。過去の断片が頭のなかをぐるぐると巡った。エドナの顔が見えた。アーサーの顔も、シーリアの顔も、ウィンチェルの顔も。おんぼろフォードの後部座席にすわった若いわたしの、恥辱にまみれ、打ちのめされた顔も見えた。

この人は、あのときの運転手なのだ。

わたしを小汚い売女（ばいた）と呼んだ男――兄の目の前で。

「モリスさん」今度は彼がわたしの腕をつかんだ。「行かないでください」

「黙って」かろうじて声が出た。わたしがどこかへ行くわけではないのに、なぜこんなことを言うのだろう。わたしはただ、彼に黙ってほしかった。

しかし彼はまた言った。「どうか、行かないで。あなたに話があるんです」

わたしは首を振った。「いいえ、わたしは――」

「あなたにわかってほしいことがあります。ほんとうに、すまない」彼は言った。

「その手を放して」

「すまない……」彼は同じことを繰り返したが、わたしの腕から手を放した。

この気持ちはなんだろう、と考えた。

嫌悪。まぎれもなく嫌悪の感情だった。

でも、それが彼に対する嫌悪なのか、自分自身に対する嫌悪なのか、わからなかった。どちらにせよ、それは自分がとうの昔に葬ったはずの恥辱から生み出された感情だった。

目の前の男が憎かった。そう、わたしが感じていたのは、憎しみだった。

「ぼくは愚かなガキで、どうふるまえばいいのかわからなかった」

「もう行かなきゃ」

「行かないでくれ、ヴィヴィアン」

彼の大きな声が煩わしかった。でもそれ以上に、名前を呼ばれたことがいやだった。彼がわたしの名前を知っていることを憎んだ。彼がきょう、ステージに立つわたしをずっと見ていたこと、そのときすでにわたしがだれかを知っていたことを憎んだ。彼がわたしについてあまりに多くを知っていることを、兄のことで取り乱すところを彼に見られたことを憎んだ。たぶん、わたし以上に、彼のほうが兄をよく知っていることを憎んだ。ウォルターが彼の前でわたしを責めたことを憎んだ。彼がかつてわたしを小汚い売女と呼んだことを憎んだ。長い歳月が過ぎたあとに、わたしに近づいてくるなんて、彼は自分を何様だと思っているのだろう？　怒りと軽蔑の入り交じった感情が、わたしの背筋をこわばらせた。いますぐここを立ち去らなければ、と思った。

「もう生徒たちがバスに乗って待ってますから」わたしは言った。

そして歩きはじめた。

「どうしてもあなたに話したいことがあるんだ、ヴィヴィアン！」彼がわたしの背中に叫んだ。「お願いだから」

わたしはスクールバスに乗りこんだ。彼はまだパトカーのそばに立っていた。帽子を、まるで施しを求める人のように片手に持ったまま。

そう、アンジェラ……わたしはこうしてあなたのお父さんと再会し、初めてその名前を知った。

片づけなければならないことを、どうにか片づけた。

生徒たちを学校でおろし、スクールバスを駐車場に返した。マージョリーとわたしはネーサンを連れて家路をたどった。ネーサンはおしゃべりが止まらず、ショーがすごくおもしろかったから、大きくなったらブルックリン海軍工廠で働きたいと言った。

もちろん、マージョリーはわたしの動揺に気づいており、ネーサンの頭越しに、わたしをちらちらと見た。わたしは、だいじょうぶだから、といううなずきだけ返した。どう見ても、だいじょうぶではなかったけれど。

それから——すべての用がすんで自由になるとすぐに——ペグ叔母さんのアパートメントに駆けこんだ。

クリントンにある実家まで車で送り届けられた一九四一年の出来事は、だれにも話していなかった。道中ずっと兄から身をえぐるような叱責と非難を雨あられと浴びせられたことを知る人はだれもいなかった。そこにひとりの目撃者——いい、見知らぬ男——がいることで屈辱が増幅したこと、その見知らぬ男に〝小汚い売女〟と呼ばれたことが、わたしへの罰としてとどめの一撃になったことを、だれかに話したことはなかった。ウォルターがニューヨークシティからわたしを救い出したというより、わたしの顔を見るのもいやがり、まるでゴミ袋のようにわたしを実家の玄関口に放り出し、去っていったことを知る人はいなかった。

だがその日サットンプレイスまで駆けつけたわたしは、こういった一部始終をペグに話すことになった。

ペグは、当時いつもそうだったように、カウチに横たわって喫煙と咳込みを交互に繰り返していた。ニューヨーク・ヤンキースの試合のラジオ中継を聴いていたところで、わたしが家にはいっていくと、開口いちばん、きょうのヤンキース・スタジアムは〝ミッキー・マントル・デイ〟だ——彼の野球選手としての十五年間の輝かしい功績を称える日だと言った。わたしはすぐに話を始めようとしたのだが、ペグは片手をあげてわたしを制した。ラジオでは、ジョー・ディマジオが話していた。彼女はこの伝説のスター選手の話を聴く邪魔をされたくなかったのだ。

「静かに、ヴィヴィ」ペグは心ここにあらずで言った。

そこでわたしは口を閉じ、彼女の気がすむまで待つことにした。ペグはスタジアムでじかに見たかったにちがいないが、体力を要する外出はできなくなっていた。でも、ディマジオがマントルの活躍を称えるのを聴くペグの顔には、歓喜と興奮があふれていた。ディマジオのスピーチが終わるころには、大粒の涙をぽろぽろとこぼした。（ペグはあらゆるものに——戦争、破局、失敗、近親者の死、浮気者の夫、愛する劇場の崩壊に——涙を見せずに対処してきた。でも、スポーツ史のなかの偉大な瞬間にはいつも涙もろかった。）

あれ以来、たびたび考えた。もしあの日、ペグがヤンキースのことで感情が高ぶっていなければ、わたしたちの会話はちがったものになっていたのだろうか。でも答えは見つからない。ディマジオの話が終わったところで、わたしの話を聞くためにラジオを消すのは、ペグにとって心残りだったはずだ。でも、寛大な彼女はそうしてくれた。涙をぬぐい、洟をかみ、小さく咳きこんでから、煙草に火を付けた。わたしが、自分の苦しい胸の内を語りだすと、全神経を集中させて聞いてくれた。

わたしの話の途中で、オリーヴがはいってきた。市場で買い物をして帰ってきたのだ。わたしは話を止めて、彼女が買ってきた食料品を片づけるのを手伝った。すると、ペグが言った。「ヴィヴィアン、もう一度最初からお願い。あたしに話したことを、オリーヴにも話して」

わたしは気が進まなかった。長年のあいだにオリーヴ・トンプソンを愛せるようにはなった。でも、わたしが泣くためにだれかの胸を借りたいとき、真っ先に駆けつけるのは彼女のもとではなかった。オリーヴには同情心であふれるような、やわらかな心はなかった。でも、彼女はいつもペグといっしょだったし、ペグとオリーヴはいつしか——ふたりの老いとともに——わたしの両親のような存在になった。

わたしが躊躇しているのを見て、ペグが言った。「いいから彼女に話してごらんなさい、ヴィヴィ。オリーヴはこういうことはだれよりも得意なの」

こうしてわたしは、また最初から語り直した。一九四一年に車で実家に送り届けられたこと。ウォルターから非難を浴びたこと、車の運転手から小汚い売女と言われたこと。ニューヨーク州北部で、追放された恥と汚辱を噛みしめながら過ごした暗澹たる日々のこと。そしてまた話は、車の運転手に戻った。空母フランクリンの乗組員だった火傷痕の残るパトロール警官のことを、わたしは語った。彼が兄を知っていることを、なにもかも知っていることを——。

ペグとオリーヴは、わたしの話に熱心に耳を傾けてくれた。わたしが話し終えても、ふたりはまだその態度を崩さなかった。まるで話のつづきを待っているかのように。

「で、どうなったの？」わたしにそれ以上話すことがないと気づいて、ペグが尋ねた。

「なにも。あとは立ち去っただけよ」わたしは答えた。

「立ち去った？」

「彼と話したくなかったの。彼の顔を見たくなかったのよ」

「ヴィヴィアン、その人は、あなたの兄さんを知ってたんでしょ。フランクリンに乗ってたんでしょ。いま聞いた話からすると、敵の攻撃を受けてひどい怪我をしたそうじゃない。それでも、あなたはその人と話したくないの？」

「彼に傷つけられたわ」わたしは言った。

「傷つけられた？　二十五年も前に彼があなたを傷つけたから、それで彼の前から立ち去った？　あなたの兄さんを知ってる人なんでしょ？　退役軍人なんでしょ？」

「実家に向かうあの車のなかで起きたことは、わたしには人生最悪の出来事だったのよ、ペグ」

「はっ、そうなの？」ペグがきつい調子で返した。「その人に、あなたにとって人生最悪の出来事はなにかって訊いてみようとは考えない？」

ペグは苛立っていた。彼女らしくないことだった。ここに来るんじゃなかった、と思った。慰めを求めてきたのに、叱責されている。自分がばかみたいに思えて、やりきれなかった。

「気にしないで」わたしは言った。「なんでもないの。きょうは邪魔してごめんなさい」

「あなた、ばかじゃないの？　なんでもないってなによ」

ペグにあるまじききつい言い方だった。

「こんな話をもち出すんじゃなかったわ」わたしは言った。「あなたの野球観戦の邪魔をしたから、怒っているのね。いきなり押しかけてきて、申し訳なかったわ」

「あたし、野球のことなんか、これっぽっちも気にしてないわよ、ヴィヴィアン」

「ごめんなさい。ちょっと気が動転したの。だから、だれかに話を聞いてほしかっただけ」

「気が動転した？　それで傷を負った退役軍人から逃げて、ここへ来たというわけ。あなたの苦労多き人生について話したかったから？」

「お願い、ペグ。わたしを責めないで。もう忘れて、わたしの話したことはなにもかも」

「無理ね」

彼女は咳きこみはじめた。いつもの、ひどい咳の発作だった。彼女の肺が棘に刺されて壊れていくような音だった。カウチから起きあがったペグの背中を、オリーヴがしばらくトントンと叩きつづけたあと、ペグのために煙草に火を付けた。ペグはまだときどき咳きこみながら、せいいっぱい煙を吸いこんだ。

そうやって彼女は自分を立て直した。わたしは愚かにも、きつい言い方をしたことを詫びてくれるのではないかと期待した。が、彼女は言った。「ああもう、お手上げよ。あなたがその件をどうしたいのかわからない。ぜんぜん、わからない。あなたには、とことん失望したわ」

ペグからこんなふうに言われたことは一度もなかった。わたしが彼女の友人を裏切ったときも、彼女の大当たりをとったショーを台無しにしたときも——長い付き合いのあいだに一度も、こんな言い方はしなかった。

彼女はオリーヴのほうを向いて言った。「わからないわ。ボス、あなたはどう考える？」

オリーヴは両手を膝の上で重ね合わせ、黙って床を見つめていた。ペグの苦しげな息づかいと、部屋の片側のブラインドを風がかすかに揺らす音だけが聞こえた。オリーヴの考えを自分が聞きたいのかどうか、よくわからなかった。でもなんだか、そういうことになっている。

やがてとうとうオリーヴが視線をあげて、わたしを見つめた。その表情は、いつものように堅苦しかった。でも、彼女が言葉を選ぼうとしているのがわかった。わたしを不必要に傷つけないように、おそらく彼女は心のなかで慎重に言葉を選んでいた。

「名誉の戦場は、痛みをともなう場所なの、ヴィヴィアン」彼女は言った。

わたしはそれにつづく言葉を待ったが、彼女はなにも言わなかった。

ペグが笑いだし、また咳きこんだ。「ご意見たまわったことにお礼を言うわ、オリーヴ。はい、一件落着」

それからまた長い沈黙がつづいた。わたしは立ちあがり、数週間前からやめていた(つもりになっていた)煙草をペグから一本もらった。

「名誉の戦場は、痛みをともなう場所だ――」オリーヴが、ペグがまるでなにも言わなかったかのように、また口を開いた。「若いころ、わたしの父が教えてくれた。名誉の戦場は、子どもが遊べるような場所ではないということをね。子どもは、名誉などもたない。期待されてもいない。子どもの手には負えないから。あまりに苦痛が大きいから。でも、おとなになるには、名誉の戦場に足を踏み入れるしかないの。そこでは、あらゆることを期待される。自分の信念を貫く必要がある。犠牲が求められる。裁かれもする。過ちを犯した場合は、責任を負うことになる。自分の衝動を捨てて、ほかの人たち――名誉などどうでもいい人たちよりも、高潔でむずかしい立場をとらなければならないこともある。それで痛い目を見ることもある。でもだからこそ、名誉は痛みとともにある。わかる？」

わたしはうなずいた。言っていることは理解できた。これはウォルターとフランク・グレコとわたしに関わることだ。どう関わるのかはまだよくわからない。でもわたしは耳を傾けた。いま聞いている言葉が、あとになって――時間をおいてよく考えたときに、もっと意味をもってくるような気がした。オリーヴからこんなに長く話を聞いたことはなく、貴重な時間であるように思われた。そもそもだれかの話をこんなに注意深く聞いたことはなかった。

「もちろん、だれもが名誉の戦場に立つことを、求められているわけではない」オリーヴがつづけた。「きつすぎるようだったら、いつでも抜け出せばいい、子どものままでいればいい。でももし、一人前のおとなになりたいのなら、あいにくながら、道はひとつしかないわ。それが痛みをともなうものだとしても」

オリーヴは膝に置いた両手を裏返し、手のひらを少しもちあげた。

「はいおしまい。若いときに、父が教えてくれたことよ。わたしは、これを自分のルールとして人生を生きようと努めてきた。いつもうまくいくとはかぎらないけど、そうしようと努めてきた。ヴィヴィアン、もしあなたの役に立てるなら、どうぞ使ってみて」


彼と連絡をとるのに一週間以上を要した。

彼をさがし出すのがむずかしかったわけではない。それはたやすかった。ペグのアパートメントの守衛の兄にあたる人がニューヨーク市警の警部だったので、フランシス・グレコというパトロール巡査が、ブルックリンの第七十六分署にいることをすぐに突き止めてくれた。分署の電話番号も教えてもらったが、たやすかったのはそこまでだった。

電話をかけるのをためらった。

いつものことだ。

最初の数回は、だれかが出ただけで電話を切ったことを認めよう。翌日は、もう電話しないと自分に言い聞かせた。それから数日間は、同じことを繰り返した。ついに、もう一度勇気を出そうと決めて、どうにか電話を切らずに用件を伝えると、グレコ巡査はいないと告げられた。パトロールの仕事に出ているのだ。なにか伝言を残しますか？　と問われ、いいえ、と答えた。何度試しても、数日間同じ答えが返ってきた。パトロールに出ている、と。グレコ巡査は机で仕事することがないらしい。とうとう、わたしは伝言を残すことにして、自分の名前と、〈ラトリエ〉の電話番号を伝えた。（彼の同僚たちは、なぜブライダルブティックの女が切羽つまった声で彼にしつこく電話してくるのか、不思議に思ったことだろうが、しかたない。）

一時間とたたないうちに、彼から電話があった。

わたしたちは気まずい挨拶（あいさつ）を交わした。わたしは彼に、もしいやでなければ、じかに会って話したいと告げた。彼は承諾した。わたしがブルックリンに行ったほうがいいか、それとも彼がマンハッタンに来るほうがいいかと尋ねると、彼は、マンハッタンに行くほうがいい、車があるし、運転が好きなので、と答えた。わたしは、いつなら時間をとれるかと尋ねた。彼は、きょうの午後、もうしばらくあとなら、と答えた。わたしは午後五時に〈ピーツ・タヴァーン〉ではどうかと提案した。彼は少しためらってから言った。「申し訳ない、ヴィヴィアン。ぼくはレストランが苦手だ」

どういう意味かわからなかったが、あえて詳しく訊くのはやめた。

わたしは言った。「ストイフェサント広場公園はどう？　公園の西側で。そのほうがいい？」

彼は、そのほうがいいと答えた。

「では、噴水のそばで」とわたしが言い、彼が同意した。そう、噴水のそばで。

会ってどうなるのか、自分でもよくわかっていなかった。アンジェラ……ほんとうは、彼にはもう二度と会いたくなかった。でも、わたしの耳の底に、オリーヴの声がずっと残っていた。**いつでも抜け出せばいい、子どものままでいればいい……**。

子どもは問題から逃げるもの。子どもは隠れるもの。

わたしは、子どものままでいたくなかった。

オリーヴがウォルター・ウィンチェルからわたしを救ってくれたときのことを、思い返さずにはいられなかった。いまなら、なぜ彼女がわたしを助けたかがわかる。まぎれもなく、わたしのことをまだ子どもだと思っていたからだ。わたしが自分の行動に責任を負えない人間だとわかっていたからだ。オリーヴは、わたしのことをたぶらかされた世間知らずな娘だとウィンチェルに言った。あれは策略ではなかった。彼女は本気でそう思っていたのだ。オリーヴはわたしを未熟で未完成な娘だと——痛みをともなう名誉の戦場には立てるはずもない人間だと見なしていた。自力で窮地を抜け出すには、賢くもなく自立してもいなかった。その点においてオリーヴは戦士だった。わたしのために戦場に立ってくれたのだ。

当時のわたしは若かったけれど、いまはもう若くはない、とわたしは思った。自分でやらなければならない。だけどいったい、おとななら、名誉を知る一人前のおとなら、この状況でなにをするのだろう？

自分で責任をもつことだ、おそらくは。自分の場所で闘え、とウィンチェルが言った。だれかを許すことだ、きっと。

でも、どうやって？

ふいに、何年も前にペグから教えられた、第一次大戦中の英国軍工兵たちの言葉がよみがえった。――〝できると信じてやるしかない、できるかどうかではなく〟。

結局のところ、わたしたちはみな、やり遂げられなかったことを、人生のどこかの時点で、また求められることになるのだろう。

そう、痛みをともなう戦場に出ていくことを。

だからわたしは電話に手を伸ばしたのだ。

アンジェラ……わたしが公園に着いたとき、あなたのお父さんはすでにそこにいた。わたしはわずか三ブロックを歩いてきただけだった。

彼は噴水の前を行ったり来たりしていた。アンジェラ……その歩き方はあなたも憶えていることでしょう。そのときの彼は私服で、茶色のズボン、淡いブルーの化繊のスポーツシャツに、濃い緑のハリントン・ジャケットをはおっていた。服が骨格に引っかかっているみたいだった。恐ろしいほど瘠せていた。

わたしは彼に近づいた。「いま着いたわ」

「やあ」彼が言った。

わたしは握手を迷った。彼も積極的に手を差し出さなかった。わたしたちはどちらも、ポケットに手を突っこんで立っていた。あんなに気まずそうな態度をとる人には会ったことがなかった。

わたしはベンチを手で示して尋ねた。「ここにすわって、お話ししませんか？」公園のベンチなのに、自分の家の椅子を来客に勧めているみたいで、間が抜けた感じがした。

彼が言った。「腰かけるのが苦手なもので。よかったら、歩きませんか？」

「ええ、かまわないわ」

わたしたちは公園の外周に沿って、シナノキや楡の木の下を歩きはじめた。彼の歩幅は大きかったが、わたしもそうなので、問題はなかった。

「フランク」わたしは言った。「あの日は逃げ出したりしてごめんなさい」

「いや、ぼくこそ申し訳なかった」

「いいえ、わたし、あそこにとどまって、あなたの話を聞くべきだったわ。それがおとなのふるまいだったのに……。でも、わかってほしいの。長い時をへてあなたに再会したら、振り出しに戻されたような気がした」

「ぼくの正体を知ったら、きみは立ち去るだろうと思っていた。きみが去ったのは当然だ」

「でも、フランク、もうずっと以前のことだわ」

「ぼくは愚かなガキだった」彼はそう言うと、立ち止まってわたしのほうを向いた。「きみにあんなことを言うなんて、自分を何様だと思っていたんだろう？」

「もうたいしたことじゃないわ」

「ぼくには、そんな権利はなかった。どうしようもない愚かなガキだった」

「もしそれを言うなら……わたしも、愚かな子どもだった。あのとき、わたしは間違いなく、ニューヨークでいちばんばかな子どもだった。わたしがどんなへまをしでかしたか、あなたは詳しく憶えてるでしょう？」

わたしは少し軽い調子を加えて言ってみた。でも、フランクの堅苦しさは変わらなかった。

「ぼくは、きみの兄さんに自分を印象づけたかった、それしかなかった。信じてほしい。あの日まで、彼がぼくに話しかけてきたことは一度もなかったんだ。ぼくには目もくれなかった。ああ、話しかけてくる理由がない、あの人気者の彼がぼくなんかに……。だが、あの夜、突然、真夜中に起こされた。〝フランク、きみの車を貸してくれ〟。彼はぼくにそう言った。あの士官候補生訓練学校で車を都合できるのはぼくひとりだった。彼はそれを知っていた。いや、だれでも知っていた。車を借りたがる連中はけっこういた。だが問題は、その車がぼくのものではないということだ。〝親父さん〟の車だったんだよ、ヴィヴィアン。使うことは許されていたが、だれかに貸すことはできなかった。こうしてぼくは、真夜中に、ウォルター・モリスと初めて口をきいた。心から尊敬していた男に、親父さんの車だから貸せないと説明しようとした。まだ寝ぼけていて、なにが起きているかもよくわかっていなかった」

ブルックリン特有のアクセントがいっそう強くなった。当時を振り返ることで、彼の生まれた土地の世界に深く沈んでいくように。

「いいのよ、フランク」とわたしは言った。「もう終わったこと」

「ヴィヴィアン、これだけは言わせてほしい。きみに対して、ほんとうに申し訳なく思っている。何年ものあいだ、ぼくはきみを見つけてあやまりたかった。でもぼくには、きみをさがし出す勇気がなかった……。どうか、そこでなにが起きたか、最後まで話を聞いてくれ。そう、ぼくはウォルターに車は貸せないと言った。すると、彼はすぐに打ち明けた。面倒を起こした妹を迎えに行かなくちゃならない。ただちに、この街から連れ出さなくちゃならない。妹を助け出すのに力を貸してほしい。彼はそう言ったんだ。さあ、どうする？　どうして断ることなどできる？　相手はウォルター・モリスだ。きみなら、よくわかるだろう？」

よくわかる、兄のことは。

だれも、兄にノーとは言えなかった。

「そこでぼくは、ひとつだけ方法があると言った。ぼくが運転するなら、車を出せる、と。心のなかで、**親父さんに走行距離をどう説明しよう**かと考えた。**もしかしたら、これをきっかけにウォルターと友だちになれるかもしれない**とも考えた。**いや、いったい、こんな夜中にどうやったら、この訓練学校から抜け出せるんだろう？**　だが、ウォルターはすべて解決してみせた。指揮官に掛け合って、ぼくたちふたりの一日だけの――二十四時間限定の外出許可を取り付けた。ウォルターでなければ、あんな真夜中に許可を得ることなんかできなかったはずだ。彼はそれをやってのけた。彼がそれを得るためになにを言ったか、なにを約束したかは知らない。だが、彼はなんとかした。そしてつぎに記憶に残っているのは、車でミッドタウンに行って、きみのスーツケースを車に運び入れたことだ。目的地の町までは車で六時間かかると言われた。聞いたこともない名前の町だった。なぜそこへ行くのかはまだ知らなかった。きみのことも知らない。ただ、きみは、ぼくがそれまでの人生で出会った、いちばんきれいな娘だった」

彼はわたしの気を引こうとして言ったのではなかった。警官らしく事実を報告するような口調で言った。

「車が街を出たところで、ウォルターがきみを責めはじめた。だれかがあんなにきつく人を責め立てるのを聞いたことがなかった。彼が責め立てているあいだ、自分はどうすればいい？　ただ、車を走らせていればいいのか？　聞いていられなかった。こんな状況は初めてだった。ヴィヴィアン、ぼくはサウス・ブルックリンの生まれだ。近所には強面の連中もいた。でも、わかってほしいが、ぼくは小さなころから本の虫だったんだ。生来の内気で、喧嘩には加わらなかった。いつもうつむいている子どもだった。だれかが大声でわめきだしたら、黙ってその場から立ち去った。だが、あのときはそれができなかった。車を運転しているのは、ぼくなのだから。そして、彼はわめき散らしていなかった。むしろ、わめいてくれたほうがましだった。彼は冷ややかに、きみを言葉の剣で切り刻んでいた。憶えているかい？」

　もちろん、憶えていた。

「おまけに、ぼくは世間の女性について知らなかった。彼が話していること、きみがしでかしたことがわからない。いったいそれはどういうことだ？　きみの写真が新聞に載ると彼は言った。きみがほかのふたりといちゃついている写真？　そのひとりは映画スターかなにかで、もうひとりはショーガール？　そんな話は聞いたこともなかった。でも、彼はきみのことをさんざんにこきおろした。きみは後ろの座席で、煙草を吹かしていた。バックミラーのなかのきみは、まばたきすらしなかった。彼がなにを言っても反応しなかった。きみの反応がないことが、ウォルターをますます怒らせたようだ。彼の言葉がさらにきつくなった。だが、神かけて誓うが、ぼくはきみのようにクールでいられる人を見たことがなかった」

「クールじゃなかったわ、フランク」と、わたしは言った。「わたしはショックに陥っていた」

「それがなんであれ、きみは動じていなかった。どこ吹く風に見えた。ぼくのほうは、必死に考えていたんだ。この人たちはふだんからこんなふうに話すのか？　金のある連中とはこういうものなのか？」

金のある連中……。わたしは心のなかで考えた。**あのときフランクには、どうしてわたしたちが富裕層の人間だとわかったのだろう？**　そして、はっと気づいた。**そうだ、もちろん、わかる。わたしたちにも同じように彼の貧しさがわかっていた。人生ですれちがっても、わざわざ立ち止まる必要がない人間だということが。**

フランクはさらに言った。「ぼくは考えつづけた。このふたりは、ぼくがここにいることなんか知っちゃいないんだな。ふたりにとって、ぼくは何者でもない。ウォルター・モリスは、ぼくの友人ではない。ぼくを利用しているだけだ。そしてきみは、ぼくを見ようとすらしなかった。劇場の裏で、きみは〝このふたつのスーツケースをお願い〟とぼくに言った。ぼくがポーターかなにかのように。ウォルターは、ぼくをきみに紹介しなかった。もちろん、よんどころない事情があったのはわかっている。でも、彼の目には、ぼくが見えていないかのようだった。この感じが、わかるかい？　ぼくは彼が必要とした道具――車を動かすだれかでしかなかった。そしてぼくはまた考えはじめた。きみたちには、ぼくが見えていない。どうやったら、振り向かせることができるんだろう？　そして、思いついた。**そうだ、思い切って加わってみるか。**会話にはいろう。彼のようにふるまってみよう。そう、彼が話しているように話せばいい。彼がきみをとっちめているように。だから、ぼくは、あれを口にした。そう、あの言葉を使った。きみのことを、あのとき呼んだ言葉で呼んだ。そして、ようすをさぐった。バックミラー越しに、きみの顔を見た。自分の言葉がきみを直撃したのがわかった。ぼくはきみを殺したような気がした。それから、きみの隣にいる彼の顔を見た。彼は……野球のバットで殴られたような顔をしていた。でも、彼にはどんな傷も残らないはずだった――ぼくがあれを言ったくらいでは。と同時に、あの言葉を口にしたことで自分がクールな人間になれたような気がした。ところが……ちがった。あれは……ゆっくりと死に至らしめる化学兵器のようなものだった。なぜなら、きみの兄さんは、どんなにこっぴどくきみを叱りつけようが、あのたぐいの言葉はぜったいに使わなかった。そういう言葉には慣れていなかった。彼が、この事態にどう対処しようか頭のなかで考えているのがわかった。彼は結局、なにもしないことを選んだ。それが最悪だった」

「そう、それが最悪だった」わたしも同意した。

「聖書に誓ってもいいが、ヴィヴィアン、ぼくも、あんな言葉はだれにも使わなかった。あとにも先にも、生涯で一度も使わなかった。ぼくはそんな人間じゃない。あの日、なぜあんなことを言ってしまったのか……？　長い歳月のあいだ、あの場面を何千回となく心のなかで再現した。そう、自分があの言葉を発する場面を……。そして、考えるんだ。フランク、おまえ、いったいどうした？　しかし――これも神かけてほんとうだ――あの言葉は間違いなく、ぼくの口から出てきた。そのあと、ウォルターは貝のように黙りこんだ。憶えているだろうか？」

「憶えてるわ」

「彼は、きみをかばわなかった。ぼくに、口を閉じておけとも言わなかった。車のなかで、ぼくたちは何時間も黙りつづけた。そして、ぼくはあやまる機会を逸した。きみたちふたりが、もうこれ以上ぼくが口をきくことをけっして望んでいないのを感じたからだ。そもそもぼくは、きみたちになにかを話すために雇われたのではなかった。いや、雇われたわけじゃなかったが……きみなら、たぶん、言いたいことをわかってくれるだろう。やがてきみたちの実家に着いた。見たこともないような立派な屋敷だ。ウォルターは、ぼくを彼の両親に紹介することもなかった。ぼくなど存在しないかのように。帰りの車中で、そう、訓練学校に帰り着くまで、彼はひと言も発しなかった。その後の訓練期間中もずっとだ。彼はなにも起こらなかったかのようにふるまった。会ったことのない人間を見るようにぼくを見た。訓練期間が終わって、彼と会わなくてすむようになったことを、神に感謝した。だがそれでも、まだ考えつづけずにいられなかった。やってしまったことを挽回しようにも、自分にできることはなにもなかった。そして二年の月日が流れ、ぼくは彼と同じ空母に乗りこむことになった。彼は出世していた。当然だな。彼はぼくを知らないかのようにふるまった。ぼくはそれに慣れようとした。前と同じように、毎日それに耐えつづけた」

ここで、彼は言葉を使い果たしたようだった。

フランクは、わたしの知っているだれかに似ていた。彼が懸命に言葉を紡ぎ出して自分を弁解しようとするさまが、だれかを思い起こさせた。はっと気づいた。それは、わたしだ。彼は、あの夜、エドナ・パーカー・ワトソンの楽屋にいたわたしを思い出させた。どうあがいてもけっして挽回できない失敗から逃れようと、必死に言葉を繰り出していたわたしを。彼もそれと同じことをしている。罪の許しを求めて、必死に話そうとしている。

それに気づいた瞬間、わたしの心に憐憫の情が——フランクへの哀れみだけでなく、若いわたし自身への哀れみが込みあげてきた。ウォルターにも、彼の誇り高さと激しい叱責にも哀れみを覚えた。わたしの存在は、兄にとってどんなに屈辱だったことだろう。自分よりも劣ると考える人間の前で、あそこまで怒る自分をさらけ出し、兄はどんなに傷ついたことだろう。そう、兄はすべての人間を自分より劣ると見なしていた。真夜中にわたしの尻拭いをさせられて、どんなに怒ったことだろう。哀れみの感情はみるみる膨れあがり、わたしは、あんなひどい騒動に巻きこまれたすべての人を哀れんだ。わたしたち人間がそれぞれの心にかかえる苦しみを――予測できず、対処できず、挽回することもできない苦しみを思った。

「あなたはあのときのことを、ずっと考えていたの、フランク？」わたしは訊いた。

「ああ、いつも」

「そう聞いて、申し訳なく思うわ」わたしは言った。心からそう思った。

「いや、きみが申し訳なく思う必要はないよ、ヴィヴィアン」

「でも思うわ。とても申し訳ない気持ちでいっぱいになるの、あの出来事に巻きこまれた多くの人たちに……。いまのあなたの話を聞いて、いっそう」

「きみも、ずっと考えてきたのかい？」彼が訊いた。

「ええ、あの車のなかで起きたことについては、ずっと」わたしは認めた。「あなたの言葉についてはとくに……。わたしにとっては深い傷だった。傷ではないふりをすることなんかできなかった。でも数年前に、忘れようと決めて、それからは考えないようにしてきた。だから、心配しないで、フランク・グレコ。あなたは、わたしの人生を台無しにしたわけじゃないわ。この悲しい出来事のすべてを、記録簿から消してしまうというのはどう？」

彼は突然足を止めて振り向き、見開いた目でわたしを見つめた。「そんなことが、できるものだろうか」

「もちろん、できるわ」わたしは言った。「若くて分別を知らなかったから、ということにしてしまいましょう」

わたしは、すべてうまくいく、おしまいにしましょうと伝えたくて、片手を彼の腕に添えた。その瞬間、再会の日と同じように、彼がさっと、乱暴とも言えるほどの勢いで腕を引いた。今回は、間違いなくわたしが彼をひるませたのだとわかった。

やっぱり、わたしのことが不快なのだ。とっさに、そう感じた。一度、小汚い売女だった者はこれからもずっと……。

わたしの表情を読んだフランクが、顔を苦しげに歪めた。「ああ、ちがうんだ、ヴィヴィアン、すまない。きみに言っておくべきだった。きみのせいじゃない。ぼくはその……」最後まで言いきらないで、彼は苦しげに公園を見まわした。自分を救い出してくれる人を、あるいは彼に代わって説明してくれる人をさがすように。だが彼はどうにか話をつづけようとした。「どう言ったらいいか、わからない。話したくもない。ぼくは……触れられるとだめなんだ、ヴィヴィアン。ぼく自身の問題なんだ」

「ああ……」わたしは一歩さがった。

「きみだけじゃない。だれでもだ。だれかから体に触れられることに耐えられない。これ以来ずっと」彼は片手で体の右半身を示してみせた。火傷の痕が首まで這いあがっているほうの半身を。

「怪我をしたのね」愚かなことしか言えなかった。怪我を負ったに決まっているのに……。「ごめんなさい。わかってなかった」

「いいや、あやまらなくていい」

「いいえ。すごく申し訳なく思うわ、フランク」

「なぜだい？　きみがぼくになにかしたわけじゃない」

「それでもよ」

「あの日は、一度に大勢の人間が負傷した。意識が戻ったとき、ぼくはほかの多くの負傷兵といっしょに病院船にいた。ぼくと同じようにひどい火傷を負った水兵もいた。燃える海から救い出された者たちだった。だがその多くが回復した。わからない……こんな症状が出たのはぼくだけだった」

「こんな症状……」

「人から触れられることに耐えられない。じっとすわっていられない。閉じられた空間にいられない。車は運転席にいるかぎりはだいじょうぶだ。だが、ほかの席には長くすわっていられない。こんなだから、いつも立っていなきゃならない」

彼がレストランで会うのを避けようとした理由が、公園のベンチにすわろうとしなかった理由がようやくわかった。閉鎖された空間がだめで、じっとすわっていられない。人から触れられるのもだめ。たぶん、だからこんなに瘠せているのだろう、いつも歩きつづけていなければならないから。

ああ、なんてことだろう。

わたしには彼が動揺しているのがわかった。「公園のまわりをもっと歩いてみる？　心地よい晩だわ、散歩を楽しめそうよ」

「ああ、ぜひ」彼が言った。

アンジェラ……だから、わたしたちはそうしたの。

わたしたちは歩いて、歩いて、歩いた。

30

アンジェラ……わたしはあなたのお父さんと恋に落ちた。

そう、恋に落ちた。なぜそうなったのか、自分でもよくわからない。わたしたちは、お互いにあまりにもちがいすぎていた。でももしかしたら、恋心というのは、両極端なふたりのあいだの、深い谷間に生まれるものなのかもしれない。

わたしはつねに特権と快適さのなかで生きてきた女だったし、世間をまずまず軽やかに渡っていく運に恵まれていた。人類史上で最も暴力的な世紀に生きてきたけれど、自分のうかつさが招いた小さな災難を除けば、ひどい目に遭ったことはない。（みずから招いた災難しか知らない人は幸いなり。）もちろん、一生懸命働いたけれど、それは多くの人がしていることだった。それにわたしの仕事は、女たちのためにきれいなドレスを縫うことで、まあそれがなくても人が困ることはない。こういったことすべてに加えて、わたしは自由な束縛されない快楽主義者で、性的な喜びを追い求めることを人生の推進力にして生きてきた。

そして、フランクと出会った。

彼は、重い人だった。なんと言えばいいのか、人間の芯のようなものが重いのだ。人生の始まりからすでにきつい、彼はそういう人だった。なにごとも軽率には、考えなしには、うかつにはできない人。貧しい移民の家に生まれた彼に、道を踏みはずす余裕などなかった。敬虔（けいけん）なカトリック教徒で、警官。国家に仕えて地獄を見た退役軍人。彼はまったく快楽主義者ではない。そう、触れられることに耐えられない。でも、それだけじゃない。彼のなかには快楽のかけらもなかった。服は完全に実用性のみで着る。ただ体に燃料をくべるために食事する。人と交わらない。娯楽を求めて出かけることもない。彼は人生で一度も芝居を観たことがなかった。酒を飲まず、踊らず、煙草を吸わない。喧嘩をしたことがない。つましく、責任感が強い。皮肉や、からかいや、ばか話とは無縁だ。真実しか話さない。

そして、彼には妻がいて、天使（エンジェル）にちなんで彼が名づけた美しい娘がいた。

良識も道理もある世界で、いったいどうしたら、フランク・グレコのような生真面目な男と、わたしのような軽はずみな女が出会えるものだろう？　なにがわたしたちを引き合わせたのだろう？　わたしたちの場合、それはわたしの兄、わたしたちをともに怖じ気づかせ、卑小な存在として意識させたウォルターをおいてほかになかった。そのほかに、わたしたちにとって重なる部分はなかった。そして、わたしたちが共有する過去は、悲しいものだった。ともに過ごした一九四一年のあの最悪の一日は、わたしたちふたりの心に、恥と傷を刻んだ。

どうしてあのひどい一日が、二十年以上もの歳月をへて、わたしたちが恋に落ちるきっかけになったのか。

わたしにはわからない。

アンジェラ……わかるのは、これだけ。わたしたちはけっして、良識も道理もある世界に生きているわけではないということだ。


つぎに起きたことを書いておこう。

パトロール警官のフランク・グレコは、公園で会った日から数日後に電話をかけてきた。そしてまた、わたしを散歩に誘った。

電話が〈ラトリエ〉に来たのは、かなり遅い時刻——夜の九時をまわったころだった。わたしはベルの音に驚いた。たまたまドレスの手直しを終えたところだった。頭がぼうっとして、目がかすんでいた。今夜はもう上に行き、マージョリーとネーサンといっしょにテレビを見て、あとは寝てしまおうと思っていた。だから、ベルを無視しようとし、少し迷って受話器を取った。受話器の向こうから、フランクが、また散歩ができないだろうかと訊いてきた。

「いまから？　いま散歩したいの？」

「きみがよければ。今夜は気持ちが落ちつかない。だからどのみち、散歩に出る。よかったら、いっしょに歩かないか」

わたしはちょっと興味が湧いた。それに、この誘いには心を打つものがあった。この時刻に電話をかけてくる男性はけっこういる。でも、散歩がしたくて電話をかけてくる人はひとりもいない。

「いいわよ、行きましょう」

「そちらに着くのに二十分くらいかかる。高速は使わずに行くから」

その夜、わたしたちはイースト川に向かって歩いた。当時はあまり治安のよくなかった地区を抜けて川まで行き着くと、うらさびしい河岸沿いを歩いて、とうとうブルックリン橋まで来た。それから橋の上を歩いた。冷えこんでいたけれど風はなかった。ずっと歩いてきたおかげで体が温まっていた。細い三日月が空にかかり、少しだけ星も見えた。

わたしたちはその夜、お互いに、自分について語りつくした。

フランクがパトロール警官になったのは、じっとすわっていられないからだということを、その夜、彼自身の口から聞いた。担当区域を一日八時間歩いてまわるのは、彼自身にとって必要なことだった。フランクいわく、皮膚の下からぞわぞわと自分が這い出さないために。彼は休日が必要な同僚警官の分まで、つねに無償でシフトを引き受けた。運よくシフトが連続すれば、十六時間歩きつづけることができた。肉体的な疲労が睡眠の助けになった。昇進の話が出るたびに断った。昇進すればデスクワークを避けられず、それをやりこなせないからだ。

フランクはこう言った。「パトロール警官は、自分にできる仕事のうちで、街の清掃より収入がよかった」。でも、それは彼の知的能力に見合わない仕事だった。アンジェラ……あなたのお父さんは、頭脳明晰な人だった。彼はとても謙虚だったから、あなたはそれに気づいていなかったかもしれない。でも、天才に近い才能があった。彼は無学な両親のもとに生まれ、大勢のきょうだいのなかで、ろくにかまわれもせずに育った。子ども時代の彼は、ブルックリン聖心教会の教区にいる何千人という少年——港湾労働者か煉瓦職人の子として生まれ、いずれ親と同じ職に就く子どもたち——のなかの、ありふれたひとりに見えたかもしれない。しかし、けっしてそうではなかった。フランクは飛び抜けて頭がよかった。

教区のシスターたちは、幼い彼に特別なものを見いだした。彼の父も母も、学校に行くのは時間の無駄だ――働くのに、なんで学ぶ必要がある？――と考えていた。学校に送り出すときには悪霊が取り憑かないように、息子の首にニンニクをぶらさげるほど、迷信にとらわれた人たちだった。しかし、フランクの才能は学校で開花した。アイルランド系のシスターたちは、きつくて冷ややかで、しばしばイタリア系の子どもたちを意地悪に差別したが、フランクの才知を放っておくことはできなかった。彼を飛び級させ、特別な課題を与え、数学的な才能に驚嘆した。彼はあらゆる面で抜きん出ていた。

ブルックリン工業専門学校に合格し、首席で卒業した。手厚い奨学金制度で知られる私立大学、クーパーユニオンで航空工学を学んだ。そののちに海軍士官候補生訓練学校に入学し、軍人となる。なぜ海軍にはいったのか？　彼は航空機に夢中で、研究者となることを望んでいた。飛行士になりたいわけではなかった。それでも海軍に入隊を希望したのは、海を見たかったからだという。

ねえ、アンジェラ、考えられる？　ブルックリンで――まわりをほとんど海に囲まれているような土地で育った子どもが、いつか海を見たいという夢をもっていたなんて。でも、ほんとうだった。彼は、一度も、海洋を見たことがなかった。彼が見てきたブルックリンは、くすんだ通りと長屋と、彼の父親が港湾労働者として働くレッドフックのうす汚れた波止場。彼は、海軍の戦艦と英雄に憧れていた。だから、わたしの兄と同じように、アメリカが宣戦布告をする前に、大学を中退し、海軍に入隊した。

「なんという無駄をしたことか」その夜、彼は言った。「海を見たければ、コニーアイランドまで歩いていけばよかったのに。あんなに近くにあるとは思わなかった」

戦争が終わったら大学に戻り、学位を取り、よい仕事に就きたい。彼はつねにそう思っていたけれど、空母が敵の攻撃を受けたことで、生きたまま焼かれて死にそうになった。しかし、肉体的苦痛はそれほどでもなかった、と彼は言った。体の半分にⅢ度の熱傷を負って真珠湾の海軍病院で療養しているとき、彼には軍事裁判への出廷命令が下された。空母フランクリンのゲーレス艦長が、攻撃を受けた日に海から救出された乗員を軍事裁判にかけようとしていた。これらの乗員が命令にそむいて艦から逃げ出した、というのが艦長の言い分だった。だが、彼らの多くはフランクのように、爆発によって海に吹き飛ばされた人たちだった。にもかかわらず、彼らは臆病者のそしりを受けた。

それが最悪だった、とフランクは言った。〝臆病者〟の烙印は、肉体の火傷以上に彼の心の深い部分を灼いた。海軍は、最終的にこの告発を取りさげ、ありのままの事実を受け入れた。つまり、無能な艦長が無実の人々を非難し、あの運命の日に自分が犯した多くの過ちから衆目を逸らそうとしたことを認めた。しかし、精神的な痛手は消えなかった。攻撃を受けた空母に残った乗員の多くが、海で助けられた乗員たちをなおも脱走者と見なしていた。フランクはそれを知っていた。生存者のなかには、武勇によって勲章を与えられた者もいた。死者は英雄と呼ばれた。しかし、海から助けられた者たち――海に投げ出され炎に焼かれた者たちだけはべつだった。あいつらは臆病者だ、と言われた。その屈辱が彼の心から消えることはなかった。

戦後、彼はブルックリンに戻った。しかし傷病とトラウマを負っており（精神・神経系疾患と呼ばれた病に、当時は効果的な治療法もなかった）、二度ともとには戻れなかった。復学するという道も断たれた。教室にすわっていることができなかったからだ。学位を取りたくて努力したが、建物から何度も走り出ないと、過呼吸の発作に襲われた。（「人がいる部屋にはいられない」と彼は言った。）それに、もし学位を取ったとして、どんな就職先があるだろう？　オフィスでじっとしていられない、会議中に何度も席をはずさなければならない。一本の電話を受けるあいだですら、焦りと不安から胸が張り裂けそうになる。それでは仕事がつとまるはずがない。

そんな苦痛が、どうしたらこのわたしに、安楽な人生を送ってきたわたしに理解できるだろうか？

理解できなかった。

でも、耳を傾けることならできた。


アンジェラ……わたしはいま、あなたにすべてを語ろうとしている。なぜなら、あなたにすべてを語りつくそうと自分に誓ったからだ。でも、もうひとつの理由は、かなりの確信をもって、フランクがこういう話をあなたに語っていなかっただろうと想像するからだ。

あなたのお父さんは、あなたを誇りに思い、あなたを愛していた。でも、あなたが彼の人生を深く知ることを望んでいなかった。彼は若いころに学問の道を志しながら、遂行できなかった自分を恥じていた。知的能力を生かせない仕事に就いていることを後ろめたく感じていた。大学を卒業できなかったことを気に病み、自分の精神症状に自尊心が傷ついていた。じっとすわっていられない、夜眠れない、触れられるのに耐えられない、専門職に就けない自分を蔑(さげす)んでいた。

彼は、こういうことをできるかぎりあなたに知られないようにした。あなたには、あなた自身の人生を切り拓(ひら)いてほしかった、彼自身の暗い歴史とは無縁でいてほしかったのだ。彼はあなたのことを、みずみずしく汚れを知らない神の創造物として見ていた。自分の影があなたに忍び寄らないように、あなたとはできるかぎり距離をおこうとした。それが最善だと考えていた。わたしには彼が語ったことを打ち消すだけの理由が見つからなかった。アンジェラ……彼はあなたが彼を深く知ることを、自分の人生があなたの人生を傷つけることを望んではいなかった。

わたしはしばしば、あなたの気持ちについて考えた。娘のことを気にしてやまないけれど、娘の日常生活にはあえて関わろうとしない父親について、あなたはどう感じていたのだろう？　もしかしたら、お嬢さんはあなたからもっと関心を向けてほしいと願っているのではないかしら、と彼に尋ねたとき、彼は、おそらくはそうだろう、と答えた。それでも娘を傷つけるほど近づきたくないのだ、と。彼は自分が人を傷つける存在だと思っていた。

ともかく、それが、わたしが彼から聞いていた話だ。

彼はあなたを、あなたの母親の手にゆだねたほうがよいと考えていた。

アンジェラ……わたしはまだ、あなたのお母さんについて話していない。

それは彼女を軽んじているからではなくて、むしろ正反対だ。わたしは、あなたの母親について、あなたの両親の結婚について、どんなふうに話せばいいのか迷っている。ここからは、あなたを不快にさせないように、傷つけないように、慎重に言葉を選んでいこう。でも同時に、取りこぼしをつくらないように心がけるつもりだ。なぜなら、あなたは、わたしが知っているすべてを知ることに値する人なのだから。

まず伝えておかなければならないことは、わたしがあなたのお母さんには会ったことがないということだ。写真すら見たことがない。わたしは、フランクから聞いたことしか知らない。もちろん、彼女に関してフランクが言ったことに嘘はないと信じている。彼は真実しか語らない人だから。ただ、彼の説明に嘘はないとしても、それがかならずしも正確だとは言えないだろう。彼女がわたしたちと同じように複雑な存在で、ひとりの人間の印象ではとらえきれない、さまざまなものをかかえていたことは想像できる。

つまり、あなたのお父さんが語った女性は、あなたが知っているお母さんとはまったくべつの人かもしれない。もし、あなたのお母さん像を壊してしまうようなことになったとしたら、ごめんなさい。

それでもとにかく語りはじめてみよう。

妻がロゼラという名で同じ界隈に住んでいたこと、彼女の両親もフランクの両親と同じシチリア島からの移民で、彼の家と同じ通りで青果店を営んでいたことを、フランクから聞いて知った。ロゼラの一家のほうが、肉体労働をしているフランクの一家より社会的地位が高かったということも。

フランクは十四歳のときから、ロゼラの両親の店で、配達のバイトを始めた。彼はあなたの祖父母に、つねに好意と尊敬の念をもっていた。彼の家族よりもおだやかで上品だったという。その青果店での仕事を通して、彼はあなたのお母さんと出会った。彼よりも三歳年下。働き者で、真面目な娘だった。ふたりが結婚したのは、彼が二十歳、彼女が十七歳のときだった。

恋愛結婚だったの？　とわたしは訊いた。彼はこう答えた。「あの界隈で生まれ育ったら、同じ界隈のだれかと結婚する。そういうものなんだ。彼女は善い人で、ぼくは彼女の家族が好きだった」

「だけど、あなたは彼女を愛してたの？」わたしは同じことを訊いた。

「彼女は、結婚相手にふさわしい人だった。信用のおける人だ。彼女にとって、ぼくはよい稼ぎ手になるはずだった。ぼくらは、愛のような贅沢には手を出そうとしなかったんだよ」

ふたりは真珠湾攻撃の直後に結婚した。多くのカップルが、同じ理由からそうしたように。

そしてアンジェラ、あなたが一九四二年に生まれた。

戦争の最後の数年間は、軍人はそんなに多くの休暇許可を取れなかった。彼も、あなたやロゼラには長いあいだ会っていなかった。（南太平洋からブルックリンまで休暇のために人を送り届けることはむずかしい。当時は多くの軍人が何年も家族に会えずにいた。）フランクは三度のクリスマスを航空母艦の上で迎えた。故郷の家族に手紙を書きつづけたが、ロゼラから返事はなかった。彼女は高等教育を受けておらず、自分の手書き文字と綴り方に自信がなかった。フランクの両親は、ほとんど読み書きができなかった。空母の乗員のなかにも本国から手紙が届かない乗員たちがいて、彼もそのひとりだった。

「つらかった？　故郷から手紙が来ないのは」わたしは彼に訊いた。

「だれにも恨みはないよ。ぼくの身近な人たちに、手紙を出すような習慣はなかった。ロゼラから返事はなかったが、彼女が誠実で、アンジェラの面倒をよく見ていることはわかっていた。彼女はほかの男と浮気するような女ではなかった。艦の男たちは、そんな話ばかりしていたけれど」

そして空母は特攻機に攻撃され、フランクは体表の六〇パーセントを炎に焼かれた。（彼は、ほかの多くの乗員も同じようにひどい火傷を負ったと話したが、彼のような重度の熱傷から生還できた人はほかにいなかった。アンジェラ……当時は、体表の六〇パーセント以上に熱傷を負って生き延びられるなんてまずなかったの。でも、あなたのお父さんは生き延びた。）海軍病院での拷問のような苦しい治療期間が何カ月もつづいた。フランクがようやく故郷のブルックリンに戻ったのは、一九四六年だった。彼はすっかり別人になっていた。そう、壊れた人に。あなたはそのとき四歳で、写真でしか父の面影を知らなかった。長い月日をおいて再会したあなたは、かわいくて賢くてやさしくて、自分の娘だとは信じられないくらいだった、と彼は言った。あなたのように清らかな存在が、自分の一部であるなんて信じられなかった、と。あなたは父親を恐れた――ほんのちょっとだけ。でも彼は、あなたが彼を恐れる以上に、あなたに近づくことを恐れた。

彼はまた妻をも見知らぬ人のように感じた。失われた数年間のあいだに、ロゼラはかわいい娘からおかみさんに変わっていた。丈夫で生真面目で、いつも黒い服を身につけているその界隈の女に。毎朝、教会のミサに通い、一日じゅう彼女の守護聖人に祈りを欠かさなかった。彼女はもっと子どもをほしがったが、叶わなかった。フランクはだれかに触れられることに耐えられないのだから。

ブルックリンまで歩いた夜、彼はわたしに言った。「戦争のあと、家の裏手の小屋の簡易ベッドで寝るようになった。石炭ストーブを入れて、自分の部屋にした。ずっとそこで寝起きした。そのほうがよかった。妙な時刻に出入りして家族を起こさずにすむ。ぼくは悲鳴をあげて起きることがある。妻や子どもが悲鳴を聞かされる必要はない。ぼくにとって眠るという行為のすべてが地獄だった。だからひとりでいるほうがよかった」

アンジェラ……彼があなたのお母さんをとても気遣っていたことを伝えておきたい。

彼が妻について悪く言うのを一度も聞いたことがなかった。それどころか、彼女のあなたの育て方を認め、人生の数多くの失望と向き合う彼女の冷静さを心から尊敬していた。ふたりは夫婦喧嘩をしなかった。けっしてお互いに食ってかからなかった。でも戦争のあと、ふたりは家庭の切り盛り以外のことを、なにひとつ話さなくなった。彼はすべてにおいて妻に従い、給料支払小切手をそのまま手渡した。彼女は両親の青果店を受け継ぎ、店をその建物ごと相続していた。彼女には商才がある、と彼は言った。アンジェラ……彼はあなたがその店で、だれとでもおしゃべりしながら育っていくことを、幸せに思っていた。（〝界隈を照らす光〟とあなたのことを呼んだ。）あなたのなかに、いつか偏屈な世捨て人（彼が見た自分の姿だ）になる萌芽はないかといつも気にしていたが、あなたは健全で社交的だった。フランクはあなたのことに関する妻の選択を信頼した。でも、彼はいつもパトロールの仕事をするか、夜間に街を歩いていた。ロゼラはいつも青果店で働くか、あなたの世話をしていた。ふたりの結婚は名ばかりのものになった。

一度だけ、彼は妻に離婚を提案した。離婚すれば、ロゼラは彼女にふさわしい伴侶を見つけられるのではないか。彼は、配偶者としての義務も交わりも果たせないのだから、宗教的にも〝婚姻の無効〟が認められるだろうと考えた。ロゼラはまだ若い。新しい相手となら、彼女が望んでいた子だくさんの家庭をつくれるかもしれない。だが、カトリック教会が離婚を許したとしても、ロゼラはそれを選ぼうとはしなかった。

「彼女はカトリック教会よりもカトリック教会なんだ。彼女は誓いを破るような人ではなかった。近所ではだれも離婚していないんだよ、ヴィヴィアン。たとえひどい夫婦仲だとしても。そしてぼくとロゼラの場合、そこまでひどい状態ではなかった。ただ、別々の人生を生きているだけで。サウス・ブルックリンという土地は、近隣一帯が家族だ。家族とは離婚できない。妻はあの界隈と結婚している。ぼくが軍務に就いているあいだ、近所の人々が彼女を気遣ってくれた。そしていまも気遣ってくれている。いまはアンジェラのことも」

「それで、あなたはご近所が好きなの？」わたしは訊いた。

彼は悲しげに笑った。「選べるようなものじゃないんだ、ヴィヴィアン。あの界隈はぼくそのものだ。ぼくはつねにその一部でありつづける。でももう一部ではないこともたしかだ、そう、戦争からあとは。ここに帰ってくると、ここで育ったときと同じ、爆撃で吹き飛ばされる前と同じ人間であることを求められる。ぼくも、近隣のみんなと同じように、野球やら映画やらに夢中になったことがあった。重要な休日のたびに教会が四丁目で催す祝祭も好きだった。だけどもうなんにも夢中になれない。うまく溶けこめない。近所の人々が悪いんじゃない。みんないい人たちだ。戦争から帰ってきた人間の世話を焼きたがる。ぼくのような、パープルハート勲章（戦傷・戦死した米国軍人に与えられる戦功章）をもつ人間ならなおさらだ。道で会えば声をかけ、ビールをふるまい、ショーのチケットを渡そうとする。でも、ぼくはなにも応えられない。そのうちみんな、ぼくをひとりにしておくほうがいいと悟った。だから、いまやぼくは通りを歩く幽霊のようなものだ。だがそれでも、あの界隈の人間なんだ。生まれ育った者でなければ、わかりにくい話だろうが……」

わたしは彼に尋ねた。「ブルックリンから引っ越そうと考えたことは？」

彼は言った。「この二十年間、ずっと考えつづけた。でも、ロゼラとアンジェラに対して不誠実なことだ。どのみちどこかへ行ったところで、治るとは思えない」

ブルックリン橋をマンハッタン島のほうへ引き返してくるときに、彼がわたしに尋ねた。「きみはどうなんだい、ヴィヴィアン？　一度も結婚しなかったのか？」

「しそうになったわ。でも、戦争に救われた」

「どういうことかな？」

「真珠湾攻撃のあと、彼が兵役を志願して、わたしたちは婚約を解消したの」

「残念だったね」

「そうでもないわ。彼は相手を選びそこねたの。わたしと結婚したって、ろくなことなかった。彼は立派な人だし、もっとふさわしい人がいるはずだった」

「きみはそれから、新しい人を見つけられなかったのか？」

わたしはしばらく押し黙り、どう答えたものかと思案した。そして結局、ありのままを伝えることにした。

「たくさんの人を見つけたわ、フランク。数えきれないほどたくさんの人を見つけた」

「そうか」と彼が言った。

しばらく沈黙がつづいた。自分の発言がどんなふうに彼の心に着地したのかわからなかった。こういうときに用心深く口を慎む女性もいるだろう。でも、わたしの意固地ななにかが、さらに明確にすることを心のなかで主張した。

「つまり、たくさんの男と寝たってことよ、フランク。わたしが言おうとしているのは」

「いや、わかってる」

「そして、おそらく、これからもたくさんの男と寝るだろうということ。男と寝ることが……たくさんの男と寝ることが、なんというか、わたしの生き方なの」

「了解」彼は言った。「理解した」

動揺しているようには見えなかった。彼はただ、考えこんでいた。むしろ真実を告げたわたしのほうがピリピリして、言葉がどうしようもなくあふれてきた。

「あなたに伝えておきたかったの。あなたには、わたしがどんな女だかを知ってほしいから。もし、わたしたちが友だちになるなら、わたしはあなたからどんな裁きも受けたくない。もし、わたしのこういうところが問題だったとしても……」

彼が突然、歩みを止めた。「どうして、ぼくがきみを裁く？」

「どうしてわたしがここにいるか考えてみて、フランク。わたしたちが、どうやって最初に出会ったかを」

「ああ……そうだな。でも、きみは心配しなくていい」

「それならいいけど」

「ぼくは、そんな男じゃない。断じてそんな男じゃない」

「ありがとう。正直に話したかった」

「正直に話してくれてありがとう」彼はそう言った。人生で聞いた最も簡潔で美しい言葉だとそのとき思ったし、いまでもそう思っている。

「ほんとうの自分を隠すには歳をとりすぎたわ、フランク。だれかになにか言われたって、それで恥じ入るような歳でもないし。この意味、わかる？」

「わかるよ」

「だけど、あなたは、どう考えるの？」わたしは訊いた。話をさらに先へ進めようとする自分が信じられなかった。でも、訊かずにいられなかった。彼の落ちつきが、なんのショックも受けていないように見えることが不可解だった。

「つまり、きみがたくさんの男と寝ることについて、ぼくがどう考えるか？」

「そう」

彼は少しのあいだ考えてから言った。「この世界について、ぼくなりに理解していることがある。

若いときにはわからなかったことだが」

「なんなの……?」

「この世界はまっすぐじゃないってことだよ。人は育っていくなかで、何事もひとつの道だと見なすようになる。そこにはルールがあると、定められた一本の道が伸びていると考えるようになる。だから、まっすぐに生きようと努力する。でも、世界は、ぼくたちのルールにも、道理にも、かまっちゃいない。この世界は、まっすぐな道じゃないんだ、ヴィヴィアン。これからもずっと。ぼくたちのルールなんて、世界は知ったことじゃない。ただそこにあり、気まぐれになにかを起こすだけ。ぼくはそう考えている。人はそのなかを、最善を尽くして、移ろいつづけるしかないんだ」

「わたし、世界がまっすぐだと思ったことは、一度もないわ」

「ぼくはまっすぐだと思っていたよ。でも、間違っていた」

わたしたちは橋の上を歩きつづけた。わたしたちの下には、暗く冷たいイースト川が、この街全体の汚れを運びながら、ゆっくりと海に向かって流れていた。

「ひとつ尋ねてもいいかな、ヴィヴィアン?」しばらくして彼が言った。

「もちろん」

「それで、きみは幸福なのか?」

「たくさんの男たちと交わって?」

「そう」

わたしは、それについて真剣に考えた。彼の質問に非難めいたところはなかった。わたしを理解したいと、彼は本心から願っていたのだと思う。わたしは、こういうことを以前に考えたことがあったかどうかもわからなかったが、この質問を軽くあしらいたくなかった。

「それは、わたしを満たしてくれるわ、フランク」わたしはようやく答えを返した。「つまりね、わたしのなかに闇があるの。だれにも見えないけれど、確実にある。いつもは手の届かないところにね。たくさんの男たちと交わることで、その闇が満たされるの」

「了解」フランクが言った。「まったく理解できないというわけでもない」

　わたしは、自分自身について、こんなに無防備にだれかに語ったことがなかった。このときまで、自分の経験を言葉にしてみようとも考えなかった。でも、まだ言い足りない感じがした。わたしの想像のなかにある〝闇〟を、どう説明すればいいのだろう？　それは〝罪〟や〝悪〟とはちがう。ただ、わたしのなかにあまりに底が深くて現実世界の光が届かない場所がある。そして、セックスだけが、そこに到達できる。わたしのなかにあって、そこは人間以前の場所だ。未開の地。言語を超えた領域。友情は届かない。創造的な行為も届かない。畏れも喜びも届かない。そこには性交によってしか行き着けない。わたしのなかの秘された場所だ。ひとりの男がそこに――わたしの秘密の場所に、最も深い闇まで達するとき、わたしは自分自身の始原に降り立ったような感じがする。

　不思議なことに、その打ち捨てられた闇の場所で、わたしは最も汚れていない、最もありのままの真実を感じることができた。

「だけど、それがわたしを幸福にするかどうかはわからない」わたしはつづけて言った。「あなたは、それでわたしが幸福なのかと尋ねたけれど、そんなふうに考えたことがなかったわ。わたしを幸せにするのは、人生のほかの部分だと思うの。仕事はわたしを幸せにする。時間をかけて育んできた友情や家族も、わたしを幸せにする。ニューヨークの街もわたしを幸せにする。いまこうやって、橋の上をあなたと歩いていることも、わたしを幸せにする。でも、たくさんの男たちと交わることは、わたしを満たす。そういう満足が自分には必要だということが、だんだんわかってきたの。それがないと、わたしは不幸せになる。これが正しいと言うつもりはない。自分はそうなんだ、というだけの話。今後、それがなにかほかのものに置き換えられるとも思えない。それによって平安が得られるの。世界はまっすぐじゃないわ、あなたの言うとおり」

フランクは、うなずきながら聞いていた。理解することを、理解できることを心から望むように。

また長い沈黙の時間が過ぎたあと、フランクは言った。「そうか、きみは幸運だな」

「どうして?」

「満たされる方法を知っている人は、そんなに多くないからさ」

31

アンジェラ……わたしは両親が認めるような人を愛したためしがなかった。お膳立てされたことはなにひとつ実らず、道を踏みはずした。両親ははっきりと、ひとつの道を——立派な寄宿学校を、名門大学を——わたしに示してみせたが、そこに自分が属していると思えるようなコミュニティは見つからなかった。わたしは明らかにそういった世界の一員ではなかった。当時からいまに至るまでつづく友人はひとりもいない。学生時代にあれほどたくさんプロムがあったのに、そこで結婚相手に出会うこともなかった。

正直なところ、自分が父と母の世界に属していると感じたことも、生まれ故郷の小さな町に住む運命にあると思ったこともなかった。いまはクリントンのだれとも連絡を取り合っていない。母とは彼女の最期のときまで、うわべだけの母子関係しかもてなかった。ましてや父は、夕食のテーブルの端の、口喧(くちやかま)しい政治評論家以上の存在ではなかった。

でも、ニューヨークシティに移り住んで、わたしはペグ叔母さんを知るようになった。自由に生きる、ちゃらんぽらんなレズビアン。いつも飲み過ぎて、いつもお金を使いすぎる人。ひたすらホップ、スキップ、トゥラララーンと人生と戯れながら生きていくことを望んでいた。わたしは彼女を愛した。
わたしにとってまさに全世界と呼べるものを与えてくれたのは、ペグ叔母さんだった。

そして、オリーヴと出会った。最初は愛したい人ではなかったのに、いつのまにか愛するようになった——そう、実の両親よりも。オリーヴはやさしさや温かさにあふれた人ではないが、信義に篤く、善良だった。わたしの用心棒、わたしたちの錨。オリーヴがわたしに高潔さとはなにかを身をもって教えてくれた。

それから、マージョリー・ローツキーに出会った。移民の古着商の家に生まれた、ヘルズキッチンの奇天烈なティーンエイジャー。彼女も、友人として両親が認めるようなタイプではなかったが、ビジネスパートナーになり、そればかりか、わたしの妹になった。アンジェラ……わたしは彼女を心の底から惜しみなく愛した。彼女のためならなんでもするつもりだったし、彼女もわたしのためならなんでもしてくれた。

それから、マージョリーの息子のネーサン。人生そのものにアレルギーをもっているような、虚弱なかわいい坊や。彼はマージョリーの息子だけれど、わたしの息子でもある。もし両親の思惑どおりの人生を歩んでいたら、わたし自身の子ども——大きくて、強くて、乗馬が好きな実業家の息子たち——をもっていたかもしれない。でも、わたしはネーサンに恵まれた。ネーサンのほうがずっといい。わたしがネーサンを選び、ネーサンがわたしを選ぶ。わたしは彼のことも愛している。

こんなふうに、一見脈絡のない集まりに見える人々が、わたしの家族になった。わたしのほんとうの家族に。アンジェラ、あなたにこういうことを語るのには理由がある。それは、わたしが——これから話す数年間のうちに——あなたのお父さんのことを、この人たちと同じくらい愛するようになったことをあなたに理解してほしいから。

わたしの心は、これ以上の賛辞を彼に送ることはできない。彼はわたしの身近な人になった——偶然の出会いから生まれた、わたしの素晴らしい、ほんとうの家族に。

そこにあるのは、切り立った垂直の壁をもつ、深い井戸のような愛だ。

ひとたびそこに落ちたら、永遠にその人を愛しつづけることになる。


何年ものあいだ、週に数日、あなたのお父さんは、いつも妙な時間に電話をかけてきて言った。

「外に出ないか？　眠れないんだ」

わたしはこんなふうに答えた。「あなたはいつだって眠れたためしがないわね、フランク」

彼はこう返す。「ああ、でも今夜はいつにも増して寝つけそうにない」

どんな季節だろうと、どんな時刻だろうと、関係なかった。わたしはいつも承諾した。街の探索は楽しかったし、そんな夜の過ごし方が好きだった。わたしはそれほど睡眠を必要とする体質ではなく、なによりフランクと過ごす時間が大好きだった。だから、彼が電話をかけてくれれば、わたしは会うことを承諾した。彼がブルックリンから車で来て、わたしを拾い、車でどこかへ出かけて、その土地を歩いた。

マンハッタン界隈を歩きつくしてしまうのに、そう長くはかからなかった。ほどなく、マンハッタンの外側も歩くようになった。フランクほどニューヨークの街をよく知る人に会ったことがなかった。彼は、わたしが地名を聞いたこともない界隈に連れていってくれた。そんな場所を、明け方近くまで話しながら歩いた。あらゆる墓地を、あらゆる工場地帯を歩いた。水辺を歩いた。連棟住宅（テラスハウス）の横を過ぎ、公営団地のなかを通り抜けた。とうとうニューヨーク都市圏のあらゆる橋を渡りつくした。ほんとうにたくさんの橋を渡った。

わたしたちはだれにも邪魔されなかった。それが最も奇妙なことだった。当時、この街の治安はよくなかったけれど、わたしたちは触れられない存在であるかのように歩いていた。しばしば話に深くはいりこんで、周囲のことまで気がまわらなくなった。それでも奇跡的に街はわたしたちを守り、人は放っておいてくれた。ときどき、わたしたちは人から見えていないのではないかと疑った。でもときには警官に呼びとめられ、なにをしているのかと訊かれた。そんなとき、フランクは警官バッジを見せて、「このご婦人を家まで送っていくところだ」と言った。クラウンハイツのジャマイカ人居住区にいるときでさえ。なにをしているかと問われたら、いつもどおり、家まで送っていく途中という答えを返した。

夜遅くにロングアイランドまで車で行き、彼の知っている終夜営業の食堂で揚げハマグリを買ったこともある。その店は車に乗ったまま窓をあけて、食べ物を注文できた。シープシェッド湾までアサリを求めて行ったこともある。波止場に車を停めて、出航していく漁船を見ながら、アサリを食べた。春にはニュージャージーの郊外まで出かけ、月明かりの下でタンポポの葉を摘み、そのまま食べた。シチリー人の春の楽しみだと彼が教えてくれた。

ドライブと散歩。それが、不安の発作に苛まれることなく彼にできることだった。彼はいつもわたしの話を聞いてくれた。そして、最も信頼できる秘密の聞き手になった。彼には清明な思考が——深く揺るぎのない誠実さがあった。自分の自慢話をしない（この世代の男性にはめずらしく!）、意見をけっして押しつけない男といっしょにいることが、わたしの心に安らぎをもたらした。彼はもし自分が失敗したら、人から指摘される前に、自分から申告する人だった。そして、わたしが語ったどんなことも、彼は裁かず、咎めなかった。わたしの闇のなかの閃光が彼をおびやかすことはなかった。彼も闇をもつ人だったので、だれの影にもおびえなかった。

おおかた、彼は聞き役にまわった。

わたしはあらゆることを彼に話した。新しい愛人ができると彼に話し、心配事があると彼に話し、勝利を得れば彼に話した。アンジェラ……わたしにとって、話を聞いてくれる男性は稀有な存在だった。そしてあなたのお父さんにとっても、眠れない夜の友となり、雨が降ろうとクイーンズ区を真夜中に五マイルもいっしょに歩くような女は、稀有な存在だった。

彼は妻と娘をおいて家を出ていくつもりはなかった。それはよくわかっていた。そんなことをしたら、彼は彼ではなくなってしまうだろう。そしてわたしも、彼をベッドに誘おうとは思わなかった。彼の傷病と心のトラウマが性生活をできなくさせていることとはべつに、わたし自身が結婚している男性とは関係をもたないと決めていた。それをしたら、わたしがわたしではなくなってしまう。

そもそも彼との結婚生活なんて想像できなかった。結婚はわたしにとって束縛されるものという印象が強く、憧れてはいなかった。もちろん相手がフランクであっても。ひとつ屋根の下で朝食の席につき、新聞越しに会話し、休暇の予定を立てるなんて、想像できなかった。そんな光景は、わたしたちどちらにも似合っていなかった。

もしわたしたちのあいだにセックスが成立したら、フランクとわたしが、同じだけ深い愛とやさしさを分かち合えていたかどうかはわからない。セックスはしばしば、親密さへの近道として、人を欺くものだ。だれかの心を知る過程を省いて、一気に肉体を知ることだから。

だからわたしたちは、わたしたち自身のやり方でお互いに愛情を注いだが、生活は隔てたままにした。ニューヨークシティのなかで唯一わたしたちが足を向けない場所があった。彼の住むサウス・ブルックリンだった。（サウス・ブルックリン、すなわち——あなたのお父さんはけっしてこの呼び名を使わなかったが——不動産業者言うところのキャロル・ガーデンズだ。）そこは彼の家族、彼の一族が暮らす土地。敬意を払って、そこへだけは足を踏み入れないようにした。

彼はわたしの家族や友人と知り合おうとはしなかったし、わたしも彼に対して同じようにした。一度だけ、マージョリーにかんたんに紹介したことはある。わたしの友人たちは、ある程度は、彼の存在について知っていた。でも、フランクは社交のできる人ではなかった。（いったいなにをするというのだろう？　ディナー・パーティーを開いて、彼をおひろめ？　彼のような精神症状をもった人を、混み合った部屋に立たせておく？　カクテル片手に見知らぬ人と世間話をさせる？　無理だ。）わたしの友人たちにとって、フランクは散歩する幽霊だった。彼がわたしにとってたいせつな人だと彼女らが認めているのは、わたしが彼はたいせつな人だと言ったからにすぎない。彼女らが彼を理解しているわけではない。どうして理解できるだろう？

ほんのいっとき、いつかフランクとネーサンが出会って、彼があのかわいい坊やの父親のような存在になってくれるといいのに、と夢想したことはある。それは認めよう。でも、うまくいくはずがない。アンジェラ……彼は心から愛する実の子であるあなたにも、父親らしくふるまえなかった。そんな彼にどうして、もうひとりの子を押しつけて、彼の後ろめたさを増やすことなどできるだろう？

アンジェラ……わたしは彼になにも頼み事をしなかったし、彼もわたしに頼み事をしなかった。

（ただひとつ、「散歩しないか？」という誘いを除いては。）

わたしたちは、お互いにとってなんだったのだろう？　わたしたちの関係をなんと呼べばいいのだろう？　友だち以上の存在――というのはたしかだ。では、彼はわたしの恋人なのか。わたしは彼の愛人なのか。

そういった言葉では、こぼれ落ちるものがある。

そういった言葉では、わたしたちの関係をうまく言いあらわせない。

それでも、こんなふうに説明できる。わたしの心のなかに、自分でもあるとは気づかなかった孤独な空き家のような場所があった。そこにフランクが引っ越してきた。心のなかに彼がいると思うと、愛そのものに包まれているような気がした。わたしたちはいっしょに暮らさず、ひとつのベッドに眠ることもなかった。でも彼はつねにわたしの一部だった。わたしは一週間かけて、彼に話すいろんな話をたくわえた。わたしのなかには彼に伝えたい善きことがいくつもあった。わたしが彼に意見を求めるのは、彼の倫理観を尊敬しているからだった。彼の顔を好きになったのは、その顔が彼そのものだったから。火傷（やけど）の痕も、わたしの目には美しいものとして映った。（彼の皮膚は、古い聖典のすり切れた装幀を思わせた。）わたしは彼と過ごす時間に、彼と行く不思議な場所に魅了された。その時間と場所のなかに、わたしたちの会話があり、ニューヨークという街があった。

わたしたちがいっしょに過ごすのは外の世界ばかりだった。

ふつうではなかった。

食事するのはいつも車のなか。

わたしたちはなんだったのだろう？

わたしたちは、フランクとヴィヴィアン。人々が寝静まった時刻に、ニューヨークの街をひたすらいっしょに歩きつづける者たち。

フランクが連絡してくるのは、たいてい夜だった。しかし、一九六六年の夏の灼けつくように暑い日、彼は真っ昼間に電話してきて、いますぐ会ってくれないかとわたしに言った。取り乱した声だった。彼は〈ラトリエ〉に到着するや車から跳び出し、ブティックの前を行ったり来たりしだした。ここまで神経を高ぶらせた彼を見るのは初めてだった。わたしはすぐに作業を助手にまかせて、彼の車に飛びこんだ。「行きましょう、フランク。さあ、車を出して」

彼はブルックリンの空港〈フロイド・ベネット・フィールド〉に車を向けた。ずっとスピードをあげて走り、ひと言も発しなかった。目的地に着くと、滑走路の端の土のままの空き地に車を停めた。そこからは、海軍の航空機がつぎつぎに着陸するところが見えた。彼がひどく動揺しているのがわかった。どうやっても神経の高ぶりがおさまらないとき、彼は〈フロイド・ベネット・フィールド〉まで来て、軍用機の着陸を眺めるからだ。飛行機のエンジンの轟音が神経を鎮めてくれるらしかった。まずいことがあったのか、と訊いてはいけないくらいの分別はもちあわせていた。やがて呼吸が整ったところで、彼のほうから話しだすだろう。

七月の炎熱のなか、わたしたちは車の座席にすわったまま、エンジンの重厚で安定した轟きに聴き入った。エンジン音がとだえ、静寂がつづき、また着陸する飛行機があり、また静寂が訪れる。空気を入れ換えようと助手席側のウインドーを下ろしたけれど、フランクはそれにも気づいていないようだった。彼は血の気の失せた手をハンドルから離そうとしなかった。パトロール警官の制服を着ていたから、さぞや暑かったにちがいない。でもたぶん、それにも気づいていなかった。また新たな飛行機が着陸し、地面が揺れた。

「きょう、法廷に行った」と、ようやく彼が言った。

「そうなの」わたしは、話を聞こうとしていることを彼に伝えるために言った。

「去年の窃盗事件の証言をしなけりゃならなかった。クスリをやった若いやつらが、金目のものがほしくて、金物店に押し入った。店主を殴ったので、暴行罪の容疑がついた。ぼくが最初に現場に駆けつけた警官だった」

「そうだったの」

アンジェラ……あなたのお父さんは、ときどき警官として出廷していた。もちろん、人でいっぱいの法廷を彼はいやがった。でもここまでパニックに陥ったことはなく、その日はもっと厄介なことが起きたにちがいなかった。

わたしは彼が語りだすのを待った。

「法廷で、かつての知り合いに会った」彼はとうとう口を開いた。まだハンドルを握り、まっすぐ前方を見つめていた。「海軍のときの知り合いだ。南部出身の男だった。彼も空母フランクリンに乗っていたんだ。トム・ディノーという名前は、何年も頭のなかから消えていた。生まれがテネシーだったから、まさかこの街にいるとは思わなかった。戦争が終わったとき、南部の兵士はみんな故郷に帰ったと思っていた。そうだろう？　だが、彼はちがった。ニューヨークに住んでいた。それも出世階段を駆けあがって弁護士になっていた。金物店に押し入った若者の親がそこそこの金持ちで、弁護士を雇った。それがトム・ディノーだった、よりによって」

「驚いたでしょうね」ただ話を聞いていることを伝えるために言った。

「彼が新兵としてはいってきたときのことを憶えている」と、フランクはつづけた。「日付までは思い出せないが、一九四四年の始めだった。農場からそのまま出てきたようなやつだった。田舎の若造だ。街の若造がタフだと思うなら、あの田舎の少年たちを一度見てみるといい。ほとんどが貧困のなかで育った連中だ。きみは見たこともないだろう。ぼくも貧しい育ちだと思っていたが、彼らはその比じゃなかった。たぶん腹いっぱいに食べたことがなかったんだろう。飢えた獣のように艦の食事にがっついていた。おそらく、生まれて初めて、十人のきょうだいと分け合わずに食べることができたんだ。なかには、まともな靴をはいたことのないやつもいた。訛りがきつくて、いきなり聞いたら、ほとんど聞きとれない。だが戦闘となると、彼らはすさまじくタフだった。いや、戦闘中でなくてもタフだった。仲間内で喧嘩し、将官を護衛する海兵隊員にも食ってかかった。人生に屈強に立ち向かっていくことしか知らない連中だ。トム・ディノーは、なかでもいちばん屈強だった」

わたしはうなずいた。フランクが海軍時代の話や、そのときの知り合いについて、こんなに詳しく語ることはなかった。話の行き着く先はまだ見えなかったが、それが重要だということはわかっていた。

「ヴィヴィアン、ぼくは、あの連中のようにタフだったことは一度もない」。彼はまだハンドルを握っていた。それが命をあずけた世界でたったひとつの浮き輪であるかのように。「ある日、飛行甲板でぼくの部下のひとりが——メリーランド州出身の若者が、一瞬だけ注意を怠り、行ってはならないほうに足を踏み出した。つぎの瞬間には男の頭部が消えていた。ぼくの目の前で、戦闘機の回転するプロペラに吸いこまれたんだ。交戦中ではなかった。たんなる日課の一部だった。にもかかわらず、首のない死体が甲板に転がった。急いで片づけなくてはならなかった。二分ごとに着陸する戦闘機のために、甲板はつねに空けておく必要があった。でも、ぼくは凍りついていた。そこに駆けつけたのが、トム・ディノーだ。彼は死体の足を両手でつかんで引きずった。たぶん農場で豚の死体を引きずっていたときのような、手慣れたやり方で。ひるむところはみじんもなかった。なにをやればいいのか的確にわかっていた。かたやぼくは身動きひとつとれない。トムが戻ってきて、今度はぼくの体を引っ張った。彼がそうしなければ、つぎに死んでいたのはぼくだった――上官ともあろうものが！そのときトムは新兵だった。おそらく歯医者にも行ったことのないようなやつだ。そんなやつが、いったいどうして、マンハッタンで弁護士になっているんだ？」

「あなたがきょう会った人は、たしかにその彼なの？」

「ああ、間違いなく。向こうもぼくを憶えていた。近づいてきて、ぼくに話しかけた。彼は〝七〇四クラブ〟の一員だったんだ。なんてことだ！」彼は苦悶（くもん）の眼差（まなざ）しをわたしに向けた。

「それがなにか、わたしにはわからない」できるかぎりおだやかに伝えた。

「敵の攻撃を受けた日、空母フランクリンに残っていた男たちだよ。その数が七〇四人だということで、ゲーレス艦長が〝七〇四クラブ〟と名づけ、彼らを英雄に祭りあげようとした。ああ、たぶん英雄なんだろう。ゲーレスは〝勇敢なる生存者〟と呼び、艦から脱走しなかった立派な男たちだと褒（ほ）め称えた。彼らはいまも毎年集まって旧交を温め、栄光を回想している」

「あなたは艦から逃げたわけじゃないわ、フランク。爆発で吹き飛ばされたのよ」

「ヴィヴィアン、問題はそこじゃないんだ。ぼくは、それ以前からずっと、臆病者だった」

フランクの声にもはやパニックの影はなかった。彼は恐ろしいほど冷静に話していた。

「いいえ、あなたは臆病者じゃない」わたしは言った。

「いや、いいんだ、ヴィヴィアン。ぼくは臆病者だ。あの日の何ヵ月も前から戦闘が始まっていた。ぼくは戦闘に対処できなかった。ぜんぜんできなかった。一九四四年七月、艦載機がグアム島を徹底的に爆撃した。あの地獄のような爆弾の雨が降った島には、草木一本残らないだろうと思っていた。ところが七月の終わり、上陸した米軍の部隊に、大勢の日本兵と戦車が応戦した。いったいどうやってあの地獄を生き延びていた? 想像もつかない。海兵隊は勇敢だった。日本兵も勇敢だった。でも、ぼくは勇敢ではなかった。銃火の音に耐えられなかったんだよ、ヴィヴィアン。ぼくが銃撃されているわけでもないのに。そのときから、こんなふうになった。痙攣と震え。そのうち自分がこう呼ばれているのを知った――〝ヒクヒク〟と」

「そいつら、恥を知るがいい」

「でも、彼らは正しい。ぼくは神経がおかしくなっていた。ある日、搭載機が一個の爆弾を投下しそこねた。百ポンド爆弾が開いた爆弾倉に引っかかっていることを、飛行士が無線で伝えてきた。爆弾倉に爆弾を残したまま着陸しなければならないと。想像できるかい? 着陸のときの振動で爆弾は下に落ちた。爆弾が飛行甲板の上をすべるように進んだ。きみの兄さんと数人が駆けつけ、爆弾を甲板の端から海に押し出した、なんでもないことのように。このときも、ぼくは凍りついていた。助けられず、動けず……なにもできなかった」

「気にしないで、フランク」またしても、わたしの声は彼に届いていなかった。

「一九四四年八月……」彼はつづけた。「台風のなかで戦闘がつづいた。戦闘機は波が砕け散る飛行甲板に着陸しなければならなかった。飛行士たちは強風のなかでも、太平洋のどまんなかに浮かぶ切手のような小さな場所に、みごとに戦闘機を着陸させた。彼らは尻込みなどしなかった。それなのにぼくは……手の震えが止まらなくなった。着陸機の誘導すらできない。〝殺人打線（マーダーズ・ロー）（ニューヨーク・ヤンキースの強力打線のニックネーム）〟と呼ばれる部隊のなかで、タフであることは当然だった。でもぼくはタフじゃなかった」

「フランク……いいのよ」

「十月になると、日本軍の自爆攻撃が始まった。戦争に負けるとわかって、栄光の敗北を選ぼうとしたのだろう。どんな手を使おうが、できるだけたくさんの敵を道連れに死のうとしていた。彼らは攻撃の手を緩めなかった。十月のある日、五十機の特攻機（カミカゼ）が艦を攻撃した。五十機のカミカゼがたった一日のうちに飛んでくるのを想像できるかい？」

「いいえ、できない」

「空母の戦闘機が空中でつぎつぎに撃ち落とした。でもまた翌日も飛んできた。そのうちの一機が空母に突っこむのは、時間の問題だった。日本から五十マイルと離れていない沖合に停泊する空母が恰好の標的だということは、みんなわかっていた。だが、動じていなかった。〝東京ローズ（日本軍による連合国軍向けプロパガンダ放送のアナウンサー）〟が毎夜、空母フランクリンはすでに海に沈んだと伝えていた。眠れなくなったのはそのころからだ。食事が喉を通らなくなった。撃墜されたカミカゼの飛行士が海から拾われ、捕虜になることがあった。そのうちのひとりが飛行甲板から営巣へ連行されるとき、突然逃げだし、舷側に向かって走りだした。そいつはそのまま海に飛びこんだ。ぼくの目の前で、虜囚になるより名誉の死を選んだ。ぼくは飛びこむ直前の彼の顔を見たんだ、ヴィヴィアン。誓って言うが、その顔にはぼくを苦しめているような恐怖はいっさいなかった」

　フランクが一気に激しく過去に引き戻されていくのがわかった。よくない兆候だ。彼を現実に、彼自身に戻さなければならなかった。

「それで、きょうはなにがあったの、フランク？」わたしは訊いた。「トム・ディノーと法廷でなにがあったの？」

フランクは、ふーっと息をついた。が、ハンドルは握りしめたままだった。

「彼のほうからぼくに近づいてきたんだよ、ヴィヴィアン。ぼくが証言する直前に。ぼくの名前を憶えていて、どうしているかと尋ねた。自分は弁護士になり、アッパー・ウェストサイドに住んでいると言った。そこの大学に行き、いまは子どもたちが地元の学校に通っているとね。そして自分がいかにうまくやったかを語った。あいつは、空母フランクリンが攻撃されたあと、ブルックリンの海軍工廠に戻ってきたときに乗り組んでいた基幹要員のひとりだった。それでニューヨークにとどまったんだろう。田舎訛りは残っていたが、ぼくの家より値の張りそうなスーツを着ていた。ぼくの制服を上から下まで眺めて、〝パトロール警官？　海軍将校がいまやこれか〟と言った。ああ、ヴィヴィアン、なんと返せばいいんだ？　ただうなずくだけだった。すると、やつがまた尋ねた。〝あんたでも銃を持たせてもらえるのか？〟ぼくは、〝ああ、使ったことはないが〟と、ばかな答えを返した。彼は立ち去る前に言った。〝だろうな。あんたはいつも役立たずだったよ、ヒクヒク〟」

「地獄に落ちるがいい」わたしは、こぶしをきつく握りしめた。あまりにも激しい怒りに、耳の底で脈の音が騒がしく、着陸する飛行機の轟音も聞こえなくなった。トム・ディノーをつかまえ、喉を切り裂いてやりたかった。**よくもまあ**……。わたしはフランクを両腕に抱いて揺すって慰めたかった。でも、できない。戦争が彼の心と体をひどく壊してしまったから、彼は、彼を愛する女の腕に抱かれることさえできなくなった。

なにもかもひどすぎる。なにもかも**間違っている**。

フランクが以前話していたことが、頭によみがえった。彼が空母から吹き飛ばされ、海に落ちたときのことだった。浮上すると、そこは一面、火の海だった。周囲に燃料が広がり、炎をあげていた。破壊された空母のエンジンが空気を送り、炎を煽(あお)っていた。海に落ちた者のほうが重い火傷を負った。激しく水を掻いて飛沫(しぶき)をあげると、炎が引いて、燃えていないわずかな海面を確保できた。それに気づいたフランクは、救出されるまでの二時間——ほぼ全身を火傷しながら——水を掻きつづけた。がむしゃらに炎を押し返し、わずかな海面を確保し、地獄から逃れようとした。それから長い歳月が過ぎたが、彼はいまもなお、それをつづけているのではないだろうか。自分がこれ以上焼かれないですむ安全な場所を、この世界のどこかに見つけようとしているのではないだろうか。

「トム・ディノーは正しい」と彼は言った。「ぼくはつねに役立たずだった」

アンジェラ……わたしは彼を慰めたくてたまらなかった。でも、どうやって？　彼のやりきれない話の聞き手として、車のなかにいっしょにいること以外に、彼のためになにができるだろう？　わたしは、彼に伝えたかった。あなたは英雄で、強くて、勇敢だと、トム・ディノーや〝七〇四クラブ〟の連中のほうが間違っているのだと、言いたかった。でも、それではうまくいかない。フランクはそんな言葉には耳を貸さないだろう。彼自身が信じていないのだから。でも、彼はこんなに苦しんでいる。なにか言わなくては……。わたしは目を閉じて、なにを言えば彼の心に届くのか、すがるように自分の心に問いかけた。それから、運命と愛がわたしに正しい言葉を授けてくれたと、わけもなくただ信じて、口を開いた。

「それが事実だったら、なんだっていうの？」

わたしの声は思いのほか強くなり、フランクが驚いて振り向いた。

「ねえ、フランク。あなたが役立たずだっていうのが事実だったら、それがなんだっていうの？　戦闘の役に立たなかった、戦争に対処できなかった。それがなんだっていうの？」

「事実だったら、ではなく、事実そのものだ」

「わかった。いいわ、フランク。事実だと認めましょう。議論を進めるためにね。でもね、それって重要なこと？」

彼はなにも答えなかった。

「なんの意味があるの、フランク？」と、わたしは詰問した。「答えて。ついでに、いまいましいハンドルから手を離して。わたしたちはどこへも行かないんだから」

彼は両手をハンドルから離し、膝に置き、じっと見おろした。

「どんな意味があるの、フランク？　あなたが役立たずだったとして、それにどんな意味があるの？　教えて」

「つまり、ぼくが臆病者だということだ」

「臆病者だということに、どんな意味があるの？」わたしは尋ねた。

「男として落ちこぼれだ」彼はやっと聞きとれるぐらいの小さな声で言った。

「いいえ、間違ってる」わたしは言った。人生においてこんなに強く確信したことはなかった。「勘違いしてるわ、フランク。臆病者だとしても、あなたが男として落ちこぼれだというわけじゃない。じゃあ、ほんとうはどんな意味があるか、知りたい？　なんにも。なんにも意味なんかない。意味なんてないのよ」

彼はわたしを見つめ、困惑したように何度もまばたきした。わたしがこんなにきつい言い方をするのを初めて聞いたのだ。

「よく聞いて、フランク・グレコ」と、わたしは言った。「もしあなたが臆病者だとしても――仮にそうだとしても――なんの意味もないわ。わたしのペグ叔母さんは……酒浸りで、お酒に対処できない。お酒が彼女の人生を蝕み、ごたごたを引き寄せる……でもそれがなんなの？　なんにも意味しない。お酒をやめられないから悪人？　人間として落ちこぼれ？　いいえ、彼女がそういう人だっていうだけ。お酒に飲まれてしまう人だった、それだけなの、フランク。人はいろんなものをかかえて生きている。わたしたちは、わたしたちでしかありえないの、どうしようもなく。ビリー叔父さんは……約束を守れなかったし、ひとりの女に忠実でいられなかった。でもそれがなんなの？　彼は素晴らしい人で、ぜんぜん信用ならない人だった。それがビリー叔父さんだった。なにかを意味するわけじゃない。みんな、そんな彼を愛してたわ」

「だが、男は勇敢さを求められる」フランクが言った。

「だからなんなの！」わたしは叫びだしそうだった。「女は純潔さを求められるわよね？　でもわたしを見てよ。数えきれないくらいの男と寝たわよ、フランク。それがわたしにとってなにを意味するかわかる？　なんにも。ただそれがわたしだというだけ。フランク、あなたが言ったのよ――**この世界はまっすぐじゃない**って。公園で再会した夜、あなたがわたしにそう言ってくれた。あなた自身の言葉で、あなた自身の人生について考えてみて。この世界はまっすぐじゃない。だれもがそれぞれの業をかかえて生きている。それはもう、そういうものだとしか言いようがない。いろんなことが人生に降りかかる――自分じゃどうにもできないことがね。戦争があなたの身に降りかかった。そしてあなたは戦闘には役立たずだった。だからなんなの？　それがなにかを意味するわけじゃない。自分を責めるのはやめて」

「だが、トム・ディノーのようなタフなやつが――」

「トム・ディノーのこと、あなたはなにも知らないでしょ。請け合ってもいいわ、そいつもなにかをかかえてる。だって、大のおとながそんなふうにあなたを攻撃する？　そこまで残忍になれる？　ええ、誓ってもいいわ。そいつの人生にもきっとなにかが降りかかったのよ。そして人間として破綻させた。そんなクソ野郎のことなんかどうでもいいけど、でも、そいつにとっても、世界はまっすぐじゃないのよ、フランク。そうに決まってる」

フランクが泣きだした。わたしも泣きそうになったが、なんとかこらえた。わたしの涙より彼の涙のほうがたいせつで、はるかに稀なものだから。アンジェラ……わたしは、彼を抱きしめられるなら、自分の寿命の何年かを差し出してもいいと思った。このときほどそれを強く思ったことはなかった。でも叶わない願いだった。

「公平じゃない」彼は体を震わせてすすり泣きながら言った。

「ええ、公平じゃないわ。だけど、公平じゃないことも、人生には降りかかる。世の中って公平じゃないわ、フランク。でもだからなんなの？　あなたは素晴らしい人よ。落ちこぼれじゃない。わたしが知るかぎり最高の人。重要なのはそれだけ」

彼は泣きつづけた。いつものように、わたしとのあいだに安全な距離をあけながら。でも少なくとも、ハンドルから両手を離してくれた。少なくとも、彼の身に起きたことをわたしに語ってくれた。灼けるように暑い車という彼にとって守られた空間で――いまこの瞬間は燃えさかっていない世界の片隅で――真実を話してくれた。

わたしは、彼が回復するまで、いっしょにここにすわっていようと思った。できるかぎり長く彼のそばにいよう。それがわたしにできるすべて。この日、わたしにとって仕事はひとつだけ――この善良なる人のそばにいること。車の隣の席から、彼がもちなおすまで見守っていること。

ようやく落ちつきを取り戻すと、彼はいつもの悲しげな表情で、窓の外を見つめて言った。「ぼくたちは、これからどうなるんだろう?」

「さあ、わからない。もしかしたら、どうにもならないかもしれない。でも、わたしはここにいる」

彼が振り返って、わたしを見つめた。「ヴィヴィアン、ぼくはきみなしでは生きていけない」

「よかった。それなら心配いらないから」

アンジェラ……わたしにとってこのときほど、**あなたを愛している**という言葉が口を突いて出そうになったときはなかった。

32

そして時はいつものように足早に過ぎていった。

一九六九年、ペグ叔母さんが肺気腫でこの世を去った。死が迫るまで煙草を手放そうとしなかった。つらい最期だった。肺気腫による死は残酷だ。あんな苦痛に苛まれながら自分を完全に保てる人はまずいないだろう。でもペグはせいいっぱい、ペグのままで——お気楽で、不平を言わない、熱い心の持ち主のままでいようとした。病は少しずつ彼女から呼吸を奪っていった。空気を求めてもがく人を見るのは恐ろしい。ゆっくりと溺れていく人を見ているようだ。悲しかったけれど、最後にペグに平安が訪れたことに、みんながほっとした。彼女が苦しむのを見ていられなかったのだ。

あとになって気づいたが、豊かな人生を送り、愛する人たちに見守られて死ねる運に恵まれた高齢者の死を、〝悲劇〟として嘆き悲しむのには限界がある。結局のところ、この世にはもっとひどい人生が、もっとひどい死に方がたくさんある。生まれてから死ぬまで、ペグは幸運な人生をたどった人たちのひとりだったし、そのことはだれよりも彼女自身がよく知っていた。(「わたしたちは幸運よ」と、彼女はよく言っていた。)ただそれでも、彼女はわたしにとっていちばんたいせつで、いちばん影響を受けた人だったから、その人を喪うのはやはりこたえた。長い歳月が流れたいまも、ペグ・ビューエルのいない世界をわたしはものたりなく感じている。

彼女の死に関して唯一のよい面は、彼女を反面教師として、ついに禁煙できたことだった。たぶんそのおかげで、わたしはきょうまで生きている。

これも、あの善良なる人がくれた寛大な贈り物のひとつだ。

ペグ亡きあとに、わたしが最も心配したのは、彼女を長年支えてきたオリーヴのことだった。オリーヴはどうやってペグのいない時間を埋めればいいのだろう？　でも心配するには及ばなかった。サットンプレイスからほど近い長老派教会がボランティアを募集しており、ペグはそこに自分の居場所を見つけた。日曜学校を運営し、募金運動を組織し……要するに人々になにをすべきかを指示する仕事に就いた。彼女はとても元気に晩年を過ごした。

ネーサンは成長したが、体はそれほど大きくならなかった。わたしたちは彼の教育をすべてクエーカー教徒の学校にゆだねることにした。ネーサンに充分やさしい環境がそこしかなかったからだ。マージョリーとわたしは、ネーサンが情熱を燃やせるようなもの（音楽、芸術、演劇、文学）を見つけようと努めたが、彼自身が情熱を燃やすには不向きな人間だった。彼がなにより好むのは、安全と居心地のよさだった。だからわたしたちは彼の世界をおだやかに保ち、平穏な小さな宇宙のなかに彼をかくまった。けっして多くを求めなかった。ありのままの彼で充分だった。ネーサンが日常を生き抜いているだけで、わたしたちは彼を誇らしく思った。

マージョリーいわく、「みんながみんな、槍を片手に、この世界を突っ走っていかなくたっていいしね」。

「そのとおりよ、マージョリー」と、わたしは返した。「槍を持つのは、あなたにまかせる」

一九六〇年代の社会の変革とともに結婚する人が減っても、〈ラトリエ〉は堅実に営業をつづけられた。もともと〝伝統的な〟ブライダルブティックではなかったことが幸いした。伝統が時代遅れになると、〈ラトリエ〉が、はからずも最新の店になった。わたしたちは〝ヴィンテージ〟という言葉が流行るずっと以前から、年代物の素材を生かしたドレスをつくってきた。だから、カウンターカルチャーが誕生し、ヒッピーたちがイカした古着をあさるようになった時代に、わたしたちはついていくことができた。それどころか、〈ラトリエ〉は新しい客層をつかんだ。そう、わたしは裕福なフラワーチルドレン御用達の裁縫師になった。金持ちの銀行家のヒッピーの娘たちが、結婚式に着るドレスをわたしに依頼した。娘たちは、田園の牧草地からあらわれたようなウェディングドレスを好んだ。ほんとうはアッパー・イーストサイドに生まれ、ブリアリー・スクール（アッパー・イーストサイドにある名門私立女子校）を卒業していたとしても。

アンジェラ……わたしは一九六〇年代が大好きだった。

でも、人生の境遇しだいでは、歴史のなかのこのいっときを愛せるとはかぎらなかったはずだ。わたしの年代なら、社交界の衰退を嘆く堅苦しいおばさまたちのひとりになっていてもおかしくなかった。けれどもわたしは社交界の熱烈なファンではなかったから、社交界の価値観が若い世代から批判されても、反撃しようとは思わなかった。むしろ彼らの反抗や反乱や美術や音楽が大好きになった。そしてもちろん、わたしは時代のファッションを愛した。街の通りをサーカスみたいに変えたヒッピーたちのなんてかっこよかったこと！　彼らは自由で遊び心に満ちていた。

その一方で、一九六〇年代はわたしを誇らしい気持ちにさせた。なぜなら、自分のいる小さな世界では、この時代のあらゆる変化と変革が先取りされていたからだ。

性革命？　わたしがずっと実践してきたことだった。

ゲイのカップルが伴侶としていっしょに暮らす？　ペグとオリーヴが先んじてやっていた。

フェミニズムとシングルマザー？　マージョリーはずっと前からその道を歩いてきた。

争いへの嫌悪と非暴力への情熱は？　それについては、われらが心やさしきネーサン・ローツキーを紹介しておきたい。

わたしはとても誇らしい気持ちで、一九六〇年代の社会の変革を眺めわたすことができた。

わたしの身近な人たちは、時代よりも先に、この時代にたどり着いていた。


一九七一年に、フランクから頼み事をされた。

彼が求めたのは、アンジェラ、あなたのウェディングドレスをつくることだった。

彼の頼み事は、いくつかの点で、わたしを驚かせた。

まず、あなたが結婚することに驚いた。彼からいつも聞いていた話では、あなたは結婚しそうになかったからだ。彼は、あなたがニューヨーク市立大学ブルックリン校で修士号を、コロンビア大学で博士号を受けたことを、それも心理学を専攻したことを誇りに思っていた。（家族史からすれば、ほかに考えようのない選択だ、と彼はよく言っていた。）あなたが心理カウンセラーとして開業するのではなく、ベルヴュー病院に勤務する道を選び、最も深刻で過酷な精神疾患のケースと毎日向き合っていることにも敬服していた。

彼は、仕事が娘の人生そのものになったと言い、それを全面的に承認した。自分のように若くして結婚しなくてよかった、とも言った。あなたが伝統を重んじるタイプの人ではないこと、あなたが知性の人であることを認め、あなたの考え方をとても誇りに思っていた。あなたが博士課程を修了したあと、研究テーマを抑圧された記憶のトラウマに決めたことを知って、胸を熱くしていた。父と娘で話し合えることがついに見つかったのかもしれない、データの整理を手伝えるかもしれないと言った。

彼は、口癖のように言っていた。「アンジェラほど善良で思慮深い人をほかに知らない」

ある日、あなたに恋人ができたことを彼から聞いた。

フランクにとっても意外なことだったようだ。あなたは二十九歳になっていて、彼はあなたが一生独身で過ごすのだろうと思っていた。冗談ではなく、娘は恋には興味がないと思っていたようだ。でもあなたには好きな人ができて、日曜日の夕食を共にするために彼を家に連れてきた。そして、あなたの恋人がベルヴュー病院の警備責任者をしていること、ベトナム戦争から帰還した退役軍人であることがわかった。ブルックリンのブラウンズヴィルの生まれで、いずれは市立大学に戻って、法律を学ぶつもりだということも。彼はウィンストンという名の黒人青年だった。

フランクは、あなたが黒人と付き合っていることを知っても、少しも動じなかった。アンジェラ、あなたがそれを知っていることを願うわ。ウィンストンをサウス・ブルックリンに連れてきた、あなたの勇気と自信に彼は畏敬の念さえいだいた。界隈の人々の反応を見て、あなたが界隈の人々をとまどわせたことを知り、それでもあなたの気持ちが揺らがないことに満足した。でもなによりも重要なのは、彼がウィンストンを好きになり、彼に対して尊敬の念をもったことだった。

「彼女にとってよかった」と、彼は言った。「アンジェラには、自分がなにを求めているかがわかっている。そして、恐れずに自分の道を行く。彼女の選択は間違っていない」

わたしが理解するかぎり、あなたのお母さんは、あなたとウィンストンのことを喜んでいなかった。あなたのお父さんの話によると、ウィンストンのことで、ただ一度だけロゼラと言い争った。フランクは、あなたにとってなにが最善かはいつもお母さんの意見に従ってきた。だがここへきて、ふたりの意見が分かれた。わたしは、言い争いの詳しい中身までは知らない。でもそれは重要じゃない。最終的に、あなたのお母さんが折れた――少なくとも、わたしはそう聞いている。

（繰り返すけれど、アンジェラ……もしわたしが間違ったことを言っているようなら、ごめんなさい。わたしはあなた自身の過去をここで語ることにとまどっている。あなた以上に、あなたの身に起きたことを知っている人はいないはずだから。でも、もしかしたら、知らないことがあるかもしれない。あなたがどれくらい両親の口論する姿を見ていたかはわからない。わたしとしては、あなたが気づいていないかもしれないどんな小さなことも取りこぼしたくないと思っている。）

こうして一九七一年の初春、あなたがウィンストンと結婚することを、身内だけのささやかな結婚式をおこなうことを、フランクから聞いた。そして、あなたのウェディングドレスをつくるように頼まれた。

「それは、アンジェラの希望なの？」わたしは尋ねた。

「娘はまだ知らない」彼が言った。「そのうち話す。きみのところへ行くように言うつもりだ」

「わたしをアンジェラに会わせたい？」

「ぼくには、娘がひとりしかいない。そして、アンジェラのことだから、おそらく結婚は一度きりだろう。だから、きみに彼女のウェディングドレスをつくってほしい。ぼくにとって、とても意味のあることだ。そう、ぼくはアンジェラときみを会わせたいと思っている」

そしてあなたとお父さんが、火曜日の朝にブティックにやってきた。朝の早い時刻になったのは、フランクの勤務が九時からだったから。彼の車が〈ラトリエ〉の前に停まり、あなたたち父娘がはいってきた。

「アンジェラ」フランクが先に言った。「こちらが、話をしていた古い友人のヴィヴィアン。ヴィヴィアン、こちらがぼくの娘だ。どうか、あとはふたりでやってほしい」

そう言って、彼は出ていった。

こんなに緊張してお客を迎えるのは、わたしにとって初めてだった。

さらに悪いことに、わたしはすぐに、あなたがしぶしぶここへ来たことに気づいてしまった。いいえ、しぶしぶという言い方では足りない。あなたはこの状況に苛立っていた。なぜあなたのお父さんが――娘の人生にまったく干渉しない父親が――あなたをここへ連れてくることにこだわったのか、理解しかねていた。あなたは来たくなかったのだ。わたしにはわかった。そして（この仕事を長くつづけてきた者の勘として）、あなたがウェディングドレスを求めていないのもわかった。ウェディングドレスは、陳腐で古臭くて女性を貶めるもの。あなたがそう思っていることが、賭けてもいいくらい確信できた。あなたはその日と同じ――つまりペザント風のブラウスとデニムの巻きスカート、足もとはサンダルという恰好で、結婚式当日も通したいと考えている。わたしは百万対一のオッズだろうが、それに賭けてもよかった。

「グレコ博士」と、呼びかけた。「お会いできてうれしいわ」

博士と呼んだら、あなたが喜んでくれるのではないかと思ったのだ。（ごめんなさい。あなたの話を長年聞いているうちに、わたし自身があなたの称号をちょっと誇らしく思うようになっていた！）

あなたの礼儀作法は完璧だった。「わたしもお会いできてうれしいわ、ヴィヴィアン」心のなかではここから出ていきたいと思っていても、せいいっぱい温かくほほえんで、そう言ってくれた。

アンジェラ……あなたはとても魅力的な女性だった。お父さんのように長身ではないけれど、彼と同じ強さがあった。好奇心と猜疑心のあいだを揺れ動く、彼と同じ黒い瞳。ビリビリと震えだしそうな知性。濃い眉毛はいかにも真面目そうで、毛抜きで形を整えていないところに好感がもてた。そして、一瞬もたゆむことなくあふれるエネルギーは、お父さんに似ていた。（でも、安心して！　似てはいるけれど、彼の神経の休まらないエネルギーの放出とはちがう種類のものだったから。）

「結婚すると聞いたわ。おめでとう」

あなたは要点だけを手短に伝えてきた。「わたし、結婚式が苦手な人間なの……」

「よくわかるわ。信じてもらえないかもしれないけれど、実はわたしも結婚式は苦手なの」

「だったら、かなり愉快な仕事を選んだことになるわね」とあなたが言い、わたしたちは声をあげて笑った。

「ねえ、アンジェラ。無理してここにいなくてもいいのよ。あなたがウェディングドレスに興味がなくても、わたしは気分を損ねたりしないから」

あなたが少し引いたように感じられた。わたしを怒らせてしまったと勘違いしたのかもしれない。

「いいえ、ここにいられて幸せよ」と、あなたは言った。「父にとってたいせつなことだから」

「それはほんとうね」わたしはうなずいた。「あなたのお父さんは、わたしのよき友人で、わたしが知りうるかぎり最も善良な人よ。でも仕事のうえでは、父親たちの意見には興味がないの。母親たちの意見にもね。わたしが気にかけるのは花嫁のことだけ」

　あなたは〝花嫁〟という言葉にぴくりと反応した。わたしの経験から言うと、結婚する女性には二種類のタイプがいる。ひとつは花嫁になるのが大好きな人。もうひとつは、花嫁になるのはいやだが、しかたなくなりきるという人。いま相手をしている人がどちらのタイプであるかは一目瞭然だった。

「アンジェラ、教えてほしいことがあるの」わたしは言った。「ええと、その前に、あなたのことをアンジェラと呼んでもかまわない？」

　あなたを目の前にしてこの名前を口にすると、不思議な気持ちになった。それはこの何年かのあいだに、わたしが最も親しんだ名前、最も耳にしていた名前だったから！

「どうぞ」と、あなた。

「伝統的な結婚式のすべてが、あなたを辟易させると思ってもいい？」

「そのとおりね」

「自分の思いどおりになるなら、昼休みに役所へ行って結婚許可証を取ってくるだけでいいと思っているでしょう？　あるいは、結婚の誓いもいらないって。行政府の介入なく、ふたりの関係をつづければいい。そう考えているんじゃない？」

　あなたはにっこりした。わたしはふたたび、あなたの知性のきらめきに触れた。「わたしの手紙を読んでいるのね、ヴィヴィアン」

「あなたのたいせつなだれかが、ちゃんとした結婚式を望んでいるの？　だれ……お母さん？」

「ウィンストンよ」

「ああ、フィアンセの」またもアンジェラがぴくりとする。わたしはまた言葉を間違えたようだ。

「あなたのパートナー。たぶん、そう言うべきね」

「ありがとう」と、あなたが言った。「そう、ウィンストンなの。彼が結婚式をしたがっている。全世界を前にして、わたしたちの愛を宣言したいんですって」

「素敵だわ」

「たぶんそうね。わたし、彼を愛しているわ。ただ、結婚式当日は代役を送りこんで、わたしの代わりをつとめてもらいたい」

「あなたは注目の的になるのが嫌いなのね。あなたのお父さんからいつも聞いていたわ」

「うんざりするのよ。白を着るのもいやだわ。この歳じゃ、ばかみたいだもの。でも、ウィンストンが、わたしが白いドレスを着るのを見たいと言うの」

「ほとんどの花婿がそうだと思うわ。白いドレスにはなにかがある。くだらない処女性の問題はべつにして、白いドレスには、男性をこの日が特別だという気持ちにさせるなにかがある。自分がこの女性から選ばれたと実感させる。男性にとっては、多くの意味があるの。長年、白いドレスの花嫁が男性に近づいていくところを見て、そう考えるようになったわ。男性の不安を鎮めるのよ。結婚式を迎える男性がどんなに不安になるかを知ったら、あなたは驚くでしょうね」

「興味深い話ね」

「ええ、たくさん見てきたのよ」

このころには、あなたの緊張が解けて、周囲を見まわす余裕が生まれていた。あなたは、オーガンジーやサテンやレースが折り重なった商品見本のラックに近づいた。そして、ラックに並ぶドレスをひとつずつ、憂いに満ちたようすで調べはじめた。

「アンジェラ」と、声をかけた。「先に伝えておくけど、そのドレスのなかにあなたが気に入るものはないわ。それどころか、うんざりしてしまうかも」

あなたは、あっさりと両手をおろした。「そう？」

「ええ、見てのとおり、あなたにぴったりのドレスはないわ。わたしも、そこにあるドレスをあなたに着てもらいたいとは思わない。十歳になるころには、ひとりで自分の自転車を修理できたような女性にはね。ある意味で、わたしは昔かたぎの裁縫師なの。つまり、ドレスは着る人の容姿だけでなく、知性も引き立たせるものであるべきだって考えている。このショールームにあるドレスは、あなたの知性にしっくりこない。でも、ひとつ考えていることがあるの。わたしの仕事場で話しましょう。よければ、お茶でもいかが？」

店の奥にあり、いつも取り散らかっている仕事場にお客を入れたことは、そのときまで一度もなかった。お客を迎えたのは、マージョリーとわたしが建物の表側にしつらえた——クリーム色の壁と、フランス製の上品な家具と、通りに面した窓からはいってくる街路樹の木洩(こも)れ日が生みだす——美しく魅惑的な空間だった。お客には女性として夢見心地を味わってほしかったし、多くの花嫁にとってもそれが望みだった。でもあなたは、夢見心地のなかにとどまりたい人ではなかった。あなたは、実際に仕事をおこなう場所にいるほうが落ちつくだろうと、わたしは考えた。それに、仕事場にはあなたに見せたい本もあった。

わたしはお茶といっしょに、その本をあなたのところへ持っていった。マージョリーがクリスマスの贈り物にくれた、古い時代のウェディングドレスを収めた写真集だった。わたしはそれを開いて、一九一六年のフランスの花嫁の写真を示した。花嫁が着ているのは、なんの装飾もない、くるぶし丈の簡素な筒型のドレスだった。「あなたに着てもらいたいのは、こんな感じよ。ありきたりなウェディングドレスとちがって、ひだ飾りも凝った意匠もない。こういうドレスのほうがあなたは落ちつくでしょうし、動きやすいわ。このドレスの上身頃は、二枚の布を胸の上で交差させているだけ。ちょっとキモノに似ているでしょう？　一九一〇年代のフランスでは、こんなキモノをまねた花嫁衣裳がいっとき流行したの。わたしは、バスローブと変わらないほど簡素なこの形が美しいといつも思ってた。とてもエレガントだわ。多くの人には飾り気がなさすぎるでしょうけど、わたしは大好きよ。そして、あなたにぴったりだと思うの。ほら、ウエストを高い位置にとって、サテンの幅広の布を巻いて、側面で結んでいる。そう、帯のようにね」

「オビ？」あなたはすぐに興味をもってくれた。

「日本の礼服には欠かせない飾り帯よ。こんなドレスをあなたのために乳白色でつくってみたい。乳白色なら伝統を重んじる人たちも満足するわ。ただし、ウエストには日本の本物の帯を使うの。そうね、赤と金の帯はどう？　あなたが型にはまらない人生を歩んできたことを象徴するような、大胆で鮮やかな帯にしたい。借り物とか青い色とか（どちらも花嫁が結婚式で身につけると幸せになれるといわれるアイテム）、そういう紋切り型とは距離を置きましょう。日本の帯にはさまざまな結び方があるけど、そのうちの二種類ならあなたに教えてあげられる。日本の女性は、未婚者と既婚者では結び方を変えるの。最初は帯を未婚者の結びにしておく。そして披露宴のどこかに、ウィンストンがその帯を解くセレモニーを入れる。そしてあなたが自分で帯を既婚女性の形に結び直すのよ。もしかしたら披露宴の構成がそれで方向づけられるかもしれない。もちろん、あなたが選ぶことだけれど」

「とてもおもしろいわ」あなたはそう言ってくれた。「そのアイディアが好きよ。とても好き。ありがとう、ヴィヴィアン」

「ちょっと気になるのは、あなたのお父さんにいやな思いをさせないかということね。彼の戦争体験を考えると、日本の要素を取りこんでいいものかどうか……。あなたはどう思う？」

「いいえ、父が嫌がるとは思わない。むしろ、自分の歴史の一部をわたしが着ることを喜んでくれる気がする」

「ええ、彼ならきっとそう考えるわね」わたしは言った。「いずれにしても、彼を驚かせないように、事前に伝えておきましょう」

だがふいに、あなたの顔が鋭く厳しくなった。「ヴィヴィアン、ひとつ尋ねてもいい？」

「もちろん」

「父とは、どうして知り合ったの？」

ああ、アンジェラ……そのとき、自分がどんな顔になっていたかはわからない。想像するしかないけれど、罪悪感と恐れと焦りが交じり合った表情だったのではないかと思う。

「わたしの当惑は理解してもらえるはずよ」あなたは、つづけて言った。「父には知り合いがぜんぜんいないんだもの。父は人と話をしない。あなたを親友だと言ったけど、納得がいかないの。父にはどんな友人もいないから。近所の古い友人とも、いまは付き合いがない。あなたは近所の人でもないのに、父をよく知っている。わたしが十歳で自転車を修理していたことも知っている。どうして？」

あなたは答えを待っていた。降参だった。だってアンジェラ……あなたは経験を積んだ臨床心理士。磨かれた技術によって、嘘やごまかしはきっと見抜かれてしまう。あなたは辛抱強く答えを待ちつづけるだろうし、もしわたしが嘘をついたら、すぐにそれを察知するだろう。

「真実を話して、ヴィヴィアン」

あなたの眼差しに敵意はなかったけれど、じっと見つめられるのが怖かった。でも、どうして真実が語れるだろう？　なにも語れない。あなたのお父さんの秘密をあばくことはできない。結婚前のあなたを動揺させるかもしれないことを口にしたくない。そもそも、フランクとわたしのことをどう説明すればいいのだろう？　説明したとして、信じてもらえるだろうか？　つまりこの六年間、毎週、週のうちの数夜、あなたのお父さんと会って、ひたすら歩いて話をするだけだったということを。

「彼は、わたしの兄の友人だったの」わたしはついに口を開いた。「フランクとウォルターは、第二次大戦にともに出征した。ふたりは海軍の士官候補生訓練学校の同期で、空母フランクリンにも同乗した。敵の攻撃を受けてあなたのお父さんは負傷し、わたしの兄は戦死した」

アンジェラ……わたしがあのとき語ったことは真実だった。ただ、あなたのお父さんとわたしの兄は友人どうしではなかった。（お互いに知っていたけど、友人ではなかった。）話しながら、涙が頬を伝い落ちていった。ウォルターのために流す涙ではなかった。フランクのための涙でもなかった。それは、この状況のやるせなさに流す涙だった。愛する人の娘とふたりきりでいて、その娘のことも大好きだというのに、わたしにはなにも説明することができない。こんな涙を人生で何度か経験した。自分ではどうしようもない苦しいジレンマに陥ったとき、こんなふうに涙があふれてくる。

あなたの顔がふっとやわらいだ。「ああ、ヴィヴィアン、ごめんなさい」

さらに問いただすこともできたはずなのに、あなたはそうしなかった。わたしが兄の死を思い出して取り乱していると思ったようだ。わたしを追いつめるには、あなたは温情が深すぎた。もっともらしい答えを得てもなお、あなたのなかには、かすかな疑念が湧いていたはずだ。けれど、あなたのやさしさが、わたしの話を信じるほうを選ばせた。少なくとも、あなたは、それ以上わたしから話を引き出そうとしなかった。

あなたの慈悲深さが話題を打ち切り、わたしたちはウェディングドレスに関する打ち合わせに戻った。

こうして仕上がったドレスの、なんと美しかったこと。

わたしは二週間かけて、ドレスを仕上げた。自分で街に出て、見つけられるかぎり最高に美しい年代物（ヴィンテージ）の帯を見つけた（幅広の長い帯で、赤地に金糸で鳳凰（ほうおう）が刺繍（ししゅう）されていた）。罪深い値がついていたけれど、ニューヨークに同じようなものはふたつとなかった。（あなたのお父さんのつけにはしなかったから、ご安心を！）

ドレスそのものには淡いクリーム色の、吸いつくようになめらかなシャルムーズ・シルクを使った。体を包まれている安心感を得られるようにドレスの下に着るブラジャー付きのスリップドレスも仕立てた。助手を使わず、マージョリーの手さえ借りず、このドレスだけはすべて自分の手で縫おうと決めていた。布の上にかがみこみ、沈黙の祈りを捧げるように、ひと針ひと針に心をこめて縫いあげた。

あなたが飾りは嫌いだと知っていたけれど、こらえきれずに最後にひとつだけ飾りを入れた。胸の上で布地が重なる、ちょうど心臓の上あたりに、ひと粒の小さな真珠を縫いつけた。祖母が形見に遺してくれた真珠のネックレスのなかのひと粒を。

アンジェラ……それをささやかな、わたしの一族からあなたへの贈り物とした。

33

一九七七年十二月、あなたから手紙が届き、彼の死を知った。

なにか悪いことが起きたのは、すでに察していた。フランクから二週間以上も連絡がないのは、きわめてめずらしいことだった。いや、わたしたちの十二年間の付き合いのなかで、こんなことは初めてだった。わたしは途方もなく心配したけれど、手をこまねいていた。彼の自宅に電話したことは一度もなく、彼はすでに退職していたので、警察署に電話することもできない。わたしの知るかぎり彼には友人がいなかった。だから、彼の安否を尋ねられる人もいない。まさかブルックリンの彼の家まで行って、玄関扉をノックするわけにもいかない。

そんなときに、あなたから〈ラトリエ〉にわたし宛ての手紙が届いた。その手紙はいまも手もとにある。

親愛なるヴィヴィアン

残念ながら、十日前に父が他界したことをお知らせしなければなりません。突然のことでした。

その夜、父はいつものように近所を歩いていて、歩道で倒れたのです。心臓発作だったようですが、家族として検視解剖による確認は求めませんでした。お察しいただけると思いますが、わたしと母は大きなショックを受けています。たしかに父には虚弱なところがあったものの、それは身体的なものではありませんでした。あんなに頑健な人だったのに！　わたしは、父が不死身だとさえ思っていたのです。父が洗礼を受けた教会でささやかに葬儀をすませ、グリーンウッド墓地の祖父母の隣に埋葬しました。ヴィヴィアン、ごめんなさい。あなたにもっと早く連絡すればよかったと気づいたのは、葬儀のあとでした。あなたが父の親友だということは知っています。きっと父ならあなたに伝えてほしいと思ったことでしょう。こんなに遅れた手紙になって申し訳なく思います。悪いお知らせになってすみません。もっと早くあなたに伝えられなくてすみません。もしわたしかわたしの家族に、あなたのためになにかできることがあれば、なんでも言ってください。

真心をこめて　アンジェラ・グレコ

あなたは結婚しても名前を変えていなかった。

彼の死をはっきりと知る前に、なぜかそれに気づいた。

いいことね、アンジェラ。生まれたときの名前をずっと使いつづけてね！　と思ったことを憶えている。

フランクの訃報に打ちのめされたのは、そのあとだった。そして、たぶんあなたにも想像がつくことをした。わたしは、床にくずおれて、泣きだした。

人の悲しむ話を聞きつづけていたい人はいないだろう。（どういうわけか、喪の悲しみはどれも似かよっている。）だから、わたしがどれほど嘆き悲しんだかを、詳しく書くのは控えよう。それからの数年間がわたしにとって過酷だったこと——人生で最も過酷で、最も孤独な時期だったことを伝えるだけにとどめよう。

アンジェラ……あなたのお父さんは、生きているときに独特だったように、死んでからも独特だった。彼はありありとこの世界に残っていた。わたしの夢のなかにあらわれた。あるいは、ニューヨークの街の匂いや音や感触とともに、わたしのそばにあらわれた。夏の灼けた路面に夕立が降りそそぐときの匂いや、冬の屋台から漂う砂糖がけナッツの甘い香り、マンハッタンの銀杏が放つ、酸っぱくなったミルクのような臭いのなかにあらわれた。巣づくりする鳩たちのくぐもった鳴き声のなかに、警察車輛のサイレンの響きのなかにあらわれた。この街のいたるところで彼を見つけられた。だがそれでも、彼の不在は、深い静寂として、わたしの心に重くのしかかった。

わたしは、自分の日々の生活をつづけた。

彼が死んでも、わたしの日課はほとんど変わらなかった。同じ場所で寝起きし、同じ仕事をした。同じ友人や家族と過ごした。フランクはわたしの日常の一部ではなかったのだから、どうして変わりようがあるだろう？　友人たちは、わたしがたいせつなだれかを喪ったことは知っていたけれど、彼のことを知っていたわけではない。わたしが彼をどんなに愛していたかを、だれも知らない。（どうして彼のことを説明できただろう？）わたしには、人前で心おきなく悲しめる寡婦の権利はなかったし、自分を寡婦と見なしてもいなかった。それはあなたのお母さんの立場だ。わたしはちがう。結婚してもいないのに、どうして寡婦になれるだろう？　フランクとわたしがお互いにとってなんなのかを、的確に言いあらわせる言葉がなかった。だから彼の死後にわたしが感じるようになった空白は、とても個人的で、名づけようのない空白だった。

空白は多くの場合、夜半にベッドで目覚め、横たわったまま、電話のベルと彼の声を待つこととともにあった。「起きてたかい？　散歩しないか？」

フランクのいなくなったニューヨークの街が、ひとまわり小さくなったように感じられた。いっしょに歩いて探索した遠くの地区は、もはやわたしには門を閉ざしていた。そこは女には――わたしのようになんでもひとりでやってのける女にさえも――ひとりでは歩けない場所だった。わたしの頭のなかの地図では親しみにあふれた多くの〝界隈〟が、現実では縁のない場所になった。フランクとしか話せないいくつかの話題があった。わたしのなかに、彼という聞き手がいなければ、たどり着けない場所があった。わたしひとりで行くことはできない場所が。

ただ、そうだとしても、わたしがフランクのいない人生を心折れずに生き抜いたことは、あなたに伝えておきたい。人間の常として、わたしも最後には悲しみを乗り越え、日々の楽しみへと戻っていった。アンジェラ……わたしは運に恵まれた人間だった。少なくとも悲観や絶望に陥りにくい、生来の気質をもっていた。その点では、ペグ叔母さんにちょっと似ていたのかもしれない。鬱ぎの虫が寄りつきにくかったことを、神に感謝しよう。それに、フランク亡きあとの数十年のわたしの人生には、大勢の素晴らしい人たちがいた。刺激的な恋人たち、新しい友人たち、わたしが選んだ家族。連れに事欠くことはなかった。ただそれでも、フランクがいない寂しさが癒えることはなかった。

みんなやさしくて親切で、わたしによくしてくれた。でも、彼とはちがった。あの底なしの井戸のような、生ける告解室のような——こちらが語ることのすべてを、裁きもせず咎めもせず、すべて呑みこんでくれる人は、彼しかいなかった。

　現世と冥府に両足をかけて立っているような、あんなに美しくて暗い魂を内に秘めた人は、ほかにいなかった。

　フランクの代わりはフランクしかありえなかった。

　アンジェラ、あなたは長いあいだ答えを待っていた。わたしが、あなたのお父さんにとって、どういう人であったか——あるいは、彼にとって、わたしがなんであったか。

　わたしはあなたの問いに対して、できるだけ正直に余すところなく答えようと努めた。こんなに長い手紙になってしまって、ごめんなさい。でも、あなたが彼の娘であるなら（もちろん、そうだと信じているわ）、あなたはきっと辛抱強い聞き手になれることでしょう。そしてあなたは、すべての物語を知らなければ気がすまない人でもある。だから、あなたには、わたしのすべてを知ってもらうことが重要だと考えた。わたしの良いところも悪いところも、誠実さも偏屈さも、なにもかも知ってほしかった。そうすれば、わたしがどんな人間であるかを、あなた自身で見定められるはずだから。

　アンジェラ……でも、あともうひとつだけ、はっきりさせておきたい。あなたのお父さんとわたしは、抱き合ったことも、キスしたことも、セックスしたこともなかった。それでも彼は、わたしが心の底から愛した、ただひとりの男だった。そして、彼もわたしを愛した。わたしたちは愛について話すことはなかった。話す必要もなかったから。わたしたちはお互いにわかっていた。

　とはいえ、これも伝えておきたい。長い歳月をかけてようやく、彼は苦痛にたじろぐことなく、わたしの手のひらの上に、手の甲をそっと重ねられるようになった。わたしたちはそうやって触れ合い、彼の車のなかでほんのしばらく、安らかな沈黙の時間を過ごせるようになった。

わたしは彼といっしょに、ほぼ一生ぶんの夜明けの空を見た。

もしわたしがそうすることで――つまり互いの手を重ねながら日が昇るのをいっしょに見ることで、あなたのお母さんから、あるいはあなたからなにかを奪っていたのだとしたら、あやまらなければならない。

でも、わたしには、奪っていたとは思えない。

こうして、アンジェラ……わたしたちはいま、ここにいる。

あなたのお母さんのご逝去をお悔やみします。こんなにも長く生きて天寿をまっとうされたことは、せめてもでした。彼女がよき人生を過ごし、安らかな死を迎えられたことを望みます。喪の悲しみのなかにあっても、あなたの心が強くあるように望みます。

そして、あなたがわたしの居場所をつきとめてくれてうれしかったことも、伝えておかなければ。〈ラトリエ〉の建物に、いまも住みつづけていて、ほんとうによかった！　名前や住所を変えないと、よいことがあるわ。いつかだれかが、見つけ出してくれるかもしれないというよいことが。

でもいま、〈ラトリエ〉はブライダルブティックではなく、ネーサン・ローツキーが経営するコーヒーとジュースの店になっている。ただし、建物じたいを所有するのはわたし。十三年前に、マージョリーが亡くなるとき、わたしにこのビルを遺してくれた。不動産の管理ならネーサンよりわたしのほうがうまくやるだろうと、彼女にはわかっていた。彼女は建物すべてをわたしに託し、わたしはそれを維持してきた。ネーサンが小さな店を開くと、経営を助けるひとりにもなった。彼はなにかにつけて助けを必要とする。愛しいネーサン……。彼が大成功をおさめることはないでしょう。でも、わたしは彼を愛している。彼はいつもわたしを〝もうひとりの母さん〟と呼んでくれる。わたしは、彼の愛情と思いやりをありがたく受け取っている。この歳にして呆れるほど元気でいられるのも、きっと彼が気遣ってくれるおかげだ。そして、わたしも彼のことを気遣う。わたしたちは仲良くやっている。


だから、わたしはいまもここにいる――一九五〇年代から同じ場所にずっと。

わたしをさがしてくれてありがとう、アンジェラ。

わたしに真実を尋ねてくれてありがとう。

わたしはあなたにすべてを語りつくした。


ペンを置こうとして、最後にもうひとつだけ言わせてほしくなった。

遠い昔に、エドナ・パーカー・ワトソンが、〝あなたはけっして、ひとかどの人間にはなれない〟とわたしに言った。それについて、彼女は正しかったのかもしれない。わたしはそれを判断する立場にはないし、そもそもわかりようがない。けれど彼女は、わたしが女として最悪のタイプだとも言った。つまり、いつも他人のおもちゃで遊びたがるから、同性とは友人になれない女だと。この点に関するかぎり、エドナは間違っていた。長い歳月にわたって、わたしはたくさんの女たちと良き友人でありつづけた。

わたしはかつて、自分が得意なことは、裁縫とセックスのふたつしかないとよく言っていた。いまは、自分を低く見積もりすぎていたと思う。なぜなら、わたしには、友だちをつくるという才能があったのだから。

こんなことを言うのは、アンジェラ、あなたに友だちになってほしいからにほかならないわ――もちろん、あなたさえよければ。

この申し出があなたの興味を引くかどうかはわからない。ここまで読んだあなたは、もうわたしとは関わりたくないと思っているかもしれない。わたしを見さげはてた女だと思っているかもしれない。それは理解できる。自分ではそうは思っていない（だれのこともそうは思っていない）けれど、判断はあなたにまかせよう。

ただ少しだけ考えてみて、と、わたしのほうから提案させてほしい。

これを書いているあいだずっと、わたしはあなたを若い女性として思い描いてきた。わたしの心のなかのあなたは、一九七一年にわたしのブライダルブティックに入ってきたときの、凜（りん）として賢くて生真面目なフェミニストのままだ。でもここへきて、あなたがもう若い女性ではないことに思い至り、愕然（がくぜん）とする。計算に間違いがなければ、あなたはもう七十近い年齢になっているだろう。そしてわたしがもう若くないことは、言わずもがな。

歳を重ねるにつれて、気づくようになることがある。アンジェラ、あなたも身近な人々を喪いはじめているかもしれない。もちろん、世の中から人間がいなくなることはない。ただ――歳をとるほどに――自分のまわりから人が欠けていく。愛する人たち。だれかをともに愛してきた人たち。あなたの生涯を知っている人たち。

そういう人たちが、死んで、この世界から抜き取られていく。彼らが逝ったあとの穴を埋めるのはきわめてむずかしい。ある程度の年齢になると、新しい友人をつくるのがむずかしくなる。若い人たちがあふれ返っていようが、世界が孤独で味気ない場所に感じられるようになるかもしれない。あなたがすでにそう感じているかどうかはわからない。でも、わたしは感じている。あなたもいずれは感じるかもしれない。

だから、最後にわたしから伝えたいのは――あなたにはわたしになんの義務もなく、わたしもあなたになにも求めないけれど――それでも、あなたはわたしにとって、心からたいせつに思う人だということだ。そしてもし、あなたにとって世界が孤独で味気ない場所に感じられる日が来たら、そのとき新しい友だちがほしいと思うなら、どうか、わたしがここにいることを思い出してほしい。

この先、どれくらい長く生きられるかはわからない。でも、わたしの命がこの地上にあるかぎり、たいせつなアンジェラ、わたしはあなたのもの。

最後まで読んでくれてありがとう。

ヴィヴィアン・モリス

謝　辞

惜しみなくご自身の知識と経験を分け与えてくださる多くの（元および現）ニューヨーカーのみなさんがいたからこそ、わたしは本書を生み出すことができた。

ブルックリン生まれの、三十年来の聡明なる親友、マーガレット・コーディは、わたしの案内役をつとめ、すべての現地調査に付き添い、情報源を見つけ出し、恐ろしく切り詰められた時間のなかで、本書のすべてのページに目を通してくれた。また、わたしが締め切りとストレスに押しつぶされそうなときには、この作品に取り組む喜びと興奮を呼び覚ましてくれた。あなたがいなければ、この物語は書けなかった。これからもいっしょに小説に取り組んでいきましょう、それでいい？

マンハッタンのショーガールとして生きた日々を余すところなく語ってくれた、わたしの知るかぎり最もゴージャスでカリスマ性に富んだ九十代、ノーマ・アミーゴにも永遠の感謝を捧げる。ノーマの堂々たる官能性と自立性の実践（「なぜ結婚したくなかったのか」というわたしの問いに対するここには書けない答えも含む）に触れることから、十全に自由に生きるヴィヴィアンという主人公が生まれた。

一九四〇―五〇年代のニューヨークシティのショービジネス界を舞台とするにあたって、ペギー・ウィンズロー・ボーム（女優）、故フィリス・ウェスターマン（作曲家、プロデューサー）、ポーレット・ハワード（ダンサー）、敬愛すべきローリー・サンダーソン（アメリカのレヴュー興業の祖〝ジーグフェルド〟の炎の番人）に助けられたことにも感謝する。

デイヴィッド・フリーランドは、またとないその時代のタイムズスクエア界隈を理解し、発掘するのを助けてくれる、不可欠で魅力的な案内役だった。

シャリーン・ミッチェルのウェディングドレスやファッションに対する洞察と感受性、緊張する花嫁に接する謙虚な姿勢が、ヴィヴィアンの物語の一側面をみごとにかたちづくった。裁縫と仕立に関するリア・カーヒルの教えに感謝する。ジェス・ソーンは、男性のファッションに関するわたしの質問に、つねに迅速に貴重な答えを返してくれた。

アンドリュー・グスタフソンは、ブルックリン海軍工廠の驚くべき世界への扉を開いてくれた。バーナード・ウェーレン、リッキー・コンティ、ジョー＆ルーシー・デカーロのおかげで、ブルックリンのパトロール警官としての日常に理解を深めることができた。キャロル・ガーデンズの〈ダミーコ・コーヒー〉に集うみなさんは、想像を超える彩り豊かな、時を超える旅へとわたしを連れ出してくれた。ジョニー・ダミーコ、ローズ・クスマーノ、ダニー・カルカテーラ、ポール＆ナンシー・ジェンティーレ、あなたたちの物語を話してくれてありがとう。話を聞きながら、当時のサウス・ブルックリンで育ちたかったと心から思った。

米国海軍に関する詳細を教えてくれたわたしの父、ジョン・ギルバート（元海軍中尉、米国海軍駆逐艦ジョンストン乗員）に感謝する。身を粉にして働くことを、人生の困難を乗り切るレジリエンスを教えてくれた母、キャロル・ギルバートにも感謝する（今年ほどそれが必要とされたことはなかったわ、ママ）。キャサリン＆ジェームズ・マードックの卓越した原稿整理と校正の能力にも感謝したい。あなたたちのおかげで、この本から五千個くらいカンマを減らせた。

ニューヨーク公共図書館の〝ビリー・ローズ演劇部門〟なくして、キャサリン・コーネルに関する文献資料を読めなかったし、キャサリン・コーネルなくして、エドナ・パーカー・ワトソンは生まれなかった。アレクサンダー・ウールコットの古い本をわたしに与えてくれた大叔母のローリーに感謝する。それがこの物語の端緒になった。でもなにより、ローリー、あなたに感謝しているのは、わたしがより良い、より勇敢な女性になりたいと思えるような、とびきり楽天的で元気で強い女性像を身をもって示してくれたこと。

〈リヴァーヘッド〉の特別チームのジェフ・クロスキ、サラ・マグラス、ジン・マーティン、ヘレン・イェンタス、ケイト・スターク、リディア・ハート、シェイリン・タヴェラ、アリソン・フェアブラザー、そして敬愛すべき故リズ・ホエネードルには、英断をもってみごと本書を刊行してくれたことに感謝する。マーカス・ドールとマデリーン・マッキントッシュ、わたしを信じ、わたしに投資してくれてありがとう。〈ブルームズベリー〉のわたしの友人で仕事仲間でもあるアレクサンドラ・プリングル、トラム＝アン・ドーン、キャサリン・ファラー、ロス・エリスにも、大西洋の向こう側で手ぎわよく冷静に物事を進めてくれたことに感謝する。

デイヴ・カーヒルとアンソニー・クワシ・アドジェイ、あなたたちふたりがいなければ、わたしの世界は回らない。そうならないように、お願い、ずっといて！

マーサ・ベック、カレン・ゲルデス、ローワン・マンガンには、この数年間にわたって、わたしの何千ページもの原稿を読み、頼もしき大きな愛の翼で包んでくれたことに感謝したい。グレノン・ドイル、あのすべての夜々、わたしのドアのそばにいてくれてありがとう。あれが必要だったし、いまも感謝している。

わたしのシスター・ワイフ、ジジ・マドルとステイシー・ワインバーグには、あの痛苦と喪失のつらい時期に、愛と犠牲を捧げてくれたことに感謝する。あなたたちなしに、二〇一七年を生き延びることはできなかったでしょう。

また、いち早く本書の熱心な読者になってくれたシェリル・モラー、ジェニー・ウィリンク、ジョニー・マイルズ、アニタ・シュウォーツに感謝する。ビリー・ビューエル、素敵な名前を使わせてくれてありがとう。

サラ・チャルファント――いつものように、あなたは、わたしの翼に揚力を与える風。

ミリアム・フォイエル――いつものように、あなたと歩きまわるのが大好き。

そして最後に、レイヤ・イライアスへ。わたしがこの小説を書いているとき、あなたがどんなにわたしのそばにいたかったかは、わかっている。でもね、ベイビー、これだけは言わせてほしい。あなたはそこにいた。あなたがわたしのそばからいなくなることなんてありえない。あなたは、わたしの心。わたしは、これからもあなたを愛しつづける。

訳者あとがき

ヨーロッパと極東に戦火が広がり、アメリカじゅうが参戦か非戦かで激しく揺れていた一九四〇年の初夏。十九歳のヴィヴィアン・モリスは、ニューヨークシティのグランドセントラル駅に降り立った。名門ヴァッサー女子大を退学になったばかり。厳格な両親は娘に失望し、なかば追いはらうように、ニューヨークに住むペグ叔母さんのもとに彼女を送りこんだ。

故郷の小さな町からもってきたのは、大きなスーツケースが二個と、頑丈な木箱におさまったシンガー製ミシン。ミシンは裁縫を教えてくれた亡き祖母からの贈り物だった。ヴィヴィアンいわく、〈重くて扱いにくい野獣(ビースト)、でもそれなしには生きていけない、頭のイカれた美しい魂の双子(ソウル・ツイン)〉。ミシンと祖母に鍛えられた裁縫の腕を頼みに、ヴィヴィアン・モリスはこの街で新しい人生に飛びこんだ。

同じ一族のはぐれ者として姪っ子ヴィヴィアンの庇護者(ひごしゃ)になったペグ叔母さんは、相棒のオリーヴとともに、大衆向けレヴューを上演する劇場「リリー座」をミッドタウンで営んでいた。見てくれは立派だが相当にガタがきたリリー座の建物には、不品行ゆえに常宿(じょうやど)を追われたショーガールのシーリア、ハーレムの牧師になりそこねたピアノ弾きのベンジャミン、座付き作家の元弁護士のバーナードも住みついている。演劇の本場ブロードウェイが山の頂なら、リリー座は裾野の吹きだまり。でもそこには、ペグ叔母さんが第一次大戦中に兵士相手の慰問ショーでつちかった「へっぽこシェイクスピアよりイカした脚見せショーを！」というショービジネス哲学が息づいていた。

ヴィヴィアンは、粋であでやかで世知に長けたショーガールたちに憧れ、彼女らの舞台衣裳やドレスを仕立てるようになる。ショーガールたちはミシンのまわりにたむろし、おしゃべりに花を咲かせ、親切にもヴィヴィアンが「乙女の花を散らす」ための手ほどきまでしてくれた。こうして水を得た魚のように、参戦の賛否に揺れる世情などそっちのけで、ヴィヴィアンは一九四〇年のひと夏をシーリアとつるんで盛大に遊びたおした。

ところが、ドイツ軍の爆撃で故国の家を失ったイギリス人夫婦——当代一流の舞台女優エドナと、美貌の夫アーサーがリリー座に転がりこんでくるあたりから、話は思わぬ方向に転がっていく。エドナの到来を聞きつけて、刹那的な天才脚本家でペグの別居中の夫ビリーがハリウッドから乗りこんでくると、ペグ叔母さんはすっかり勢いづいて、大女優エドナを主役に豪華レビュー『女たちの街(シティ・オブ・ガールズ)』を制作し、リリー座の存亡をかけた勝負に打って出ようとする。だがその大騒ぎのなかで生じた人間関係のきしみや男女のもつれが、やがて街を揺るがすようなスキャンダル事件に発展する。

本書『女たちのニューヨーク』*City of Girls*, 2019は、自由を求めて羽ばたき、舞いあがり、墜落し、ゆっくりと息を吹き返すヴィヴィアン・モリスの物語であり、彼女を取り巻く——自由で磊落(らいらく)、頑固で堅物、したたかでうぬぼれ屋、奇天烈(きてれつ)で切れ者、スタイリッシュで叩きあげなど——それぞれに一筋縄ではいかない女たちの群像小説でもある。

ストーリーは八十九歳になったヴィヴィアンの一人称で語られる。二〇一〇年、彼女のもとにアンジェラという女性から一通の手紙が届くところから物語は始まる。アンジェラは母親の死を伝えたあと、ヴィヴィアンに問いかける——母が逝ったいまなら、わたしの父にとってあなたがどういう人だったのかをあなたは語れるのではないか。ヴィヴィアンは、その問いに答える資格は自分にないが、「わたしにとって彼がどういう人だったのか」なら語れるだろうと考える。そして、妻より早く故人となったその人との関係を解き明かす手紙をつづりはじめる。それはとてつもなく長い手紙となって、一九四〇年代の狂躁のショービジネス界とヴィヴィアンの挫折から、大戦中の奮闘へ、戦後の再生へ、くだんの人物との出会いへと向かっていく。

本書はアメリカで二〇一九年に刊行されると、〈多くの忘れがたい登場人物が豊かに息づく物語〉（バズフィード・ニュース）、〈ニューヨークへのラブレターであり、演劇人たちの多彩なるポートレイト。幕の向こう側で起こるあらゆる出来事に立ち会える〉（バスト誌）、〈ウィットに富んだ会話がシャンパンのなかのダイヤモンドのようにきらめく〉（ワシントンポスト紙）、〈すいすい読めるユーモアと人生への卓見に満ちた無敵の小説〉（ニューズデイ紙）などの好評をもって迎えられた。半年とたたないうちにワーナーブラザーズ社が映画化権を取得したのも話題を呼んで、英語圏で百万部を超えるベストセラーになった。

エリザベス・ギルバートは一九六九年、コネチカット州のクリスマスツリー農場に生まれた。ニューヨーク大学で政治学を学びながら短篇小説を書きつづけ、卒業後はアルバイトで貯めたお金であちこちに旅をし、バーやダイナーや牧場で働いた。そういった旅や暮らしに材を取った短篇をまとめて、一九九七年、初めての著作『巡礼者たち』*Pilgrims*（岩本正恵訳、新潮文庫）を上梓する。同書は、文芸誌《パリスレヴュー》の新人賞を受賞し、ＰＥＮ／ヘミングウェイ賞の最終候補になった。平凡な人生のなかの一瞬のスパークやせつなさやおかしみをとらえた珠玉の短篇ぞろいなので、未読の方にはぜひお勧めしたい。『巡礼者たち』のあとは、メイン州のロブスター漁に挑む女性を描いた『厳格な男たち』*Stern men*, 2000と森に暮らすナチュラリストの評伝『最後のアメリカ男児』*The Last American Man*, 2002（二冊とも未邦訳）を送り出した。

そして二〇〇六年、『食べて、祈って、恋をして』*Eat, Pray, Love*（拙訳、ハヤカワ文庫）が、ギルバートを一躍スターダムに押しあげたことは多くの人の知るところだろう。自分を見つめなおすイタリア、インド、バリへの旅について記した真摯で痛快なエッセイは、世界で四十以上の言語に翻訳されて大ベストセラーとなった。その後は『献身』*Committed*, 2010（未邦訳）、『ＢＩＧ ＭＡＧＩＣ「夢中になる」ことからはじめよう。』*Big Magic*, 2015（神奈川夏子訳、ディスカヴァー・トゥエンティワン）と二冊のノンフィクションを書き継いだが、二〇一四年、一八—十九世紀に生涯を植物学に捧げて生きた女性を描く長篇小説『万物の徴』*The Signature of All Things*（未邦訳）で久しぶりにフィクションへと復帰した。

いつか古巣のニューヨークを舞台にした長篇小説を書きたいという思いは、『巡礼者たち』を書いたころから胸の内で温められていたようだ。だが、なかなか実現しなかった。構想が具体化したきっかけは、ひとつには、大叔母の家で一九三〇—四〇年代の演劇界について当時の批評家アレクサンダー・ウールコット（本作にも登場する）が記したエッセイを見つけて読みふけったこと。もうひとつは、

『万物の徴』において性的にストイックな女性を書いたため、前著とは対照的な性に奔放な女性を書いてみたい、「ふしだらの代償として痛手を負ったとしても、人生を滅ぼされはしない女性について書きたい」という思いがつのっていったことにあるという。

小説の場合、仕事の九五パーセントは執筆前の準備だと、ギルバートは言う。つねに取材に同行する友人マーガレット・コーディ（本書は彼女に捧げられている）とともに事前の調査にほぼ四年間を費やした。「後悔も反省もなく官能的な人生を謳歌しつづけた」元ショーガールも含む、九〇代の女性たちに膨大なインタビューをおこない、一九四〇年代に書かれた手紙や脚本や日記を漁り、衣装の費用や料金設定まで調べ、この前後も含む時代の小説を読んで、当時の言葉をつかんだ。綿密な取材によって得た素材は、フィクションとの接ぎ目が見えない精緻な加工によって作品に生かされている。気づかれた方は多いはずだが、舞台となるナイトクラブ、レストラン、ホテル、劇場などのほぼすべてが実在するか実在していた。醜聞コラムを書く業界の大物ウォルター・ウィンチェルや、夜の街で鳴らす沈没ケリーやブレンダ・フレイザーをはじめ、当時のきら星のような女優、男優、作家、映画人、演劇人、実業家、政治家などの実在人物がエピソードや会話のなかにちりばめられている。こうして虚実を巧みにからませ、いかにもリアルだが、唯一無二の、エリザベス・ギルバートのニューヨークがみごとに立ちあらわれた。

本作誕生のいきさつについてあと少し触れておくと、ギルバートが腰をすえて執筆に取りかかったのは、私生活のパートナーである作家でシンガーソングライターのレイヤ・イライアスを亡くしたあとだった。取材をもとに登場人物やストーリーの構成があらかた終わったころ、イライアスが末期がんだとわかり、ギルバートは前の結婚を解消し、彼女をパートナーとした。こうして看病する生活が一年半つづいた。そのあいだ本書のことは「脇において、なにも考えなかった。また書くことがあるのかどうかもわからなかった」。

しかし二〇一八年の一月にイライアスを看取ると、ギルバートは田舎の家に引きこもり、本作を一気呵成に書きあげた。「悲しみのさなかに、こんなに軽やかで楽しい本を書くなんて、頭がおかしいと思うでしょうけど、結果的には、この時期を乗り切るために必要な薬になりました。……気をまぎらわすことができて、なによりありがたかった。ある意味で、ペグ叔母さんの演劇に対する考え方と同じです。〝人々は楽しくて元気が出る気晴らしを求めている――人生はつらいけど、だからこそショービジネスがある〟。わたしはわたし自身の観客でもあったのです」。「創造性とは、憂鬱や絶望の対極にあるものだと考えます。この暗い時代に、すべての人にこの本を贈りたい。わたしにしてくれたように、この本がみなさんを元気づけるように願っています」

最初に原書で読んだときに立ち返り、「はい！　ここに元気づけられた者がひとりいます」と挙手したい。読みだしたら止まらないという前評判は聞いていたけれど、まさしくそのとおりだった。前半部では、けなげでも一途でも清らかでもない、読者に眉をひそめさせかねない軽佻浮薄なお嬢さま、ヴィヴィアン・モリスを堂々とヒロインに据えて、ぐいぐいと引きつけて読ませる筆力に舌を巻いた。後半部では、思わず手帖に書きとめたくなる人生の知恵や箴言を、胸に沁みる美しい光景をいくつも見つけた。感情が幾層にも折り重なったミルフィーユのように、見る位置によって形が変わる複雑な建造物のように、さまざまな読み方ができる本なのだと思う。深く多面的に読みとれているんだろうかと心配になりつつ、もてる力で精いっぱい訳すほかないと自分に言い聞かせて訳出した。訳し終えたところでやっと緊張が解けたのか、訳したものを読んで泣いたり笑ったりした。そして、むしょうにだれかとこの本の話がしたくなった。「まっすぐでない人生」について、「深い井戸のような愛」について、あるいは連続ドラマにするなら、大女優エドナ・パーカー・ワトソンの役をだれに演じさせるかについてでもいい……。ともあれ、本書を訳せたことをとても幸せに思います。日本語版もまた、多くの読者の心に響き、日々の暮らしを元気づけるものであるように祈っています。

最後になりますが、この場を借りて、翻訳するにあたって貴重な助言をくださったみなさんと、早川書房の窪木竜也さん、編集者の矢内裕子さん、校正者の小澤朋子さんはじめ本書の刊行に力を尽くされた素晴らしいチームのみなさんに、心より感謝を申し上げます。

二〇二一年四月

＊「訳者あとがき」を書くために著者の公式サイトのほか、以下の資料を参考にしました。
Entertainment Weekly In her new novel, Elizabeth Gilbert wants to take away all your troubles, by David Canfield, June 3, 2019 / *marie claire* Elizabeth Gilbert's 'City of Girls' Is a Loving Ode to Promiscuous Women, by Cady Drell, May 31, 2019 / *BookPage* Elizabeth Gilbert Grieve, write, heal, by Alice Cary, June, 2019

訳者略歴　英米文学翻訳家　上智大学文学部卒　訳書に『食べて、祈って、恋をして〔新版〕』エリザベス・ギルバート，『＃生きていく理由』マット・ヘイグ（以上早川書房刊），『13歳のホロコースト』エヴァ・スローニム，〈テメレア戦記〉シリーズ，『銀をつむぐ者』，『ドラゴンの塔』ナオミ・ノヴィク他多数

女（おんな）たちのニューヨーク

2021年5月20日　初版印刷
2021年5月25日　初版発行

著者　エリザベス・ギルバート

訳者　那波（なわ）かおり

発行者　早川　浩

発行所　株式会社早川書房
東京都千代田区神田多町2－2
電話　03－3252－3111
振替　00160－3－47799
https://www.hayakawa-online.co.jp

印刷所　株式会社亨有堂印刷所

製本所　大口製本印刷株式会社

Printed and bound in Japan

ISBN-978-4-15-210022-1　C0097

乱丁・落丁本は小社制作部宛お送り下さい。
送料小社負担にてお取りかえいたします。